MI HOMBRE. DEVOCIÓN

Planeta Internacional

JODI ELLEN MALPAS

MI HOMBRE. DEVOCIÓN

Traducción de
María José Díez Pérez y Noemí Cuevas Rebollo

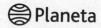 Planeta

Obra editada en colaboración con Editorial Planeta – España

Título original: *With this Man*

Diseño de portada: Planeta Arte & Diseño, basado en el diseño original de Elizabeth Turner Stokes. © 2018 Hachette Book Group, Inc.
Imagen de portada: © Svetlana Lukienko y © Vincent Llora / Shutterstock

© 2018, Jodi Ellen Malpas
© 2018, Traducción: María José Díez Pérez y Noemí Cuevas Rebollo

© 2018, Editorial Planeta S.A. – Barcelona, España

Derechos reservados

© 2018, Editorial Planeta Mexicana, S.A. de C.V.
Bajo el sello editorial PLANETA M.R.
Avenida Presidente Masarik núm. 111, Piso 2
Colonia Polanco V Sección
Delegación Miguel Hidalgo
C.P. 11560, Ciudad de México
www.planetadelibros.com.mx

Primera edición impresa en España: octubre de 2018
ISBN: 978-84-08-19516-0

Primera edición impresa en México: noviembre de 2018
ISBN: 978-607-07-5347-3

Impreso en los talleres de Impresora Tauro, S.A. de C.V.
Av. Año de Juárez 343, Colonia Granjas San Antonio, Delegación Iztapalapa
C.P. 09070, Ciudad de México.
Impreso en México –*Printed in Mexico*

Para Jesse. Gracias por aplastar mi mente con tu locura perfecta.
Y para Sara Burch, para siempre en nuestros corazones.
Ésta es para ti.

CAPÍTULO 1

El tamborileo de mis pies sobre la cinta de correr es rítmico y reconfortante. El sonido de *Believer* de Imagine Dragons en el iPhone queda amortiguado por el pulso latiendo en mis oídos. El martilleo de mi corazón me dice que estoy vivo. Ya no necesito correr hasta no sentir las piernas para saberlo.

Acelero, mi respiración empieza a ser trabajosa cuando comienzo a esprintar. El sudor resbala por mi pecho desnudo mientras miro el reloj en la otra punta del gimnasio y observo cómo la manecilla pequeña gira lentamente por la esfera. «Dos minutos más. Aguanta el ritmo durante dos minutos más.»

Incluso cuando llega el momento y la máquina se ralentiza automáticamente, mis piernas no lo hacen. Aplasto con la mano el botón del más para volver a acelerar el ritmo, ahora mismo mi ego me impide parar. Un kilómetro más. Subo el volumen y sigo en esprint un poco más, inspirando con fuerza por la nariz, secándome con un gesto brusco el sudor que me cae por la frente. Bajo la mirada a la pantalla de la cinta y compruebo la distancia. Veinticuatro kilómetros. Hecho.

Golpeo el botón con el puño y dejo que la máquina disminuya el ritmo hasta un trote suave. Me arranco los cascos de las orejas y agarro la camiseta para secarme la cara con ella.

—Ayer lo hiciste en menos tiempo, cabrón testarudo.

Mi paso se ralentiza hasta detenerse y me cojo a los asideros, dejando caer la cabeza mientras recupero el ritmo de la respiración.

—Que te jodan —consigo resollar volviendo la cara hacia uno de mis amigos más antiguos.

La sonrisa engreída de John, esa que deja ver su diente de oro en todo su esplendor, hace que me entren ganas de arrancárselo de un puñetazo.

Se ríe, grave y estruendosamente, y me lanza una toalla al pecho.

—¿Aún no lo asimilas o qué?

Me bajo de la cinta y me seco el pecho empapado antes de tirarle la toalla de vuelta.

—No sé de qué me hablas.

Miento, sé perfectamente de lo que me habla el muy cabrón, y ya estoy hasta las narices de que me machaquen con el tema. Ni siquiera sé cómo ha pasado, cómo se ha esfumado el tiempo. Porque, que Dios me ayude, cumpliré cincuenta este fin de semana. Cincuenta putos años. Mi ego se hunde más y más cada vez que lo pienso.

Camino hacia la fuente de agua fría, John me sigue.

—Los cincuenta te sientan bien.

Pongo los ojos en blanco y cojo un vaso de plástico para ponerlo bajo el grifo.

—¿Querías algo?

Más risitas entre dientes a mi espalda mientras engullo el agua y me giro para mirar al capullo engreído. No sé a qué viene tanta alegría. John se acerca a los sesenta, pero nadie lo diría. Está en plena forma, aunque no pienso decírselo.

—Las nuevas máquinas de musculación llegarán dentro de un rato.

—¿Podrás encargarte? —le pregunto rellenando el vaso.

—No hay problema.

—Gracias.

Echo un vistazo alrededor del gimnasio del que soy dueño, el ambiente está vivo, con música, sudor y corazones palpitando. Retumba *Daylight*, de los Disciples, la adrenalina bombeando, se oyen

8

gritos de ánimo. Resultó que al final echaba de menos ser el dueño de un club. No el sexo y la indulgencia de La Mansión, sino la gente, el aspecto social, y llevar un negocio en el día a día. Así que abrí uno nuevo, éste no tan secreto pero sí bastante exclusivo. El JW's Fitness & Spa no ha hecho más que crecer desde que se inauguró hace seis años.

—¿Dónde está Ava?

John me coge el vaso vacío de la mano y lo tira a la basura antes de alejarse.

—En el despacho.

«¿En el despacho?» Una sonrisa se dibuja en mi cara mientras cruzo el gimnasio, el ritmo de mi pulso acelerándose de nuevo, aunque esta vez lo noto bajo los pantalones cortos.

Aprieto el paso e irrumpo en el despacho con un plan en mente..., pero freno en seco cuando veo que Ava no está. Gruño, saco el móvil del bolsillo y empiezo a marcar su número mientras camino hacia su mesa.

—Hola —responde.

Parece algo crispada, pero no le pregunto por qué. En estos momentos, la verdad es que no me interesa.

—¿Dónde estás? —Me dejo caer en su silla.

—En el *spa*.

—Tienes tres segundos para traer tu culo al despacho —le digo, y sonrío ligeramente cuando la oigo resoplar.

—Estoy en la otra punta del club.

Me encojo de hombros para mí mismo.

—Tres —susurro poniendo las piernas sobre su mesa y relajando la espalda.

—Jesse, intento solucionar una desavenencia entre el personal.

—Me da igual. Dos.

—Venga, joder.

La mandíbula me tiembla a causa del enfado.

—Pagarás por esto. Uno.

Al otro lado de la línea se oye el ruido de sus pasos acelerados y yo sonrío victorioso.

—Tic, tac —digo como si nada mientras me recoloco la polla tiesa.

—Estamos trabajando.

—Donde quiera y cuando quiera —me burlo. Ya sabe a qué me refiero.

—Eres muy exigente, Jesse Ward.

Su voz ronca me obliga a aspirar de una forma profunda y controlada. Sí, a veces sigue huyendo de mí, pero otras viene corriendo a buscarme. Como ahora. Cuando sabe que estoy excitado y esperando en su despacho. Mis ojos se fijan en la puerta, siento un torrente de energía. «Vamos, nena.» Oigo sus pasos apresurados aproximándose por el pasillo y luego la puerta se abre.

Y ahí está ella. Mi bellísima esposa. No ha cambiado nada desde el día que la conocí. Sexy. Guapa. La mezcla perfecta entre elegancia y descaro.

—Cero, nena —murmuro cortando la llamada y dejando el móvil sobre su mesa.

Un estremecimiento familiar me recorre la espalda y sonrío, observando cada maldito centímetro de perfección. Ava pone una mano en el marco de la puerta y se apoya en él mientras se muerde el labio, sus ojos llenos de deleite.

Deleite al verme a mí. Su marido. El hombre al que ama.

—¿Un buen día? —pregunta.

—Ahora es mejor —admito—. ¿Vas a conseguir mejorarlo aún más?

Su ávida mirada me absorbe. Me encanta. Me encanta el modo en que ella tampoco puede controlar su necesidad de comerme con los ojos constantemente. Sí, este fin de semana cumplo cincuenta años. Y ¿qué coño importa? No he perdido el atractivo. De repente me siento como el dios que ella cree que soy. El dios que sé que soy.

—¿Y bien? —le suelto.

Sabe que sólo hay una respuesta correcta a esa pregunta. Se encoge de hombros, haciéndose la dura. Está perdiendo el tiempo. Y yo también.

—No juegues conmigo, señorita.

—Te encantan nuestros juegos.

—No tanto como me encanta tenerla metida hasta el fondo dentro de ti.

Bajo las piernas de la mesa y me pongo en pie.

—Estás perdiendo un tiempo precioso. Ven aquí.

—Ven tú a por mí.

Cierra la puerta tras ella y echa el pestillo mientras avanzo, sus ojos brillando cada vez más a cada paso que doy.

Su cuerpo se tensa, preparándose para mi ataque. Cada terminación nerviosa en mi cuerpo cobra vida y grita su nombre. En un movimiento rápido, la agarro, la cargo sobre un hombro y vuelvo al escritorio.

Ava se ríe, sus manos se deslizan bajo la goma de mis pantalones cortos y hasta mi culo. Lo pellizca, clavando las uñas en la carne.

—Estás empapado en sudor.

La tumbo en la mesa y me pongo encima, inmovilizándola con una mano mientras le subo el vestido y ella se retuerce desafiante. Es inútil.

—Deja de resistirte, nena —le advierto quitándole el vestido por la cabeza y tirándolo a un lado antes de ir a por las bragas. Le sonrío al encaje que me separa de ella, acerco la boca y lo aparto a un lado con los dientes.

—¡Jesse! —grita echando la cabeza atrás y volviendo a levantarla, su cuerpo retorciéndose.

Me río por lo bajo. La competición por el poder nunca pasa de moda.

—¿Quién manda aquí? —le pregunto, y arranco la tela de su cintura y la lanzo por ahí.

—Tú, tú, ¡puto controlador!

—Cuidado con esa boca...

Tiro hacia abajo de las copas de su sujetador y me quito como puedo los pantalones cortos, liberando mi erección.

Una mirada muy seria se pone a la altura de la mía cuando se sienta, me agarra la polla y ejecuta una caricia mortal hacia abajo. Mi torso se pliega, la sensación de su cálida palma en contacto con mi piel es arrolladora.

—Joder, Ava —consigo decir mientras apoyo las manos en sus hombros, la barbilla rozando el pecho—. Estoy seguro de que podría ir a la luna y bajarla cuando me tocas.

Creo que podría hacer cualquier cosa. Soy invencible, indestructible. Y a la vez también soy completamente vulnerable.

Vuelve a tumbarse en la mesa y arquea la espalda, la respiración profunda, la cara húmeda y colorada. Es una visión de otro planeta, los sonidos son mágicos.

—Fóllame —me pide impaciente y ansiosa—. Por favor, fóllame.

—Esa boca, Ava —le advierto agarrándola por las rodillas y atrayéndola hacia mí—. Te aseguro que voy a follarte, esposa mía. Fuerte. Rápido.

El maravilloso calor de su coño me atrae como un imán. La ardiente necesidad se intensifica.

—Joder, nena...

Me doblo y le beso un pezón y luego el otro antes de apoyar los pies en el suelo y embestirla sin piedad, jadeando como un cabrón mientras ella grita de sorpresa. Siempre es igual de bueno que la primera vez.

Ava levanta las manos por encima de la cabeza para agarrarse a la mesa.

—¡Dios!

Aprieto los dientes, saliendo y entrando. Con fuerza.

—¡Jesse!

—¿Te gusta, señorita?

—Más fuerte —me suplica, la mirada salvaje—. Recuérdamelo.

—¿El qué?

—Lo que sea. —Flexiona las caderas, alentándome—. Enséñame quién manda aquí.

Dibujo una sonrisa enorme y satisfecha mientras observo cómo espera a que haga lo que me ha ordenado. Pero no lo haré. No hasta que diga las palabras mágicas. Paro de golpe y me quedo quieto, dentro de la calidez de su cuerpo, aguardando.

—Dilo —suspiro pegando mi pecho al suyo y besándola en la comisura de los labios—. Dame lo que quiero y yo te daré lo que quieres.

Se vuelve para mirarme y me mordisquea los labios con dulzura.

—Te amo —murmura mientras nuestras lenguas se entrelazan—, mucho.

Sonrío sobre sus labios y, lentamente, vuelvo a entrar en ella.

—Espera, nena.

Su cuerpo entero se tensa, preparándose. No voy a contenerme. Nunca lo haré. Me hundo en ella con una fuerza brutal una y otra vez, provocando constantes gemidos de éxtasis que son como música para mis oídos.

Sin embargo, quiero ver cuánto me desea, así que salgo y llevo las manos a sus rodillas y le echo las piernas hacia atrás, exponiendo por completo su coño mojado. Está muy excitada.

—Jodidamente preciosa —suspiro impresionado.

Lentamente, vuelvo a entrar en ella, echo la cabeza atrás y busco mi ritmo, empujando, hundiéndome hasta el fondo, moviéndome con fuerza.

—Vamos, cariño —digo por lo bajo, empezando a sudar—, córrete.

Más gemidos. Más jadeos. Mis sentidos son un caos. La sangre que se acumula en mi polla está a punto de tumbarme, las embestidas hacen que agarre cada vez más fuerte las piernas de Ava. Los signos de su inminente orgasmo están todos ahí: ojos muy abiertos y brillantes, los dedos clavándose en la madera. Se va a correr, y una mirada a sus increíbles tetas hace que me corra con ella. Mi pecho se tensa y convulsiona, un terremoto de placer me sacude de pies a cabeza. Es potente. Muy potente. Me corro como una bestia, temblando como una puta hoja mientras Ava gime en su orgasmo, mis dedos agarrándole las rodillas. Joder. Dios. Madre mía.

—Mierda —murmura, relajándose, dejando caer de lado la cabeza al tiempo que cierra los ojos—, joder, Jesse.

Suelto sus rodillas y me tumbo sobre ella, asegurándome de que sigo en su interior, disfrutando de las contracciones de las paredes que envuelven mi polla.

—Cuidado... —jadeo— con esa... —beso su mejilla sudada y dejo caer todo mi peso sobre ella— boca.

—Eres bueno.

—Lo sé.

—Y un cabezota.

—Lo sé.

—Te amo.

Me acurruco contra su cuello y suspiro.

—Lo sé.

Sus brazos me rodean y me aprietan contra ella. Estoy en casa. La alegría inunda mi interior.

—Tengo que ir a buscar a los niños al colegio.

—Mmm... —Soy incapaz de reunir fuerzas para decir nada, y mucho menos para moverme.

En ese instante llaman a la puerta y gruño, y me levanto perezosamente de su mesa.

—¿Mañana a la misma hora?

Ava sonríe mientras baja de la mesa y empieza a recomponerse, yo haciendo pucheros a cada pedazo de piel que se va cubriendo lentamente.

—Voy corriendo —anuncia en dirección a la puerta mientras se pone el vestido por la cabeza.

Yo me enfundo los pantalones cortos y me siento en el sofá al otro lado de la habitación.

—Ya te has corrido.

Pone los ojos en blanco al ver mi sonrisa descarada y va hacia la puerta, dándose un minuto para arreglarse el pelo antes de coger el pomo. Está perdiendo el tiempo. Sus mejillas relucen, toda ella tiene aspecto de recién follada. Abre la puerta e inmediatamente sé quién está al otro lado cuando veo los hombros de mi esposa elevarse y tensarse.

—Cherry —dice Ava sin más, dando media vuelta y volviendo a su escritorio.

De camino, me lanza una mirada que me confirma algo que ya sé. No le gusta Cherry. Según mi esposa, está loca por mí. Aunque no sé de qué se sorprende: todas las mujeres están locas por mí.

—Me iba a buscar a los mellizos. —Ava coge su bolso y se lo cuelga al hombro—. ¿Qué querías?

Cherry entra pavoneándose en el despacho y deja una carpeta sobre la mesa. Lleva su pelo rubio enroscado con firmeza en un moño en lo alto de la cabeza y unos cuantos botones abiertos de la blusa, demasiados en mi opinión. No estoy mirando intencionadamente, es que es imposible no darse cuenta.

—Los informes de los socios que me pidió.

—Perfecto, mañana les echaré un vistazo.

Ava se dirige hacia la puerta y me mira, tirado aquí en el sofá.

—Acompáñame —dice, y no es una pregunta.

Sonrío. Mi esposa está siendo posesiva. Me levanto del sofá, cojo la camiseta de la mesa y me la pongo de camino a la puerta. No se me escapa la mirada de admiración de Cherry mientras me bajo la camiseta por el pecho, y a mi esposa tampoco.

—Vamos.

Cojo a Ava y empiezo a avanzar antes de que saque las garras.

—Le gustas —gruñe pasándome un brazo alrededor de la cintura—. Si no fuera tan buena en su trabajo y no la necesitara tanto, ya no estaría aquí.

Me río.

—No ha hecho nada malo.

—Sí lo ha hecho. Te mira.

Aprieto a mi esposa con más firmeza contra mi costado.

—No puedes cargarte al personal por que me mire.

—¿Qué harías tú si un empleado me mirara a mí así?

Calor. Lo noto de inmediato en las venas, y no es del que da gustito. Me sale un gruñido automático y ella se ríe y se separa de mí cuando llegamos al pie de la escalera, en la zona de recepción.

—Ni pensarlo, señorita. —La atraigo hacia mí de vuelta y la rodeo con los brazos—. No digas cosas que podrían volverme loco de remate.

Estampo mis labios en los suyos y la devoro durante unos minutos de vértigo.

—Te veo en casa.

Le muerdo el labio, me aparto y sonrío al confirmar lo aturdida que está.

—Ve a buscar a los niños —le digo.

De repente, vuelve a la realidad y echa un vistazo alrededor. Nadie nos presta atención. Todos saben cómo funcionamos. Esto ya no es sólo nuestra normalidad, sino también la de nuestro personal. Tiene que serlo si quieren conservar sus empleos.

Mi esposa se marcha y yo empiezo a contar los minutos que quedan para volver a casa y ver a mis hijos.

CAPÍTULO 2

Siento que la paz me invade a medida que avanzo con mi Ducati por la entrada al aparcamiento de nuestra pequeña mansión. El coche de Ava está aparcado donde siempre, con el maletero abierto. Me paro al lado de su Mini, me quito el casco y observo el sucio vehículo. La pintura negra está cubierta de polvo, mate, vieja.

—En el blanco no se ve el polvo —murmuro para mí—. Y en un Range Rover puedes meter más bolsas de la compra.

Puede que una vez le impusiera el coche más grande y robusto, pero al final ella me convenció y recuperó su fiel Mini. Ava aparece en la puerta principal, su paso vacila al verme junto a la moto. Sin apartar la mirada de sus ojos color chocolate, apoyo el culo en el asiento con el casco en el regazo y cruzo las piernas a la altura de los tobillos. ¿No es éste el mejor recibimiento que pueda desear un hombre? Me tomo mi tiempo para admirarla. Sigue pareciendo recién follada.

—Señorita —digo, mi tono de voz automáticamente grave.

Se aparta el pelo de los hombros.

—Mi señor.

Me descubro moviéndome para acomodar mi creciente erección bajo la bragueta de mis pantalones de cuero. Por su sonrisa contenida, sé que es consciente de la actividad que ha despertado ahí abajo, y por un momento vuelvo a pensar una vez más cómo debe de sentirse mi esposa sabiendo que doce años después de conocernos sigue causando este intenso efecto en mí. Nunca me canso de ella.

Baja la escalera contoneándose mientras me mira fijamente hasta llegar junto al maletero del coche. Se inclina hacia el interior haciendo resaltar la curva de su trasero y saca una bolsa de Tesco.

—Deja la bolsa en el suelo —le digo.

—No seas tan exigente.

Finge un suspiro y gira sobre sus talones, meneando el culo al subir cada uno de los peldaños con la bolsa colgando de los dedos.

—Tengo que dar de comer a tus hijos.

—Y yo tengo necesidades, señorita —le digo, y suelto el casco en el asiento de la moto y voy tras ella—. ¡Ava!

Oigo su risa mientras desaparece por la puerta, y cuando llego a la cocina me la encuentro de pie, con la bolsa en el suelo. Me paro y observo cómo se agacha lenta y seductoramente y saca algunos artículos de la bolsa. Sonrío mientras levanta una ceja con descaro y me enseña dos tarros de mantequilla de cacahuete.

—Puede que te deje lamerla de mi cuerpo.

—¿Puede que me dejes? —me río, divertido por su coquetería—. Ava, llevas más de diez años casada conmigo, ¿aún no has aprendido?

—Aquí mando yo —susurra dejando los tarros en la encimera y haciendo un puchero con sus carnosos labios.

Me sorprendo doblando el torso para evitar que la polla me rompa los pantalones de cuero.

—Ava, a menos que ahora sea un buen momento para apoyarte en esa encimera y follarte como un loco, no me provoques.

Joder, desde que nacieron los mellizos tengo que controlar dónde puedo pillarla. Mi fuerza de voluntad se está agotando. Será la edad. Borro ese pensamiento antes de que me fastidie el humor.

—Tienes que hablar con Maddie. —La frase de Ava me llega de algún lugar.

Me burlo. No. Ni pensarlo, porque sé perfectamente de lo que quiere hablar mi hija de once años.

—No voy a pasar por eso otra vez, Ava. Y punto.

—Tienes que aprender a tratar con ella antes de que se divorcie de nosotros.

—Sé cómo tratar con ella —refunfuño indignado.

—Encerrarla en su cuarto no es saber tratar con ella.

Frunzo el ceño.

—No exageres.

Ava se ríe. Es condescendiente. Más le vale dejar el tema o se acabará ganando un polvo de represalia.

—El otro día la amenazaste con hacerlo.

No me puedo creer que tenga que volver a explicarme por enésima vez.

—Ava, llevaba unos shorts vaqueros que le vendrían a una Barbie. Y ¿piensa ir a la fiesta del colegio con eso puesto? —Me río al imaginarlo—. Ni hablar. Por encima de mi cadáver.

Mi esposa pone los ojos en blanco.

—No eran para tanto.

—¡Tiene once años!

—Se está convirtiendo en una jovencita.

—Se está convirtiendo en un auténtico incordio, ¡en eso se está convirtiendo!

—Te estás pasando un poco, Jesse.

¿Que me estoy pasando? A mí no me lo parece en absoluto.

—Ava, cuando la recogí la semana pasada, un pequeño pervertido casi se le echó encima mientras venía desde la puerta del colegio hasta el coche.

Sólo recordar el incidente hace que me hierva la sangre. Si no hubiera habido un guardia de tráfico que me hizo moverme del área de aparcamiento restringida, habría salido del coche y cruzado la calle a la velocidad de la luz.

Ava me sonríe burlona.

—¿Un pequeño pervertido?

—Sí, tuvo suerte de que no le metiera la cabeza entre las piernas para que no se comiera con los ojos a mi hija.

—Y ¿qué edad tenía el pequeño pervertido?

—No lo sé. —Paso de su pregunta, sé adónde quiere llegar.

—Yo sí —dice Ava volviendo a reír, medio divertida, medio exasperada—. Tiene once años, Jesse. Igual que Maddie. Se llama Kyle y van juntos a clase. Está colado por ella, nada más.

Resoplo y me dirijo a la nevera.

—Es un pervertido —afirmo con rotundidad, desafiándola a continuar la discusión mientras rebusco en el estante de arriba del todo mi mantequilla de cacahuete Sun-Pat.

No obstante, a estas alturas ya debería conocer a mi tentadora y retadora esposa, que se atreve a continuar.

—Jacob está colado por una chica —dice como si nada.

Me vuelvo y la veo recogiendo los tarros de mantequilla de cacahuete y guardándolos en el armario. ¿Mi chico se ha enamorado? El único amor que le conozco es el fútbol. A los niños los vuelve locos.

—¿Eso convierte a tu hijo en un pervertido?

Tuerzo el gesto, me giro de nuevo hacia la nevera y sigo buscando mi consuelo.

—¿Por qué haces esto?

—Porque nuestros hijos están creciendo y tienes que dejarles hacerlo. Maddie irá a la fiesta del colegio y tú no vas a ser su guardaespaldas. No mola nada llevarte a tu padre.

—No va a ir sin mí ni en broma —exclamo cerrando la nevera de un portazo—. ¿Dónde está mi maldita Sun-Pat?

Me vuelvo y veo a mi esposa con un tarro sin empezar en las manos, levantando las cejas. Se lo quito casi sin darle ni las gracias y abro la tapa. Introduzco un dedo, lo escurro en el borde y me meto el enorme pegote en la boca sin dejar de fruncirle el ceño a Ava, que ahora menea la cabeza consternada. Puede menear la cabeza tanto como quiera. Mi hija no irá a la fiesta del colegio sin mí y, por supuesto, tampoco irá con esos shorts vaqueros.

—¿Dónde está Maddie, por cierto? —le pregunto, sin perder la oportunidad de deleitarme con la visión de su culo. Ese culo. Quiero morderlo.

—Esperando a que su papá vuelva a casa para hacerle la pelota.

—¿Hacerme la pelota?, ¿cómo?

—¡Papi! —El gritito de placer de Maddie, un gritito totalmente falso, debo decir, interrumpe mi interrogatorio.

Ay, madre. Me ha llamado «papi», no «papá». Ya veo los ojitos de cordero degollado que están por llegar.

Hago lo más inteligente que puedo: dejar mi mantequilla de cacahuete y salir de la cocina sin que haya contacto visual o, de lo contrario, estaré jodido. Muerto.

—Tengo que cambiarme —digo, y salgo disparado por la puerta, oyendo a Maddie perseguirme.

—¡Papi, espera!

—Tengo cosas que hacer —añado volviendo la cabeza mientras subo a todo correr la escalera, atisbando por un segundo su largo pelo color chocolate flotando sobre sus hombros mientras mi hija me sigue—. Habla con mamá.

—¡Mamá me ha dicho que hablara contigo!

Consigo llegar arriba cuando noto algo alrededor de mi tobillo.

—¡Joder!

Pierdo pie y tropiezo en el último escalón, desplomándome sobre la moqueta.

—Papá, esa boca.

—¡Eso tú, Maddie, que vas gritando!

—Pues no huyas de mí y enfréntate a tus responsabilidades.

—¿Perdona?

Ruedo hasta apoyar la espalda en el suelo, me siento y veo a mi hija tirada en los últimos escalones, su pequeña mano aún aferrada a mi tobillo, la cabeza muy levantada para poder mirarme. Ya está batiendo las pestañas, la pequeña descarada.

—¿Mis responsabilidades?

—Sí.

Me suelta el pie y se incorpora, y lo único que alcanzo a ver es que lleva unos vaqueros y un jersey. Vaqueros largos y un jersey de manga larga. Eso debería gustarme, pero no me gusta. Porque es mi hija, la polvorilla, y es endiablada cuando quiere. Es decir, todo el tiempo. Como ahora, que aparece así, tapada de arriba abajo para, en palabras de su madre, hacerme la pelota. Pero no va a funcionar.

Maddie suspira mientras sacude la cabeza y me observa.

—Papá...

—Ah, así que ahora soy «papá», vaya...

Se le tensa la mandíbula y me mira de una forma con la que sólo su madre puede competir. Como si pudiera cortarme la polla con la mirada.

—¡No es justo! Van a ir todos mis amigos y a sus padres les parece bien. ¿Por qué tienes que ser tú el que fastidie la diversión?

—Porque te quiero —murmuro poniéndome de pie—. Porque sé que por ahí hay tíos idiotas que querrán besarte.

¿Qué coño estoy diciendo? El hecho de que mi hija seguramente pudiera arrancarle las pelotas a cualquiera que intentara besarla y seguramente lo hiciera mejor que yo no viene al caso. Mi deber es protegerla.

—Y acosarme —replica, haciéndome recular.

—¿Qué quieres decir?

No me gusta esa mirada engreída, una mirada que sugiere que tiene algo contra mí. Entorno los ojos, esperando a que lo suelte.

—Como tú acosaste a mamá —contesta.

—Yo no acosé a tu madre: la perseguí —replico con la voz entrecortada.

—Ella dice que es lo mismo, sobre todo cuando la persecución se lleva a cabo al nivel de Jesse Ward.

—Es... No... Tu madre... —tartamudeo mientras camino hacia la habitación principal. No voy a discutir con una cría de once años—. A tu madre le encantaba que la acosara —digo por encima del hombro.

—Has dicho que la perseguiste.

—Es lo mismo.

Doy un portazo en el vestidor detrás de mí y me quito la camiseta.

—Esta niña va a acabar conmigo —murmuro, y echo la camiseta en el cesto de la ropa sucia.

Maddie se cuela en la habitación, obligando a mis manos a dejar la cremallera de la bragueta de los pantalones de cuero.

—Iré a la fiesta sin ti y me pondré lo que yo quiera.

—No vas a ir —replico evitando decir tacos—. Y punto.

—¡Eres tan cruel! —me grita, las mejillas ardiendo a causa de la ira.

—¡Lo sé!

Meto las manos en la cinturilla del pantalón, preparado para bajármelo.

—¿Te largas? Porque estoy a punto de desnudarme.

Su preciosa carita hace una mueca de disgusto absoluto.

—Puaaaj.

Sale a toda prisa y me deja mirándome el pecho. ¿«Puaaaj»? Será insolente. Puede que vaya a cumplir los cincuenta, pero estoy de puta madre. Que le pregunten, si no, a mi mujer. Y a cualquier otra mujer del planeta. ¿«Puaaaj»?

Me quito los pantalones de cuero y me tiro al suelo para hacer cincuenta flexiones, murmurando y maldiciendo mientras las hago. Debería haberme quedado en el gimnasio.

Después de ponerme un pantalón corto, doy media vuelta para bajar y veo una montaña de ropa limpia sobre la cama. Hago lo que haría cualquier marido decente: la recojo y la llevo al vestidor para guardarla. Meto mis calcetines y mis calzoncillos en los cajones, lo que me deja con una pila de bragas en la palma de la mano. Sonrío ante el montón de encaje, incapaz de evitar acercármelas a la nariz para aspirar el limpio perfume de la colada mezclado con los restos del propio olor de Ava. Suelto un murmullo de placer y cierro los ojos, planeando nuestro ratito de intimidad de esta noche. Veo un polvo de entrar en razón en un futuro cercano. Haré que mi mujer entienda que sería una inconsciencia por nuestra parte dejar que Maddie fuera a la fiesta del colegio sin carabina.

—¿Papá?

Me giro y veo a Jacob parado delante de la puerta. Su atractivo rostro parece bastante alarmado.

—Ah, hola.

Rápidamente, me aparto el encaje de la nariz y sonrío incómodo.

—¿Estás oliendo las bragas de mamá?

Sonrío como un imbécil, noto el ardor en las mejillas. Mis hijos me destrozan el ego.

—Comprobaba que estuvieran limpias —le digo dándole la espalda y abriendo el cajón de la ropa interior de Ava.

—A veces eres raro, papá —suspira a mis espaldas.

Siento vergüenza, pero esa vergüenza se transforma en una mueca al ver algo en una esquina del cajón. El qué no es el problema. El problema es que está en una esquina distinta a la de esta mañana. Le gruño al vibrador con diamantes engarzados, el Arma de Destrucción Masiva, como a mi mujer le gusta llamarlo, y vuelvo a cerrar el cajón con cuidado. No se equivoca: destruye. Destruye mi jodido ego. ¿Ha estado usándolo sin mí? ¿Dándose placer con una puta máquina?

Dejando a un lado mi dolor, por el momento al menos, me vuelvo hacia mi hijo.

—¿Qué pasa, colega? —le pregunto caminando hacia él, rodeándolo con el brazo para salir juntos del vestidor.

—Uno de mis amigos del cole, Sonny, me ha invitado al Old Trafford con sus padres para ver al United. Juegan contra el Arsenal. ¿Puedo ir?

Sonrío para mí, mirando a Jacob, que me devuelve la mirada con esperanza y un poco de preocupación. Sé lo que está pensando. Está pensando que el fútbol es algo muy nuestro y no sabe si me gustará que lo disfrute con otros. Lo llevo a entrenar, veo todos los partidos, durante la temporada de fútbol cada mes me reservo un día de chicos sólo para él y para mí. Todo cosas de tíos, sin mujeres que nos vuelvan majaras.

—Claro que puedes.

—Gracias, papá.

Bajo la cabeza y hundo la cara en su mata de pelo rubio ceniza. Mi hijo. Mi precioso y despreocupado hijo.

—Oye —le digo liberándolo de mi abrazo cuando de repente recuerdo algo—, mamá me ha dicho que estás colado por alguien.

Arqueo las cejas, interrogativo. Jacob pone los ojos en blanco y va hacia su cuarto.

—No estoy colado por nadie y, si lo estuviera, no se lo contaría a mamá.

Sonrío.

—Te haces el duro, ¿eh?

«Ése es mi chico.»

—¿Qué? ¿Cómo hiciste tú con mamá?

Se da media vuelta y me pilla frunciendo el ceño. Luego sacude la cabeza.

—Voy a sacarles brillo a mis trofeos.

Se mete en su habitación, dejándome en el descansillo.

Regreso zumbando al vestidor, cojo el vibrador y vuelvo a salir. Un vistazo rápido a la habitación de Maddie me basta para saber que está enfurruñada sobre la cama y que seguirá en ese bucle por lo menos una hora. Un vistazo rápido a la habitación de Jacob y sé que ya ha alineado sus trofeos y que estará entretenido sacándoles brillo al menos dos horas. Bajo a toda prisa, blandiendo el vibrador de Ava como una espada frente a mí.

—¿Cuántas veces vamos a tener que hablar sobre esto? —le pregunto entrando en la cocina—. Aquí el placer sólo te lo doy yo.

Dejo de gritar de golpe cuando me doy cuenta de que mi mujer no está sola. «Mierda.»

—¡Elizabeth! —aúllo, mi mano congelada, suspendida en el aire.

25

—Ay..., madre... mía —suspira ella mirando a Ava con aire interrogativo.

La cara de mi esposa es la viva imagen del horror.

—Uy... —El vibrador brilla delante de mí, y me apresuro a esconderlo a la espalda—. Siempre es un placer verte, mamá.

Elizabeth suspira, girándose hacia su hija y dándole un beso en la mejilla.

—El próximo día te llamaré antes de venir, cariño.

—Buena idea —murmura Ava, su expresión horrorizada convirtiéndose en una que sugiere que voy a pillar. Mi sonrisa idiota se amplía.

—Me voy a ir ya. Tengo que recoger a tu padre en el campo de golf.

Le digo adiós a la madre de Ava con la mano que tengo libre y ella se acerca a mí sacudiendo la cabeza.

—¿No te quedas un rato? —le pregunto por cortesía. Después de tantos años, seguimos con nuestro rollo de amor odio.

—No finjas que te gustaría.

Siento el latido del vibrador en mi mano cerrada detrás de la espalda, lo que me recuerda que mi mujer y yo tenemos un tema pendiente que aclarar. No obstante, de repente me arrebatan el artefacto de la mano.

—¿Qué es esto? —pregunta Maddie sujetando el enorme consolador.

Todos los músculos de mi cuerpo flojean, y veo que Ava y su madre se quedan sin aliento. Estoy petrificado, lo que significa que Maddie tiene la oportunidad de inspeccionar su descubrimiento. Toquetea los botones del vibrador. De pronto, éste cobra vida en su mano y ella pega un grito y lo deja caer al suelo, donde empieza a bailar a nuestros pies.

—¡¿Qué es eso?! —chilla.

—¡Es un arma de destrucción masiva! —suelto sin pensar, y lo alejo de una patada.

—¿Qué es un arma de destrucción masiva?

—¡Una bomba!

Agarro a Maddie, me la echo sobre un hombro y salgo a toda velocidad de la cocina.

—¡Rápido, papá! ¡Antes de que explote!

«Joder, ¿cómo me meto en estos embolados?» Subo corriendo la escalera e irrumpo en el cuarto de mi hija, la tiro sobre la cama con mi estilo de siempre y luego la veo reír como ríen las niñas. Se aparta el pelo de la cara. Unos ojos grandes, redondos, oscuros y preciosos me encuentran y su risa se vuelve histérica mientras hace la croqueta sobre la cama agarrándose la barriga.

Me dejo caer al suelo junto a ella como un montón de padre agotado y la agarro y la abrazo contra mi pecho.

—Ven aquí, señorita —suspiro, aprovechando la ocasión excepcional de abrazar un poco a mi niña.

Ella se acomoda y me deja agobiarla unos minutos, suelta alguna risita de vez en cuando. Cuando recupera el aliento, se libera de mi abrazo y se sienta, cruza las piernas y me mira pensativa un rato.

—Por favor, papi, déjame ir a la fiesta.

Sus manos están unidas a modo de súplica delante de la cara y saca el labio inferior en un puchero adorable. Perdido. Estoy jodidamente perdido.

—Dejaré que le des el visto bueno a mi vestuario —añade.

Levanto una ceja, un poco sorprendido por su voluntad de negociación.

Me apoyo sobre los codos y valoro su propuesta un momento. Está siendo razonable. Yo debería intentar hacer lo mismo, por mucho que me duela. Suspiro y pongo los ojos en blanco. Esa cara siempre acaba con mi determinación.

—Te llevaré y te iré a recoger. A las diez como muy tarde.

Da un gritito de felicidad y se me echa encima, volviendo a tumbarme en su cama.

—Gracias, papi.

—Puedes dejarte ya de tanto «papi» —le digo, y aprovecho para darle otro abrazo—. Y tienes que cogerme el móvil si te llamo o entraré en el colegio a buscarte.

—¿Podrías mandarme sólo mensajes?

—No.

—Vale. —Cede con facilidad, comprendiendo que ha tocado techo.

—Y recuerda —sigo, encantado de reforzar las reglas— que es ilegal besar a chicos hasta los veintiuno.

Se ríe.

—No es ilegal besar a un chico, papá.

—Sí lo es.

—¿Según la ley de verdad o la ley de papá?

—Ambas.

—Eres imposible.

—Maddie, ¿quieres ir a la fiesta o no?

Su mandíbula se tensa. Respira profundamente.

—Es ilegal besar a chicos antes de los veintiuno —dice sin más, y yo ladeo la cabeza, animándola a seguir.

—Según la ley de verdad —añade.

—Buena chica.

La beso en la frente y me dispongo a irme, satisfecho por el trabajo bien hecho. ¿Ves? Puedo ser razonable. No sé por qué todo el mundo no para de quejarse de lo inflexible que soy. Me doblego todos los días de mi puta vida.

Jacob sale de su cuarto, raqueta de tenis en mano.

—¿Dónde está Maddie? —pregunta.

Ésta aparece entonces con su raqueta, ahora lleva unos pantalones cortos de deporte minúsculos y una camiseta cortada. Empiezan a bajar la escalera.

—Estaremos en la cancha.

—¡Enseguida voy! —grito a sus espaldas—. En cuanto haya solucionado un tema con vuestra madre —añado en voz baja, bajando yo también y esperando que Elizabeth se haya largado para poder enterarme de qué está pasando con el maldito vibrador.

Me topo con mi preciosa esposa en mitad de la escalera. Con el Arma de Destrucción Masiva en la mano y la cara enfurruñada y condenatoria. ¿Quiere una competición de culpa? La ganaré siempre.

Me paro en seco, levanto la barbilla y gruño entre dientes, manteniendo el cruce de miradas. Pero, joder, es tan difícil cuando está tan sencillamente preciosa. Tan... mía.

Le doy una charla motivacional a mi polla pidiéndole que se comporte hasta que me desahogue. No funciona, y mis pantalones cortos empiezan a tensarse. A Ava no se le escapa el detalle, baja la mirada hasta mi paquete, sus cejas se alzan y su mirada se llena de una lujuria que conozco muy bien. Pero no vamos a tener nada de eso. Aún no, al menos.

—Explícate —le pido, señalando acusador la cosa que lleva en la mano.

Hace un puchero mirando el artilugio antes de levantar sus chispeantes ojos de nuevo hacia mí, sin perder la oportunidad de recorrer con la mirada mi pecho desnudo. Y ahí está de nuevo mi polla, empujando bajo los pantalones cortos. La sombra de una sonrisa se dibuja en sus labios y sus ojos brillan con picardía.

Se escabulle por mi lado como si nada y mi cuerpo se gira lentamente, siguiéndola. Se para en la puerta de nuestra habitación.

—¿Jesse? —dice con esa voz grave y profunda que me vuelve loco.

—¿Sí? —respondo arrastrando los sonidos con cuidado.

Frunce los labios y besa el aire.

—Que te jodan.

Entra volando en la habitación y cierra de un portazo tras ella. «Pero ¿qué coño...?»

—¡Ava! —grito avanzando a grandes zancadas—. ¡Cuidado con esa boca!

Agarro la manija y empujo con todas mis fuerzas la puerta, que tan sólo cruje un poco. La oigo reír al otro lado. Ah, así que quiere jugar, ¿eh? Suelto la puerta y me aparto. Seguramente sería capaz de agujerearla con la mirada. Respiro hondo y le doy lo que sé que me está pidiendo.

—Tres... —digo con frialdad.

—No voy a dejarte entrar.

—Dos...

—Vete a la mierda, Jesse.

Se me eriza el vello del pescuezo y golpeo la puerta, lo que hace que suene otra risita provocadora al otro lado. Ah, lo está consiguiendo. Duro.

—¡Uno!

—¡Que te jodan, Ward!

Saco pecho y me alejo, cojo carrerilla y me lanzo.

—¡Cero, nena! —grito estrellando el hombro contra la puerta, que se abre sola, como sabía que pasaría, porque Ava se había apartado sabiamente, sabiendo lo que estaba por llegar.

La atrapo por la cintura antes de que se le ocurra huir.

—Te pillé.

La giro y me la cargo al hombro para llevarla a la cama. Caemos hechos una maraña y tan sólo unos segundos más tarde está desnuda, su piel contra mi piel, mi polla danzando. Encuentro mi lugar entre sus muslos y le cojo las mejillas, acercando mi nariz a la suya.

—Te lo diré en dos palabras.

—Y ¿cuáles son?

—*Polvo* y *represalia*.

Hundo la cara en su cuello y le muerdo, lamiendo y sorbiendo su piel.

—¿Estás lista, nena?

Cierro los ojos de felicidad total y espero su suspiro y la sutil, provocativa contracción de su pelvis.

—Quiero operarme las tetas.

Con unos ojos como platos, salgo de mi lugar feliz en su cuello en un nanosegundo. Tengo que verle la cara para evaluar si me está tomando el pelo o no. Al bajar la mirada y encontrarme con la belleza de mi mujer en shock total, concluyo rápidamente que no me está tomando el pelo en absoluto. Se muerde el labio ansiosa y estoy casi seguro de que hasta contiene la respiración. Mi polla se marchita del todo.

—¿A qué coño viene eso ahora, Ava?

—Quiero operarme las tetas —repite tranquilamente.

—Ni de coña.

—Jesse...

—Ni hablar.

Me pongo de rodillas sin poder evitar mirarle las tetas. Las tetas que amo. Las tetas que me han dado horas de placer. Tetas suaves. Tetas naturales. Mis putas tetas. En mi fuero interno lloriqueo al pensar que alguien pueda acercarse a ellas con un bisturí.

—Cuando el infierno se congele —le digo—, ya puedes quitarte esa idea de la cabeza.

Sigue mi mirada hasta sus pechos y se los agarra. Por una vez, ver a Ava tocarse no afecta para nada a mi libido. ¿En qué demonios está pensando?

—Necesitan que se les inyecte vida —reflexiona con la barbilla pegada al pecho mientras inspecciona primero una y después la otra—. Se están cayendo.

—Lo único que acaba de caer es mi polla. —Una ducha fría no habría sido tan efectiva—. Como ya te he dicho, no mientras yo esté vivo y respire. Ni siquiera cuando me muera. Encontraré la forma de resucitar para venir a patearte el culo. Olvídalo, Ava. Son mías y a mí me gustan tal y como están.

—Estás siendo muy poco razonable —murmura mientras me río de camino al baño y me meto en la ducha—. Y, en realidad, son mis tetas, no las tuyas.

Esa afirmación me hace volver a la puerta. Me mira desafiante.

Sabe que no va a ganar esta vez, pero quiere intentarlo de todas formas, cabreándome aún más en el puto proceso.

—¿Cuánto hace desde que te encontré? —pregunto.

—Doce años —suelta como si fuera obvio, sin duda resistiéndose a poner los ojos en blanco—. Lo que significa que los asuntos sobre propiedad están más que caducados ya, aclaramos ese asuntillo a las pocas semanas de conocernos. O eso me dijiste. —Se le abren los orificios nasales—. Y el año que hace trece puede que sea tu año de mala suerte, Ward.

Retrocedo un poco, sorprendido.

—¿Qué coño se supone que significa eso?

—Significa —ataca, sentada sobre la cama, con los brazos rodeándole las rodillas— que el año número trece puede ser el año que te deje.

Me quedo sin aliento, horrorizado, a pesar de que sus dedos van directos a su pelo y juegan con los mechones. Está mintiendo. Pero no importa, porque tiene el valor de decirlo de todos modos.

—Retíralo ahora mismo.

—No.

—Ava.

—Que te jodan.

—¡Esa boca!

Me lanzo cabreado y dispuesto a ponerla en su sitio. Ella intenta escapar. Podría darle una ventaja de un kilómetro y aun así la pillaría. Siempre lo haré. Se revuelve por toda la cama, a sabiendas de que se ha pasado de la raya conmigo, y grita cuando la agarro del tobillo y la arrastro hacia mí.

—¿Adónde te crees que vas? —le pregunto, dándole la vuelta y sentándome a horcajadas en su barriga, los brazos inmovilizados por encima de la cabeza con la otra mano.

—¡Sal de encima de mí!

Hago lo único que puedo hacer. Miro a ese punto especialmente sensible cerca de la pelvis, sonriendo con malicia. Se pone rígida.

—Jesse, no.

La ignoro y entro a matar, hundiendo los dedos donde más cosquillas tiene y yendo a por todas, clavando los dedos, pellizcando y, en general, haciendo que sea lo más insoportable posible.

—Dios mío... —intenta respirar y empieza a volverse loca debajo de mí, retorciéndose y gritando su disgusto—. ¡No! Me... me voy a mear... —Ríe sin control, luego grita, enfadada—: ¡Me voy a mear encima!

—Retíralo ahora mismo —le advierto sin soltarla. Un poco de pis entre marido y mujer no me va a asustar.

—¡Lo retiro!

—¿Vas a dejarme, esposa? —pregunto mientras le doy un pellizco tremendo.

—¡Nunca! —Le falta el aliento, su cuerpo se arquea con violencia.

—Me alegro de que lo hayamos aclarado.

La suelto y salta de la cama, agarrándose entre las piernas.

—Te he noqueado, señorita.

Corre al baño.

—¡Serás cabrón!

La puerta se cierra de golpe y yo me río para mí mismo y también voy para allá, eso sí, a menos velocidad que Ava. Entro y me la encuentro sentada en el váter. Me mira enfadada. Sonrío. Me meto en la ducha y comienzo a canturrear una de Justin Timberlake mientras echo un poco de gel en la esponja.

—¿Qué tal tu día, cariño? —le pregunto.

—Bien.

Coge su cepillo de dientes, le echa pasta y empieza a frotar.

—Tengo... ñana... mer... si... ara... dos... pleaños.

La miro por el espejo, incrédulo.

—¿Puedes volver a decirme eso?

Escupe la pasta.

—El sábado vendrá todo el mundo a la barbacoa de tu cumpleaños.

—No voy a celebrar una barbacoa de cumpleaños —sentencio, y sigo frotándome el cuerpo—. Ya lo hemos hablado.

—Pero...

—No hay peros que valgan, Ava. No voy a celebr... —Me paro en seco al darme cuenta de que iba a romper mi propia norma de no mencionar el maldito número.

—¿A celebrar que vas a cumplir los cincuenta? —dice ladeando la cabeza y volviendo a meterse el cepillo de dientes en la boca.

Me estremezco mientras me froto el champú.

—No voy a cumplir cincuenta —murmuro, y la oigo suspirar. Ella está fresca como una lechuga a sus treinta y ocho. ¡Treinta y ocho de mierda! Ésa era la edad que tenía yo más o menos cuando la conocí. Y mira cómo han volado los años. Si los próximos doce pasan igual de rápido, pronto estaré cobrando la pensión. Se me revuelve el estómago de terror.

—Sigues siendo mi dios —dice Ava con delicadeza, haciendo que mi atención vuelva a ella. Ahora está a la entrada de la ducha, mirándome fijamente.

—Lo sé.

—Y sigues siendo el hombre más atractivo que hayan visto mis ojos.

—Lo sé. —Me encojo de hombros.

—Y sigues follando como un dios adicto a los esteroides.

Pone los labios en el cristal y lo besa.

—Sí, lo sé.

Uno mis labios a los suyos al otro lado.

—Entonces ¿dónde está el problema, dios precioso?

—No lo hay —suspiro.

Soy un estúpido, pero cincuenta me suena mucho más viejo que cuarenta y nueve. Cierro el grifo de la ducha y ella da un paso atrás para dejarme salir y me alcanza una toalla. Me seco, me acerco al espejo y me miro de arriba abajo. Macizo. Todo macizo. Tan duro hoy como lo estaba hace doce años. Y la cara. Con una barba de al menos cuatro días, la piel fresca. La verdad es que no parezco muy distinto. Lo sé. Pero es algo psicológico. Putos cincuenta.

Sus brazos me rodean la cintura y su torso desnudo toca mi espalda. Me abraza.

—Eres guapo y mío enterito —dice, haciéndome sonreír.

—Esa frase es mía.

Me suelta y se pone a mi lado, mirándome.

—No te acomplejes, no va contigo.

Asiento, estoy de acuerdo, me doy una colleja. ¿Qué me pasa? Tengo buen aspecto, mi esposa es fantástica y mis hijos son las criaturas más maravillosas del mundo. Soy el hombre más afortunado que existe. Debo poner mi cabeza en orden. Me giro para coger el desodorante del armario sobre el lavamanos. Me llama la atención la pequeña caja de pastillas de Ava.

—¿Te has tomado la píldora hoy? —le pregunto.

—Ay, se me ha olvidado. Pásamela.

—¿En serio, Ava? —Las cojo y se las doy—. No olvides estas cosas. —Me estremezco.

Ignora mi evidente terror, saca una y se la traga con un poco de agua.

—Sobre lo de la fiesta del colegio...

—Le he dicho que puede ir —contesto antes de alborotarme el pelo y salir hacia la habitación—. Pero la llevaré y la recogeré luego, y más le vale coger el móvil si la llamo o entraré a buscarla. —Me pongo unos calzoncillos soltando la goma de la cintura de golpe—. Así que ya puedes dejar de agobiarme.

—Yo no agobio —suelta indignada.

—No mucho.

—¿Quieres un bofetón, Ward?

—¿Quieres un polvo de entrar en razón, señora Ward? —Ladeo la cabeza expectante y observo cómo el deseo vuelve a teñirle las mejillas.

Esa simple mirada resucita mi polla. Joder, ya la vuelvo a necesitar.

—¡Papá! —La voz de Jacob invade la habitación y mi polla se marchita de inmediato.

Ava se desanima, claramente decepcionada porque otro polvo peligroso está fuera de lugar. Porque el peligro acaba de hacer acto de presencia.

—Papá, ¿vienes a jugar?

—Voy ahora mismo, colega —le digo poniéndome los pantalones cortos.

—Cortarrollos —se queja Ava, y me ofrece la mejilla cuando me acerco.

La beso con suavidad mientras sonrío y ella aprieta su piel contra mi boca.

—¿Sexo adormilado en la piscina al anochecer?

Sus ojos se iluminan como resplandecientes diamantes.

—Hecho.

Cojo las zapatillas de deporte y me dirijo a la puerta.

—Y la próxima vez que uses ese consolador sin mí, no tendrás amante durante una semana.

—¿Qué? —El shock es claro.

—Lo que has oído.

—Ward, tú tampoco podrías vivir sin eso una semana. Te castigarías más a ti mismo que a mí.

Sonrío bajando la escalera de dos en dos. Tiene razón.

—Pues entonces una semana de polvos de disculpa.

Mi polla en la boca de Ava todos los días, dos veces al día durante una semana no es algo a lo que uno pueda negarse.

—Por mí bien.

Me río y corro a la cancha.

CAPÍTULO 3

—¡Feliz cumpleaños, querido Jesse! ¡Feliz cumpleaños!

El canturreo de mi familia cercana y mis amigos me basta para desear volverme loco y buscar la fuente de la eterna juventud. Ni siquiera puedo ver mi puto pastel de cumpleaños entre tantas velas que lleva encima. Cincuenta. ¿Cómo coño es posible? ¡Cincuenta! Tal vez podría olvidarlo (Dios, me encantaría olvidarlo), pero mi querida esposa no me lo permitiría, y además de la fogata que arde en mi pastel, hay globos y pancartas empapelando la casa entera y el jardín, no sea que se me pase que soy un viejo cabrón.

—¿Alguien con un extintor a mano? —pregunto, aspirando todo el aire que mis pulmones pueden soportar. Lo voy a necesitar.

—Ay, no —dice Maddie por lo bajo—. Va a destrozar el pastel.

Pongo los ojos en blanco y soplo las velas mientras todo el mundo se ríe a mi costa. Sam me da una palmada en la espalda y sonríe.

—Ni una palabra —le advierto antes de que me suelte cualquier ocurrencia sarcástica—. Ni que tú fueras un polluelo.

Se ríe y ladea la cabeza. Ojalá yo aceptara tan bien mi edad.

—Voy unos años por detrás de ti, amigo. No me metas en el mismo saco.

—Que te jodan.

—¡Jesse Ward! —grita la madre de Ava, le tapa las orejas a Maddie y con un gesto de la cabeza le indica a su marido que tape las de Jacob.

Mi suegro ni se molesta y, en su lugar, atusa el pelo de mi hijo y sonríe orgulloso. Maddie se libera de su abuela y empieza a quitar las velas de mi pastel, contándolas a medida que lo hace, para echar sal a mis heridas. Cuando ya ha llegado a treinta, una embarazadísima Kate interviene. La mejor amiga de Ava le sonríe a mi hija, que la mira interrogante.

—Vamos a dejar de chinchar a tu padre —dice Kate bajito, pero no lo bastante como para que yo no pueda oírlo.

Sus ojos me buscan, pero la sonrisa que yo le estaba dirigiendo a su abultada barriga desaparece cuando entiendo que se está burlando de mí.

—Es la peor fiesta de todos los tiempos.

Me abro camino hasta la cocina para pillar una Bud, considerando las ventajas de emborracharme como una cuba. Pero inmediatamente me riño por haber pensado eso. Jamás. Abro la nevera y con un movimiento rápido abro una botella.

—Iba a preguntarte si querías algo más fuerte, pero ya imagino que no —dice Sam, que ha entrado en la cocina cuando yo cerraba de golpe la nevera.

—No me tientes.

Le doy otro trago a la Bud mientras Drew se une a nosotros. Su traje es tan impecable que no habrá podido sentarse, inclinarse o incluso moverse desde que se lo haya puesto.

—¿No es demasiado para una barbacoa? —le pregunto.

—Tengo que ir a un sitio muy especial en cuanto termine de regodearme en tu miseria.

Pasa a mi lado de camino a la nevera y se sirve una cerveza, ignorando mi mirada de sorpresa. Observo a Sam y veo que su expresión coincide con la mía. ¿Un sitio muy especial?

—¿Qué puede ser más especial que estar con tu colega en su cincuenta cumpleaños? —Me llevo la botella a los labios y veo que Drew le quita el tapón a la suya.

—Voy a pedirle a Raya que se case conmigo. —Apenas ha susurrado las palabras.

Mi resoplido de sorpresa hace que la cerveza salga disparada de mi boca y rocíe las paredes de la cocina. Y Drew no consigue esquivarlo. Toso, me atraganto e intento respirar por la nariz mientras Sam se ríe y Drew me mira como si quisiera arrancarme la cabeza. Sin duda le gustaría. Le he manchado el traje. Estampa la botella contra la encimera, los orificios nasales ensanchándose, aunque el resto de su cara permanece impasible. ¿Casado? ¿Drew? Está claro que ha encontrado en Raya a su mujer ideal, nunca lo había visto tan centrado y feliz, pero... ¿matrimonio? Jamás pensé que fuera a embarcarse en esa aventura.

—¡Jesse! —suelta, sacudiéndose con la mano el líquido de la chaqueta del traje—. ¡Joder, tío! ¡Mira!

—Lo siento. —Agarro un trapo de cocina y se lo lanzo.

—¿Qué está pasando aquí? —Kate entra en la cocina con bandejas vacías, Ava la sigue.

—Drew le va a pedir matrimonio a Raya —decimos Sam y yo al unísono, provocando que las chicas paren en seco antes de contener una exclamación, taparse la boca con las manos y revolotear alrededor de él.

—No gritéis tanto, que os va a oír —murmura Drew, y me tira el trapo con fuerza e intenta apartar a las chicas. Me golpea en la cara antes de que pueda cogerlo.

—¿Oír el qué? —pregunta Raya apareciendo en la cocina con un plato en una mano y una copa de vino en la otra.

—¡Nada! —canturreamos todos sonrientes.

Drew pone los ojos en blanco y coge a su chica.

—Nos vamos.

—¿Ah, sí? —Raya deja el plato en la encimera, un poco sorprendida, mientras él le quita la copa de vino de la otra mano y la conduce a la puerta.

—¿Qué pasa con Georgia?

Drew me lanza una sonrisilla por encima del hombro.

—El tío Jesse dice que puede quedarse.

—¿Eso he dicho?

—Eso hemos dicho —afirma Ava—. ¡Divertíos! —le dice a la pareja antes de acercarse a Kate—. ¿Crees que sigue teniendo el piercing en la polla? —le susurra al oído.

¿Pero qué coño? Miro incrédulo a mi mujer, cuya boca se ha cerrado de golpe, la espalda tensa al mirarme, los labios juntos y apretados. La miro, expectante, y se encoge de hombros, apartando los ojos, culpable.

—Eso he oído.

Se muerde el labio y mira a Kate, que se ríe acariciándose la barriga.

—Para, por favor, que me voy a hacer pis encima.

Miro fijamente a Ava.

—¿Cómo sabes que Drew tiene un piercing en la polla?

Se encoge de hombros, como si nada.

—Ya te he dicho que es lo que he oído.

—Imagino de quién vendrá —murmura Sam, echándole una mirada acusadora a Kate mientras se dirige a ella y se le acerca todo lo que permite su abultada tripa. Tiene que inclinarse hacia delante para acercar su cara a la de ella—. Cuéntame.

—En aquel entonces me sorprendió mucho, sólo eso. Y tuve que contárselo a alguien.

Sam le planta un sonoro beso en la mejilla y luego baja y posa los labios en la parte superior de la barriga para besarla también.

—No escuches esto, mi vida —susurra, y mira a Kate.

Ella sonríe. Sam no.

—Me alegra saber que, de todo lo que podías haber retenido de aquella noche, te hayas quedado con la polla de mi colega.

Empiezo a reírme de nuevo y me apoyo en un taburete para estar cómodo y disfrutar del espectáculo. Al final la fiesta no está saliendo tan mal. Cruzo los brazos y mi mirada va de la cara incrédula de Sam a la desdeñosa de Kate.

—Eso, Kate —la provoco justo cuando John asoma la cabeza por la puerta.

—Los niños han convencido a sus abuelos para jugar al Twister. Yo que tú iría llamando a una ambulancia.

—Vamos. —Ava me arranca del taburete y me arrastra fuera de la cocina—. Tenemos que rescatar a nuestros padres antes de que se hagan daño.

—Pero yo quiero mirar —me quejo, y echo un vistazo por encima del hombro y veo que Sam coge a Kate por los hombros y la toma de nuevo entre sus brazos.

Ella suelta un chillido que es más de placer que de miedo.

—Oh, mierda —se ríe Kate—, creo que me he meado encima.

—He cambiado de opinión —digo.

Dejo que Ava me saque a la fuerza de la cocina hasta el jardín, donde vemos a nuestros padres entrelazados en todo tipo de posturas imposibles. Me vuelvo a reír, con más ganas cuando todos caen de golpe formando una montaña de abuelos sobre el césped.

—Estoy demasiado mayor para estas cosas. —Mi padre se levanta a duras penas antes de ayudar a mi madre.

Doy una palmada y avanzo por el césped hasta el tentador tapete de puntos.

—Atención, amigos —digo haciendo crujir los nudillos y echando una mirada traviesa a los mellizos—. El campeón está aquí para defender su título.

—Vamos allá —suspira Jacob, apartando a un lado su pelota de fútbol.

—Yo ya he tenido bastante —declara Maddie.

—Es mi cumpleaños.

Me agacho y tiro de las esquinas del tapete para alisar las arrugas antes de quitarme los zapatos.

—Tenéis que hacer lo que yo diga. —Me levanto el cuello de mi polo Ralph Lauren—. ¿Va a jugar, señora Ward?

—¿Quiere perder, señor Ward?

Suelto una carcajada.

—Siempre gano, nena. Ya deberías saberlo.

Ava se recoge el pelo en una coleta y pone morritos.

—Las cosas están a punto de cambiar.

Sale otra risotada del fondo de mi estómago, acompañada de las risitas de los invitados. Me alegra que piensen que su afirmación es tan absurda como yo la veo.

—Soy el azul —anuncio, y los demás se retiran para dejarnos espacio—. Ava es el rojo, Jacob el verde y Maddie el amarillo. ¿Quién empieza?

—El más joven primero —dice Jacob—. Y ése soy yo.

—¡Sólo por dos minutos! —protesta Maddie.

Levanto una mano para detener la inminente pelea.

—Dos minutos o dos años, Jacob es el más joven.

—Empieza Jacob. —Ava se acerca y entorna los ojos, desafiante—. Maddie segunda, yo tercera y tú, mi querido marido, a tus flamantes cincuenta, serás el último.

—No creas que vas a distraerme burlándote de mí —le advierto, y le hago señales a Jacob para que empiece ya.

Me concentro en el juego y, especialmente, en ganar. John, Sam y Kate se unen al corrillo con la hija de Drew, Georgia, y nosotros hacemos nuestro primer movimiento. Todo es muy directo, nos mantenemos estables y nos sentimos confiados.

Diez minutos después, mi mujer, yo y los niños somos un enredo de piernas y brazos y nuestro público se está riendo.

—¡Papá! —se queja Maddie—. ¡Tu pedazo de pierna no me deja moverme!

—¡Bien! —me río, sin perder ni una pizca de concentración.

—Por ahí, Maddie. —Sam se agacha junto a mi hija y le muestra cómo llegar a la ruleta.

—¡Sin ayuda! —grito girando la cara y tragándome el pelo de Ava.

La miro a los ojos y olvido mi queja. También olvido mi concentración, sus tetas tan cerca que podría lamerlas.

—Ni se te ocurra, Ward —susurra.

—Cuando quiera y donde quiera, nena.

—No mientras jugamos al Twister con nuestros hijos delante de nuestros padres.

Me tiemblan los brazos de la fuerza que hago por mantenerme en mi sitio. No ayuda que tanto Maddie como Jacob estén apoyados en alguna parte de mi cuerpo y que Ava esté prácticamente colgando sobre mi torso. Todos están siendo estratégicos, me acosan, pero no voy a flaquear. Ni hablar.

—Estás haciéndolo a propósito —la acuso.

Cierro los ojos y me concentro. Escucho aplausos y vítores de todo el mundo, lo que significa que Maddie acaba de moverse y sigue jugando.

—Te toca, mamá —canturrean los mellizos.

—Ay, si pudiera estirarme para llegar a la ruleta. —El cuerpo de Ava se apoya con más fuerza sobre el mío.

«Concéntrate, concéntrate, concéntrate.» Algo suave y blandito se pega a mi boca. Algo que reconozco. Abro los ojos y me encuentro cara a cara con sus tetas. No puedo evitarlo. Abro la boca y muerdo.

—¡Aaau! ¡Jesse! —Ava se cae encima de mí llevándose a los niños por delante.

—¡Eres un tramposo!

Me río rodando y atrapando a Ava bajo mi cuerpo. Ella resopla de forma melodramática un momento, haciendo un patético esfuerzo por sacárseme de encima. Los niños murmuran disgustados, nuestros padres refunfuñan y Kate y Sam se ríen junto a Georgia y John. Pero quien tiene toda mi atención es la mujer sobre la que estoy tumbado.

—Has perdido —susurro, y le doy un beso suave en la nariz.

Su sonrisa es instantánea, igual que la aceleración de mi pulso.

—No, he ganado yo.

Me agarra del pelo y me atrae a su boca y yo la hago rodar fuera del tapete hasta el césped.

—Esta noche tendremos sexo adormilado —le digo.

—¡Oh, Dios! —grita Maddie—. ¡Mamá! ¡Papá! ¡Por favor!

Ambos reímos separando nuestros labios, pero no aflojamos. Ni ahora. Ni nunca.

CAPÍTULO 4

Es tarde. Los niños están en la cama, nuestros invitados se han ido y oigo a Ava trastear en la cocina. Paso por allí y me paro en la puerta para admirarla un momento. Está preparando la cafetera para sólo tener que darle al botón por la mañana, algo que hace antes de irse a la cama casi cada noche, igual que dejar sobre la isla de la cocina los cereales preferidos de los niños. Me espero hasta que termina y empieza a ponerse crema en las manos para acercarme por la espalda. No hago nada de ruido pero ella no necesita oírme para saber que estoy cerca. Endereza la columna, las manos se mueven más lentamente.

Me pego a su espalda y acerco mi boca a su oreja.

—A la habitación, ahora —le ordeno, tranquilo pero firme.

Se gira despacio, rozándose contra mí, el roce dispara mi temperatura corporal. La alzo y la cojo en brazos como a un bebé, besándola mientras salimos camino de la habitación. Gime en silencio mientras me besa. Yo gimo en silencio al besarla. Es el puto paraíso.

Nuestros labios no se separan en todo el camino hasta la habitación y supone un reto abandonar ese beso cuando llegamos a la cama. La dejo encima, me quito la camiseta y la lanzo a un lado. Los dientes de Ava se hunden en su labio inferior, la mirada hambrienta.

—¿Te gusta lo que ves? —pregunto, seguro de la respuesta.

Llámame egocéntrico. Me importa una mierda. Me bajo los pantalones y los calzoncillos de golpe y espero a que ella responda.

Ava fantasea.

—Eh.

Chasqueo los dedos, despertándola de golpe.

—¿Y bien?

Frunce mínimamente el ceño.

—¿Qué decías?

Sonrío. Su pregunta es una respuesta lo bastante buena para mí.

—Me gusta tu vestido.

Me acerco y tiro del sedoso vestido negro, sonriendo cuando la escucho contener la respiración.

—Pero me limita un poco.

—Quítamelo —me pide, muerta de impaciencia.

Su deseo por mí no hace más que intensificar mi deseo por ella. Pero sigo jugando con su desesperación.

—¿Qué dices?

Veo en su mirada la necesidad de pelear, pero mi esposa aprendió enseguida que, dándome lo que quiero, ella consigue también antes lo que quiere.

—Por favor.

Su súplica es más que eso. Es un afrodisíaco como no hay otro igual. Su vestido desaparece en menos que nada y su ropa interior, más rápido todavía.

Apoyando un puño en el colchón, repto por todo su cuerpo de abajo arriba, lamiendo hasta llegar al interior de sus muslos, gruñendo entre dientes al pasar por su dulce, suave y húmedo coño. Su gemido se alarga eternamente, se le arquea la espalda, sacando los pechos hacia fuera. Rodeo despacio su pezón con mi lengua firme. Joder, qué bien sabe.

Suspira, sus manos van a mi cabeza y luchan con mi pelo.

—Eres un puto dios, Ward.

Le muerdo el pezón como advertencia e ignoro su exabrupto, deslizo los dedos por su barriga y los introduzco en las profundidades de su cuerpo.

—Mmm..., estás tan a punto ya —le digo mientras gime.

Saco los dedos y me coloco encima de ella agarrándome la polla, tan dura que duele, y la pongo en posición.

—¿Fuerte o suave, nena?

—Suave —suspira susurrante y alegre con las manos en mis caderas, atrayéndome.

Entro poco a poco, lucho por respirar cuando el placer me invade.

—¿Así? —le pregunto, y se la meto hasta el fondo.

—Así, perfecto.

Salgo y noto como su cuerpo me atrapa, haciendo que me apoye en los antebrazos.

—Somos jodidamente increíbles juntos, señorita.

—Lo sé —afirma, clavándome las uñas en el culo.

Nuestras miradas se encuentran y sé que así van a seguir hasta que la lleve al clímax y tenga que cerrar los ojos. Es una de mis imágenes favoritas. La pasión y la necesidad en su cara, sus suaves jadeos calentándome la piel. Me pierde.

Esta mujer me ha cautivado todos y cada uno de los días de nuestra vida juntos. No sólo cuando la tengo en mis brazos o cuando me hundo en lo más profundo de su ser sino con todo lo que hace. Cada vez que me mira, me habla, me toca. Soy el hombre más afortunado de la tierra y le doy las gracias al destino cada minuto de cada día. La quiero con una intensidad que se hace más fuerte a cada segundo que pasa.

—Yo también te quiero —me susurra leyéndome el pensamiento—. Y también soy afortunada.

Sus manos me sueltan el culo y se acercan a mi cara, sus muslos me rodean la cintura. Me agarra la cara con firmeza mientras yo sigo moviéndome lentamente, entrando y saliendo de ella con suavidad.

—Eres mi vida entera, Jesse Ward. Haces que mi corazón siga latiendo.

Esbozo una pequeña sonrisa y asiento sin apartar mi mirada de la suya mientras me acerco a besarla. Nuestro beso es tan delicado como nuestra forma de hacer el amor, que voy ralentizando hasta casi detenerme y nuestros labios sólo se tocan.

—Y mi corazón sólo latirá por ti —susurro, haciendo equilibrios al borde de la explosión—. ¿Estás aquí?

—Estoy aquí.

Su cara mirándome resplandeciente me lo confirma y me muevo sólo un poquito más fuerte unas cuantas veces para llevarnos al límite juntos.

Mi cuerpo absorbe sus temblores, estremecimientos que van directos a mi corazón. Se llena de sentimientos tan potentes que una vez más me veo intentando comprender la realidad de nuestra preciosa existencia. No creo que lo consiga nunca.

Jadeamos el uno en la cara del otro, un millón de silenciosas palabras de asombro van y vienen entre nosotros sin parar. Ninguno de los dos necesita decirlas en voz alta. Ambos las sabemos. Cojo su mano derecha de mi mejilla y beso su alianza y luego entrelazo nuestros dedos, apretando con fuerza y apoyando la cara en su cuello húmedo.

—¿Te ha gustado? —pregunto.

—Bah... —suspira.

Sonrío contra su garganta, besándola con suavidad aquí y allá.

—¿Un bañito? —me pregunta con suavidad.

Me quedo parado un momento, pensando. ¿Un bañito?

—Me llega el sonido de los engranajes de tu cabeza. —Se ríe un poco.

Tiene razón. Un bañito significa una charlita, ¿de qué quiere hablar? Aparto la cara de su cuello y levanto una ceja inquisitiva.

—¿Hay algo que quieras decirme?

Mi mujer sabe que soy más débil que nunca cuando ella está desnuda, mojada y sobre mí.

—No, sólo me parecía buena idea estar en remojo juntos.

¿El cuerpo desnudo y mojado de Ava resbalando sobre el mío? Me libero de la calidez de su cercanía con un pequeño soplido, mi polla aún aturdida después del orgasmo.

—¿Burbujas?

—Muchas.

—Lo que mi señora desee.

Salgo de la cama y voy hacia el baño, abro los grifos y echo una gran cantidad de espuma de baño antes de remover el agua. La bañera tarda lo que me parece una puta eternidad en llenarse hasta la mitad, y cuando estoy satisfecho con la profundidad me meto y hago saltar un montón de burbujas.

—¡Listo! —la llamo.

Al cabo de unos segundos, la escucho reír.

—¿Dónde estás?

Agito las manos, apartando unas burbujas que tenía en la cara, y sonrío al verla de pie junto a la puerta.

—Tu dios te espera.

Le ofrezco una mano y se acerca, sin dejar de reír, soplando para apartar algunas burbujas más de mi nariz y sentándose delante de mí. Suspiro de absoluta satisfacción cuando se coloca entre mis muslos y la rodeo con los brazos y la parte inferior de las piernas, y cierro los ojos de pura paz. La sensación de sus manos acariciando los pelos de mis piernas es hipnótica. Jodida felicidad total. Durante un rato estamos en silencio, un silencio maravilloso y tranquilo. Hasta que Ava se lanza.

—¿Jesse?

—¿Hummm?

—Lo de mis tetas...

Abro los ojos como platos. Lo sabía, joder. ¿Quería bañarse conmigo? Me río yo.

—¿Quieres decir las tetas perfectas que tu marido ama tal cual son? ¿Esas tetas?

No puedo verle la cara pero sé que su expresión con los ojos en blanco habrá sido para darle un premio.

—Sí, esas tetas.

—Olvídalo.

La siento moverse bajo mi abrazo. Así que la abrazo con más fuerza.

—Déjame mirarte —pide.

—No.

—Jesse.

El agua empieza a salpicar a nuestro alrededor hasta que me veo obligado a soltarla para no inundar el baño.

—Por el amor de Dios —digo entre dientes cuando se gira.

Pone las palmas de sus manos en mis mejillas y pega su frente a la mía. Las puntas de nuestras narices se tocan. No pienso pasar por esto otra vez. Ni hablar. Esas tetas son jodidamente perfectas. Y además son mías. Asiento para mí mismo, decidido a no dar mi brazo a torcer por mucho que suplique y me prometa lo que me prometa.

—No —digo con firmeza—, ni por un millón de tarros de Sun-Pat y dos millones de polvos de disculpa. No.

—Pero las odio —lloriquea y saca el labio inferior hacia fuera.

Me acerco y clavo mis dientes en él.

—¡Ay!

—La respuesta siempre será no.

Se libera de mi mordisco de un tirón, resoplando de dolor al hacerlo. Llámame insensible, pero no puede doler tanto como ella sugiere.

—Escúchame al menos.

Sacrifico el agarrarle el culo para taparme los oídos.

—Ni en broma.

—Jesse.

Cierro los ojos.

—No voy a escucharte.

Siento que su cuerpo se separa del mío, sin duda aceptando que no va a llegar a ninguna parte. Bien. Espero que esté pensando en lo poco razonable que está siendo. ¿Operarse las tetas? Me río para mí mismo en mi oscuridad. Tiene más posibilidades de que me divorcie de ella que de eso.

Como pasan unos minutos sin que escuche ningún sonido, supongo que se ha rendido y que no hay moros en la costa, así que abro un ojo para comprobar que estoy solo. No lo estoy. Vuelvo a cerrar los ojos pero algo en su mano me ha llamado la atención. ¿El teléfono de ducha? Lo ha sacado de su sitio y me apunta con él. Frunzo el ceño cuando de repente me doy cuenta de que no queda agua en la bañera. ¡No! Intento levantarme a toda prisa, resbalándome con las pocas burbujas que cubren el suelo de la bañera.

—¡Ava!

Me dispara con agua. Chorros de agua congelada de tortura.

—¡Joder! —Pierdo pie y me caigo en el fondo de la bañera—. ¡Ava, por todos los santos!

—Di que vas a escucharme —me pide, acercándose tanto como el tubo del teléfono de ducha le permite, lo que es bastante cerca, coño.

Mi cuerpo entero entra en shock, dejándome a merced de mi endiablada esposa.

—Ttt... tres... —tartamudeo.

Me pregunto qué haré cuando llegue al cero. No lo sé, pero será malo. Muy malo.

—Ddd... dos...

Me pongo a temblar como un idiota, incapaz de huir. Madre mía, siento que la hipotermia gana terreno.

—¡Ava!

—¿Me vas a escuchar?

Ni siquiera soy capaz de llegar al cero. Me muero de frío.

—¡Vale! ¡Por todos los santos, vale!

El agua se cierra al momento y yo salgo a gatas de la bañera y me tumbo boca arriba en el suelo, temblando.

—Pásame una toalla, maldita bruja.

Un suave bulto de algodón aterriza en mi cara y me apresuro a secarme el cuerpo.

—¿Por qué lo has hecho? —le espeto furioso—. Si no tuviera las piernas congeladas, ahora mismo recibirías el mayor polvo de represalia de la historia.

—Lo estaré deseando —me suelta.

Coloca el teléfono de ducha en su sitio y luego vuelve a acercarse a mí y pone un pie a cada lado de mi pecho. Se agacha y apoya el culo en mi barriga, las manos en mis mejillas, y empieza a frotar mi piel de gallina.

—Déjame que te ayude a entrar en calor.

—Qué amable.

Necesito un horno, diez rápidos minutos a 180 grados. Estoy congelado hasta el tuétano.

—El cirujano dice que un poco de...

Me río por no llorar.

—¿Que ya has visto a un cirujano?

Por favor, Dios, dime que no era un hombre.

—Has dicho que ibas a escucharme.

—Y no me gusta una mierda lo que estoy escuchando, Ava. —Me la quito de encima y me pongo de pie para salir de allí—. Ni siquiera puedo mirarte.

Me voy hacia el vestidor, cojo una camiseta limpia de una percha. No sé por qué, si siempre duermo desnudo, pero ahora necesito hacer algo con las manos para contener las ganas de estrangular su precioso cuello.

—Si era un tío, no me lo digas.

Podría vomitar.

—Vale.

Me paseo por la habitación, cabreado.

—¿Así que le has enseñado mis tetas a un tío?

Se encoge de hombros.

—Me acabas de pedir que no te lo diga.

—¡Pero acabas de hacerlo, joder! ¡Qué coño, Ava!

Introduzco la cabeza por el cuello de la camiseta e intento pasar los brazos por las mangas, pero no soy capaz.

—¡Joder!

—Sólo es una operación.

Dejo de luchar con la camiseta y mis brazos se quedan atrapados en algún lugar de mi cuello. Ava se aguanta la risa.

—Coge un puñal y mátame, porque me dolerá jodidamente menos que lo que me estás proponiendo.

Me doy cuenta de mi estupidez en cuanto las palabras salen de mi boca. La sombra de sonrisa se borra de la cara de Ava y recula, los ojos llorosos descendiendo hasta la piel de mi torso marcada por dos grandes cicatrices. Maldigo mi gilipollez una y mil veces mientras desenredo los brazos y me pongo la camiseta para cubrir las cicatrices ante los ojos tristes de mi mujer.

—Lo siento —suspiro, sintiéndome peor que mal.

Nuestra historia es épica, pero yo preferiría olvidar esa parte en concreto.

—Nunca te haría daño —dice bajito, y se da la vuelta y se aleja de mí.

Cierro el puño y me golpeo la frente.

—Cariño, espera.

Voy tras ella, le agarro la muñeca y la obligo a girarse. No se resiste. De hecho, hace exactamente lo contrario: se lanza sobre mí, me abraza al estilo bebé gorila de siempre y hunde la cara en mi cuello. No podría sentirme peor.

—Perdóname. —Me aferro a ella y siento la humedad de sus lágrimas en el cuello.

—Sé que ha pasado mucho tiempo —dice entre sollozos—, pero recordar el miedo que pasé cuando pensaba que te había perdido hace que lo sienta de nuevo. Y entro en pánico. Porque mira lo enamorada que estaba ya de ti por aquel entonces. Mira cuánto te necesitaba. Doce años después, todos esos sentimientos se han multiplicado por un millón, y el pensar que puedo perderte me paraliza, Jesse.

Respira con dificultad. Cierro los ojos y la abrazo un poco más fuerte.

—Nadie va a alejarme de ti —le prometo, y lo hago con cada fibra de mi ser.

—Hablas como si fueras indestructible.

—Lo soy. Si te tengo a ti y a los niños, nada podrá conmigo, Ava.

La obligo a soltarme y examino su cara, y le enjugo las lágrimas de las mejillas. No hablamos de lo que sucedió aquel día. Lauren sigue encerrada en una celda acolchada en algún lugar bajo vigilancia constante y hay una orden de alejamiento en caso de que eso cambie algún día. Lo que, por lo que sé, no sucederá. Intento de asesinato, planificado cuidadosamente y ejecutado casi de la misma forma. Nadie volverá a verla en muchísimo tiempo.

—No llores, cariño. Me temo que estás condenada a mí.

Se acerca, me coge del pelo y me da un tirón medio riendo.

—No me hace gracia.

—Cierra el pico y bésame, mujer.

Se lanza sobre mí como una leona, alejando todas las partes horribles de nuestro pasado, sólo dejando sitio para los buenos recuerdos. Los recuerdos maravillosos. Recuerdos que hemos creado todos y cada uno de los días de nuestra preciosa existencia juntos. Sólo nosotros y nuestros hijos.

CAPÍTULO 5

A la semana siguiente, estoy sumergido en el tráfico de Park Lane, la capota de mi DB9 Volante bajada, el viento en mi cara, y llamo a Drew para matar el rato de camino al gimnasio. Sólo para matar el rato.

—¡Buenaaas! —lo saludo, contento de que haya contestado.

—Sí, ¿qué quieres?

—Ésa no es forma de saludar a un amigo —sonrío mientras navego a través de un semáforo en ámbar y cambio de carril, ignorando el bocinazo de un capullo en un Bentley.

—¿Qué quieres? —repite, y suena profundamente aburrido de una conversación que ni siquiera ha empezado; estoy a punto de remediarlo.

—Me preguntaba cómo te sientes ahora que te han cazado de por vida.

—Me habían cazado de por vida antes de que le pusiera un anillo en el dedo.

Sonrío de nuevo, contento y feliz por mi amigo. Ya habíamos perdido la esperanza en el ligón excéntrico cuando Raya apareció en su vida.

—Enhorabuena, amigo. Me alegro por ti. ¿Y cuándo es el gran día?

—Dentro de un par de meses. Falta confirmar la fecha exacta.

—Mierda, ¿no estarás haciendo el capullo?

—Mira quién habla —se ríe divertido de verdad—. Tenías a Ava en el altar a las pocas semanas de conocerla.

Sonrío mientras estaciono en mi plaza de aparcamiento en el exterior del gimnasio, me bajo y cojo la bolsa de deporte del maletero.

—Hay que hacerlo a lo grande o no hacerlo. Oye, acabo de llegar al gimnasio. Luego hablamos.

Cuelgo y entro, buscando a John con la mirada.

—Hola, Gaby —le digo a una de las chicas que hay en la zona de recepción—. ¿Has visto al grandullón?

Una garra rosa fluorescente señala la escalera del gimnasio.

—Está probando las nuevas máquinas de musculación.

Subo los escalones de dos en dos hasta llegar a la abierta sala de máquinas del piso de arriba. Ahora está tranquila, las madres se han ido a recoger a sus hijos al colegio. Dentro de una hora volverá a estar a tope, llena de los que acaban de salir del trabajo. Veo a John al fondo y alzo una mano cuando me saluda con la cabeza mientras carga pesos en el extremo de una barra. Espero poder seguir levantando peso cuando yo tenga su edad. A pesar de que nos ayuda a llevar este lugar, saca tiempo todos los días para que su enorme cuerpo continúe siendo enorme. Me hace una señal con la cabeza que indica que nos vemos en el despacho, así que allí me dirijo.

Entro y me encuentro a Cherry en la mesa de Ava. Alza la cabeza.

—Jesse...

Se levanta de la silla y rápidamente se coloca bien la falda.

—Antes de irse a buscar a Maddie y Jacob, Ava me ha pedido que compruebe unos recibos. Pero si necesitas algo...

Dejo la bolsa en el sofá.

—Estoy bien.

—¿Té? ¿Café? ¿Agua?

Rodea la mesa, con una sonrisa resplandeciente.

—Lo que sea...

Doy unos pasos vacilantes hasta el archivador, miro atrás con curiosidad. ¿Estaba sugiriendo algo con sus palabras?

—Estoy bien —repito, y advierto que sus ojos azules brillan de un modo especial.

—Bueno, si se te ocurre algo... —dice mordiéndose el labio inferior.

¿Me está tirando los tejos? Debe de ser unos veinte años más joven que yo, y aunque me resulta doloroso siquiera pensarlo, no puedo negar que alimenta mi ego. Sí. Sigo teniendo *eso*. Pero es necesario que esta mujer sepa que *eso* sólo lo tengo para mi mujer.

—Cherry.

Me vuelvo y voy hacia ella. Veo cómo libera el labio de sus dientes, su actitud es más segura. Hay que cortar esto de raíz antes de que Cherry se tope de frente con la ira de Ava. Me estremezco pero en mi interior también sonrío. No soy el único posesivo en nuestra relación.

—Tal vez deberíamos...

Dejo de hablar de golpe cuando John irrumpe en el despacho hablando por teléfono con quienquiera que esté al otro lado.

—Falta una pieza y la quiero aquí por la mañana.

Cuelga y nos mira.

—¿Todo bien?

—Sí, Cherry ya se marchaba.

Ésta cruza el despacho a toda velocidad y cierra la puerta tras ella.

—¿Qué estaba pasando?

John se sienta al otro lado de la mesa de Ava y yo me dejo caer en su silla.

—Creo que Cherry se ha pillado.

La risa grave y estruendosa de John me crispa los nervios.

—Que Dios la ampare si Ava se entera. Hablaré con ella.

—Sí, por favor.

Enciendo la pantalla del ordenador de mi mujer, tecleo la contraseña y sonrío. ELSEÑOR3210.

—¿Tienes algo que contarme? —pregunto a John mientras echo un vistazo a mis correos electrónicos.

John no responde, así que levanto la mirada y me encuentro con su cara seria. No me gusta esa cara. Es su cara de seriedad máxima.

—¿Qué ocurre? —le pregunto receloso.

—Sarah ha vuelto a la ciudad.

Ya está. Eso es todo lo que dice, luego vuelve a recostarse en la silla en silencio mientras yo proceso lo que acaba de salir de su boca.

Estoy inmóvil. Y de repente tengo mucho calor aunque no puedo determinar si es de miedo o de rabia. Joder. La que se va a liar cuando Ava se entere. Hace años que no veo a Sarah ni tampoco he tenido ganas. El tío Carmichael, Rosie, Rebecca, el accidente de coche. No pasa un solo día sin que piense un momento en todos ellos. ¿Pero Sarah? Nunca pienso en ella o en lo que intentó hacernos a Ava y a mí. Y no voy a hacerlo ahora. Mi vida es demasiado perfecta.

—¿Por qué? —Es lo único que logro decir.

John se encoge de hombros, sus enormes hombros.

—No le han ido bien las cosas en Estados Unidos.

¿Que no le han ido bien? No confío en ella. Le di dinero. Le di mi bendición. Pero lo que no pude darle jamás fue mi amor. Me paso una mano por el pelo, sintiéndome jodidamente estresado.

—Dile que se mantenga alejada de mi familia y de mí.

—Ya lo he hecho. Pero hablamos de Sarah, Jesse. No puedo tenerla controlada cada puto segundo del día.

Siento un escalofrío.

—¿Dónde está?

La respuesta de John no se hace esperar, se quita las gafas para que pueda ver lo serio que está.

—En mi casa.

Me planto ante él, pero su dura expresión ni se inmuta, su cara seria como nunca.

—¿Por qué narices lo has hecho?

—Está sin blanca, Jesse. Y destrozada. ¿Qué querías que hiciera? ¿Cerrarle la puerta en las narices?

—Sí.

Me levanto, el mal genio apoderándose de mí.

—¡Joder, John! ¿Se te ha olvidado lo que nos hizo?

Se levanta de la silla como un rayo, su enorme cuerpo avanza amenazante.

—Cierra el pico, maldito gilipollas. —Da un puñetazo en la mesa—. Ava y tú sois el motivo por el que se queda en mi casa.

Me estremezco y él continúa.

—Le he dicho que puede quedarse unas semanas hasta que se recupere un poco pero sólo si no se cruza en vuestro camino.

Me encojo, y no es algo que pueda conseguir mucha gente. De hecho, sólo dos personas pueden: mi mujer y este hombre que tengo enfrente. El hombre que ha estado a mi lado en los últimos treinta años. El mejor amigo de mi tío y ahora también el mío.

Siento un pinchazo de culpa, no por Sarah, sino por mi viejo amigo. Él no lo ha pedido. En todos los años que este hombre lleva en mi vida, su lealtad ha sido inquebrantable, una roca, siempre cuidándome. La verdad es que no tengo ni idea de qué hubiera sido de mí sin él. Y aquí sigue, haciendo lo mejor para mí.

—John...

—Cállate.

Se levanta y vuelve a ponerse las gafas.

—Me estoy ocupando del tema pero no quería ocultártelo.

—Gracias, grandullón.

—No hay de qué.

Sale del despacho y yo intento respirar con calma. No puedo ocultárselo a Ava. Cojo el móvil para llamarla pero alguien me llama antes de que pueda marcar. Me echo a temblar cuando veo el número del colegio de los niños, así que respondo rápido.

—¿Hola?

—Señor Ward, soy la señorita Chilton, la profesora de Maddie y Jacob.

Mi corazón se acelera sin más cuando recibo llamadas inesperadas del colegio. Instantáneamente pienso en lo peor, que uno de ellos se ha hecho daño o se encuentra mal.

—¿Va todo bien? ¿Mis hijos?

—Sí, sí, están bien.

Mis pulmones se vacían de puro alivio y apoyo la cabeza en el respaldo de la silla.

—¿A qué viene la llamada entonces?

—Seguro que no es nada grave —empieza, haciendo que me preocupe, obviamente.

Toda clase de cosas comienzan a cruzar por mi mente, empezando por el pequeño pervertido que está colado por mi niña.

—Eso lo decidiré yo —respondo con brusquedad.

—Verá, es que su esposa no ha venido a buscarlos. Hemos intentado llamar al móvil de la señora Ward pero salta el buzón de voz. Le hemos dejado un mensaje.

—Ella nunca llega tarde a buscar a los niños.

Miro el reloj y son las tres y cuarenta y cinco, ya hace más de media hora que han terminado las clases.

—Lo sé, señor Ward. Como digo, seguro que está en un atasco y puede que se haya quedado sin batería en el móvil.

—Voy para allá.

Salgo corriendo del despacho, casi llevándome a una sorprendida Cherry por delante.

—¿A qué hora se ha ido Ava? —le pregunto por encima del hombro mientras paso volando por su lado.

—A las dos y media, como siempre.

Intento que el corazón deje de obstruirme la garganta, marco inmediatamente el número de Ava y salgo a toda velocidad del gimnasio. Me dejo caer de golpe en el asiento del coche y, como me temía, en el teléfono de Ava salta el buzón de voz.

—¡Joder!

Arranco, salgo a toda velocidad del aparcamiento y me meto por la calle principal. Esté bien o no, me paso el semáforo en rojo. Me encuentro a treinta minutos en coche del colegio, veinte si me salto el límite de velocidad.

Vuelvo a llamar al número de Ava pero de nuevo salta el buzón y mi preocupación crece a cada minuto que pasa sin que consiga dar con ella.

—¿Dónde te has metido, preciosa?

Escucho a Ava en mi cabeza diciéndome que soy un neurótico. Tal vez lo sea. Pero nada calmará el pánico que siento hasta que no vea que está bien con mis propios ojos.

Cojo la carretera que lleva al colegio de los niños. No hay mucho tráfico, así que puedo acelerar un poco. Busco la aplicación en el móvil que rastrea todos nuestros coches pero la muy maldita no se abre.

—¡Joder! —Vuelvo a marcar el teléfono de Ava, suplicando mentalmente que responda—. Vamos, vamos...

—¿Hola?

Alivio. Mogollón de alivio. Pero el alivio desaparece en cuanto mi cerebro se da cuenta de que quienquiera que haya respondido no es Ava.

—¿Quién es?

—Soy el marido de la dueña de ese móvil —digo con brusquedad, mi paciencia perdida por completo.

—Lo siento. En la pantalla pone «el Señor».

—Un apodo —murmuro, llegando lentamente a la conclusión de que mi torpe esposa ha perdido el móvil y esta señora lo ha encontrado.

—Señor Ward, ¿verdad? ¿Su esposa es Ava Ward?

—¿Cómo sabe el nombre de mi esposa?

Tiene su móvil, no su historia vital.

—Por su carnet de conducir.

Entonces todo queda claro.

—Ha perdido el bolso —suspiro, con más alivio recorriéndome el cuerpo, pero aun así mi pie no deja de pisar el acelerador.

—Me temo que no, señor. Soy la agente Barnes.

Se calla unos segundos, para dejarme procesar la información.

—Señor Ward...

Su voz suena mucho más suave. El terror me invade. El corazón se me acelera.

—Estoy en el escenario de un accidente de tráfico y me temo que su esposa es una de las víctimas.

Me cuesta articular palabra.

—¿Qué?

—Señor...

Sus palabras se mezclan y se deforman hasta quedarse en nada mientras me quedo mirando fijamente la carretera frente a mí. Accidente. Víctimas. Mi mujer. Veo luces azules parpadeando en mi mente, brillantes y aterradoras, y tengo que parpadear para borrarlas. Pero no desaparecen y tardo unos segundos en averiguar por qué. No están en mi mente. Están en la distancia.

Todo se funde. El ruido, el movimiento, los latidos de mi corazón. Oigo sirenas.

Oigo mi coche chirriando al frenar.

Oigo la puerta de mi coche cerrarse de un portazo detrás de mí después de levantarme volando de mi asiento.

Oigo el sonido de mis pasos sobre el asfalto mientras corro a toda velocidad hacia la carnicería que tengo delante, veo el Mini de Ava destrozado al otro lado de la carretera.

—Dios mío.

Me quedo sin aliento. Todas las ventanas destrozadas, faltan las dos ruedas de delante, arrancadas del cuerpo del vehículo. Rastros del derrape en zigzag en la calzada hasta que desaparecen de golpe.

El mundo empieza a dar vueltas a mi alrededor, mi respiración se ralentiza. Una multitud me impide el paso, lucho para seguir mi camino y los aparto a un lado para tratar de llegar al centro de esa locura.

—No, por favor —resuello, avanzando sin pensar entre el gentío—. Por favor, Dios, no.

Un doloroso quejido atraviesa y se escapa de mi cuerpo cuando veo la camilla, me fallan las piernas y me hace caer de rodillas.

—¡No!

Su cuerpo está atado con varias correas, lleva una máscara de oxígeno. Hay sangre por todas partes. Parece totalmente destrozada, tan frágil y herida. Se me parte el corazón.

—Dios, no.

Cuanto más me acerco a ella, más daño veo.

—¡Aléjese, señor! —me grita un técnico, arrastrando la camilla de Ava a la ambulancia.

—Soy su marido —le digo.

Recorro el cuerpo de mi mujer con la mirada, intentando asimilar la cantidad de sangre que la empapa. Su cabeza es lo que peor está; su larga y oscura melena, teñida de rojo.

—¿Se va a poner bien?

Es lo único que me sale preguntar y es instintivo, porque no sé si alguien puede estar bien habiendo perdido semejante cantidad de sangre. Y al no recibir respuesta de los apresurados técnicos, me queda claro que están de acuerdo conmigo. El nudo en mi garganta crece a medida que corro junto a la camilla, las lágrimas brotándome de los ojos. Su preciosa cara ha perdido el color bajo toda la sangre que cubre casi cada centímetro de su piel.

—Aguanta, cariño —le suplico en voz baja—. Ni se te ocurra abandonarme.

—¿Señor Ward?

Miro al otro lado de la camilla y veo a una mujer policía con el bolso de Ava.

—Agente Barnes. Hemos hablado por teléfono.

Asiento, y clavo otra vez los ojos en la ambulancia en la que están conectando a Ava a toda clase de aparatos.

—No ha ido a recoger a los niños —susurro aturdido.

—Señor Ward, acompáñeme. Seguiremos a la ambulancia.

—No, yo me voy con Ava. —Sacudo la cabeza, a duras penas reteniendo las lágrimas.

—Señor Ward.

La agente Barnes se acerca, su rostro muestra tanta compasión que apenas puedo soportarlo. No necesito su compasión, porque Ava se pondrá bien. Maldita sea, ¡se va a poner bien! Miro más allá de la policía y veo manos rápidas trabajando sobre su cuerpo inanimado.

—Su esposa está en estado crítico, señor Ward. Tiene que darles espacio a los médicos para que hagan su trabajo. Lo llevaré al hospital igual de rápido.

Cierro los ojos, rogando algo de estabilidad en mi mundo que se rompe. No es momento de importunar a nadie aunque me muero de ganas de perder el control hasta que alguien me diga que se pondrá bien. Se tiene que poner bien. No puedo vivir sin ella. El simple pensamiento abre un agujero en mi pecho, se me dobla el cuerpo y apoyo con fuerza las manos en las rodillas para respirar entre las descargas de dolor que me atacan.

—¿Señor Ward?

Trago saliva y asiento mirando al suelo, se me revuelve el estómago. Tengo ganas de vomitar.

—Vale.

Respiro, intento concentrarme en que me entre aire en los pulmones, pero en mi estado actual soy incapaz de centrarme en nada que no sean mis súplicas.

—Por aquí.

La agente Barnes me coge por el antebrazo y me saca con delicadeza de mi aturdimiento. Pero es el sonido de las puertas de la ambulancia al cerrarse lo que me devuelve al circo que me rodea. Camino resuelto hacia el coche de policía y echo un vistazo atrás al montón de metal retorcido que es el Mini de Ava.

—Le diré a un compañero que acerque su coche al hospital. ¿Tiene las llaves?

Sin pensar me palpo los bolsillos buscándolas.

—Están en el coche —murmuro.

—Y ha mencionado a sus hijos, señor Ward. ¿Quiere que mande a alguien a recogerlos?

Abre la puerta del copiloto y me desplomo en el asiento.

—Los mellizos —digo al parabrisas—. Les había dicho que ya iba. Se estarán preguntando dónde estoy. —Me meto la mano en el bolsillo buscando el móvil—. La amiga de Ava. Llamaré a la amiga de Ava.

Marco el número de Kate sin pensar, por lo que, cuando contesta, no tengo nada preparado que decir y la garganta se me cierra, dejando a Kate diciendo mi nombre sin parar. ¿Qué le digo? ¿Por dónde empiezo?

—Jesse, ¿estás ahí? —pregunta, ahora loca de preocupación—. ¿Hola? ¿Jesse?

La agente Barnes se sienta en el coche a mi lado y me mira, ahí, inmóvil sujetando el teléfono como un fantasma. Toso, me aclaro la garganta, pero por mucho que intente hablar, no lo consigo. No puedo hablar. No me salen las palabras. No puedo decirle a Kate que su amiga parece estar en el umbral de la muerte. La sangre. Toda esa sangre.

—Es Ava... —Las palabras se apagan, los ojos se me nublan de nuevo—. Yo...

La agente Barnes me coge el móvil y pone su tono compasivo y profesional, hablando con calma, y le cuenta a Kate sin muchos detalles que Ava ha tenido un accidente y que hay que ir a recoger a los mellizos al colegio. Oigo a Kate quedarse sin aliento. Oigo como accede sin preguntar ni pedir detalles sobre el estado de Ava. Lo sabe.

—Pídale que llame a sus padres —murmuro—. Y a los niños que les diga que mamá está bien. —Miro la ambulancia cuando las sirenas cobran vida e invaden mis oídos—. Se va a poner bien.

Después de hacer lo que le pido, la agente Barnes cuelga y pone en marcha el motor, arranca veloz y se sitúa detrás de la ambulancia. Me paso el camino mirando fijamente las puertas traseras. Es el viaje más largo de mi vida.

CAPÍTULO 6

Situación delicada.

Las palabras dan vueltas en mi mente mientras ando por el pasillo, desesperado por estar junto a Ava. A no ser por John, que me retiene, ya habría echado abajo las puertas del quirófano y amenazado a los médicos con su vida si no la salvan. Sus padres están en shock, callados, sentados en las duras sillas de plástico del pasillo, Joseph consuela a su mujer cada vez que las lágrimas la invaden y se derrumba. A cada segundo que pasa sin noticias, el dolor de mi corazón se intensifica. Un dolor muy profundo.

Dejo de andar, me siento en el suelo con la espalda contra la pared y miro las luces fluorescentes del pasillo. Lleva horas ahí metida. ¿Cuánto más van a tardar? ¿Qué están haciendo para tardar tanto rato?

Una mano me toca el hombro y Joseph me ofrece una débil sonrisa.

—Kate acaba de mandarnos un mensaje, los niños están bien. Sam y ella no les han dado muchos detalles, hasta que no sepamos qué está pasando. Kate ha dicho que se los quedará esta noche y que por la mañana los llevará al colegio. Creo que lo mejor será que por ahora mantengamos toda la normalidad posible.

Asiento, un torrente de culpa me asalta. He estado tan centrado en mi preocupación por Ava que apenas he pensado en los niños. Qué se les estará pasando por la cabeza. Cómo se estarán sintiendo.

—Gracias, Joseph.

—¿Vas a llamarlos?

¿Llamarlos? ¿Hablar con ellos? No confío en que pueda mantener la voz firme, y si lo consigo, ¿qué les digo?

—Les mandaré un mensaje.

Asiente comprensivo.

—Elizabeth y yo vamos a tomar un poco el aire y a comprar algo para beber. ¿Quieres que te traigamos agua?

—Estoy bien.

—Tráele agua —interviene John.

No discuto. No tengo fuerzas.

Cuando los padres de Ava se han ido, John me arrastra hasta una silla y me obliga a sentarme. Me dejo caer de golpe e inmediatamente vuelvo a sentirme inquieto. Necesito que alguien venga a decirme qué coño está pasando.

—Se pondrá bien —afirma John.

Su voz normalmente explosiva ahora es suave y reconfortante, aunque no me tranquilice. Él no ha visto la sangre, su pálido rostro, la maraña que era su coche.

Apoyo los codos en las rodillas y hundo la cara en las manos.

—Debe estarlo, John. Porque, si no tengo a Ava, prefiero morirme yo también.

—No digas eso, pedazo de gilipollas.

Me sacude por los hombros.

—Tienes que ser fuerte. Por los niños y por Ava. ¿Me estás escuchando? —Alza la voz para luego volver a su habitual murmullo penetrante.

Asiento. Esto es patético. Pero antes de que pueda responder, las puertas de la zona de quirófano se abren y yo me levanto de mi asiento como un rayo.

—Doctor.

El corazón se me dispara y el estómago da saltos mortales.

—Señor Ward, soy el doctor Peters. —Su expresión es solemne—. Por favor, siéntese. —Señala la silla de la que acabo de levantarme.

—No. —Me niego en rotundo—. No necesito sentarme.

Aguanto la respiración y ruego a Dios no necesitar sentarme. Que lo que está a punto de decirme no destruya mi mundo y por tanto me destruya a mí.

El médico cede sin más y John se pone de pie y se coloca a mi lado. Se está preparando. Se prepara para cogerme cuando me hunda, destrozado.

—Señor Ward, su esposa ha recibido un golpe bastante serio en la cabeza que le ha causado una inflamación grave en el cerebro.

Miro fijamente la boca del médico, sus palabras llegan lentas y claras y se clavan una a una en mi piel.

—Un corte importante en la pierna ha seccionado una arteria principal. Entre eso y la herida en la cabeza, ha perdido casi el ochenta por ciento del volumen de sangre de su cuerpo, por lo que durante las próximas veinticuatro horas nos esforzaremos en que lo recupere con una serie de transfusiones. Ahora mismo se encuentra estable pero en estado crítico. Le haremos otro TAC por la mañana para ver si ha habido mejora, pero el alcance de los daños no se sabrá hasta que... —Se calla un momento y se aclara la garganta—. Hasta que recobre la consciencia —termina resignado.

Sé perfectamente que ha evitado decir «si». Si recobra la consciencia. Mi mundo oscuro se oscurece más, mi corazón dolorido se contrae más.

—El resto de las heridas son bastante superficiales. Laceraciones aquí y allá, pero las radiografías confirman que no hay nada roto. Parece que la peor parte se la ha llevado la cabeza.

Mi mente se esfuerza por asimilar el torrente de información.

—Daños —susurro—. Ha dicho «daños». ¿Quiere decir daños cerebrales?

—No puedo descartarlo, señor Ward. Vamos a trasladar a Ava a la UCI.

Y en cuanto lo dice, las puertas se abren de nuevo y dos celadores seguidos de una enfermera empujan la enorme cama de hospital hacia el pasillo.

Abro la boca como si fuera a toser y un débil sollozo me obliga a tapármela.

—Me cago en la puta. —John coge aire, conmocionado, y me pasa el brazo por los hombros para mantenerme en pie—. Se pondrá bien —vuelve a decir.

Pero esta vez sé que no lo cree de verdad. Imposible.

Apenas puedo verla entre los tubos, cables y máquinas. Pero lo que veo hace que mi corazón se ralentice hasta el punto de que podría pararse. Mi preciosa chica está gris, por la pérdida de sangre. Mi fuerte y enérgica esposa parece débil, tan pequeña y delicada. Parece tan destrozada como yo me siento. Tengo ante mí la batalla de mi vida.

Y me siento como si estuviera en el umbral de la mayor pérdida a la que podría enfrentarme.

CAPÍTULO 7

Un serio golpe en la cabeza.

Inflamación del cerebro.

Coma.

Daños cerebrales.

Transfusiones de sangre.

Estado crítico.

Cada palabra se me clava en el pecho. Casi no me he movido de esta silla. He echado algunas cabezadas y mi mano ha estado unida a la suya desde que me permitieron entrar en su habitación. Es como una pecera, dos paredes de cristal para que todo el personal de la UCI pueda verla. Aunque su piel ha recuperado un poco el color tras las innumerables transfusiones, sigue sin despertar. Hay cables por todas partes, las máquinas la rodean, casi ni queda espacio para mí junto a su cama. El TAC de ayer por la tarde no mostraba mejoría alguna, igual que el de ayer por la mañana. La inflamación no se ha reducido y, aunque intento ser positivo, sé que es poco probable que el TAC de esta mañana llegue a mostrar tampoco ninguna mejora.

Han pasado dos días. Necesito ver a mis hijos. Tengo que asegurarles que mamá se pondrá bien, que pronto despertará y que volveremos a casa todos juntos. Aunque ni siquiera sepa si eso es cierto. Siento un escozor en los ojos que me obliga a cerrarlos antes de que las lágrimas se escapen. Les he prohibido venir, esperando y rogando que los médicos me den noticias para no tener que mentirles. Pero las noticias que esperaba no llegan y no puedo impedírselo más tiempo.

Ha llegado la hora de enfrentarme a mis responsabilidades y darles a mis niños lo que necesitan. Yo. Su padre.

Estoy tan jodidamente destrozado por no poderles dar también a su madre...

Cuando el móvil me avisa de que ha llegado un mensaje de Elizabeth, me obligo a dejar la mano de Ava y a levantarme de la silla. Mis músculos protestan, me crujen los huesos. Después de besar con suavidad a Ava en la frente, camino por el pasillo hasta la cafetería, donde he quedado con sus padres y los niños. Oigo a los mellizos antes de verlos. Dos voces llamándome. Me detengo, veo sus caras por primera vez en demasiado tiempo. Recurro a todas mis fuerzas para no caer de rodillas. Estoy destrozado pero no puedo dejar que lo noten.

Maddie y Jacob me asaltan y me rodean con sus brazos, me estrechan con fuerza, hunden sus caras en mi pecho. Sentirlos tan cerca me procura un poco de consuelo. Por lo demás, mi temor se ha triplicado, porque ahora están aquí. Ahora tengo que comportarme como un hombre y consolar a mis niños una vez que les aseste el golpe que sé que hará temblar todo su mundo.

—¿Dónde está mamá? —pregunta Jacob pegado a mi pecho—. La abuela dice que está enferma. Demasiado como para vernos.

Cierro los ojos y abrazo fuerte a mis hijos.

—Se pondrá bien. —Me arranco esas palabras, no sólo por los mellizos, también por mí—. Confiad en vuestro padre. Se pondrá bien.

—Quiero verla. —Maddie se separa de mí, la cara llena de lágrimas—. Por favor, papi.

De repente no me parece una buena idea. Ava no parece ella. No se parece a su madre. Me agacho frente a mi niñita, le cojo la mano.

—Cariño, no creo que... Mamá... —Me aclaro la garganta y re-

71

cobro la compostura para que mis palabras suenen firmes y fuertes—. Mamá no está como siempre. Ha perdido mucha sangre, está muy pálida. Muy débil.

La barbilla de Maddie tiembla y yo miro a Elizabeth y niego con la cabeza. No puedo dejar que la vean así. Mira cómo estoy yo. Casi ni puedo mantener la calma.

—¡No puedes prohibírnoslo! —grita Jacob, dando un paso atrás—. Es nuestra madre.

Mi cuerpo exhausto me abandona, y antes de que pueda detenerlo, Jacob echa a correr por el pasillo, Maddie tras él. Intento reaccionar mientras veo cómo mi hijo ralentiza el paso para esperar a su hermana, darle la mano y continuar. El hecho de que no sepan dónde está la habitación de Ava no es un impedimento para mis niños, son decididos como su padre. Y también tienen un sexto sentido en lo que se refiere a Ava. La localizarán en menos que canta un gallo.

Los sigo lentamente, doblo la esquina y los encuentro de pie frente a la pared de cristal, observando la habitación de su madre, cogidos de la mano. Los contemplo en silencio, sus caras, la imagen de la conmoción en estado puro. Entonces Maddie se viene abajo y Jacob se gira hacia ella y la abraza. La visión podría haberme derrumbado pero una vez más saco fuerzas de no sé dónde para permanecer derecho. Es en este momento cuando me doy cuenta de que mis bebés ya no son unos bebés. Mi hijo de once años está tragándose sus propios sentimientos para consolar a su hermana. Mis ojos se inundan pero rápidamente me los seco con brusquedad para poder ver bien.

Elizabeth se acerca y me mira con los labios muy apretados. Meneo ligeramente la cabeza para mostrarle la desesperación que intento esconderles a mis hijos y me acerco a ellos. Mis brazos les rodean los hombros y los sujeto con firmeza, amortiguando las sacudidas del cuerpo de Maddie. Los beso en la cabeza primero a uno y luego al otro, una y otra vez.

—Se pondrá bien.

Lo que me abstengo de añadir es la coletilla «os lo prometo» al final, y me mata aceptar que mi negativa a hacerlo se debe a que jamás rompo una promesa que les haya hecho a mis hijos.

—¿Estáis escuchando a vuestro padre? Se pondrá bien.

Pero esas palabras son estúpidas e imparables. Para mis hijos valen tanto como una promesa. Porque papá lo ha dicho.

—¿Señor Ward?

Miro por encima de las cabezas de los niños.

—Doctor Peters.

Con mis hijos todavía seguros entre mis brazos, le hago una señal con la cabeza preguntándole sin palabras si es mejor que hablemos a solas.

—Son buenas noticias, señor Ward.

¿Buenas noticias? Observo a través del cristal el cuerpo aparentemente inanimado de Ava en la cama. Está exactamente igual que cuando salió de quirófano. Inconsciente. Sin mejoría. ¿Buenas noticias?

—El escáner de esta mañana muestra que la inflamación ha disminuido considerablemente en las últimas doce horas.

Giro la cabeza hacia él, los niños se separan de mí. Ha dicho que son buenas noticias, entonces ¿por qué sigue tan serio?

—¿Y? —le pregunto.

—Aún es pronto, y hasta que recobre la consciencia no podremos saber el alcance de los daños. Pero es un paso en la dirección correcta.

Sé que debería sentirme aliviado, pero la palabra *daños* es una constante en mi mente, como si me estuvieran preparando para algo.

—Gracias, doctor.

Dejo la conversación ahí, evitando hacerle las preguntas que necesito hacerle. No delante de los niños. Miro a Elizabeth, que avanza hacia nosotros antes de que se lo pida.

—Entraré con ellos —dice, y dirige a los niños hacia la entrada de la habitación de Ava.

—Deberían hablar con ella —sugiere el médico—. En voz baja, pero deberían hablar con ella.

—Daños —le digo, volviendo a centrar mi atención en él—. Sinceramente, ¿qué probabilidades hay?

—Es imposible avanzarlo hasta que despierte. Mientras esté en coma, su cerebro está en reposo, lo que le brinda la mejor posibilidad de curarse.

No quiero preguntar y no voy a hacerlo. Se despertará. Claro que se despertará.

—¿Y qué están haciendo mientras tanto? —pregunto, incapaz de reprimir la brusquedad de mi tono; todo son un montón de «y sis» y de «peros». Es lo único que escucho.

A través de mi niebla de ira creciente, advierto que el doctor de repente parece algo receloso y retrocede, y yo me doy cuenta de que lo miro fijamente, la mandíbula apretada, el cuerpo hacia delante.

—Señor Ward, hacemos todo lo que podemos.

—¿Y qué pasa si no es suficiente?

En cuanto pronuncio esas palabras oigo el estridente chillido de la madre de Ava y entro volando en la habitación como un toro, el médico detrás de mí. No sé si sentirme eufórico o aterrorizado por lo que veo. Ava se retuerce en la cama y solloza consternada.

—¡Mamá! —grita Maddie, a la que un asustado Jacob ha apartado de la cama—. Papá, ¿qué le pasa?

No me he dado cuenta de que el doctor ha pasado por mi lado y ahora se encuentra junto a la cama de Ava tocando botones, cambiando de máquinas, moviendo las manos frenéticamente alrededor de mi chica.

—Ava —dice insistentemente—, ¿puedes oírme?

Me mira y luego hace una señal con la cabeza hacia los niños.

Entiendo su orden silenciosa pero no consigo moverme para cumplirla. El corazón se me ha vuelto loco en el pecho, mis piernas son de plomo. Parece que esté teniendo la peor de las pesadillas. O sufriendo un ataque. ¿Es un ataque?

—¡Señor Ward!

El bofetón de escuchar mi nombre me devuelve a la vida y cojo las manos de mis hijos y me los llevo fuera de la habitación. No quiero ver así a mi mujer sabiendo que eso es todo lo que puedo hacer por ella. Me siento más impotente ahora que cuando estaba inconsciente.

Miro atrás, a través del cristal, en estado de shock total.

—Deberíamos ir a tomar un café —sugiere Elizabeth en un intento de mantenerme ocupado mientras los médicos están con Ava.

Observo primero a uno de mis hijos, luego al otro. A Maddie primero, su cara cubierta de lágrimas y colorada. Después a Jacob, que ha levantado la cabeza para mirarme y aprieta mi enorme mano con la suya, pequeña. Me reajustan, devolviéndome donde debería estar. Me pongo aún más derecho y me trago el shock.

—Sí, vamos a tomar algo mientras los médicos hacen lo que tengan que hacer.

—¿Y qué están haciendo? —Maddie se gira para mirar la habitación de Ava y yo le hago volverse enseguida con una mirada de advertencia.

—Ayudar a mamá.

Tengo que recurrir a todas mis fuerzas para no mirar atrás yo también. Lo que he visto ya me atormentará para siempre.

Tras obligar a los niños a tomar un agua y un sándwich, regresamos en silencio a la sala, mi mente entre el temor y la esperanza. No sé para qué debería prepararme, qué debería esperar. Y eso me aterroriza. Lo desconocido. La pérdida de control.

Cuando llegamos a la habitación de Ava, el médico está fuera tomando notas. Me mira y sonríe un poco, y la esperanza gana al temor.

—Está estable —dice—. Tiene los ojos abiertos y es perfectamente consciente de dónde se encuentra, me ha dicho su nombre y fecha de nacimiento.

—Ay, gracias a Dios —suspira Elizabeth.

Y me coge el brazo y lo aprieta mientras yo cierro los ojos para evitar que se me escapen las lágrimas de alivio. Una vez me aseguro de que están bajo control, miro a mis hijos, que sonríen.

—¿Qué os había dicho? —les pregunto muy serio—. Haced siempre caso a lo que diga vuestro padre, ¿entendido?

Ambos asienten y se apretujan contra mi pecho mientras yo me grito a mí mismo mentalmente por haberme atrevido a dudarlo siquiera. Sabía que no iba a dejarme. Sabía que lucharía por mí y por los niños.

—Le están dando un poco de agua y retirando algunos tubos —dice el médico—. Podremos entrar en cuanto la enfermera le haya tomado las constantes. Tengo que hacerle algunas pruebas más, pero podéis estar en la habitación conmigo.

—Gracias —respiro, y abrazo a mis hijos—. Muchísimas gracias.

—De nada, señor Ward. —Mira hacia la puerta que se abre para dejar salir a la enfermera—. ¿Vamos?

Respiro hondo, de repente un poco aprensivo. Llevo dos días sin mirar a los ojos a mi mujer y el hecho de poder hacerlo ahora mismo me hace sentir como un patético loco de los nervios. ¿Qué me pasa?

La enfermera mira a Elizabeth al pasar por su lado y nos sonríe.

—Está preguntando por su madre.

Elizabeth se lleva la mano al pecho y con un suave quejido toma la iniciativa y se apresura a llegar junto a la cama de su hija. Una pequeña parte de mí se alegra por ella. Pero en gran parte estoy dolido por que no haya preguntado por mí, su marido, pero enseguida dejo eso de lado y sigo a Elizabeth y a los niños. Me encuentro a mi suegra encorvada sobre Ava en la cama, intentando abrazarla lo mejor que puede entre tanto tubo y cable. Oigo sus silenciosos sollozos, y cuando escucho la voz de Ava sonrío, no porque sea la de mi mujer, aunque tal vez algo afónica, sino porque parece recuperada del todo.

—Me duele la cabeza —se queja.

—Ay, cariño. Claro que te duele. —La risita de Elizabeth mientras habla está llena de alegría—. Mira quién está aquí. —Se separa de Ava dejando el camino libre para los niños y para mí.

Doy un paso adelante, desesperado por mirar esos ojos, por tocarla y sentir su respuesta, aunque sea un suave apretón de mano. La he echado tanto de menos. Pero cuando nuestros ojos se encuentran, Ava frunce el ceño y pasea su mirada de los niños a mí. Me detengo, observándola atentamente mientras ella parece evaluarnos. ¿Dónde está la chispa en esos ojos que tanto amo? ¿Dónde está el amor? Mi corazón se ralentiza en el pecho y mi alegría se marchita con él. Hay algo que no va bien.

—Ava, ¿sabes quiénes son? —pregunta el doctor con cautela.

Vuelvo la cabeza hacia él, horrorizado.

—Pues claro que sí —le espeto. ¿Qué está sugiriendo?

El médico me ignora y se acerca más a Ava, cuyos ojos no dejan de ir de los niños a mí y viceversa. Siguen sin chispa. Siguen sin amor.

—Ava, dime tu nombre completo.

No duda ni un segundo.

—Ava O'Shea.

Reculo, sin saber muy bien qué hacer con esto.

El doctor me mira. Tampoco sé qué hacer con su mirada.

—Ava, ¿sabes quién es este hombre?

—¿Qué? —salto, cada vez más horrorizado.

Ese horror llega al punto más alto cuando mi esposa empieza lentamente a negar con la cabeza.

—No.

Jadeo, de repente me cuesta respirar. ¿No?

77

—Dios mío —suspira Elizabeth, viniendo directa a mí y cogiendo a los niños—. Vamos, amores. Vamos a buscar al abuelo.

Los saca de la habitación, ambos mirándome con caras de total confusión.

Y yo me quedo allí de pie, inútil, mirando a los ojos de la mujer que posee mi corazón, intentando entender lo que está pasando.

—Ava. —Apenas consigo decir su nombre, mi mente busca palabras, desesperada.

—¿Sabrías decirme cómo tuviste el accidente? —continúa preguntando el médico.

Niega con la cabeza y frunce el ceño, levanta un brazo para frotarse la frente. Pero su mirada no me abandona. Me mantiene allí inmóvil donde estoy, absorbiéndome.

—¿Y este hombre no te resulta familiar? —pregunta el doctor Peters, que toma notas mientras habla.

Contengo el aliento, suplicando que esta vez esté bien, rogando por no haberla oído bien, que sólo estuviera confundida. Pues claro que me recuerda. Soy su marido. Soy el hombre que daría su vida por ella. ¡Tiene que recordarme!

Me examina unos instantes, mirándome de arriba abajo como si se esforzara por recordar. Se me parte el corazón.

—No le reconozco.

Baja la mirada a las sábanas y las inevitables lágrimas empiezan a agolparse en mis sorprendidos ojos.

—¿Tienes hijos, Ava?

—No.

Casi se ríe al decirlo, y me mira de nuevo enseguida.

Mi mundo se rompe en mil pedazos y me tambaleo hasta una silla en la que me siento antes de caerme. Su mirada me sigue todo el tiempo.

—¿No te acuerdas de mí? —susurro.

—¿Debería? —pregunta, la sonrisa se ha apagado y ahora el tono es de preocupación.

Su respuesta me mata. Me revuelve el estómago y me arranca el corazón roto del pecho. Quiero gritarle, decirle que sí, sí, debería recordarme. Todo lo que hemos pasado. Todo lo que hemos hecho juntos. Cuánto nos queremos.

—Ava, es tu marido. —El doctor señala en dirección a la silla en la que me he hundido—. Jesse.

—Pero yo no estoy casada —responde, y parece que empieza a exasperarse.

¿Exasperada? ¿Ella, exasperada? Me odio con todas mis fuerzas al llegar a la conclusión de que no tiene ni puta idea. Me odio, de verdad. ¿No me recuerda? Su marido. Su señor.

No puedo soportarlo. Voy a vomitar. Me largo de la habitación y vuelo por el pasillo, abro de un golpe la puerta de los servicios de hombres y entro en uno de los cubículos. Hace días que no como, pero eso no parece ser un problema para mi estómago. Me dan arcadas y vomito en el váter.

Me ha olvidado. Ha olvidado a nuestros hijos. ¿Qué es esta locura? Me empieza a doler el cuerpo de la fuerza de las arcadas, y cuando al final acepto que no hay nada que sacar, me levanto con mucho esfuerzo y voy a lavarme la cara al lavabo. Me miro en el espejo. Ni siquiera me reconozco. Estoy pálido, tengo los ojos hundidos y parezco exhausto. Estoy exhausto. Lo estaba antes de que Ava se despertara. Y me han arrebatado cruelmente el pequeño y fugaz rayo de vida que experimenté cuando abrió los ojos.

¿Qué voy a hacer? ¿Cómo arreglo esto? Lo único en el mundo que hace que mi corazón siga latiendo no sabe quién soy.

Unos golpecitos en la puerta me hacen mirar algo que no sea mi horroroso reflejo.

—¿Señor Ward?

La voz del doctor ha perdido la esperanza que reflejaba cuando Ava despertó del coma. Ahora ha vuelto a la compasión.

—Señor Ward, ¿está usted ahí?

La puerta se abre y aparece el doctor Peters, los labios juntos y prietos al encontrarme de pie sujetándome en el lavabo.

—No me recuerda, a su propio marido, ¿y ni siquiera a nuestros niños?

Me trago el nudo que hace que me atragante a cada palabra, y pienso por qué lo he dicho en forma de pregunta. No es que la haya escuchado mal. No es que no haya visto el absoluto vacío en sus ojos al vernos a los mellizos y a mí.

El médico entra en los servicios, cierra la puerta lentamente y con cuidado tras de sí. Se aclara la garganta y se mete las manos en los bolsillos. Se encuentra con mi mirada en el espejo. No puedo girarme para mirarlo. Mis manos agarradas en los bordes del lavabo son lo único que me mantiene en pie.

—Señor Ward, parece que su esposa sufre síndrome amnésico.

—¿Qué? —espeto.

—Pérdida de memoria.

—No me jodas, cerebrito —murmuro. ¿Ha venido a decirme esa obviedad?

Ignorando mi grosería, continúa.

—He hablado un poco con ella, parece que hay una clara división en su memoria.

—¿Qué significa eso? —pregunto, arrugando la frente.

—Significa que, por lo que de momento he constatado, hay un claro punto de corte en su memoria. —Se señala un lado de la cabeza—. La parte del cerebro que almacena algunos recuerdos ha sufrido un trauma. Nuestra habilidad para recordar es un proceso muy complejo ya sin el hándicap añadido de un traumatismo cerebral.

Cierro los ojos intentando procesar la información.

—¿Qué quiere decir, doctor? —le pregunto abiertamente.

—Quiero decir que su esposa ha perdido los últimos dieciséis años de su vida.

—¿Qué? —Me vuelvo para mirarlo de frente—. Esos años son yo, todo lo mío, todo nuestro tiempo juntos. ¿Me está diciendo que no va a recordar nada de eso? ¿Nada?

—La mayoría de los pacientes que sufren amnesia como resultado de un traumatismo se recuperan por completo. El tiempo que lleve la recuperación dependerá de la gravedad de la herida, el talante del paciente y su memoria a corto y largo plazo.

—¿La mayoría de los pacientes? —pregunto, porque me he quedado con eso y con nada más.

—Ava es una mujer joven y sana, señor Ward. Lo tiene todo a su favor.

—¿Y si no se recupera por completo?

—Los recuerdos seguirán perdidos —dice sin rodeos, provocándome una mueca de dolor.

Las vidas de los niños hasta ahora. Yo. ¿Va a perderlo todo?

—¿Y con medicación?

—No tiene ningún trastorno físico ni mental ahora mismo, señor Ward. No necesita medicación. Lo que necesita es que su familia la ayude a recuperar los recuerdos perdidos. Que la apoye. Podemos considerar varias opciones de terapia, como la terapia conductual, la EMDR, la psicología energética, el neurofeedback y puede que hasta la hipnosis.

Las palabras que vomita no significan nada para mí. Estoy perdido en la locura.

—Ni siquiera sabe quién soy —consigo decir—. ¿Qué se supone que tengo que hacer? ¿Llevármela a casa y esperar que de repente me recuerde?

—Es lo único que puede hacer, señor Ward. Eso y apoyarla en todas las sesiones de terapia que decidamos probar para ayudarla. —Agarra la manija de la puerta y sonríe levemente—. Ava es consciente de que ha olvidado cosas. Que será frustrante y molesto, especialmente en lo que concierne a sus hijos. Puede que tenga problemas con la memoria a corto plazo también, y el día a día le pasará factura. Tiene que ser fuerte, señor Ward. Tiene que ayudarla a recordar.

—No creo que un polvo recordatorio vaya a bastar ahora mismo —murmuro.

—¿Perdón?

El médico me mira como si se me estuviera yendo la olla. Puede que tenga razón.

Sacudo la cabeza e intento asimilar lo que ha dicho. Ayudarla. Ayudarla a recuperar la infinidad de recuerdos que compartimos. Me yergo y echo los hombros atrás, un acto físico de determinación que trato de acompañar de determinación mental. Puedo hacerlo. Debo hacerlo. No pienso permitir que nuestra historia desaparezca como si jamás hubiera sucedido. Ni hablar. Haré lo que sea necesario.

—Haré lo que haga falta.

Asiento para mí mismo y me dirijo a la puerta, pasando junto al doctor sin decir nada más, ahora lleno de la determinación mental que me faltaba hace sólo un momento. Únicamente hay una forma de enfrentarse a esto. Con cuidado. Con paciencia. Con sensibilidad. Con suavidad. Exhalo con fuerza, riendo para mis adentros. Dios mío, ésta va a ser una batalla como no ha habido otra.

CAPÍTULO 8

Cuando llego a su habitación, Ava está un poco incorporada en la cama, jugando con los dedos con las finas sábanas blancas. Le han cambiado el vendaje de la herida de la cabeza y la venda blanca destaca sobre su oscuro cabello. Tiene cara de concentración absoluta, entorna los ojos de vez en cuando. Está intentando recordar, y me parte el alma verlo. También refuerza mi decisión. Antes muerto que dejar que sus recuerdos se queden en nada.

Llamo con suavidad a la puerta, provocando que Ava levante la cabeza rápidamente. Hace una mueca de dolor y se lleva la mano a la nuca. Cruzo la habitación como una bala, olvidándome de lo de ser cuidadoso.

—¡Joder, Ava, ten cuidado!

Me paro de golpe a unos pasos de su cama cuando se echa atrás y me mira con los ojos como platos, en shock.

Mierda. ¿Demasiado? Mi instinto me pide que le frote la nuca, reñirle por no cuidarse y reñirle más cuando salga su ineludible carácter peleón.

Pero en su lugar, y eso me mata, doy un paso atrás para dejarle espacio.

—Deberías tener cuidado —le digo.

Un aire de rareza llena la pequeña habitación, y ni siquiera me he presentado. ¿Presentarme? ¿Tengo que hacerlo? Frunzo el ceño mirando al suelo y me pregunto qué narices decir.

Ey, hola, un placer conocerte. Soy tu marido. Me llamas mi señor. Soy un loco, exigente y poco razonable tocapelotas; soy posesivo, lo pisoteo todo a mi paso (palabras tuyas, no mías), pero, por algún milagro, me quieres más que a nada. Practicamos sexo. Mucho sexo, y tú alimentas mi necesidad de ti poniéndote ropa interior de encaje todos los días. Ah, ¿te he dicho ya que fui dueño de un club sexual? La Mansión. Ahora es un club de golf pijo. Nos enamoramos rápido. Bueno, yo sí. Tú te hiciste la dura. Así que te acosé hasta que cediste porque sabía que ahí había algo. Es que nosotros..., lo nuestro tenía todo el sentido, pero luego mi loco pasado empezó a interferir y yo pensé que era buena idea intentar ocultártelo. Ah, y se me olvidaba uno de los puntos principales: soy un alcohólico rehabilitado. Antes de conocerte, bebía y me follaba a muchas mujeres. Ésa era mi vida. Hemos pasado épocas bastante chungas pero lo bueno compensaba sobradamente lo malo y tú has estado a mi lado en todo momento. La verdad es que no te merezco, pero te quedaste conmigo a pesar de todos mis pecados y, encima, me diste a mis bebés. Dos bebés perfectos. ¿Te he mencionado que estuve casado antes de ti? ¿No? Bueno, pues lo estuve. También tuve una hijita pero la perdí...

Toso para que desaparezca la angustia creciente que se me agolpa en la garganta, la enormidad de mi situación abofeteándome. Siempre me ha impresionado la capacidad de Ava de amarme con tantas ganas. Por favor, Dios, por favor. Te suplico que vuelva a tener esa capacidad.

—Así que al parecer eres mi marido —dice con calma y un toque de humor inapropiado en estas circunstancias.

La miro y me pregunto si es bueno que parezca divertida por el hecho de tener marido. Pero entonces veo una mueca y llego a la conclusión de que es algo malo. Me está mirando con... oh, joder. ¿Es decepción? Puede que no se sorprenda de estar casada sino de estar casada conmigo.

—Pareces... atónita.

Voy hasta la silla y me siento tranquilamente, viendo cómo Ava empieza a darle vueltas a la alianza de boda en su dedo.

Se encoge de hombros.

—Supongo que eres más mayor de lo que imaginaba. —Otra mueca—. Bueno, eso si alguna vez hubiera imaginado que estaría casada.

¡Ay! Me muevo en la silla, herido, pero demostrarlo sería egoísta dado el estado de mi mujer.

—Eres tan viejo como te sientes —murmuro patéticamente en su lugar.

—¿Y yo cuántos años tengo?

—Treinta y ocho.

—¿En serio? —dice con sorpresa—. Entonces ¿cuántos años tienes tú?

Los labios apretados, no estoy preparado para revelar ese pequeño detalle. Es como un puto *déjà vu*.

—Veintiuno —respondo sin más, intentando no ponerle mala cara cuando levanta las cejas sorprendida.

Y tose. Tose, joder. Ahora sí pongo mala cara y me rechinan los dientes, pero no puedo reprenderla por eso.

—¿Veintiuno?

Asiento, confirmando que soy gilipollas.

—Puede que haya perdido la memoria pero no he perdido la vista.

La chica es una fuente inagotable de cumplidos.

—Sólo es un juego al que solíamos jugar.

—¿Un juego en el que mentías sobre tu edad?

Me río entre dientes un poco.

—Más o menos.

Paso por alto mencionar el motivo de mi táctica en aquellos tiempos, porque ahora estoy usando la misma táctica. No quiero causarle rechazo, lo que es un pensamiento horroroso a estas alturas de nuestras vidas.

Llevo casado con esta mujer doce putos años y me preocupa que pueda rechazarme. ¿En qué clase de jodida pesadilla estoy metido? Aunque el Señor sabe que esta vez va a tener que preguntar muchas más veces antes de saber mi edad real, y por supuesto no pienso contar cómo consiguió al final sacarme esa información hace tantos años.

Suspiro y avanzo despacio en la silla, pasándome las manos por el pelo.

—¿Recuerdas algo? —Mis ojos suplicantes—. ¿Ni una cosita siquiera, Ava?

La tristeza transforma su cara pero no estoy seguro de si es tristeza por mí o por sí misma. Niega con la cabeza y baja de nuevo la mirada a su alianza de boda.

—Me siento tan fuera de lugar... —Su voz se rompe y una única lágrima cae sobre su antebrazo.

Ya está. Para mí no es natural estar aquí sentado. Me levanto y voy hacia ella, me siento en el borde de su cama y cojo sus manos entre las mías, evitando seguir hasta abrazarla. Es absurdo pensar que no quiero tentar a la suerte. Con mi propia mujer, joder.

—No estás fuera de lugar —digo con calma, viendo más lágrimas caer—. Ava, mírame.

Mi petición es demasiado brusca dada nuestra situación. Pero no importa. Me mira y nuestras miradas conectan al instante, sus ojos castaños penetrando en los míos a la vez que le aprieto las manos. Sus labios se separan un poco y algo aparece en sus ojos, algo familiar. Deseo. Es débil, pero está ahí, una pequeña reacción, y yo me agarro a eso con todo lo que tengo.

—¿Sientes eso? —susurro, y empiezo a jugar yo también con su alianza.

Su ligero asentimiento me obliga a tragar el alivio que siento antes de que me ahogue.

—Esto es sólo el principio, Ava. Es sólo la chispa que prendió la llama en nuestros mundos. —La determinación corre con fuerza ahora por mis venas, alentada por esa pequeña reacción—. Esta cabecita tuya... —Le acaricio la mejilla con suavidad, deleitándome con el ligero roce de su nariz en la palma de mi mano—. Llevas doce años llena de mí, señorita. No pienso dejar que olvides nuestra historia. Te haré recordar. Es el objetivo de mi misión. Haré lo que sea necesario.

Suspira, asintiendo, y todo me dice que está aceptándolo tan fácilmente porque hay algo en su interior que le dice que confíe en mí. Que me pertenece.

—Ese olor —dice de repente atrayéndome hacia ella.

Me dejo hacer sin más, aunque me pilla un poco por sorpresa cuando hunde su cara en mi cuello, nadie sabe lo maravilloso que es volver a tenerla tan cerca. Aspira con fuerza y la rodeo con los brazos lo mejor que puedo, sin perder la oportunidad que ha propiciado ella misma.

—Es mi olor favorito.

Sonrío y cierro los ojos.

—Lo sé.

CAPÍTULO 9

Ava

No le reconozco. No visualmente, al menos, pero mi cuerpo parece saber exactamente quién es. Es como si me resultara familiar aunque no consiga situarlo. Es atractivo, muy atractivo; lo veo incluso a través de su piel cetrina y su mirada cansada. Su aroma, una mezcla de agua fresca y la menta más fresca, es mi preferido, aunque no creo haberlo olido nunca antes. Su rostro, transformado por el estrés, es duro pero suave. Sus ojos verdes están tristes pero esperanzados. Me mira como si fuera su salvadora y su pasión. Me siento perdida. Perdida y desconcertada. Escucho lo que me dicen, el médico, mi madre, y me resulta imposible entender de qué están hablando. Estoy casada. Tengo unos mellizos de once años. No tengo veintipocos sino treinta y muchos. Es una locura, y si no fuera por mi madre, la mujer en la que más confío del mundo, que reafirma lo que dice el médico, no me lo creería. No me creería los vacíos que intentan llenar con historias de mi amor por ese hombre y nuestra vida juntos.

Nos casamos al cabo de un par de meses de conocernos. Yo estaba embarazada de pocas semanas. Eso no es propio de mí. Nunca he sido impaciente en lo que se refiere a las decisiones importantes de la vida, ni descuidada. Siempre he sido independiente y ambiciosa. La mujer que me cuentan que soy no se parece en nada a mí.

Aun así, ese hombre que ha estado aquí casi constantemente

hace que se me remueva algo por dentro. Mi corazón se acelera cuando está aquí. Y siento que mi cerebro intenta arrancar, intenta recuperar los recuerdos perdidos. ¿Recuerdos sobre él? Soy madre. Soy esposa. Y no tengo ni idea de cómo hacer cualquiera de esas dos tareas.

Tengo que irme a casa con un hombre que no conozco. Tengo que cuidar de dos niños que no conozco. Y a pesar de eso, todo en mi interior me empuja a hacerlo. El hombre, mi marido, irradia consuelo. Cuando me abrazó y me dejó llorar sobre su pecho, de repente ya no me sentí perdida. Me sentí a salvo y no estoy segura de si ese sentimiento fue propiciado por mi necesidad de que alguien me abrazara y me dijera que todo iba a ir bien o si simplemente era él el que me hacía sentir de esa forma. Sólo él.

Mi marido.

CAPÍTULO 10

—Es la idea más estúpida que has tenido en tu vida, Jesse, y mira que llegaste a tener ideas estúpidas en su momento. —Llena de rabia por mi sugerencia, Elizabeth estampa la taza vacía en la mesa.

No me encojo de miedo, puede que porque estoy bloqueado. Pero mi estúpida idea es la mejor oportunidad de que Ava mejore.

Hace tres días que despertó. Tres días de lágrimas, frustración y desesperación. Para ambos.

Me he sentado en la habitación, la he observado, he visto cómo su mente da vueltas, sus ojos se entornan y su respiración es más lenta mientras lucha por recuperar los recuerdos perdidos. La ha visitado un terapeuta que quiere seguir con las sesiones cuando haya abandonado el hospital. Ava sonaba poco comprometida cuando murmuró su acuerdo y concertó otra cita. No la culpo. Aquella hora había sido un festival del estrés para ambos, cada pregunta que hacía el terapeuta acababa en lágrimas de Ava y más agonía para mí.

No consigue recordar nada sobre nosotros.

El médico ha dicho que ya puede irse a casa, pero básicamente se va a casa con un hombre que conoce desde hace tres días y un par de críos que son unos extraños para ella. El dolor que ese pensamiento me provoca en el pecho es insoportable, pero las cosas son como son. Estoy siendo brutalmente sincero conmigo mismo y con Elizabeth.

Ava no nos conoce. Es mi fría y dura realidad.

90

—No quiero que los niños se sientan como yo me siento, Elizabeth. No quiero que su madre los mire como si fueran extraños, es una maldita agonía.

—Pero el médico ha dicho que necesita a su familia a su alrededor para ayudarla a recordar.

Doy un puñetazo en la mesa, la frustración se apodera de mí. Me siento sólo ligeramente culpable cuando la madre de Ava da un salto en su silla.

—Cree que tiene veintidós años, joder. En su mente, sigue soltera y acaba de empezar su carrera profesional. Todo lo que había después de eso se ha ido y moveré putas montañas si hace falta para asegurarme de que nos encuentre a los niños y a mí en el caos de su pobre cabeza.

Cojo aire y me recuesto, dejando el silencio entre nosotros. Es una novedad ver a mi suegra quedarse sin palabras.

—Te estoy pidiendo que te lleves a mis hijos de vacaciones por mí. Que mantengas sus cabezas ocupadas. Déjales ser niños. Te prometo, Elizabeth, te juro, que si puedo recuperar recuerdos de Ava y míos, cómo nos conocimos, cómo nos enamoramos, el resto saldrá de forma natural. Tienes que confiar en mí. He hablado con el colegio. Son comprensivos y nos apoyan, dadas las circunstancias.

—¿Cuánto tiempo quieres?

Me encojo de hombros.

—Una semana, puede que dos. No lo sé.

Tal vez ni todo el tiempo del mundo sea suficiente. Puede que los recuerdos se hayan borrado para siempre. Interiormente me resisto. No. Tengo que ser positivo. Además no hay forma humana de que yo pueda sobrevivir mucho tiempo sin los niños cerca.

—Estaremos en contacto todos los días. Por favor, Elizabeth. Necesito ese tiempo.

Frunce los labios con fuerza. Me doy cuenta de que le cuesta dejar que otra persona cuide de su hija, siempre lo ha hecho, pero esta vez tendrá que trabajar mano a mano conmigo.

—¿Y qué piensas decirles a los niños? Porque creen que van a tener a su madre en casa esta tarde.

No va a conseguir que me cuestione a mí mismo. Sé lo que es mejor para mi familia.

—Hablaré con ellos. Lo entenderán.

—O esperas que lo entiendan, Jesse. Sus mundos también se han puesto patas arriba. Necesitan tanto a su padre como a su madre.

Me froto la barba, que ya me ha crecido demasiado. Estoy jodidamente agotado. ¿Es que la vida no me había puesto delante suficientes retos?

—Y voy a recuperarlos para ellos —prometo. Porque ahora ni Ava ni yo somos nosotros mismos.

Elizabeth se pone el bolso en el regazo y me observa desde el otro extremo de la mesa, seguramente preguntándose de dónde voy a sacar las fuerzas, porque sé que parezco tan derrotado como estoy.

—Tienes un aspecto horrible.

Su insulto es una forma de aceptar sin decirlo, algo típico de mi suegra.

—Sí, bueno, están siendo unos días difíciles —suspiro.

Echo un vistazo a la cafetería y veo el pelo rojo de Kate. Recorre la sala con la mirada durante unos segundos antes de verme y sonreírme con la misma compasión que el resto de las veces que me ha visto desde que Ava ingresó.

—Hola —dice al llegar a nuestra mesa—. ¿Novedades?

—¿Como qué? ¿Si mi mujer por fin me reconoce? —le pregunto, y me levanto de la silla.

Ninguna de las dos responde a mi pregunta sarcástica, ambas se quedan calladas e incómodas.

—Voy a recoger a los niños y a hablar con ellos —anuncio.

—¿Dónde están? —pregunta Elizabeth.

—Con mis padres.

Le doy un beso en la mejilla a mi suegra y le aprieto el brazo en señal de agradecimiento. Sé que le complace que le dé las gracias porque aprieta el mío de vuelta.

—Te llamaré.

—De acuerdo. —Se despide y se dirige a la habitación de Ava.

—La dejaré un rato a solas con Ava antes de entrar yo. —Kate me agarra del brazo—. Vamos, te acompaño hasta el coche.

Mientras la barriga embarazada de Kate me guía hasta el aparcamiento, intento mentalizarme para lo que está por llegar. Pero es inútil, nada puede prepararme.

—Jesse, tienes que saber que ayer salió un reportaje sobre el accidente en el periódico local. Os mencionaban a Ava, a ti y hasta al maldito gimnasio. Y su pérdida de memoria. —Se encoge de hombros cuando le dirijo una mirada inquisitiva—. Están buscando testigos.

Suspiro.

—La policía me ha dicho que no llevaba puesto el cinturón. —Sigo furioso por ello con mi mujer pero no puedo mostrarlo—. Al parecer estaba buscando el móvil en el bolso. —Trago saliva, dejando a un lado la ira—. Tiene bluetooth. No sé para qué podría necesitar el móvil.

—Un mensaje, un correo electrónico.

Asiento, pero ninguna excusa justifica su imprudencia.

—Elizabeth y Joseph se van a llevar a los niños a la costa unos días —le cuento a Kate, y ella me mira sorprendida—. Esto es demasiado para Ava, Kate —empiezo a explicarle, esperando que llegue a comprender por dónde voy—. Veo lo sobrepasada que está. Yo, los niños, dieciséis años de recuerdos perdidos. Eres una de las únicas personas en su vida a las que sigue recordando ahora mismo.

—¿Y qué vas a hacer?

Kate se detiene y se vuelve hacia mí. La enorme señal de hospital que hay a lo lejos en un lateral del edificio brilla a pesar de que aún es de día. Un cartel considerable. Estoy harto de verlo. Es absurdo, pero deseo arrancarlo de la pared y prenderle fuego.

—Puede que jamás recupere la memoria, Kate. —Me encojo de hombros y me preparo para lo que estoy a punto de decir, angustiado—. Soy un extraño para ella. Un hombre sin más. Así que tengo que ir al principio e intentar que vuelva a enamorarse de mí.

Kate apoya su mano en mi hombro.

—Lo hiciste una vez, puedes volver a hacerlo.

Me río un poco entre dientes, mirando más allá de la mejor amiga de Ava.

—He dado las gracias a mi buena estrella todos los días de mi vida por haberla encontrado, Kate. Y por que, a pesar de mis defectos, me quisiera. —Sonrío, una sonrisa contenida llena de toda la tristeza que siento—. Fue un puto milagro que me aceptara la primera vez. Siento que fue mi oportunidad entre un millón. ¿Y si mi oportunidad ya no existe? ¿Y si no consigo hacer que ella lo vea? —Me llevo una mano al pecho y me clavo el puño entre los pectorales, intentando aliviar el creciente dolor—. Sería el final para mí.

—¿Dónde está el Jesse Ward que todos conocemos y amamos? —pregunta Kate, seria, y me da un suave puñetazo en el bíceps.

—¿Amamos? —pregunto levantando un poco una ceja, divertido.

—Sí, amamos —insiste, y esta vez el puñetazo es menos suave—. La derrota no va contigo, Jesse. Ava no se casó con un rajado. De hecho, supongo que sabes que se casó contigo porque no abandonaste. Eres un hombre al que le importa un huevo lo que piensen los demás. Un hombre capaz de pisotear todo lo que tiene delante para conseguir aquello que quiere. ¿Deseas recuperarla?

La miro sorprendido.

—¿Qué?

—A tu mujer. ¿Quieres recuperarla?

—Menuda estupidez de pregunta, joder —murmuro—. Y para ya con los puñetazos, por favor.

Ignora mi desdén y me apunta con un dedo a la cara, obligándome a recular o me lo meterá en el ojo. Kate es una de esas personas en este mundo a la que sólo puedes respetar, aunque no siempre estés de acuerdo con ella. Y ahora que está embarazada, lo más inteligente sería no discutir.

—Pues haz lo que mejor sabes hacer y lucha por ella.

Se cuelga el bolso al hombro, lucha por controlar su labio tembloroso.

—Mi mejor amiga no se casó con un puto miedica.

Abro mucho los ojos y me río un poco. Puedes llamarme lo que quieras, pero no se te ocurra llamarme puto miedica.

—Cuidado con esa boquita —murmuro, fuerte pero tímidamente, atrayendo la atención de muchas de las personas que nos rodean, no me importa lo más mínimo.

Kate se aleja de mí a buen paso. A tan buen paso como una mujer muy embarazada puede alejarse, es decir, algo parecido a un tambaleo.

—¡Eso te lo guardas para tu mujer! —me grita por encima del hombro.

—¡No soy un puto miedica! —le chillo a un viejo que ha sido lo bastante estúpido como para acercarse demasiado; casi se le sale el corazón por la boca y se marcha a toda prisa. No hay lugar para la culpa. Era él o Kate, y Sam me despellejaría vivo si me atrevo a molestarla.

Me voy ofendido hasta mi coche, abro la puerta y me siento. Me miro en el espejo retrovisor. Dios, menuda pinta tengo. Así no aumentaré precisamente mis posibilidades de conseguir que mi mujer vuelva a enamorarse de mí. Debo recomponerme. Urgentemente. Y debo hacerlo antes de recoger a los niños. Tienen que verme con el aspecto más normal posible; así, cuando les explique lo que sucede, sabrán que estoy al cien por cien y que necesito que ellos también lo estén.

CAPÍTULO 11

Cuando aparco delante de la casa de mis padres, un pequeño bungaló situado en un idílico barrio residencial de las afueras de la ciudad, los niños salen por la puerta antes incluso de que apague el motor. La sonrisa que se dibuja en mi cara es forzada. Ellos son lo único que me alivia en estos momentos, la única paz en mi mundo inestable, y aunque hacerme el fuerte delante de ellos suma agotamiento al que ya tengo, me alimento de su amor y su necesidad de estar junto a mí ahora mismo.

Salgo rápidamente del coche, me quito las gafas de sol y me preparo para su ataque. Me alcanzan al mismo tiempo, cada uno encontrando su lugar a mi lado.

—¿Podemos irnos ya? —pregunta Maddie mirándome.

Es la pregunta para la que me había preparado, pero las palabras que he estado practicando toda la mañana han desaparecido de mi cabeza.

—Vamos dentro —les digo, y los llevo hacia la puerta principal—. Tengo que hablar con vosotros, chicos.

—¿Qué pasa? —Jacob se ha separado de mi lado en un segundo—. ¿Es mamá? ¿Está bien?

—Está bien —le aseguro, poniendo la mano sobre la mata de pelo rubio oscuro de su cabeza y atrayéndolo de nuevo hacia mí—. He estado pensando y quería compartir mis pensamientos con vosotros dos.

—¿Sobre qué? —pregunta Maddie.

—¿Vas a volver a prohibirnos que vayamos al hospital? —Jacob se pone a la defensiva—. No vas a hacerlo, ¿a que no, papá? ¿Por qué no podemos ir? ¿Es que mamá no quiere vernos?

Me sangra el corazón y le abrazo aún con más fuerza.

—Se muere de ganas de veros.

Suavizo la verdad por el bien de mis hijos. He pillado a Ava varias veces esta semana tocándose la barriga y sé que cada vez que se ha duchado ha examinado la pequeña colección de estrías en su tripa, intentando asimilar el hecho de que es madre de unos mellizos de once años.

Cuando le pregunté si quería ver a sus hijos, pude sentir la batalla mental que tenía lugar en su cabeza, y las lágrimas empezaron a brotar enseguida. Escuchar a mi mujer decir que no quería decepcionarlos me arrancó el corazón. Y cuando me suplicó que la ayudara a recordarlos, fuera de sí, llorando y gritando, decidí lo que había que hacer. Necesitaba contarle nuestra historia desde el principio de la única forma que sé. Con acciones. Dónde empezar es la gran pregunta.

Alzo la cabeza para mirar hacia la puerta de la casa y veo a mi padre y a mi madre en el porche, observándonos. Están tristes. Sé que mamá no soporta verme así. Intento disimular lo destrozado que estoy pero un hijo no puede ocultarle nada a una madre, tenga diez años o cincuenta.

Le dedico a mi padre una sonrisa forzada cuando levanta la mano y me dice que lo tiene todo controlado, así que entreteniendo a los niños para alejarlos de la puerta, los llevo hasta el jardín y los siento en el banco con vistas al huerto.

—Se está esforzando mucho por estar mejor para vosotros —les digo—. Y necesito ayudarla a conseguirlo.

—Te refieres a recordarnos. —Maddie me corrige, y me agarra la mano como si fuera a caerse en un agujero si me suelta. Está evitando que yo también me caiga en ese agujero.

Asiento, no preparado para mentir, y me agacho delante de ellos y les cojo las manos.

—Veréis, hay una parte del cerebro de mamá que en estos momentos no funciona demasiado bien.

—¿Por el golpe que se dio en la cabeza? —pregunta Jacob.

—Justamente por eso. Es como si la llave se hubiera quedado atascada en la cerradura y hubiera dejado encerrados todos sus recuerdos. Necesito desatascar esa llave.

El labio inferior de Maddie empieza a temblar y sus ojos se llenan de tristes lágrimas.

—¿Cómo ha podido olvidarnos, papi?

Si en algún momento de mi vida he querido arrancarme el corazón y ponerlo a los pies de la esperanza, es ahora. Este instante, mirando a mis hijos, que están destrozados.

—No os ha olvidado —les digo con firmeza, apretando sus manos—. Sólo ha perdido temporalmente sus recuerdos. Voy a ayudarla a recuperarlos, os lo prometo. Decidme que me creéis. Decidme que confiáis en vuestro papi.

Ambos asienten con la cabeza. Me acerco a ellos para acogerlos en mi pecho y los abrazo muy fuerte. Soy fuerte. Necesito que sientan mi fuerza.

—Los abuelos van a llevaros a la costa una semana o dos mientras yo ayudo a mamá, ¿vale? Os encantará Newquay. Necesitáis divertiros un poco. Llevad a surfear al abuelo y ayudad a la abuela a coger gusanos de arena.

—El abuelo no puede surfear —se ríe Jacob entre lágrimas, y su risa me cura como la mejor de las medicinas—. Y a la abuela le dan miedo los gusanos.

—Entonces asegúrate de meterle uno en el bolso.

—Sabrá que nos lo has pedido tú. —Maddie pone los ojos en blanco antes de frotárselos—. Te volverá a maldecir con el infierno.

—A ojos de tu abuela, ya voy a ir al infierno.

Le aparto un poco el pelo a Maddie de la cara y acaricio el de Jacob.

—Cuidad de ellos por vuestra madre, ¿vale?

Jacob le coge la mano a su hermana, una señal de solidaridad y determinación. Mis niños.

—¿Y tú cuidarás de mamá? ¿La ayudarás? —me pregunta.

—Te lo prometo.

—¿Cómo sabemos que algún día se acordará de nosotros? —dice Maddie.

Mi pequeña polvorilla, mi vivaz y desafiante pequeña dama, no está tan segura como su hermano, y verla aceptar el consuelo que Jacob le ofrece me parte el alma y me la calma a la vez.

—Porque vuestro padre dice que lo hará. —Toso para que no se cierre mi garganta—. Y lo que papá os dice, va a misa.

—Lo sabemos —responden al unísono mirándose y sonriendo, como si acordaran en silencio que confían en mí.

Lo que es bueno porque deberían hacerlo.

Y no pienso defraudarlos.

CAPÍTULO 12

Llego al hospital y me encuentro al médico de Ava hablando con la jefa de enfermeras. Ella asiente, él asiente, ella habla, él habla, ella frunce el ceño, él también.

—¿Va todo bien? —pregunto al acercarme.

—Justo ahora íbamos a llamarlo.

Inmediatamente me preocupo.

—¿Por qué?

Miro hacia la habitación de Ava y la veo sentada en el borde de la cama, vestida y esperando, sus dedos jugando con la alianza.

—Su esposa empezaba a estar un poco inquieta —sonríe el doctor Peters, orgulloso—. Le he dicho que le encontraría.

—Lo siento, es que los niños se van fuera con sus abuelos —le digo.

Observo que Ava levanta la cabeza y me ve. Dibujo una ligera sonrisa y recibo otra a cambio. Esto es tan raro, y no parece que esa extrañeza vaya a disminuir ni un ápice. Devuelvo mi atención al doctor.

—Debía asegurarme de que tenían todo lo necesario.

—¿Los niños se marchan? —pregunta, haciendo que suene como que los he echado.

Se me erizan los pelos del pescuezo pero me esfuerzo por controlarme. No quiero que nadie cuestione mis decisiones como su padre ni como marido de Ava.

—Necesitan pasar algún tiempo alejados de esta locura —le explico, diplomático y tranquilo, aunque para ello empleo todas mis fuerzas—. Y si voy a ayudar a Ava a que nos recuerde, debo volver atrás, al principio de nuestra historia.

—¿Su historia?

Me río entre dientes.

—Sí, nuestra historia. Digamos que con ella se escribiría una novela genial. —Me paso la mano por el pelo—. No somos una pareja del montón, doctor.

Suspiro, pensando en cuál sería la mejor manera de explicárselo para que lo entienda. Tendría que conocernos para comprendernos. Tendría que haber visto por todo lo que hemos pasado.

—Cuando conocí a mi mujer, fue como si una bomba nuclear me estallara en el pecho.

Evito añadir que también fue una bomba nuclear en mis pantalones. Es inapropiado.

—Es como si una parte de mi alma se hubiera fundido con una parte de la suya y no había nada que hacer para detener eso. Fue un sentimiento increíble.

Miro de nuevo a la habitación y veo que Ava sigue observándome.

—Inolvidable —susurro, viendo cómo los ojos de mi mujer se dirigen a mis labios—. Lo que hace que todo esto sea aún más difícil de aceptar porque, ¿cómo ha podido olvidarlo? A nosotros. La intensidad de nuestra relación y todo lo que hemos pasado juntos...

Aparto la mirada de la mujer que tiene mi vida en sus manos y vuelvo a poner mi atención en el médico.

—Estoy jodidamente aterrorizado de pensar que todos esos recuerdos se hayan ido para siempre.

Sonríe como si lo entendiera, pero la verdad es que no lo entiende. Nadie podría.

—Crearán nuevos recuerdos.

Niego con la cabeza.

—Nada puede sustituirlos.

Esta vez asiente sin contradecirme.

—Aquí tiene el alta de Ava. —Me entrega un sobre—. Le hemos quitado el vendaje de la cabeza esta mañana. Está curando muy bien pero hay que mantener la herida bien limpia. Lo mismo con la pierna. Tiene mi número, señor Ward. Cualquier cosa que le preocupe, llámeme.

Cojo el sobre y voy hacia la habitación de Ava. Me pesa el cuerpo. Me siento como si caminara contra un viento huracanado, el instinto implacable no sólo me agarra el cuerpo sino que también atasca mi garganta, dificultándome la respiración.

Cuando entro, me quedo quieto como una estatua unos segundos, sin saber qué viene ahora.

—La bolsa —digo, y corro a cogerla de su lado—. ¿Puedes caminar?

En cualquier otro momento la hubiera cogido en brazos sin más, le gustara o no. La verdad es que todo esto de preguntar es muy raro. Y lo detesto.

Se impulsa ligeramente para levantarse de la cama con cautela y mi instinto se dispara. Suelto la bolsa de inmediato, desesperado por suavizar el sufrimiento de Ava y ayudarla a ponerse en pie.

Se apoya en mí con ambas manos, cada una en uno de mis antebrazos hasta quedar derecha. No sé si porque lo necesita o porque quiere.

—Gracias.

—No se te ocurra darme las gracias por cuidarte, Ava.

No quiero que suene como una afrenta pero es inevitable.

—Eres mi mujer. Es lo que he venido a hacer a este mundo.

Me mira frunciendo un poco el ceño y yo me veo conteniendo la respiración, esperando a que me diga que recuerda algo. Que recuerda que le he dicho eso antes, porque lo sé segurísimo, se lo he dicho. O cualquier detalle, no importa lo pequeño o insignificante que ella crea que sea. Pero cuando niega con la cabeza, me doy cuenta de que no es así.

Suspiro profundamente y empezamos a movernos, lentos pero seguros, sin dejar de vigilarla por si hubiera signos de dolor o de que este pequeño desplazamiento es demasiado. Está concentrada en avanzar, muy concentrada en el simple acto de poner un pie delante del otro. Es tan doloroso verla sufrir. No puedo soportarlo.

Me giro hacia el control de enfermería.

—¿Hay alguna maldita silla de ruedas por ahí?

Una enfermera examina la sala, claramente alarmada. Ni siquiera consigo sentirme mal por ello.

—En estos momentos están todas ocupadas, señor. Pero, si no le importa esperar, intentaré conseguirle una.

—Ya me la llevo en brazos. No se moleste.

Me vuelvo hacia Ava y me la encuentro con los ojos muy abiertos, sorprendidos.

—Te voy a llevar en brazos —le informo, aunque sólo por cortesía, y la cojo y la levanto con cuidado.

No protesta, lo que está muy bien porque no pienso verla salir cojeando de aquí.

Me observa atentamente mientras avanzo por el pasillo, seguramente evaluando lo tensa que está mi mandíbula. Intento relajarla, intento destensar los músculos agarrotados. Siento que podría explotar de estrés. De esperanza. De desesperación.

Delante de mí se abren unas puertas y aparece una camilla empujada por un celador. Y, en ella, un cuerpo, cubierto de pies a cabeza con una sábana blanca. Me sorprendo ralentizando el paso e imagino a Ava allí. En esa camilla. Muerta.

Se me hiela la sangre.

—¿Jesse?

Me sobresalto y bajo la vista, mi mujer me mira preocupada. Despejo rápidamente mis macabros pensamientos de lo que podría haber sido. Ella sigue aquí. Conmigo. Puede que no sea la de siempre pero sigue aquí. La agarro con más fuerza. No puedo evitarlo.

—Venga, vamos a casa.

—A casa —suspira, y aparta la mirada—. ¿Y dónde me dijiste que estaba?

—Dondequiera que yo esté —le digo con mi habitual franqueza. ¿Está sonriendo un poquito?—. ¿Vale? —pregunto, no queriendo ni pensar que cree que soy gracioso o que reconoce trocitos de nosotros. Pero ¿por qué otra cosa podría estar sonriendo?

—Tienes pinta de ser un mandón.

Me río a carcajadas, una explosión de regocijo imparable.

—No tienes ni idea, señorita. Ni idea.

—No me gusta que me digan lo que tengo que hacer. Para tu información.

—Ya lo sé.

Y me río de nuevo, sintiendo que la presión que llevo sobre los hombros se libera un poco. Sólo un poco pero... ya es algo.

La miro y dejo salir una sonrisa, la que reservo sólo para ella, esa que no ha visto desde que despertó. Decididamente, tiene el efecto deseado, su cuerpo se relaja en mis brazos. Es otra pequeña señal.

—Y para que lo sepas, eso está a punto de cambiar.

Se burla. Esa risa es el sonido más dulce que existe, aunque sea forzado.

—No lo creo.

Mi sonrisa se amplía, porque ésa sí que era mi mujer. Desafiante. Difícil.

Mía.

La esperanza crece con fuerza en mí.

CAPÍTULO 13

La observo estirar un poco el cuello a medida que entramos en el camino que lleva a nuestra casa, sus ojos interiorizando el terreno de nuestra pequeña mansión.

—¿Yo vivo aquí? —pregunta claramente asombrada.

—Vivimos aquí —la corrijo, y detengo el coche—. Y ya hace casi once años.

Salgo del coche y lo rodeo. Desde el asiento del copiloto, Ava está asimilando todo lo que la rodea. Le abro la puerta, pero como no muestra signos de bajar de mi Aston, me introduzco en el coche y desabrocho su cinturón de seguridad. Mi mejilla roza sus labios inocentemente y ella se queda inmóvil, aspirando con fuerza. Yo también me quedo inmóvil, mi cara a pocos milímetros de la suya. Gracias a la visión periférica, puedo ver que tiene los labios apretados, los ojos muy abiertos.

¿La habré asustado? ¿Habré acelerado su corazón con mi cercanía? Algo me dice que son ambas cosas. Mis ojos se fijan en sus labios, mi instinto me pide que la bese. Bésala. Devórala. Puede que eso active lo que quiera que se tenga que activar.

Pero gira la cara y la esperanza que crecía en mi interior muere un poquito. Me aclaro la garganta y me retiro, dándole espacio para salir del coche, algo que hace tranquila y despacio, ignorando la mano que le ofrezco.

Da pasos lentos e inseguros hacia la puerta, lentos por su pierna herida e inseguros porque, por desgracia para mí, está nerviosa. Cada cierto tiempo me busca por encima del hombro. Yo no digo nada, sólo la sigo, sintiéndome lo más inútil que se pueda ser. Abro la puerta de entrada y vuelvo atrás y ella se detiene en el umbral a observar el recibidor. Simplemente me espero a que encuentre el valor necesario para entrar. Los zapatos de los niños están tirados en un rincón, la pequeña área de suelo de mármol está sucia del barro que han entrado del jardín. Es una insignificante y absurda muestra de nuestra vida familiar pero capta toda la atención de Ava. Su casa. Se lleva las manos al pecho y casi puedo ver el pulso latir bajo las palmas.

—Tómate tu tiempo —murmuro amable.

Me mira y sonríe un poco antes de continuar intentando asimilar lo que la rodea. Da un paso hacia dentro y se dirige a la colección de fotografías alineadas en la pared sobre la consola.

El corazón empieza a martillearme el pecho a medida que se acerca más a las fotos. Su mano alcanza una del día de nuestra boda y Ava deja escapar el labio de entre los dientes, que lo tenían atrapado con suavidad. Luego se pasa un rato mirando una en la que salgo arrodillado besando su barriga embarazada, con la mano apoyada en su vientre mientras lo hace. Se vuelve hacia mí y me ofrece otra tímida sonrisa, que yo le devuelvo, ahora jodidamente nervioso, también. Entonces ve una de mis fotos favoritas, una en la que los niños eran pequeños, Jacob sobre mis hombros y Maddie sobre los de Ava. Estábamos en una terraza en el Paraíso. El mar azul a nuestra espalda parece estar tan vivo como los ojos de todos nosotros. El sol brilla tanto como mi sonrisa. ¿Alguna de esas fotos habrá avivado sus recuerdos? ¿Por poco que sea?

Cierro la puerta con cuidado, me acerco a ella y contemplo las fotos también. Fotos nuestras. De nuestra pequeña familia. Hay felicidad y amor por toda esta pared. Mire donde mire, encuentro cosas que podrían despertar algo y espero con toda mi alma que lo consigan. Y luego está mi pared de Ava en la sala de estar, las fotos que tenía en mi ático del Lusso y otras añadidas con los años.

Cientos de fotos de nosotros cuatro. Puede que eso ayude, también. Porque estar en el hospital no lo ha hecho, en ese entorno frío, clínico y nada familiar.

Sus hombros se tensan cuando estoy a pocos pasos detrás de ella y se vuelve para mirarme, su cara tan triste. No recuerda nada.

—Me preguntaba si esto era una especie de pesadilla. —Se gira hacia las fotos de nuevo—. O si alguien me estaba gastando una broma muy pesada. Me desperté y me dijeron que estaba casada y tenía hijos, pero hasta ahora no me lo creía del todo. —Señala la foto de nuestra boda, su barbilla tiembla—. Ésa soy yo. —Su voz se quiebra y me mira con lágrimas en los ojos—. Contigo.

Asiento, intentando contener mi propia emoción. Dios, nada puede conmigo, pero ver a mi mujer tan desconsolada me parte en dos. Se seca los ojos y vuelve a observar las fotos.

—Y esa de ahí también soy yo. —Señala la foto en la que los mellizos la tiran para abrazarla en la cama elástica del jardín—. Con... —El hipo no la deja hablar, se traga los sollozos—. Mis hijos. —Sus hombros empiezan a saltar hasta que se derrumba del todo, cubriéndose la cara con las manos.

Dejo la bolsa en el suelo y me acerco a consolarla, tratando de no llorar.

—Ven aquí.

La atraigo hacia mí y la acaricio, mirando al techo, desesperado. ¿Qué demonios voy a hacer? Su pequeño cuerpo da saltitos contra mí mientras llora, dejando salir el dolor ahora que la realidad la aplasta.

—Todo irá bien —le doy mi palabra, dejando caer mi cabeza y hundiendo la nariz en su pelo oscuro—. Vamos a estar bien, te lo prometo.

—¿Por qué no puedo recordarte? ¿Por qué no puedo recordar a mis hijos?

Me aparta de ella con violencia, con los puños apretados.

—¡¿Por qué no puedo recordar?! —grita, y la casa se llena con su voz—. ¡Necesito recordar! ¡Por favor, ayúdame!

Cae de rodillas y se dobla en el suelo, llorando como nunca la había visto antes. Esa imagen me atormentará el resto de mi vida.

Me mata, joder.

Me froto las mejillas húmedas con fuerza y me obligo a recobrar la compostura. Ella me necesita así. Fuerte. A su marido. La cojo y la acuno en mis brazos, consiguiendo mi propio consuelo cuando se acurruca contra mí y se me agarra como si la vida le fuera en ello. Como si fuera lo más natural.

Vamos a la cocina, nos sentamos en una silla y la abrazo con fuerza contra mi pecho mientras se desahoga del todo. ¿Qué más puedo hacer? Sólo estar aquí. Abrazarla cuando necesita que la abracen. Decirle que todo irá bien. Tengo mi cabeza cerca de la suya y estaré susurrándole hasta que al final se calme. Puede ser un minuto. Puede ser una hora. Ahora mismo el tiempo no significa nada.

—Lo siento —solloza, mirando un trozo húmedo de mi camiseta.

—No seas tonta.

Alzo la mano y le seco los ojos, y ella me deja, examinando mi cara con cuidado mientras saboreo ese tierno momento. Estoy tan agradecido de que me deje consolarla así. ¿Se está dando cuenta?

—¿Dónde están los niños? —pregunta, mirando a la entrada, tal vez esperando oírlos.

—Les he pedido a tus padres que se los lleven a la costa. Para que puedas instalarte tranquila y acostumbrarte un poco a todo.

—Pero van a pensar que no les quiero.

Veo el pánico en su cara, y extrañamente me calma saber que se preocupa por cómo deben de estar sintiéndose. Puede que no recuerde a sus hijos pero sigue teniendo el instinto de madre.

—Están bien, te lo prometo, Ava. Les he dicho que necesito tiempo contigo para ayudarte a recordar algunas cosas.

Sus ojos bajan hasta mi pecho y revolotean por el tejido de mi camiseta Ralph Lauren. Está pensando.

—Les quiero —dice frunciendo el ceño—. Sé que les quiero.

Me mira, lleva sus manos a mi camisa y agarra la tela.

—Sé que son míos.

Asiento y tomo aire, mis ojos fijos en los suyos.

—Sé que lo sabes.

Ava también asiente, agradecida por mi fe en ella. Después sonríe en medio de un bostezo contenido. Está hecha polvo. Necesita descansar.

—Tienes que dormir un poco.

Se mira a sí misma mientras juega con la cola de caballo.

—Me encantaría darme una ducha.

Una ducha. He perdido la cuenta de la cantidad de veces que nos hemos duchado juntos. Cuando estoy duchándome ajeno a todo y siento esa brisa fresca, una señal que me indica que mi mujer está a punto de unirse a mí bajo el chorro de agua. Ahora no será una de esas veces y duele muchísimo.

—Claro.

Me pongo de pie y la dejo en el suelo, apartándome, mostrándole de mala gana que no quiero que se vaya. Hace una pequeña mueca que le arruga un poco el ceño.

—¿Dónde está el baño?

Cierro los ojos un momento, intento reunir aire en mis moribundos pulmones. Por supuesto. Necesita que le hagan una visita guiada por su propia casa.

—Te lo enseñaré.

Me resisto a darle la mano y subo la escalera. Los pies me pesan, y el corazón aún más cuando Ava me sigue mirando a su alrededor al mismo tiempo.

Entro en nuestra habitación, tratando de no ponerme nervioso por enseñarle a mi mujer dónde dormimos.

—El vestidor está ahí —le digo, y señalo una puerta doble al otro lado de la habitación—. Y el baño, aquí.

Su mirada oscura se arrastra por mi cuerpo al pasar por mi lado, dando pasos inseguros hacia el vestidor. No sé si seguirla, pero lo hago y me paro en el umbral mientras ella inspecciona el espacio.

—Guardas tu ropa interior y la de dormir en esa cómoda —le digo.

Abre el primer cajón y examina el contenido. Luego hace lo mismo con el siguiente y saca uno de mis picardías favoritos, lo toca un instante antes de continuar con el resto del cajón.

—Hay mucho encaje —dice bajito, y yo sonrío un poco—. ¿Dónde están mis pijamas de algodón? ¿La ropa calentita?

—Te gusta el encaje.

Sus cejas se alzan lentamente.

—No hay duda.

—Y a mí también. —Me encojo de hombros cuando me lanza una mirada interesada—. Un poco.

—Me compras tú toda la ropa interior, ¿verdad?

—Es lo que más me gusta ir a comprar —admito descarado.

Asiente, lenta e insegura, nuestro contacto visual permanente. Pero la lujuria que siempre me cuesta tanto controlar cuando estamos juntos y a solas, especialmente cuando le añadimos encaje, no es tan fuerte hoy. Ni para mí ni para ella. Es brutal, pero ahora sé que el sexo no va a solucionar esto.

—Supongo que voy a tener que ponerme uno de éstos —dice por fin.

Odio que no sea una pregunta. Y odio aún más tener que contestar dando una respuesta que no quiero dar.

—Ponte lo que te haga sentir cómoda. —Dejo de apoyar el hombro en el marco de la puerta—. Dúchate tranquila. Tengo camisetas en el cajón, si lo prefieres.

Bajo la escalera intentando no sentirme derrotado por algo tan trivial como el encaje. Encaje. Es trivial pero significa mucho para nosotros.

Cojo una cerveza de la nevera, luego entro en la sala de juegos y me hundo en uno de los sofás de piel. Saco el móvil del bolsillo, busco la aplicación Sonos y pongo música aunque sea para acallar el insoportable sonido de mis pensamientos. Suena *Crazy* de

Gnarls Barkley y no me molesto en cambiarla. Me parece más que apropiada.

Mis ojos se detienen en el rincón del bar, en el que está almacenado todo el alcohol conocido por el hombre. No para mi disfrute, llevo años sin probar nada tan fuerte, sino para nuestros invitados cuando damos una fiesta. Pero ese vodka...

Lo que haría para salir de esta pesadilla. Emborracharme hasta quedarme inconsciente y con un poco de suerte despertarme en mi vida como debería ser.

Aparto la mirada, echo la cabeza atrás y dejo que mis pensamientos sigan atormentándome lo que dura la canción. Dejo que el dolor cale más hondo, porque ella está allá arriba, duchándose sola. Y yo estoy aquí abajo sintiéndome inútil.

Me acabo la cerveza pero me resisto a coger otra y me voy a mi despacho. Me siento en el escritorio, enciendo el iMac y busco en las carpetas hasta dar con lo que quiero. Las fotos. Miles, desde el principio de todo y hasta hace poco, en mi cumpleaños. Momentos atrapados en el tiempo, caras sonrientes y a veces con el ceño fruncido. Interminables momentos felices, cada foto cargada de amor. Las voy pasando y mi dolor empeora con cada imagen. ¿Cómo puede no recordar nada de esto? ¿Cómo puede no recordarme? Dejo el ratón y me froto la cara con las manos, me siento tan hecho polvo, física y emocionalmente. Y también necesito una ducha.

Dejo la carpeta abierta, lista para que Ava recorra todos esos años cuando se sienta preparada, luego me arrastro al piso de arriba. No escucho nada que venga de nuestra habitación y cuando abro la puerta me encuentro a mi mujer acurrucada en nuestra cama. No puedo evitar sentirme dolido. Siempre ha afirmado que le resulta imposible dormirse si no es tumbada sobre mi pecho. Luego me siento algo esperanzado porque se ha puesto el encaje y no la camiseta que le he ofrecido. Ignoro el hecho de que siempre ha dormido desnuda. Pasito a pasito.

Entro a hurtadillas en el baño y me doy una ducha rápida y solitaria y me recorto la barba, dejándola en una de tres días, como a ella le gusta. Sólo me lleva unos segundos observar al hombre que tengo ante mí. Un puto desastre. Me siento débil, desanimado y triste. He pasado por un infierno otras veces y me siento como si volviera a aquellos tiempos en caída libre. ¿Por qué? ¿Por qué sucede esto? ¿Qué he hecho? Me agarro al lavabo y respiro profundamente, intentando que la ira que siento acumularse no salga. Odio no controlar las cosas y, ahora mismo, mi mundo se está volviendo una puta locura. Y no hay nada que pueda hacer al respecto, sólo tener esperanza.

Me tiemblan los hombros de la tensión de contener la rabia, gruño, los dientes apretados, desesperado por golpear algo. Levanto la mirada y vuelvo a observarme. Y antes de que me dé cuenta de lo que ha ocurrido, el espejo se hace añicos y me destrozo los nudillos. No pasa nada. Ahora mi reflejo representa exactamente cómo me siento.

Roto.

CAPÍTULO 14

No soporto lo tranquilo que está todo aquí. No oigo a mis hijos corriendo por la casa, no oigo la cafetera, no oigo a Ava gritándoles a los niños que se vistan para ir al colegio. Todo está en silencio.

Miro la cafetera unos segundos y siento crecer la ira. Sólo es una cafetera, pero esta cafetera siempre está haciendo café cuando bajo por la mañana, porque mi mujer la ha puesto en marcha. Es su tarea. Es lo que siempre hace y hoy no lo ha hecho. Porque no lo sabe.

Abro un armario y busco el café. Ni siquiera sé cómo funciona el puto trasto. Al final localizo el café, cargo el estúpido aparato y consigo ponerlo en marcha, maldiciendo. Ni siquiera sé si lo he hecho bien pero la he encendido, confiando en que salga, y espero a que se apresure a sacar a la cocina del maldito silencio.

Cojo una taza, echo leche y luego doy golpecitos con los dedos con impaciencia sobre la encimera mientras espero. Observo mis nudillos destrozados. Y siento como si me arañaran los ojos cada vez que parpadeo, la falta de sueño me pasa factura. Creo que esta noche he dormido una hora. Una hora tirado en la silla junto a nuestra cama, el resto de la noche viéndola dormir, desesperado por pegarme a ella por detrás y abrazarla con la ferocidad de siempre. Pero no me he atrevido. Mientras me estoy sirviendo el café, oigo mi móvil al otro lado de la cocina. Lo cojo y respondo sin mirar la pantalla.

—Buenos días, Elizabeth.

113

—¿Cómo van las cosas? ¿Se ha adaptado bien? —Su voz suena tan desesperada como yo me siento.

No. Y todo es jodidamente horrible.

—Tan bien como era de esperar —digo—. ¿Qué tal los niños?

—Joseph se los ha llevado al campo de práctica. Tenemos muchos planes: surf, buscar cangrejos, pescar...

Sonrío y tomo un sorbo de cafeína.

—Gracias, Elizabeth. De verdad, agradezco mucho lo que estás haciendo. —Creo que jamás había sido tan sincero con mi suegra.

—Ay, Jesse. —Su voz se quiebra bajo la presión de mantenerse fuerte y, por primera vez en mi vida, deseo que esté aquí para darle un abrazo.

—Escúchame —le digo, lo más severo que consigo sonar—, hace doce años que me conoces, Elizabeth. Así que sabes que no voy a permitir que esos años desaparezcan como si jamás hubieran existido.

Tose a la vez que ríe, y resopla.

—Sé que ambos somos unos bobos con nuestras disputas, pero sé que sabes que te adoro, Jesse Ward.

Siento en mi interior el calor del agradecimiento y, sí, en el fondo lo sabía. Pero a riesgo de venirme abajo yo también, me veo obligado a volver a sacar mi lado más arrogante. No puedo llorarle a la madre de Ava. Ella depende de mí. No puedo llorarle a nadie.

—Sí, bueno, mi corazón ya tiene dueña.

—Ah, basta —se ríe, y es tan genial escucharla—. Sigues siendo una amenaza.

—Y tú sigues siendo un maldito incordio, mamá. Cuida de mis bebés.

—Vale. —No discute, ni siquiera cuestiona mi orden—. Seguiremos en contacto.

—Todos los días —le aseguro.

Cuelgo y tiro el móvil en la encimera, inmediatamente se me bajan los hombros. La energía que necesito para ser fuerte me ago-

114

ta. ¿Cuánto tiempo más podré soportar esto? Suspiro, me dirijo a la nevera y la abro, cojo la mantequilla de cacahuete de uno de los estantes. Me quedo donde estoy, quiero coger un poquito con el dedo, algo familiar y reconfortante en este mundo extraño.

Unos minutos más tarde, me he comido la mitad del tarro.

—Buenos días.

Su voz suave e insegura me golpea como un bate de cricket en la nuca. Me doy la vuelta con el dedo en la boca y la veo en la puerta de la cocina, moviendo nerviosa las manos entrelazadas sobre su vientre. El camisón de encaje está cubierto por una bata de satén color crema, el pelo oscuro le cae sobre los hombros. Es un espejismo. Y no puedo tocarla.

Me chupo el dedo hasta dejarlo limpio y trago, pongo la tapa rápidamente en su sitio mientras ella me mira extrañada las manos.

—¿Mantequilla de cacahuete? —me pregunta.

¿Es burla lo que noto? ¿Será un buen momento para contarle que uno de sus pasatiempos preferidos es untarse las tetas con ella y dejar que disfrute de mis dos cosas favoritas a la vez?

—Es un vicio.

Dejo el tarro en su sitio y cojo zumo de naranja para servirle un vaso, mis movimientos son todo nervios y temblores.

—¿Has dormido bien?

Ni una sola vez en doce años de matrimonio he tenido que hacerle esa pregunta. Porque siempre he estado a su lado, consciente de cuando duerme tranquila o cuando no porque está preocupada.

—No mucho.

Se acerca a mí lentamente y me coge el vaso de zumo de las manos, sonriendo un poco, y se instala en uno de los taburetes de la isla.

—He sentido que me faltaba algo. —Aparta la mirada como si le avergonzara admitirlo—. Y he llegado a la conclusión de que tienes que ser tú.

¿Qué? La esperanza crece de nuevo en mí y no estoy seguro de si alegrarme o no. Si no hay esperanza, no hay decepción. Pero no puedo evitarlo. Voy hacia el taburete que hay a su lado y me siento.

—Ava, debes saber que...

—Una vez te he tenido, eres mía.

Casi me caigo del taburete. A la mierda con la decepción. Nada puede detener la alegría que corre por mis venas ahora mismo.

—¿Te acuerdas?

Con los labios en el borde del vaso, frunce un poco el ceño.

—No sé de dónde ha salido.

—De dentro de ti, Ava. —Le quito el zumo y lo dejo en la encimera, le cojo las manos y se las aprieto con fuerza—. De lo más profundo de ti.

Me mira, los ojos se le vuelven a llenar de lágrimas. Malditas lágrimas de las narices.

—Es tan frustrante.

Ahora es ella la que me aprieta las manos a mí, pidiendo que la entienda. Tiene que confiar en mí. Yo lo hago. De verdad que sí.

—Acabo de pasarme quince minutos de pie en dos habitaciones infantiles, suplicando recordarlas. He olido las sábanas de sus camas y he mirado en sus cajones. Nada.

Una única lágrima resbala por su mejilla y yo la cazo con la yema del pulgar. No es bueno. La cojo y la siento en mi regazo, mi cuerpo envolviendo el suyo. No opone ninguna resistencia.

—Me dan ganas de golpearme la cabeza contra la pared sin parar hasta que todo vuelva a mí.

—No vas a hacer eso, señorita.

Con la nariz en su pelo, la huelo, agradecido por que haya dejado que la consuele una vez más. Si es porque quiere o porque lo necesita no importa. Porque yo lo necesito.

Suspira y se baja de mi regazo, y yo contengo la respiración y le hablo a mi polla cuando inocentemente se restriega contra mí. No habrá nada de eso. Nunca, jamás, pensé que fuera a decir esto en mi vida junto a ella.

—¿Qué te ha pasado en la mano? —me pregunta, y recorre mis nudillos suavemente con la yema de un dedo.

Sacudo la cabeza y retiro la mano, mi silenciosa forma de decirle que lo olvide. A juzgar por la cautela que veo en sus ojos, sabe perfectamente lo que le ha pasado a mi mano. Habrá visto el espejo. O tal vez anoche lo oyó romperse. No me presiona.

—¿Qué vamos a hacer hoy? —me pregunta en cambio.

Sí, volvamos a lo importante.

Me levanto y le ofrezco mi mano, me siento agradecido cuando la coge.

—He encontrado todas las fotos que hay en el ordenador. He pensado que podías ocupar la mañana mirándolas.

—¿La mañana entera? —Me deja guiarla hasta el estudio y ayudarla a sentarse en el escritorio.

—Es que tenemos muchas fotos.

Enciendo la pantalla e inmediatamente aparece una imagen de nosotros cuatro. Estábamos en el Paraíso. Los mellizos eran pequeños. Yo tenía cuarenta y dos y Ava era la imagen de la perfección absoluta a los treinta. Maddie en sus brazos, Jacob en los míos. Estamos en la orilla y nos salpicamos agua con los pies, nos reímos. Es un bonito momento atrapado en el tiempo, natural y real.

Ava alarga la mano y toca con suavidad la pantalla, el dedo recorriendo las cuatro caras.

—Somos una familia de bellezas —murmura para sí misma—. Él se parece a ti y ella a mí.

No digo nada, sólo la beso en la coronilla y la dejo navegando entre las infinitas imágenes de nuestra felicidad. No me siento capaz de ver cómo lo hace sin venirme abajo.

Agonía. Es una pura jodida agonía las cinco horas que se pasa en el despacho viendo fotos. No dejo de preguntarme si ha conseguido recordar algo. Y al final la oigo llorar y sé que no.

Miro al techo, entorno los ojos con fuerza, siento la angustia instalarse en lo más profundo de mí. Luego me recompongo y sigo sus sollozos hasta la sala de estar. Me la encuentro de rodillas a los pies de mi pared de Ava. La cabeza entre las manos, los puños clavados en las sienes como si físicamente intentara hacer salir los recuerdos. Mierda, se va a abrir la herida.

—Ava, cariño.

Cruzo la habitación corriendo, muerto de sufrimiento mientras la levanto. Cada centímetro de esa pared está cubierto de fotos y pies de foto escritos por mí, Ava y ahora también por los niños. Ha habido días en los que he venido aquí a relajarme en el sofá y a mirarla un buen rato, admirando su magnificencia. Nada me hace sonreír más que el encontrarme una foto nueva y leer lo que ha escrito Ava o uno de los mellizos. Es un enorme homenaje a mi familia, una de las cosas más preciosas de mi vida. Y ahora es el motivo de la desolación de mi esposa.

Mis ojos van a la foto más reciente, una que Jacob y Maddie colgaron hará unas dos semanas. Soy yo con cara malhumorada mientras Ava me da un beso en la mejilla. En el pie de foto, escrito por Maddie, pone: «Es el cumpleaños de papá. ¡Y eso le hace estar muy gruñón!».

Trago saliva, pego a Ava a mi pecho y me la llevo al sofá, la siento y acomodo sin dificultad en mi regazo. Aprovechando que está hecha un ovillo, acurrucada y llorando sobre mí, doy un vistazo rápido a su cabeza para asegurarme de que la herida está bien. No digo nada y no hago sino abrazarla durante la siguiente hora mientras ella llora todo lo que quiere, maldice en voz alta, grita y solloza un poco más. Me pican los ojos de las lágrimas silenciosas que dejo escapar cuando hunde la cabeza en mi pecho, los dedos aferrados a mi camiseta, agarrándome como si temiera que fuera a dejarla sola en la oscuridad. Jamás. Estamos en esto juntos. El camino entero y hasta que acabe. No consigo ver la luz al final de este tortuoso túnel pero rezo por que esté en alguna parte.

Llegado el momento, los sollozos cesan, aunque la dejo seguir en su refugio, esperando pacientemente a que tenga el valor de mirar a la cara a quien la está abrazando.

—Cero, nena —murmura Ava en un soplido en mi pecho. Me pongo tenso—. ¿Por qué no dejo de escuchar esas palabras?

La aparto para poder mirarla a los ojos. Están hinchados y enrojecidos.

—Es uno de nuestros juegos —le explico, y ella hace una mueca que me anima a continuar—. Empiezo a contar desde tres hasta llegar al cero...

—¿Qué?

Me encojo de hombros.

—A veces te hago disfrutar hasta morir, a veces te beso hasta morir y a veces te llevo a la cama. —Eso es todo lo delicado que puedo ser explicando la cuenta atrás—. Ava, nena, es otra parte de nuestro universo.

Sonríe sólo un poco. Pero es una sonrisa.

—Ava, nena —susurra, y vuelve a apoyarse en mi pecho, girando la cabeza hacia fuera de forma que apoya la mejilla en mi pecho, su mirada perdida en la pared al otro lado de la sala—. Siempre que dices eso, suena bien. Siempre que me abrazas, siento que todo está bien. Siempre que te miro a los ojos, sé que eres mío. Cuando miro a los niños, no los reconozco, pero algo me dice que los proteja. Siento que todo está bien.

—Porque está bien —respondo aliviado de escucharlo, porque es el destello de luz que ando buscando entre tanta oscuridad—. Todo lo referente a nosotros está bien.

—¿Y por qué no puedo recordar?

Su voz vuelve a quebrarse y, no por primera vez, intento imaginar su desolación. Intento imaginar lo que debe ser sentirse tan fuera de lugar. No estoy seguro de que sea justo comparar su sufrimiento con el mío.

—Tú también debes de sentirte frustrado —solloza—, ¿cuánto tiempo pasará hasta que me des por imposible y te rindas?

¿Rendirme? Dios, de verdad que no me conoce nada de nada. Cuesta ignorar el dolor que siento en el corazón. Escuchar que duda de mi determinación es mortal.

—Recordarás —le aseguro—. Tú y yo somos una fuerza imparable, Ava. Nada ha conseguido vencernos en el pasado y no pienso dejar que suceda ahora.

Cojo su alianza y me la llevo a los labios para besarla con dulzura. Ella me mira con tanta necesidad en sus ojos. Es otro tipo de necesidad. No necesidad sexual sino necesidad de mí. Sólo de mí. Que la ayude, que la apoye, que la quiera. Que le recuerde cosas.

—Una vez te dije que quería cuidar de ti para siempre. —Le aguanto la mirada, que no vacila—. Iba en serio, nena. Y para siempre no ha llegado a su final aún. No llegará, no para nosotros. Te amo. Eres lo mejor de mí, Ava. Lo más increíble. Eso no se puede olvidar.

Parpadea unas cuantas veces, como si la hubiera pillado por sorpresa. Eso duele también, porque cualquier otra vez que le haya dicho cuánto la quiero, ha sonreído y me ha besado.

—Debemos de querernos una barbaridad.

—Es pura felicidad, cariño —empiezo a decir bajito—. Satisfacción total. —Con cuidado, me inclino para besar su mejilla húmeda—. Absoluta, completa, que cambia mundos...

—Y sacude universos.

Apenas murmura esas palabras, pero las escucho como si fuera a través de un pedazo de altavoz enorme junto a mi oído.

—Sí —confirmo, frío por fuera, pero por dentro me destroza el hecho de que diga cosas sin saber por qué las está diciendo—. No me voy a ir a ninguna parte, ni tú tampoco, ¿queda claro?

Asiente con más lágrimas y se acurruca más contra mí, excepto que esta vez su cara se apoya en mi cuello y me aspira, sus labios apoyados perfectamente en mi piel, sus manos se cuelan bajo mi camiseta y me tocan.

—Hueles tan bien. ¿Vas a decirme ya cuántos años tienes?

—Veintidós.

Suelta una carcajada y sonríe.

—Sé que me haces feliz.

—Bien.

Me relajo en mi asiento y pasamos un rato silencioso y feliz en nuestra locura sin dejar de abrazarnos, sus manos deslizándose por mi pecho, acariciándome con suavidad allá adonde llega. Como si quisiera volver a familiarizarse con el hecho de sentirme.

CAPÍTULO 15

Llevamos dos días dando vueltas por la casa vacía y silenciosa. Sólo hemos salido una vez para llevar a Ava a terapia. Abandonamos la sesión sin ninguna mejoría en su memoria, y la desesperanza pareció multiplicarse por un millón. Estoy durmiendo en la habitación de invitados y he odiado con todas mis fuerzas cada vez que la he dejado a ella en nuestro dormitorio. Cada vez, Ava observa cómo me marcho, y cada vez he pensado que quizá ella preferiría que no me fuera, pero no puedo preguntárselo.

Sigo viendo pequeños destellos de algo familiar en sus ojos, una mirada de alegría, la misma con la que me miraba todos los días de nuestra vida. Es la mirada que me dice que me ama. La atracción que nunca ha sido capaz de ocultar. Pero ahora se está conteniendo. Lucha contra ella, como lo hizo años atrás cuando entró en mi despacho.

Pero esta vez no puedo cargar contra su resistencia como un toro. No puedo obtener lo que quiero. Tengo que esperar a que me sea concedido, y eso me está matando un poco más día tras día.

He estado observándola, preguntándome qué estará pasando por esa mente suya. Me ha pillado en varias ocasiones y me ha ofrecido una leve sonrisa en cada una de ellas. Se está acostumbrando a mí. Y tanteándome.

Ya es hora de acostarse de nuevo y el temor me invade mientras la acompaño hasta nuestra habitación. La cama sigue deshecha desde esta mañana. Normalmente la desvestiría, la metería en la cama y me metería yo tras ella. Pero el temor a asustarla o a que me rechace me detiene. No sé si podría soportarlo. Y, sin embargo, salir del cuarto y marcharme también me mata. Las palabras de Kate me vuelven a la mente: «¿Dónde está el Jesse Ward al que todos conocemos y amamos?».

Así que...

—Brazos arriba —ordeno a Ava cogiendo el bajo de su camiseta.

Ella me mira sorprendida. Veo duda en su mirada, y se estremece cuando mis dedos rozan la piel de su vientre. Yo también me estremezco, pero mi reacción no tiene nada que ver con el fuego habitual que me quema la piel cuando toco a mi mujer, sino que se debe a su recelo.

Suelto su camiseta y me retiro para darle espacio e intento controlar la angustia que asola mi pecho antes de que me postre de rodillas y me obligue a suplicar.

—Tranquila. Te daré un poco de intimidad.

Me vuelvo antes de que pueda ver la humedad en mis ojos y me alejo de la única persona de este mundo que me trajo de vuelta a la vida.

Y la única persona en el mundo que puede acabar conmigo.

Cierro la puerta al salir y me distancio de allí, porque sé que si me detengo para intentar sosegarme haré un agujero en la pared o me desmoronaré en el suelo y empezaré a llorar desconsolado. Me seco toscamente la humedad de los ojos mientras bajo la escalera, ansioso por poner tanta distancia entre nosotros como sea posible para poder gritar mi frustración sin que me oiga.

Acelero el paso al llegar al final de la escalera, me dirijo a la sala de juegos, cierro la puerta y me apoyo contra la madera. Me cuesta un terrible esfuerzo respirar. Pum. Golpeo la madera con la parte de atrás de la cabeza y aprieto los ojos con fuerza, temblando con una furia que soy incapaz de controlar.

¿Por qué? ¿Por qué está pasando esto? La he presionado demasiado, demasiado pronto.

El grito que he estado conteniendo desde que he huido de nuestro dormitorio asciende desde el fondo de mi estómago y estalla fuera de mí. Me giro y golpeo la puerta con el puño. No se astilla, pero las heridas de mis nudillos vuelven a abrirse. No me duele. El único dolor que siento es el de mi corazón roto.

—¡Joder!

Me quedo donde estoy, con la cabeza apoyada en la puerta y los puños apretados hasta que logre calmarme. Podrían ser dos minutos o una hora. No lo sé. Siento como si un tiempo precioso se estuviese escapando, escurriéndose como la arena de un reloj de arena. Imparable.

Al final, es el sonido de mi móvil lo que me aparta de la puerta. Entumecido, me dirijo a la mesa y lo cojo. Es Kate.

—Hola.

Me desplomo en el sofá e inspecciono mi puño ensangrentado.

—¿Va todo bien?

—Mi mujer no sabe quién soy, Kate. Así que, no, no va todo bien.

No me reprocha mi brusquedad.

—¿Entonces no ha habido ningún avance?

Exhalo un suspiro largo y cansado.

—Sigo teniendo pequeños momentos de esperanza. Cositas que llenan de ilusión mi corazón. Y entonces desaparecen y mis esperanzas también desaparecen y regreso a la casilla número uno.

—Sé que no es tu fuerte, pero debes tener paciencia, Jesse. Como dijo el médico, en su mente hay un engranaje atascado.

—Y no para de retemblar y entonces se detiene otra vez. Joder, es muy frustrante.

—¿Tú estás frustrado? —Suelta una carcajada—. Pues imagínate cómo debe de estar Ava, Jesse. Se ha despertado con un marido y dos hijos y dieciséis años de su vida han desaparecido.

La culpa me invade y me asola.

—Lo sé.

Me froto la frente, como si así pudiese quitarme el estrés.

—Sé que está todo ahí, Kate. Está todo ahí, sólo necesito que lo recuerde.

¿Y si nunca siente la conexión y las emociones que sintió cuando nos conocimos? Por más que intente describírselo, nunca será tan intenso e imperioso como lo fue entonces. Como lo es siempre. No nos unirá de la misma manera, y ahora más que nunca necesito ese vínculo.

—Recordará. No te rindas.

—Jamás —juro con voz ronca por la desesperación que bloquea mi garganta.

Una desesperación que estoy convencido de que no estoy logrando ocultar demasiado bien.

—¿Y si cenamos una noche? Todos juntos. Drew y Raya se apuntan.

—Sí —accedo con poco entusiasmo, porque no me apetece en absoluto sentarme alrededor de una mesa con amigos para que vean que soy un auténtico desconocido para mi mujer—. Ya me dices cuándo.

—Lo haré. Ánimo, Jesse. Es normal que no te reconozca, no te reconozco ni yo. —Y cuelga, dejando esas palabras flotando en el aire.

—Joder —mascullo entre dientes, y hecho un auténtico lío dejo caer el móvil sobre el sofá.

Reproduzco esos destellos de esperanza que Ava me ha ofrecido, palabras que han salido de ninguna parte y que la han llevado inmediatamente a fruncir el ceño o a poner un gesto de confusión. La arrolladora felicidad seguida rápidamente de un dolor insoportable.

Mi mirada se posa de nuevo en el mueble bar del otro extremo de la sala. La botella de licor transparente me tienta con promesas de alivio.

—No hagas tonterías —me digo a mí mismo, y obligo a mi pesado cuerpo a levantarse del sofá.

Cierro la casa con llave y subo al piso de arriba. Clavo la mirada en la puerta de nuestro dormitorio mientras me arrastro hasta la habitación de invitados. Una noche más sin sentir cómo duerme sobre mi pecho. Una noche más añorando su calidez.

Una noche más sin la mayor parte de mí a mi lado.

CAPÍTULO 16

Ava

Los últimos días no he hecho nada más que pensar. Pensar, ir a terapia y pensar un poco más. Estoy harta de pensar. Estoy harta de las jaquecas de tanto pensar. Lo último que recuerdo es que estaba saliendo con un tío llamado Matt. Incluso recuerdo que hablábamos de irnos a vivir juntos. ¿Qué pasó con eso? ¿Y con la carrera que tanto me estaba esforzando por labrar? Trabajo para mi marido. Vivo con mi marido. Es evidente que siempre me mantiene cerca. ¿Eso es normal? ¿Es sano?

Suspiro y me doy la vuelta en la cama para ver la hora en el despertador sobre la mesilla. Son las ocho en punto. Oigo ruidos en la cocina. Anoche intentó desvestirme. No pude evitar estremecerme cuando tocó mi piel desnuda, y no fue sólo por la sorpresa. Mi carne pareció encenderse, y aunque tenía la sensación de que jamás había sentido algo así, en el fondo sé que sí lo he sentido. En ese momento me alarmaron mis reacciones. Me asustaron. Apenas lo conozco, pero mi cuerpo sí, y me lo indica todos los días. Existe una conexión. Algo profundo y casi debilitante. Él es abrumador.

Cierro los ojos e intento entender todos los signos que dicen que lo amo. No sólo las pruebas tangibles: las fotos, los niños, lo que la gente me ha contado; sino las pruebas invisibles. Como el modo en que me late el corazón cuando lo veo. Como el modo en que mi piel arde cuando me toca. Como la extraña necesidad que me invade por dentro al estar cerca de él. Algo se activa, como cuando me abraza con esos inmensos brazos. Se le da bien acurrucarse conmigo. Se le da bien reconfortarme. Se le da bien darme espacio cuando lo necesito.

Interrumpo ese proceso de pensamiento ahí y rebobino. No creo que lo de darme espacio se le dé tan bien. Veo su expresión de ansiedad cada vez que sale del dormitorio. Y siento la ansiedad en mi interior. Algo no va bien. Él parece no estar bien, y es una extraña conclusión a la que llegar por mi parte teniendo en cuenta que no lo conozco.

Me acerco con cuidado al borde de la cama y hago una mueca de dolor al levantarme. El músculo bajo la herida que aún se está curando me tira mucho. Me pongo una bata color crema y me dirijo a la puerta. Quiero saber cosas, y estoy preparada para formular las preguntas, así que más le vale estar preparado también él para responderlas.

CAPÍTULO 17

Estoy haciendo café de nuevo y todo el ruido posible para llenar el silencio cuando Ava entra con paso firme en la cocina. Su gesto de determinación me coge por sorpresa. Entonces se detiene, y sus ojos centellean un poco al ver mi pecho desnudo. Según desciende la mirada, las chispas se disipan y señala mi estómago. O las dos cicatrices que lo afean.

—¿Qué te ocurrió?

Bajo la vista, no sé por qué.

—Nada.

Niego con la cabeza y vuelvo a centrar mi atención en Ava. Todavía no estoy preparado para hablar de eso. Además, sé que no ha venido tan decidida para preguntarme sobre mis cicatrices. Es la primera vez que las ve desde el accidente.

—¿Qué pasa?

Niega brevemente con la cabeza y endereza su cuerpo en una postura erguida que denota seguridad.

—Cuéntame cómo nos conocimos. Quiero que me lo cuentes todo.

Me siento con cautela en un taburete, dividido entre la felicidad de que lo haya preguntado y el temor a la presión de tener que responder. Fue un inmenso torbellino de sentimientos y emociones. Fue todo tan intenso, que la idea de tener que explicarlo me intimida mucho de repente.

—No sé por dónde empezar, Ava —admito, y ella se reúne conmigo en la isla—. Me da miedo no hacerle justicia a nuestra historia.

Inspira hondo, pensando, y me mira a la cara.

—Entonces muéstramelo.

Me río, pero es una risa nerviosa.

—No sé si estás preparada para eso.

No quiero asustarla teniendo en cuenta su estado de confusión. Esto no es como cuando nos conocimos. No puedo ir arrollándola como entonces. Ahora está delicada. Frágil. Tengo la sensación de que todo pende de un hilo.

—¿Preparada para qué?

Cierro los ojos con fuerza y trago saliva.

—Para mi manera de ser.

—¿Tu manera de ser?

—Sí, mi manera de ser.

Abro los ojos y me encuentro con los suyos. Su expresión de perplejidad no hace sino acrecentar mi preocupación.

No sabe cómo interpretar eso. O a mí.

—Así es como tú te refieres a ello —le digo—. Mi «manera de ser» —continúo al ver que ladea la cabeza con aire interrogante—: Soy irracional. —Me encojo de hombros—. Al parecer. —Inspiro hondo para reunir fuerzas y seguir—. Un obseso del control. —Vuelvo a encogerme de hombros patéticamente—. Al parecer. —Ya me está costando y ni siquiera he llegado a rozar la puta superficie—. Soy posesivo y controlador y... —Aprieto los labios al ver que abre ligeramente los ojos—. Al parecer —añado en voz baja.

—Has dicho «al parecer» un montón de veces.

—Al parecer —farfullo, y aparto la mirada.

Me cuesta expresar lo que necesita saber.

—Joder —exclamo frustrado.

—También dices muchas palabrotas.

La miro de nuevo y me encuentro con un gesto de desaprobación. Podría echarme a reír, pero me limito a toser.

—Claro, tú no las dices. Casi nunca, de hecho.

Me niego a mentirle tan descaradamente al respecto. Esto podría terminar con esa boca tan sucia.

—¿Ah, no?

Niego con la cabeza.

—Nunca.

—Ah —dice, y se sume en sus pensamientos durante unos instantes.

Se dispone a hablar en varias ocasiones, hasta que ha aspirado tanto aire que me preocupa que lo que vaya a salir de su boca requiera tanta preparación.

—Estoy lista —declara.

No entiendo.

—¿Lista para qué?

—Para que me lo muestres.

Se muerde el labio inferior ligeramente y me mira mientras yo intento comprender lo que me está pidiendo que haga.

—No estoy seguro, Ava.

—Yo sí estoy segura.

Se acerca y coloca las manos sobre mi pecho. Su tacto me obliga a inspirar hondo.

—Tengo un inmenso agujero en la cabeza donde deberíais estar los niños y tú, y me está matando que no estéis ahí. —Me da un empujoncito y aproxima su rostro al mío—. Estáis aquí, en mi vida, pero no aquí. —Despega una mano y se da unos suaves toquecitos en la sien, aunque hace una mueca de dolor.

Ese gesto nos recuerda a ambos que tiene que tomarse las cosas con calma. Sus heridas visibles tampoco han sanado todavía.

—Y es que sé que deberíais estar, y ver esas fotografías no ha hecho sino intensificar esa sensación. —Su voz se quiebra de nuevo y me apresuro a bajarle la mano de la cabeza y a sostenerla firmemente en la mía—. Necesito que hagas lo que sea preciso.

Su feroz determinación a través de sus palabras rotas me deja pasmado. Entonces recuerdo con quién estoy hablando. Puede que sea un desconocido para ella, pero, para mí, Ava sigue siendo mi mujer. La mujer más fuerte que he conocido jamás. Tiene que serlo o, de lo contrario, yo no estaría en su vida, o ella en la mía. Se ha enfrentado a mí otras veces, ha soportado todo lo que le he hecho.

—¿Lo que sea preciso? —pregunto, sólo para que lo repita, para asegurarme de que estamos en la misma onda.

—Lo que sea preciso —confirma asintiendo con la cabeza.

Me está dando permiso. Me está diciendo que está bien que sea... ¿tal y como soy del todo?

—¿Nada de presión, entonces? —bromeo, y me pregunto por dónde empezar.

La respuesta no tarda en llegar.

—Pues ve a ducharte. Nos vamos de excursión.

Cuando levanto la vista hacia el imponente edificio llego a la conclusión de que esto es tan raro para mí como debe de serlo para Ava. La Mansión sigue siendo La Mansión, sólo que ahora es La Mansión Golf Resort y Spa. Los campos están perfectos, tal y como lo estaban cuando lo vendí, y el edificio sigue igual de impresionante.

—¿Nos conocimos jugando al golf? —pregunta Ava divertida—. Qué romántico.

—Nuestro encuentro no tuvo nada de romántico, nena —digo, y la guío por los escalones hasta las puertas de entrada controlando su cojera que, aunque leve, está ahí.

—¿Ah, no? —Parece decepcionada.

Echa la cabeza atrás todo lo que puede para admirar la extraordinaria estructura.

—¿Sabes qué? Ésta podría ser una oportunidad perfecta para cambiar eso.

Me detengo al instante y la miro algo pasmado. Ella permanece callada mientras yo intento buscar una respuesta. No la tengo, de modo que continúo tirando de ella, dándole mil vueltas a la cabeza. No por su insinuación de que tal vez debería ser más romántico, sino porque ha mostrado un lado insinuante, y eso me gusta muchísimo. No obstante, no debería tomarme ese indicio tan sutil como una luz verde para abalanzarme sobre ella. Al menos no todavía.

—Por aquí.

La llevo hasta el bar, la levanto y la coloco sobre un taburete intentando pasar por alto el hecho de que, a pesar de que el exterior de La Mansión sigue exactamente igual, el interior ha cambiado drásticamente. Es una mierda absoluta. Echo un vistazo a mi alrededor, a medio camino entre el resentimiento y la reminiscencia. La disposición general es la misma, pero la decoración es muy diferente.

—¿Por qué frunces el ceño? —pregunta Ava.

Seguramente este sitio no la ayudará a recordar. ¿Cómo, si ni yo mismo lo reconozco?

—Es que no es como yo lo recordaba —le digo, y señalo al camarero, que viste un traje de pingüino verde a juego con el resto de la decoración—. Mario era mucho mejor.

—¿Quién es Mario?

—Mi camarero principal.

—¿Tú camarero principal? —repite estupefacta.

—Ah, sí. —La miro y sonrío nervioso—. Es que esto antes era mío.

—¿Tenías un club de golf? —Se queda boquiabierta y echa un vistazo a su alrededor—. La casa, tu flamante Aston, este lugar. ¿Somos ricos?

—Vivimos cómodamente —digo con aire despreocupado con la esperanza de que la cosa quede ahí, al menos por el momento.

La complejidad de La Mansión y de cómo llegué a poseerla no está entre mis prioridades en la lista de cosas que tengo que contarle. Lo que importa somos nosotros.

Pido dos aguas y le pregunto al camarero si puedo hablar con el gerente.

—¿Por qué lo vendiste?

—Cuando era mío no era un club de golf —digo, plenamente consciente de que acabo de abrirle las compuertas a un interrogatorio. Cojo el vaso y se lo paso esperando lo inevitable.

—¿Y qué era entonces?

Bebe un pequeño sorbo, me mira y aguarda una respuesta.

Me quedo callado y evito sus ojos, como si pudiese encontrar la respuesta en los míos.

—Anda, mira qué cuadro tan bonito de Saint Andrews.

Señalo con el vaso hacia la pared que está al otro extremo del bar, de la que solía colgar arte con gusto.

Mira por encima de su hombro un momento sin el más mínimo interés.

—¿Qué era este lugar cuando lo regentabas tú? —repite, y me mira con impaciencia.

Esa pregunta tan sencilla ha hecho que me dé cuenta de lo mucho que tiene que recordar. Joder, esto se está volviendo más aterrador a cada minuto que pasa.

Me siento en el taburete que hay al lado de Ava y lanzo un largo suspiro, vencido.

—Un club de sexo —digo en voz baja a pesar de que no hay nadie alrededor que pueda oírme.

—¿Perdón? —Se atraganta y el vaso de agua aterriza sobre la barra.

—Era un club de sexo exclusivo para gente rica y guapa.

Apoyo el codo en la barra y la cabeza en la mano.

Su preciosa boca se abre de nuevo y me río para mis adentros. Aún no ha oído nada de todo lo que hay, y por primera vez me pregunto si debería reservarme algunas cosas para siempre. Cosas que casi acaban con nosotros. Cosas que me encantaría haber borrado de su memoria incluso antes del accidente. Pero eso no sería justo. Al fin y al cabo, nuestra historia es nuestra historia, y tengo fe en que, si pudo superarla entonces, podrá superarla de nuevo.

—Espera. —Se echa hacia atrás en su asiento—. Has dicho que nos conocimos aquí. —Levanta el dedo y lo gira en el aire alrededor de su cabeza al caer en la cuenta. Los temores de su mente resultan encantadores—. Dime que yo no...

—Tú no —le garantizo con una leve sonrisa.

—Uf, gracias a Dios —suspira aliviada, y se lleva la mano al pecho—. Asimilar que estoy casada y con hijos ya es suficiente como para tener que añadirle que era una zorra pervertida.

Me río ante su evidente alivio.

—Ah, eres una pervertida, señorita, y tienes tu propio estilo.

—¿Qué quieres decir? —Se pone colorada.

Hacía años que no veía ruborizarse a mi mujer. Sigue estando preciosa así.

Me deleito con la imagen y me inclino hacia delante para aproximarme a ella.

—Eres una provocadora y una seductora, nena. Una salvaje cuando quieres.

—¿Una salvaje?

—Muerdes. Arañas. —Sonrío un poco al ver cómo aumenta su incredulidad—. Gritas. Muyyy alto. Somos perfectos juntos.

Su rubor se intensifica y aparta los ojos de los míos rápidamente.

—Ah.

Me río por lo bajo de su mojigatería.

—Vaya, vaya, esto sí que es raro de ver.

—¿El qué?

—Mi mujer toda tímida y reservada.

—Bueno, es que una no descubre todos los días que su marido era el propietario de un glamuroso club de sexo.

—Y no todos los días tu mujer olvida quién eres —respondo sin intención de hacerle daño y sin aspereza, sólo constato un hecho—. Ambos estamos fuera de nuestra zona de confort, Ava.

Me contempla silenciosa.

—¿Por qué tengo la sensación de que estoy a punto de experimentar algo increíble?

Sonrío, la tomo de la mano y la ayudo a bajar del taburete.

—Porque lo estás. Porque nuestra historia es verdaderamente increíble. Vamos.

Encuentro al gerente y hablo un poco con él en privado mientras Ava permanece en el vestíbulo mirando hacia la inmensa escalera que lleva al descansillo del balcón. Verla ahí admirándolo todo, tan fuera de lugar, me trae muchísimos recuerdos. Resulta dulcemente evocador, pero también doloroso. La imagen es preciosa, pero los sentimientos no. En mi interior, ya no me devora la intriga y la fascinación como en aquel entonces. Ahora sólo siento ansiedad.

Me reúno con ella y miro también hacia el primer piso. Todas las puertas del descansillo están cerradas: puertas que dan a las habitaciones de los huéspedes del hotel en lugar de a horas de placer como antaño.

—Por aquí —le susurro al oído, y da un pequeño respingo.

Le ofrezco la mano, sonrío al ver que la acepta y me dispongo a hacer un tranquilo recorrido por lo que fue La Mansión. Cuando llegamos al salón de baile, que ahora es un inmenso restaurante con terraza al campo de golf, miro hacia atrás e intento no poner demasiadas esperanzas en que algo de esto le resulte familiar. Las probabilidades son escasas, ya que todo está muy distinto de como lo recordaba.

—Nuestro primer desayuno después de la boda fue en esta sala —digo por encima de mi hombro y la guío a través de las mesas.

—Por favor, dime que vendiste este lugar antes de que nos casáramos.

—No puedo.

Vuelvo a mirar hacia delante y sonrío cuando suspira. Mi sonrisa se intensifica al ver un elaborado ramo de flores de todos los colores imaginables en un enorme florero de cristal. Nos desviamos hacia la mesa sobre la que descansa. Inspecciono el buqué y encuentro justo lo que estaba buscando. Sólo hay una. Pero no importa. Sólo necesito una. Extraigo la cala del centro, me giro y se la entrego a Ava.

Ella la coge vacilante y su mirada oscila entre la flor y yo.

—Es muy bonita.

Sonrío suavemente y continúo ganándomela.

—Elegancia sencilla —digo, y me deleito al ver la sonrisa que me regala como respuesta—. Son tus flores favoritas.

—¿Desde cuándo?

—Desde el día en que me conociste —le respondo mientras nos aproximamos a la puerta de mi despacho.

Después de todo, sí que era bastante romántico por aquel entonces. Levanto la vista hacia la puerta de madera maciza y me vienen un millón de recuerdos a la mente. El más intenso e importante es el de la primera vez que Ava O'Shea las cruzó. Lo recuerdo como si hubiese sido ayer. Tenía resaca, estaba de mal humor y no me apetecía nada tener una aburrida reunión con una decoradora de interiores. Así que John la trajo al despacho y el dolor de cabeza y la irritabilidad se disiparon, sustituidos al instante por la intriga, el deseo y el anhelo.

—Espera aquí —le ordeno suavemente.

Suelto su mano, abro la puerta y entro en un torbellino de recuerdos.

Ava asoma la cabeza intentando ver el despacho.

—¿Que espere?

—Quiero que esperes un minuto y que después llames.

Ella se ríe un poco.

—¿Por qué?

—Porque así fue como nos conocimos. —Cierro la puerta y me doy media vuelta para observar mi despacho—. ¿En serio? —pregunto al aire.

¿Qué coño han hecho aquí? Corro al rincón y arrastro la mesa donde debería estar. No tengo tiempo de arreglar la habitación entera para dejarla tal y como estaba todos esos años atrás, así que con esto tendrá que bastar. Oigo unos golpes en la puerta, me siento en la silla, me subo rápidamente las mangas de la camisa y me revuelvo un poco el pelo.

—¡Adelante! —grito, y cojo un boli y anoto algo en un cuaderno que hay a un lado.

El sonido de la puerta abriéndose inunda el despacho. Levanto la vista y me la encuentro asomando la cabeza.

—Ni siquiera sé para qué he venido —dice encogiéndose de hombros.

Me hundo en la incómoda silla de oficina.

—Tú pasa. —Le hago un gesto impaciente con la mano para que entre.

Cierra la puerta y se queda en la otra punta del despacho, mirando a su alrededor, desorientada.

—Es bonito.

—Lo era más cuando era mi despacho —digo, y, siguiendo su ejemplo, observo el lugar.

Resoplo disgustado y vuelvo a centrarme en mi mujer. Es lo único que parece estar bien aquí, incluso a pesar de que me está mirando con cara de no entender nada. Su cabello oscuro, ahora recogido en un moño despeinado, ya no brilla tanto, y sus ojos tampoco. Pero sigue dejándome sin aliento.

Me levanto de la silla, rodeo lentamente la mesa y arrastro los dedos por la madera. Después apoyo el culo en el borde, cruzo las piernas a la altura de los tobillos y los brazos sobre el pecho. Ava dirige su mirada hacia mi torso y sonrío para mis adentros.

—¿Qué ves? —pregunto, y sus ojos, enmarcados por las pestañas, me miran a la cara.

—¿Qué quieres decir?

—Aquí. —Señalo mi alta figura con las cejas.

—Te veo a ti.

—Juega un poco, Ava —le advierto con un tono grave y sensual que provoca una evidente reacción en ella.

Eso está mejor. Está nerviosa. Bien. Que empiece el espectáculo.

Inspira hondo. Está buscando el valor para decir lo que quiere decir, y, sin hablar, la animo a continuar.

—Veo un pelo rubio oscuro —empieza, y se aclara la garganta, como si el estúpido acto y el creciente deseo fueran a robarle la voz—. Unos ojos verdes.

—¿Y?

—Y un cuerpo de infarto...

Sonríe con timidez y encoge levemente uno de sus hombros mientras sus mejillas se sonrojan una vez más.

—El cual, imagino, debe de costarte mucho esfuerzo mantener, teniendo en cuenta tu edad.

Logro evitar enarcar las cejas ante la sorpresa de ese comentario.

—No me cuesta tanto esfuerzo —le aclaro, y pienso en que éste sería el momento perfecto para iniciar la cuenta atrás y advertirle que lo retire. Pero ahora no procede—. Y no sabes cuántos años tengo —señalo.

—¿Cuántos años tienes?

—Veintitrés.

Ella se ríe ligeramente y aparta la mirada. Le cuesta mantener el contacto visual, y sé que es porque la situación le resulta demasiado intensa. Eso es bueno.

—Crees que soy atractivo —afirmo, porque sé que es verdad.

Puede que haya perdido la memoria, pero no puede haber perdido su gusto para los hombres. Yo soy de su gusto. Yo. Sólo yo.

—Terriblemente —confiesa sin vacilar y sin pudor, hallando la fuerza que necesita para mirarme a los ojos.

—Entonces empezamos bien. —Sonrío a medias.

Ella también lo hace y continúa moviendo los pies.

—También eres arrogante.

—Te encanta mi arrogancia.

Evito decirle que también le encanta mi polla. Es demasiado pronto. ¿O no?

Entonces sus ojos descienden hasta mi entrepierna, como si me hubiese leído la mente, y mi polla, esa que tanto adora, grita tras la cremallera. La obligo a calmarse de inmediato. Es definitivamente demasiado pronto para eso. No creo que su mente lo soportase, y menos aún su malherido cuerpo.

Me acerco a Ava con cautela y su respiración se vuelve más trabajosa hasta que al final se rinde por completo y contiene el aliento. La alcanzo, me inclino y le beso suavemente la mejilla.

—Es un placer —susurro, y sonrío al ver que se estremece de la cabeza a los pies antes de salir de su estado de trance y retroceder—. Tuviste esa misma reacción la primera vez que nos vimos.

Deja escapar una carcajada de incredulidad y aparta la mirada, como si se avergonzase de sus reacciones respecto a mí.

—Tú... eh... sí... —Menea la cabeza, y entonces hace una mueca de dolor y se lleva la mano a un lado y presiona—. Está claro que tienes presencia —termina, con la cara descompuesta.

Me siento culpable al instante.

—Ha sido demasiado y demasiado pronto.

Me acerco, la cojo en brazos y ella me lo permite, agradeciendo mi ayuda.

—Tengo piernas, ¿sabes? —dice mientras apoya la cabeza en mi hombro.

—Ya, ya. Me lo dices casi todos los días.

Con un movimiento rápido pero cuidadoso, coloco sus piernas alrededor de mi cintura.

—Y ésta suele ser la postura.

De repente, nuestros rostros vuelven a estar cerca el uno del otro y me mira a los ojos con inseguridad.

—Lo llamas el abrazo del monito —continúo en voz baja.

Ella sonríe débilmente y observa mi rostro como si jamás se cansase de mirarlo.

—Supongo que no me cogerías en brazos la primera vez que nos vimos, así que, ¿qué pasó después de que te me acercaras de ese modo?

—Que saliste corriendo.

—¿Salí corriendo?

—Sí. Prácticamente volaste escaleras abajo para escapar de mí. Bueno, después de que te mostrara la ampliación y de que te dijera que me gustaba tu vestido.

—¿La ampliación? No entiendo.

—Te contraté para decorar las nuevas habitaciones que había construido.

Su mirada se ilumina ligeramente cuando empieza a encajar las piezas. Acaba de entender lo que pasó.

—¡Por eso estaba en un club de sexo para pijos!

Asiento y me dirijo a un sofá de cuero negro, me acomodo y siento a Ava en mi regazo.

—Háblame de tu último recuerdo. ¿Qué es lo más reciente que recuerdas, Ava?

Cojo sus manos, las coloco en mi pecho y las retengo ahí mientras ella piensa y su frente se arruga en un gesto de concentración.

Aguardo pacientemente a que encuentre lo que está buscando, animándola en silencio.

—Trabajaba para una empresa llamada Rococo Union. —Frunce los labios y me mira—. Salía con alguien, pero no eras tú.

Siento como si me clavaran un puñal en el puto corazón y, aunque me esfuerzo por ocultarlo, sé que mis orificios nasales aletean peligrosamente.

—¿Y ya está? ¿Nada más? —Intento no sonar demasiado esperanzado. Me cuesta, porque jamás había deseado tanto algo. Sólo quería un detalle para poder trabajar a partir de ahí—. ¿Nada?

Su cara impasible y el hecho de que no contesta me indican que no.

—Lo siento. —Aparta la mirada, probablemente para evitar ver la decepción en mi rostro.

Su desánimo me mata. La abrazo, rodeando sus hombros.

—Tranquila.

—Llévame a casa.

Se acurruca contra mí y noto sus lágrimas empapando mi camisa.

—Por favor.

Me levanto del sofá rápidamente con ella en brazos, procurando no sentirme vencido. Aún es pronto y todavía no ha oído más que una pequeñísima parte de nuestra historia, aunque ha sido suficiente para dejarla agotada. Pero no me rendiré. Rendirme no está en mis genes, y menos en lo que concierne a esta mujer.

CAPÍTULO 18

Abro la puerta de casa y tiro las llaves sobre la mesa del recibidor. Ava ha estado muy callada desde que salimos de La Mansión, pensativa y meditabunda. Y sé que está tratando de asimilar que un día su marido fue el propietario de un exclusivo club de sexo. Siento como si mi pasado, con todos los secretos y las duras realidades, hubiese regresado a toda prisa para ahogarme de nuevo, aunque de un modo completamente diferente. Joder, nunca había sentido una impotencia tan grande.

—Háblame de nuestra primera cita —dice mientras se instala en la isla de la cocina y yo saco agua de la nevera.

¿Nuestra primera cita? Dios, ahora sé que se está imaginando algo romántico, como suelen hacer las mujeres. Flores, sentimientos y sonrisas. Y hubo todo eso, sólo que no de la forma que probablemente piensa.

—Es un poco... singular.

Bebo agua, cierro la puerta y me arriesgo a echar una miradita con disimulo por encima del hombro.

—¿Singular?

—Nuestra relación no es muy convencional. Nunca lo ha sido. —Me muerdo el labio inferior, preguntándome por dónde empezar—. Deberíamos ir al salón para estar más cómodos.

Le paso el agua y, sin pensar, la cojo en brazos para llevarla hasta el sofá de terciopelo cepillado que hay junto a la chimenea del salón.

No dice ni una palabra, pero prácticamente puedo ver cómo se le arremolinan los pensamientos en la mente. Estar siempre intentando adivinar lo que se le pasa por la cabeza me está volviendo loco. No puedo seguir así.

—¿En qué piensas? —le pregunto mientras la dejo en el sofá y me siento a su lado.

Eleva los pies para extender las piernas y hace una mueca de dolor que me impulsa a ayudarla a levantar su pierna herida. Después, observa la magnificencia de nuestro salón.

—Pienso en que esta habitación tiene mi sello en cada detalle.

Sé que no es en eso en lo que estaba pensando, pero le sigo la corriente y contemplo también la decoración en dorado y carmesí. Es mi estancia favorita de la casa por ese preciso motivo. Es obra de mi mujer, innegablemente.

—Nunca estuviste del todo contenta con ella.

Yo no entiendo por qué, para mí es perfecta, pero Ava siempre decía que le faltaba algo, y no lograba saber qué.

—A las cortinas les falta algo en la parte superior —dice de repente.

La miro y veo que está observándolas.

—¿Algo como qué?

—Algo decorativo en los pliegues de lápiz. Un cristal aquí y allá, tal vez. —Niega con la cabeza y dirige su atención hacia mí—. ¿Por qué sonríes?

—Por nada.

Apoyo un pie en la mesita de café y me relajo hacia atrás lo mejor que puedo sin que Ava esté en mis brazos. Me entran ganas de tirar de ella para tenerla más cerca. Toda esta cortesía es muy extraña, y dolorosa de cojones.

—¿Y bien? Nuestra primera cita —insiste, y me saca de mi ensimismamiento.

Dejo caer la cabeza a un lado para mirarla.

—Depende de cuál sea tu concepto de primera cita.

—Ay, Dios, ¿fui fácil?

No puedo evitar soltar una carcajada. ¿Fácil? Joder, ojalá.

—En absoluto. Y eso me volvió loco.

—¿Pero salí contigo en plan cita?

—Tuvimos sexo bastantes veces antes de que te llevase a cenar.

—Entonces sí que fui fácil.

Hace un mohín, como si estuviese decepcionada consigo misma. No debería. En todo caso, era yo el que estaba decepcionado por que tardase tanto tiempo en ceder a la evidente atracción que se respiraba entre nosotros.

—No debería sorprenderme tanto sabiendo lo pronto que me quedé embarazada. —Niega con la cabeza, consternada, y yo mantengo la boca firmemente cerrada—. Pero una parte de mí esperaba que me dijeses que nos conocimos, surgieron chispas, me pediste una cita, empezamos a salir, nos vimos durante un tiempo y, al final, acabamos acostándonos e hicimos el amor de manera romántica y que, después, cuando llegó la hora, me pediste matrimonio. Y vivimos felices y comimos perdices.

Lo que imaginaba. En su mente es todo de color de rosa. Idílicos cuentos de princesas. Joder, está tan lejos de la realidad que es como si estuviese en otro planeta.

—Pues no fue exactamente así.

—¿Entonces cómo?

Está ávida de información, ansiosa por saber. Pero me temo que yo no estoy tan ansioso por contarle cómo fueron las cosas.

—Bueno, cuando te negaste a atender mis...

Hago una pausa y pienso cuál es el mejor modo de exponerlo.

—... insinuaciones...

Eso es bastante diplomático.

—... tuve que recurrir a la creatividad.

—¿Me negué?

Recorre con la mirada mi cuerpo recostado preguntándose claramente por qué me rechazó, lo que planta otra semilla de esperanza que espero que no muera antes de tener la oportunidad de germinar y convertirse en algo bonito.

—Sí, y yo también me hice esa misma pregunta en numerosas ocasiones.

Sonrío cuando logra arrancar su mirada de mi pecho.

—Eres testaruda. Siempre lo has sido y siempre lo serás.

Inspira brevemente por la nariz pero no me lo discute, y persevera con su sed de información.

—¿Qué clase de creatividad?

Abro la boca para explicárselo con detalles, pero luego me lo pienso dos veces. Esto hay que abordarlo con precaución.

—Te negaste a volver a La Mansión para llevar a cabo tus diseños y yo sabía que el motivo era que recelabas de mí, de los sentimientos que tenías. Era muy frustrante.

La miro con el ceño fruncido de broma y ella me responde con una media sonrisa.

—Así que prometí que me mantendría alejado de ti si volvías y terminabas el trabajo.

Veo que intenta recordar.

—Pero no lo hice.

—¿Alejado de mí?

Asiento.

—Pero mantenerme alejado de ti resultó ser muy... difícil.

—Debías de estar muy colado.

—¿Colado? —Me echo a reír—. Obsesionado sería más acertado. Me tenías fascinado con tu belleza, tu voz, tu pasión por tu trabajo. Por primera vez en años, me sentía vivo.

—¿En años?

Sabía que tendríamos que hablar de esto, pero..., joder, la idea no me entusiasma precisamente.

—Yo era un poco...

Dejo la frase a medias buscando el modo de que suene menos sórdido.

—Un playboy.

—Bueno, no es de extrañar, ya que tenías un club de sexo.

Se lo está tomando bastante bien, lo que contrasta marcadamente con la reacción que tuvo en su día. Ojalá se hubiese mostrado tan dispuesta a escuchar y a aceptar en aquel entonces, cuando descubrió el salón comunitario. Siento un escalofrío al recordar el desastre que eso provocó.

—Entonces ¿te dedicabas a follar por ahí? —pregunta.

—Algo así.

—Pero ¿lo dejaste cuando me conociste?

—Lo dejé —digo, y me odio a mí mismo por tergiversar la verdad.

Me odio de veras. Estoy siendo selectivo con lo que le cuento, y, en el fondo de mi ser, sé que no es justo.

—¿Por qué no te creo? —Ladea la cabeza y analiza mi cara de preocupación—. Me estás mintiendo, ¿verdad?

Cierro los ojos mientras el estrés me invade y me trago mis miedos. Ni siquiera soy capaz de apreciar el hecho de que me lee como un libro abierto, como si me conociera perfectamente.

—Hubo un incidente.

—¿Me pusiste los cuernos?

Se levanta del sofá rápidamente y me fulmina con la mirada a pesar del dolor que le ha causado el brusco movimiento. Estoy a punto de ser pisoteado, al estilo de Ava.

—No exactamente.

Le cojo la mano y la animo a que vuelva a sentarse, sin soltarla cuando se esfuerza por recobrar el dominio de su pierna.

—Lo cierto es que no estábamos... —Joder, ¿cómo puedo expresarlo?—. Saliendo en exclusiva.

—¿Pero nos veíamos?

—Supongo. Si así es como quieres llamarlo.

—No tengo ni idea, Jesse.

Ava está cada vez más airada y yo no sé cómo manejar esta situación. Normalmente me abalanzaría sobre ella. Siempre discutíamos verbalmente y después hacíamos las paces en la cama.

—Porque no me acuerdo de una mierda —dice con furia.

—¡Vigila esa puta boca!

Recula, y una expresión de indignación invade su rostro.

—¿Perdona?

—No me gusta que digas palabrotas.

—Vaya, pues a mí no me gusta descubrir que mi marido me ha engañado.

¡Por todos los santos! La suelto y entierro la cabeza en las palmas de mis manos en busca de algo de calma. Jamás habría imaginado que tendríamos que revivir esto.

—Ava, estaba muy confuso sobre lo que sentía por ti. Sentir tanto tan pronto me afectó sobremanera. No era sano. De modo que me alejé de ti. Bebí, mucho, y me follé a dos mujeres. Y ni siquiera terminaba porque sólo podía pensar en ti. Me pasé dos putos días encerrado en mi despacho preguntándome qué cojones hacer, porque tú no sabías nada sobre La Mansión. No sabías nada sobre mi pasado. No sabías nada, y yo no sabía cómo contártelo. —Esta situación está acabando conmigo—. Así que invertí toda mi energía en hacer que te enamorases de mí con la esperanza de que fueras capaz de aceptarlo todo cuando reuniese el valor para compartirlo contigo. Y lo hiciste, Ava. —Agarro su mano, pasando por alto su expresión de perplejidad y continúo—: Me aceptaste porque estabas perdidamente enamorada de mí, como yo de ti. Tú tampoco podías vivir sin mí. Dejaste que yo llevara las riendas y me seguiste por voluntad propia. Dejaste que te colmase de asfixiantes atenciones porque sabías que era lo que yo necesitaba. Aprendiste a lidiar conmigo, Ava, y eres la única persona en el mundo capaz de hacerlo. —Mi voz se quiebra—. Y ahora siento que te estás alejando de mí, y no tengo ni puta idea de cómo evitarlo.

Permanece quieta, callada, cada vez más perpleja. El silencio es insoportable, me está matando.

—Di algo, por favor —le ruego tanto con la mirada como con las palabras—. Me castigué a mí mismo. Tú me castigaste. No puedo volver a pasar por esto.

—¿Te castigaste a ti mismo? ¿Cómo?

Me revuelvo en mi asiento, suelto su mano y me paso los dedos por el pelo. Mis actos dicen mucho, aunque mis palabras se nieguen a hacerlo.

—Jesse, ¿cómo? —insiste con cierta dureza.

¿Es consciente de que está leyendo mi lenguaje corporal? Para no recordarme, está mostrando todos los signos instintivos de conocerme. Ojalá pudiese apreciar eso en este momento. Pero no puedo. Me aterra la idea de echarlo todo a perder antes incluso de haberlo intentado de verdad.

—Hice que me azotasen.

Cierro los ojos al decírselo, incapaz de ver la inevitable expresión de espanto en su rostro.

—Era eso o beber hasta morir.

—¡¿Qué?! —grita horrorizada—. ¿Hiciste que te azotasen? ¿Quién?

No vacilo. Acabemos con esta pesadilla de una vez.

—Sarah.

—¿Quién diablos es Sarah?

—Una vieja amiga.

Abro los ojos y veo que Ava está hiperventilando ante mí. Está furibunda. Y, en parte, me alegro, porque eso significa que le importa.

—Y no te caía muy bien.

—¡No me extraña!

Da media vuelta y se dirige a las puertas francesas que dan al jardín y se queda mirándolo con los brazos cruzados sobre el pecho. Está nublado. Es un día oscuro. Gris. Triste.

Congruente.

—¿Por qué lo hiciste? —pregunta.

—Ya te lo he dicho. Para castigarme.

Permanece dándome la espalda, aunque veo que sus hombros se elevan. ¿Inspira por la conmoción? ¿O es para recuperar fuerza?

—Y esa tal Sarah... Tu «amiga». ¿Sigue en tu vida?

Me remonto a la semana anterior, al momento en que John me dijo que Sarah había regresado a Londres. Al momento en que fui a llamar a Ava para decírselo pero justo entonces recibí una llamada del colegio. Al momento en que mi mundo se vino abajo.

—No —afirmo contundente, porque es la verdad—. Se marchó. Se trasladó a Estados Unidos cuando se dio cuenta de que en mi vida sólo había una mujer. Tú.

—Vaya, qué detalle.

Su aspereza me escuece, pero acepto que es lo único que puedo esperar.

—Sarah era la novia de mi tío —le explico—. Tuvieron una hija.

Ava se gira para mirarme y en su rostro ya no hay resentimiento, sólo asombro.

—¿Pero estaba enamorada de ti?

Asiento.

—El tío Carmichael era el dueño de La Mansión antes que yo. Yo trabajé para él cuando era adolescente. Él me introdujo en ese estilo de vida.

—Por Dios, Jesse. ¿Y tus padres lo saben?

—Por supuesto. Por eso estuve años sin hablarme con ellos. Nos reconciliamos cuando tú entraste en mi vida. —Doy unas palmaditas en el asiento, a mi lado—. Ava, ven a sentarte conmigo, por favor.

No sé si lo hace por instinto o por una sensación de deber, pero obedece y se sienta con cautela.

—Mira, voy a darte una versión abreviada porque, francamente, hace mucho tiempo de esto, y hay muchas otras cosas que necesito compartir contigo, contarte, cosas que son más relevantes para nuestra vida ahora. Cosas que nos han hecho felices. Cosas que nos

150

han hecho quienes somos. Cosas que nos han ayudado a superar toda la mierda y nos han llevado hasta donde estamos hoy.

—Pero todo forma parte de nuestro pasado, lo bueno y lo malo.

No puedo discutírselo.

—Pero duele, Ava.

Alarga la mano y coge la mía. Es una muestra natural de consuelo, y la agradezco enormemente.

—Cuéntame.

Froto mis ojos cansados con la mano libre mientras aprieto la suya con la otra.

—Tuve un hermano mellizo —empiezo, y ella sonríe suavemente y cambia la posición de nuestras manos de manera que sus dedos quedan entrelazados con los míos, y se aproxima—. Mi hermano era el típico niño bueno. El triunfador. Yo era..., en fin, una pesadilla para mis padres, ahora soy consciente de ello. Llevé a mi hermano por el mal camino y...

Joder, siento como si un tornillo de banco me estuviese oprimiendo el corazón y el aire escapase de mis pulmones.

—Una noche salimos. A beber. Fue idea mía. Yo lo alenté. Jacob cruzó la carretera.

Se tapa la boca con la mano al caer en la cuenta.

—Jacob —susurra.

Asiento para confirmarle que el nombre de nuestro hijo es el nombre de mi difunto hermano.

—Mis padres me culparon de la muerte de Jake. Fue un desastre. Me sentía tan culpable...

Algo me dice que por el momento debería reservarme lo de mi ex mujer y mi hija muerta. Bastante estoy bombardeando a Ava ya con tanta información. De modo que, para bien o para mal, lo omito y voy directo al comienzo de mi vida en La Mansión. O al final de mi vida hasta que Ava irrumpió en ella.

—Me descarrié. Me fui a vivir a La Mansión. El tío Carmichael murió, y me la dejó en herencia. Y el resto es historia.

Hincha de aire las mejillas y niega lentamente con la cabeza, incrédula.

—No sé qué pensar de todo esto.

—No pienses nada. No digas nada —le pido tirando de ella para tenerla más cerca—. Cuando te conocí, me sacaste del agujero negro en el que había estado atrapado durante tanto tiempo. Me diste una nueva vida, un propósito. Me sentí bien por primera vez en años, y no podía permitir que me negaras esos sentimientos.

—¿Y entonces te pusiste «creativo»? —dice con una ceja ligeramente enarcada.

—Sí. Te lo juro. Nunca me había esforzado tanto para acostarme con alguien.

Sofoca un grito y me propina una juguetona palmadita en el antebrazo que me provoca una pequeña carcajada y, en consecuencia, Ava pone los ojos en blanco y no puede evitar sonreír también. Tiro de ella para ponerla sobre mi regazo y no protesta, se deja sin más.

—¿Y te gustó? —pregunta—. Cuando por fin me llevaste a la cama.

Cierra los labios con firmeza, como si se estuviese preparando para algo malo. Se ha preguntado esto antes. Me ha mirado y se ha preguntado cómo sería intimar conmigo.

—¿Te refieres a contra la pared?

—¿Eh?

Esto está mejor. Éstas son las cosas que importan. Los sentimientos, la conexión, el magnífico sexo.

—En el Lusso.

Frunce considerablemente el ceño.

—¿Qué es el Lusso?

—Un edificio de apartamentos en St. Katherine Docks. Eras la decoradora. Compré el ático. Así es como supe de ti y te hice venir a La Mansión. Me gustó tu trabajo. Rollo italiano por todas partes.

—Ah. ¿Entonces lo hicimos en tu apartamento?

152

—No. Lo hicimos en el cuarto de baño, la noche de la inauguración.

—¿Me lo hice contigo en el baño de un piso piloto? ¡Ay, Dios mío! —Entierra la frente en mi pecho y menea la cabeza de lado a lado con desesperación—. Yo no soy así. Yo no hago esas cosas.

Sonrío y la envuelvo con mis brazos, saboreando el momento de tenerla tan cerca. Ava no era así. Lo sé. Ésa era una de las cosas que me encantaban de ella. El problema es que, en mi mente, sigue siendo esa misma joven.

—Fue increíble. El deseo que emanaba de tu cuerpo, reflejo del mío. Lo nuestro era algo inevitable, nena. Era una chispa esperando para estallar. Y, créeme, estallamos.

Trago saliva. Con la cara pegada a su pelo, mi cuerpo cobra vida al recordar en voz alta aquel momento de nuestra historia. El momento que me regaló. El momento en que tuvo lugar la explosión.

Como consecuencia de mis pensamientos, se me empieza a empinar la polla. Es imposible que Ava no lo haya notado, ya que está sentada justo encima. Será mejor que no se mueva; no puedo prometer que vaya a ser capaz de control...

De repente se mueve un poco, y yo reprimo un gemido sin mucho éxito. La tengo dura como una piedra debajo de los vaqueros, me arden las venas y el corazón me late con fuerza. No es un buen lugar en el que estar cuando toda clase de polvo al estilo Jesse está descartado. Con los labios formando una línea recta, me mira a los ojos, y, oculto en las profundidades de sus pupilas, veo un deseo latente. Traga saliva y desciende la mirada hasta mis labios. Joder, jamás había tenido tanta sed de ella. Jamás había estado tan desesperado por tomarla. Jamás había estado tan paralizado por el deseo. Se limita a mirarme la boca, con el cuerpo inmóvil sobre mi regazo y dándole claras vueltas a la cabeza. Quiere besarme. Quiere saborearme.

—¿Vas a dejar de resistirte ya? —pregunto, y mi mente se traslada a aquel momento en el Lusso en el que por fin obtuve aquello que tanto ansiaba.

—Te necesito entero. Di que puedo tenerte entero.

Parece inmediatamente confundida por sus palabras, pero yo estoy exultante, porque incluso aunque ella no sepa de dónde salen, salen, y ésa es la única esperanza con que cuento ahora mismo.

—Puedes tenerme entero. —Le digo en un susurro, aunque ya es dueña de todas y cada una de las fibras de mi ser.

Desciende despacio hacia delante hasta que sus labios rozan con suavidad los míos. Es un momento precioso, uno que, junto a muchos otros, recordaré mientras viva. No asumo el control. Decido que debo dejar que ella vaya a su ritmo, y estoy más que satisfecho con el ritmo que lleva. Es lento. Es suave. Es dulce y afectuoso y todas las cosas que debe ser. Es todo lo que yo siento.

El sofá se funde con mi espalda y Ava se funde con mi torso. Apoyo la cabeza atrás y relajo la boca y la lengua para seguir fácilmente sus movimientos. La agarro con firmeza de las caderas, justo lo suficiente para indicarle que estoy aquí y que quiero estarlo desesperadamente. Hace más de una semana que no la saboreo. Es lo máximo que he estado sin besarla, sin sentirla, y tal vez por eso todos mis sentidos parecen haberse intensificado. Su sabor es más potente; mi piel es hipersensible a su tacto. Es perfecto. Tan perfecto que no quiero que acabe nunca.

—¿Estás bien? —pregunto contra su boca cuando hace una pausa un instante antes de proseguir explorando la mía mientras me sujeta las mejillas con las palmas de las manos, como si temiese que fuese a moverme y a interrumpir su ritmo.

—Besas muy bien —murmura.

Y pega su frente a la mía, cosa que no ayuda nada a la tensión que se esconde bajo la cremallera de mis vaqueros. Nos estamos besando, sí, genial, pero no estoy seguro de que esté preparada para algo más todavía.

—Tengo la sensación de que hemos hecho esto un millón de veces, que lo tenemos dominado.

—Es que lo hemos hecho un millón de veces —contesto, y me maldigo a mí mismo cuando separa nuestros labios y se aparta.

—Claro.

Se ruboriza, y me cuesta adivinar si lo hace por vergüenza o por deseo.

—Lo siento, me he dejado llevar un poco —dice.

El esfuerzo que invierto en no gritar de frustración casi acaba conmigo.

—No te disculpes —le ordeno lo más suavemente que puedo, y la cojo de la barbilla y dirijo su rostro hacia el mío—. Gracias.

—¿Por qué?

—Por este beso tan increíble.

Sonríe, casi tímidamente.

—Gracias a ti también.

Su rubor resulta desgarrador, porque significa la pérdida de nuestro tiempo, y tremendamente gratificante, porque al menos soy capaz de hacer que se sonroje de nuevo. Se había acostumbrado tanto a mí después de todos estos años que nada de lo que pudiera decir o hacer la sorprendía ya.

—Mañana quiero llevarte a dar una vuelta —le digo—. ¿Crees que podrás?

—¿Adónde me vas a llevar?

Le coloco un mechón de pelo rebelde por detrás del hombro.

—A dar un paseo por la senda del recuerdo.

No dice nada, sólo sonríe, y yo me incorporo con ella todavía pegada a mi torso. La insto a ponerse de pie, la cojo de los hombros para darle media vuelta y le doy un empujoncito.

—Ve a prepararte para la cena.

—Otra vez te estás poniendo mandón —dice pensativa.

—Como ya te he dicho, ve acostumbrándote.

La dejo al final de la escalera y observo cómo la sube despacio mientras me lanza miradas constantemente por encima del hombro. Ladeo la cabeza y enarco las cejas cuando intenta ocultar una sonrisa secreta.

—¿Qué te hace tanta gracia?

Encoge sus delicados hombros ligeramente, pero no responde. No hace falta. Acaba de sentir algo muy potente. Algo en nuestro beso le ha reafirmado que su sitio está aquí, conmigo. Se ha perdido en ese momento y su mente se ha quedado en blanco por motivos muy lícitos.

CAPÍTULO 19

A la mañana siguiente, estoy listo. He llamado al doctor Peters para asegurarme de que no estoy presionando demasiado a Ava, y él me ha tranquilizado diciéndome que mi plan de revisitar parte de nuestro pasado es buena idea. Pero que no sea muy duro con ella, y la advertencia me ha parecido una puta estupidez. También hemos comentado las cositas que empieza a recordar, las palabras, y se ha mostrado entusiasmado. En general, me siento bastante bien.

Sé hacia dónde vamos, lo que estamos haciendo, y tengo muchas ganas. El beso de anoche... fue sólo un beso, pero a mí me llegó al alma. Sentí que Ava me daba esperanza. Hizo que volver a dormir solo fuese un poco más soportable.

—¿Qué miras? —pregunto cuando me doy cuenta de que me está mirando de arriba abajo en la entrada, sus ojos escrutando mi largo esqueleto.

—Es que no te veo llevando pantalones de cuero.

Se está estrujando la cabeza tanto que tiene la frente fruncida.

—Claro que tampoco te veía como dueño de un club de sexo.

Me mira a la cara y se encoge ligeramente de hombros.

—Supongo que ambas cosas van de la mano.

Suelto una carcajada sentida y ruidosa.

—No es lo que crees —le aseguro con una risita mientras le ofrezco unos pantalones de cuero—. Éstos son los tuyos.

—Madre mía, ¿qué será lo siguiente que saques? ¿Un látigo?

Hago una mueca de disgusto y dejo caer el brazo al costado.

157

—Látigo no hay.

—Uy, mierda.

Cierra la boca, de pronto se siente incómoda.

—Me imagino que el tema látigos es mejor no tocarlo, ¿no?

—No es la parte más emocionante de nuestra historia.

Le doy el pantalón y lo coge, aunque con cierta cautela, no porque se siga preguntando qué estamos haciendo y por qué debe ponérselo, sino porque su cerebro le da vueltas a aquel episodio terrible.

—Me dijiste que yo también te castigué —dice, mirando los pantalones que tiene en la mano—. Tú te castigaste pidiendo que te azotaran, pero ¿cómo te castigué yo?

Me da un escalofrío, el restallar del cuero en su espalda resonando en mi cabeza como la tortura perfecta. Aunque acabé entendiendo las razones que me dio en su día, eso no hizo que aceptarlo resultara más fácil. Me asalta una ira que amenaza con aflorar mientras le dirijo una mirada de advertencia y cojo las llaves y las gafas.

—Preferiría no revivir uno de los peores momentos de mi vida.

Pero mi respuesta sólo consigue despertar su curiosidad, y Ava, fiel a su estilo, insiste.

—Algo me dice que no es que pasara de tu culo unos días. O que no te dirigiera la palabra. Así que ¿cómo te castigué?

—No tiene importancia.

Voy hacia la puerta, deseoso de poner fin a esta conversación. Tonto de mí. Eludir preguntas y desviar la atención de Ava cuando empezamos a salir fue lo que me metió en aquel lío. ¿Es que no aprendo?

—Tu lenguaje corporal no dice lo mismo —aduce, haciendo que me pare en la puerta—. Habla.

Que hable. ¿Se lo creerá? Yo no podía creérmelo en su momento y fui testigo de la pesadilla que se desarrollaba ante mis ojos. Aquel cabronazo dándole latigazos, su cuerpo laxo. Trago saliva y me vuelvo para enfrentarme a ella y a mi responsabilidad.

—No me estabas castigando por acostarme con otra.

Se estremece cuando le refresco la memoria, y aunque ver eso me duele, una parte enfermiza de mí agradece su reacción. Porque es una muestra más de que le importo. Imaginarme con otra mujer le duele. Incluso ahora, que no me conoce.

—Entonces ¿por qué te castigué?

—Por dejarme azotar para librarme del sentimiento de culpa que tenía. Por hacerme daño a mí mismo.

Vuelve a estremecerse, una reacción sin importancia en comparación con la escena de terror que se vivió en La Mansión aquel día espantoso, pero que aún hace que se me erice el vello. La mandíbula se le tensa, a sus ojos asoma una expresión furibunda. Me resulta familiar, aunque poco grata en este preciso instante.

—Continúa.

Adopto su expresión estoica y desembucho.

—A ti también te azotaron.

Se queda boquiabierta.

—Dejaste que un hijo de perra te esposara medio desnuda y te azotara. ¿Estás contenta?

—¿Te dice mi puta cara que estoy contenta? —espeta, y tira los pantalones al suelo—. ¿Por qué coño iba a hacer eso?

—Porque... —empiezo.

Incapaz de contenerme, la rabia que ha permanecido latente en mi interior todos estos años brota imparable. Pego mi cara a la suya con aire amenazador, pero ella no se mueve lo más mínimo, sino que me planta cara. Mi pequeña retadora rebelde. Mi ángel. Mi Ava. Aquí está.

—Porque querías que supiera cuánto me querías. Porque querías que sintiera lo que sentiste tú cuando te enteraste de que me habían azotado.

Las aletas de la nariz se me inflan mientras ella me mira fijamente, nuestra nariz casi rozándose, mi cuerpo inclinado para asegurarme de que sea así.

—Y funcionó. Vaya si funcionó, joder.

La mandíbula, en tensión, le tiembla de mala manera. Ava está cabreada. Si está cabreada porque en el fondo sabe que es verdad que hizo eso o si lo está porque no se acuerda es algo que en este momento me trae sin cuidado. Porque, aparte del cabreo, veo un deseo intenso que me resulta familiar. Veo esa mezcla de furia y anhelo. La necesidad de decirme cuatro cosas y de quitarme la ropa.

Cuando nos enfadamos entre nosotros, el sexo es más apasionado, alocado y satisfactorio si cabe. Y eso es lo que estoy viendo ahora mismo, aunque no puedo ser yo el que haga el primer movimiento. Por primera vez en nuestra relación, dependo de ella para que me dé lo que quiero, y, lo que es más importante, lo que necesito más que cualquier otra cosa en el mundo: nuestra conexión, nuestra química.

—Bésame —exijo—. Ahora.

—Que te den.

—Esa puta boca —espeto serio, pero disimulando una sonrisa. Ella no intenta esconder la suya.

—Que te jodan.

—Tres —digo en voz baja.

—Cero, nene.

Se abalanza sobre mí y pega su boca a la mía, prácticamente estrangulándome con los brazos cuando se me sube encima. Me tambaleo hacia atrás, y en mis pantalones de cuero se desata el puto caos: calor, sangre y carne dura haciendo estragos ahí abajo. Me come la boca sin dar tregua. Fuertes acometidas de su lengua contra la mía, tirones de pelo brutales, gemidos de placer profundos, guturales.

Me doy contra el marco de la puerta, con Ava subida encima, pero ello no hace que pierda de vista su misión. Sólo puedo seguirle el ritmo, pidiendo en silencio que empiece a quitarme la ropa y quitársela para que pueda perderme en ella. Encontrar la paz que necesito. Disfrutar de la unión de nuestros cuerpos.

Su lengua caliente y húmeda explora mi boca, nuestras cabezas se inclinan y cambian de lado sin parar, adoptando otros ángulos, echándose hacia atrás, chocando de nuevo. Es la locura. Confusión. Absolutamente increíble.

Y termina tan deprisa como empezó. Como si acabara de recibir una descarga eléctrica de mil de voltios, Ava se aparta de golpe, obligándome a soltarla antes de que se zafe de mis brazos.

—Dios mío —farfulla, y se pasa las manos por la ropa, por todas partes, evitando mirarme a los ojos.

Ese beso me ha dejado sin respiración. Jadeo como si estuviese exhausto.

—No sé qué me ha pasado —dice.

Yo no he sido, murmuro para mis adentros, borrando la imagen que tengo de mí haciendo exactamente eso. Abalanzándome sobre ella. Arrodillándome sobre ella, sus brazos inmovilizados, poniéndole la polla en la cara mientras ella mira. Mi corrida en su preciosa cara. Y su lengua lamiéndomela de arriba abajo. Mierda. Me recompongo físicamente, buscando sitio en mis pantalones para la tremenda erección que tengo. No hay sitio. No en este puñetero pantalón.

—Es como si algo se hubiera apoderado de mí.

Levanta la vista y veo en el acto que lo entiende. Aunque no me conoce, lo entiende. La poderosa atracción que sentimos fue lo que nos llevó a la puta perfección. Y, gracias a Dios, eso no lo ha perdido.

—Sí, *yo* me apoderé de ti —replico, apartándome de la puerta.

Ava me mira con cara de sorpresa.

—Y no le des más vueltas, ¿vale, señorita?

La agarro de la mano, cojo los pantalones del suelo y la llevo fuera, al garaje.

Pulso el botón del mando a distancia y espero mientras la puerta se abre.

—Joder, Jesse. —Me suelta, entra en el garaje y señala las hileras de coches y motos—. ¿Son todos tuyos?

Me acerco al armario y cojo los cascos de uno de los estantes.

—Son todos nuestros, sí.

—Deben de valer cientos de miles de libras.

—Y por eso el garaje tiene alarma y todos los coches GPS.

—¿GPS? —Ladea la cabeza, interesada y preocupada a partes iguales—. ¿Tenía GPS mi coche?

—Por supuesto. —No me ando con rodeos—. Una aplicacioncita de mi móvil me decía dónde estabas en todo momento. —Me río cuando resopla, indignada—. No te preocupes. Tú también tenías la aplicación.

—¿En serio?

—Sí. Te preocupas por mí tanto como yo por ti.

Sostengo en alto los cascos.

—¿Para qué son?

—Vamos a nadar —respondo con sequedad y señalo sus manos—. Y ése es tu bañador.

Ava mira los pantalones de cuero que sostiene y entiende lo que le estoy diciendo. Coge aire deprisa y se vuelve hacia mi moto deportiva, sin lugar a dudas entusiasmada con la idea.

—¿Me voy a subir ahí?

Me río de nuevo.

—La primera vez que te monté no dijiste eso.

—¿Que me montaste?

Enarca las cejas con interés, haciendo que yo me ría aún más. Ahí está otra vez, insinuándose.

Me acerco a ella despacio, adoptando cierto aire inquietante, y me inclino, nuestras caras muy juntas.

—Te encanta montar en moto, pero te gusta más aún montarme a mí.

Se pone roja, y eso es algo que me satisface ver, una vez más me lleva al principio de nuestra relación, cuando intentaba ocultar lo deslumbrada que estaba conmigo. Trata de rectificar su aturdimiento.

—Pondría en duda lo que dices, si no supiera que es verdad.

—¿Ah, sí?

Interesante.

—Y ¿cómo lo sabes?

Empieza a moverse en el sitio, nerviosa, y sonrío mientras le miro el pecho: tiene los pezones como piedras. Y apuesto a que las bragas tampoco las tiene muy secas. Esas señales hacen que me entusiasme.

—Ponte los pantalones.

Ava sonríe, se aparta un poco y obedece, algo que también me resulta de lo más satisfactorio. Todo ese instinto que tiene. Es esperanzador.

—¿Monto sola? —inquiere.

Me burlo.

—Nunca. Sólo conmigo.

—¿Por qué?

Su interés es genuino.

—Las motos son peligrosas.

—Los coches también —responde en voz baja mientras se sube el pantalón.

Me quedo callado y la miro. No puedo evitar pensar que si hubiese insistido en que condujera un Range Rover, ahora no estaríamos viviendo esta pesadilla. A juzgar por el estado en que quedó su Mini, me sorprende que ella siga viva. La sangre se me hiela en las venas sólo de pensarlo.

—¿Estás bien? —me pregunta.

—Sí —me obligo a decir, ordenando a mi cerebro que deje esos insoportables pensamientos. Tengo a Ava, está aquí.

Los dos ya vestidos de cuero, le coloco el casco con delicadeza, sonriendo ligeramente mientras le ajusto la correa.

—Acabo de tener un *déjà vu* —musita, las mejillas apretadas—. Eso tiene que ser bueno, ¿no?

—Seguro que sí —afirmo mientras le muevo el casco con la

mayor suavidad posible para comprobar que está bien puesto—. Joder, no se puede estar más buena.

—Lo sé. —Mueve la cabeza a un lado y a otro—. Y me alegra ver que tú también llevas pantalones de cuero.

Se queda helada, como yo, ambos mirándonos fijamente.

—¿Por qué he dicho eso?

De pronto parece perpleja, y mi esperanza se desvanece, pero no del todo, porque el médico ha dicho que está satisfecho. Todas estas cositas aquí y allá. Habrá un momento clave que hará que vuelvan todos los recuerdos. Algo que abrirá las compuertas.

Me adelanto e intento darle una explicación.

—Cuando nos conocimos, nunca me ponía ropa de cuero.

Su mirada baja a mi estómago y sé lo que está pensando: está pensando en las cicatrices que tengo en el estómago. Está pensando que debí de hacerme esas heridas en un accidente, y yo no la saco de su error.

—No te hacía mucha gracia —aclaro con naturalidad, y le señalo la moto con el brazo para invitarla a que suba.

Se acerca a ella sin pensarlo, sin dudar.

—No me extraña. No eres...

—Indestructible. Lo sé.

Ava se detiene un instante y vuelve la cabeza despacio para mirarme de nuevo el estómago.

—Esto es muy raro.

Dejo escapar una risa sarcástica.

—Un poco.

Me uno a ella, paso una pierna por la moto y me acomodo.

—Pon el pie en... —No termino la frase, ya que noto a Ava pegada a mí en el asiento, sus brazos en mi cintura—. Vale.

—Me da que debería estarlo, pero no estoy asustada —asegura, y se pega más a mí—. ¿Adónde vamos?

Al bajar la vista y ver sus manos entrelazadas sobre mi estómago, sentir su cabeza apoyada en mi espalda y su cuerpo junto al mío, me invade cierta paz. Tanto si lo sabe como si no, se fía de mí. Me pongo el casco, arranco mi Ducati 1299 Superleggera y pego unos acelerones estimulantes. El rugido se ve amplificado en el garaje y Ava se agarra más. Si no hubiese hablado con el médico, es evidente que esto no estaría pasando. Pero se encuentra cómoda. Muy cómoda. Además, jamás permitiría que le ocurriera nada.

Quito la pata, salgo del garaje y me dirijo a la carretera principal a una velocidad constante. Ava me pide que acelere, pero no le hago caso. Iremos lenta y prudentemente. Es algo que no suelo hacer, pero me acostumbro deprisa. Porque tengo que hacerlo.

CAPÍTULO 20

Con Ava acomodada contra mi espalda, puede que haya escogido el camino largo para llegar a mi destino. No me disculpo por ello. Suerte tiene de que la deje bajarse de la moto. Se baja con elegancia pero con cierta cautela, como si lo hubiese hecho un millón de veces antes, como, en efecto, ha hecho. Después se desabrocha el casco, se lo quita y sacude con cuidado la larga melena de oscuras ondas.

Madre del amor hermoso. Mi polla se abalanza como un animal depravado que intentara escapar de una jaula. No es una mala comparación. Hace demasiado tiempo que no tengo sexo. Mis pelotas están a punto de estallar, y lo que ha pasado hace un rato, en la entrada, cuando se me ha echado encima, no ha sido lo que se dice de ayuda.

Después se baja la cremallera de la cazadora, dejando a la vista su camiseta blanca informal, ligeramente escotada. No demasiado. Tan sólo deja entrever esas tetas que tanto me gustan. No debería mirar. Es como sufrir una lenta tortura.

—Eh. —Mi visor se levanta, por cortesía de Ava, que finge mirarme ceñuda—. ¿Me estás mirando las tetas?

—¿Qué tiene eso que ver contigo? —respondo sin pensar, haciendo que se debata entre reírse o mirarme boquiabierta.

—Que son mías.

Resoplo y me bajo de la moto.

—Tengo que recordarte un montón de cosas, y ésta es una de las más importantes. —Le señalo el pecho con un dedo y voy bajando por el cuerpo—. Todo esto es mío.

166

Ella me da un manotazo en el dedo.

—Eres un capullo cabezota.

—Sí, sí. —Profiero un suspiro que indica cansancio—. Pero es mío.

Resopla y resuella unas cuantas veces y me mira con el ceño fruncido. No sé por qué, quizá para demostrar lo exasperada que está. Sería refrescante si no fuese aburrido de un tiempo a esta parte. Sin embargo, este tira y afloja que tenemos curiosamente es estupendo.

—Pero, bueno, ¿qué estamos haciendo aquí? —Contempla las extensiones de hierba de Hyde Park.

—Vamos a dar un paseo. O un garbeo, como te gusta decir a ti.

—Los garbeos se dan en las tiendas, no en los parques.

—No te gusta dar garbeos conmigo en las tiendas —informo.

—¿Por qué?

—Porque te echo por tierra todos los vestidos que te gustan —replico con franqueza mientras le cojo el casco de la mano y lo dejo con el mío en el asiento—. Así que suelo ir de compras por ti.

—¿Me compras la ropa?

El espanto le cubre la preciosa cara.

—¿Controlas lo que me pongo?

—Básicamente, sí, y no es momento de intentar cambiarlo.

Le tiendo la mano y ella la agarra automáticamente.

—Somos felices así.

—Querrás decir que *tú* eres feliz.

—Confía en mí, Ava. Eres feliz a más no poder.

Echo a andar, no demasiado deprisa, para que no le cueste seguirme el ritmo.

—Si necesitas descansar, me lo dices.

—Necesito descansar.

Me sitúo delante de ella, me agacho y, agarrándola por los muslos con delicadeza, me la echo al hombro. Suelta un gritito, pero me deja hacer.

—¿Mejor?

—¿Vas a ir cargando conmigo por todo el parque?

—Sí —contesto tajante, y aligero el paso, ahora que no tengo que preocuparme de que Ava se canse.

No pone ninguna objeción, pero sí formula una pregunta.

—¿Cuántos años tienes? —inquiere mientras me rodea el cuello con los brazos y apoya la barbilla en mi hombro.

—Veinticuatro.

—Di, cuántos.

—No.

—¿Por qué?

—Porque quiero que lo averigües tú sola.

—Y ¿cómo voy a hacer eso?

Miro con el rabillo del ojo y esbozo una sonrisa.

—Estoy seguro de que se te ocurrirá algo.

Veo que empieza a devanarse los sesos en el acto, en busca de ideas. Bien. Jamás me habría imaginado pidiendo en silencio que me espose y me ponga a su merced otra vez, pero ahora haría cualquier cosa, lo que fuera. Y esta vez no me pondría furioso ni perdería los estribos. Sonreiría durante todo el puñetero tiempo que durase la puta tortura.

—¿Vas bien ahí arriba? —pregunto, y le observo la cara, que descansa en mi hombro, mientras enfilo el sendero.

Me mira de soslayo y asiente con suavidad antes de darme un beso delicado en la mejilla.

—Mucho.

Cierro los ojos y disfruto de su afecto, sin saber de dónde sale pero sin ganas de cuestionarlo mucho. Luego vuelve a ponerse como estaba, con el mentón apoyado en mi hombro.

—Podría acostumbrarme perfectamente a esto.

—Ya te has acostumbrado, nena. —Cojo aire y lo suelto despacio—. Ya te has acostumbrado.

Sigo por el sendero, y me siento positivo y bastante entusiasmado con el resto del día, la verdad. Las muestras de cariño que me prodiga Ava le salen con facilidad, y quiero más.

Cuando llegamos al sitio exacto que tenía en mente, la dejo en el suelo con cuidado y le señalo la hierba.

—Túmbate.

Ella se ríe, entre recelosa y risueña.

—¿Por qué?

—Porque yo te lo digo.

—Y yo siempre hago lo que me dices, ¿no?

—Joder, más quisiera —farfullo mientras me tumbo yo boca arriba en la hierba.

Abro los brazos y las piernas, imitando a la rendida Ava la primera vez que la llevé a correr conmigo, cuando se tiró al suelo exhausta.

—¿Te dice esto algo? —pregunto.

—¿Debería?

Hago un mohín, decepcionado.

—Quizá debiera hacerte correr quince kilómetros.

—¿Lo dices en serio? —resopla—. Estaría muerta.

—Prácticamente lo estabas la primera vez, pero tardaste poco en acostumbrarte. Y ahora eres como Forrest Gump.

Se mira el cuerpo y ve que está en forma.

—Está claro que correr no beneficia a mis tetas.

Me acodo a la velocidad del rayo.

—Ah, no, señorita. —Me río, aunque más de miedo que porque me haga gracia—. Que no se te pase por la cabeza. —Cabeceo con vehemencia, desafiándola a enfrentarse a mí.

—No son como las recordaba —musita, y se las mira con la barbilla en el pecho.

¿De todas las cosas que no son como las recordaba le preocupan las tetas?

—Tus tetas son perfectas.

—¿Se puede saber qué coño te pasa?

—Tú —espeto, y le agarro la mano y tiro de ella.

Una maniobra rápida, experta y la tengo debajo en un abrir y cerrar de ojos. Atrapada. Y jadeando. Debo de tener una sonrisa monumental cuando me acomodo entre sus muslos, la cojo por las muñecas y le levanto los brazos por encima de la cabeza.

—Me gusta verte debajo de mí.

—Me gusta verte encima de mí.

Ahora también sonríe ella, y si yo no estuviera ya en el suelo, el impacto de ese cariño que me muestra sin que yo se lo pida me habría hecho caer de culo. Algo ha cambiado entre nosotros. Desde el beso de anoche, tengo la sensación de que estamos haciendo progresos, aunque no haya ninguna mejoría importante en su memoria. Ava se muestra receptiva. Veo que tiene curiosidad por muchas cosas, no sólo por los últimos dieciséis años, sino por mí. Por este hombre. Por este hombre que es su marido. Por este hombre que la quiere con una fuerza que nos debilita a ambos.

Sonríe y me escudriña el rostro, leyéndome el pensamiento.

—¿Fue así como me entraste cuando nos conocimos?

Su pregunta me provoca una gran carcajada y mis músculos se ven forzados a activarse para que me sostengan y no la aplaste con mi peso.

—No exactamente.

—Entonces ¿cómo fue?

Esa curiosidad genuina, casi inquieta, que veo en sus ojos es otro golpe traicionero que me asesta al corazón. Ava cree que todo será romántico. Dulce y relajado. Haré que se desmaye y la cabeza le dé vueltas. Y sí, hice que la cabeza le diera vueltas. Lo recuerdo bien. Su sorpresa. Su indignación. Pero, sobre todo, esa mirada que me dijo que se preguntaba si gritaría mucho.

Toso para aclararme la garganta.

—No estoy seguro de que estés preparada para escuchar esa parte.

—¿Con todo lo que has soltado ya? —resopla, y yo profiero un sonido gutural—. No me fastidies.

—Te daré algo —musito, y pego mi entrepierna a la suya sin pensar.

—Estamos en el parque —susurra, la voz rebosante de deseo, sin que le preocupe lo más mínimo que estemos en el parque, sólo está diciendo lo que cree que debe decir.

—Donde quiera y cuando quiera, nena, ya lo sabes.

No espero a que me bese. Veo que quiere que lo haga y el momento es demasiado perfecto para desaprovecharlo. Así que pego mis labios con suavidad a los suyos y la obligo a abrir la boca delicadamente, encantado de oír los ruiditos de gusto que hace.

—Aprendo deprisa.

Su boca se mueve sobre la mía al mismo ritmo, un ritmo regular, y sonrío. Esto es perfecto.

—¿Te gusta el Jesse dulce?

—Me encanta el Jesse dulce —asegura sin dejar de besarme, dejándose llevar por mi boca—. Ahora, di.

—Que te diga ¿qué?

No sé a qué se refiere y refunfuño mosqueado cuando se aparta.

—Cómo me entraste cuando nos conocimos. —Lanza un suspiro de exasperación.

—Te pregunté si gritarías mucho cuando te follara.

Ava se echa a reír de tal modo que el cuerpo entero le vibra, y aunque me quedo un poco sorprendido, también estoy encantado. Y verla así de feliz es de lo más gratificante.

—Y dime, ¿grité mucho? —pregunta, riendo entre palabra y palabra.

—Casi volaste el techo del Lusso.

Se vuelve a partir de risa como una loca, los ojos le lloran, su cuerpo pierde completamente el control. Podría quedarme así el día entero, admirándolo. Escuchándola.

—Me alegro de que te haga tanta gracia, señorita.

Luego espero, satisfecho, observándola mientras intenta tranquilizarse. He conseguido hacerla reír de verdad.

Tras recuperar el control, suspira profundamente y mueve un poco las manos para que yo se las suelte. Nada más hacerlo, me echa los brazos al cuello.

—Pensaba... —Respira hondo—. No sé. Todo lo que me cuentas, cómo eres, cómo soy, cómo somos, parece una locura. Y sin embargo el corazón me dice que es real. Que es normal. No tengo la sensación de que esté mal, sino justo lo contrario. Incluso los mosqueos.

Sonrío con suavidad y le aparto unos mechones de pelo de la cara.

—Es lo normal para nosotros, nena. Te lo he dicho siempre.

—Lo normal para nosotros parece la puta perfección.

—A ver esa boca.

—Vale. —Suelta una risita.

Me besa de nuevo, me tiene ganas desde la otra noche. No se cansa, y no voy a ser yo quien se queje. La dejo hacer todo el tiempo que quiere, siguiendo su ritmo pausado, sinuoso.

—Probablemente tengamos público —dice sin aliento.

Bien. A ver si se lo puedo quitar un poco más.

—Que les den.

Ahora soy yo quien marca el ritmo, cada sonido de placer que profiere Ava acariciando y calentando mi piel. No me importaría nada quedarme aquí el resto del día, pero soy consciente de mala gana de que tiene que comer.

—Debes de tener hambre.

Me aparto y recorro las líneas de sus pómulos, sonriendo al ver los sonrosados y carnosos labios.

—Un poco —admite suspirando—. Tengo más sed que hambre.

—Ya sé dónde podemos ir.

Clavo los puños en el suelo a ambos lados de su cabeza, me levanto y la ayudo a ponerse de pie. Señalo el café que hay al otro lado de la calle, la cojo de la mano y echo a andar.

—¿Crees que podrás ir andando hasta ahí?

—No.

Me mira, los labios apretados con descaro.

—Puede que tengas que llevarme a cuestas.

Sin decir nada, me doy la vuelta para que se me suba a la espalda. Estaremos a unos treinta pasos del café, poca cosa, incluso para Ava, pero quiere que la lleve, y no seré yo quien se niegue. Está jugando, y me encanta.

Con su cara junto a la mía, cruzo la calle y la dejo en el suelo a la puerta del bar.

—Señorita —digo, y le abro la puerta y muevo el brazo en abanico para indicarle que pase.

Sonrío, y ella también. Esta tarde es un festival de sonrisas.

—¿Por qué no fuiste así de romántico conmigo cuando nos conocimos? —inquiere, al tiempo que franquea la puerta—. En vez de hacerme preguntas tan inapropiadas, me refiero.

Arqueo una ceja y entro detrás de ella.

—¿Cómo iba a cortejarte si hasta te negaste a cenar conmigo? Estaba desesperado. Además, al final conquisté tu corazón. ¿Qué más da cómo lo hice?

Se echa a reír y se da contra mi hombro, ahora que estoy a su lado. No me muevo, pero Ava se tambalea un tanto, obligándome a cogerla antes de que pierda el equilibrio.

—¡Ava! —grito—. Joder, ten un poco de cuidado.

Ella se sobresalta y pestañea deprisa, sorprendida, mientras la sujeto por la parte superior de los brazos.

—No es necesario que me montes una escena.

Mira alrededor, al igual que yo, y vemos que algunas personas nos miran. Me importa una puta mierda.

—Vale, pero ten cuidado —musito, y le doy la mano y la llevo a la barra mientras me meto la otra mano en el bolsillo para sacar la cartera.

Pero freno en seco, haciendo parar a Ava, mis dedos inmóviles en la cartera de piel mientras clavo la vista en lo que ha captado de golpe y porrazo mi atención.

Sarah, en la cara la misma expresión de sorpresa que yo, nos mira alternativamente a Ava y a mí. Siempre le gustaron demasiado el bótox y los rellenos y al parecer durante el tiempo que hace que no la veo la afición ha ido a más. No está envejeciendo con elegancia. Tiene la piel demasiado estirada y los labios ridículamente abultados. Sostiene un café en la mano, parece a punto de irse.

—¿Jesse? —Ava me apoya la mano con suavidad en el antebrazo y yo dejo de mirar a Sarah para centrarme en mi mujer—. ¿Estás bien?

Toso, mi cabeza es un caos.

—¿Qué quieres tomar? —le pregunto.

Le paso un brazo por los hombros y sigo andando, evitando a Sarah y confiando desesperadamente en que Ava no la vea. Sarah se vuelve cuando nos movemos, situándose frente a nosotros. Noto que me pongo serio, el gesto de advertencia, amenazándola en silencio para que se vaya discretamente y sin llamar la atención. Su mirada es inquisitiva, aunque tenga cara de póquer.

Justo cuando llegamos a la barra, Ava se gira y se vuelve en dirección a Sarah.

—Me apetece un chocolate caliente, por favor. Necesito una servilleta.

Se aleja, literalmente rozándole el brazo a Sarah al pasar. Ni se inmuta al ver a la mujer que estuvo a punto de acabar con nosotros. A una de las mujeres, para ser exactos. Veo atemorizado que Sarah la sigue con la mirada hasta el montón de servilletas que hay al lado. Parece desconcertada. ¿John no le ha contado lo del accidente de Ava? Cuando vuelve, limpiándose la nariz, Ava repara en Sarah. Frunce el ceño y la mira al ver que Sarah no le quita los ojos de encima.

—Esa mujer me mira —comenta cuando se une a mí, arrimándoseme—. ¿La conozco?

—No —contesto en el acto, justo cuando Sarah se acerca.

Si las miradas matasen, Sarah habría muerto en el sitio. Sé positivamente que mi expresión debe de reflejar toda clase de amenazas, pero ella no hace ni caso.

—Jesse. Ava.

Nos mira a uno y a otro y el ambiente se enrarece en el acto.

—Me alegro de veros.

Mi mujer me mira interrogante y yo sacudo la cabeza, me vuelvo hacia la barra y tiro de Ava. Pido y empiezo a temblar de lo que me está costando no perder los nervios. ¿A qué coño está jugando? Joder, si Ava fuese ella misma, probablemente le hubiese tirado a Sarah todos los cafés de los que hubiera podido echar mano.

—¿Quién es? —inquiere Ava.

—No tiene importancia. —Prácticamente escupo mientras dejo un billete de diez libras en la barra y cojo las bebidas.

—Entonces ¿por qué estás tan arisco y tan cabreado?

—No lo estoy.

Le pongo el chocolate en una mano y le agarro la otra y tiro de ella, aunque se resiste e intenta zafarse de mí. Me cago en la leche.

—Jesse, suéltame.

La suelto, pero sólo porque no quiero hacerle daño. Pero al soltarla vuelve a tambalearse, y al tratar de impedir que no vaya a parar al suelo, tiro las bebidas.

—Joder, Ava, ¿es que no puedes tener más cuidado?

Aparto los vasos de un puntapié y doy gracias por que lleve los pantalones de cuero, que la protegen del líquido caliente.

—¿Quién es? —exige saber, con firmeza, mirándome a mí y después a Sarah, pasando por completo del desastre que tenemos a los pies—. No me da buena espina. Habla.

Con la mandíbula tensa, la mando al carajo para mis adentros.

—Nos vamos —suelto, empujando la puerta con la mano—. Vamos, Ava, o no respondo.

Resopla y se vuelve hacia Sarah.

—¿Quién eres? —le pregunta.

Sarah me mira completamente perpleja, aunque una vez más pasa por alto la mirada amenazadora que le lanzo.

—Soy Sarah.

El lenguaje corporal de Ava cambia en un nanosegundo. Ahora está igual de arisca que yo.

—¿Sarah? —Me mira—. ¿Tu amiga Sarah? ¿La novia de tu tío que estaba enamorada de ti?

Si no estuviera metido en el lío en el que estoy, valoraría el hecho de que es evidente que a mi mujer esto no le hace ninguna gracia. Está que echa humo.

—¿La que te azotó?

Sarah, cautelosa, recula, a todas luces confusa con lo que está ocurriendo.

—Vete, Sarah, ahora —advierto antes de que la cosa se ponga fea, porque sabe Dios que mi mujer es perfectamente capaz de todo. Con la edad le ha ido echando más agallas. No le ha quedado más remedio, aunque sólo fuera para manejarme a mí.

Con los hombros caídos en señal de derrota, Sarah por fin da media vuelta y sale del café, y yo me preparo para que mi mujer descargue su ira contra mí.

—Dijiste que ya no estaba en nuestra vida. Que ni siquiera estaba en el país.

—Y era verdad.

—Entonces ¿me estás diciendo que he perdido la cabeza además de la memoria? ¿Que son imaginaciones mías? —Extiende la mano hacia la puerta, que se cierra despacio después de salir Sarah.

—Apareció la semana pasada —confieso—. No tuve ocasión de decírtelo.

Se ríe, una risa sarcástica.

—Aunque lo hubieras hecho, daría lo mismo, ¿no? Porque lo habría olvidado y ahora no tendría ni puta idea, ¿no?

—Vigila esa puta boca, Ava. —Joder, las cosas se están saliendo de madre.

Se acerca un empleado del café con un cubo y una fregona y nos mira con nerviosismo. Me aparto del charco de café y agarro a mi mujer.

—No me toques —escupe, y se zafa de mí y se aleja cojeando.

Lanzo un suspiro y la sigo. Éste sería un buen momento para echarle un polvo recordatorio. Sólo para recordarle cuál es su sitio.

La sigo por el parque a una distancia prudencial, no excesiva, no vaya a tambalearse o a tropezar otra vez, hacia donde dejamos la moto. Veo que cada vez va más despacio y se le nota más que cojea. Pero mi pequeña tentadora cabezota no me pedirá ayuda. Es dura. Le está pillando el tranquillo. Aprieto el paso, la adelanto y me agacho para invitarla a subirse, en lugar de cogerla por las buenas, como acostumbro a hacer. Se me sube a la espalda sin rechistar.

—Que sepas que acepto sólo porque me duele la pierna —musita—. Y no me apetece hablar contigo.

Pongo los ojos en blanco.

—Vale.

—Joder, ¿por qué no me lo contaste? —me grita al oído, asustándome y haciendo que me estremezca y cierre los ojos—. Ya es bastante malo que no me acuerde de nada como para que encima me tenga que preocupar de que alguien intente quitarme el marido.

—Nadie te va a quitar el marido —aseguro. Será boba...—. Sarah no significa nada para mí. Nunca ha significado nada para mí.

—Pues está claro que tú sí significas algo para ella. ¿Qué quiere? ¿Por qué ha venido?

—Ava —suspiro, hasta las narices de esta conversación. Sin embargo, aunque todo me resbala, veo que ella se siente vulnerable, y mi trabajo consiste en tranquilizarla—, no le des más vueltas.

No me hace ni caso, sigue a lo suyo.

—Y dime, ¿hay más zorras que quieran echarte la zarpa?

—Ava, ¿te importaría dejar el tema?

No lo digo de malas maneras, pero me falta poco para saltar. «No pierdas la calma, Jesse. No pierdas la calma.»

—No. ¿Cómo quieres que sepa de quién tengo que guardarme las espaldas si no me acuerdo de nadie? Me lo tienes que decir.

Ésta no es una de las cosas que quiero que recuerde. Además, me llevaría demasiado puto tiempo y no tengo energía.

—Te he dicho que lo dejes.

—Y yo te he dicho que no. ¿Cómo quie...?

Me paro, la bajo y, tras ponerla de cara a mí, le pongo las manos en las mejillas. Da un grito ahogado de sorpresa contra mi boca cuando la beso con fuerza, para que cierre el puto pico. Estoy desviando su atención, recurriendo a tácticas desesperadas. Y no pienso disculparme por ello. Además, parece que le gusta besarme. Gracias a Dios. La cojo en brazos y sigo andando hasta la moto sin dejar de besarla.

—Ha sido una mañana perfecta. No dejes que nada nos la eche a perder. —Tenemos cosas más importantes de las que ocuparnos que Sarah o mis ex—. Por favor.

Tuerce el gesto, es evidente que el agobio que se ha pillado le ha robado la energía, y apoya la frente en mi pecho. Le agarro la cabeza y le acaricio el pelo, evitando el sitio donde tiene la herida.

—Estoy cansada —se queja.

Y yo me siento culpable. La he presionado demasiado. Cojo su casco y se lo pongo con cuidado, preguntándome si sería poco razonable por mi parte pedir que, en el futuro, ella y los niños lleven casco siempre que vayan en coche. Después del accidente, nada de lo que pido para garantizar su seguridad debería parecer poco razonable, y será mejor que Ava lo acepte.

—Vamos, necesitas comer algo.

Le bajo el visor y le estampo un beso antes de ayudarla a subirse a la moto.

CAPÍTULO 21

La llevo a un pequeño restaurante que no queda lejos de nuestro gimnasio. Ava está obsesionada con los huevos Benedict de este sitio, desde hace años, así que le he pedido eso. Pero casi no ha tocado los puñeteros huevos, se limita a pasear la comida por el plato.

—Come —le ordeno.

—Es que no tengo hambre.

Deja el tenedor y aparta el plato antes de retreparse en la silla.

Hago un gesto de desagrado. Si es necesario, le meteré la comida en la boca a la fuerza. Me importa un pito que estemos en un restaurante.

—Toma. —Agarro el tenedor y cojo una buena cantidad de huevo, que le ofrezco desde el otro lado de la mesa—. Come.

Mirándome mal y apretando la mandíbula, se aparta un poco más.

—No tengo hambre.

—Y yo no estoy de humor para que te pongas farruca. —Ladeo la cabeza en señal de advertencia—. Come.

—No.

—No me jodas, Ava, necesitas recuperar energías.

Retiro la silla arrastrándola ruidosamente por el suelo, sin levantarme, para ponerme a su lado, más cerca, dispuesto a abrirle la boca a la fuerza para meterle la comida.

—¿Para qué? ¿Para darte una patada en ese culo irracional tuyo?

Me reiría si no estuviera hecho una puta furia.

179

—No me hagas volver a pedírtelo.

Me noto inquieto, empiezo a moverme en la silla. El día ha empezado muy bien, y ahora ella se lo está cargando con la tontería de negarse a comer. ¿Por qué coño no se porta como es debido?

—¿Qué piensas hacer? ¿Empezar la cuenta atrás? —Pestañea unas cuantas veces y después frunce el entrecejo.

—Por ejemplo —confirmo, y ella resopla indignada.

Bajo la cabeza, intentando que se me pase un enfado que va a más. Joder, soy demasiado mayor para esta mierda. Ava se está rebelando por rebelarse, sólo para salirse con la suya.

—Ava.

La miro, dispuesto a soltarle todos los detalles del castigo que le caerá cuando esté bien, pero al otro lado de la calle veo algo que pone freno a mis amenazas. Estiro el cuello para ver mejor: John está sentado en una terraza algo más arriba. Habrá salido del gimnasio a tomarse un descanso.

Dejo unos billetes de veinte libras en la mesa y pido a una confusa Ava que se levante.

—Esta vez te has librado, pero no volverá a pasar. —Vamos hacia la moto—. Espérame aquí.

—¿Por qué? ¿Adónde vas?

—Tengo que hablar un momento con alguien que está ahí. No te muevas.

Le doy el casco y me voy.

—Hola, John —lo saludo.

Se pone tenso en el acto, vuelve la cabeza despacio y veo la preocupación escrita en su rostro.

—¿Va todo bien? —le pregunto cuando llego a su mesa, que rodeo hasta situarme frente a él.

—Sí. ¿Qué haces aquí?

Mueve el corpachón en la silla con nerviosismo. Aquí pasa algo.

—He traído a Ava a comer enfrente.

—Y ¿dónde está?

Me siento y apoyo los codos en la mesa.

—Esperándome. Hace un rato he visto a Sarah.

Se quita las gafas despacio. Veo una mirada peligrosa en sus ojos.

—Dime que no fue en tu busca.

Ya no está nervioso, sino enfadado, los ojos echando chispas. Me hace sonreír por dentro, siempre leal y siempre preocupándose por mí.

—Nos hemos topado con ella en un café.

—¿Nos?

—Sí, Ava y yo. Naturalmente, mi mujer no la ha reconocido, pero Sarah se ha presentado. —Tuerzo el gesto, igual que John—. ¿No le dijiste que Ava había tenido un accidente?

—No era yo quien debía decírselo. Ya sabes cómo es esa mujer. Si le das la mano...

Me río entre dientes. A veces ni siquiera hacía falta que se le diera la mano. Yo no le di nada y se lo cogió todo. Y cuando digo todo, es todo.

—Bueno, sabe que hay algo raro, así que me imagino que te interrogará.

John deja las gafas en la mesa de cualquier manera, irritado.

—Y ¿qué quieres que le diga?

—Que no se me acerque —replico—. Dile lo que te dé la gana, pero insiste en eso.

John asiente y mira algo a mi espalda, obligándome a mirar a mí. Ava se aproxima, la cojera más acusada. Me asalta un sentimiento de culpa.

—Será mejor que te vayas —advierte John.

—Cualquiera diría que intentas librarte de mí.

Me levanto y me vuelvo hacia Ava cuando llega hasta nosotros.

—Lo siento, nena. Ya iba.

—¿Qué tal estás, guapa? —pregunta John.

Ella no contesta, se limita a pegarse a mí y mirarme para que... no lo sé. Entonces caigo. Claro.

—Éste es John —digo al tiempo que señalo su corpachón embutido en la pequeña silla de metal—. Mi viejo amigo. Trabaja en el gimnasio.

—Encantada de conocerte.

Lo dice con una voz baja, teñida de una incomodidad que a John no se le escapa, y noto que se estremece. La miro y le escudriño el rostro. Parece algo ausente. Y cansada. Muy cansada.

—Tengo que llevar a Ava a casa. —Le paso un brazo por los hombros y echo a andar—. ¿Todo bien en el gimnasio?

—Todo bien.

John vuelve a ponerse las gafas, y me doy cuenta de que no le he preguntado qué está haciendo en esa terraza solo. Y sin tomar nada.

Estoy a punto de hacerlo cuando del café sale una mujer con una bandeja y viene directa a mi amigo. John se levanta deprisa y retira la silla de enfrente.

—Gracias —dice ella, dedicándole una sonrisa radiante al sentarse—. No tenían bizcocho de limón, así que te he pedido unos *scones*.

Tiene el pelo de un rosa vivo, recogido de cualquier manera, la falda larga y vaporosa, la chaqueta de punto de gruesa lana demasiado grande. Tendrá unos sesenta y pocos años, el rostro alegre y jovial. De paso me fijo en el café, que es pintoresco, las mesas viejas, la madera envejecida, las sillas industriales. Y en el centro de la mesa hay una macetita de estaño con brezo en abundancia. Muy romántico.

—Gracias —dice John.

Él también sonríe, una amplia sonrisa que deja a la vista un diente de oro. ¿Qué es esto? ¿Está pasando lo que creo que está pasando? Analizo la escena: él... y una mujer. Nunca, pero *nunca*, he visto al grandullón con una mujer. Jamás.

Noto que el niño grande que hay en mí pugna por salir a la superficie, que tengo ganas de tomarle el pelo. Probablemente me dé una hostia, pero...

—¿Jesse? —Ava me tira del brazo—. ¿Qué pasa?

—No pasa nada —le digo, mientras la llevo de vuelta a la mesa—, pero probablemente John me ponga en órbita de un puñetazo. —Sonrío tanto que me duele la cara.

—¿Por qué?

—Porque está con una mujer.

—¿No es su esposa?

—Qué va. —Me río—. No tiene. Nunca ha tenido ninguna mujer, de hecho. Eh, tío grande —digo alegremente cuando llegamos a la mesa.

Él gruñe, se lleva la mano a sus enormes gafas de sol y se las quita de nuevo para que le vea los ojos y sepa que no está de humor.

—¿No nos presentas a tu amiga? —Le dedico una sonrisa cordial, excesiva a más no poder a su acompañante—. Soy Jesse. —Le tiendo la mano, y ella se levanta deprisa y me la estrecha.

—Ah, he oído hablar mucho de ti. —Me aprieta la mano con entusiasmo, y pone la otra encima—. Soy Elsie.

—Un placer, Elsie. Los amigos de John son mis amigos. Ésta es mi mujer, Ava. —Le suelto la mano a Elsie y acerco a Ava, que esboza una pequeña sonrisa.

—Encantada de conocerte.

La mirada de Elsie, comprensiva, me dice que sabe la situación en la que se encuentra Ava.

—Igualmente, Ava.

—Y dime, ¿cómo os conocisteis? —pregunto, y entreveo el diente de oro de John cuando gruñe. Nunca lo he visto tan hostil. Y nervioso. Es una novedad.

—Uy —responde Elsie.

Y se sienta entre risas, alarga el brazo y da unas palmaditas en la mano a John. El grandullón se encoge en la silla, y ello sólo hace que aumente mi curiosidad.

—Juré que nunca me metería en una de esas páginas web de

citas, pero me alegro de que una amiga me convenciera, porque de lo contrario no habría conocido a John.

Trago saliva, y a punto estoy de llevarme por delante la lengua.

—¿Una página web de citas? —balbuceo. John se niega a mirarme—. No me lo habías dicho.

Me mira despacio, con mala intención. No hace falta que diga nada: me la voy a cargar en cuanto Elsie no esté. Veo un millón de amenazas en sus ojos amusgados, todas ellas dirigidas a mí.

Ava percibe su animosidad, porque empieza a tirarme de la mano.

—Dejémoslos solos.

—Gracias, guapa —farfulla John sin dejar de mirarme. Sus ojos son peligrosos; los míos, alegres.

—Nos tomaremos un café con vosotros.

Le ofrezco una silla a Ava, me estoy divirtiendo como un enano viendo cómo este grandullón inescrutable se revuelve en su asiento.

—No te importa, ¿verdad, Elsie? —añado.

—Claro que no. —Quita de la mesa su bolso de *patchwork*—. Me alegro de conocer a los amigos de John.

Por su forma de mirarme, veo que John está planeando mi muerte. Será lenta y dolorosa. Y eso no me echa para atrás lo más mínimo.

Animo a Ava a que se siente, pero se resiste, se muestra un tanto reacia. Es posible que Elsie también se dé cuenta, porque actúa de inmediato y le coge la mano.

—Le estaba contando a John —empieza, sonriéndole— que tengo un centro de terapias alternativas. Meditación, yoga, esa clase de cosas. Puede que te ayude, Ava. A relajarte y hallar paz interior en este periodo difícil. —Su amable rostro se suaviza más si cabe al mirar a mi mujer—. Espero que no te importe que te lo diga.

Asiento con aire pensativo. Elsie es la típica mujer bohemia, en cuerpo, alma y cabeza. Pero mi mujer sólo necesita relajarse conmigo.

—Es muy...

—¿Tú crees? —me corta Ava—. Porque la terapia no me está sirviendo de nada.

—Por supuesto. —Elsie parece entusiasmada con la idea de ayudar a mi mujer—. La meditación podría ser perfecta para desenmarañar todos esos pensamientos y dejar que los recuerdos fluyan. Deberías probar.

Ava me mira esperanzada, quizá incluso tan entusiasmada como Elsie. En el gimnasio tenemos instructores de yoga. Si de verdad quiere probar, la meteré en una de las clases. Sin ningún problema.

—Lo pensaremos —le aseguro, centrando de nuevo mi atención en John, con ganas de seguir poniéndolo nervioso—. Así que una web de citas, ¿eh?

John se pone las gafas con parsimonia, a propósito, para ocultar esa mirada que dice «que te jodan».

—¿No tienes que ir a ningún sitio?

—No. —Levanto la mano para llamar a la camarera, mirando a Elsie—. ¿En qué página lo encontraste, Elsie? ¿En Capullos malhumorados? ¿En Dale un hogar? —Suelto una risita cuando Ava me da en el brazo, y Elsie también se ríe.

—En Amor crepuscular. —Alarga el brazo buscando la mano de John, que aprieta cariñosamente—. Nada más ver la foto de su perfil supe que detrás de esa fachada de acero había algodón. Y no me equivoqué.

—Ohhh. —Me llevo la mano al corazón y miro a mi amigo con ojos de cordero degollado—. El oso amoroso. —Me va a noquear de un momento a otro.

—Deberíamos irnos —sugiere Ava, que percibe las ondas asesinas que lanza el corpachón negro de John y me dirige una mirada de advertencia que rivaliza con la del propio John—. Estoy cansada, Jesse.

La frase hace que deje de tener ganas de tomarle el pelo a mi amigo en el acto. ¿En qué estaba pensando? Ava está exhausta, mierda.

—Bueno, ya nos vamos —digo, mirando a Ava de arriba abajo.

—Adiós —refunfuña John.

—Ha sido un placer conocerte, Elsie. —Ava consigue esbozar una sonrisa a pesar de que está agotada—. Y gracias por tu ofrecimiento. Me lo pensaré.

—Pues claro. Si te animas a probar, pídele a John mi número.

Mientras vamos hacia la moto, Ava me mira, y sé lo que va a decir.

—Creo que me gustaría probar con el yoga.

—Ya hablaremos de ello cuando no estés tan cansada.

Le doy largas por el momento. Hoy ya hemos discutido bastante.

CAPÍTULO 22

Cuando llegamos a casa, Ava no sube a dormir la siesta, sino que va derecha a la cocina y empieza a abrir puertas y cajones. Me quedo en la puerta mirando, sin saber si intervenir o no. Sé exactamente lo que está haciendo. Desde que vimos a Sarah, es evidente que está más agobiada, se debate entre la preocupación y la rabia, y noto que el cerebro le va a mil.

—¿Cómo quieres que reconozca a una mujer que intentó quitarme al marido si ni siquiera sé dónde tenemos las putas tazas?

Cierra con fuerza una puerta y se para, aunque su cuerpo está inquieto, enardecido por la ira.

—Las tazas están en el armario de arriba a la izquierda —digo sin alterarme—. Los platos en el de abajo a la derecha. Los cubiertos, en el cajón de debajo de la placa; y los cereales del desayuno, en el armario de la despensa. Por la mañana, después de que te haga el amor, bajas a encender la cafetera, después te das una ducha y te arreglas mientras se hace el café. Pones una lavadora alrededor de las ocho y preparas las fiambreras de los niños. Te das crema en las manos cada vez que te las lavas, y siempre pones el lavavajillas antes de llevar al colegio a los niños e ir a trabajar. Después de cenar, dejas que yo recoja. Ése es mi trabajo. Llenar el lavavajillas mientras tú ayudas a los niños a hacer los deberes. Y cuando terminamos, nos acurrucamos en el sofá a ver un poco la tele y luego preparas la cafetera para que esté lista por la mañana y sacas los cereales de los niños para que los tengan en la mesa cuando se levanten. Luego te llevo a la cama y te hago el amor.

Paro un instante, pues me cuesta decir esas cosas tan sencillas sin que se me quiebre la voz.

—Te quedas dormida en mi pecho. Sé si algo te preocupa porque estás inquieta. Por lo general no te despegas de mi pecho en toda la noche. Y cuando te despiertas, te das la vuelta y hacemos la cucharita, y yo espero hasta que pegas tu culo a mí. Espero hasta que me dices que estás preparada para que te despierte con un poco de sexo soñoliento. Y vuelta a empezar.

Trago saliva y aprieto la mandíbula, mi desolación multiplicándose por diez. Todas esas cosas sencillas han desaparecido.

Ava se vuelve despacio y veo que las lágrimas le corren por la preciosa pero apenada cara.

—Quiero hacerlo todo. Todas esas cosas. Quiero hacerlas todas. Quiero volver a tener la vida que tenía. Contigo. Con los niños —dice con voz afligida, y se agarra a un lateral de la encimera para sujetarse.

Sin pensarlo, cruzo la cocina para abrazarla y dejo que llore, que dé rienda suelta a su desesperación, contra mi camiseta. Mis lágrimas caen en su pelo, nuestra realidad resulta demasiado insoportable para ambos. Lo único que puedo hacer es abrazarla, estar a su lado, quererla. Y lo único que puede hacer ella es depender de mí para todo.

—¿Me haces un favor? —susurra, la boca pegada a mi camiseta.

Es una pregunta estúpida.

—Lo que quieras.

—¿Me enseñas otra vez las fotos de nuestra boda y me dices quiénes son todas las personas que aparecen en ellas?

No contesto en el acto, porque no sé si podría ver cómo se desmorona de nuevo. Verla tan desesperanzada y tensa me parte el alma.

—Claro —le digo, a sabiendas de que no puedo negarle eso—. ¿Quieres que lo hagamos ahora?

Me agarra la camiseta y coge aire mientras me mira. Sus ojos. Esos ojos castaños preciosos están hinchados, y levanto una mano para enjugárselos.

—Por favor.

—Vamos. —La cojo y la ayudo con delicadeza a que me rodee la cintura con las piernas—. ¿Así estás bien?

Por toda respuesta entierra la cara en mi cuello y me abraza con fuerza.

Vamos al estudio, la dejo en el sofá y le ahueco un cojín para que se ponga cómoda. Su pequeña sonrisa de agradecimiento debería complacerme, pero no es así. Me hace daño, porque no debería tener que darme las gracias por ser su marido.

Voy a coger el portátil y me siento a su lado mientras paso un dedo por el ratón táctil. La pantalla cobra vida, y hago clic en el archivo que contiene las instantáneas de nuestra boda. Acto seguido, una sonrisa enorme asoma a mi cara.

—Mira qué guapa estás. —Todo ese puto encaje. No sabía si adorarla o arrancárselo—. ¿Sabes cuánto me costó controlarme ese día?

—Pues la verdad es que no, porque no me acuerdo de una puñetera... un momento, eso que llevamos en las muñecas ¿son esposas? —Se sienta en el borde del sofá y se acerca mucho a la pantalla—. ¡Sí que lo son! ¡Son puñeteras esposas!

Esbozo una sonrisa petulante.

—A tu madre no le hicieron mucha gracia.

Ava resopla, a todas luces imaginando la reacción de Elizabeth.

—No me puedo creer que me esposaras el día de nuestra boda.

—Pues créetelo. —Señalo la pantalla—. Ahí mismo tienes la prueba.

Guarda silencio un instante, observando mientras se relaja a mi lado, su mano descansando en mi bíceps.

—Dime una cosa.

—¿Qué?

—¿Eres mayor que mi madre? —Me mira con cara seria.

¿Está de puta coña? Si no tuviera un ordenador en las piernas y a ella al lado, me plantaba en la moqueta y me marcaba cincuenta flexiones. ¿Mayor que su madre?

—¿Te parezco mayor que tu puñetera madre? —Menuda jeta. Noto que empiezo a sudar, del estrés. ¿Cuántos años cree que tengo?

—Bueno, mi madre tiene cuarenta y pocos. Me figuro que por ahí andarás tú.

Tardo unos segundos en procesar lo que dice, y entonces caigo en la cuenta...

—Ava, tu madre tiene sesenta años.

El alivio que siento me aturde. En su cabeza, sus padres tienen la edad que tenían en el último recuerdo que alberga, y su último recuerdo es de cuando ella tenía veintipocos años.

—Ya no tienes veinte años, nena.

—Es verdad —musita al mirarse el estómago y recordar las estrías que le dicen que es madre y después a esas tetas con las que claramente no está contenta.

—Mira —le doy suavemente con el codo para que no se desanime y señalo la pantalla—. Ésta sí sabes quién es.

—Kate. Parece algo triste.

Ava tiene razón. Tiene cara de estar lamiendo pis de una ortiga. Después veo a Dan y a Sam al fondo, y me acuerdo:

—Sam y ella no se hablaban —le aclaro.

—¿Sam? —inquiere, pero levanta deprisa la mano, para que no se lo diga—. ¡El novio de Kate! —Casi parece entusiasmada—. Kate me habló de él en el hospital. No me puedo creer que esté embarazada.

—Así es.

Sonrío al ver su mirada radiante y continúo con el resto de los invitados. Hay mucha información que asimilar, pero da la impresión de que se toma las cosas con calma.

—Y ésta es Georgia —continúo cuando acabamos con las fotos de la boda.

—¿La hija de Raya y Drew?

—Drew es su padre, sí. Le pidió hace poco a Raya que se casara con él. Pero la madre de Georgia es Coral.

Me detengo un instante, pensando que quizá el nombre le diga algo. Nada. Su cara es inexpresiva.

—Engañó a Drew para que la dejara embarazada porque estaba enamorada de mí e intentó hacer pasar a la niña por hija mía. —Lo suelto todo de sopetón, y sonrío incómodo cuando Ava me mira.

—¿Cómo? —pregunta sin dar crédito.

—Tú y yo hemos vivido momentos muy interesantes.

No dice nada, se limita a mirarme con los ojos muy abiertos.

—¿Cómo coño sobrevivió nuestra relación a todo esto?

La pregunta hace que me tense, y sin duda mi monumental ceño fruncido se lo indica.

—Porque estábamos hechos el uno para el otro, por eso. Porque yo te quería y tú me querías. Pasamos por muchas cosas juntos, muchas, y las superamos, así que sé que podemos con esto.

—Eras un cerdo.

—Era, tú lo has dicho. Eso cambió en el segundo en que te vi.

Se sorbe la nariz y vuelve a centrar la atención en la pantalla, como si no hubiera pasado nada.

—Menos la vez que me pusiste los cuernos.

Por el amor de Dios, tengo que mantener la calma, que alguien me ayude. Respiro despacio para no soltar un montón de tacos y resistir la tentación de echarle el polvo del siglo. No sé cuál de estos dos sería más adecuado para lidiar con el sarcasmo: ¿el polvo de castigo?, ¿el de entrar en razón? Me lo estoy planteando con demasiada energía para un hombre que se encuentra en mi situación, castigándome a mí mismo como resultado. Necesito volver a lo que es importante de verdad.

—Te hablaré de la vez que te convertí en un petisú. —Me tranquilizo un tanto al recordar aquella noche fantástica—. Te recubrí de chocolate y nata y te lamí entera hasta hartarme. Tú me hiciste un *striptease*. Fue supersexy, pero también me lo pasé pipa viendo cómo intentabas dominar la situación.

Me mira con una sonrisa leve y cierta tristeza en los ojos. Quiere recuperar sus recuerdos a toda costa, y yo veo perfectamente que no poder hacerlo la está matando, igual que me está matando a mí.

—Todavía no has oído ni la mitad, Ava —añado—. Las cosas que hemos hecho, los momentos que hemos vivido. Hay un montón de recuerdos increíbles.

—Lo sé. —Levanta una mano, me la pone en la mejilla y la pasa por la incipiente barba—. Y aunque ahora mismo no me acuerde, me encanta que me cuentes nuestra historia. —Sonríe—. O por lo menos la mayor parte.

Cierro los ojos y le rozo la palma de la mano con la nariz, besándola en el centro. No quiero adelantar acontecimientos, pero tengo la sensación de que se está volviendo a enamorar de mí. Durante la mayor parte del tiempo, estar juntos hoy ha resultado de lo más sencillo y natural. Hasta las peleas tontas son muy nuestras. Sus reacciones conmigo en todos los sentidos son cien por cien Ava y cien por cien nuestras. Me pregunto si me sentiría satisfecho si recuperara únicamente su amor. ¿Sería suficiente sin sus recuerdos? Pues claro, yo me encargaría de que fuera suficiente. Pero parte de nuestra conexión tiene que ver con todo lo que hemos compartido desde que nos conocimos. Las cosas que nos hicieron más fuertes. Pero no se trata únicamente de las cosas que nos unieron más y nos hicieron más fuertes. No se trata únicamente de reconstruir todas esas cosas para ella y para mí. Hay una cosa que tiene que recordar como sea. O dos cosas, mejor dicho: Maddie y Jacob. No puedo permitir que esos recuerdos se desvanezcan, por muchos más que creemos. Tiene que recuperar los años de los niños. Tiene que hacerlo.

Me suena el teléfono y Ava lo coge. Es Jacob, por FaceTime, y

192

cuando Ava se queda mirando la preciosa carita que aparece en la pantalla no tengo ni idea de qué hacer. No quiero disgustar a mi hijo y no quiero disgustar a Ava. He estado hablando con los niños dos veces al día, pero sólo cuando Ava estaba en la ducha.

—¿Cómo es que lo veo? —pregunta, y me quedo callado un instante, confuso.

Entonces recuerdo que a mi chica no le faltan únicamente dieciséis años de recuerdos: le faltan dieciséis años de avances tecnológicos.

—Es FaceTime, como una videollamada.

—Ah. —Se muerde el labio inferior—. Deberías cogerlo —advierte mientras me tiende el teléfono, que sigue sonando—. Quiero verlos.

Me quedo estupefacto. Me alegro, pero me muestro precavido.

—¿Estás segura?

—Sí. —Me tiende el teléfono—. Cógelo.

—No quiero disgustarlos, Ava —alego, y me odio por decirlo. Si protejo a mis hijos, le hago daño a ella. Es imposible resolver bien este dilema.

El teléfono deja de sonar, y unos ojos me miran. Me siento un inútil.

—Por favor —suplica, y es como si me clavara un puñal en el corazón—. Necesito verlos, hablar con ellos.

Traga saliva y menea la cabeza. Sé que hay una parte de ella que echa de menos mucho más que sus recuerdos y a mí. Se ha pasado infinidad de horas en las habitaciones de los niños, tumbada sin más en sus camas con la esperanza de que le viniera algo a la memoria. Quizá me equivocase al mandarlos fuera.

—Siento un dolor aquí. —Se lleva la mano al pecho, al corazón, y yo reparo en su reluciente alianza—. Hoy ha sido un día maravilloso, y tendría un final perfecto si pudiera verlos.

Se me hace un nudo en la garganta de sentimiento de culpa, tristeza y demasiadas emociones más para poder tragarlo de golpe.

¿Cómo le voy a negar eso? Le cojo el teléfono y llamo a Jacob, reprimiendo cualquier muestra de inquietud. Me pongo cómodo en el sofá y animo a Ava a pegarse a mí mientras suena y el niño lo coge. Poco después le veo la cara. Mi hijo. Tiene el pelo mojado y lleva puesto un traje de neopreno.

—Hola, colega.

Veo que se debate entre el entusiasmo y la incertidumbre.

—¿Mamá?

—¡Hola! —lo saluda Ava como unas castañuelas.

Ve que su hijo se siente incómodo, y el instinto le dice que haga algo. El puto corazón me late de manera atronadora en el pecho.

Se oyen unos golpes de fondo, una puerta, creo, y de pronto a Jacob lo pilla por sorpresa su hermana.

—¿Está mamá? —pregunta Maddie, un tanto nerviosa cuando aparece en la pantalla con Jacob—. ¡Mamá! —No se siente incómoda en absoluto, sino entusiasmada.

Ava se inclina hacia delante para acercarse y toca la pantalla con un dedo.

—¿Cómo estáis? ¿Os lo estáis pasando bien con los abuelos?

—Hemos estado haciendo surf —cuenta entusiasmada Maddie—. Bueno, Jacob y yo. El abuelo se quedó pegado al paipo. —Ava se ríe y, ¡Dios!, yo podría llorar—. Mamá, ¿ya has recuperado la memoria? —Maddie, harta de hablar de surf, formula la pregunta que sabía que haría, a diferencia de Jacob, que sólo lo pensaría.

Ava sonríe.

—Hemos hecho algunos progresos. —Me mira—. ¿Verdad, papá? —Su mirada me dice que no me venga abajo ahora, así que me froto deprisa los ojos y me aclaro la garganta.

—Grandes progresos —confirmo.

—Decidnos qué estáis haciendo —pide Jacob.

—Hoy tu padre me ha llevado a dar un paseo en moto —empieza Ava—. Hemos paseado por el parque, hemos parado en un café y hemos comido mi plato preferido. —Sonríe, y resisto la tentación de recordarle que en realidad no comió nada—. Y ahora estamos viendo fotos de nuestra boda.

—Y ¿te acuerdas de algo? —En los ojos castaños de Maddie, idénticos a los de su madre, hay tanta esperanza que no soy capaz de frustrarla.

—Ha habido algunas cosas, sí —respondo, y rodeo a Ava con un brazo y la estrecho contra mí—. Es como que tu madre sabe algunas cosas pero no está segura de cómo las sabe.

—¿Como qué? —se interesa Jacob.

—Como que sabía subirme a la moto de papá pero no recuerdo haber montado en moto antes. ¿No es guay?

Ava aplaude entusiasmada, y veo que es toda sinceridad. Nada salvo el deseo de una madre de asegurarse de que sus hijos son felices y se sienten tranquilos, pase lo que pase. Su forma de tratarlos, aunque no lo sepa, es ella al cien por cien. Lo lleva dentro, eso no se ha perdido.

—Después se ha puesto romántico y me ha llevado a dar un paseo por el parque, al sitio donde quedamos una de las primeras veces.

Los niños se miran, ponen los ojos en blanco y se meten los dedos en la boca, fingiendo vomitar. Me río, y Ava también.

—¿Qué más recuerdas? —insiste Jacob harto de ñoñerías.

—Recuerdo algunas cosas que tu padre me dijo en el pasado. Pero ya basta de esto. ¿Qué tal por ahí?

Ava se retrepa en el sofá y se pone cómoda, charlando feliz y contenta con nuestros hijos durante diez minutos largos. Yo me quedo donde estoy, me contento con verla. Podría salir de la habitación y ella ni se enteraría, y por primera vez en mi vida no me duele saber que no me echaría en falta si no estuviese aquí. Cuando termina, les lanza un beso y les promete que los llamará al día siguiente. Suspira al colgar, mirando el teléfono con una sonrisilla. Sigue soñando despierta unos minutos y después me busca.

—De todas formas no quería despedirme —la pincho un poco.

Ella se ríe y apoya la cabeza en mi pecho.

—Perdona.

—No te disculpes nunca por querer más a los niños que a mí.

Soy consciente de mi error nada más abrir la bocaza. Quererme. ¿Me quiere? ¿Podrá quererme? ¿Me querrá?

—Te quiero igual —afirma en voz baja, haciendo que yo baje la vista a la parte posterior de su cabeza. Su tono trasluce una incertidumbre inequívoca.

—No espero que despiertes de un coma y, sin que te acuerdes de mí, me quieras en el acto, Ava.

Nunca me ha dolido tanto decir algo. Ella se vuelve despacio, su cabeza en mis piernas, y me mira.

—Quiero a nuestros hijos —me dice, con la mano sobre el corazón—. Lo siento aquí.

Pongo una mano sobre la suya y se la aprieto, procurando no sentirme decepcionado. El instinto maternal es más fuerte que cualquier otra cosa en el mundo. Puede que me duela, pero también me da fuerza. Si los próximos días son parecidos a éste, quitando a Sarah, estará loca por mí en un abrir y cerrar de ojos.

Espero.

Rezo para que así sea.

No cabe duda de que el deseo está ahí. Me consuela pensar que así es como empezó todo entre nosotros. Con ese deseo. Ese anhelo. La necesidad de tocarnos. Y ahora lo veo en ella: lo que le está costando controlarse, la abrumadora necesidad de devorarme. Tengo que dejar que vaya a su ritmo, y ese ritmo hoy ha acelerado de manera satisfactoria. Pero también sé que se está conteniendo, y en el fondo tengo la sensación de que es porque tiene miedo. Tiene miedo de lo que siente por mí sin tan siquiera conocerme de verdad. Igual que lo tenía hace tantos años.

Ava intenta reprimir un bostezo, y le sale fatal.

—Hora de irse a la cama. —Me levanto y la ayudo a ponerse de pie—. Debes de estar agotada.

Deja que la empuje con suavidad por los hombros escalera arriba. Sonrío por dentro, pero me invade cierto sentimiento de culpa. Se está excediendo, y es culpa mía.

El habitual nerviosismo disminuye a medida que nos acercamos al dormitorio. Hoy hemos dado un gran paso adelante. ¿Sería demasiado pedir...?

—Buenas noches. —Se vuelve en la puerta y pone la mano en la manija, mordiéndose el labio al girarse.

Me muero por dentro. Una y otra vez. Me muero.

—Buenas noches.

Me doy la vuelta deprisa y voy al cuarto de invitados antes de que ella me vea la cara de desolación. Está claro que es pedir demasiado. Cierro la puerta sin hacer ruido, me desnudo y me meto en esa cama que tan poco familiar me resulta, que es fría y solitaria.

Me paso horas dando vueltas, no hay forma de quedarme dormido, aunque tampoco es que me sorprenda. Estoy a punto de darme por vencido e irme al sofá cuando oigo algo en el descansillo. Preocupado, me dispongo a levantarme para ir a ver cómo está Ava cuando el sonido de la puerta al abrirse me paraliza. La luz entra en la habitación por la pequeña rendija y se dibuja la silueta de un cuerpo que reconozco. Me tumbo despacio. Es de puta coña que el corazón empiece a martillearme en el pecho. Es de puta coña que no me atreva a mover un puto dedo. Es de puta coña que esté de los nervios.

Cruza la habitación de puntillas y aparta un poco la sábana para meterse en la cama conmigo. Soy como una puta estatua, dejo que me levante el brazo para acurrucarse a mi lado. Se acomoda y me pone una mano en el pecho. Es uno de los momentos más bonitos de mi vida. Tan sencillo, pero tan significativo: no puede dormir sin mí. Me da lo mismo que nos separe una barrera de encaje. Me da lo mismo que técnicamente ésa no sea la postura adecuada. Entonces suspira y se mueve, se me sube al pecho y extiende su cuerpo sobre el mío, la cara en mi cuello. Sonrío aspirando su olor discretamente, le paso un brazo por la espalda y la estrecho contra mí.

En cuestión de minutos escucho su respiración acompasada, y poco después me pesan los ojos. El hecho de que no sea nuestra cama y tenga bultos carece de importancia. Podría estar en una cama de clavos y sentirme satisfecho. Porque Ava está aquí. Con su hombre.

CAPÍTULO 23

Mi adormilado cerebro me dice que no me mueva, pero no estoy seguro de cuál es el motivo. Soy consciente de que estoy hecho un ovillo junto a Ava, pegado a su espalda, a gusto. Y soy consciente de que hacía más de una semana que no dormía así de bien. También soy consciente de que algo me está creciendo entre las piernas y su culo. Ésa es la razón por la que no debo moverme. Sin embargo, Ava no capta la advertencia. Su cuerpo empieza a estirarse, y ella gime. «Mierda.» Mis músculos se tensan, mi cuerpo se queda inmóvil, y contengo la respiración mientras me clava el culo, desatando el caos más absoluto en mi polla y mi cabeza. Por Dios, ¿qué clase de tortura es ésta?

Luego, de repente, Ava se queda quieta, mi erección atrapada entre sus muslos, y a mí me rechinan los dientes mientras intento lidiar con esa sensibilidad que me tortura.

—Uy... —dice, y se sacude ligeramente, como si el puto dolor que siento no fuese suficiente.

—No te muevas, Ava —aviso. La tengo tan dura que se me podría partir—. Por favor.

—Lo siento.

—Deberías sentirlo, sí.

Tengo que salir de la cama antes de que el radar de mi polla se imponga y dé con su objetivo. Parte de mí lo quiere. A decir verdad, la mayor parte de mí lo quiere. Podría devolverle la memoria a base de polvos. Me abofeteo mentalmente por pensar de manera tan irracional. Claro que el hecho de que sea tan irracional es una de las cosas que a Ava le gustan de mí..., ¿no? «Joder, Jesse, soluciona esta mierda ya mismo.»

Cesa el movimiento y Ava espera pacientemente a que me concentre para que se me baje la erección. Cinco minutos después sigo teniéndola como una piedra.

—No funciona —admito al cabo. Mi polla tiene ideas propias y siempre las tendrá en lo que respecta a mi mujer—. No se me bajará. —Me relajo y estrecho más a Ava, confiando en que constreñir a la cabrona tiesa esta sirva de algo.

—No pasa nada —contesta Ava, y me sorprende un poco.

¿Ah, no? ¿Con qué? ¿Con que tenga la polla dura o con que la tenga donde la tengo? Un ligero movimiento a la izquierda y se la meto. ¿Pasaría algo entonces? «Mierda, cambia de tema y rapidito.»

—¿No podías dormir?

—No. Algo no era... —Deja la frase en suspenso y se calla—. Como debía ser.

—Esto. Te faltaba esto.

La abrazo con fuerza, y ella asiente. Lanza un suspiro y vuelve a acomodarse.

—Es agradable.

—Sería mejor si estuvieras desnuda.

Lo digo sin pensar, luego me pregunto hasta qué punto quiero causarme daño físicamente.

—¿De veras? —Parece sorprendida de verdad, y la miro ceñudo, aunque delante tenga su nuca—. Porque ayer por la noche me miré bien en el espejo y, sinceramente, no me gustó lo que vi.

La erección se me baja en un segundo mientras le miro el pelo sin dar crédito.

—Tengo estrías —se queja—, las tetas caídas, y ¿dónde coño está mi cintura?

¿Está practicando algún juego cruel?

—Retira eso —ordeno con la boca pegada a su pelo; me niego a que diga semejantes gilipolleces—. Date la vuelta.

La obligo a volverse hasta tenerla frente a mí, un tanto asustada.

—A ver si te queda una cosa clara, señorita. —Muevo arriba y abajo un dedo acusador por su cuerpo—. Todo esto es mío, y me encanta. Tienes las tetas perfectas.

Me permito echar una ojeada a los montículos que se intuyen bajo el salto de cama de encaje, la boca haciéndoseme agua, nada me gustaría más que catarlas.

—Tu cintura es perfecta, y esas estrías de las que hablas me hacen sonreír cada día. Forman parte de ti, parte de nosotros. Me gustan mucho, casi tanto como tus tetas, y tus tetas me encantan. Me vuelven loco. Y, para que conste, a ti también.

—¿En serio?

—En serio, sí.

Asiento con vehemencia. Soy inmoral, y me da lo mismo.

—Te encantan porque a mí me encantan. Y ahora, ¿hemos terminado con esto?

—Supongo que sí.

Tiene los ojos muy abiertos, está desconcertada, aunque intuyo cierta satisfacción. Baja la vista, me mira el estómago y se muerde el labio.

—¿Qué te pasó? —pregunta mientras traza una línea continua por mi estómago, pasando por las dos cicatrices.

Cierro los ojos y, haciendo caso de mi instinto, confirmo lo que cree saber.

—Hace años tuve un accidente de moto.

Me odio por no contárselo todo, pero no tardo en decirme que es lo mejor. Esa mierda podría hundirla ahora mismo. Le quito la mano de mi vientre y me llevo los dedos a los labios y los beso con dulzura. No he perdido el don que tengo para desviar la atención de mi mujer. Los ojos le brillan, y pestañea deprisa.

—Date la vuelta —le ordeno con suavidad.

Obedece sin vacilar un solo segundo, y mientras se da la vuelta yo echo mano del móvil y abro Sonos, que pongo en modo aleatorio. Ella se pega a mi cuerpo, y mi polla cobra vida de nuevo, así, sin más. Y se hace el silencio. Y pienso en el fuego que he visto en sus ojos antes de que se diera la vuelta. Y como si fuese una señal, o algo por el estilo, suena una canción que nos ha acompañado en los buenos y en los malos tiempos. *Angel*, de Massive Attack. Me tenso, preguntándome si le dirá algo.

—¿Jesse? —dice en voz baja, y le hago saber que la he oído, conteniendo la respiración, ilusionado.

Pero ella no dice nada. Se da la vuelta otra vez y me mira a los ojos. Y la veo. Veo a mi mujer. El deseo que despierto en ella, que es incapaz de mantener a raya. La necesidad de abalanzarse sobre mí y devorarme. Ese deseo intenso, que resulta evidente y veo a diario desde que se despierta hasta que se queda dormida en mis brazos. Lo tengo ahora mismo, y por primera vez en nuestra vida en común, soy reacio a darle lo que a todas luces quiere. Lo que yo necesito.

—Qué —musito, y le aparto un mechón de pelo de la cara mientras la música cobra intensidad y se impone.

Sin decir palabra, me pone boca arriba y se me sienta a horcajadas en el estómago. Trago saliva y pierdo parte del control cuando su culo desnudo me toca la piel, el calor que desprende contra mi carne. Se sube el salto de cama y se lo quita por la cabeza.

—Ava, ¿qué haces? —pregunto, a pesar de que quiero desesperadamente que lo haga. Sus tetas quedan a la vista, pesadas y henchidas, y trago saliva de nuevo.

—No lo sé. —Lanza la prenda a un lado, pega su pecho al mío y pone las manos en mis mejillas—. Pero todo me dice que lo haga.

—¿Estás segura?

Esas palabras no han salido nunca de mi boca. Ni una sola vez. Y la polla me estalla a modo de protesta por mi reticencia.

Su respuesta es un beso. Un beso dulce en la comisura de mi

boca. Suave y casto, pero que me consume de un modo inimaginable. Le pongo las manos en la espalda y las deslizo por la suave piel, cierro los ojos de puro gusto. «Que haga lo que quiera. Que tome la iniciativa y guíe nuestro reencuentro.»

Me relajo y abro la boca cuando me lame la comisura, su lengua delicada y curiosa. Dios mío, esto es el paraíso. Contenerme es difícil. Dejar que ella controle el ritmo es una batalla como ninguna otra. Levanta el trasero de mi estómago y la polla se me dispara como un resorte, rozando el calor que sale de entre sus piernas. Pego un bote, y ella también. Gimo mientras nos besamos, y ella suspira y me toma. Su boca seduce a la mía con parsimonia mientras ella baja un poco por mi húmeda y ávida polla. Y como si Ava estuviese hecha sólo para mí, que lo está, se acopla a mí a la perfección, deslizándose por mi miembro con facilidad.

—Dios —musita, y sonrío, pues estoy en la gloria más absoluta.

La canción, nuestra canción, sigue sonando, va *in crescendo*.

—No, nena. Ése soy yo.

Da una sacudida y se aparta de mí, haciendo que yo profiera un sonido de desaprobación debido a la repentina, inesperada retirada.

—Joder.

Me llevo las manos al paquete, apretando los dientes, y la veo sentada en el borde de la cama, mirando a la pared. ¿Qué ha pasado? ¿Es que no le gustaba?

—Ava, ¿qué ocurre, nena?

Me acerco deprisa al borde de la cama y la rodeo con un brazo. Me doy cuenta en el acto de que se estremece. Está temblando.

—Ava, dime algo, por favor.

Sacude la cabeza y, cuando me mira, veo angustia en sus ojos.

—He tenido un *flashback*.

Procuro no asustarme. ¿Será bueno?

—¿De qué?

—No lo sé. —Baja la vista a la moqueta y mueve los dedos en el regazo—. Ha sido muy rápido. Te lo pido por favor, quita esta música. —Echa un vistazo a su alrededor, como si buscara el equipo de música—. No la soporto. —Se tapa los oídos con las manos, y a mí se me parte el puñetero corazón.

Doy con el móvil y lo apago.

—Barcas de remos —farfulla con el ceño fruncido—. Esa canción. Tus palabras. He visto barcas de remo.

—¿Barcas de remo?

—Sí.

Se pone de pie y empieza a dar vueltas por la habitación, completamente desnuda, aunque está demasiado preocupada para darse cuenta, o puede que le importe un bledo.

—¿Por qué coño he visto barcas de remo?

De repente caigo. Me levanto, la cojo de la mano y la llevo a nuestra habitación.

—Por esto.

Abro el cajón de la mesilla de noche, saco una cosa y se la doy. Ava mira el libro.

—Giuseppe Cavalli —le digo—. Pusiste una fotografía suya en la habitación principal de mi ático del Lusso.

Me siento a su lado y abro el libro por la página en la que aparece la fotografía, deseoso de que la vea, con la esperanza de que ello le despierte algún otro recuerdo.

—Mira —se la señalo—. La original la tenemos en el comedor. Era el maestro de la luz. Me lo contaste todo sobre él cuando me enseñaste mi nuevo apartamento. Fue la primera vez que..., bueno, que hicimos el amor.

—¿Ah, sí?

—Sí.

Arrugo el entrecejo. ¿Acaso no se lo he dicho ya?

—En el cuarto de baño del Lusso, la noche que lo inauguramos. Te regalé este libro.

Paso las páginas hasta llegar a la parte de atrás, donde sigue la nota.

—Con esto.

Ava saca el papel y lo lee en voz alta.

—«Eres como un libro que no puedo dejar de leer. Necesito saber más.»

—¿Te acuerdas, nena? —pregunto, mientras veo que lee las palabras, confiando en que encuentre algo que se corresponda con ese *flashback*, rezando para que así sea.

Aprieta los ojos, como si intentase desesperadamente recordar algo. Y sé que es lo que está haciendo. Pero cuando encorva la espalda y una lágrima cae en el papel que sostiene en la mano, entiendo que no ha sido así.

—Era tan vívido. —Me mira—. Tan real. Como si hubiese alguien conmigo mirando las barcas. Eras tú. No te podía ver, pero sentía tu presencia. Como siento tu presencia desde que desperté después del accidente. Siento tu presencia todo el tiempo, hasta cuando no nos tocamos. Hasta cuando no estás en la habitación.

Sonrío con tristeza y la siento encima de mí.

—Date tiempo, nena. Date tiempo.

Mientras la tranquilizo, hago un esfuerzo supremo para tranquilizarme yo. El puto *flashback* debe de haber sido fuerte de narices para apartarla de mí como lo ha hecho. No hay nada capaz de desviar su atención de mí, sobre todo cuando estoy dentro de ella. Enfrentarme al hecho de que existe ahora mismo una fuerza más poderosa que yo en la vida de mi mujer es la cosa más difícil con la que he tenido que lidiar hasta el momento. Porque, de todas las cosas que hay en este mundo que pueden hacer que Ava mejore, sé que yo soy su mejor opción.

CAPÍTULO 24

—*Tres.*

Estoy acechando a mi víctima, rodeándola, viendo cómo retrocede con una sonrisa burlona en la boca.

—*Dos* —*gruño, ganando velocidad, riendo por dentro cuando se vuelve lanzando un gritito y sube la escalera a toda pastilla.*

—*Uno* —*grito, subiendo los escalones de tres en tres e irrumpiendo en nuestro dormitorio.*

Ella está de pie en el extremo opuesto, con un bote de nata montada en una mano y un tarro de crema de chocolate en la otra. Y está esplendorosamente desnuda, a excepción de la sonrisa seductora que luce.

—*A ver qué es lo peor que puedes hacer, señor Ward.*

—*Cero, nena.*

Me sobresalto y me despierto de golpe, mirando como un loco alrededor.

—¿Jesse?

Veo a Ava a los pies de la cama, en bata.

—Debo de haberme vuelto a quedar frito.

Me restriego la cara con las manos, preguntándome cómo es posible que esté tan cansado después de haber dormido tan bien esta noche.

—Acabo de hablar con Kate. Quiere que salgamos a cenar con ellos mañana por la noche.

No se me ocurre nada peor que tener que estar con gente e intentar sonreír. Lo único que quiero es esconderme en nuestra pequeña mansión hasta que todo vuelva a la normalidad. Estoy a punto de sugerir que hagamos exactamente eso, pero Ava se me adelanta.

—Tengo muchas ganas de verla.

Es lógico. La mejor amiga de Ava es una de las pocas personas a las que reconoce. Y eso es algo que hace el mismo puto daño que la picadura de una puta carabela portuguesa gigante.

—Genial. —Sonrío fingiendo entusiasmo.

—Me voy a dar una ducha. —De camino al cuarto de baño me señala el teléfono, en la cama—. Los niños han llamado mientras dormías.

—¿Lo has cogido?

La idea de verla mirando desconcertada mi móvil mientras sonaba, con la cara de nuestros hijos en la pantalla, se me hace insoportable.

—Claro. —Casi parece ofendida—. Hoy han ido de pesca. Mi padre ha pescado un besugo que pesaba casi cinco kilos. Jacob ha mandado fotos.

Cojo el teléfono para verlos y lanzo una risotada al ver a Jacob con un pez enorme en la mano y una sonrisa mayor aún en el rostro. Luego veo a Maddie, con los ojos como platos, mirando el besugo como si fuese un tiburón blanco.

—Míralos.

El corazón se me alegra cuando me vuelvo hacia Ava, su sonrisa tan radiante como la mía.

—Jacob se parece tanto a ti en esa foto.

El comentario de Ava hace que me vuelva a fijar en mi hijo. Tiene razón: se parece más de lo habitual.

—Qué guapo es —añade.

La miro y se encoge de hombros con cierta timidez.

—Y Maddie es igualita a ti. Preciosa.

Se pone un tanto seria. Como si lo pusiera en duda.

—Asusta un poco, ¿no crees?

—¿Qué? ¿Lo parecidos que son a nosotros?

—Sí.

Se acerca a mirar la pantalla conmigo.

—No asusta nada —replico, mirándola risueño—. Son unos putos niños con suerte.

Se ríe con una risa genuina, que hace que se doble por la mitad y apriete el estómago. Me gusta verla así, hace que yo sonría de oreja a oreja.

—Eres un cabezón.

—Eso dicen. Y ahora mueve ese precioso culo y vete a la ducha. Después de terapia, te llevaré a un sitio especial.

—Si te digo la verdad, estaba pensando en llamar a Elsie por lo que me dijo. Puede que el yoga sea lo que necesito. La terapia no me sirve de nada. La odio. Sólo me hace sentir como una mierda y me desespera.

La entiendo perfectamente. Odio verla tan desanimada cada vez que sale de allí. Pero...

—En el gimnasio hay clases de yoga —le recuerdo—. Si quieres, te puedo apuntar. —De esa forma la tendré cerca.

—¿Hacer yoga en una clase con treinta personas más? —Me mira arrugando la nariz—. Lo que tengo en mente no es tanto relajarme. Las clases de Elsie parecen mucho más terapéuticas. Son individuales. ¿Tú qué opinas?

—Creo que el yoga es yoga.

Pone los ojos en blanco y va al cuarto de baño.

—Pero Elsie tiene un algo espiritual.

Tuerzo el gesto mientras me levanto y voy detrás de ella.

—No irás ahora a dártelas de hippie conmigo, ¿no? —Sonrío cuando chasquea la lengua en señal de desaprobación—. Aunque si quieres dejar de llevar sujetador por el día, por mí perfecto. —La cojo donde está, delante del espejo, y le doy una vuelta, el enérgico grito de sorpresa que pega es música celestial para mis oídos.

—Lo digo en serio. —Intenta zafarse de mí, y ello hace que me sienta un poco ofendido.

—Yo también. —Tiro de ella para acercarla a mí—. Si quieres hacer yoga, tenemos un gimnasio estupendo donde puedes hacerlo. Lo lógico es que vayas allí. —Es lo puto lógico.

—Para que puedas vigilarme.

—Exacto.

Amusga los ojos, mosqueada.

—Me imagino que tenía una vida aparte de ti antes del accidente —dice con un mohín—. ¿O es que siempre me tenías atada a tu lado?

—Más quisiera —respondo en tono burlón.

—Voy a ir a yoga al centro de Elsie, y no podrás impedírmelo.

Espero que no quiera apostar. ¿Qué tiene de malo nuestro gimnasio si quiere practicar yoga? ¿Y si recupera la memoria cuando no estoy con ella? Sabe Dios que, si llegara a recordarlo todo de pronto, podría sufrir un ataque de ansiedad. Cuando estoy a punto de reiterar mi negativa a que vaya, me contengo, recordándome que en la balanza prácticamente está mi vida. No podré hacer que recuerde si no me habla, y eso es lo que pasará si le niego esto. Así que mano blanda. Paciencia.

—Está bien —pronuncio las palabras con fuerza—. Pero te llevo y te voy a buscar.

—Me gustaría conducir yo.

Suelto una risotada estridente. Me está poniendo a prueba.

—No te pases, Ava. He accedido a lo del yoga, y eso es todo lo que vas a sacar. —Me pongo delante de ella y la abrazo con fuerza—. Y punto.

—Conduzco yo. —Me clava la pelvis en la entrepierna—. Y punto.

CAPÍTULO 25

Ava

Me debato entre la necesidad de que esté cerca y la necesidad de alejarme desesperadamente. Recuperar cierta independencia antes de que acabe dependiendo de él demasiado.

El yoga es el sitio perfecto para empezar, pasar un par de horas lejos de él. El ancho mundo es un lugar que da miedo, pero no dará menos miedo a menos que yo siga adelante. Así que voy a ir, y me da lo mismo que se cabree. Y pienso conducir yo.

A Elsie le encantó que la llamara, y me ha propuesto que vaya a verla esta tarde. Lo estoy deseando, y cuando bajo la escalera, sintiéndome animada y positiva, veo que Jesse da vueltas por la entrada, y aunque es evidente que no le hace nada de gracia, no permito que su actitud me desanime.

—¿Y las llaves? —pregunto mientras me cuelgo el bolso del brazo.

Me lanza una mirada ceñuda feroz, como su postura. Que el tío tiende a enfurruñarse es algo de lo que ya me he dado cuenta. Pero cómo le cambia el humor cuando las cosas no salen como él quiere, curiosamente me resulta encantador. Familiar. Refunfuña, me mira de arriba abajo y me da un llavero y un chisme de un dorado rosáceo monísimo.

Lo miro frunciendo el ceño. No es mucho mayor que una tarjeta de crédito.

—¿Qué es esto?

—Tu móvil.

—Ah.

Sonrío y lo meto en el bolso, y de paso saco una goma con la que me recojo cuidadosamente el pelo en una coleta.

—Esto no me hace ninguna gracia.

—No me digas.

Su mirada se vuelve más sombría y mi sonrisa más grande.

—No tientes tu suerte.

—No tientes tú la tuya.

Me río y paso por delante de él para ir a la puerta. Le rozo el brazo con el codo, y antes de que sepa lo que ha pasado me veo contra la pared más cercana, aplastada por su duro cuerpo. Mierda, este tío se mueve deprisa.

Pegado a mí, cara a cara, sus ojos verdes casi apagados, suelta un gruñido grave y profundo. El corazón le martillea en el pecho, los latidos atravesándome. Jesse está preocupado. ¿Le preocupa estar lejos de mí? Puede que sea malsano e irracional, pero extrañamente a mí eso me reconforta. Cada movimiento que hace este hombre, todo lo que dice, todas sus expresiones faciales y sus reacciones me conmueven profundamente, y las tripas me dicen que no pasa nada. Que todo va bien. El instinto me dice cómo reaccionar. El corazón me dice cómo quererlo. El cerebro me dice cómo manejarlo.

Lo estoy recomponiendo todo poco a poco, entiendo a Jesse poco a poco. Él es la parte más importante de mí.

—Conduciré con cuidado.

El hecho de que quiera tranquilizarlo instintivamente me resulta de lo más natural. Me pregunto de dónde me sale, puesto que Jesse no está siendo nada razonable.

—Estaré fuera un par de horas, como mucho. Volveré antes de que te des cuenta de que me he ido, te lo prometo.

—¿Y si no es así?

211

Lo dice en serio, el miedo haciendo estragos en su cabeza, poniéndose en lo peor.

—¿Sabes lo que me costó aflojar las riendas contigo? Años, Ava. Años de lucha del miedo contra la razón.

—Pero ¿es que tienes un lado razonable? —pregunto, tratando de quitarle hierro al asunto.

Esto es absurdo a más no poder. Voy a ir a yoga dos horas, como máximo.

Sus ojos verdes se entornan, la mirada de advertencia.

—El sarcasmo no te pega, señorita.

No le impresiona lo más mínimo, y como el capullo taimado que he concluido que es, restriega esa magnífica entrepierna en mis partes, utilizando el poder que ejerce sobre mí como un arma.

—Tenemos que hacer las paces —dice.

—¿Es que nos hemos enfadado? —Me río e intento liberarme, aunque sé que no iré a ninguna parte hasta que él lo diga.

—Nos hemos enfadado, sí.

Ahora los ojos le brillan, hipnotizándome, y baja la boca a mi mejilla y me da un mordisquito. Ronronea, y yo profiero un gemido y estoy a punto de darme con la cabeza contra la pared. Lo que es capaz de hacerme, cómo me puede hacer sentir, me deja pasmada siempre.

—Quédate conmigo.

Cierro los ojos, la sensación que me provocan sus increíbles labios cuando recorren mi cara debilitándome. Se detiene en mi boca, y me mete la lengua hasta el fondo, subiéndome más contra la pared. Por favor, este tío es un puto dios. La temperatura me sube, la sangre me corre acelerada por las venas, la cabeza se me va. Después noto que sonríe mientras nos besamos. No me hace falta verlo para saber que es una sonrisa rebosante de satisfacción.

—No.

Logro sacar algo de fuerza de voluntad para renunciar a la gloria en la que estoy. Lo aparto, desoyendo su gruñido animal. Empiezo a verle el juego. Me vuelvo a echar el bolso al hombro y mi respiración recupera la normalidad. Por Dios, cada parte de mí lo desea, quiere dejar que me consuma por completo, que me haga el amor. Pero eso es algo que me pone bastante nerviosa. Le miro la entrepierna. La he sentido. Brevemente, pero la he sentido. Y es descomunal, pero ese tiento fue una puta pasada. Pienso en otra cosa deprisa para no abalanzarme sobre él. ¿Le gustaría?

—Me voy a yoga.

—En ese caso, más tarde recibirás tu castigo, señorita.

—Vale.

Avanzo hacia la puerta, cabeceando, y sin embargo sonriendo para mis adentros. Porque creo que podría estar enamorándome de este chalado.

Mientras bajo los escalones que me llevan hasta el BMW me tranquilizo, pongo freno a mi deseo y me centro en la tarde que me espera. Agarro la puerta y vuelvo la cabeza al abrirla. Veo a Jesse en la puerta de casa, apoyado en el marco, los grandes brazos cruzados en el ancho pecho. Sonríe. El muy bobo está chiflado.

Me vuelvo hacia el coche y por poco no me dejo caer en el asiento. O en el regazo del amigo de Jesse. No es que haya mucho sitio, con ese grandullón negro en el asiento del conductor.

—Pero ¿qué coño? —espeto, y me enderezo y me agarro a la parte superior de la puerta.

Él se levanta las enormes gafas y me dirige una mirada radiante, que deja a la vista un diente de oro.

—Buenas tardes, guapa —saluda con voz grave mientras señala el asiento de al lado con el pulgar—. Es como en los viejos tiempos, ¿eh?

Aprieto los dientes de tal modo que se me podrían partir, y al levantar la mirada veo a un Jesse que sonríe con engreimiento en la puerta de casa. Increíble.

—Serás tú el que recibirá el castigo —le grito, y voy hecha una furia hasta el asiento del copiloto; no tengo tiempo de discutir; llegaré tarde a la primera clase, y tengo claro que no podré mover a la mole que ocupa el asiento del conductor.

—Lo estaré deseando, señorita —responde Jesse, y añade una risita irritante que hace que le lance una mirada ceñuda que rivaliza con cualquiera de las suyas.

Cierro dando un portazo y miro a John.

—No me puedo creer que te haya convencido para que me lleves.

John se ríe, los dedazos como salchichas agarrando el volante.

—Guapa, os llevaba a todas partes cuando empezasteis a salir.

—No me sorprende —comento, y observo su perfil con aire pensativo—. Tengo un *déjà vu* —musito, y él sonríe. Tiene una sonrisa bonita, afectuosa y tranquilizadora.

—No me sorprende, guapa.

Suelta la mano izquierda del volante y me la tiende, con la palma hacia arriba. Pongo la mía en la tremenda pala y me la estrecha, un apretón firme pero delicado.

—¿Te sientes abrumada?

—Con muchas cosas.

—Pero sobre todo con él, ¿no?

—Es un hombre intenso.

—Como ya te he dicho millones de veces, guapa, sólo lo es contigo.

Me deja la mano en el regazo y la suya vuelve al volante.

—Tú y esos dos niños sois su mundo, pero eso ya lo sabes. No hay nadie en este planeta como Jesse Ward.

Suelta una risita entre dientes y yo sonrío, el grandullón me inspira un cariño que me parece auténtico.

—Me vas a decir que no sea muy duro con él, ¿no?

—El cabronazo es frágil, tras esos aires de machote que se da y esos músculos.

—Ha pasado por muchas cosas. Su hermano, su tío.

John se pone a tararear y centra su atención por completo en la carretera.

—¿Tienes ganas de ir a esa primera clase con Elsie?

¿Soy yo o acaba de cambiar rápidamente de tema? Frunzo el ceño.

—La verdad es que sí. ¿Te acuerdas de una mujer que se llama Sarah? —Aprieto los labios y observo su reacción.

—Claro.

—¿Tú sabías que ha vuelto?

Me mira despacio.

—Sí.

No es muy locuaz, así que decido insistir un poco.

—¿Tendría que preocuparme?

—Guapa, no hay una mujer, viva o muerta, a la que tu marido mire.

—Pero ellas lo miran a él —apunto, aunque en el fondo sé que no es de mi marido de quien tengo que preocuparme, sino quizá de una mujer desesperada. Jesse es impresionante: alto, seguro, fuerte y muchas cosas más.

—Él no tiene ojos para ninguna.

Ahora su mirada casi es seria, como si le fastidiara que yo permita que algo aparentemente tan trivial me dé quebraderos de cabeza.

—Sólo tiene ojos para ti. No lo olvides nunca.

Exhalo un suspiro y me pongo a mirar por la ventanilla mientras recorremos las calles de Londres. Y me regaño, porque aunque haya perdido la memoria, sigo conservando mi instinto. Y para Jesse Ward yo soy la vida.

John me deja y me pide que lo llame cuando haya terminado. Lo primero que capta mi atención cuando entro en la clase de Elsie es la música que suena de fondo, que identifico en el acto: canto de ballenas. El sitio es cálido, las paredes recubiertas de paneles de madera oscura, con tan sólo unas lamparitas distribuidas entre el sinfín de macetas. De las paredes cuelgan algunas telas con estampado étnico, y de una pequeña fuente en un rincón sale un hilo de agua que cae sobre unas relucientes piedras grises y tiene un efecto relajante.

—Ava.

La voz de Elsie armoniza con la escena a la perfección, serena y tranquilizadora. Es un lugar apacible, balsámico, y me siento a gusto.

—Me alegro mucho de verte —me dice.

Me da dos besos, me coge del brazo y me lleva hasta unas puertas de bambú que desliza.

—Aquí es donde haremos la clase.

Cruza la estancia prácticamente flotando, la larga túnica blanca rozando el suelo. Coge una esterilla de un gancho de la pared y me la ofrece.

—Dame el bolso y empezamos.

—Gracias.

Hago lo que me dice y me pongo de rodillas.

—No sabía qué ponerme. —Me tiro de los *leggings* que llevo.

—Eso es perfecto. Siempre que estés cómoda.

Elsie se quita la túnica por la cabeza, dejando a la vista un cuerpo tonificado, con curvas, enfundado en unas mallas negras. Me quedo impresionada: debe de tener sesenta años y está estupenda. Tras sentarse en la esterilla y cruzar las piernas con facilidad, me indica que la imite, cosa que hago, un tanto nerviosa.

—Coge aire despacio por la nariz y sácalo por la boca. Inspirar, espirar. Inspirar, espirar. No pienses en nada y deja que te lleve en un viaje a otro mundo.

Hago un esfuerzo para no pensar en nada, lo cual me resulta más difícil de lo que debería, pero mi cabeza lleva días llena a reventar, pugnando por encontrar recuerdos, intentando deducir lo que significan determinadas cosas. Aprieto los ojos y escucho la voz de Elsie, queda y balsámica, que me acompaña a lo largo del proceso destinado a dejar mi cabeza en blanco.

Paz.

Me envuelve como si de un cálido manto se tratase, y entro en trance, centrándome en las instrucciones que me da Elsie en voz baja para guiarme por algunas posturas sencillas que, al parecer, borran el estrés del cuerpo. Y funciona.

Hago lo que me dice, aceptando la ayuda que me ofrece cuando lucho para entender algunas cosas, la pierna me duele un poco con algunas posturas. No demasiado, pero sí lo suficiente para que le tenga que pedir que pare.

Una hora después estoy tumbada boca arriba, con las piernas en alto, apoyadas en la pared, y la cabeza despejada.

—Lo has hecho muy bien, Ava —afirma Elsie, y me ayuda a bajar las piernas—. Te espero en recepción. Tómate tu tiempo.

Me levanto despacio y me estiro. Es como si hubiera dormido una semana, mi cuerpo y mi mente revitalizados y como nuevos. Ha sido increíble. Sonrío, y aunque no he recuperado ningún recuerdo, cuando cojo el bolso y salgo de la clase me invade una nueva sensación de esperanza y satisfacción, preparada para darle las gracias a Elsie de corazón por sugerirme esto.

La encuentro sentada en una silla de suave terciopelo, dándose un poco de crema en las manos.

—Elsie, no sé cómo darte las gracias —digo encantada a más no poder—. Me siento como nueva.

Elsie esboza una sonrisilla traviesa y se levanta y viene hacia mí. Me coge de ambas manos. Tiene la piel suave, y percibo en el acto un olor dulzón a jazmín que da la sensación de que incrementa la paz que ya siento. Sinceramente, esta mujer y este sitio son como un remedio increíble.

—Le dije a John que esto te vendría bien. Me ha hablado de tu marido.

Ladea la cabeza con descaro, y me río.

—Apasionado, pero un poco dominante, ¿no?

—Un poco —admito, no quiero cargar demasiado las tintas. Sé que a él también le está costando esto—. Su intención es buena.

217

—Eso seguro. Te quiere con toda su alma. Pero dime, ¿te volveré a ver?

—Sí, claro. ¿Cuánto te debo por hoy?

Me para la mano cuando me la llevo a la cartera.

—A los amigos no les cobro —asegura, y mira a la puerta cuando se abre, detrás de mí—. ¿Te puedo ayudar en algo?

Vuelvo la cabeza y veo que entra una mujer con paso cauteloso. Cierra al entrar y se sube el bolso un poco en el hombro.

—Me han dicho que das clases de yoga.

—En efecto, querida.

Elsie va hacia ella, su sonrisa cordial casi triste.

—Pero me temo que las clases son individuales, y tengo la agenda completa.

—Entiendo.

Ahora la mujer también parece entristecerse, y me sorprendo dando un paso al frente.

—A mí no me importa compartir mi clase, Elsie —ofrezco, y sonrío a la mujer al ver su mirada esperanzada. Al fin y al cabo no pago. Me siento mal por acaparar toda una hora del tiempo de Elsie, y ella se niega a aceptar mi dinero.

—¿Estás segura, Ava? —Elsie me agarra la mano y me la aprieta.

Miro a la mujer y sonrío.

—Estoy segura de que no meterá mucho ruido.

Elsie se ríe, y la mujer también.

—Perdonad, me llamo Zara. —Nos tiende la mano—. Pero no tienes por qué hacerlo.

—No pasa nada. —Le quito importancia.

La verdad es que da la impresión de que a ella tampoco le iría mal la serenidad que irradia este sitio. Parece algo triste.

—Soy Ava.

—Encantada de conocerte, Ava.

—Bueno, os dejo, ya sabéis dónde está la salida. —Elsie echa a andar hacia la clase—. Tengo que prepararme para la siguiente hora. Os veo el viernes, ¿vale?

—Adiós, Elsie —me despido, y me vuelvo hacia Zara.

—No sé cómo darte las gracias —dice—. Me acabo de mudar a la ciudad después de una separación de mierda y estoy intentando mantenerme ocupada durante el tiempo que tengo libre, y creo que me vendría fenomenal relajarme. Las rupturas son estresantes.

—No hace falta que me las des. Ésta ha sido mi primera clase con Elsie, y es estupenda. Te va a encantar.

—Me muero de ganas. Así que, bueno, te veo el viernes.

—¿Te apetece un café?

No sé por qué lo digo, y me sorprendo. Pero parece tan simpática y cordial, y por primera vez no tengo que devanarme los sesos para saber qué tengo que decir.

—Ah, sería genial. ¿Estás segura? No quiero entretenerte.

Me río un poco.

—Confía en mí, no me entretienes.

La cojo del brazo, salimos a la calle y vamos directas a un café que hay más arriba.

—Siento lo de tu separación.

—No lo sientas. Estoy mejor sin él.

Zara sonríe, aunque intuyo una tristeza perenne en el fondo de sus ojos azules. Una tristeza que intenta ocultar al mundo, y lo entiendo. Yo estoy destrozada por no poder encontrar lo que busco tan desesperadamente, y es duro intentar que no se me note y arrastrar conmigo a Jesse.

—Era una relación violenta. —Se encoge de hombros, como si no fuera nada.

—Madre mía, cuánto lo siento.

—Lo que no te mata te hace más fuerte. O eso dicen, ¿no?

—Pues sí.

Estoy completamente de acuerdo con ella. A mí esto no me ha matado, pero desde luego ahora mismo no me siento más fuerte.

Seré mala persona, pero escuchar los problemas de los demás hace que los míos no me parezcan tan malos.

La conversación fluye. Es agradable, normal. Zara no me mira como si me compadeciera, ni me formula preguntas acuciantes, escrutándome los ojos en busca de un recuerdo, como hace todo el mundo a mi alrededor. Sólo charla conmigo, como lo haría una mujer normal y corriente.

—Uy, perdona —me disculpo, y me saco el teléfono del bolsillo cuando entramos en el café—. Tengo que hacer una llamada.

Mi índice vacila en la pantalla, y clavo la vista en ella, sin saber cómo utilizar el chisme. He cogido antes el móvil de Jesse, pero el aparato me pidió que deslizara el dedo. Así que lo deslizo. Y me pide un código.

—Bueno, da igual.

Esperaré a que John me llame.

—Invito yo —me ofrezco, mientras me quito el abrigo—. ¿Qué quieres?

—Un *latte*, gracias.

Zara se sienta mientras yo pido. Cojo la tarjeta de crédito y miro el nombre que está escrito en ella: A. Ward. El empleado me dice que pague y me pongo roja como un tomate. ¿Qué es el PIN?

—Es sin contacto —me aclara, y frunzo el ceño.

A mi lado, veo que una mujer sitúa la tarjeta sobre otro datáfono. La imito y enarco las cejas cuando el aparato me dice que acepta la tarjeta. Sonrío satisfecha y, tras coger las bebidas, voy a la mesa y me siento con Zara.

Aunque pueda parecer una locura, me siento un poco rebelde por salirme de la rutina de mi día.

—Y dime, ¿dónde vivías antes de que te mudaras aquí? —pregunto.

—En Newcastle. —Sacude la cabeza y se ríe—. No me puedo creer lo cara que es esta ciudad.

Yo también me río, porque estoy escandalizada con hasta dónde ha llegado la inflación en los dieciséis años que se me han borrado de la cabeza.

—Pues sí, en Londres los precios son de coña. —Brindamos con el café—. ¿Cuánto tiempo llevas aquí?

—Sólo un par de meses. Todavía me estoy instalando, pero echo mucho de menos a mi perro.

—Vaya, ¿qué pasó?

—En los pisos de alquiler están prohibidas las mascotas, así que lo perdí en la separación.

—Eso sí que es una mierda. Y empleo ¿tienes?

—Sí. Empecé hace sólo un mes, pero me va muy bien, y lo que me gusta es que hay posibilidades de ascender.

—¿A qué te dedicas?

Me retrepo en la silla, absorta en la conversación, pese a que sea sencilla y normal, y probablemente a algunos les resultara aburrida. Pero es distinta.

—Soy especialista en interiorismo de locales comerciales. Parece más bien aburrido, lo sé, pero le pongo mucha pasión, y eso es lo que importa, ¿no?

—Yo antes era diseñadora de interiores.

Lo digo como si no fuera nada del otro mundo. Era. ¿Y ahora? Ahora no sé lo que hago.

—¿Ah, sí? —La mirada se le ilumina y se echa hacia delante en la silla—. ¿Por tu cuenta? —inquiere.

Asiento, diciendo al estúpido nudo que tengo en la garganta que se vaya a la mierda.

—Y ¿ya no te dedicas a ello?

Me encojo de hombros e intento dar la impresión de que no es importante.

—Mi marido es el dueño de un gimnasio. Después de tener a mis hijos y tomarme algún tiempo, pensé que lo lógico era trabajar allí. —Al menos eso creo.

Zara se vuelve a echar atrás y da un sorbo al café con aire pensativo.

—Bueno, si decides volver a ese mundo, sé que mi empresa siempre anda buscando diseñadores con talento en todos los sectores.

¿Qué es la sensación que estoy experimentando? ¿Entusiasmo?

—¿De veras?

—Claro. —Ella también está radiante—. Te puedo poner en contacto con mi jefe, si quieres.

—Me encantaría. Te daré mi número.

El entusiasmo es doble cuando Zara coge su móvil y se prepara para apuntar mi teléfono. Me mira para que se lo dé.

—Es el... —No digo más, me devano los sesos para recordar el dichoso número—. El...

Zara se ríe.

—Yo nunca me acuerdo del mío tampoco.

Toca la pantalla de su móvil y me la enseña. Veo su nombre en los contactos y el número.

—Hazme una perdida y lo guardo.

Miro mi teléfono, que vuelve a pedirme el código.

—¿Tu cumpleaños? —sugiere Zara, y al mirarla veo que sonríe.

No tengo ni idea. ¿Tan predecible soy? Pero mi fecha de nacimiento no es lo que me viene a la cabeza, así que tecleo los números que se me ocurren: 3210. La pantalla se ilumina y veo una docena de deslumbrantes iconos.

—Toma. —Le paso el teléfono—. Probablemente te sea más fácil apuntarlo directamente que recitármelo.

Sin hacer preguntas, Zara introduce el número rápidamente, con interés, y llama. Deja que su teléfono suene una vez, cuelga y guarda mi número.

—Perfecto —digo cuando me lo devuelve y lo meto en el bolso.

Ella sonríe, una sonrisa de lo más cordial. Simpática y aprobadora, y hace que me sienta muy a gusto.

Hablamos de casi todo durante la hora que sigue, de casi todo salvo del accidente que sufrí no hace mucho. No es necesario que lo sepa, y es un alivio poder quitármelo de la cabeza un rato. Hablar sin más. Conocer a alguien. A alguien que no se suponga que ya conozco. Estoy tan enfrascada en la conversación que pierdo por completo la noción del tiempo.

—Por Dios, el tiempo se me ha pasado volando. —Zara se ríe y se levanta de la silla—. Se supone que tenía cita en la peluquería hace quince minutos, para hacer algo con esta pelambrera.

Tiene el pelo perfecto, una melena larga de ondas oscuras y brillantes, lo que hace que destaquen más sus ojos azules.

—¿No trabajas los lunes?

—Trabajo desde casa unos días a la semana, así que puedo escaquearme un poco para ir a yoga y a la pelu. —Me guiña un ojo y me río—. Te veo el viernes, ¿no?

—Claro.

Vamos juntas a la puerta, y nada más poner el pie en la acera veo el Aston de Jesse en la calle, entre los árboles que flanquean la calzada. Oh, no, seguro que John lo ha llamado. Saco el móvil deprisa y me pego un buen susto: la pantalla, bloqueada, está llena de llamadas perdidas y mensajes de texto y de voz. Me asusto un poco.

—Mi marido me está esperando.

—¿Ah, sí? ¿Dónde?

Zara mira donde le señalo, se tiene que agachar para ver el coche de Jesse.

—¿El hombretón que da vueltas por la acera? —Me dedica una mirada pícara—. Menuda suerte tienes.

—Eh, no te pases —me río, y ella también, y luego me da un besito en la mejilla—. Que te diviertas en la pelu —le digo mientras se aleja.

Sonrío, pensando que me cae bien Zara. Pero la sonrisa me dura poco, ya que al volverme veo que Jesse viene hacia mí con paso airado, la mirada poco menos que asesina.

¿Se puede saber qué le pasa?

—¿Dónde coño has estado? —espeta, temblando de rabia—. Casi pierdo el puto juicio, señorita.

223

Me coge la mano con aspereza, y vuelvo la cabeza para ver si aún está Zara, porque sé lo que pensaría si viera este numerito.

¿Qué demonios está haciendo?

—¡Quítame las manos de encima! —exclamo, y le doy un empujón—. Fui a tomar un puto café.

Me mira absolutamente escandalizado, y no porque haya ido a tomar café.

—¡Esa boca!

—Que te jodan, pedazo de bruto —contesto.

Y, sin hacerle caso, echo a andar hacia el coche, pero ahora la pierna me duele mucho. ¿A qué viene esto? ¿Esta reacción desmedida y ridícula sólo por ir a tomar café? A este tío le falta un tornillo.

—No me jodas, ¡Ava!

Viene detrás de mí deprisa, espoleado por la ira. No me puede impedir que vaya a tomar café, y ahora que lo pienso...

—Voy a volver al trabajo.

Debo de estar como una puta cabra. ¿Por qué lo provoco así? ¿Por qué le doy con un palo al puto oso?

Se planta delante de mí cuando yo salgo a la carretera, cada centímetro de su alto cuerpo vibrando. Me yergo y levanto la barbilla, echándole todas las agallas que tengo.

—Por encima de mi cadáver —musita, acercando su cara a la mía.

Pero yo no retrocedo. Eso nunca.

—No estás lista para volver al trabajo.

—¡No, no estoy lista para volver a *tu* trabajo! ¡Porque no tengo ni puta idea de lo que hago allí! ¡En cuanto pueda, buscaré un empleo en el que sepa lo que hago!

Solamente entonces, después de pegar esos gritos, soy consciente de que no sólo he dado con un palo al oso, sino que además es posible que haya matado al animal.

El pecho se le hunde despacio, la cara cada vez más roja. La prudencia me dice que es momento de recular, ahora que el animal va a estallar. Pero ¿qué vendrá primero? Porque aquí hay dos problemas: mi boca y el hecho de que lo esté amenazando con buscarme otro trabajo. No me dejará trabajar en otro sitio, sólo podré hacerlo con él. Qué idiota soy.

—¡Esa puta boca! —brama, prácticamente acallando la calle entera con el volumen de su voz; puede que incluso Londres entero—. Y el día que te busques otro trabajo será el día que me entierres.

—No me pongas a puta prueba.

Lo rodeo, consciente de que lo tengo pegado a mis talones. A este paso será a mí a quien entierren. Por el estrés.

Abro la puerta del coche de malas maneras y me dejo caer pesadamente en el asiento, haciendo una mueca. Me duele. Todo el cuerpo. Miro hacia el otro lado cuando se sienta en su sitio, su fuerza haciendo sombra a la mía.

—En esta última hora me ha dado un millón de infartos.

—Y un ataque. Y un derrame, a juzgar por cómo tienes la cara. Fui a tomar un café, por Dios. ¿Es que no puedo?

—¿Con quién?

Pisa a fondo el acelerador, el Aston parece igual de enfadado que él.

—Porque llamé a Kate para ver si estabas con ella y no estabas con ella.

—Tengo otras amigas, ¿sabes?

—¿Como quién?

Enfila la carretera ruidosamente, haciendo que pegue la espalda al asiento. Pues sí que está cabreado. Y yo también. ¿Quién se cree que es?

—Una amiga de yoga —presumo, sin intención de dar más detalles.

Puede que sea patética, pero me gusta la idea de tener a alguien para mí sola.

—Estás conduciendo como un loco.

Me agarro al lateral del asiento cuando pasa un semáforo en

ámbar e impide el paso a otro coche al cambiar de carril. Nos pitan, y Jesse enseña el dedo corazón no una, sino dos veces, mientras lanza una sarta de barbaridades por la ventanilla. Joder, este tío es un puto demente.

—Teniendo en cuenta el accidente que sufrí —digo con calma, asustada por su temeridad—, me sorprende que estés siendo tan imprudente.

Pisa el freno, y de pronto vamos a paso de tortuga por la carretera.

—Y ahora te estás comportando como un idiota.

Lo miro mal, pero me doy cuenta al instante de que no se está comportando como un idiota. Está serio, la frente llena de arrugas, sumido en sus pensamientos. Y sé que piensa en el día que encontró mi coche destrozado antes de ver mi destrozado cuerpo. Veo los *flashbacks* en sus ojos, que se apagan deprisa, la ira dando paso al dolor. Y ese dolor consigue llegarme al alma y me hace sentir que soy la peor persona del mundo.

Mierda. Cierro los ojos un instante y suspiro. Acto seguido le cojo la mano, que agarra el volante, los nudillos blancos. Deja que le suelte los dedos y me la lleve al regazo, donde la cubro con mi otra mano, con fuerza.

—Lo siento —me disculpo, y esas dos palabras están cargadas de pesar; ha vuelto ese instinto, el que quiere a toda costa aliviar su dolor, calmarlo, darle lo que necesita.

Para el coche junto a la acera y se pasa las manos por la cara, lenta, bruscamente. Una lágrima le corre por la mejilla, donde asoma una barba incipiente. Dios mío, ¿qué he hecho? Parece a punto de desmoronarse. Me desabrocho el cinturón y me paso a su lado. Me siento encima de él y le aparto las manos de la cara. Me miran unos intensos ojos verdes rebosantes de temor.

—Tienes que tranquilizarte, Jesse.

—Lo haré si dejas de intentar matarme.

Está serio, pero tiene la voz quebrada. Ese miedo genuino es un revulsivo. Y me doy cuenta de que no debería jugar con eso.

—Cállate y bésame —exijo, tomando las riendas, haciendo (es algo que estoy aprendiendo deprisa) lo que necesita que haga.

Y no se lo tengo que pedir dos veces. Me planta un beso rebosante de gratitud, suspira y me da las gracias sin apartar la boca, y noto que se calma. Y su corazón también, sus latidos un suave aleteo en el pecho, que reverbera contra el mío.

—Y para que quede claro —farfulla, y pongo los ojos en blanco, pues sé exactamente lo que va a decir—. No vas a buscar otro empleo.

No discuto. Ahora no, aunque tengo pensado convencerlo tranquilamente a lo largo de las semanas siguientes. Hasta yo misma sé que todavía no estoy lista para volver al trabajo. Apoya la cabeza en el reposacabezas, el rostro serio.

—¿Por qué no me llamaste? ¿O me mandaste un mensaje? Algo.

Miro hacia otro lado, algo abochornada.

—No sé usar ese teléfono de mierda.

Noto un nudo en la garganta que aumenta de tamaño. Menuda estupidez. Tengo la mandíbula tensa, la cara pegada a la suya, en la que está escrita la angustia.

—Perdona por ser tan poco razonable.

Me siento mejor en el acto.

—¿Significa eso que me dejarás trabajar en otro sitio?

—No —se limita a decir, sin disculparse—. Eso no pasará nunca.

La seguridad que destila su voz casi hace que hasta yo lo crea. Ya veremos. Las cosas son como son, y él es como es: un neurótico.

Y yo soy como soy.

Y lo cierto es que me estoy enamorando de él.

CAPÍTULO 26

Después del ataque al corazón de ayer, hoy he retenido a Ava en casa y le he dado una clase intensiva para que aprendiera a usar el teléfono. Sólo la he dejado salir para ir a terapia, y la he llevado, he esperado a que terminara y la he traído a casa. Y ella no ha puesto ninguna objeción. No había pasado tanto miedo en mi vida, joder. Todo el tiempo que estuvo ausente intenté razonar conmigo mismo. Intenté mantener la calma. Pero no sirvió de nada. Estaba aterrorizado y luego, cuando la encontré, el terror se convirtió en rabia. No pude contenerme. Pero ¿en qué estaba pensando Ava? ¿Desaparecer así? He tardado nada menos que veinticuatro horas en conseguir que mi corazón vuelva a latir con normalidad.

Ahora la estoy esperando a la entrada, vamos a cenar con nuestro grupo de amigos. Voy arriba y abajo, una y otra vez. ¿Dónde coño está? Miro el Rolex y suspiro. Normalmente yo estaría arriba, ayudándola a mi manera, pero ya nada es normal en nuestra vida.

Me acerco al espejo y miro mi terno gris de Wentworth, me tiro de las solapas de la chaqueta y me enderezo la corbata azul.

—Perfecto, Jesse —me digo, y me paso la mano por el pelo, pero ésta se detiene a medio camino.

Puede que el traje sea impecable y que me siente bien, pero parezco cansado. Agotado, a decir verdad. Joder, he envejecido diez años en dos semanas. Gruño, abro y cierro los ojos verdes y me toco la nuca. El estrés ha hecho mella en mi piel, me empaña la mirada. De hecho, aparento la edad que tengo, y eso es una puta mierda cuando se tienen cincuenta años. Me saco el teléfono del bolsillo y llamo a mi madre.

Lo coge enseguida.

—¿Jesse? ¿Va todo bien?

—Sí, mamá. Ahí estamos. —Lo último que me apetece es darle más motivos de preocupación de los que ya tiene, que son muchos—. Quiero hacerte una pregunta.

—Adelante.

—Pero dime la verdad.

—Claro.

—¿Qué edad aparento?

Tras una breve pausa, mi madre suelta una risita.

—Cariño, parece que tienes cuarenta años, ni un día más.

Me vuelvo a mirar en el espejo y profiero un sonido de burla entre dientes.

—Sólo lo dices para que me sienta mejor.

—Estás cansado, hijo.

—Hecho una puta mierda.

—Jesse Ward, esa boca.

—Perdona —gruño, y sigo tocándome el pelo—. ¿Cómo está papá?

—Preocupado. —No se anda con rodeos. Tampoco es que sea necesario, todo el mundo está preocupado—. ¿Qué tal Ava? ¿Alguna mejora?

—Alguna —admito; ojalá pudiera decirle que ha habido grandes progresos—. El médico está contento con las pequeñas señales que hemos visto hasta el momento.

—Me alegro. Estarás satisfecho.

Afirmo con poco entusiasmo, y me digo una vez más que espero demasiadas cosas demasiado deprisa.

—Te tengo que dejar, mamá. Voy a salir a cenar con Ava.

—Qué bien. —Parece entusiasmada—. Imagino que te hará mucha ilusión.

La verdad es que no.

—Pues sí. Es como volver a salir.

—En ese caso, asegúrate de cortejarla debidamente.

—¿Me estás aconsejando cómo llevar esta relación? —pregunto, y enarco una ceja con aire burlón. Conozco a mi mujer desde hace más de doce años, no necesito consejos sobre cómo cortejarla.

—Bueno, todos sabemos lo perseverante que fuiste cuando empezasteis a salir.

—Ya te lo he dicho, Ava exagera. Te llamo mañana.

Cuelgo, dispuesto a soltar un grito al pie de la escalera para mostrar mi impaciencia, pero me suena el teléfono. Lo cojo sin mirar.

—¿Sí?

—¿Jesse? —La voz de Sarah se me cuela en el oído y me quema el cerebro.

—¿Quién te ha dado mi número?

Me enfado en el acto. Estoy que echo putas chispas. ¿Es que no sabe lo que le conviene? Oigo que se cierra la puerta del dormitorio.

—No vuelvas a llamarme, Sarah.

—Es que necesito...

Le cuelgo, y hago un esfuerzo supremo para calmarme antes de que Ava cuestione el estado en el que estoy. «Relájate. Tranquilo.» Entonces veo a mi mujer.

—Pero ¿qué coño es eso, Ava?

Me sale así sin más. Pero, por el amor de Dios, ¿qué coño se ha puesto? La miro boquiabierto, escudriñando minuciosamente el vestidito rojo. No tardo mucho.

—¿Qué?

Se pasa las manos por la parte delantera del vestido. Confío en que profiera una suerte de grito de espanto cuando vea cómo se pega el vestido a su cuerpo menudo, pensando que quizá no ha visto el espejo grande al salir del vestidor. Pero no escucho ningún grito ahogado. Tan sólo veo una ceja enarcada, una expresión inquisitiva cuando me mira. Estoy nervioso.

¿Qué? *¿Qué?* Empecemos por el largo de la puñetera prenda.

—¿De dónde has sacado eso? —pregunto.

—Estaba en el fondo de mi armario.

Resoplo. En el fondo del armario, para que yo no lo viera. ¿Cuándo se lo compró? ¿Cuándo pensaba ponérselo? Mierda, ¿se lo habrá puesto ya?

—Ya te lo estás quitando.

Ladea la cabeza y su largo pelo roza por un lado las tetas, que lleva medio al aire.

—De eso nada.

—Por encima de mi cadáver descompuesto, Ava. Tú y yo tenemos un trato —le digo mientras subo la escalera a su encuentro, dispuesto a darle media vuelta y enviarla de regreso a su habitación, castigada.

Sus ojos me siguen hasta que me tiene delante, en el rostro escrita la confusión.

—¿Qué trato?

—Te pones lo que yo te digo que te pongas.

Le coloco las manos en los hombros para darle la vuelta, pero ella se zafa, profiriendo un sonido burlón.

Baja la escalera antes de que me dé cuenta de que se me ha escapado, dejándome arriba, sin dar crédito.

—Pues el trato ha cambiado —asegura, al tiempo que se pone un pendiente.

¿Perdona? Bajo volando.

—No puedes cambiar el trato.

—Lo acabo de hacer.

Desaparece en la cocina mientras yo giro al llegar abajo a más de ciento cincuenta por hora, derrapando al tomar la curva para ir tras ella.

Cuando llego está cogiendo el bolso de la isla, la expresión de su cara suplicando que la desafíe. Y vaya si pienso hacerlo. ¿Es que no me conoce? Sufro espasmos cerebrales sólo de pensarlo, y aparto la idea antes de que le dé demasiadas vueltas al hecho de que, evidentemente, en este momento no me conoce. Bueno, pues me va a conocer muy pronto.

—El vestido va fuera.

Se lo sube más incluso, y me deja de piedra tamaña muestra de insolencia. Y descaro. Y bravuconería.

—El vestido se queda. —Se mira otra vez—. Se me pega donde se me tiene que pegar.

No le hace falta que se le pegue. Lo que le hace falta es un vestido que tenga al menos treinta centímetros más de largo. Sabe que por lo general no respondo de mis actos si algún capullo descerebrado hace algún comentario fuera de tono o grosero, y las probabilidades de que eso suceda cuando Ava lleva un vestido así se multiplican por un millón.

—Y dime, ¿qué piensas hacer?

Otro desafío, y tengo que hacer un esfuerzo para no echarme a reír.

—No deberías preguntarme eso. Soy muy capaz de volver a hacerlo.

Voy al cajón, lo abro y rebusco entre los cubiertos. Señor, dame fuerza: el vestido apenas le tapa el culo.

—Las tijeras están en el otro cajón —informa tan tranquila, casi con naturalidad.

—¿Cómo?

Casi me pillo los dedos cuando cierro el cajón de golpe. Me vuelvo para mirarla. ¿Cómo ha sabido que buscaba las tijeras?

Con cara un tanto inexpresiva, levanta un brazo y señala otro cajón.

—En ése.

Ya no tiemblo de rabia: ahora tiemblo de entusiasmo, pero me obligo a adoptar una actitud parecida a la indiferencia. Me cuesta un puto huevo. Esto es muy grande. Me acerco despacio al cajón y pongo la mano encima, sin apartar los ojos de ella.

—¿Éste?

Asiente, lo abro y busco a tientas las tijeras. Las saco y cierro el cajón tranquilamente. Ava me mira con el ceño fruncido.

—De todas formas, ¿para qué quieres las tijeras?

Me niego a dejar que su repentina confusión me desanime. Lo que acaba de pasar ha sido otro rayo de esperanza. Las sostengo en alto, señalo con ellas el ofensivo vestido rojo y las abro y las cierro en el aire.

—¿Te quitas el vestido o te lo quito yo con las tijeras? —Ladeo la cabeza, algo serio, pero sobre todo juguetón.

La verdad sea dicha, ahora mismo le permitiría que lo llevara. Mi humor ha cambiado considerablemente.

De pronto lo comprende y se queda boquiabierta.

—Dios mío, ¿me cortaste el vestido? —Se lleva las manos a ambos lados de la cabeza y se aprieta las sienes, estrujándolas como si de ese modo pudiera hacer que la memoria saliera a la superficie—. ¿Qué clase de capullo irracional eres?

—El capullo al que tú quieres —afirmo, y avanzo, abriendo y cerrando las tijeras, una sonrisa taimada asomando a mis labios—. Quítate el vestido.

—Que te den, Jesse.

Está absolutamente indignada, y ello me trae bonitos recuerdos.

—Joder, ¿de verdad te dejé hacer eso?

—Sí. Estabas demasiado distraída con mi esplendoroso atractivo para darte cuenta de lo que estaba haciendo hasta que fue demasiado tarde.

Resopla.

—En mi vida he conocido a nadie con más ego.

—Claro que sí.

Continúo andando, dispuesto a abalanzarme sobre ella cuando salga corriendo.

—Y te casaste con él.

—Debía de estar loca.

No me ofendo, no permito que sus palabras me desconcierten, ya que en su tono no hay ninguna convicción. Tan sólo deseo.

—Completamente loca —musito, y sonrío cuando empieza a retroceder para poner distancia entre los dos.

—Completamente loca —repite, sus ojos rebosantes de un deseo profundo—. Y aquí el que está completamente loco eres tú.

Se da con el culo contra la encimera, que le corta la retirada. Llego hasta ella y pego mi cuerpo al suyo. Me inclino y acerco la boca a su oreja.

—Quítatelo.

—No.

Está siendo rebelde porque sí, jugando. Sabe que, de una manera u otra, se va a quitar el vestido.

—Vas camino de un polvo de represalia.

Me mira sorprendida, mi promesa sacándola del estado de trance en el que se encuentra. Me abofeteo deprisa. ¿Me he pasado? Ava se ríe, entre perpleja y guasona.

—¿Qué demonios es un polvo de represalia?

Noto que el calor me sube a las mejillas, y a ella no se le pasa por alto, su mirada saltando de mi cara a mis ojos. Son tantas las cosas alucinantes que aún no sabe. Ha llegado el momento de abordar el tema de los polvos. Si bien los distintos polvos que le echaba a mi mujer era algo que ambos teníamos perfectamente claro, jamás me imaginé cómo le sonarían a una extraña. Y ahora mismo, por doloroso que sea, mi mujer prácticamente es una extraña. Genial. Así que vamos a hablar de polvos. ¿Por qué no he mantenido la bocaza cerrada y me he centrado en quitarle el vestido?

Cojo aire, desconfiando de la sonrisilla que luce. Puede que dentro de un minuto no sonría.

—¿Te quieres sentar?

—¿Es preciso?

—Probablemente —reconozco, y me quito de donde estoy a regañadientes.

Va hasta el taburete y se acomoda despacio, sin dejar de mirarme.

—Dime, ¿qué es un polvo de represalia?

—Es como un castigo, diría yo.

Me encojo de hombros y dejo las estúpidas tijeras.

Parece horrorizada, lo que confirma todos los motivos que tengo para que esta conversación me preocupe.

—¿Me castigas?

—Sí, pero te gusta.

—¿Me gusta que me castigues?

Me cago en la leche. ¿Cómo puedo explicárselo de manera que tenga algún sentido?

—Es un juego —empiezo, y me muerdo deprisa el labio antes de seguir—. Un juego de poder. Tú siempre me sigues la corriente. —Joder, ¿cómo sueno?—. Las esposas...

Echa atrás la cabeza rápidamente y profiere un sonido de desaprobación. Luego se lleva las manos a la cabeza con una mueca de dolor. El sentimiento de culpa hace que me den ganas de llorar y me acerco a ella para tranquilizarla, pero freno en seco cuando Ava levanta la mano para advertirme que no lo haga.

—¿Esposas? Otra vez las esposas. ¿No las usaste sólo para hacer la gracia el día de nuestra boda?

Joder. Me encojo de hombros avergonzado.

—Forma parte del juego.

Ava mira hacia otro lado, las manos aún en la cabeza, frotándosela ligeramente.

—¿Quién manda aquí? —pregunta, dócil.

Siento que en mi interior se enciende otra chispa de vida, y me planto deprisa en el taburete frente a ella, le quito las manos de la cabeza y se las agarro con fuerza.

—Yo.

Cambio las manos por las mejillas y la beso en la boca.

—Siempre yo.

—Pero algo me dice que en realidad mando yo —comenta contra mis labios y yo sonrío como un demente, porque tiene razón.

—Eso es lo que me dices siempre, señorita.

Le rozo la nariz con la mía.

—Y entonces me castigas.

Me quita las manos de las mejillas y nuestros dedos se entrelazan.

—¿Por qué?

—Por no hacer lo que te digo. Y a veces utilizo el polvo recordatorio, para recordarte cuál es tu sitio.

Me mira fijamente, con los ojos muy abiertos.

—De represalia, recordatorio. Muy bonito todo.

El sarcasmo que destila es evidente.

—¿Qué otros polvos tenemos?

—Creo que tu preferido es el de la verdad.

—¿Por qué?

—Porque eres tú la que me esposa, normalmente cuando estoy dormido.

La miro ceñudo, no lo puedo evitar.

—Y utilizas tu posición de poder para sonsacarme información.

Arquea las cejas y me mira de arriba abajo. Se está imaginando cómo será inmovilizarme. Es emocionante y terrorífico a la vez. Sobre todo cuando son tantas las cosas que tiene que aprender sobre nosotros. En ese mismo instante decido que, en realidad, no me gustaría nada que Ava volviera a echarme un polvo de la verdad. Anoto mentalmente que debo buscar las esposas y esconderlas en algún sitio donde no pueda encontrarlas.

—Luego está el de disculpa —continúo.

—¿Quién se disculpa? —se apresura a preguntar, aunque sé que lo sabe.

—Tú.

—¿Por qué?

—Normalmente por rebelarte.

236

Se vuelve a reír.

—¿Por llevar un vestido inapropiado, por ejemplo?

—Exacto.

—Entonces ¿me vas a obligar a disculparme?

Joder, nada me gustaría más. Mi polla me está gritando que lo haga.

—No estoy seguro de que ahora mismo estés para eso.

—¿Por qué? ¿Qué me obligas a hacer? —Su expresión de horror aumenta por momentos.

¿Obligarla? No le obligo a hacer ninguna puñetera cosa. Ni se me ocurriría. Aprieto los labios. Joder, debo de parecer un monstruo. Toso y me miro la entrepierna, y Ava se levanta de un salto del taburete.

—¿Me tomas el puto pelo, Ward?

Más chispas, más vida.

Me ha llamado «Ward», y eso sólo me lo llama cuando está hecha una furia conmigo. Y ¿qué hago yo cuando dice tacos?

—¡Vigila esa puta boca! —grito, la fuerza haciendo que Ava retroceda unos pasos.

—¡Que te jodan! —suelta, y sale de la cocina con paso airado.

Mierda, no la puedo querer más. Voy tras ella, escuchando sus resoplidos y sus bufidos indignados por la escalera.

—Ava —la llamo, y corro tras ella, subiendo los escalones de tres en tres.

—Que te jodan. Eres un capullo hipócrita, Ward. ¿Mi boca? ¡Y la tuya qué!

Noto que cojea ligeramente cuando da los últimos pasos.

—Me has llamado «Ward» —me apresuro a explicarle, y ella se detiene—. Siempre me llamas así cuando estás cabreada conmigo.

Se vuelve despacio y le veo la cara, el gesto pensativo.

—Supongo que te llamaré Ward todo el tiempo —masculla.

—Unas cuantas veces al día —admito, y me encojo de hombros como si tal cosa—. Casi siempre me sigues la corriente y me das lo que necesito.

Le ofrezco la mano desde unos escalones más abajo, resignándome a que ese día no se quite el vestido. Pero más le vale que me contenga si algún pervertido la mira de más.

—Y lo que más necesito eres tú.

Se ablanda y lanza un suspiro tranquilizador.

—Y después te pones todo romántico.

Esbozo una sonrisa que sé que es tímida.

—Todo el mundo sabe que tengo mis momentos.

—¿Como por ejemplo?

El tono de interés que pone me entusiasma: quiere información, y yo estoy más que encantado de dársela.

—También tenemos polvos románticos, ¿sabes?

Se ríe con ligereza.

—Vaya, qué alivio.

—Tenemos sexo soñoliento de madrugada. Y sexo soñoliento. Y el polvo del compromiso. Echamos montones de ésos cuando estabas embarazada de los mellizos.

—Y ¿cómo es un polvo del compromiso?

—Algo de dureza y mucha suavidad. Y, para que conste, señorita, eras tú la que quería la dureza.

Asiento cuando suelta una risa ligera, sorprendida.

—También está el polvo silencioso, por lo general cuando nos quedábamos en casa de tus padres.

Su risa ligera se transforma deprisa en una carcajada.

—Me amordazas, ¿a que sí?

—Eres incapaz de llevar el placer en silencio, Ava. ¿Qué quieres que te diga?

Me encojo de hombros al tiempo que sonrío con chulería, y ella menea la cabeza, consternada.

—Continúa —me pide.

Subo un peldaño, de manera que nuestros ojos quedan a la misma altura.

—El polvo de propuesta de matrimonio fue bastante romántico.

—¿Me pediste que me casara contigo mientras teníamos sexo?

—De hecho, tú estabas esposada a la cama, y no te solté hasta que dijiste que sí.

Ahora está a punto de caerse de culo de la risa. Sé que son muchas cosas que asimilar, pero por lo menos se ríe, y ya no está furiosa.

—No me puedo creer lo que me estás contando.

—Pues créetelo, nena. Pero si así te sientes mejor, que sepas que te lo volví a pedir. De rodillas, delante de tus padres.

Veo su cara de satisfacción. Es como si soñara despierta, se lleva una mano al pecho. Eso le gusta. Sé lo mucho que le importa lo que piensan sus padres. Cuando están ellos cerca, trato de comportarme. Con todas mis fuerzas. No siempre lo consigo, pero por lo menos lo intento. Lo que cuenta es la intención.

—Era mi cumpleaños. No podías decirme que no.

Sonríe.

—Y ¿cuántos años tenías?

—Veinticinco.

Desvía la mirada, entre risitas, está claro que acepta todo esto: su vida, mi vida, nuestra vida.

—Un momento. —Clava la vista en mí—. ¿Por qué me pediste que me casara contigo dos veces?

Toda la satisfacción que me corre por las venas se vuelve agria, y mis labios dibujan una línea recta, de enfado. No estoy enfadado con ella, más bien conmigo mismo.

—Nos peleamos.

—¿En serio? ¿Tú y yo peleándonos? Bah, imposible.

Ahí está: el sarcasmo.

—Ese sarcasmo...

—No me pega. Lo sé. ¿Por qué me pediste que me casara contigo dos veces?

—¿Podemos volver a los polvos?

Ava ladea la cabeza, impaciente.

—Di.

No puedo volver a revivir el momento, y no me da miedo decírselo.

—Da lo mismo. Sólo hace falta que sepas que me castigué y tú me castigaste también.

Saca sus conclusiones con rapidez, y se estremece, como si el puto látigo pudiera golpearla mentalmente.

—Así que me pusiste los cuernos cuando estábamos prometidos, ¿no?

—Joder, ¡no! —exclamo, y la idea me repugna.

Señor, dame fuerza. No la insultaré diciéndole que casi no nos conocíamos, ni me defenderé por lo que hice. Lo hecho, hecho está. Es algo que no puedo cambiar. Me odio cada día por ello, pero está hecho.

—Te enteraste cuando estábamos prometidos, y por eso volví a pedirte que te casaras conmigo. En condiciones. Intentaba demostrarte que podía ser el hombre que necesitabas además del hombre al que deseabas.

—Ah —es cuanto dice.

Bien. Pasemos a otra cosa. Al polvo que más utilizamos en nuestra vida.

—Últimamente el que más nos gusta es el polvo del peligro.

—¿Eso qué es?

—Cuando los niños están en un radio de un kilómetro y medio.

Sonríe de nuevo, y yo también.

—Y ahora, ¿vamos a cenar?

—Eso depende.

Levanta la nariz, a la espera de que le pregunte de qué depende exactamente que vayamos o no. Pero no hace falta que le pregunte. Pongo los ojos en blanco con aire teatral, me la echo al hombro, teniendo presente su cojera, y bajo la escalera con ella a cuestas.

—Puedes llevar la mierda esa de vestido.

Ava sonríe victoriosa y me rodea el cuello con las manos.

—¿Ves como no era para tanto?

—Todavía no hemos salido de casa. Y no deberías haberte puesto tacones, he visto que cojeas.

—No cojeo.

—¿Estás discutiendo conmigo?

—Sí.

Arrugo la nariz y rozo con ella la suya.

—¿Llevas encaje debajo de esa cosa roja?

—No tenía mucho donde elegir. En el cajón de las bragas sólo
hay encaje.

—Bien.

La saco de casa, la acomodo en el Aston y le coloco el cinturón.
No protesta, se deja hacer mientras se lo abrocho.

—Llegamos tarde —comento cuando me miro el Rolex al cerrar la puerta y dar la vuelta al coche; ya ante el volante, arranco
y acelero un par de veces.

—Es culpa tuya, por tener que explicarme todos esos polvos.

Se mira en el espejo y se da un poco de brillo en los labios.

—Por cierto, ¿cuál era tu preferido?

Suelto una risotada estridente mientras enciendo el equipo de
sonido y *Youth*, de Glass Animals, inunda el coche.

—Todos salvo el de la verdad.

Subo el volumen y salgo disparado, recordándome que tengo
que buscar las esposas y esconderlas.

CAPÍTULO 27

Tal y como era de esperar, cuando llegamos ya están todos, sentados alrededor de una mesa en un rincón, con dos sitios libres para Ava y para mí.

Nada más vernos, Kate se levanta y va a abrazar a Ava, acercándose todo lo que le permite el barrigón.

—Cuánto me alegro de verte.

—En mi cabeza todavía somos jóvenes —suspira Ava, y Kate se ríe.

—¿Qué tal estás?

—Muy bien. Conocí a una chica, Zara, encantadora, y me comentó que la empresa para la que trabaja siempre está buscando interioristas. Puede que me lo plantee.

Frunzo el ceño. Por encima de mi cadáver.

—Es estupendo —comenta Kate, que me dirige una mirada cauta cuando mi mujer se separa de ella y se tira del ridículo vestidito para bajárselo un poco.

Vuelvo a fruncir el entrecejo, esta vez la mirada va dirigida a la atrevida prenda roja, preguntándome en qué estaría pensando al dejar que se lo pusiera, y le retiro la silla a Ava.

—Siéntate —ordeno, y recibo una colección de miradas incrédulas desde todos los ángulos de la mesa—. Por favor —añado, la mandíbula temblorosa.

Ava se acomoda y la tensión podría cortarse con un cuchillo, y no por las pestes que echo del vestido ni porque Ava esté hablando

242

de un empleo al que no va a acceder. No, es la primera vez que los chicos ven a Ava desde el accidente. Sam, Drew y Raya parecen algo inquietos, es evidente que ninguno de ellos sabe qué decirle.

Sin duda Ava se da cuenta, porque me lanza una mirada nerviosa, suspira y centra su atención en nuestros callados amigos.

—Encantada de conoceros —saluda.

Los chicos se ríen y la tensión disminuye gracias a su broma.

—¿Pedimos las bebidas? —Levanto un brazo para llamar a un camarero.

Todo el mundo pide algo con alcohol, exceptuando a Kate pero incluyendo a mi mujer. Pero de eso nada.

—Agua, por favor —digo al camarero mientras señalo a Kate y a Ava—. Y para mí también. Y vino para Raya. —La señalo con la cabeza.

—Que sea una botella —puntualiza bajito Drew.

Ava se inclina, me pone la mano en el antebrazo y me dice en voz baja:

—Quiero vino.

Cree que no la he oído, y la he oído perfectamente, más que al resto, que prácticamente me ha dicho lo que quiere a gritos.

Mirando con una sonrisa tirante al camarero, que ha dejado de escribir en su libreta y me observa, me vuelvo hacia mi mujer.

—Vino no.

Mi tono es de advertencia, y haría bien en darse cuenta. Mientras me giro despacio de nuevo hacia el camarero, veo la cara que están poniendo nuestros amigos, todos ellos en silencio. Observando. Nerviosos.

—Agua —repito, y cojo la servilleta y me la pongo en el regazo.

Silencio. Todo el mundo evita mirarnos a Ava y a mí. Las vibraciones son raras. Me muerdo el labio y miro con el rabillo del ojo: la mirada de absoluta indignación de mi mujer me hace estremecer. Mierda, está que echa chispas.

—Será mejor que me pidas una copa de vino, Ward.

243

Se acerca, los ojos encendidos, y ello hace que me eche despacio hacia atrás. Oigo que Sam tose y se ríe y Drew resopla. Capullos. Deberían apoyarme. Ava acaba de superar un terrible accidente de coche y no está completamente recuperada. Beber alcohol sería una estupidez; y dejar que lo haga, una tremenda irresponsabilidad por mi parte.

—Ahora —añade con un gruñido que rivaliza con el mío.

—No es buena idea —alego sin alterarme—. Sólo te falta que el alcohol te ponga patas arriba el cacao mental que ya tienes.

—¿Cacao mental? —Tose al oír mi pobre elección de palabras—. No tengo ningún cacao mental, Jesse. Pídeme una copa de vino o por Dios que...

—Por Dios que ¿qué?

—No... no lo sé. —Se le traba un poco la lengua antes de dar con la palabra que busca—. Divorcio —suelta mordaz.

La mesa entera profiere un grito ahogado, el mío el más sonoro, y Ava mira sorprendida a nuestros amigos.

—¿Qué?

Kate menea la cabeza a modo de advertencia y Sam infla las mejillas.

—Peligro. Toro suelto. Es todo lo que pienso decir.

Mi amigo se centra en su copa mientras yo hago un esfuerzo para no estallar y perder los papeles en el restaurante. ¿Divorcio? Esa puta palabra está desterrada de nuestra vida.

—A ver. —Ava se encoge de hombros con indiferencia, aunque me doy perfecta cuenta de que intenta disimular su cautela—. Sólo quiero una copa de vino.

Noto que la presión se me acumula en la cabeza, el cuerpo me tiembla en la silla.

—Madre mía, allá vamos —observa Drew en voz queda mientras coge su copa, como si eso pudiera protegerlo de la inminente explosión.

Me echo hacia delante en la silla.

—Retira eso —exijo.

Ella también se inclina con el mismo aire amenazador, rebelde por naturaleza.

—Pídeme una copa de vino.

—No.

Me agarra deprisa por el mentón y aprieta con fuerza.

—Pídemela.

Nos quedamos mirándonos a los ojos, en un punto muerto que hace desmerecer a todos los que ya hemos vivido, durante lo que parece una eternidad. Estoy que echo humo, que echo puto humo, pero en el fondo, dejando a un lado el cabreo, me siento feliz. Ava siempre ha sabido cuándo tenía que dejarme ganar, y éste no es uno de esos momentos. Empieza a cobrar confianza. A conocernos. Cuesta mucho. Cuesta muchísimo, pero...

—De acuerdo. Puedes tomarte una copa. —Me ablando, pensando que va por el buen camino y que espero que lo sepa apreciar.

—Ya veremos.

—Sí, ya veremos —convengo, y le quito los dedos de mi barbilla sin apartar la mirada asesina.

—¿Habéis terminado? —pregunta Kate.

Lanza un suspiro y dice que sí a la botella de vino blanco que trae el camarero. Después se da prisa en servir a Raya y luego a Ava, antes de que yo cambie de opinión. No se le escapa que no pierdo de vista la copa de mi mujer, para ver hasta dónde se la llena.

—Aunque debo decir —continúa Kate, que hace una señal afirmativa con la cabeza a Ava para que coja la copa antes de que se la arrebate el loco que tiene al lado— que me alegra ver que seguís siendo los mismos.

Brinda con nosotros desde el otro lado de la mesa y bebe un sorbo de agua.

—Por cierto, ¿cuándo es la boda? —pregunta Ava a Raya, haciendo que en la mesa vuelva a entablarse una conversación ligera.

Mi mirada se endurece cuando Ava coge su copa y me mira de soslayo, disimulando una sonrisa, mientras da el primer sorbo. Pagará por esto.

Me sumo a la conversación pero sin dejar de controlar su copa de vino. Hace semanas que no bebe, y debemos tener cuidado, no sea que el alcohol reaccione con los medicamentos que está tomando. Unos sorbos equivaldrán a unas botellas.

—Perdonadme —pide Ava, al tiempo que se levanta—, tengo que ir al aseo.

Me yergo en la silla, sopesando la posibilidad de acompañarla cuando se aleja. ¿Cojea? ¿O es que ya está borracha? No lo sé, y necesito asegurarme. Sea lo que sea, le vendrá bien mi ayuda. Me pongo de pie.

—Jesse —dice Kate—. Déjala.

—Es que...

—Que la dejes.

Su orden es casi una advertencia. Como si alguna vez hiciera caso. Salvo ésta. No sé por qué lo hago, pero lo hago. Miro unas cuantas veces a Ava a medida que se aleja de mí. Tengo sentimientos contradictorios.

—Yo le haría caso —apunta Sam, y señala el barrigón de su novia con la cerveza—. En serio, tío, yo le haría caso.

—¿Y si tropieza? —le digo a Kate, ya que tengo un *flashback* vívido del delicado estado en que se encuentra su cabeza. Y veo sangre. Mucha sangre. Hago una mueca de dolor.

—Se ha tomado una copa de vino. Siéntate, anda.

—Vamos, Jesse. —Drew se une al resto para convencerme—. Tienes que saber cuándo parar, tío.

Me dejo caer de golpe en la silla.

—Ya no sé una puta mierda —admito, apoyando la cabeza en las manos—. No sé si volverá a acordarse de mí, de los niños, de la vida que teníamos. No sé nada, y eso me está jodiendo vivo.

Hago un esfuerzo para no llorar, lo intento con todas mis putas

fuerzas, pero una lágrima traicionera cae en la mesa, estrepitosamente, o a mí me lo parece. Cada vez me siento menos fuerte, y al
final me desmorono delante de todos. Kate está junto a mí a la velocidad del rayo, seguida deprisa de Raya, que se sitúa al otro lado.
Dos mujeres consolando al niño grande.

—No dejes que la frustración te pueda —aconseja Raya, y me
da con la nariz en el hombro en un gesto juguetón—. Es imposible
que se le olvide lo que tenéis. Imposible.

—¿Te estás pasando? —inquiere Kate, lo que hace que los que
se supone que son mis mejores amigos se rían—. Atosigándola, me
refiero.

—No —le aseguro—. Por Dios, si estoy durmiendo en la habitación de invitados. Y hasta he dejado que se ponga esa mierda de
vestido. Y ahora está bebiendo vino cuando en realidad creo que no
debería. Así que no me digáis que la estoy agobiando.

Omito cómo me puse el otro día cuando no la localizaba. No
hace falta que lo sepan. Me sorbo la nariz y cojo el agua; ojalá pudiese cambiarla por algo más fuerte. Mucho más fuerte.

—Lo conseguirá. No te desesperes —opina Sam, y añade una
excepcional sonrisa de apoyo.

—Ya.

Intento desechar la frustración que siento y me yergo. Pero ¿qué
coño me pasa? Lloriqueando como un niño pequeño delante de
mis amigos.

—Ya viene —anuncio, y me froto los ojos rápidamente y Kate
y Raya vuelven a sus respectivos sitios.

—No te preocupes —dice Drew—. No le diremos que has estado llorando.

—Que te den —escupo—. Anda que no berreaste tú aquella vez
que creíste que cierta rubia se había largado a Australia y pasaba de
tu sádico culo.

Drew empequeñece en el acto, y Raya suelta una risita:

—Qué mono.

Le ofrezco la silla a Ava, que acepta elegantemente y me mira al sentarse.

—¿Estás bien?

Me la acerco y ella se inclina hacia mí con naturalidad, hasta que mis labios rozan su mejilla.

—Lo siento —me disculpo, sin despegarme—. Es sólo que me preocupo.

Ava se aparta, sonríe con suavidad y me acaricia la cara.

—Estás conmigo, así que no me pasará nada, ¿vale?

Esas palabras nunca me han parecido más reconfortantes. Si lo dice porque, una vez más, aprende deprisa que necesito oírlas, es algo que no tiene importancia.

—Vale —contesto—. Hagamos las paces. Bésame.

No cuestiona mi orden, y sé que lo hace instintivamente, no es que actúe así por sensatez o porque esté intentando apaciguarme. Me da un piquito, nada más, pero al fin y al cabo es un beso. Me abstraigo por completo, atrapado en el momento, hasta que una tos interrumpe mi dicha. Miro a la mesa y me doy cuenta de que todos nos observan. Esperando, risueños.

Ava empieza a juguetear con su servilleta y yo vuelvo a mi silla, sonriendo al ver que se ha puesto roja de pronto.

—Lo siento —musita, los ojos mirando a todas partes menos a nuestros amigos.

Nadie está sorprendido. Nadie salvo ella. Todos nos conocen. Puede que no seamos completamente nosotros en este momento en concreto de nuestra vida, pero sé que nuestros amigos están encantados de ver las pequeñas señales que indican que en el fondo somos los Jesse y Ava de siempre.

Pedimos a la carta, la conversación ahora es fluida. Observar a Ava mientras Kate le cuenta historias de los últimos años es más placentero de lo que pensaba. Cuando llega la comida, me paso la siguiente media hora viendo que Ava la pasea por el plato, y que bebe mucho más de lo que está comiendo.

—¿Más vino? —pregunta Kate mientras da buena cuenta de su plato, algo con chile, lo más picante de la carta, y señala la copa de Ava.

¿Soy yo el único al que le preocupa la cantidad de alcohol que está tragándose mi mujer? Frunciendo un tanto el ceño para mis adentros, me acerco a ella.

—Con calma, nena. Aún estás delicada.

Pone los ojos en blanco y me da unas palmaditas en la mano. Un puto gesto de lo más condescendiente.

—Estoy bien —me asegura.

Una hora después no está tan bien, y yo estoy hecho una puta furia conmigo mismo por haber cedido. No me pongo como un energúmeno porque sí, siempre hay razones perfectamente buenas cuando insisto en algo. Y la razón de que no quisiera que Ava bebiese es evidente cuando veo que se levanta de la silla tambaleándose. Más le vale a Kate que no intente detenerme esta vez. Mirando ceñudo a mis amigos para que sepan que los considero responsables a todos y cada uno de ellos, agarro a Ava por el codo y la acompaño al servicio.

—No estoy borracha. —Hipa y se ríe tontamente—. Bueno, no mucho.

—Cállate, anda —refunfuño, y entro en el servicio con ella y abro la puerta de uno de los cubículos—. Adentro.

Me planto en la puerta en lugar de dejarla sola, dándole una mano mientras ella se baja las bragas con la otra.

—¿Se puede saber por qué sonríes? —pregunta, y se agacha mientras me mira radiante, entornando los ojos de borracha.

—Es sólo que me extraña que no me hayas echado.

Se para a pensar un instante.

—Ni siquiera me lo he planteado. Además, tenemos hijos en común. Me figuro que estarías en el parto.

Tengo las mejillas encendidas y una sonrisa de oreja a oreja, me vienen a la memoria recuerdos del día que nacieron mis hijos, como si fuera ayer. Cómo vuela el tiempo.

—Fue el día más bonito de mi vida.

Y estresante. Cojo un poco de papel, se lo paso y la ayudo a levantarse cuando termina.

—Creo que es hora de irnos a casa —anuncio.

—Pero si está siendo una noche estupenda —se queja, y deja que la lleve al lavamanos—. Escuchando todas esas historias...

Sí, ha sido estupenda, pero ni una sola vez ha dado la impresión de que se acordaba de algo, y yo he estado muy atento por si la asaltaba algún recuerdo. Cualquiera. Un rayo de esperanza.

—Es tarde.

Abro el grifo y le meto las manos debajo.

—Y tú has bebido más que suficiente —añado.

—Eres muy mandón.

Suelta una risita, y yo pongo los ojos en blanco y le seco las manos.

—¿Me puedo tomar otra copita antes de irnos?

—No.

Le paso un brazo por la cintura y salimos del servicio para volver a la mesa.

—Nosotros nos vamos.

Sujeto a Ava con una mano mientras cojo la cartera con la otra y saco unos billetes con los dientes.

Ava me los quita de la boca antes de que pueda soltarlos.

—No me deja tomar otra copa —refunfuña, y tira el dinero en la mesa—. Es un coñazo.

—La última, Jesse —suplica Kate, poniendo ojitos—. Sólo está un poco achispada.

—Un poco achispada es demasiado achispada.

—Me lo estoy pasando bien —replica, indignada, Ava—. Y ahora mismo no es que tenga muchos motivos para ser feliz. Estoy casada con un hombre al que no conozco, no reconozco a mis hijos y me faltan dieciséis años de mi vida.

En la mesa todos se quedan helados. No hago ni caso, tampoco a mi mujer; la cojo por los hombros y me muerdo la lengua.

—Despídete —suelto.

—¡Adiós!

La obligo a dar media vuelta con firmeza y empiezo a sacar a la borrachina del restaurante. Tengo que cambiar el cariz que está tomando esto antes de perder los estribos. Y estoy a punto de perderlos.

—Te estás ganando un polvo de represalia, señorita.

Abro la puerta y la miro serio a más no poder cuando levanta la vista, los ojos entornados. Lo está viendo: yo follándola duro y ella esposada a la cama.

—¿Qué más te estás imaginando? —pregunto envalentonado, pues quiero que sepa que me doy perfecta cuenta de lo que está pasando por su ebrio cerebro.

—Nada —asegura.

Franquea la puerta, no contoneándose como acostumbra, sino más bien dando tumbos. La cojera está empeorando. Cuando lleguemos a casa le escondo todos los tacones. Y debería comentárselo a su médico.

Estoy a punto de cogerla en brazos cuando frena en seco, haciendo que me choque contra ella y la empuje un poco. La cojo por el codo y me cabreo.

—Joder, Ava.

Pasa por alto mi irritación, sigue mirando al frente.

—¿Matt? —dice.

Estiro el cuello a la vez que levanto la cabeza y mi mano baja automáticamente del codo de Ava a la cintura. Acto seguido doy un paso adelante y salvo los escasos centímetros que separan su espalda de mi pecho. Me pongo rojo de ira, algo que sólo empeora el hecho de que reconozca al capullo con el que salía antes de conocerme a mí. Es como recibir una puta patada en la boca. O un bate de béisbol en el estómago. Y ello no hace sino inflamar mi ira.

El tiempo ha causado estragos en el ex novio de Ava. Muchos

estragos, aunque por su forma de mirar a mi mujer deduzco que él no piensa lo mismo de ella. Joder, que alguien me contenga.

—¿Ava?

Se adelanta, sin darse cuenta de que yo estoy detrás. Le saco la puta cabeza y los hombros a Ava, es imposible que no me vea, a menos que algo más agradable acapare toda su atención, y mi mujer, especialmente con esa mierda roja ridículamente corta, sin duda resulta bastante más agradable a la vista que yo. Tuerzo el gesto, consciente de que estoy gruñendo, refunfuñando y lanzando miradas asesinas.

—Vaya, estás estupenda.

Ella se mueve. ¿Acaso intenta zafarse de mí? ¿O es que está nerviosa? No lo sé, y no me gusta ninguna de las dos cosas, así que le aferro con más firmeza la cintura: no se irá a ninguna parte. Pero Matt sí, como no se largue de una puta vez. Al espacio exterior, del puñetazo que le voy a dar.

—Gracias, Matt.

Ava me mira, pero no sé si la mirada es cautelosa o de advertencia. Estoy demasiado ocupado fulminando con los ojos al soplapollas de su ex. Ya sólo oír a Ava pronunciar su nombre hace que me ponga malo.

—Leí en el periódico que habías tenido un accidente. No sonaba muy bien. —Matt sigue mirando a Ava—. Aunque debo decir que yo te veo perfecta.

—Estoy en ello. Tú también tienes buen aspecto. ¿Cómo te van las cosas?

¿En serio? ¿Se supone que tengo que quedarme aquí pasmado como si sobrase mientras mi mujer y su ex novio celebran su bonito reencuentro? De eso nada. Por encima de mi puto cadáver. O puede que por encima del de Matt, porque juro que me lo cargo.

—Nos vamos.

Tiro de Ava para que se mueva, sin dejar de lanzar una mirada asesina a Matt mientras me la llevo. Cuando por fin el idiota me mira, lo invito a que recuerde lo que pasó la última vez que se acercó demasiado a mi mujer.

—Has sido un maleducado, Jesse —arguye Ava en vano camino del coche.

La hago parar y me agacho para poder mirarla a los ojos.

—Tú no recuerdas lo que te hizo, pero yo sí.

Veo la amargura reflejada en su rostro en el acto, y tengo miedo de que esa amargura no vaya dirigida a su ex, sino a mí.

—¿Qué hizo? —pregunta con chulería.

—Te puso los cuernos. Vivías con él, Ava, y te fuiste de casa cuando te enteraste de que te había puesto los cuernos. Es un cabrón.

Veo su cara de sorpresa, y también que está dolida. ¿Por él?

—Así que él me puso los cuernos y tú me pusiste los cuernos. —Suelta una risotada cruel—. ¿Qué coño pasa conmigo? Y, puesto que se supone que te amo con locura, tus ofensas me hacen más daño. Así que ahora mismo al único puto cabrón al que veo es a ti, Jesse. ¡A ti y sólo a ti! Y que sepas que te odio.

Veo que lamenta lo que ha dicho nada más decirlo por cómo aprieta los labios y da un pasito atrás, apartándose de mí. Pero no creo que llegue a saber nunca lo mucho que me duelen sus palabras. Creo que preferiría que me dieran otra puñalada en el estómago. ¿Me odia?

—Quiero pensar que esa crueldad se debe a que has bebido demasiado. Sube al coche. Ahora. —Parezco poseído, y me importa una puta mierda.

Sin decir más, Ava se acomoda en el asiento del copiloto y se abrocha el cinturón sin apartar los cautelosos ojos de mí cuando le cierro de un portazo y doy la vuelta al coche. Me siento a lo bruto, arranco y salgo disparado, conduciendo temerariamente en un intento de aplacar la ira ciega que siento. Ya es bastante malo que haya reconocido a ese tipejo, bastante malo que el último hombre de su vida al que recuerda sea ese cerdo, pero ¿que haya dicho eso?

Me miro las manos, la tensión reflejada en ellas al apretar el volante, pero a pesar de la fuerza que hago, el tembleque no para. Estoy que me subo por las putas paredes. Que haya dicho que me odia ha despertado al psicópata que hay en mí. Hacía años que no estaba de tan mal humor, hacía años que no perdía los nervios y me acometía una furia destructiva. Tengo la sensación de que toda esta mierda está llegando a un punto crítico. Estoy al rojo vivo.

Y ella lo sabe.

CAPÍTULO 28

Durante el camino de vuelta a casa, Ava fue agarrada con fuerza al asiento, lo cual no hizo que yo levantara el pie del acelerador. O convertía al coche en el blanco de mi ira o a Ava, y pegarle gritos y chillarle a mi mujer no nos habría ayudado en nada a ninguno de los dos.

Me sorprende que, dada la brutalidad con que cierro, la puerta del Aston no se caiga en el camino de grava profiriendo un grito de dolor. Ava se baja mucho más deprisa de lo que yo esperaba que fuera capaz y va hacia la entrada cojeando.

Corro para darle alcance, mi instinto protector imponiéndose y amansando mi ira.

—Sé andar. —Me aparta las manos cuando intento cogerla en brazos—. Déjame.

No la dejaré nunca. Dejarla sería como rendirse, y en lo que respecta a mi mujer, nunca me rindo. Con el mayor cuidado posible, me agacho y me la echo al hombro.

—De eso nada, señorita.

El hecho de que me golpee con los puños en la espalda es más una señal de que trata de oponer resistencia que un intento de escapar. Los dos sabemos que no va a ir a ninguna parte hasta que la suelte.

—¡Te he dicho que me dejes en paz! —grita medio enfadada medio histérica, y así es exactamente como me siento yo por dentro.

Encajo cada golpe y sigo hacia la puerta.

—¡Jesse!

—Cierra el puto pico, Ava —aviso, y abro de una patada la puerta después de introducir la llave.

—¡Eres un animal!

—Es la historia de mi puta vida en lo que a ti respecta.

La poso en el suelo, y los puños que hace un segundo golpeaban inútilmente mi espalda comienzan a aporrearme el pecho. Me quedo donde estoy, sin moverme, dejando que se desahogue y me pegue mientras da rienda suelta a su frustración a grito pelado.

Ojalá yo tuviera esa misma válvula de escape, algo a lo que pegar, aporrear y chillar. Pero no la tengo, así que saboreo los brutales porrazos que me da en el torso con la esperanza de que sirvan también para aliviar mi frustración.

Golpea sin piedad, su fuerza alimentada por la desesperación.

Y yo encantado. Sería su saco de boxeo durante el resto de mi miserable vida si ello le hiciera sentir mejor, aunque fuese mínimamente. Porque, de un tiempo a esta parte, si yo estoy hecho pedazos tratando de encontrar el camino en este territorio desconocido, doloroso, el amor de mi vida cada vez está más desesperado. Si yo tengo nuestros recuerdos, unos recuerdos a los que agarrarme, ella no. Si yo puedo ver la cara de nuestros hijos durante esta pesadilla, recordar cada momento de su corta vida, ella no. Si yo abrigo esperanza y soy capaz de ver esos atisbos de mejoría en su memoria, ella no.

Mis pensamientos se apoderan de mí, la ira abrasándome por dentro mientras ella continúa gritando y pegándome.

—Sigue —la animo, y se sobresalta y se aparta—. Dame putos golpes, Ava. El dolor no será peor que el que siento aquí. —Me doy un puñetazo en el pecho—. ¡Así que pégame, vamos!

Cierro los ojos cuando se abalanza de nuevo hacia mí. Y mientras está descargando su rabia, pienso en cuán fuerte es nuestro amor. No tanto como siempre pensé que era, porque, si no, estoy seguro de que podría con todo, incluido esto.

Tardo unos segundos en darme cuenta de que Ava ha dejado de pegarme, y cuando abro los ojos la veo agitada, el pelo revuelto, los ojos de loca. Nos miramos unos instantes, yo con cara inexpresiva, Ava a todas luces sorprendida de su arrebato. O sorprendida de que yo me haya quedado allí plantado aguantándolo. Pero ¿qué otra puta cosa podía hacer? ¿Responder? ¿Devolverle los golpes? El hecho de que piense en eso como una posibilidad me pone malo. Hace que me den ganas de infligirme daño para demostrar que haría cualquier cosa antes de permitir que algo le causara dolor a ella.

Verla así, tan perdida y desesperanzada, claramente preguntándose qué estaré pensando, y yo sabiendo lo que está pensando ella, aumenta mi desesperación. Y mi rabia. No puedo con esto.

La dejo sola en la entrada para que se calme y yo cruzo la casa con paso airado y voy al cuarto de juegos, con la mente puesta en una cosa. La única cosa capaz de atontarme. La única cosa capaz de hacer que olvide esta pesadilla. Mis ojos descansan en la botella que hay en el mueble bar, la tregua que podrían darme unos cuantos tragos es demasiado tentadora para ignorarla. Me quito la chaqueta y la tiro al enmoquetado suelo, me aflojo la corbata y me desabrocho el primer botón de la camisa.

Sin dejar de mirar la botella, me paso la mano por el pelo bruscamente. Recuerdos relegados al olvido por el entumecimiento neblinoso en el que me sumía el alcohol regresan con fuerza. Necesito esa sensación ahora mismo, porque si así es como va a ser mi vida a partir de ahora, me retiro. Renuncio.

Cojo la botella de vodka y la abro, mi respiración es pesada. El sudor empieza a perlarme la frente, y me lo enjugo sin miramientos mientras me llevo la botella a los labios. Un sorbo. Sólo me hará falta uno. Un trago que empiece a adormecer el dolor.

Las aletas de la nariz abiertas, bebo un buen trago y profiero un grito ahogado, el líquido me abrasa la garganta seca. Me golpea con saña el estómago y me vienen a la memoria los días brumosos de alcohol y mujeres. Me veo desnudo. Con un sinfín de mujeres, y ninguna de ellas es mi esposa.

—¡Jesse!

La afligida voz de Ava se cuela en el *flashback* que estoy reviviendo y me aparta de los decadentes días de La Mansión para devolverme a la realidad. Sus ojos, vidriosos, me paralizan. Esos ojos preciosos, color chocolate, que me tienen hechizado y no me dejan nunca.

—No deberías beber —jadea, aún sin aliento después del numerito de la entrada.

Miro la botella, pero esta vez no veo en ella una vía de escape: ahora veo veneno. Ahora veo que es la alternativa del cobarde. Ahora veo peligro. Ava tiene razón: no debería beber. Pero, lo más importante, Ava sabe que yo no debería beber.

—¿Por qué? —pregunto con serenidad, volviéndome hacia ella—. ¿Por qué no debería beber, Ava?

Abre y cierra la boca, a todas luces devanándose los sesos para dar con la respuesta. No quiero admitir que la respuesta que busca no está en su cabeza. No quiero aceptar que no va a encontrarla. Lo que ha dicho sólo ha sido otro de esos rayos de esperanza inútiles.

El hecho de que su mente esté en blanco me pone contra las cuerdas y pierdo los nervios, y la frustración y la desesperación sacan lo peor de mí.

—¿Por qué, Ava? —rujo—. ¿Por qué no debería beberme el puto vodka?

—No lo sé —solloza, los hombros temblando de manera incontrolable, las emociones finalmente ocupando el lugar de la frustración—. No lo sé. —Entierra la cara en las manos para huir de nuestra realidad.

Verla así de destrozada es más duro que lidiar con la frustración. Verla tan absolutamente desvalida me destroza. Este infierno es peor que cualquiera de los que creía haber vivido.

—¡Joder! —grito.

Y lanzo con fuerza la botella contra la pared antes de cometer una estupidez, como beberme el resto. Salen volando cristales, el líquido del demonio salpicando todas las paredes.

—¡No debería bebérmelo porque soy un puto alcohólico! —estallo—. ¡Porque antes de conocerte, lo único que hacía era beber para olvidar y follarme a todo lo que se movía! ¡Por eso!

Me tambaleo y me doy contra la pared, la respiración entrecortada. No puedo controlar mi cuerpo ni mi boca.

Mis putas lágrimas.

Sin embargo, logro ver su cara de espanto a través de esa agua que me distorsiona la visión.

—Me diste un motivo para dejarlo, Ava —continúo, respirando agitadamente, sintiendo que mi vida escapa por completo a mi control—. Gracias a ti, mi corazón empezó a latir de nuevo. Y ahora ya no estás aquí, y no sé si voy a poder seguir adelante sin ti.

Las piernas me fallan y resbalo por la pared como si fuese un saco de mierda, golpeando con fuerza el suelo. No puedo más. No puedo seguir intentando ser el fuerte. Porque sin Ava, soy el hombre más débil del mundo, y ahora tengo la sensación de que me falta. Apoyo los codos en las rodillas y entierro la cara en las manos. No soporto ver la expresión de espanto de su cara. No soporto que me vea así.

—Vete a la cama —le pido, necesito que me deje solo en mi miseria—. Vamos, vete.

Tengo frío, me siento solo.

Y un segundo después... no.

Una mano me rodea el cuello, y al levantar la cabeza la veo arrodillada ante mí, mirándome con lágrimas en los ojos.

—No me voy a ninguna parte.

Se acerca más, me pone las manos en las rodillas para separármelas y se acomoda entre ellas.

—Porque, aunque no sé dónde estoy, tengo la sensación de que éste es mi hogar. Aunque estoy haciendo un esfuerzo por entenderte —caen más lágrimas mientras me aprieta las rodillas—, sé que eres mío. Sé que soy tu corazón. Porque, aunque no sé quién eres, sé que, cuando no estás conmigo, me duele mucho aquí.

Me coge la mano y se la lleva al pecho. El corazón le late desaforadamente, como el mío.

—Ava, estoy destrozado. —Odio tener que admitirlo—. La idea de que puedas perder todos los recuerdos que compartimos me paraliza.

—Sé que eres más fuerte que esto. Sé que tienes más determinación. Prometiste que tendrías fe en mí.

El corazón se me encoge.

—Nena, sigo teniendo fe en ti.

Suspiro y le indico que se acerque más, y lo hace tranquilamente, dejando que la siente en mi regazo y la abrace.

—Sólo es una pequeña recaída.

Se acurruca contra mí, y mi mundo recupera un poco su equilibrio.

—No vuelvas a sufrir una recaída, por favor.

—En ese caso, tendrás que empezar a hacer lo que yo te diga.

—Ni de coña —afirma—. Porque sé que eso es algo que no hago normalmente, ¿no?

Sonrío, a pesar de la tristeza que me embarga.

—No.

Seguimos abrazados en el suelo un rato, en silencio, los dos calmándonos, nuestro cuerpo recuperándose de los temblores. Después Ava se aparta, me besa en la mejilla y aspira mi olor.

—¿Vamos a la cama?

Trago saliva, no me gusta nada la duda que percibo en la pregunta.

—Me encantaría.

La abrazaré toda la noche, la estrecharé contra mí. Sin sexo, sin nada, tan sólo contacto. Necesito ese contacto.

—Gracias.

—No me des las gracias —la regaño con suavidad—. No me des nunca las gracias por quererte.

—Porque para eso viniste a este mundo —afirma.

El labio inferior le tiembla al pronunciar cada palabra, y yo me trago el nudo del tamaño de un melón que tengo en la garganta y tiro de Ava para pegarla a mí.

—Exacto.

Asfixiándola con mi abrazo, hundo la cara en su pelo y hago un esfuerzo para mantener mis emociones a raya.

—Pero que sepas que este vestido es ridículo —añado.

—Sigo olvidando que tengo treinta y ocho años.

—Sólo lo hiciste por pura cabezonería, ¿no?

No hace falta que me lo confirme, conozco a mi mujer mejor de lo que se conoce ella misma.

Asiente contra mi pecho.

—Ya no tengo el tipo que tenía con veinte años.

La frase me da risa. Me levanto y la cojo en brazos.

—Estás más guapa cada día. Y punto. —Me niego a oír gilipolleces.

—Lo dices por obligación.

—No tengo por qué decir nada por obligación, señorita.

Subo la escalera y entro en nuestro dormitorio.

—Pero, como ya sabes, tú tienes la obligación de hacer lo que te diga.

La dejo en el suelo y le doy la vuelta en el acto para bajarle la cremallera del vestido.

—¿Entendido?

Asiente y se queda quieta mientras le bajo la cremallera, mis ojos bajando con ella. Mientras aparto la tela, contengo la respiración, preparándome para verle la espalda.

—Perfecta —afirmo, profiriendo un suspiro y dejando que la tela roja caiga al suelo.

La ropa interior de encaje negro le sienta como un guante. Joder, no creo que me baste con esos abrazos que confiaba en darle. ¿Me dejará?

Mis manos pasan al cierre del sujetador, que abren con un clic, y me percato de que Ava sube ligeramente los hombros. Me acerco, le paso un brazo por la cintura y apoyo la barbilla en su hombro.

—Quiero hacerte el amor —susurro, y ella se tensa, pero no de miedo, sino de expectación—. Te quiero quitar este encaje y perderme en cada centímetro de tu cuerpo muy muy despacio.

Le bajo los tirantes del sujetador por los brazos hasta que la prenda cae al suelo.

—Te necesito, Ava. Más de lo que te he necesitado nunca.

Le doy un besito en la mejilla y saboreo la sensación de atraerla hacia mí.

—Deja que te demuestre cuánto te amo.

Se vuelve despacio y alza el mentón para verme, y sin decir palabra empieza a desabrocharme la camisa, botón tras botón, lenta y resueltamente, un millón de emociones bailoteando en sus distraídos ojos: miedo, esperanza. Pero, sobre todo, ganas. De mí.

Soy consciente de que tengo que ser delicado. Lento y paciente, considerado y cariñoso. Más que nunca. Así que dejo que me desvista a su ritmo, resistiendo la necesidad de quitarme la ropa deprisa y corriendo y tirar a Ava en la cama.

—¿Te ayudo? —pregunto, sólo para que sepa que estoy abierto a todo.

Ella me mira, y veo aprensión en su mirada. Y me doy cuenta de que, aunque me desea desesperadamente, no sabe cómo saldrá esto. No sabe lo explosivos que somos juntos, ya seamos duros y bruscos o lentos y amorosos.

—No te pongas nerviosa.

Le agarro las muñecas y noto en el acto que tiembla.

—No tenemos por qué hacerlo.

Nunca me ha costado tanto pronunciar unas cuantas palabras.

—Quiero hacerlo.

Su mirada deja mi cara para bajar a mi torso, se muerde el labio.

—Tengo muchas ganas de hacerlo —insiste.

Se zafa de mi agarre, me quita la camisa y me pone las manos en los pectorales. Tengo la sensación de que mi cuerpo está en llamas, y las manos se me crispan, ávidas de tocarla. De devorarla. Besarla. Hacerle el amor. Sus ojos me dicen que es consciente de todo esto. Que lo sabe.

—Tengo *muchas* ganas —se reafirma, y me besa con fuerza en los labios y yo me siento abrumado en el acto.

Le pongo una mano en la nuca y la pego a mí con suavidad, mi boca abriéndose, invitándola a entrar.

Sus manos están en todas partes, nuestro beso roza la torpeza. Noto que pierdo el control. Esto es el efecto que tiene en mí la desesperación: me imprime sensación de urgencia, hace que quiera tomarla con dureza y deprisa, reclamar lo que es mío, marcar mi territorio, demostrarle lo buenos que somos. Pero ahora no es momento de dejarme llevar. Bajo el ritmo del beso.

No es preciso que le dé instrucciones a Ava. Sus manos encuentran la bragueta de mis pantalones, y me quito los zapatos con los pies. La ayudo a bajarme el pantalón, sin dejar de besarnos, y la empujo hacia la cama. La tumbo y la subo. Nuestros labios siguen juntos, nuestra lengua bailando despacio, respirando la respiración del otro.

No creo que me haya sabido tan bien nunca, a pesar de ese regusto a alcohol. Me acomodo sobre ella, con los brazos por encima de su cabeza, y sus manos recorren con libertad mi espalda, mi culo y, al final, mi cara. Está absorta. El deseo la consume. Me obligo a despegarme de sus labios, sólo para demostrarme que a Ava no le hará ninguna gracia dejar de sentir los míos.

—Jesse —jadea, y sus manos me tiran del pelo para que vuelva a besarla.

Acto seguido me rodea la cintura con las piernas, en señal de que no piensa permitir que me vaya a ninguna parte.

—¿Por qué paras? —Me mira sorprendida, y alególatra que hay en mí le gusta pensar que es porque le cuesta contenerse con mi sublime persona tan cerca.

—Sólo quiero mirarte un momento ahora que sé que muy pronto volveré a estar dentro de ti.

Frunce los labios, sus manos bajando a mi bóxer. Me toca el culo.

—¿Cómo es posible que un hombre de tu edad esté tan en forma?

Me pellizca con descaro, y yo esbozo una sonrisa monumental.

—Montones y montones de sexo.

Deja escapar una risita, y sus cortas uñas se me clavan en la carne del culo. Aprieto los dientes, soportando el agudo dolor.

—Tendré que creerte.

—Más te vale que me creas.

Enarco las cejas a modo de advertencia mientras Ava me pasa una mano por el pelo con ternura, sin dejar de mirarme.

—¿Tan bueno es?

—¿El sexo? Sí.

—Me temo que voy a necesitar que me lo demuestre, señor Ward.

Sus ojos castaños se clavan en los míos y esa sangre que afluía a un ritmo constante a mi polla ahora se agolpa. Los labios apretados, sube la pelvis y se pega a mi descomunal erección.

—Dios —musita.

—Y esto no es nada, señorita.

Vuelvo a besarla, y el ritmo lento y continuo queda olvidado de pronto. Unas manos frenéticas bajan por mis muslos y empiezan a tirar con impaciencia de mi bóxer. Me doy perfecta cuenta de lo intenso que es su deseo, así que mis manos van hasta sus bragas, pero en lugar de intentar quitárselas, se las rompo directamente.

Ella coge aire con fuerza, pero no tarda en adoptar mi método y empieza a tirar del bóxer. Oigo que se rasga, pero sigue siendo una barrera que se alza entre mi carne y la suya.

—Joder —farfullo mientras tomo las riendas y doy unos cuantos tirones a lo bestia.

Y después no hay nada salvo piel. Nada salvo la fricción de mi carne al rozar la suya mientras nos retorcemos de placer juntos, nuestros labios y nuestra lengua chocando, nuestros gemidos y gritos ahogados y voraces fundiéndose, inundando la habitación.

—Necesito estar dentro de ti ya —le digo, y muevo la pelvis para situarme en el ángulo adecuado.

No es preciso que Ava me guíe mucho para que mi polla esté a su vibrante entrada. Inspira y contiene la respiración, y yo me aparto para poder verla. Con mis ojos clavados en los suyos, avanzo un poco, resistiendo la necesidad de meterla del todo.

—¿Estás lista, nena?

—Uf, sí.

Apenas puede hablar de tan intenso que es el deseo, pero sí se puede mover, y sube la pelvis y me acomoda un poco más.

—Dios.

La cabeza se me cae, sin fuerzas. Sentirla, aunque sólo sea ese poco, hace que pierda el control. La embisto mientras profiero un grito y me quedo quieto.

—Me encajas a la perfección —susurra.

Entrelaza las manos en mi pelo, en la nuca, y tira de mí para que la bese de nuevo.

—A la puta perfección.

—Cuidado con esa boca, Ava.

—No.

—Vale.

Podría jurar como un carretero hasta cabrearme y me importaría una mierda. Porque este momento... este momento lo es todo.

—Muévete.

Me clava de nuevo las uñas en el culo, incitándome.

—Dios, por favor, muévete. Me encanta.

No soy el tipo de hombre que decepciona, y menos a mi mujer. Rozándole la mejilla con la nariz, le quito las manos de mi culo y se las pego a la almohada, levantándome un poco para verla. Jadea. De deseo. Le encanta sentirme dentro. La provoco retirando la pelvis.

—¿Quieres al Jesse dulce, nena?

Me paso la lengua por los labios, disfrutando al verla sudar.

—¿O prefieres que te parta en dos?

Coge aire, entre escandalizada y encantada.

—¿Que qué prefiero?

—Depende del humor del que estés. Y dime, ¿de qué humor estás, mi preciosa esposa?

Otra embestida, breve y brusca, hace que se tense, que cierre la boca, que contenga la respiración.

—Haz que me olvide de esta pesadilla un rato, me da lo mismo cómo. Haz eso.

Estoy al borde del desaliento. Esta pesadilla. Quiere escapar. Después ella mueve las caderas, y ese desaliento se torna un placer sin igual.

—Voy a incorporar un polvo nuevo a nuestra relación, nena.

Bajo la cabeza y la beso apasionadamente, pero me separo antes de que tenga ocasión de mover la boca y retenerme.

—Lo llamaremos el polvo del reencuentro.

Y este polvo va a pasar a ser mi favorito. Adelanto la pelvis y se la meto hasta el fondo. Le pongo las manos en las muñecas, y las mantengo ahí mientras dejo el increíble calor de su coño y me deslizo nuevamente en él. El cuerpo me pide que la folle duro, pero mi cerebro no se lo permitirá.

—Te voy a hacer el amor más dulce.

Se derrite debajo de mí, y el temblor de su labio me dice que le gusta la idea.

—Vale.

Bajo la cara y la beso con ternura mientras comienzo a menear la pelvis comedida, delicadamente, asegurándome de que las acometidas sean lentas y precisas, mi lengua siguiendo su ejemplo. Le suelto las manos y dejo que me toque. Dejo que controle el beso, permito que separe su boca de la mía de vez en cuando para ladear la cabeza con parsimonia en la almohada, suspirando, gimiendo, esforzándose por mantener los ojos abiertos. Está flotando, absorta en el momento. El momento conmigo. Me aseguro de que el ritmo es constante, me aseguro de que sigue en ese estado perfecto de placer. Nunca he visto nada más increíble, y me sorprendo más pendiente de cómo se abandona ella que de mi propio placer. No pasa nada. Nada podría superar esto.

Mi piel húmeda se separa de su pecho cuando me levanto y me apoyo en los antebrazos, pues quiero verla mejor. Sus ojos siguen los míos, sus manos suben a mi cara y me la rodean. Nuestras caderas están en perfecta sintonía, la suya sube y la mía baja, cada embestida llegando a lo más hondo.

—Ahora entiendo por qué me enamoré de ti —musita, mientras me pasa las manos por la incipiente barba.

—¿Porque soy un adonis en la cama?

—Y no sólo en la cama.

Su voz se vuelve más aguda un instante, hasta que los gemidos le devuelven su tono medio, los ojos pestañeando despacio.

—Eres el hombre perfecto: grande, fuerte, apasionado, leal. Amas con todo tu ser.

—Y no soy nada sin ti.

—Y lo eres todo conmigo.

Tira de mí, enterrando la cara en mi cuello, y acometemos la recta final, abrazados con fuerza, respirando a la vez, moviéndonos como si fuésemos uno.

Nuestro orgasmo es simultáneo. No grito, ni ella tampoco. No me contraigo ni pego sacudidas, ni ella tampoco. Nos abandonamos al placer serena y silenciosamente; lo único desenfrenado, demencial, el martilleo de nuestro corazón. Estoy vivo, y ella también. Todo lo demás tiene arreglo. Estoy seguro.

—¿Quieres que me aparte? —pregunto contra su húmedo cuello, consciente de que ahora soy un peso muerto y probablemente muy pesado.

—No.

Sus brazos rodean mis hombros; sus piernas, mi cintura; me retiene con fuerza.

—Quiero que te quedes exactamente donde estás toda la noche.

Gira la cabeza y encuentra mi boca.

—Porque aquí es donde se supone que debes estar. Sin que haya espacio alguno entre nosotros.

Pegados.

Con todo nuestro cuerpo en contacto. Sus labios en los míos, mis pulmones aspirando su aliento.

—¿Jesse? —me dice al oído, adormilada, y hago un sonido para indicarle que continúe—. Creo que me estoy enamorando de ti.

CAPÍTULO 29

Se podría decir que soy un dios hogareño.

Empiezo a acostumbrarme a esta mierda de cafetera. Y también al hecho de que no esté preparada para que me pueda tomar un café cuando me levanto por la mañana. Ava por fin duerme bien, y no se me ocurriría despertarla, así que he asumido sus tareas.

Enciendo la cafetera y saco del armario de la despensa los cereales, que dejo a un lado para los niños. Sólo cuando vuelvo con la cafetera me doy cuenta de lo que he hecho. El vacío que siento en mi vida aumenta, y como si presintieran que los echo de menos, el teléfono me suena. Corro a contestar. Sonrío al ver la cara de mi hijo iluminando la pantalla.

Lo cojo y lo dejo apoyado en la cocina mientras sigo con el desayuno de Ava.

—¿Estás friendo huevos, papá? —pregunta Jacob a modo de saludo.

El mar que se ve de fondo es impresionante, el murmullo de las olas fuerte pero tranquilizador. No me importaría ir de vacaciones a un sitio así.

—Eso hago, hijo.

Doy unos golpecitos con la espátula en el borde de la sartén antes de levantarla para enseñárselo.

—Le voy a llevar el desayuno a la cama a tu madre.

Me siento como si hubiese vuelto a nacer, lleno de energía.

Anoche fue una de las más increíbles de mi vida. Y, lo que es mejor aún, sé que mi mujer siente lo mismo.

—No olvides que le gusta la yema líquida —me recuerda Jacob, lo que hace que mire la sartén y vea dos yemas nada líquidas, y el niño se percata de mi mirada ceñuda—. Hazlos revueltos —me aconseja—. Con salmón. Ya sabes que es una de las cosas que más le gustan.

—No tengo salmón —refunfuño, y se me pasa por la cabeza que voy a tener que mover el culo e ir al supermercado.

Andamos escasos de todo, pero hacer la compra no es lo que se dice la cita romántica que tenía pensada para luego. Oigo que Jacob suspira y me encojo de hombros, porque eso es lo que hago.

—¿Cómo está Maddie? —pregunto.

—Por ahí. En la playa.

¿Por ahí?

—Qué bien. ¿Con una amiga?

—Con Hugo.

La sartén se me cae estrepitosamente en la cocina, y apoyo la mano en el fuego.

—¡Me cago en la puta! —exclamo, y me pongo a dar saltos, agarrándome la mano con fuerza para aliviar el dolor—. Hija de perra.

Joder. Mis nudillos aún lucen las señales de cuando arremetí contra el espejo y la puerta. ¿Y ahora esto? Sacudo la mano, haciendo una mueca de dolor.

—Joder, cómo duele.

—¡Jesse Ward! —escucho decir a mi suegra.

Me acerco corriendo al teléfono y veo que Jacob pone los ojos en blanco justo cuando la madre de Ava lo aparta de la cámara. Veo su rostro, sumamente disgustado.

—Hugo es un nombre de chica. —Lo digo como si fuese un hecho—. ¿No?

—Hugo es un chico —afirma ella con ligereza, y a mí no me hace ninguna gracia—. Es el nieto de unos amigos. Cenamos con ellos la otra noche.

Acerco la cara a la pantalla y veo que Elizabeth se aparta. Mi hijita está en la playa sin que yo ande cerca para asegurarme de que ningún cabroncete revolotea a su alrededor.

—Confío en ti, Elizabeth.

—¿Para que haga ¿qué? ¿Atosigarla cuando no estás tú?

—Sí.

Me miro la mano y veo que me está saliendo una ampolla.

—No dejes que se acerque a mi hija —advierto, y cojo el móvil y me voy a la pila—. Los chicos no son de fiar. ¿Cuántos años tiene el cagarro?

—Trece.

Dejo el teléfono en el fregadero.

—¿Trece?

¡Dios mío!

—Elizabeth, esto...

Paro de despotricar cuando alguien me coge la mano. Al mirar al lado, veo que Ava le está echando un vistazo a la quemadura. Sacude la cabeza, coge mi teléfono de la pila y lo apoya contra el protector antisalpicaduras.

—Hola, mamá.

Abre el grifo y me mete la mano a la fuerza bajo el chorro de agua fría. Profiero un sonido de desaprobación cuando me mira de soslayo, su cara diciéndome que es culpa mía.

—Hola, cariño.

Como es natural, Elizabeth se muestra encantada de ver a su hija. Pues lo siento mucho. Recupero mi móvil mientras Ava se ocupa de mi mano, manteniéndola debajo del agua.

—A ver, el chico.

—¿Qué chico? —mete baza Ava mientras se inclina y coge un paño de cocina del lateral.

En lugar de contestarle, presiono a Elizabeth para que me dé detalles.

—Que no se acerque a mi hija.

—No seas exagerado.

Mi suegra lanza un suspiro. No puede evitar desautorizarme, siendo el puto grano en el culo que es.

—Se está haciendo mayor, Jesse, tienes que dejarla a su aire.

Creo que podría estallar. ¿Cuánto tardaría en llegar a Newquay?

—Elizabeth...

El teléfono me desaparece de la mano a la velocidad del rayo cuando Ava me lo quita y se marcha. Me quedo mirando sin dar crédito.

—¿Están bien los niños, mamá? —pregunta.

Vuelve la cabeza y me mira como desafiándome a que le birle mi teléfono. Es una puta conspiración. Todos unidos contra mí.

—Bien. Y sí. —Ava hace un mohín—. Es muy atento y cariñoso. Me encuentro mejor cada día.

No quiero sonreír. No cuando intento contener la rabia que siento y estoy agobiado, pero antes de que me dé cuenta está ahí, una sonrisa bobalicona. Ava está bien. Y yo también lo estaba hasta que mi suegra me ha fastidiado el día. Resoplo y me dejo caer en un taburete mientras me miro con gesto adusto la mano herida, envuelta en un paño. Genial. Joder, genial.

—Yo también tengo ganas de veros.

Ava viene a mi lado para sentarse en un taburete, sujetándose la toalla de baño que la envuelve. No sé cómo lo he hecho: hace un minuto iba tapada con la ropa blanca esponjosa y ahora no lleva... nada. La toalla va a parar al suelo y Ava suelta un grito ahogado y me mira con cara de sorpresa. Yo me limito a sonreír. Una sonrisa amplia, grande y satisfecha, mientras me relajo en el taburete y la miro, haciendo teatro, arriba y abajo, arriba y abajo, arriba... y... abajo.

Cojo aire y lo suelto ruidosamente.

—Qué buena pinta tiene el desayuno —comento, y Ava me da en la cabeza de broma.

Me río mientras ella intenta alcanzar la toalla. La muy boba. La cojo yo y corro al otro lado de la isla mientras la agito para picarla.

—Ava, ¡estás desnuda! —grita Elizabeth.

—El puñetero FaceTime —digo.

Sacudo la cabeza con socarronería y me echo la toalla por los hombros.

—Estás desnuda, nena.

Su mirada ceñuda le valdría un premio, como mi sonrisa de satisfacción.

—Te tengo que dejar, mamá. Dales a los niños un beso de mi parte.

Corta y me señala con el teléfono.

—Te has metido en un buen lío, Ward.

—Uy, qué bien. —Me froto las manos—. Adelante, nena. A-de-lan-te.

Sus intentos de disimular la sonrisa que asoma a sus labios fracasan estrepitosamente.

—Eres mucho mayor que yo. Creo que la velocidad ya no es lo tuyo.

¿Mucho mayor?

—No me has visto ir detrás de los chicos que se acercan a nuestra hija. Soy un puto galgo.

Amusga los ojos y da un paso a la izquierda. Yo doy un paso a la derecha.

—Te voy a coger —advierte.

Bien. Espero que lo haga.

—Y después ¿qué piensas hacerme?

—A ti te lo voy a decir.

—Ya lo averiguaré por mi cuenta.

Salgo como una flecha de la cocina, la toalla ondeando a mi espalda, y en cuanto deja de verme, me tiro al suelo y me tumbo boca arriba.

Sale de la cocina cojeando un poco y pega un grito cuando tropieza conmigo. La agarro y la tumbo con suavidad sobre mi pecho.

—Creo que me has pillado, señora Ward.

—No me hagas la pelota.

Apoya las manos en mis pectorales con la intención de levantarse, pero se le va el santo al cielo por completo al ver mi ancho pecho desnudo, encantada con lo que ve. Esta mañana las sonrisas son fáciles y abundantes.

—Tierra a Ava —musito, sacándola de su trance.

—¿Sabes qué? —dice, y suspira y me mira a los ojos mientras me da un beso largo en el pecho—. Creo que aunque aún fuese joven, querría montármelo contigo.

Suelto una tremenda carcajada, que hace que Ava dé un bote. Noto que sonríe contra mi piel, las manos abiertas, tocándome. Cuando dejo de reírme, la hago rodar por el suelo, atrapando su cuerpo desnudo bajo el mío. Hace un sonido raro y me levanto de inmediato, preocupado.

—No pasa nada. —Entierra las manos en mi pelo y juguetea con los mechones—. Es que el suelo está frío. ¿Qué tal la mano?

Entorno los ojos, consciente de que intenta centrar la atención en mí.

—Bien.

La muevo un poco para comprobar que es así. Algo dolorida, pero nada más.

Sus manos bajan a mi culo y hunde las uñas en mi bóxer mientras levanta la pelvis y hace ruiditos sensuales.

Mi polla se despierta, y muevo el culo para hacerle sitio entre nosotros, la presión instantánea. Lanzo un gemido y echo la cabeza hacia atrás. Tengo que contenerme.

—Estos dos últimos días te he robado mucha energía.

La moto, la cena, las discusiones..., el sexo.

—Pero...

—Sin peros.

Me levanto de mala gana, ayudo a Ava a ponerse de pie y la envuelvo en la toalla, desoyendo sus protestas.

—Tienes que comer.

Encorva los hombros, y aunque estoy entusiasmado a más no poder de que le cueste refrenar su deseo, soy consciente de lo mucho que le he exigido, aunque ella se niegue a admitirlo. La obligo a dar media vuelta y la llevo a la cocina, la siento y le sirvo los huevos que le he preparado. Unos huevos cuestionables.

—Come —le ordeno, y le pongo el tenedor en la mano.

Cojo mi teléfono. Tengo que hacer una llamada. Llamo a John y salgo de la cocina.

—Sarah me llamó la otra noche —le cuento en voz baja cuando estoy fuera del alcance del oído de Ava, volviendo la cabeza.

—¿Qué coño dices?

No está contento. Bien, porque yo tampoco lo estoy.

—Mira que se lo dije, joder.

—Pues díselo otra vez.

Gruñe a modo de confirmación.

—Se lo diré. Se lo he dicho, pero insiste en que tiene que hablar contigo.

—Ya se le puede ir quitando de la cabeza. Esa mujer es veneno.

—Lo sé, y tú lo sabes. Pero Sarah sigue siendo igual de cabezota. —Suspira—. Hablaré con ella. ¿Qué tal Ava?

—Está bien. ¿Y el gimnasio?

—Todo en orden —asegura—. Tú concéntrate en tu chica.

—Gracias, John.

Sonrío al colgar, y aprovecho para llamar a Elizabeth mientras Ava desayuna.

—Hola.

La mujer lanza un suspiro.

—Jesse Ward, no pienso...

—Calla y escucha. No te llamo por el cagarro. Quería hablarte de Ava y los niños.

275

—Ah. ¿Va todo bien?

—Sí, la verdad es que muy bien. ¿Y los niños?

Aunque no hace falta que pregunte, lo veo en sus caras cada vez que hablamos: están perfectamente.

—Están muy bien. Tienen muchas preguntas, pero sólo quieren que alguien los tranquilice. Hablar con Ava les ha venido bien.

Sonrío.

—Sé que ya ha pasado una semana, pero los primeros días aquí fueron un mar de lágrimas. Ahora empiezo a ver progresos, Elizabeth.

Me duele en el alma decirlo, y echo mucho de menos a los mellizos, pero...

—¿Podríais quedaros con ellos un poco más?

Ni se lo piensa.

—Pensábamos volver el lunes.

—Te quiero, mamá.

—Calla, demonio.

Cuelga mientras yo vuelvo a la cocina y me siento en un taburete junto a Ava. Veo que no ha tocado el desayuno. Le doy un golpecito con el codo cuando baja el tenedor y le lanzo una mirada de advertencia mientras dejo el teléfono en la encimera, dispuesto a empezar a dar de comer a la fuerza a mi mujer.

—Deja de observar la comida y come.

Suspira y pincha un poquito de huevo con el tenedor.

—¿Con quién hablabas?

—Con John. —Me levanto y sirvo café—. Sólo quería saber cómo iba el gimnasio.

—¿Lo puedo ver?

Come un poco y mastica despacio, mirándome.

—Ver ¿qué?

—El gimnasio.

—Claro. Si te comes todo el desayuno, te llevo después de terapia.

Su mirada de exasperación me hace sonreír.

—¿Como una esposa obediente?

Me acodo en la isla, al otro lado, y esbozo la sonrisa que reservo únicamente para ella.

—Así exactamente.

Le tiro un besito y me pongo a limpiar la cocina. Puede que ver el gimnasio haga que le venga algún recuerdo a esa confusa memoria suya.

CAPÍTULO 30

El aparcamiento está hasta arriba. Veo el coche de Drew en una de las plazas reservadas, aparco al lado y doy la vuelta al coche deprisa para ayudar a Ava a bajar. No dice nada mientras la conduzco al moderno edificio. No podría ser más distinto de La Mansión. El gimnasio es de lujo, sí, pero dista mucho de ser tan ostentoso. La recepción está concurrida cuando entramos.

—¿Es eso una peluquería? —pregunta Ava mientras señala el escaparate de uno de los cuatro negocios de la primera planta—. ¿Y un salón de belleza?

—Sí, y Raya trabaja ahí.

—¿En qué?

Ava me da la mano, al parecer algo abrumada ya con el sitio.

—Fisioterapia.

Saludo con la cabeza a una de las chicas de recepción, que nos deja pasar deprisa por los torniquetes.

—Y eso de ahí es una tienda de productos ecológicos.

—Es como el paraíso de la salud —comenta, y esboza una sonrisa incómoda cuando las chicas de recepción la saludan—. ¿Y yo trabajo aquí?

—Lo dices como si no te gustara.

Al llegar al bar de zumos, veo a Drew por la cristalera que da a la piscina. Está subido al trampolín, dando indicaciones a Georgia.

—La verdad es que siempre soñé con tener mi propia empresa de interiorismo —responde Ava.

—Dejaste de trabajar cuando nacieron los niños.

Fue mucho antes de que nacieran los mellizos, pero no pienso entrar en las razones por las que Ava acabó dejando su empleo en Rococo Union. A menudo me pregunto si el capullo de Mikael conservará la empresa o si la vendió en cuanto se fue mi mujer.

—Cuando los niños empezaron el colegio, decidiste que querías trabajar aquí.

Recibo una mirada cargada de duda.

—¿Decidí o me obligaste?

—Lo decidiste tú —confirmo, y pido su batido energético preferido—. Según tus palabras, yo siempre la cago con la parte económica, y no estabas dispuesta a dejar que se encargara otro.

—Entonces ¿me pagas?

Acepta el batido, mirándolo con recelo.

—Generosamente —contesto, la voz provocativa y baja.

Me dirige una mirada pícara, de broma.

—Muy gracioso.

—Eres la directora, Ava. Como ya te dije, esto es nuestro.

Veo que eso le agrada, los bonitos labios cerrándose en torno a la pajita y bebiendo con aire pensativo mientras echa un vistazo al bar, donde los ordenadores portátiles llenan las mesas y la gente charla después de entrenar.

—Mmm, es muy lujoso.

—Me alegro de que no hayas perdido el buen gusto —observo, y le indico que me siga a la escalera por la que se accede a la planta de *fitness*.

La veo animada y alegre a mi lado, la boca en la pajita.

—Te habrías llevado un sustillo, ¿no?

—¿Con qué?

—Si al volver en mí no me hubieras gustado.

Suelta una risita por la escalera, le hace gracia el asunto.

—Entonces ¿te gusto? —pregunto como si nada, sin inmutarme.

—No estás mal, supongo.

Menuda cara tiene. Le doy con el codo y se ríe. Al llegar arriba y ver la planta de *fitness*, se para de golpe.

—Vaya.

Gira despacio en el sitio para abarcar el vasto espacio. Podría tardar un poco. Enfrente están dando una clase de Bodypump, en un rincón hay un grupo de personas haciendo pesas en serio, un grupo de mujeres pedalea a toda velocidad al fondo. Y las salas, con el frente de cristal, están todas llenas, con una clase u otra en cada una. Las endorfinas que flotan por el lugar se me están metiendo en la piel, ojalá pudiera subirme a la cinta. El ejercicio siempre me ha sentado bien, es una forma perfecta de combatir el estrés. Y ahora, cuando estoy más estresado que nunca, no he tenido ocasión de soltarlo.

Por delante de nosotros pasa mucha gente, clientes y personal, y todos nos saludan risueños, claramente encantados de vernos. Pero Ava no reconoce a nadie. Se limita a sonreír forzadamente, cada segundo que pasa más incómoda.

—¿Vengo aquí a diario? —pregunta.

Su tono no me dice si eso le agrada o la intimida. Confío en que le guste, y quizá así se le quite de la cabeza la absurda idea de trabajar en otro sitio.

—Sí, conmigo.

De pronto me coge la mano y me la agarra con fuerza.

—Hay mucho ruido.

Mierda, es verdad. Es estridente, nada del otro jueves, pero Ava tiene la cabeza delicada. La invito a seguir, con intención de alejarnos de la bulliciosa planta de *fitness* e ir a otra parte más tranquila.

—Ven aquí.

Abro la puerta de su despacho, la hago pasar y dejo fuera el ruido. Así está mejor. Probablemente no pudiera pensar con claridad.

Se pasea en silencio, examinando el espacio que ve a diario, mis impacientes ojos buscando en su cara algún indicio de que recuerda algo. Repara en el marco que hay en la mesa, lo coge y sonríe al observar la fotografía en la que estamos todos. Es otra prueba de que esto es real, de que no va a despertarse de un momento a otro y descubrir que estaba atrapada en un sueño.

—Tu despacho es muy bonito —comenta, dejando la foto.

¿Mi despacho?

—Éste no es mi despacho, Ava —la corrijo, ocupando mi lugar habitual en el sofá que hay junto a la ventana—. Es *tu* despacho.

Abre los ojos como platos un instante, y emprende otro viajecito por la sala.

—¿Mi despacho? —inquiere, a todas luces desconcertada.

Me recuesto y sonrío al ver su cara de sorpresa.

—Tu despacho.

Veo que retira la silla de la mesa y se sienta. Abre algunos cajones. Saca algo y me lo enseña con una sonrisa. Deja en la mesa la laca de uñas roja, se retrepa en el asiento y sonrío, pensando que está más sexy que nunca cuando se sienta a esa mesa.

—Pues qué importante soy.

—Lo eres.

Apoyo el tobillo en la rodilla y descanso el codo en el respaldo del sofá.

—Y ¿dónde está tu despacho?

—Estoy sentado en él.

Ava sonríe, ceñuda.

—¿Trabajas desde ese sofá?

—Sí.

—Y ¿qué clase de trabajo haces desde ahí?

Apoya los pies en la mesa mientras yo subo los míos en el sofá, poniéndome cómodo, con los brazos detrás de la cabeza, a mis anchas. Ojalá pudiera ver lo que veo yo cuando estoy en este sitio. Nos veo en todas las superficies posibles. Yo entre sus piernas. Por Dios, ¿cuántas veces la habré tomado en esa mesa?

—Lo único que hago cuando estoy aquí es admirar a mi mujer. Es una parte muy importante de mi jornada.

—¿Ganduleando en el trabajo? Pues el jefe no es que dé muy buen ejemplo.

Lo que dice me hace mucha gracia.

—Ava, aquí todo el mundo sabe que la jefa eres tú, no yo.

—Eso es ridículo.

Coge un bolígrafo y se pone a juguetear con él, pasándoselo por los dedos fingiendo concentración.

—Eres un obseso del control. No me creo que me dejaras llevar las riendas de este gimnasio tan chic tuyo.

—Sólo soy un obseso del control en lo que a ti respecta. Y es *nuestro* gimnasio.

Asiente pensativa y echa otro vistazo.

—Así que, mientras yo doy el callo, tú te quedas tumbado aquí todo mono, ¿no?

Levanto la cabeza un poco, enarcando las cejas.

—¿Crees que soy mono?

Lo digo como si tal cosa, pero por dentro tengo ganas de levantarme de un salto y ponerme a bailar como un loco algo de Justin Timberlake. Hoy Ava está siendo bastante franca con la atracción que siente. Casi descarada. Casi provocativa.

Por otro lado, no me extraña que le duela la cabeza: pone los ojos en blanco continua e impresionantemente.

—¿Cómo consigo concentrarme contigo merodeando por aquí? —pregunta.

Abre otro cajón y saca unas carpetas, que mira ceñuda. Luego una calculadora, que deja a un lado. Y, por último, una lima de uñas. Parece encantada con su hallazgo.

—Bueno, te dejo para que trabajes.

Joder, ¿en qué estaba pensando al traerla aquí? Adiós a mis propósitos de hacer que se tome las cosas con calma. A la porra. Está sentada en la silla, con ese vestidito de tirantes tan mono y las chanclas, el pelo una maraña de ondas sueltas, la cara sin rastro de maquillaje, y está para comérsela, joder. Y esa mesa me llama. Bajo las piernas del sofá, me levanto y me acerco a ella.

El movimiento de la lima de uñas se ralentiza a medida que me acerco, sus ojos recorriendo mi alto esqueleto hasta llegar a la cara.

—No estás tumbado.

Me apunta con la lima, como si se me hubiese pasado por alto que me he puesto de pie.

—¿Significa eso que vas a trabajar algo?

—Pues sí.

Me siento en el borde de la mesa, sin apartar la vista de la suya.

—Ya lo creo que voy a trabajar algo.

La respiración entrecortada. El cuerpo moviéndose sutilmente. Los ojos voraces. Los pezones endureciéndose contra la tela del vestido. Bajo la mirada a su entrepierna, ladeando la cabeza. Está mojada. Lo huelo desde donde estoy.

—Compórtate —advierte, prácticamente con un gritito, y vuelve a limarse las uñas, esforzándose para fingir que está tranquila.

Arde. Casi le veo las llamas en la piel. Y todas esas reacciones tienen el efecto que acostumbran en mí. Ella tiene el efecto que acostumbra en mí. Esta mujer hace que me ardan las venas. Los ojos me escuecen sólo de mirarla. Hace que el corazón se me hinche de adoración.

—Verás, ése siempre ha sido un problema para mí, Ava.

Apoyo la punta de un dedo en la reluciente madera de la mesa y la deslizo lentamente por la superficie.

—Nunca he podido comportarme cuando estoy contigo.

—Donde quiera y cuando quiera —musita, cada palabra rebosante de deseo—. Hemos tenido sexo en este despacho, ¿no?

—En el sofá, en el suelo, en la mesa, contra la puerta.

Le quito los pies de la mesa y los utilizo para acercarla en la silla con ruedas, sonriendo cuando se pega al respaldo. Le cojo la lima de los laxos dedos, la tiro en la mesa y le bajo los pies. Me sitúo a horcajadas sobre su regazo y pongo las manos a ambos lados de su cabeza.

—Tengo muchos recuerdos buenos de este despacho, nena. Ojalá tú también los tuvieras.

Me inclino, rozándole la nariz con la mía, y me encanta notar su aliento entrecortado en mi cara.

—Pero me va a encantar tener más.

Le meto una mano entre los muslos, entrando a matar. Estoy demasiado caliente para resistirme. Lo que ocurrió anoche sólo ha hecho que le tenga más ganas. Y, además, conozco a mi mujer lo suficiente para saber cuándo quiere, y quiere ahora.

—Ábrelas.

Sus piernas se abren en el acto, y antes de que pueda besarla, me está besando ella. Me ataca una fuerza brutal, su cuerpo ha dejado la silla más deprisa de lo que sería prudente, sin embargo, no soy quién para pararla. La siento en la mesa y me sitúo entre sus muslos. Mientras su boca devora la mía, sus manos frenéticas me desabrochan el botón de la bragueta, tirando con impaciencia, pequeños gruñidos reforzando su frustración, los dedos toqueteando. Sonrío mientras nos besamos, agarrándole el pelo con suavidad, a diferencia de la fuerza que está empleando ella. Aparto mis labios para mirarla a los ojos. Parece borracha.

Me echo hacia atrás y me quito la camiseta por la cabeza.

—¿Quién manda aquí, nena?

—Tú —musita, agarrando la cinturilla de mis vaqueros y tirando de mí.

Su mano no tarda en dar con mi polla, que libera y aprieta con delicadeza. Me flipa que siga sabiendo hacer eso. Que siga teniendo esas sensaciones. Que me siga deseando con un apetito que no puede controlar. Soy su dios.

Joder. Esta mujer me domina. Me controla. Hace que la sangre me corra disparada por las venas, que el corazón me lata, que mi alma siga pura. Y ahora mismo ni siquiera lo sabe. Necesita volver

284

a familiarizarse con esos sentimientos que siempre nos paralizan. Que nos llevan a unos límites que nadie podría entender. Los sentimientos que hacen que nosotros seamos nosotros. Creo que ya ha llegado a ese punto, más o menos. Antes incluso de este momento. Antes incluso de que hiciéramos el amor. Aunque le desconcierten la conexión que nos une y las reacciones naturales que tenemos hacia el otro. Siguen ahí, en su interior, esperando a ser descubiertos.

—Te voy a follar hasta...

Mi promesa se ve interrumpida cuando se abre de golpe la puerta del despacho, y una décima de segundo después un grito escandalizado inunda la habitación.

—¡Ay, Dios, lo siento mucho!

Veo de refilón la cara desencajada de Cherry antes de que la puerta se cierre, dejándonos solos de nuevo.

—Madre mía, qué vergüenza.

Ava se baja de la mesa con ayuda de mi mano.

—¿Quién era ésa?

—Cherry.

Sujeto a Ava y le aparto el pelo de los ojos con una sonrisa. Está muy aturdida, y sexy a más no poder.

—¿Quién es Cherry?

—Trabaja para nosotros. Espera aquí.

Voy hacia la puerta, llamándome idiota por no haber echado el pestillo. Me cago en todo, estoy a cien.

—¿Jesse? —Ava me llama.

Me vuelvo. Veo que me señala la entrepierna mientras ella se agacha para coger las cosas que hemos tirado de la mesa.

—Quizá sea mejor que te la guardes. Y que te pongas la camiseta.

Me la lanza y la cojo; luego me miro la bragueta.

Mierda, la tengo toda fuera. Escucho sus risitas mientras sigo hacia la puerta, metiéndome la polla en el bóxer y abrochándome los vaqueros. Abro y veo a Cherry fuera, roja como un tomate.

285

Me mira el pecho, su cuerpo ablandándose visiblemente.

—Uy, vaya —farfulla.

—¿Qué?

Sale de su pequeño trance y levanta la vista.

—Me alegro de verte, Jesse.

Su tono de voz es ronco sin que tenga que esforzarse, los ojos le brillan, alegres. Sonríe y me da otro repaso, abrazando contra el pecho las carpetas que lleva. La presión hace que las tetas se le suban. Y no es que yo esté mirando adrede. Es sólo que... están ahí.

Paso por alto su descarado flirteo y miro detrás de ella, al pasillo, al oír pasos: unos pasos pesados, que sólo pueden ser de un hombre. John viene hacia nosotros con brío, sus gafas de firma bien asentadas.

—Cherry —dice, saludando bruscamente con la cabeza a la mujer que está a la puerta de mi despacho antes de centrarse en mí—. ¿Qué estás haciendo aquí?

—Nosotros nos vamos.

Me pongo la camiseta mientras retrocedo hacia el despacho para dejarlos pasar, haciendo caso omiso de la sonrisita de Cherry.

John ve a Ava en la mesa y la tersa frente se le arruga un tanto.

—Hola, guapa.

—Hola —saluda ella en voz queda.

Ava observa a la mujer que está en el umbral de su despacho, detrás de mí. También parece recelosa. Quizá un poco cabreada, y no porque nos haya cortado el rollo.

Me hago a un lado deprisa cuando entra Cherry, su brazo rozando el mío.

—Me alegro de verte, Ava.

Llega a la mesa y sonríe alegremente a mi mujer, que la mira con cierta suspicacia.

—Sí, claro —masculla con hostilidad—. ¿Nos das cinco minutos? —le dice a Cherry, y la pregunta es todo menos una pregunta, el tono inexpresivo, la dulce sonrisa forzada.

—Cómo no.

Cherry retrocede, se vuelve y va hacia la puerta. No hay duda de que endereza la espalda, y no hay duda de que hace un mohín. Hay que joderse. Pongo los ojos en blanco y miro a mi mosqueada mujer. Quizá «mosqueada» se quede corto. Furiosa parece más apropiado. No está lo que se dice contenta, y yo estoy encantado. Ladea la cabeza con aire inquisitivo y yo me limito a encogerme de hombros. ¿Qué puedo decir?

—Como Ava no estaba, le he dado a Cherry más responsabilidades —informa John con cierta cautela—. Lo siento si te he disgustado, guapa.

—No te preocupes —contesta Ava malhumorada—. Tampoco es que me acuerde de cómo hacer mi trabajo.

Recoge unos papeles del suelo y les echa una ojeada antes de dejarlos en la mesa y sentarse en la silla.

—Hay que llevar el control de las cuentas, cobrar las cuotas, pagar los suministros —continúa el grandullón, mostrando una faceta apaciguadora poco habitual.

—No hace falta que te preocupes por el trabajo ahora mismo —añado yo.

Me sumo a John en su intento de hacer que Ava se sienta mejor, porque que se desanime por el trabajo no es bueno cuando no para de darme la tabarra con lo de trabajar en otra cosa. Por encima de mi cadáver.

—Tenemos que centrarnos en tu recuperación.

Me mira, ceñuda, aunque sé que está más enfadada consigo misma.

—Estoy bien —gruñe, al tiempo que se levanta—. Y tampoco hace falta que me preocupe por una fresca que le entra a mi marido.

John tose, y yo sonrío como un loco para mis adentros. No sólo está siendo posesiva conmigo, algo que por sí solo ya es emocionante, también está siendo posesiva con su trabajo. Y eso está bien, que se vaya olvidando de la estupidez esa de cambiar de empleo.

—Mi mujer es la única que me hace volver la cabeza —le recuerdo, y me acerco a ella y le cojo la mano—. Y lo sabes.

Su exagerado mohín es divino. Quiere sentirse segura, y yo le proporcionaré esa seguridad, todo el día, todos los días. Confío en que volvamos a llegar al punto en que deje de necesitarla.

—Lo sé.

Se apoya en mi pecho, me pasa los brazos por la espalda, la mejilla contra mi camiseta.

—Para ser tan mayor estás muy solicitado, Jesse Ward —añade.

Reculo, y John se ríe, con esa risa capaz de hacer temblar un edificio.

—Vete a casa —me aconseja mientras se va hacia la puerta—. Mantendré a raya a Cherry.

—Gracias, John. —Separo a Ava de mí, le doy la vuelta y la empujo hacia la puerta—. ¿Mayor?

Sus hombros suben bajo mis manos.

—Tu edad no parece ser ningún impedimento para la atención que recibes. Esa Cherry debe de tener diez años menos que yo.

—¿Y ese punto posesivo?

Le doy un beso en la mejilla mientras volvemos a la planta principal del gimnasio, yo aún detrás de ella, sus manos ahora sobre las mías, que siguen en sus hombros.

—Porque me gusta —digo al final.

Ava se detiene y su cuerpo empieza a sacudirse un poco bajo mis manos. Preocupado, le doy la vuelta. Tiene una sonrisa enorme en la cara.

—¿Qué? —pregunto.

Levanta un brazo y señala algo, lo que hace que yo gire la cabeza.

—Máquinas de remo —dice, con tono de guasa sin lugar a dudas, aunque es evidente que no está muy segura de por qué, una pequeña mirada ceñuda empañando la sonrisa cuando la miro de nuevo.

—¿Qué tiene tanta gracia? —quiero saber.

—No lo sé. —Menea la cabeza—. ¿Te gusta el remo?

Sonrío y miro de nuevo las máquinas, pensando en lo mucho que han evolucionado con los años. No sería capaz de ejecutar ese deslizarse adelante y atrás perfecto en uno de esos chismes. Me alegro de haber conservado la antigua.

—Nos encanta el remo.

—¿Ah, sí? —Mi revelación parece sorprenderle—. ¿Se me da bien?

Me río para mis adentros, sintiendo que el fuego de mis ojos se vuelve a avivar.

—Se te da *muy* bien.

—¿Cómo? ¿En plan romántico, como remar por el río? ¿Solecito, paz y palabras románticas empalagosas?

Los ojos le brillan. Estoy a punto de reventarle la idílica burbuja. Le paso una mano por los hombros, la pongo a mi lado y echo a andar hacia el lado opuesto a las máquinas de remo.

—No exactamente.

Noto que mira con aire inquisitivo, animándome a continuar.

—Nuestra forma de remar es única.

—¿Por qué no me sorprende? Bueno, pues dime: ¿cómo remamos?

Saludo con la cabeza a algunos clientes con los que me cruzo, los hombres secándose la sudorosa frente con una toalla.

—Yo me siento en el asiento y tú te me subes encima.

—¿En esos chismes? —inquiere, haciendo que ambos nos paremos a mirar de nuevo las máquinas—. ¿Cómo es posible?

—No creo que lo sea.

La miro, sonriendo, la cojo de la mano y tiro de ella.

—Ven, vamos a probar.

Se resiste en el acto, la otra mano agarrándome la muñeca para detenerme, clavando los pies en el suelo.

—Jesse —se ríe, pero es una risa nerviosa—. Estamos en medio de la sala.

—¿Y?

Mi fuerza ganará siempre, y la tengo donde quiero que esté en cuestión de segundos. Sus oscuros ojos recorren el metal, la preocupación escrita en la preciosa cara. Sin soltarle la mano, me acomodo y me doy unas palmaditas en el muslo.

—Todos a bordo —bromeo, y le da un ataque de risa, el sonido inundando el espacio que nos rodea.

—Déjalo.

—No.

Tiro de ella y la tengo a horcajadas en el regazo antes de que pueda volver a poner otro pero, su torso pegado a mi pecho, las mejillas juntas.

—Es algo así —le digo en voz baja al oído, utilizando los pies para deslizarnos por la base—. Adelante. —Susurro la palabra y vuelvo atrás hasta que nuestro cuerpo pega una sacudida en el otro extremo.

—Y atrás —termina la frase por mí.

El impacto de su pecho contra el mío, sus partes rozando las mías, esas palabras que le salen de muy dentro. Todo ello un cóctel potente que provoca una actividad frenética al otro lado de la bragueta de mis vaqueros, una actividad que no pasa inadvertida a mi mujer. Se echa hacia atrás, apoyando las manos en mis hombros, y ladea la cabeza.

—Uf —musita, y mueve las caderas con picardía contra mí.

—Ahora déjalo tú —le advierto.

Me levanto deprisa del asiento con ella antes de que pierda el control y dé ante un montón de socios de nuestro gimnasio un espectáculo que no olvidarán. Ava suelta una risita y se pega a mi pecho, pone una mano en mi nuca que hace que nuestros labios se unan. Me besa con fuerza. De manera posesiva. Me desconcierta, pero desde luego no me quejo.

—¿Y eso? —pregunto cuando su curiosa lengua se detiene.

—Es sólo que me apetecía besarte. —Se echa hacia atrás, haciendo un mohín—. Puedo, ¿no?

—Ésa sí que es una puta pregunta estúpida.

Damos media vuelta para seguir nuestro camino y nos topamos con Cherry.

—Uy. —Ava se sitúa a mi lado y me coge del brazo—. Lo siento, no he visto que estabas ahí.

Cherry sonríe apretando los dientes y yo suspiro, tirando de mi mujer antes de que se ponga en plan apisonadora. Le dirijo una mirada cansada cuando empezamos a bajar la escalera.

—¿Qué? —pregunta toda inocencia y morritos.

—Nada.

Hago un esfuerzo por contener una sonrisa burlona. Me cuesta. Porque me acaban de marcar.

CAPÍTULO 31

—Necesitas dormir.

—Quiero que termines lo que empezaste en el despacho.

En sus ojos hay fuego. Puro fuego posesivo. Sonrío por dentro. Pero, y me duele decirlo, necesita descansar. Le estoy exigiendo demasiado.

—A la cama.

Me mira mientras subimos despacio la escalera, sus intensos ojos oscuros dejando traslucir demasiadas intenciones traviesas.

—Quiero darme un baño.

—Por Dios, Ava, ¿es que quieres acabar conmigo? —Una piel mojada y resbaladiza no ayudará mucho a mi causa.

Con una risita, su cabeza roza mi bíceps, y noto que sus pasos son cada vez más pesados cuando llegamos a lo alto de la escalera.

—Me puedes frotar la espalda.

—Eres mala.

Al entrar en el cuarto de baño, miro la enorme bañera de mármol como si la odiara. Ava se perderá en ella sola. Quizá pueda acompañarla, porque si me quedase bien lejos, en el otro lado, podría conseguir no tocarla.

—Es inmensa —dice.

Se separa de mí y empieza a prepararse un baño; coge un bote de gel de un lateral, se lo lleva a la nariz y lo huele antes de añadir una cantidad ingente al agua.

—Nos gusta darnos baños.

Voy a la silla de terciopelo cepillado de color crema que está en un rincón y acomodo mi corpachón en ella.

—La bañera la elegiste tú.

Ava mira la descomunal pila, tarareando.

—Es muy de mi estilo.

—También es muy de mi estilo, sobre todo cuando tú estás dentro.

No aparta la vista de la bañera, que se va llenando de agua.

—Y ¿piensas quedarte ahí sentado mirándome?

Se saca despacio el vestido de tirantes por la cabeza y después se quita la ropa interior. Joder.

Me pego al respaldo de la silla, cada uno de mis músculos firme para no salir disparado y tirarla al suelo. Está jugando.

—Ava, no me provoques.

Con la barbilla en el hombro, me lanza una mirada coqueta. Es maravilloso ver que mi tentadora mujer da muestras de estar volviendo a su antiguo esplendor. Y sin embargo es una tortura que yo no pueda aprovecharlo como me gustaría.

—Quiero que te des un baño conmigo.

—No me fío de mí mismo.

—Eso ayer no te importó mucho.

Me froto la cara con las manos, aferrándome a mi resistencia. Me desea.

—Te estás pasando.

—Me encuentro bien.

Sus ojos castaños, brillantes y vivos, refuerzan su petición, y la sensación de satisfacción es irreal, pero... no debo.

Sacudo la cabeza, ya que mi boca se niega a rechazar su ofrecimiento, y cruzo los brazos.

—Como quieras.

Y encoge los desnudos hombros y se mete en la bañera mientras ésta se sigue llenando.

No se puede decir que esté contento, pero no puedo privarme

del placer de mirarla. Admirarla. Pensar que la quiero con locura. A morir. Incluso ahora, cuando todavía no ha recuperado la movilidad al completo, sus movimientos son elegantes. Irradia una fuerza sutil que me lleva impresionando desde el día en que entró en mi despacho. Es, sin ninguna duda, la persona más cautivadora que he conocido en mi vida. Y es mía. Bella y elegante, con una pizca de descaro. Ladeo la cabeza mientras la contemplo en silencio. ¿Una pizca de descaro? No, si se considera lo malhablada que es. Entonces sonrío, porque sé que ese lenguaje soez lo potencio yo. Lo cual es irónico, a decir verdad. Soy el catalizador de los tacos que dice, de esas guarradas que me vuelven loco.

Sigo divagando mientras la veo agitar el agua con los pies para hacer burbujas. La otra noche estaba más que guapa. Intimamos como si nunca hubiésemos estado separados, y cuando Ava me miraba a los ojos mientras la penetraba despacio, supe que ella sentía la abrumadora conexión. Quizá yo contase con que al hacer el amor se desbloquease lo que quiera que esté reteniendo sus recuerdos, pero traté de no obsesionarme cuando no fue así. Me sentía demasiado obnubilado para que en ese momento me preocupara.

—¿Jesse?

La oigo decir mi nombre con suavidad y el sonido me saca de mis pensamientos. Veo que me tiende una mano.

—Por favor.

¿Cómo voy a negarme? Sencillamente, no puedo. Me levanto y me desvisto, atraído hacia ella por una fuerza invisible cuyo poder es mágico. Tomo su mano, me meto en la bañera detrás de ella y la echo un poco hacia delante. Me siento y acomodo a Ava con cuidado entre mis muslos.

—Tú y yo vamos a tener que hablar.

Le cojo el pelo y se lo pongo por el hombro, hacia delante.

—¿Crees que te puedes resistir a mis encantos?

—No.

Levanta los brazos y me los echa al cuello, apoya en mí la cabeza y cierra los ojos.

—¿Qué es el Paraíso? —inquiere, y la pregunta me pilla desprevenido—. No paro de ver un mar azul y... —Se para a pensar un instante—. Creo que es una villa.

Me echo hacia atrás y le pongo las manos en el vientre.

—Es un sitio especial. Donde nos casamos.

—Me dijiste que nos casamos en ese club de sexo tuyo tan chic.

Sigue con los ojos cerrados, lo que no hace sino confirmar el agotamiento que intenta combatir.

—Y así fue. Renovamos nuestros votos en la playa. —Sonrío con ternura—. Después te llevé al mar a darnos un baño.

—Suena romántico.

Sus piernas se entrelazan con las mías, piel resbaladiza contra piel resbaladiza.

—Dime cuántos años tienes.

Antes de volver a mentir, vacilo, preguntándome si de verdad significará algo para ella que continúe con este juego. Por ahora no ha despertado ni un puñetero recuerdo en su cerebro. Rumio cuál será mi siguiente movimiento demasiado tiempo, y al final decido coger el toro por los cuernos.

—Acabo de cumplir cincuenta.

No sé qué esperar. Quizá un grito ahogado de sorpresa. U horror. O... no lo sé, pero el silencio parece peor, porque el hecho de que no se sorprenda significa que debo de aparentar la puta edad que tengo.

Pasan unos segundos largos. Y sigue sin reaccionar. Puede que Ava se haya quedado dormida. O puede que no me haya oído. O puede que piense que no me ha oído bien.

—He dicho que tengo cin...

—Te he oído. —Cortándome, abre los ojos y me mira—. Ya lo sabía. Sólo quería ver cuánto tiempo pensabas seguir mintiendo descaradamente.

¿Lo sabía?

—¿Cómo?

—Me lo dijo Kate.

Vuelve a ponerse como estaba, cómoda, y suspira, mientras yo planeo cómo vengarme de su amiga.

—Así que supongo que eso significa que esta vez no hará falta que te espose a la cama.

Kate está olvidada. La esperanza ha vuelto.

—¿Te acuerdas?

—No, me lo contó Kate. —Suelta una risita, y yo me desanimo—. No me puedo creer que te hiciera eso.

—Tampoco me lo podía creer yo —contesto, dibujando círculos en sus caderas con la punta de los dedos distraídamente, disfrutando con sus sutiles temblores.

Se instala un silencio cómodo, Ava dormita apaciblemente y yo miro al techo, encantado de dejarla descansar con tranquilidad.

Dispongo de unos preciados días, antes de que los niños regresen, para ayudar a Ava a hacer el progreso que necesita, y mi confianza en que pueda lograrlo se desvanece con cada hora que pasa. Con los mellizos aquí, tendremos que volver a readaptarnos. Cosas triviales como llevarlos al colegio nos supondrán un problema a ambos: a Ava porque ni siquiera sabe a qué puñetero colegio van, o dónde está, y a mí porque no quiero que vuelva a conducir. No quiero perderla de vista. Dejar a mi familia, aunque sólo sea unas horas, siempre me ha costado Dios y ayuda. Una estupidez, sí. O tal vez no, teniendo en cuenta la situación en la que me encuentro ahora. El primer día de colegio de los mellizos fue uno de los peores días de mi vida. Al profesor no le pareció muy bien que me negara a salir de la clase, y Ava tuvo que sacarme tirándome de la camisa. Y para echar sal en mis sensibles heridas, mis hijos ni pestañearon cuando me marché. Fui al trabajo enfurruñado. Pero, claro, mi mujer no se acuerda de nada de esto.

«Recuerda», exijo en silencio, abriendo imaginarios orificios en la parte posterior de la cabeza, ordenando a los recuerdos que suban a la superficie. «Recuérdame. Recuérdanos.» Esta sensación de impotencia no mejora, por muchos recuerdos nuevos que esté creando para sustituir a los otros. Los otros son los originales. Por aquel entonces no era obligatorio que Ava me quisiera. Lo decidió ella, aunque se podría decir que no le dejé mucha alternativa. Ahora no puedo evitar que me preocupe un poco que esta vez ciertamente crea que no la tiene. Se despertó con un anillo en el dedo. Se despertó con una familia formada. Se despertó y vio a personas, personas a las que quiere y conoce, que le decían quién soy yo y quién es ella. Mi mujer. La madre de mis hijos. Mi puto mundo.

Profiero un suspiro hondo, abatido, y el pecho se me eleva, moviendo a Ava conmigo. Pongo las manos en sus caderas y le acaricio con suavidad los muslos, trazando amplios círculos en su piel. Me doy cuenta de que su cuerpo se tensa ligeramente y veo que sus pezones se han endurecido en la humeante agua. Sus brazos, aún en mi cabeza, se mueven un poco, al igual que su trasero, que se acopla a la perfección en mi polla, cada vez más tiesa. Me acobardo y dejo las manos quietas. ¿En qué estaba pensando cuando me metí con ella en la bañera? Debo de ser masoca. Ava se vuelve a mover, y esta vez suelto un gruñido en voz baja, apretando los dientes para no sucumbir a la increíble sensación que me produce su suave culo deslizándose por mi polla. Lo está haciendo a propósito, intenta doblegarme, desgastarme, dominar la situación.

Mis manos cobran vida propia y se deslizan un tanto hacia dentro, hacia el interior de los muslos. Me relajo y me dejo guiar por los sentidos, y ahora mismo mis sentidos la desean de todas las formas posibles. Entierro la cara en su pelo y lo huelo, mis dedos acercándose más a su centro. Sus piernas extendidas se abren como las puertas del paraíso. Ava gira la cara, la mejilla descansando en mi pecho, los ojos cerrados, los labios entreabiertos.

—¿Quieres que te toque, nena? —le pregunto en voz queda,

rozándole los hinchados labios mayores para provocarla antes de retirar los dedos y volver a dibujar círculos en sus muslos.

Su cuerpo se arquea, las tetas suben, haciendo que chorros de agua le corran por los lados del cuerpo.

—¿Es eso un sí?

Una de sus manos deja mi cuello y busca mi mano, intentando ponerla donde quiere que esté. El hecho de que mi mano quiera estar en ese mismo sitio no viene al caso. Quiero que me lo pida. Debidamente.

—Dímelo —prácticamente me sale un gruñido, resistiéndome a sus intentos de moverme la mano—. ¿Quieres que te ponga los dedos donde estaba mi polla anoche?

Me zafo de ella y llevo ambas manos a los perfectos montículos de sus mojados pechos, rodeándolos con ellas.

Al parecer sólo es capaz de musitar sonidos entrecortados de placer, el agua lamiéndole el cuerpo mientras se mueve suavemente contra mí.

—No te oigo. —Me acerco y le mordisqueo la oreja—. ¿Se te ha comido la lengua el gato, señorita?

—Aaah, Dios.

Sonrío.

—Así está mejor.

Vuelvo a bajar las manos entre sus piernas y la acaricio con delicadeza, manteniéndolas a la entrada. Joder, cómo me gusta. Tan mojada, tan caliente, tan mía. Todo su ser se vuelve laxo sobre mí, cada curva fundiéndose con mi pecho y mis muslos, su peso perfectamente repartido, sus brazos de nuevo rodeando mi cuello. La cabeza cuelga sin fuerza a un lado, los ojos adormilados, y me limito a observarla, paralizado mientras juego con ella, la provoco, franqueo su entrada despacio y me retiro.

—¿Te gusta? —musito.

Su respuesta es un suspiro largo y entrecortado. La tengo como una puta piedra, pero no siento el menor deseo de darle la vuelta y penetrarla. Sólo quiero ver cómo disfruta del placer que le estoy dando.

Todo-el-día.

Su carne hinchada se desliza suavemente por mis dedos, sus blandas paredes succionándolos con una pasión insaciable. La punta de sus pezones me llama. Es un bombón. Lo único que indica que se acerca poco a poco al orgasmo es la creciente tensión de su cuerpo, sutil pero evidente, cuando está toda encima de mí, su espalda resbalando por mi pecho. Parte de mí quiere que siga disfrutando de este placer, a punto, lista para abandonarse y llegar al clímax. Pero la otra parte quiere oírla gritar mi nombre.

El control me es arrebatado cuando se vuelve de pronto, situando la unión de sus muslos a la altura perfecta de mi furiosa polla. Con las manos por encima de mi cabeza, agarrándose al borde de la bañera, se echa hacia delante, me roza la nariz con su nariz, la mejilla, el mentón y acto seguido mueve ligeramente las caderas, haciendo que mi polla se hunda con facilidad en ella. Toso para disimular mi sorpresa, apretando los dientes, cada centímetro de mi piel hormigueando de golpe y porrazo. Me cuesta respirar, y más aún controlarme.

—Eso ha sido un golpe bajo —jadeo contra su mejilla, mi polla latiendo como loca, desesperada por embestirla.

—Calla —me advierte y ataca mi boca con una fuerza firme, pero delicada, gimiendo feliz al ver que no ofrezco resistencia.

Me tiene justo donde me quiere tener, y en lugar de obsesionarme con la poca tranquilidad con que se lo está tomando, saboreo la certeza de que es evidente que le resulto irresistible. Me desea. Tengo cincuenta años y me desea.

Llevo las manos a su culo, le agarro los cachetes y la guío describiendo círculos lentos, increíbles, pegándola a mí mientras explora mi boca, su lengua luchando delicadamente con la mía. ¿Qué haría yo sin esto? ¿Sin ella? Me retiro, necesito verle la cara, necesito comprobar que es real.

—Mírame.

El corazón me late con fuerza, a un ritmo constante; sé que está ahí, pero necesito verle los ojos. Sé que le supone un esfuerzo, pero los abre a duras penas, las pestañas mojadas y pesadas, la oscura mirada rebosante de deseo. ¿O es amor?

—Te quiero.

Musito las palabras, echo la cabeza hacia atrás, contra la bañera, los músculos del cuello fallándome.

—Las palabras nunca han sido suficiente, Ava. Siempre he tenido que demostrártelo.

—¿Me lo estás demostrando...? —Pierde fuelle, la frente cayendo contra la mía mientras lanza un gemido—. ¿Ahora? —pregunta—. ¿Me lo estás demostrando ahora?

—Te lo estoy demostrando cada segundo.

Nuestros ojos están muy cerca; nuestras pestañas se tocan.

—Sin ti yo no existo.

No se lo digo para asustarla, ni para hacer que se sienta mal. No es chantaje emocional. Se lo digo porque es así.

—Sin ti soy polvo. Estoy vacío.

Adelanto la pelvis, penetrándola más. Ava es incapaz de mantener los ojos abiertos, los párpados se le caen, sus dedos ahora cogiéndome el pelo.

—Ábrelos —exijo, y obedece—. Te llevo tan dentro de mi corazón que sin ti no late.

—Porque sólo late para mí —susurra, y asiento.

Lo entiende. En esta situación demencial en la que se encuentra, lo entiende por completo, y la ridícula conexión que ninguno de los dos pudo detener cuando nos conocimos es la que se está dando ahora y confirmándose. Diciéndole lo que tenemos. Guiándola.

—No sé cómo lo sé, pero lo sé.

Sus dedos me agarran con fuerza el pelo y las pequeñas contracciones de sus paredes internas acarician mi polla, haciendo que me acerque más a ese sitio especial.

—Juntos.

Su petición, en voz queda, hace que se me salten las putas lágrimas.

—Siempre juntos, nena —confirmo.

Mis brazos suben por su espalda y la abrazo mientras buscamos la satisfacción mutua, nuestros cuerpos fundidos, las caderas moviéndose en sintonía, sin romper el contacto visual. Y cuando nos corremos, lo hacemos juntos, yo conteniendo la respiración para refrenar los gritos de placer, Ava jadeando en mi cara, la mandíbula tensa.

—Oh, Dios.

Suelto el aire, la sensibilidad volviéndose excesiva, aunque la aguanto al ver que ella aún está disfrutando de su orgasmo.

Y cuando termina, se desploma por completo en mi pecho, respirando con dificultad.

—Eres el mejor sexo que he tenido en mi vida.

No sé si reírme o cabrearme.

—Aunque sólo sea por mi salud, digamos que soy el único sexo que has tenido.

—¿Posesivo?

—¿Se me nota?

Pego un respingo y me río cuando me clava los dientes en el hombro.

—Pero qué animal eres, señora Ward.

Se relaja y yo también me relajo, tranquilos, saciados y felices. Y así es exactamente como nos quedamos hasta que el agua está demasiado fría para mi gusto y sin duda demasiado fría para mi mujer. Tiene la piel de gallina, por más que le frote la espalda con las manos.

—Basta ya de bañera.

Se resiste cuando intento levantarme, convirtiéndose en un peso muerto en mi pecho.

—Estoy a gusto.

—Estás helada.

Salgo del agua con facilidad, con Ava pegada a mí.

—Y tengo que darte de comer.

—¿Crees que podrás lograrlo sin hacerte daño tú?

Me señala la mano, una mirada de consternación empañando sus rasgos.

—No fue culpa mía. —Mi mueca de disgusto vuelve a instalarse, además de mi resentimiento—. Tu madre ha llegado a dominar el arte de sacarme de quicio, ¿sabes?

La pongo de pie, cojo una toalla, la seco, le froto el pelo mojado mientras ella permanece inmóvil ante mí, dejándome hacer.

—Algo me dice que no se necesita mucho para sacarte de quicio.

No le hago ni caso, le doy la vuelta y la cojo por los hombros para llevarla al vestidor.

—Me gustan las bragas negras. Y hay un sujetador a juego ahí mismo —le digo mientras abro su cajón.

—¿Y esto qué es? —inquiere tras meter la mano y sacar algo de debajo de los montones de encaje.

De pronto me veo frente a mi rival.

—Nada.

Le quito el vibrador de la mano y me lo escondo a la espalda, en mi cara reflejado todo el desprecio que me inspira ese puñetero chisme.

—¿Es mío?

Parece alarmada. Bienvenida a mi mundo, cariño.

—No.

—Entonces ¿qué hace en mi cajón?

Intenta quitármelo, frunciendo el ceño cuando me aparto sosteniéndolo con firmeza.

—Ni idea.

Me doy media vuelta y me voy, decidido a tirarlo a la basura de una vez por todas. Sólo me faltaba ahora que un chisme me sustituyera. Ni de coña. Necesito todo el placer de Ava. Y también necesito que ella lo necesite.

Al llegar a la escalera y dar el primer paso, me detengo tambaleándome cuando me tiran del brazo y el vibrador de pronto desaparece de mis manos. Me vuelvo y veo que Ava lo está inspeccionando, mirando arriba y abajo el brillante aparato.

—Dámelo —advierto, y la amenaza va en serio.

Me mira a los ojos y sonríe satisfecha.

—Pero es mío.

—No —la corrijo, y me llevo una mano al paquete y adelanto un poco la pelvis, encantado de que su vista se centre en mi entrepierna—. *Esto* es tuyo. Eso no te hace ninguna falta.

Con los labios apretados, me sonríe con picardía. Y enciende el vibrador. El zumbido. Ese puto zumbido lleva doce años atormentándome. ¿Cuándo coño dejará de funcionar ese chisme?

—¿Lo utilizo mucho?

No pienso mantener esta conversación.

—Nunca. Dámelo.

Trato de cogerlo, pero ella se lo ha llevado a la espalda deprisa.

Hay un brillo juguetón en sus ojos, un brillo por el que pagaría cantidades industriales de dinero por ver permanentemente. No soy de los que dejan pasar una oportunidad, y delante mismo tengo una oportunidad. Que me está provocando.

Tras aclararme la garganta, me yergo y echo atrás los hombros, la cabeza ladeada, la sonrisa artera.

—Tres —digo fuerte y claro, dando un paso hacia delante, lo que anima a Ava a dar uno atrás.

—Ah, conque ésas tenemos, ¿no? ¿Tu absurda cuenta atrás?

—¿Absurda?

Suelto una risita, aunque sólo sea para impresionarla, y me observo un instante los pies desnudos y los paso por la moqueta como si tal cosa.

—De eso nada, señorita.

Miro con las pestañas bajas, mordisqueándome el labio inferior.

—No pensarás que es absurda cuando te coja. Dos.

Otro paso adelante y otro paso atrás para Ava. No estoy preocupado. Podría poner más de un kilómetro de distancia de por medio
y aun así la alcanzaría.

—Recuérdame lo que pasa cuando me coges.

—Uno —cuento, abalanzándome con aire amenazador, sonriendo como un loco cuando ella retrocede, asustada, antes de se-
renarse deprisa.

—Bueno, supongo que lo averiguaré yo sola.

Se encoge de hombros, displicente, y apaga el vibrador.

—Se me da bien correr.

Me derrito por dentro. Qué mona su bravata. Y qué pérdida de
tiempo.

—Nena, yo siempre gano. Si hay algo que recuerdes, más te valdría que fuera eso.

Se burla.

Sonrío.

Me mira amusgando los ojos.

Sonrío más.

—Cero, nena —musito, y sale disparada, aunque no tan rápido
como le gustaría, la cojera evidente.

Y de repente me pregunto qué coño estoy haciendo alentan-
do esto. Se hará daño, y todo porque quiere demostrar que tiene
razón.

—Ava, para.

—Ni de coña, Ward.

Baja la escalera renqueando y yo me doy de tortas mentalmente,
una y otra vez, por ser tan idiota y tan desconsiderado.

No salgo corriendo tras ella, voy caminando, aunque a buen
paso, dispuesto a poner fin a este juego inmediatamente.

—Ava, esto no es un juego.

La veo volver la esquina cuando llega al final de la escalera, moviendo el vibrador por encima de la cabeza, el chisme vibrando de nuevo. Ava se ríe. Yo no. No me hace ni pizca de gracia.

—Ava, joder, para.

—Ya, para que me cojas. Se te ve el plumero, Ward.

Acelero, el ritmo ahora rápido.

—¡Ava! —exclamo, se me está agotando la paciencia: ¿es que no conoce sus putos límites?—. Te juro por Dios que si no lo dejas, te...

—¿Qué? ¿Empezarás la cuenta atrás? —Suelta una risa burlona—. Has perdido tu oportunidad, Ward.

Bajo los escalones que me quedan corriendo, hecho una puta furia, además de aterrorizado. Si no se mata con esta temeridad, seré yo quien le rompa la puta crisma. Oigo la puerta trasera. ¿Al jardín?

—¡Ava!

Recorro la casa como un huracán y consigo abrir la puerta a duras penas para no atravesar el cristal. La veo correr por el jardín hacia la cama elástica. Le estoy ganando terreno, y ella vuelve la cabeza, en la cara una sonrisa.

—¡Para! —aviso, corriendo detrás.

—No me puedo creer que te hayas puesto así por mi arma de destrucción mas...

No dice más, frena en seco, tan deprisa que casi me la llevo por delante. Le agarro los brazos y ella me mira, con cara inexpresiva.

—Masiva —termina, entre insegura y exhausta, la mirada fija en el vibrador que lleva en la mano.

Lo deja caer como si le quemara, como si estuviese ardiendo, y se lleva las manos a las sienes y aprieta los ojos.

El corazón me va a mil.

—¿Ava? Ava, nena, ¿qué pasa?

Ella chilla, doblando el cuerpo hacia delante, como si intentase encogerse para protegerse de algo. ¿Qué? ¿Dolor? Joder, el corazón se me va a caer a sus pies de un momento a otro.

—Ava, no me jodas.

La agarro por la parte superior de los brazos y me agacho, intentando verle la cara. Y cuando lo hago, no me gusta nada lo que veo.

Tiene la expresión atormentada, la cara desencajada por el dolor. Dios mío, algo va mal, muy mal. El instinto se adelanta y hace que la coja en brazos y vuelva corriendo a la casa, decidido a llamar a una ambulancia, a un médico, o quizá incluso a llevarla a toda prisa al hospital.

—Jesse, ¡para!

Como si pudiera desenchufarme, mis pies se ralentizan y ella se revuelve en mis brazos, llevándose las manos de nuevo a la cabeza y cerrando los ojos.

—Son demasiadas.

Sus manos se tornan puños, a todas luces frustrada.

—Demasiadas ¿qué?

—Cosas. Cosas que están pasando en mi cabeza.

Mi corazón, que ya iba acelerado, se acelera más aún. ¿Recuerdos? ¿Está hablando de recuerdos?

—¡Ayyyyy! —grita, y se golpea la cabeza en un lado, y yo intervengo, agarrándole las manos y apartándoselas.

—Para —le pido, obligándola a bajar los brazos a los costados—. ¡Para!, te lo pido por favor.

Ella me mira, entorna los ojos, la frente surcada de arrugas por el esfuerzo que le está costando pensar.

—Tómate tu tiempo, nena.

La dejo en la hierba y le cojo las manos, permitiéndole un instante para aclarar su cabeza.

—Tómate tu tiempo.

Estoy haciendo un esfuerzo supremo para no dejarme llevar por la emoción, intentando desesperadamente no dejar que la esperanza me abandone.

—Dime qué ves.

—No lo sé, todo está borroso.

Sus manos estrujan las mías, sus ojos muy abiertos, la mirada de loca.

—A ti.

Dios mío. Echo atrás la cabeza y miro al cielo, dando gracias a Dios por este avance.

—¿Dónde estoy?

Vuelvo a mirarla, animándola sin presionar, acercándome de rodillas.

—No lo sé, pero estás hecho una furia. Una verdadera furia.

Si resultase oportuno, me reiría.

—Ava, en el tiempo que llevamos juntos hay muchas veces en las que he estado furioso. Vas a tener que ser algo más específica.

—No te puedes mover.

Frunzo el ceño mientras me devano los sesos en busca de algo que me dé una pista de dónde se encuentra. Pero nada.

—Treinta.

Levanta la vista y me escudriña en busca de algo que le indique que la estoy siguiendo. Pero no es así, y me siento fatal por no poder darle nada. El mensaje es críptico.

—Treinta —repite, subiendo la voz, y yo diría que con cierto entusiasmo.

Acto seguido se levanta deprisa y me mira, partiéndose literalmente de risa. No sé por qué. Treinta no significa nada. Que no me pueda mover no significa nada. Ambas cosas juntas no significan nada. Me sobresalto cuando da una palmada, las manos juntas delante de la alegre cara.

—Tienes treinta y siete putos años —añade—. No te puedes mover porque estás esposado a la cama. Tienes treinta y siete putos años.

«Por el amor de Dios.» Exhalo, abrumado, sintiendo que el cielo se me viene encima y me envuelve en una felicidad auténtica, absoluta. Es demasiado apabullante, y me dejo caer hacia atrás en la hierba, mirando al firmamento agradecido.

—¡He recordado algo!

Se abalanza sobre mí, cogiéndome la cara y obligándome a mirarla.

—No sólo palabras, ¡te he visto! Subiéndote por las putas paredes.

Me besa con fuerza.

De todas las cosas que recuerda es ésa.

—Típico —farfullo, fingiendo estar enfurruñado, cuando en realidad estoy en la puta gloria—. Y a ver esa boca, Ava, córtate. —En los dos últimos minutos ha soltado unos cuantos tacos.

—No pienso cortarme.

Sus labios dejan los míos y su rostro aparece sobre mí, velado por los húmedos rizos. La sonrisa que tiene en la cara basta para hacer llorar a un hombre hecho y derecho.

—Puto, puto, puto, puto. Tienes treinta y siete putos años.

Y una puta mierda. Ojalá.

—Siento tener que decírtelo, nena, pero hace mucho que no tengo treinta y siete putos años.

—Me da lo mismo.

Parpadea una, dos veces, y después rápidamente, parándose sobre mí, su sonrisa desvaneciéndose:

—Estabas hecho una furia. Y luego me puse hecha una furia yo. ¿Por qué?

Aprieto los labios cuando me vuelve a mirar. Sé exactamente por qué está hecha una furia.

—Puede que fuera porque pensabas que John me soltó, cuando en realidad fue Sarah.

—Otra mujer te vio desnudo y esposado a la... —Deja la frase en puntos suspensivos y parpadea de nuevo—. Un momento, ¿por qué estoy yo esposada a la cama?

Madre mía, está sufriendo un bombardeo serio. Le cojo la mano izquierda y la levanto entre ambos, señalando la alianza. Refrescándole la memoria.

—¿Por esto, quizá?

Ya le he contado cómo le propuse matrimonio. ¿Lo habrá olvidado?

—No puedes proponerme matrimonio cuando estoy esposada a la cama —exclama entusiasmada.

—Te equivocas —replico, y me mira, la preocupación por el hecho de que fuese Sarah la que me liberó ha desaparecido, ahora sonríe—. Pude hacerlo, lo hice y lo volvería a hacer.

—Eres todo un caso, Jesse Ward.

—Y ésa es sólo una de las razones por las que me quieres. —Me abstengo de decir «querías»—. Dime más.

Rodamos un poco, y se queda tumbada en la hierba, de cara a mí.

—¿Qué más ves? ¿Qué más recuerdas? —Quiero más, cualquier cosa, lo que sea.

Veo lo que le cuesta pensar, tratar de recuperar más recuerdos del pozo negro que es su cabeza, y la paro deprisa, poniéndole una mano en la cadera para que me mire. No quiero que haga un esfuerzo excesivo.

—No lo fuerces. Ya te vendrán más cosas.

—Las quiero ahora.

Su voz quejumbrosa y sus hombros caídos me hacen sonreír. A mí también me gustaría tenerlas ahora todas, pero la paciencia es una virtud y todas esas gilipolleces. Lo cual, viniendo de mí, es casi imposible. Pero por el bien de Ava y por mi propia cordura no debo presionarla más de lo que ya se está presionando ella misma. Aunque sólo sea eso, debería consolarme el hecho de que quiera encontrarme a toda costa en ese cerebro confuso suyo.

—Vamos.

Nos levantamos y le paso un brazo por los hombros y la arrimo a mí.

—Ya has hecho bastante por un día. —Debe de tener la cabeza y el cuerpo hechos polvo.

Volvemos a la casa, siguiendo el sonido de mi teléfono, que está sonando. No soy capaz de disimular la tensión al ver el número, porque sé exactamente quién es.

—¿Te encuentras bien? —pregunta Ava, mirándome con cara de preocupación.

—Alguien que querrá venderme algo. —Rechazo la llamada y bloqueo el número.

Listo. No puedo arriesgarme a que Sarah le baje el subidón a Ava. Hoy ha hecho muchos progresos. Grandes progresos.

Me siento esperanzado, y no estoy dispuesto a que la mierda de mi pasado empañe este sentimiento.

CAPÍTULO 32

A la mañana siguiente abro los ojos y veo que Ava me mira con una sonrisa radiante, tumbada de lado hacia mí, yo hacia ella. Tiene la mano apoyada en mi cadera, y yo la mía en la suya.

—¿Cómo es que estás tan contenta a esta hora de la mañana? Si todavía no te la he metido...

Suelta una risita y se me acerca hasta que su aliento me da en el pecho.

—Me encanta verte dormir. Tienes un aspecto de lo más angelical.

Esbozo una sonrisa adormilada y vuelvo a cerrar los ojos, le echo un brazo por la desnuda espalda y la atraigo hacia mí.

—¿Angelical? Querrás decir divino, ¿no?

—Sí. Y estoy contenta por haber recordado algo.

Está de subidón, contenta consigo misma sólo por haber recordado esa nimiedad. Me prohíbo pensar mucho en que es posible que no se sienta tan entusiasmada cuando recuerde todo lo demás, lo bueno, lo malo y lo que es directamente una puta mierda. Esto es demencial. Por un lado, estoy deseando que recupere la memoria, suplico que le vuelva. Por otro, lo estoy temiendo. Parte de mí confía en que los recuerdos continúen llegando en forma de goteo, poquito a poco, dándole la oportunidad de entenderlo todo, no que la inunden y probablemente siembren el caos en su cabeza.

—¿Es tu teléfono?

Frunzo la frente y aguzo el oído.

—Me lo dejaría abajo —digo.

Se zafa de mis brazos en un santiamén, y a mí no me hace mucha gracia.

—¡Oye!

—Puede que sean los niños.

La desnuda espalda desaparece por la puerta, su premura impedida por la cojera que aún tiene.

Refunfuño y me levanto, sin molestarme en ponerme el bóxer. Cuando bajo, la encuentro con el teléfono pegado a la oreja.

—Lo del FaceTime este no funciona —informa, los dedos en el pelo.

Sonrío al verle el cuerpo desnudo y, mientras, saco el café del armario.

—Pon el altavoz —pido.

—¡Hola, papá! —saluda Jacob, seguido de Maddie.

—Hola.

Bajo las tazas y Ava coge la leche.

—¿Nos echáis de menos?

—Un poco —contesta Maddie, sorbiéndose la nariz, y sonrío—. La abuelita ha dicho que volvemos a casa el lunes.

—Es verdad.

Miro a Ava y veo que sonríe para sí misma.

—¿Qué habéis estado haciendo?

«No preguntes por el chico. No preguntes por el chico.»

—He estado buscando conchas por la playa con Hugo —replica Maddie, más fresca que una puta lechuga, casi orgullosa, porque sabe que está bien fuera de nuestro alcance.

Aprieto los dientes y miro de reojo a Ava, una mirada que sugiere que debería tomar las riendas antes de que nuestra hija me ponga de mal humor.

Coge deprisa el teléfono y se va, alejándose de mi irascible presencia. Hugo. El puto Hugo.

—Qué bien, cariño. ¿Y tú, Jacob? ¿Has pescado más peces?

—Hoy he pescado uno de cinco kilos, mamá.

Parece emocionado. ¿Por qué Maddie no puede encontrar algo que la apasione? Algo que no sean los chicos.

Charlan alegremente un rato mientras yo me ocupo del café y después Ava se despide, en la voz un dejo de tristeza. Levanto la vista cuando cuelga y suspira. Se está agobiando. Tengo que distraerla.

—Eh, mira esto, nena.

Obedece en el acto.

—Tengo una sorpresa para ti.

—¿Ah, sí?

Me dedica una sonrisa descarada cuando deja el teléfono y se acerca a mí, llenándome el corazón de toda clase de sensaciones que me hacen bien.

—Sólo piensas en una cosa, señorita.

Y yo encantado, pero para hoy tengo planeada una cita.

Me pone la mano en el pecho y me mira radiante.

—¿Acaso te extraña?

Va bajando la mano hacia mi...

—¡Para! —me río.

Pero le cojo deprisa la mano, impidiendo que llegue al paquete, que ya se está hinchando. Si lo hiciera, estaría perdido. Mierda, ¿de dónde coño sale esta resistencia?

—No sigas.

La siento en un taburete, sonriendo al ver el mohín que pone. Se encoge de hombros.

—No lo puedo evitar. Basta con que te mire y...

—Te mojas. Lo sé. —Termino su frase confiado, creído a más no poder—. Te acostumbrarás. —Le lanzo una sonrisa picarona.

—Entonces, si no es ésa, ¿cuál es mi sorpresa?

—Te voy a llevar a que te compres un vestido.

—¿Para qué?

—La fiesta de compromiso de Drew y Raya del sábado.

Los ojos se le iluminan un poco, pero se apagan muy deprisa. Luego se amusgan. Sé lo que viene a continuación. Estoy preparado.

—¿El vestido lo elijo yo?

—No. —Sonrío con engreimiento, y voy por más café.

—De eso nada —contesta indignada.

—Lo que yo te diga.

—Ni de coña.

Me vuelvo y veo que sale de la cocina, el largo pelo moviéndose en la espalda desnuda.

—Ya encontraré algo en el armario, muchas gracias.

—Ya lo veremos, señorita —le digo risueño. Y como me apetece reforzar mi autoridad, añado a grito pelado—: ¡Y punto!

CAPÍTULO 33

La veo registrar el vestidor en busca de un vestido, cualquier cosa que pueda ponerse para una fiesta de compromiso pija en el Café Royal. Tiene muchas opciones, montones de vestidos bonitos de todos los largos, casi todos de encaje..., sólo que no puede verlos porque los escondí cuando ella estaba en la ducha.

—¿Encuentras algo? —pregunto como si tal cosa.

Me pongo mi polo blanco Ralph Lauren, me levanto el cuello con aire un poco demasiado chulesco y me miro la relajada cara en el espejo.

Ava se vuelve despacio hacia mí, los ojos echando chispas mientras me perfumo con su colonia preferida.

—¿Qué has hecho con ellos?

—¿Cómo? —pregunto mirando al espejo, todo inocente.

No se lo traga. Ha visto su ropa bastantes veces desde que le dieron el alta como para darse cuenta de que faltan un montón de prendas. Básicamente cualquiera que pudiera ponerse para asistir a una fiesta de compromiso.

Señala uno de los armarios y la mandíbula se le tensa.

—Mis vestidos han desaparecido.

Me giro y estiro el cuello, fingiendo interés, y miro el pobre armario.

—Es una verdadera pena. Vamos a tener que comprarte algo.

—No hay quien te aguante.

Las aletas de la nariz se le abren, coge unos vaqueros y se los enfunda antes de ponerse de cualquier manera un top con la espalda al aire.

—¿Cómo he vivido así tantos años?

Bate de béisbol directo a mi estómago. Me falta poco para ponerme a despotricar y recordarle que le encanta que le elija la ropa, pero el poco sentido común que tengo me lo impide. Porque no estoy tratando con mi mujer, *per se*. Estoy tratando con aquella mujer a la que conocí que me lo discutía todo. Sin embargo, por aquel entonces yo era mucho más joven, con más energía. Y aunque tenía la sensación de que había mucho en juego, no era nada en comparación con ahora. Mi sentido común me abandona deprisa.

—Tampoco hace puta falta que me sueltes eso —espeto, y giro sobre mis talones y me voy antes de que consiga amargarnos el día más aún a los dos y yo pierda la cabeza—. Sólo quiero comprarte un vestido. Mátame si quieres, joder —gruño, el ambiente enrarecido, y echo a andar indignado hacia la escalera: un puto vestido, sólo es un puto vestido.

—Jesse —me llama.

Aparece en el descansillo cuando yo llego a la escalera. La miro ceñudo, y ella suspira.

—Me encantaría que me comprases un vestido.

Me está apaciguando. Bien. Lo necesito.

—El que tú quieras.

—¿El que yo quiera?

¿Sin que me discuta nada? Aquí hay gato encerrado.

—El que tú quieras —confirma con la mandíbula tensa, su tono indicándome que está haciendo un esfuerzo.

Mi sonrisa no es de triunfo, tan sólo de felicidad genuina. Está cediendo, y éste es un gran paso en la dirección adecuada, un paso que nos acerca más a la dinámica de nuestra relación, que me da tranquilidad.

—Tu polvo de castigo se suspende.

Alargo la mano y se la tiendo, y tras sacudir la cabeza un instante, Ava viene hacia mí.

—¿Ves lo feliz que me haces cuando obedeces? —le digo.

Su risita cuando bajamos la escalera juntos no hace sino aumentar mi felicidad.

—¿Por qué no aceptas mi gesto amablemente en lugar de portarte como un gilipollas arrogante y poco razonable?

—Porque ser un gilipollas arrogante y poco razonable forma parte de nuestra cotidianidad.

Cojo las llaves del aparador, le doy el bolso a Ava y vamos al coche.

—Sería un farsante si intentase hacerme pasar por otra cosa.

Abro la puerta del coche y extiendo el brazo en un gesto cortés.

—Señorita.

Apoyando el antebrazo en la puerta, y la barbilla en él, Ava me observa.

—Así que, básicamente, nuestra cotidianidad es que tú me des órdenes y yo obedezca, ¿no?

—Si te conviene.

—¿Y si no?

Me agacho y la sorprendo con un beso enérgico, largo en la boca.

—Ah, pero es que sí, señorita. Y sé que en el fondo sabes que es así. Por tanto, deja de resistirte.

Nunca dejará de resistirse. Y yo tampoco quiero que lo haga. Impide que me duerma en los laureles, e impido que se duerma ella. Puede que me saque de quicio, pero cada latido de mi corazón cuando peleamos es la señal que necesito, que me dice que estoy vivo y ella está conmigo.

La *boutique* que escojo es la misma hasta la que seguí a Ava hace tantos años, aquella en la que se compró el vestido aciago que le corté del cuerpo días después. La elección no es casual: confío en que le refresque la memoria; cualquier cosa para sentirme satisfecho si recuerda algo.

La tienda está llena de buenas opciones, y sin embargo Ava las está desechando una tras otra.

—Me gusta éste.

Coge una cosa mínima de color crema, no muy distinta del pingo que compró la última vez que estuvimos aquí. Aquél no era adecuado hace doce años y éste tampoco lo es ahora. Y no tiene nada que ver con la edad.

—A mí no —me limito a decir, y se lo quito de la mano y lo coloco en su sitio.

—¿Éste?

Me enseña uno de tirantes color melocotón. Meneo la cabeza, y Ava pone los ojos en blanco.

—¿Y éste?

—No.

—¿Y este otro?

Le lanzo una mirada sombría y ella se desploma exasperada en un sofá de terciopelo que hay cerca.

—Digo yo que algo pintaré en esto...

Está escogiendo a propósito vestidos que sabe que me sacarán de quicio. Es evidente que irritarme es algo inherente a ella.

—Te encanta todo lo que elijo.

Voy pasando perchas y me detengo en una prenda de encaje, que saco y miro de arriba abajo. Es entallada, resaltará cada una de sus perfectas curvas, y le quedará justo por debajo de la rodilla.

—Perfecto —aseguro, y se lo doy a la dependienta—. Se probará éste.

—Sí, señor.

La dependienta va a dejar el vestido en el probador, y yo sonrío, satisfecho conmigo mismo. Hasta que descubro que me está lanzando una mirada asesina.

—¿Qué?

—Ni siquiera me has preguntado si me gustaba.

—Dijiste que podía elegir.

Me río y la levanto del sofá. La resistencia que opone es patética.

—Sí, pero ni siquiera me has consultado.

Retira la mano y va hacia el probador sulfurada, atrapando de paso unos cuantos vestidos al azar, tan sólo para salirse con la suya. Cojo aire para armarme de paciencia y la sigo. Me está desafiando porque sí.

—¿Te gusta el vestido? —pregunto.

Vuelve la cabeza deprisa, haciendo pucheros para que vea lo disgustada que está. Pero no me responde, lo cual me hace sonreír.

—¿Y bien?

—Ésa no es la cuestión.

—Sí que es la cuestión, Ava. Tengo buen gusto y sé exactamente lo que le queda de maravilla a mi mujer. Y ese vestido te quedará de maravilla.

Señalo los otros que tiene en la mano, los que no apruebo. Sí, también le quedarán de maravilla, pero es probable que me detengan por asesinato si se los pone.

—Ésos son un no. —Y se los quito y los echo a un lado.

Mirándome ceñuda, cierra la cortina, pero nada más perderla de vista, vuelvo a verla, pues abre la cortina con los ojos como platos, en la cara una expresión que indica que se ha acordado de algo.

—Aquí ya hemos estado.

—¡Sí!

Nuestro enfado queda sepultado en el olvido con la promesa de otro recuerdo. Me acerco, esperando a que me diga más.

Ladea la cabeza y mira la tienda, al final del pasillo.

—Me compré un vestido.

—Sí, continúa.

Clava la vista en mí y se lleva las manos a la cara, el esfuerzo que le supone pensar es más que evidente.

—Me lo compré aquí. El vestido que me cortaste del cuerpo, me lo compré en esta tienda.

—¡Sí!

¡Joder, ha funcionado!

—Jesse, he recordado otra cosa.

Prácticamente se abalanza sobre mí, y la cojo, la levanto contra mi cuerpo y la abrazo con fuerza.

—Ese vestido me costó un ojo de la cara.

La cara enterrada en mi cuello, se ríe contra mi piel, los brazos agarrándome

—Y que te lo pusieras me costó a mí unos cuantos ataques al corazón, señorita. —Sonrío a pesar de la reprimenda, loco de contento.

—Hay algo más.

Se libera de mí, su frente rozando la mía al bajar por mi cuerpo, sus manos en mis pectorales, sus ojos recorriendo el tejido de mi polo Ralph Lauren.

—¿Qué es, nena? Pero tómate tu tiempo.

La llevo hasta una *chaise longue* y la siento, y le sostengo las manos mientras piensa. Estoy todo encorvado, intentando verle los ojos, que se pasean por el regazo.

—Sólo tienes puesto el bóxer.

Me encojo de hombros.

—Nada del otro jueves.

—Pero no estás en casa.

Me mira, la comisura de los labios se curva.

—Me estás persiguiendo.

Esboza una sonrisa de oreja a oreja.

—Llevo puesto el vestido y me persigues por la calle.

Fue por un aparcamiento, en realidad, pero da lo mismo. Casi lo tiene.

—Y luego...

La sonrisa se desvanece y frunce el ceño. Después abre la boca y

320

profiere un grito ahogado, levantándose de golpe de la *chaise longue*, mirándome la entrepierna.

—¿Estoy atada a la cama? Y tú... —Se queda boquiabierta—. ¿Te masturbaste y te corriste encima de mí?

Estoy radiante de puta felicidad, en la cara una gran sonrisa.

—Sí, sí, hice eso.

Sólo que fue antes de que escapara con ese vestido puesto. Tampoco es que importe. Lo tiene todo un poco revuelto en la cabeza, pero ahí sigue.

Otro sonido ahogado, sólo que esta vez no lo profiere Ava. Miramos los dos a un lado y vemos que la dependienta nos observa horrorizada, antes de darse cuenta de que la hemos visto y salir corriendo como una loca hacia la tienda, las mejillas encendidas. Miro a Ava, la boca dibujando una O, y ella me mira, los ojos brillantes de felicidad. Y nos echamos a reír. Nos reímos con tantas ganas y tan estridentemente que la tienda debe de estar temblando. Ava cae sobre mí, pillándome por sorpresa, y acabamos los dos en el suelo del probador, donde rodamos y nos reímos tontamente como un par de niñatos que no tuvieran una sola preocupación en el puto mundo. A Ava no le horroriza lo que acaba de averiguar. Tan sólo le divierte, y está encantada de haber recordado algo. Y yo como loco de alegría.

El sonido de alguien que se aclara la garganta hace que dejemos de reírnos, y al acodarme veo a una señora, mayor que la dependienta, que nos observa con los brazos cruzados sobre el pecho.

—Soy la dueña del establecimiento. ¿Puedo ayudar en algo?

Lo que quiere decir es que puede ayudar a echarnos de su exquisita *boutique*.

—Nos los llevamos todos —contesto.

La mirada de desaprobación de su cara se borra en el acto y empieza a desvivirse por atendernos, pero no a levantarnos del suelo.

—Tenemos unos zapatos de tacón preciosos que van estupendamente con el vestido de color crema, señor —comenta mientras coge los vestidos de la percha, saltando por encima de nosotros para llegar hasta ellos.

—Nos los llevamos.

La mujer está encantada.

—Y un bolso a juego que es una maravilla.

—Añádalo también.

—¿Y necesita la señora algún otro accesorio? —pregunta, y le dedica una sonrisa radiante a Ava.

Me levanto del suelo y tiro de mi risueña mujer, sosteniéndola mientras sigue riéndose. La abrazo y la lleno de besos con lengua unos instantes antes de separarme y sonreírle con ternura.

—El único accesorio que necesita mi mujer soy yo.

—Sí, señor.

La dueña desaparece con nuestras compras y Ava se vuelve para acurrucarse en mis brazos, y levanta la cabeza para darme un beso en la mejilla.

—Eres muy romántico cuando quieres.

—Yo siempre soy romántico —replico, y la llevo hasta la caja—. A mi manera.

La joven dependienta aún tiene las mejillas encarnadas, incapaz de mirarnos, la pobre. Cuando lo hace, le guiño un ojo con descaro y ella se descompone en el sitio y me desliza el datafono mientras me río. Pago y cojo la bolsa una vez que los vestidos están envueltos cuidadosamente en papel de seda.

—Pero no me he probado ninguno —señala Ava, dejando que la guíe a la salida.

—Conozco este cuerpo como la palma de mi mano. —Le doy un pellizco en la cadera y ella pega un respingo y un gritito—. Te quedarán bien, confía en mí.

Al ver la bolsa, se muerde el labio con aire pensativo.

—¿Todos?

Sé adónde quiere llegar: el modelito de encaje que he escogido no es el único que he pagado.

—Sólo estoy siendo indulgente porque estoy como unas putas castañuelas de que hayas recordado algo más. Considérate afortunada.

—Pues claro que me considero afortunada.

Se sitúa detrás de mí en un segundo y se me sube a la espalda, su mejilla pegada a la mía.

—Gracias por los vestidos.

—Gracias por dejar que te mime.

Abandonamos la tienda y echo a andar con Ava a cuestas, y el corazón no me cabe en el pecho de alegría. Es posible que a su confuso cerebro le esté costando aceptar algunas cosas, pero ella se está adaptando la mar de bien a nuestra cotidianidad. Más progreso. Más luz en nuestra oscuridad.

CAPÍTULO 34

Ava

Cuando Jesse insistió en llevarme hoy a yoga, no discutí. Vi que se quedaba pasmado. Pero tengo un motivo. Le cojo las llaves de la mano y abro el coche.

—Conduzco yo.

Resopla, es evidente que lo que le he dicho no le hace gracia.

—De eso nada.

Recupera las llaves y me manda hasta el asiento del copiloto.

—¿Por qué?

Mi resistencia ni siquiera hace mella en su fortaleza.

—No volverás a ponerte al volante.

¿Nunca? ¿Nunca más?

—¿Cómo? ¿Por qué?

—Porque no es necesario.

Hace tintinear las llaves delante de mis narices mientras me sienta y me abrocha el cinturón.

—Y me estoy planteando buscarte un chófer.

Me planta un beso casto en la mejilla y cierra la puerta deprisa, antes de que pueda poner objeciones. Y cuando se acomoda en su asiento, centra la atención en la carretera, pasando por alto la mirada asesina que le estoy lanzando. Esto no admite discusión: volveré a conducir.

Tras poner música, una estratagema evidente para romper el

silencio, sale disparado calle abajo con *Sweater Weather* sonando a todo volumen y da golpecitos en el volante al compás de la música.

Hasta que se acaba la música. Mira con el rabillo del ojo cuando me vuelvo en su dirección en el asiento, en la cara una mueca de desdén.

—¿Me estás diciendo que no me vas a volver a dejar conducir?

—Sí.

Pone música otra vez y yo la apago de nuevo. ¿Es que se ha vuelto loco?

—De eso nada, Jesse. No puedes impedírmelo.

Tose y se ríe a la vez.

—Ya lo verás.

Pulsa un botón en el volante y The Neighbourhood inunda de nuevo el coche.

—Ya lo verás tú —respondo, levantando la voz para que me oiga con la música y retrepándome en el asiento—. Si no me dejas conducir, me moveré por mi cuenta, a partir de hoy. Volveré a casa en metro. No estás siendo muy razonable. Fue un accidente, una posibilidad entre un millón. Te estás comportando como un estúpido.

—¿Estúpido? —tose—. Pues mira, esa posibilidad entre un millón le tocó a mi mujer, así que perdóname si mi instinto protector ahora es mayor.

Da un manotazo al botón del volante y apaga la música, luego aparca junto a la acera, picajoso a más no poder. No está siendo nada razonable. Me coge la ofendida cara y la vuelve hacia él. Estoy cabreada, y lo miro amusgando los ojos. Los suyos están más entornados aún.

—Escúchame, señorita —ordena, las aletas de la nariz ensanchándose—. Mi trabajo es protegerte. No hay nada irracional en que quiera que no te pase nada, Ava.

Ahora su voz sólo es un susurro, los ojos empañados, y sé que es porque está pensando en lo que podría haber pasado.

—Todos los miedos que he tenido en mi vida han estado a punto de convertirse en realidad: he estado a punto de perderte. Así que no me digas que estoy siendo poco razonable o irracional o estúpido, ¿me oyes? Tendrás que dejarme hacer lo que debo hacer o me volveré loco de remate.

—Y yo me volveré loca de remate si me agobias. Necesito espacio, Jesse. Si quieres que vuelva a enamorarme de ti, tendrás que dejar que lo haga sin que me asfixies.

Odio ver el dolor que veo en sus ojos verdes. Lo odio. Su atractivo rostro está teñido de agonía, y él traga saliva, en su expresión también cierta rabia.

—Puedes coger el metro.

¿Que *puedo* coger el metro? ¿Como si necesitara permiso? Joder, pues sí, está loco de remate. Así y todo asiento, pese a que me haya apuñalado por dentro.

—Bien.

Me pongo cómoda y miro por la ventanilla mientras Jesse arranca de nuevo. Y me pregunto...

¿Cómo me enamoré de semejante locura?

No lo sé. Pero está volviendo a pasar, y no podría impedirlo aunque lo intentase.

La paz que siento siempre me envuelve cuando llego a Elsie's. Zara ya está esperando en la sala, sentada en la esterilla. Parece toda una profesional, vestida con lo que me figuro es ropa de yoga de marca.

—Me siento un poco desaliñada —observo mientras desenrollo mi esterilla a su lado.

Ella se ríe, una risa suave y grave.

—Estás todo menos desaliñada, Ava. —Pone los ojos en blanco—. Es sólo que pasé por el centro comercial y tenían unas rebajas muy buenas. ¡Uy! —Se levanta de un salto y hurga en su bolsa—.

Te he comprado una cosa. —Me enseña un top negro—. Me da que tienes la misma talla que yo.

—No deberías haberte molestado, Zara —respondo mientras cojo la prenda y le doy un beso en la mejilla.

—Ya basta —le quita importancia—. Cinco libras en el cajón de las oportunidades.

—Me encanta —digo, y se me ocurre una cosa—: Oye, deberíamos ir un día de compras.

Así seré *yo* quien elija mi propia ropa. Puede que mi reciente aventura en la *boutique* saliera estupendamente, pero sólo porque mi cerebro decidió permitirme recordar algo. Soy consciente de que la cosa podría haber sido muy distinta.

—Oh, sí, claro. —Le brillan los ojos.

—Vamos, cotorras. —Elsie cruza la habitación como flotando, y nos lanza una mirada de fingida desaprobación—. Hoy no parece que haya mucha paz aquí.

Miro a Zara como diciéndole ¡uy! y ambas nos acomodamos en nuestras respectivas esterillas y cerramos los ojos.

Paz. No tarda en llegar, y dejo que me invada.

Cuando la clase está a punto de terminar, estoy tumbada boca arriba, con los brazos y las piernas extendidos, el cuerpo ingrávido. He desconectado por completo, estoy totalmente tranquila, así que cuando las imágenes empiezan a aparecer en mi cabeza, no me dejo llevar por la sorpresa o el pánico. Sigo inmóvil, asimilando las imágenes distorsionadas, borrosas como si las plasmase un proyector anticuado. Imágenes de Jesse y, por primera vez, de Maddie y Jacob. Noto que los ojos se me entornan, intentando aferrarse a la imagen de los niños sobre el pecho de Jesse, bultos minúsculos, la cara de su padre enterrada entre sus cabezas. Noto que una lágrima me corre por un lado de la cara y me pasa alrededor de la oreja. Y después las imágenes desaparecen. Pero en realidad no han desaparecido. Nunca desaparecerán.

—¿Ava?

Alguien me toca con suavidad en el hombro, y cuando abro los ojos, veo a Zara.

Tardo unos segundos en saber dónde estoy, y veo que Elsie se está yendo de la sala.

—Creo que me he dormido. —Tengo la voz pastosa, y no sé si es por la emoción o por haberme quedado adormilada.

Zara sonríe, la cordial cara tan alegre.

—Pues sí. ¡Elsie es increíble! —Se levanta, haciendo un mohín, ahora parece decepcionada—. Esperaba que pudiéramos tomarnos un café, pero me acaba de llegar un correo electrónico del trabajo: no sé qué estupidez con un proyecto que tengo que resolver.

—Tranquila. De todas formas yo hoy no puedo.

¿No puedo? ¿Por qué no puedo? Puedo, y debería, aunque hoy lo haré sola. Puedo ir a tomar un café yo sola, no hay ningún problema. Debería hacer algo sola.

—¿No?

—Mi marido...

Lo dejo ahí para no decir algo que dé la impresión equivocada.

—Últimamente lo hemos pasado mal, y él es un poco protector. Se preocupa por mí. —Me encojo de hombros.

—No pasa nada. —Pone morritos—. Te llamaré. Hacemos esos planes de los que hemos hablado y me lo cuentas todo.

Sonrío, aunque no me entusiasma mucho la idea. Lo que más me gusta de ir a tomar café con Zara es que no tengo que contarle mis penas, porque las desconoce.

—Perfecto.

—Muchas gracias por dejar que me cuele en tu clase, Ava. Significa mucho para mí.

Me besa en la mejilla y se marcha, dejándome sola en la sala. Puede que sea una estupidez, pero cierro de nuevo los ojos confiando en que los recuerdos vuelvan. Sin embargo, más de cinco minutos después me doy por vencida, y me digo que debería estar satisfecha con lo que he conseguido.

Me despido de Elsie con un beso de agradecimiento y me dispongo a salir y a reflexionar sobre la clase yo sola mientras me tomo un café, pero cuando salgo a la calle veo que Jesse me está esperando.

Hace un mohín desde donde está, junto al coche, los ojos de cachorrillo suplicándome que no me enfade con él. Freno en seco y ladeo la cabeza, frunciendo la boca en un fingido gesto de desaprobación.

—Te quiero —me suelta, y me dedica una sonrisa bobalicona, como si esas dos palabras fuesen la respuesta a todo; y, la verdad sea dicha, lo son.

Cómo voy a enfadarme con este grandullón blandengue. Estoy demasiado eufórica con el efecto que ha tenido la pasada hora con Elsie y el hecho de que haya recordado algo. Así que, en lugar de echarle la bronca, me refugio en su corpachón y lo abrazo con fuerza. Me doy cuenta de que le sorprende que yo haya consentido así como así, ya que tarda unos segundos en devolverme el abrazo.

—¿Dónde coño está mi mujer?

Sonrío y me separo, y le lanzo una sonrisa radiante.

—¡Te he visto!

Tengo que hacer un esfuerzo para no ponerme a dar botes por la calle como una caja sorpresa de las de muelle.

—Estaba superrelajada, y me has venido a la memoria. Con claridad. Te he visto con los mellizos cuando nacieron.

—¿En serio?

Su cara es el colmo de la felicidad cuando me coge en el aire y me da una vuelta en mitad de la calle. Me río, sin marearme, porque mis ojos están clavados en los suyos.

CAPÍTULO 35

Es sábado, el día que Raya y Drew celebran su fiesta de compromiso. Mientras agito el agua para hacer burbujas en la bañera, repaso de nuevo mi plan, de principio a fin. Cada parte de él gira en torno a mimar a mi mujer hasta más no poder. Colmarla de afecto y atenciones. Hacer que se sienta como lo que es para mí: una reina.

Cuando la bañera tiene la cantidad perfecta de agua y burbujas, cierro el grifo y me desnudo. Después voy al dormitorio sin hacer ruido y observo cómo duerme la siesta apaciblemente sobre la colcha. Me sabe mal despertarla, pero tengo que poner mi plan en acción o llegaremos tarde a la fiesta. Me arrodillo junto a la cama, cojo la única cala del jarrón que descansa en la mesilla de noche y pego mi boca a la suya. Ava se estira y gime, y me agarra los desnudos hombros. Sus manos generan llamas instantáneas en mi piel. Abre los ojos adormilada, sonríe al ver la flor, la coge y la huele con indolencia antes de dejarla en la mesilla.

—La hora del baño, nena —musito, y la saco de la cama en brazos.

Ella se acurruca mientras la llevo a la bañera, amodorrada y caliente en mis brazos. Parece que pesa menos y, ahora que lo pienso, en el tiempo que hace desde que la traje a casa del hospital, no se ha terminado ni una sola comida. De hecho, lo que hace casi siempre es pasear la comida por el plato. Mierda, tenemos que solucionar esto. Debería haberme puesto más firme.

La dejo en el suelo y empiezo a desvestirla, lo bastante despacio para que tenga tiempo de despertarse del todo antes de que la meta en el agua. Mis ojos escudriñan cada centímetro de piel que queda al descubierto, en busca de señales de huesos que sobresalen. Ahí. Justo ahí. Extiendo el brazo y le paso la mano por la cadera, frunciendo el ceño.

—¿Qué pasa?

—Has perdido demasiado peso.

Sigue estando guapa, es la cosa más guapa que he visto en mi vida, pero no cabe duda de que está más delgada. ¿Cómo he podido permitirlo?

—Tengo que darte de comer.

Me aparto de ella para coger su albornoz y se lo tiendo para que meta los brazos. Haciendo caso omiso de la prenda que sostengo en las manos, Ava me mira.

—Es que no tengo hambre.

—Me da lo mismo. Tienes que comer.

Le echo el albornoz por los hombros, pero ella se retira y me lanza una mirada de advertencia.

—Ya basta.

—Ya basta ¿qué?

—De preocuparte. Si tengo hambre, comeré.

Me quita el albornoz y lo tira al suelo, sin apartar su firme mirada de mis ofendidos ojos.

—Y no me pongas esa cara, Jesse Ward.

Levanta un dedo y me señala la boca, y yo reculo, intentando controlar mi cara larga. No puedo. Le cojo la mano y se la bajo, y ahora soy yo quien la señala con un dedo. Con esto no va a salirse con la suya. Ni hablar.

—Vas a comer y punto.

Me inclino y me la echo al hombro, a la mierda el albornoz. Comerá desnuda. No seré yo quien se queje de eso.

—¡Jesse!

Su piel desnuda rozando mi piel desnuda no contribuye precisamente a que me centre en lo que tengo que hacer. Y lo que tengo que hacer es darle de comer. Comida. Mucha comida. Aunque mi verga no está de acuerdo conmigo, a todas luces hambrienta. Ahora mi ceño fruncido va dirigido al paquete, al que exijo que se comporte, mientras saco a Ava del cuarto de baño.

—¡Bájame!

Me clava las uñas en el culo.

—¡Eres un puto animal!

Aúllo de dolor mientras la oigo reírse, las uñas avanzando hacia el centro, hundiéndose más.

—¡Ava!

Me veo obligado a soltarla para frotarme la zona dolorida, con ella riendo tontamente delante de mí, echándose el pelo hacia atrás.

—No tengo hambre —afirma, y me deja donde estoy y vuelve al cuarto de baño.

—¡Ava!

—Que te den, Jesse. Te estoy diciendo que no tengo hambre, coño.

Dejo de frotarme el culo, la polla ahora completamente floja. Salgo tras ella cabreado, enfurecido al ver lo poco en serio que se toma su salud y lo mal que habla, entro en el cuarto de baño y veo que tiene un pie en la bañera y los ojos clavados en mí, en la puerta. Frunzo más el ceño, y su sonrisa se hace más grande. Es encantadora y exasperante a la vez.

—Vigila esa puta boca.

La sonrisa crece más aún y mi ira pierde un poco más de fuerza al verla.

—Que te den —musita; está jugando, provocándome, la muy boba.

—Tres... —me sale sin más, ahora yo también sonrío.

—Que te den —susurra nuevamente.

Doy un paso adelante, ahora demasiado entusiasmado con su gesto juguetón para que me importe mucho su lenguaje.

—Dos...

Saca el pie del agua y cruza los brazos, estrujándose las tetas bien arriba y abriendo un canalillo que ejerce la misma fuerza que un imán. Mi mirada baja, de pronto la boca se me hace agua, la polla se me pone dura.

—¿Y?

—Uno —contesto, sin dejar de mirarle el pecho.

—¿Y?

Baja los brazos y se lleva las manos a las tetas.

Enarco una ceja y la miro a la cara. Mi sonrisa, la que reservo únicamente para mi chica, se agranda, y ella la disfruta, lanzándome una mirada radiante. Cómo quiero a esta mujer, coño. Tiene la capacidad de distraerme con tan sólo una sonrisa. Y ahora lo único que quiero es comérmela.

Es la reina absoluta. Es mi mundo. Mi vida. Mi día, mi noche, mi aire, agua y fuego. Joder, ¿qué haría sin ella? Se me partiría el corazón y moriría de pena, lo sé. Me convertiría en polvo. No sería nada. Mi puñetero corazón late más despacio sólo de pensar en ello, y en un breve instante de pánico, la sensación de lo más real, avanzo y le robo un beso, aunque sólo sea para asegurarme de que todavía la tengo. Y mantengo los ojos abiertos, como ella, que me mira fijamente. Es un beso sereno. Un beso indolente, tierno, inquisitivo. Es la unión de dos personas que están en sintonía, y luego Ava habla y confirma que es así.

—Estoy aquí —me asegura, y me alegro cuando me estruja, sin interrumpir el intenso beso.

—Deja que te cuide —le pido, bajando el ritmo hasta que nuestros labios simplemente se tocan, el calor aún presente—. Deja que te mime y te quiera con todas mis fuerzas.

—Es que no tengo hambre —suspira, y me acaricia la espalda cuando la miro haciendo un mohín, mostrándole lo decepcionado que estoy—. Al menos no de comida. Cuando la tenga, comeré, te lo prometo.

—Ava...

Me pone un dedo en la boca para que no siga hablando.

—Pero de ti siempre tengo hambre. De tu voz, de tus palabras, de tu necesidad de cuidarme.

Sonríe un poco, casi con timidez. Yo mantengo la boca cerrada, desesperado por saber más de esta hambre suya.

—Sé exactamente por qué me enamoré de ti, aunque no lo recuerde. Porque está volviendo a pasar.

Hay un temblor en su voz, y estoy seguro de que también lo habría en la mía si hablase. Se está enamorando de mí. Trago de golpe la emoción de alivio que me sube por la garganta.

—Eres el hombre más apasionado que he conocido en mi vida, y todo lo haces por mí y por los niños. Lo veo. Todo lo que haces lo haces con tanta intensidad. Tanto si te enfadas como si estás jugando o haciéndome el amor. O simplemente queriéndome. Todo es apasionado, y me encanta. Me encanta que los niños y yo seamos el centro de tu mundo. Que nos quieras con tanta fuerza aunque a veces abrume un poco. ¿Qué mujer no querría que la amaran con esa intensidad?

Me pone las manos en las mejillas, el pulgar atrapando una única lágrima al caer. Noto que la felicidad que siento me ahoga, porque por primera vez veo que hay verdadera esperanza aunque Ava no recuperase la memoria. Se puede volver a enamorar de mí. Nuestro amor floreció porque debía ser así. Porque estábamos hechos para encontrarnos. Y eso es algo que no ha cambiado.

—Eres el hombre de mis sueños, Jesse Ward. —Me besa en la comisura de la boca—. Y me imagino que también serás el hombre de los sueños de muchas otras mujeres.

—Pero ellas no pueden tenerme —prometo, como si ésa fuese una preocupación para Ava—. Soy tuyo, igual que tú eres mía. Así son las cosas.

Sus dientes se hunden en mi rasposa mejilla, sus brazos rodeando mi cuello.

—Ahora que hemos aclarado esto, ¿piensas mimarme como has prometido?

—Sí —aseguro, y me aparto—. Justo después de que te hayas dado un baño relajante.

La llevo a la bañera y la deposito en ella con suavidad, luego le doy un beso en la frente y la dejo para que se prepare. No me puedo bañar con ella, o no llegaríamos a la fiesta.

—Ponte el vestido de encaje y reúnete conmigo en la entrada a las siete y media.

Cierro la puerta al salir, satisfecho, porque sé que no me decepcionará.

CAPÍTULO 36

Mi estado de ánimo es positivo. Mi corazón está esperanzado. La barbita justo como me gusta, la cara lozana. Mi terno gris antracita no puede sentarme mejor, me queda como un guante. Ava tampoco se llevará un chasco.

Mientras la espero en la entrada, retocándome el pelo en el espejo, oigo que la puerta del dormitorio se cierra. Me acerco al primer escalón y me meto las manos en los bolsillos de los pantalones. No la veo.

—¿Ava?

—No creo que apruebes esto.

La oigo, pero sigo sin verla. Y ahora estoy preocupado. ¿Habrá decidido desafiarme y no ponerse el vestido de encaje?

—Deja que te vea —ordeno, conteniendo el tono de irritación que amenaza con asomar a mi voz.

Esta noche tiene que ser perfecta, y que Ava no se ponga el vestido que le he pedido hará que no empiece con buen pie.

—¿Estás seguro? —inquiere. Parece nerviosa.

—Mueve el culo aquí ahora mismo, señorita.

Aparece con cautela. Y yo me quedo pasmado.

—Joder —exclamo maravillado, mis ojos siguiéndola por el pasillo hasta la escalera. Si existe un ejemplo de la perfección, lo tengo delante.

El vestido. Madre mía, el vestido. Encaje por todas partes, y ese sutil tono crema hace que me asalten recuerdos del impresionante vestido de novia que lució. El largo, justo por debajo de la rodilla, es perfecto, y el tejido se ciñe sutilmente a cada una de esas fantásticas curvas. Paso por alto el hecho de que esas curvas se han reducido un poco a lo largo de estas semanas y me centro en su cara. El rosa de los labios es el único toque, sutil, de color. Es todo cuanto necesita el vestido. El escote barco deja a la vista las delicadas claviculas, el pelo recogido en un impecable moño bajo, en la nuca. Sobria elegancia. Mi mujer siempre la ha tenido, y siempre me deja estupefacto.

Sus ojos, ahumados, me miran de arriba abajo, se muerde el labio inferior.

—¿Te gusta lo que ves? —pregunto, seguro de cuál será la respuesta. Cada centímetro de su ser resplandece en señal de aprobación, sobre todo los ojos.

—Eres el hombre más atractivo que he visto en mi vida. —Traga saliva y me mira—. ¿Estoy bien?

—¿Bien? —contesto, subiendo la escalera a su encuentro y empapándome de ella—. Eres la belleza personificada, señorita. Y eres mía. —Le cojo la mano, beso la alianza y la miro—. ¿De quién eres?

—Soy tuya. —No se anda con evasivas, no protesta, y me sonríe—. Siempre.

—Vamos.

Bajo la escalera despacio, sin apartar los ojos de su perfil mientras ella se mira los pies.

—Tengo una cosa para ti —anuncio.

Me detengo al llegar abajo, me meto la mano en el bolsillo y me sitúo detrás de ella despacio. Mi mano en su cadera hace que ponga la espalda recta, y vuelve la cabeza para mirarme.

—¿Qué tienes?

—Esto.

Le pongo el collar de diamantes y dejo que descanse en su piel. Ava baja la vista y toca las piedras preciosas mientras yo le abrocho la gargantilla.

—Sólo lo llevas en ocasiones especiales.

—Madre mía —musita, y se aparta de mí para ir al espejo.

Se mira y acaricia la valiosa joya, sumida en sus pensamientos. ¿Se acuerda de ella?

—Es precioso. —Me mira a mí por el espejo—. Gracias.

Sonrío, sin que me desilusione su falta de memoria.

—Es tuyo desde hace doce años, nena.

Me acerco a ella, le paso los brazos por la cintura, y me inclino para apoyar la barbilla en su hombro. Nuestros ojos coinciden en el espejo.

—Es precioso, sí, pero no es nada en comparación con la mujer que lo luce.

La mujer que lo luce brilla con más fuerza aún. Es más preciada. Más valiosa para mí que cualquier otra cosa en el mundo.

Ava ladea la cabeza buscando mis labios y me regala un beso dulce, apasionado.

Amor. Fluye entre nosotros, llenándome de felicidad. Vamos a poder con esto. Podemos superar esto. Porque somos nosotros. Jesse y Ava.

—Bailemos.

La envuelvo entre mis brazos, cojo el teléfono y abro la aplicación Sonos.

Ella se ríe un poco, confusa.

—Pero que no sea Justin Timberlake, por favor.

Mi dedo se detiene en la pantalla del móvil y miro a Ava. Es otro de esos momentos en los que dice algo sin saber por qué lo dice. No permitiré que empañe la que pretendo que sea una velada perfecta.

—No, algo un poco más romántico.

Doy con la canción que tengo en mente y subo el volumen.

—Como esto.

Y *Nights in White Satin* inunda el aire que nos rodea, y ella escucha conmigo unos instantes.

—¿Sabes cuál es? —Parezco esperanzado, aunque intento por todos los medios no estarlo.

—Claro. —Se pega a mi pecho y descansa en él la mejilla, rodeándome la cintura con un brazo y agarrándome la mano—. La bailamos una vez.

Coloco nuestras manos entrelazadas en el pecho, junto a su cabeza, y empiezo a girar despacio, apoyando mi cabeza en la suya.

—No te acuerdas, ¿verdad? —pregunto, a sabiendas de que es consciente de lo que pretendo.

Me esperaba que sacudiera levemente la cabeza, pero no las lágrimas que me empapan la camisa.

—No llores —la regaño con suavidad, apretando los ojos con fuerza para no ser yo el que desobedezca mi propia orden—. Si no podemos recuperar los que teníamos, crearemos recuerdos nuevos.

—Los quiero todos.

Se deja llevar mientras giramos sin prisa en el sitio, tan despacio que apenas nos movemos. Pero estamos conectados. Estamos conectados a todos los niveles, y el lugar más importante en el que estamos conectados ahora mismo es el corazón. Los latidos de su corazón se cuelan en mi pecho, provocando una subida de tensión que acelera el mío.

—Pero os tengo a ti y a los niños —musita, la voz apenas audible con la música, que llega al *crescendo*—. Y eso es lo único que importa.

Cojo aire, una respiración larga y profunda, y hundo la cara en su pelo. Tiene razón, aunque eso no hace que sea más fácil aceptar la pérdida.

—Siempre —aseguro, la voz quebrada.

La canción va terminando y nosotros seguimos dando vueltas despacio, las manos unidas con fuerza en mi pecho, su cuerpo pegado al mío.

—Tenemos que irnos, nena —digo de mala gana, sintiendo el poder que ejerce sobre mí.

Luego la sitúo a mi lado y vamos hacia el coche.

—¿Puedo tomarme una copa esta noche?

Su pregunta rezuma una pizca de picardía, y sin duda alguna esperanza. Me doy cuenta de que quizá necesite tomar un poco de alcohol. No se lo puedo negar, pero la estaré vigilando de cerca.

—Una o dos —accedo, mientras le abro la puerta.

Se acomoda y me siento yo. Le abrocho el cinturón de seguridad. Mientras me estoy irguiendo me detengo, el cuerpo inclinado, la cara a la altura de la suya. Sonríe. Sonrío.

—Espero que pases una buena noche, señora Ward.

—Mi pareja es un dios. Así que lo pasaré bien.

Le doy un beso tierno.

—Joder, cuánto te amo.

CAPÍTULO 37

El vestíbulo del Café Royal está de lo más animado, la majestuosidad impresionante.

Entramos en el pequeño y recargado ascensor, ambos en silencio mientras nos lleva arriba. Ava me mira de soslayo unas cuantas veces, sin soltarme la mano. Cuando la puerta se abre, nos asalta una sinfonía de sonidos: música, parloteo, risas. Doy un paso adelante, pero noto la resistencia de Ava.

—Todos tienen ganas de verte —digo, para que se sienta segura—. Y no te dejaré sola en ningún momento.

—¿Y si necesito ir al servicio?

—Iré contigo —digo como si tal cosa, porque es lo que pienso hacer. Me sonríe, a sabiendas de que lo haré, y sale del ascensor—. Si hay demasiado ruido, me lo dices. —No quiero que se le despierte el dolor de cabeza.

—¿Qué harás? ¿Pedir a todo el mundo que se calle y ordenar a Drew que apague la música?

Le sonrío, no es preciso que conteste. Sabe que también haría eso.

—Ya, una pregunta tonta —dice sacudiendo la cabeza—. Claro que lo harías.

Cruzamos el umbral de la sala y noto que Ava me aprieta la mano; la otra sube y me agarra el bíceps.

—Relájate —le digo tranquilamente mientras cojo una copa de champán de una bandeja que me ofrecen y le quito la mano. Le doy el champán—. A sorbitos.

—Vale.

Se bebe la copa de golpe, echándose hacia atrás con sigilo cuando voy a cogerla.

—Demasiado lento, Ward —musita, y deja la copa en la bandeja. Con esta mujer no hay quien pueda.

—Pagarás por esto.

—Me muero de ganas.

Sube la mano y saluda, y no tarda en sumarse a nosotros Raya.

—Enhorabuena, Raya. Estás preciosa —le dice Ava, cogiéndola de las manos y haciendo que extienda los brazos para admirar el vestido de Raya en todo su esplendor.

—¿Este trapito viejo? —Raya pone los ojos en blanco y se acerca a Ava para darle un beso en la mejilla—. Gracias por venir. Significa mucho para Drew y para mí.

—No me lo perdería por nada del mundo. —Ava me mira de reojo y menea ligeramente la cabeza para darme a entender que le dedique algo de atención a la protagonista de la velada.

—Impresionante, de verdad —gruño prácticamente, apartando los ojos de mi taimada mujer justo cuando Drew se une a nosotros.

El traje impecable, como era de esperar. Da a su prometida un cariñoso beso en la mejilla y después se centra en Ava. No quiero que le dé mucha importancia a su presencia. Que todo el mundo comente que ha venido no será de mucha ayuda.

—Ava, estás espectacular. —Drew la besa tiernamente en la mejilla antes de volver con Raya—. Gracias por venir. Y ahora, si no os importa que os robe a mi preciosa novia.

—Claro que no, vete. —Ava los echa y se aprovecha del camarero que pasa por su lado mientras yo le estrecho la mano a Drew.

—Despacio —advierto cuando se lleva la copa a los labios.

El cristal descansa en su labio inferior unos instantes mientras ella sopesa mis formas, cada vez más bruscas. Después hace alarde de dar el más leve, mínimo de los sorbos.

—No me provoques, señorita.

Le cojo la mano y me abro paso entre el gentío, asegurándome de despejar el camino mientras tiro de mi mujer.

—Ahí está John —dice Ava, señalando el bar—. Y Elsie.

¿Ha venido con alguien? Cambio de rumbo deprisa, dirigiéndome hacia ellos. El grandullón sonríe, probablemente más de lo que yo le haya visto nunca, y ha hecho un verdadero esfuerzo: el traje negro que lleva es nuevo, eso seguro, la camisa blanca almidonada, y la calva superbrillante, sin duda le ha estado sacando brillo. En cuanto me ve, la viva sonrisa se vuelve una mirada ofensiva. Una mirada que podría hacer que se contrajera cada uno de mis músculos, y tengo muchos. Pero, claro está, no hago ni caso de su repentina pose amenazadora y me estiro cuan largo soy.

—No lo provoques —me advierte Ava.

Hago un gesto de burla. Llevo mucho tiempo esperando esto.

—John. —Apoyo la mano con firmeza en su compacto hombro. No se mueve ni un centímetro—. Parece que quieres impresionar a alguien.

Sus ojos se tornan sombríos, lo que hace que yo sonría más. A continuación miro a Elsie, y la ciego con mi mirada.

—Y tú estás deslumbrante. Espero que John te lo haya dicho.

—No lo veo haciendo un cumplido.

—Pues me lo ha dicho, sí. —La mano de Elsie busca la de John—. Y unas cuantas veces, a decir verdad.

John me sigue fulminando con la mirada y yo sigo sin hacerle ni caso.

—Qué romántico.

Sus ojos me dicen que me vaya de una puta vez si no quiero que me parta esa cara de creído que tengo, pero jamás me lo diría delante de su nueva amiga.

—Entonces ¿lo vuestro es oficial?

—Jesse. —Ava suspira, parece cansada de mi juego. ¿Cansada? Si no he hecho más que empezar—. Vamos a buscar a Kate y Sam.

—Buena idea —refunfuña John mientras Ava tira de mí, pero

yo no puedo borrar la sonrisa de mi cara—. Pasadlo bien —dice John, todo menos sincero.

—Igualmente —contesta Ava, los tirones de mi brazo cada vez más fuertes—. Jesse, por el amor de Dios, ¿quieres comportarte?

—Esto es mucho, nena.

Transijo y me vuelvo, dejando que Ava me guíe a través de la multitud.

—Sólo he visto que se le caiga la baba con sus bonsáis.

—¿Tiene bonsáis? —exclama.

Su asombro está justificado teniendo en cuenta que hablamos del hombre descomunal, con pinta de agresivo, al que quiero con toda mi alma.

—Si presta a Elsie la misma atención que a esos arbolitos, se sentirá muy especial.

Veo a Sam con Kate, que se está metiendo un canapé en la boca.

—¿Tienes hambre, Kate? —pregunto, alarmado al ver que acto seguido se come otro.

—Por favor —farfulla con la boca llena, cerrando los ojos como si fuese un bocado del paraíso—. No puedo parar de comer. —Coge otro y lo sostiene en la mano mientras se acerca a Ava para darle un abrazo—. Comida. Dame comida y seré feliz.

Ava se ríe mientras Sam menea la cabeza, risueño.

—¿Vamos a sentarnos? —pregunto, pensando en el barrigón de Kate y la pierna mala de mi mujer.

—No. —Sam cabecea mientras señala con la cerveza a un camarero que pasa—. Kate ha descubierto el camino que lleva a la cocina, y éste es el mejor sitio para pillar lo bueno antes que los demás. Nos pasaremos aquí toda la noche.

—Tienes que sentarte, Kate —dice Ava, y le toca la barriga y se la acaricia un instante—. ¿Cómo estás?

—Hambrienta —contesta Kate al tiempo que coge otro canapé y se lo mete entero en la boca.

Sam parece exasperado a más no poder. Coge uno para él.

—Y yo como por solidarizarme con ella. Es preciso que este niño salga pronto, antes de que su madre y su padre se queden sin comida y se coman el uno al otro.

Ava se ríe, parece relajada mientras observa a nuestros amigos, que van devorando canapé tras canapé. Pero yo no me pienso estar de pie en ese sitio toda la noche. Y Ava necesita sentarse. Veo que una camarera entra en la sala y viene hacia nosotros. En cuanto la tengo al alcance de la mano, le quito la bandeja.

—Es una emergencia —afirmo al ver su cara de sorpresa.

—Madre mía. —Kate se me echa encima como si me necesitara para respirar, metiéndose comida en la boca.

—Vamos. —Los empujo a todos hacia la terraza, siguiéndolos con la bandeja.

El tráfico en Regent Street es escaso, las luces brillan, el bullicio de Londres un telón de fondo perfecto. Unas columnas de piedra nos flanquean, prismas calefactores caldeando el aire nocturno. Este pequeño refugio privado que descuella sobre las bulliciosas calles de Londres es de una belleza idílica.

En cuanto Kate se sienta, le pongo la bandeja delante, sonriendo a Sam cuando lo veo poner los ojos en blanco.

—Sorbitos —le digo al oído a Ava cuando se acomoda en una silla. Para mí cojo agua—. ¿Tienes hambre?

—Aunque la tuviera, no creo que me atreviese a quitarle un canapé —comenta, haciendo que Kate deje de masticar.

—Uyyy... ohhh... brddd.

Le ofrece la bandeja con un gesto mientras farfulla cosas sin sentido, y Ava se inclina y coge uno de los panecitos mientras Kate sigue profiriendo gemidos de satisfacción.

—No sé qué tienen —dice—, pero no me canso.

Me encanta ver que Ava se come uno sin que yo la presione. Sin embargo, no le dura mucho en la boca. Tose, coge una servilleta y se la lleva a los labios.

—Joder —espeta, y vacía en la servilleta lo que tenía en la boca.

—¡Ava!

Mi ladrido la sobresalta, aunque no se disculpa por el taco que ha soltado.

—Lo sé. —Kate echa mano de otro y se lo come—. Piii... piiii... caaa... mucho.

—¡Necesito agua! —Ava empieza a abanicarse la boca, buscando agua como una loca a su alrededor—. ¡Deprisa! Por Dios, la boca me arde.

Le doy mi vaso mientras Sam, al otro lado de la mesa, se parte de risa, y Ava coge el vaso y se lo bebe entero con ansia.

—¿Picante? —aventuro, sonriendo mientras ella asiente sin soltar el vaso.

—Delicioso —corrige Kate.

—No te gusta nada la comida picante.

Ava tiene la cara roja y la piel sudorosa. Mira la bandeja con cara de asco.

—Ah, es que a Kate le ha dado por ahí.

Sam coge un canapé y se lo ofrece a Kate, cuya boca se abre como si suplicara una golosina.

—Está dejando seco el restaurante indio del barrio.

Le mete el canapé en la boca y le quita de la comisura de los labios un poquito de salsa con una sonrisa cariñosa.

—No echaré de menos que me pida un curry a medianoche, pero a éstas sí las echaré de menos.

Le pone la mano en uno de los hinchados pechos y sonríe. Ava, sin saber dónde mirar, clava la vista en el champán; yo, en cambio, me río. Con los años se había acostumbrado a las burradas de Sam. Ahora tiene que volver a empezar.

—¿Alguien quiere algo de beber? —pregunta Sam, que le suelta la teta a Kate y se levanta.

—Para mí un zumo de pomelo —pide Kate con esa boca siempre llena—. Con una pizca de zumo de tomate y un poco de salsa Worcester.

—Por Dios, Kate —suelta Ava, risueña—. El embarazo está haciendo estragos con tu apetito.

—A mí me lo vas a decir —apunta Sam—. ¿Jesse?

—Para mí agua.

—Vete —sugiere Ava, asintiendo cuando la miro con cara de interrogación. ¿Qué ha sido de lo de no moverme de su lado?—. No pasa nada. Está Kate.

Intuyo que quiere estar un rato a solas con su amiga, y la verdad es que no estoy seguro de si me parece bien. ¿Qué se dirán? No lo sé, y eso me mata. Pero atosigarla cuando me ha pedido que le dé algo de espacio me hará un flaco favor.

—Cinco minutos —accedo de mala gana, y me inclino para besarla en la mejilla—. Vais a hablar de mí, ¿no?

—No seas tan creído.

Ava sonríe, una sonrisa cariñosa que no me hace sentir mejor. La escudriño unos instantes, tratando de leerle el pensamiento.

—Largo —me ordena, tirándome de la manga—. Y tráete algún canapé que no me vuele la cabeza.

Es como si supiera que la promesa de que comerá conseguirá que me marche. Y odio que tenga razón.

—De acuerdo.

—Y más de éstos —añade Kate, al tiempo que se echa otro a la boca—. Me estoy quedando sin.

Me levanto deprisa, y río mientras me alejo con Sam.

—Eh, mira eso.

Le doy un golpecito en el hombro y mira hacia el bar conmigo, donde John está cortejando a su amiga.

—Te plantará ese pedazo de puño que tiene en la nariz si no lo dejas en paz —ríe Sam, y llama al camarero.

—Valdría la pena. —Pido agua—. Y un zumo de pomelo con...

Intento recordar la asquerosidad que quiere Kate. Miro a Sam, que se hace con el control y recita la bebida.

—Hola, muchachos.

Drew se une a nosotros, poniéndonos una mano en el hombro a cada uno mientras mete la cabeza en medio.

—¿Qué coño es eso? —inquiere al ver el vaso de Dios sabe qué.

—No preguntes —contesto.

Me aparto de la barra y me apoyo en la madera.

—Bueno, ya falta poco para que te anillen a ti también. ¿Nervioso?

—La verdad es que sí. Sé que te sorprenderá.

No me sorprende. Nada más verla, se enamoró de la preciosa Raya. Puede que fuera una sorpresa en el momento, pero no hay más que verlos juntos para entenderlo. ¿Quién habría pensado entonces que estaríamos donde estamos? Sam preparándose para la inminente llegada de su primer hijo. Drew listo para subir al altar. Y yo con mellizos y una mujer que no sabe quién soy. Me estremezco, anonadado con las deprimentes ideas que me están asaltando, y los chicos se dan cuenta. Trago saliva y me sacudo la melancolía.

—Oye, ¿cómo va todo? —pregunta Sam.

Miro a Ava y veo que se ha pasado al otro lado de la mesa para sentarse con Kate. Debe de presentir que la observo, porque levanta la vista al coger la copa y da un sorbo descarado, muy comedido. Sin embargo, ahora mismo lo que más me preocupa no es la cantidad de alcohol que está ingiriendo, sino qué le estará contando a su amiga.

CAPÍTULO 38

Ava

—¿Cómo estás? —pregunto, apoyando la copa en la barriga de Kate.

—Estoy embarazada, gorda y zampo como un puto caballo.

—Desinfla las mejillas y las infla—. ¿Y tú?, ¿cómo estás tú? ¿Cómo va el yoga?

—Genial. —Sonrío al recordar la imagen que vi—. Es mucho mejor que la terapia. En la última clase, estaba tan relajada que vi a Jesse con los mellizos cuando eran recién nacidos.

—¡Qué bien!

Asiento, y bebo un sorbo de la copa.

—Y ¿qué tal Jesse y tú?

Cojo aire y echo un vistazo al bar, donde mi marido está con sus amigos, pero su atención dista mucho de estar con ellos.

—Bien.

—¿Y? —añade.

Me encojo de hombros.

—Está siendo muy atento. Entre las pestes que echa por cómo me visto, lo que bebo y cualquier otra cosa que no le guste. Y hay muchas.

Kate se ríe, llevándose las manos al vientre, y hace un gesto de dolor.

—¡Ay!

Me echo hacia delante deprisa, mis manos sobre las suyas en la barriga.

—¿Qué pasa? ¿Te encuentras bien?

Se revuelve en el asiento con una mueca de dolor.

—No es nada. El niño, que está en una postura rara. —Me quita las manos, se pone cómoda y me dedica de nuevo toda su atención—. Es...

Levanto una mano para que no siga hablando.

—Sé lo que vas a decir. Me he dado cuenta muy deprisa de que es un poco controlador.

—¿Un poco?

—Mucho —transijo, y me llevo la copa a los labios con aire pensativo—. Es... no sé, raro, ¿no?

—¿El qué?

Muevo la copa por el aire, para abarcar todo cuanto me rodea.

—Aquí. —Me doy unos golpecitos en un lado de la cabeza—. Sigo teniendo veintipocos años, soy muy joven y estoy volcada en mi profesión. —Me miro el cuerpo, envuelto en encaje—. Pero aquí tengo treinta y ocho años, estoy casada con lo que sólo podría describirse como un ogro y tengo unos mellizos de once años. ¡Once! —Me retrepo en la silla, de nuevo profundamente traumatizada con mi vida.

Tras un silencio demasiado largo, bebo un trago mientras miro a Kate, que sonríe.

—Hace tiempo vi todas estas emociones en ti, ¿sabes?

Espera un momento para que le pregunte, pero no lo hago. No hace falta.

—Ava...

Apoya una mano en la mía, la otra en el barrigón, y se acerca a mí. Miro a Kate a los vivos ojos azules, preguntándome dónde se ha estado escondiendo estos últimos dieciséis años, porque, francamente, la veo igual que siempre. Barrigón aparte.

—Para que conste, estás impresionante —dice.

Levanta una mano y me mete un mechón de pelo rebelde detrás de la oreja, su sonrisa cómplice. Me ha leído el pensamiento, pero aun así hago un mohín, algo enfadada por ser mucho mayor de lo que quiero.

—¿Qué sientes por él?

—¿Por Jesse?

—No, por el Señor Todopoderoso.

Pone los ojos en blanco con gesto teatral.

—Él es el Señor Todopoderoso.

Me río con suavidad, mirándolo en el bar. Todavía me observa, aunque algo me dice que la copa de burbujas que tengo en la mano no es el motivo de que lo haga. Veo la curiosidad escrita en su cara, las arrugas marca de la casa que le surcan la frente con las que ya me he familiarizado. Cojo aire, sin poder evitar admirar el atractivo de un hombre que es mi marido. Tiene un encanto sexy, un magnetismo que llama la atención, y, por lo general, lo sabe. Es un dios, no se puede negar, y estoy casada con él. Aunque más allá de esa arrogancia de gallito hay cierta vulnerabilidad. Debilidad. Y yo soy la causa de esa debilidad. Su amor por mí.

Lo escudriño y me escudriña, su corpachón relajado contra la barra. Mis ojos dibujan una tangente, recorren toda su anatomía, hasta llegar a sus zapatos Grenson, y suben de nuevo hasta su cara. Esa cara. Suspiro, relajándome, esbozando una sonrisa cuando sus ojos verdes brillan, resplandecen y centellean como locos, su sonrisa traviesa discreta pero patente. Es consciente de la inspección a la que está siendo sometido y, como siempre, está disfrutando lo suyo con mi incapacidad de mantener mis puñeteros ojos bajo control. Meneo un poco la cabeza y me río, y él me guiña un ojo y me lanza un beso.

—Cerdo arrogante —dibujo las palabras con la boca.

—Yo también te quiero —responde él, haciendo que suelte una carcajada.

Y vuelvo a centrarme en Kate antes de que le infle más aún su

351

enorme ego. Este hombre es un caso. Cuando miro a mi amiga, también veo una sonrisa de hiena por otro de los puñeteros canapés.

—Dime que no adoras a ese hombre —comenta—. Dime que no forma parte de ti como cada uno de tus órganos internos. Dime que no lo necesitas para sobrevivir.

—No puedo —admito, porque aunque la idea es descabellada, es bien cierta.

Lo miro y me electrizo por dentro. Me toca y la sangre que me corre por las venas se me acalora. Entre sus brazos siento que estoy como en casa. Como si nada pudiera hacerme daño. Y estoy segura de que es así.

—Al principio no sabía lo que sentía —reconozco—. Atracción sí, eso seguro, pero intentar hacerme a la idea de que este hombre era mi marido me asustaba.

Sonrío cuando Kate me coge la mano y la sostiene en señal de apoyo.

—Vi algo en él, algo tendría que haberme hecho recelar, y sin embargo me intrigó más. Me ha contado cosas que son increíbles, y sin embargo me las creo.

Kate no pregunta qué cosas son, ya que intuyo que lo sabe.

—Sólo siento que me apoyo en él por completo, y sé qué es lo que debo hacer. No lo puedo explicar. Tengo una actitud protectora con él, aunque sé que se puede cuidar él solito de sobra. Pero sobre todo protectora con su forma de ser, como si necesitara defender cómo es. Porque sé por qué es así. La Mansión, su tío, su hermano. Las cicatrices que tiene en el estómago, la idea de que le hayan hecho daño, de la forma que sea.

Al oír mencionar las cicatrices, Kate coge aire y se estremece.

—Lo sé —convengo—. Me puse como loca cuando me contó cómo se hizo las heridas. Sé que asegura que no era nada antes de conocerme, estaba vacío y perdido, pero aun así. No debería haber tenido tan poco cuidado con su vida.

—¿Poco cuidado?

—No ponerse la ropa de cuero para montar en moto —contesto, y ella asiente despacio, mirando a Jesse igual de decepcionada que yo.

—Ese hombre es bobo —reflexiona, y hace ademán de levantarse de la silla, un esfuerzo excesivo, incluso con la mano que le tiendo para ayudarla—. Tengo que hacer pis, por milésima vez en una hora.

—¿Quieres que te acompañe?

—Créeme, no te gustaría oír cómo hago pis. Parezco un caballo de tiro.

—Así que comes como un caballo y haces pis como un caballo. ¿Vas a irte al galope? —Sonrío al oír su risita.

—Sam va a tener que sacarme rodando de este sitio.

Se estira, irguiéndose cuan larga es, y se lleva las manos a la espalda, adelantando las caderas.

—Por Dios —gime, el sonido un auténtico placer—. Ahora mismo vuelvo. ¿Quieres beber algo?

—Sí, pero que no lo vea Jesse.

—Te lo traeré dentro de mis gigantescas bragas.

Se aleja, y yo me vuelvo a sumir en mis pensamientos, admirando a Jesse al mismo tiempo. Enamorarme de él tan deprisa parece una idea descabellada.

Pero ya pasó en su día.

Y está volviendo a pasar.

CAPÍTULO 39

Veo que Kate viene hacia mí medio tambaleándose medio caminando con paso firme, aunque es evidente que le está echando narices para acometer esto último. Da igual que no lo esté consiguiendo. Tiene cara de pocos amigos, y me pregunto a qué se deberá.

—Mierda, ¿quién habrá cabreado a la diablesa? —dice Sam entre dientes, al ver a su furibunda novia avanzando hacia nosotros—. Hola, bombón.

—¿Se puede saber de qué coño vas, Jesse? —suelta directamente—. Tus cicatrices. ¿Le dijiste que tuviste un accidente de moto?

—Ah —replico, el motivo de su enfado de pronto está más que claro.

—¿«Ah»? ¿Eso es todo? ¿«Ah»? No le puedes ocultar esa mierda.

¿Cómo? ¿Que no le puedo ocultar esa mierda? Mira y verás. La única razón por la que no le planto cara a Kate es porque está embarazada. No me apetece pelearme con mi amigo, aunque no es que Kate lo necesite. Es un polvorín por sí sola, y más desde que mi colega le hizo el bombo.

—Sé lo que hago.

Respiro al decirlo, tranquilizándome todo lo que puedo cuando por dentro estoy que echo chispas. Sé lo que le conviene a mi mujer: yo.

Ahora es ella la que recula y Sam no tarda en intervenir, colocándole un brazo apaciguador en la espalda, que Kate se quita de encima deprisa.

—Estás mintiéndole. Eso es lo que estás haciendo.

—La estoy protegiendo. —Noto que aprieto los dientes, la mandíbula me duele en el acto.

—¿Mintiendo? —Se ríe, con una puta risa sarcástica—. ¿Es que no has aprendido nada? Mira lo que pasó la última vez que le ocultaste algo. —Tiene la cara cada vez más roja, su ira probablemente iguale la mía, aunque yo la estoy conteniendo mucho mejor que ella.

—Kate, ¿quieres calmarte de una puta vez?

Sam intenta animarla a que se vaya, pero ella se niega.

—No puedes mentirle. No está bien.

Trago saliva y agarro la mano de Kate, la sostengo con firmeza y la miro a los ojos. Confío en que vea lo sincero que soy. Lo determinado que estoy.

—Kate, las mentiras son necesarias cuando sabes que la persona a la que estás mintiendo no puede asimilar la verdad.

Cojo más aire, y Kate cierra la boca, así que continúo.

—Ava no puede asimilar la verdad, Kate. Ahora no. Puede que nunca. No lo sé, pero en estos momentos no pienso contarle toda esa mierda. Y de todas formas, es algo insignificante. Lo que me importa, lo que le importa a Ava, somos nosotros. Nuestra familia. Los niños. Quiero que ponga toda su energía en los mellizos y en mí. No en un don nadie que ya no está en nuestra vida.

Me mira fijamente, asimilando mis palabras.

—Creo que estás loco.

—Lo sé —contesto—. Pero Ava se está volviendo a enamorar de mí, y ahora más que nunca no quiero que nada haga peligrar eso.

Miro a Sam, que aún sujeta a Kate pero me mira a mí. Está conmigo, lo veo en su cara. Y la leve señal de asentimiento que hace me dice que entiende la postura que estoy adoptando en esto. Se lo agradezco.

—Mierda —espeta Kate, las lágrimas saltándosele al pestañear.

—Eh —me apresuro a consolarla, para asegurarme de que no pasa nada entre nosotros—. No te enfades.

—No estoy enfadada.

Baja la vista, y cuando yo hago otro tanto, veo que se ha formado un charco alrededor de nuestros pies.

—He roto aguas.

—Joder.

Retrocedo acobardado, sintiéndome culpable por haberle provocado más o menos el parto.

—¿Cómo? —Sam mira furioso a su chica—. Esto es lo que pasa cuando te estresas. —Le pone las manos en la cara, se acerca a ella y le da un gran beso en los labios—. Si no estuvieras de parto, te daría unos azotes, por idiota.

—Eso déjalo para más adelante, Samuel. —Kate lo mira y él la mira a ella—. Vamos a tener un hijo.

Y como si acabara de asimilar la noticia, Sam entra en modo pánico.

—¡Joder! ¡Voy a tener un hijo! —Me mira y luego mira a Drew—. ¡Vamos a tener un hijo! —chilla, acallando la sala—. ¡Que alguien llame a una ambulancia!

—Que alguien lo tranquilice, joder —farfulla Kate, y el farfullar se vuelve un gemido, su cuerpo doblándose por la cintura—. Ahhhh, mierda, aquí viene.

—¿Qué pasa? —Ava se acerca corriendo, mirando a todo el mundo y luego a sus pies—. Uy.

—Ay, tus zapatos, con lo bonitos que eran —se queja Kate, agarrándose al brazo de Sam—. Mira cómo han quedado.

—Vale ya, mujer —la regaña Sam mientras Kate alarga el otro brazo y se me agarra.

La sostengo mientras jadea, la roja cara ahora roja por otros motivos. *Flashbacks*, montones, me asaltan la cabeza: imágenes de Ava en las últimas semanas de embarazo, engañándome para que creyera que estaba de parto para ponerme nervioso, luego el momento en que ya no era broma. El momento en que pasó. Miro a mi mujer mientras ayudo a Sam a sostener a Kate y se empieza a formar un círculo de personas. Veo que Ava da instrucciones antes de apartarme de Kate. Yo estoy en mi propio mundo, paralizado por los recuerdos, un hombre que no vale para nada en medio de la que se está armando.

—¡Jesse!

Cuando Ava grita con fuerza mi nombre vuelvo a la realidad. Me mira con cara de interrogación.

—Eres el único hombre que no ha bebido.

Sin duda se da cuenta de lo confuso que estoy, ya que añade con premura:

—Tienes que llevarnos al hospital.

—Vale.

—¡Una ambulancia! —grita Sam, mirando como un loco por la sala, como si fuese a encontrarla en el Café Royal.

—Que alguien lo haga callar de una puta vez —espeta Kate, renunciando a la ayuda que le brinda su novio y depositando toda su confianza en Ava, aferrándose a su amiga—. ¡Ayyyyy, Dios! —Se dobla de nuevo por la cintura—. Mierda, mierda, mierda.

Ava echa a andar con Kate hacia la salida, Sam y yo detrás, como los inútiles que somos.

—Sam, necesito que cronometres las contracciones —ordena Ava, volviendo la cabeza, mientras ayuda a caminar a su amiga—. Jesse, trae el coche.

Kate da pasos lentos, vacilantes, Ava se adapta a su ritmo.

—¿Duele mucho? —quiere saber Kate, mirando a Ava para que la tranquilice.

—Un puto huevo —responde Ava automáticamente y yo me sorprendo cogiendo aire, un tanto aturdido—. Y cuando el niño esté a punto de salir, te sentirás como si intentases expulsar una sandía en llamas por el chichi.

Kate se ríe y luego para, gritando a la puerta del ascensor.

—¡Hijo de puta!

—Sí, es un buen resumen —comenta Ava, que acepta una toallita húmeda que le da Raya y le enjuga la frente a Kate.

—Me estás robando el protagonismo —bromea Raya, el tono rebosante de cariño mientras se sitúa al otro lado de Kate, el trío de mujeres en fila delante de nosotros, tomando el timón, para vergüenza nuestra.

Lo único que puedo hacer es rodear con un brazo a Sam y hacer que camine detrás mientras veo que Ava se lo explica todo a Kate. Como si lo hubiera hecho antes. Porque lo ha hecho antes.

Somos cinco en la sala de espera: Ava, Drew, Raya, Georgia y yo. Insistimos en que se quedaran en el Café Royal y disfrutaran de la fiesta, pero ellos se empeñaron en venir. Es más de medianoche, y Georgia está dormida encima de Drew, la cabeza de Raya apoyada en su hombro. Por las puertas de la unidad de maternidad escapan los continuos gemidos y gritos de las mujeres. Sólo llegamos hace unas horas, y sé mejor que nadie que podría ser una noche larga. Sin embargo, ninguno de nosotros está dispuesto a marcharse. Éste es un gran momento en la vida de nuestros amigos y queremos estar todos presentes.

Miro de reojo a Ava, que está sentada a mi lado, la vista clavada en nuestras manos, entrelazadas en su regazo.

—¿Te encuentras bien? —inquiero, preguntándome si estará acordándose de cuando tuvimos a nuestros hijos. Levanta la vista, suspira y apoya la cabeza en mi hombro. Alargo la mano que tengo libre y le acaricio la mejilla—. ¿De verdad es como si expulsaras una sandía en llamas por el chichi?

Su cuerpo sacudiéndose contra el mío me hace sonreír, su risa suave.

—Sí.

—¡Au! —bromeo, y me estremezco para causar la impresión deseada.

Su mano se une a la mía en su cara y la deja allí.

—No sé cómo es que lo recuerdo —dice casi con tristeza—. La historia de mi vida, ahora mismo.

Exhalo, el culo resbalando más del asiento. No estoy seguro de si me gustan estas reminiscencias. En lugar de emocionarme, me entristecen. Me entristece que el instinto esté ahí pero el recuerdo y la esencia del recuerdo no. Cierro los ojos, me siento muy cansado.

Los mantengo cerrados unos dos segundos y oigo que se abren unas puertas. Al mirar hacia ellas veo a Sam a la entrada de la unidad de maternidad, hecho una mierda, agotado, los ojos enrojecidos. Por un instante me aterroriza la idea de que algo haya ido mal. Luego una sonrisa indolente se extiende en su exhausto rostro, y mi corazón vuelve a adoptar un ritmo seguro.

—Es una niña —grazna, la voz como la gravilla—. Hemos tenido una niña.

Me levanto en un santiamén al ver que se desplomará, con una mezcla de felicidad y agotamiento, si no llego hasta él deprisa. Prácticamente cae en mis brazos.

—Joder, tío, no quiero volver a pasar por esto —me dice.

Sonrío, sé exactamente cómo se siente.

—Enhorabuena, colega.

Le doy un abrazo de oso, cargando con la mayor parte de su peso. Una niña. Me río con suavidad. Se le acabó lo bueno: Sam se ha unido a Drew y a mí en el infierno de las niñas. Que en el fondo a mí me encanta, joder.

Lo suelto sólo cuando Ava se nos acerca para abrazarlo también, aunque me quedo ahí para cogerlo si le flaquean las piernas.

—Bien hecho. ¿Cómo está Kate?

—Destrozada.

Nos unimos todos y repartimos abrazos y besos. Y es bonito. Un momento bonito de nuestra vida. Sólo que me gustaría que los mellizos estuviesen aquí, y al mirar a Georgia, que se frota los adormilados ojos, ese deseo se torna dolor. Un día más, me digo, y veré a mis hijos.

Después de despedirnos, llevo a una exhausta Ava al coche, prácticamente sosteniéndola. Le abrocho el cinturón, la beso en el cuello y me quedo así un rato, sintiéndola en mi piel. Está medio dormida.

—Te amo.

Su confesión es un susurro amodorrado, pero el hecho de que se me acurruque más me dice que sabe lo que está diciendo. Podría estallarme el corazón.

—Lo sé —susurro a mi vez, dándole un beso en el pelo y dejando allí la boca para siempre.

En ese instante, un instante perfecto, decido lo que tengo que hacer por la mañana.

CAPÍTULO 40

Suena *Give Me Love*, de Ed Sheeran, un sonido de fondo suave en nuestro dormitorio, la música tranquila y relajante. Ava va abriendo los ojos poco a poco, parpadeando, las pupilas contrayéndose ante mí a medida que se acostumbra a la luz matutina. Sé en qué segundo se da cuenta de que estoy a horcajadas en su cintura, porque sonríe. Y esa sonrisa se desvanece en cuanto intenta tocarme.

Porque no puede mover las manos.

Sus ojos suben al cabecero, donde tiene las muñecas esposadas. Unos cuantos tirones después, me mira a mí. Enarco las cejas y ella se queda boquiabierta.

—Buenos días, nena —digo feliz y contento, y apoyo las manos en la cara interior de la parte superior de sus brazos para que descansen en la cama.

—No, no habrás sido capaz —balbucea, revolviéndose un poco bajo mi peso; un gesto inútil.

—Claro que sí.

Bajo la cara, cada vez más cerca de su boca. Ella se queda quieta.

—¿Recuerdas qué fue lo último que me dijiste anoche?

Sus ojos se abren ligeramente, y sé, lo sé, que lo va a negar. Menea la cabeza, una sonrisa asomando a sus labios. Lo sabe, y de puñetera sobra.

—Como quieras.

Profiero un suspiro ruidoso y dejo caer la cabeza hasta apoyar la barbilla en el pecho.

—Empezaré en tres —advierto, la voz cargada con un deseo que me consume—. Y cuando llegue a cero, nena...

—¿Qué? ¿Me obligarás a que me vuelva a casar contigo? —El tonito chulo que se gasta es emocionante.

—Tres —empiezo, sin dignarme contestar mientras me yergo para sentarme bien tieso en su cintura.

—Jesse... —dice despacio, la chulería dando paso a la preocupación.

—Dos.

Levanto la mano y la bajo despacio a su estómago. Ella se queda inmóvil, dura como el acero.

—No.

Voy bajando deliberadamente despacio, alargando el momento.

—¿Recuerdas lo que dijiste?

Sus labios bien apretados, mi pequeña tentadora cabezota.

—¿No?

Mis dedos llegan hasta donde tiene cosquillas y se detienen.

—Muy bien. Uno.

—Jesse.

Pronuncia mi nombre y después coge aire deprisa y lo aguanta, lista para lo que viene a continuación.

—Cero, nena —musito, y le quito las manos de las caderas y caigo sobre ella, mi boca en su boca, sorprendiéndola con un beso ardiente, encendido, apasionado.

Aunque veo la sorpresa en sus ojos, responde directamente, igualando la intensidad, la lengua curiosa y voraz. No hay ningún sitio en mi boca que no encuentre.

—Cásate conmigo —pido en voz queda, contra su boca.

Siento su sonrisa en mis labios.

—Ya te has casado conmigo dos veces.

Me echo hacia atrás, frunciendo un tanto el entrecejo.

—¿Eso es un no?

—Yo no he dicho que no.

Mira las esposas, tira un poco.

—¿Me soltarás?

No sé por qué cedo con tanta facilidad, sobre todo teniendo en cuenta que técnicamente no ha dicho que sí, pero me sorprendo haciendo lo que me pide, liberándola, dejando las esposas colgando de la cama. Se incorpora y me empuja, y yo caigo hacia atrás. Y ahora es ella quien se sienta a horcajadas sobre mí, me coge los brazos y me esposa a la cama. Y me dejo.

Es oficial: estoy loco perdido.

—¿Qué haces? —pregunto mientras veo que se tumba encima de mí y me mira y empieza a repartirme besitos con parsimonia por el torso.

Echo atrás la cabeza, profiriendo un gemido bronco, los ojos se me cierran de gusto. Esto podría ser un truco. Podría estar induciéndome una falsa sensación de seguridad. Sin embargo, ahora mismo, con su boca deslizándose por mi piel, el calor de sus lametones y sus mordiscos dejando una estela de fuego, me importa todo una puta mierda.

No me resisto a las ataduras. No pierdo la razón por no poder tocarla. No me preocupa la posibilidad de que intente sonsacarme información. Estoy perdido. Soy esclavo de esa boca que me idolatra. Cada terminación nerviosa viva, cada vena bombeando sangre caliente.

—Éste es el polvo de la verdad, ¿no? —pregunta, la voz ronca y baja mientras sube por mi cuerpo besándome, hasta el mentón, la boca.

Me asalta una oleada de pánico. Su rostro carece de expresión, en él sólo hay deseo, puro, intenso.

—Sí... Ahhhh... —gruño y me atraganto, su pelvis clavándose en mi entrepierna—. Mierda, Ava.

Se levanta un poco y me libera la polla de donde estaba, pegada al bajo vientre, que se pone tiesa, la punta rozando su entrada. Pego una sacudida y ella pega una sacudida. Y después baja sobre mí y se me encaja con suavidad, despacio. Aprieto los dientes, respirando por la nariz, mientras ella empieza a moverse a un ritmo que me hace enloquecer. La miro a los ojos, esos ojos castaños que me bañan en deseo. Me mata una y otra vez con cada embestida de sus caderas, sus manos descansando en mi pecho. Encuentro la fuerza de voluntad necesaria para dejar de mirarla, mis ojos pasando a sus pechos, que botan ligeramente, y después a su vientre, donde se ven las huellas del embarazo de los mellizos.

Es preciosa. Cada centímetro de su ser es precioso.

Echándose hacia delante, enmarca mi cabeza con sus brazos, su rostro casi pegado al mío. Su ritmo no vacila, y mi placer no disminuye, sigue constante, quitándome la respiración con cada topetazo.

—¿Quieres saber algunas verdades, Jesse Ward? —musita con los dedos enredados en mi pelo.

Asiento, pasando por alto el dolor que empiezo a tener en los brazos y centrándome en aliviar el dolor que siento en la polla, acariciada por sus cálidas paredes.

—Te quiero, y lo sabes.

Me besa y altera el meneo de cadera, convirtiéndolo más en un suave balanceo. Ese movimiento, esas palabras. Es mi perdición, y también la de Ava.

—Juntos —ordena suavemente mientras nuestra boca no cesa.

Y con esa última palabra me asomo al abismo y me dejo caer con ella, sin parar de besarnos mientras cabalgamos las olas del placer juntos, hasta que nuestro beso se ralentiza y se detiene, así como nuestros cuerpos. Aunque sus paredes constrictoras y mi vibrante polla siguen por su cuenta mucho más, noto cómo se relajan sus músculos cuando suspira, su cuerpo fundiéndose con el mío.

—Cásate conmigo —me pide, sus labios descansando en mi mejilla.

Si alguna vez ha habido un momento en mi vida que pudiera embotellar y guardar para siempre, sería éste. Porque Ava me acaba de decir que está conmigo en esto.

—No me puedes pedir eso cuando estoy esposado a la cama —farfullo, y noto que se mueve en el acto y me suelta.

En cuanto puedo volver a mover las manos, la pongo boca arriba y la inmovilizo.

—¿Quieres casarte conmigo? —repite.

—Ésa sí que es una puta pregunta estúpida.

Y la beso.

CAPÍTULO 41

Tengo la sensación de que es el día D. Los niños vendrán a casa más tarde, vamos a conocer a la hija de Sam y Kate y Ava tiene cita con su médico para ver cómo va. Con dos de las cosas que conforman nuestra lista estoy entusiasmado; con la última, no tanto.

Me aterroriza que el doctor Peters nos diga que está satisfecho con los progresos que está haciendo Ava, porque desde luego yo no diría que lo estoy. Con los progresos que hemos hecho en lo tocante a nuestra relación, sí, estoy encantado. Pero en lo que respecta a su memoria, me siento decepcionado. Puede que parezca que soy un desagradecido, y probablemente lo sea. Como me ha dicho esta mañana mi madre, debería dar gracias por seguir teniéndola a mi lado. La sola idea hace que se me hiele la sangre cada vez que se me pasa por la cabeza.

Mientras enfilamos el pasillo hacia la unidad de maternidad para ver a Kate antes de ir a la consulta del doctor Peters, noto los nervios de Ava. Me pregunto si ella notará los míos. Me debato entre preguntarle si está bien y no decir nada.

—Estoy bien —afirma, mirándome de soslayo—. Al menos estoy recordando algunas cosas. ¿No estarías más preocupado si no me acordase de nada? ¿Si mi cabeza estuviera vacía?

—Es sólo que me gustaría que te acorda... —Me detengo a tiempo, dándome un puñetazo mentalmente. ¿Cómo se me ocurre decir eso?

Si antes iba andando, ahora estoy quieto, pues Ava me ha he-

366

cho parar. Se vuelve hacia mí y termina la frase que he dejado a medias.

—¿De los niños?

Mierda, no se le escapa una. Pero después de que Kate se pusiera de parto el sábado por la noche, no es de extrañar que esté pensando en sus propios hijos. Ava informó a su amiga de los dolores que iba a tener, como una profesional. Y creo que eso le hizo bien. La hizo sentir más maternal si cabe.

Se me echa encima, se pone de puntillas y me da un beso en la mejilla, que luce una barba de tres días. Yo adelanto la cara, la abrazo y la estrecho contra mí.

—Me muero de ganas de ver a los niños —me dice, la boca contra el hombro, probablemente pugnando por respirar—. Tenemos que seguir avanzando, y no podremos hacerlo mientras nuestra familia esté incompleta.

Me está poniendo en evidencia, pero si algo sé es que el tiempo que hemos pasado separados de los mellizos, la época más dolorosa de mi vida por más motivos aparte de ése, no ha sido del todo una pérdida. He conseguido que mi mujer se vuelva a enamorar de mí. Misión cumplida.

—Te quiero.

Me niego a soltarla y la gente se ve obligada a rodearnos en medio del pasillo para pasar. Me da lo mismo. Donde quiera y cuando quiera, siempre.

—Lo sé —contesta, mimándome con besos, como necesito que me mime—. Venga, vamos a conocer a esa niña.

En ese momento las puertas de maternidad se abren y aparece Sam con un bulto en brazos envuelto en mantas. Y bajo las capas de suave algodón, su hija.

Joder, los ojos se me humedecen y se me hace un nudo en la garganta. Toso para librarme de él, y Ava me dirige una mirada cómplice. Frunzo el ceño por cuestión de principios, no sea que mi mujer piense que me he convertido en un ñoño y un blandengue.

Sam sonríe de oreja a oreja.

—Chicos, ésta es Betty.

—Ay, por favor.

Ava se derrite, se le cae la baba con la niña. Asustado, me adelanto para echarle yo también un vistazo. Sí, es una monada. Mi mujer se deshace con la pequeña, embobada, y profiere exclamaciones, ríe y sonríe.

—No te hagas ilusiones.

Lo he soltado antes de poder evitarlo, y Ava me mira, sus dedos jugueteando con la manita de Betty. Sam se parte de risa de inmediato y mi esposa me aclara las cosas en el acto:

—Me basta con los dos que tengo, gracias.

Sé que flaqueo visiblemente delante de ella, y no lo puedo evitar. La idea de volver a pasar otra vez por el infierno del embarazo me provoca sudores. La preocupación, los nervios, el miedo constante de que la cosa más mínima, un pinchazo o cualquier otra señal, significase que algo iba mal de verdad. Y luego el parto.

—Bien —confirmo, echando atrás los hombros y haciendo que Sam se ría con más ganas.

—Eres demasiado mayor, tío. —Mi amigo hunde el puñal con ganas y lo retuerce una y otra vez.

—Que te den —suelto, y decido no hacer caso y cambiar de tema—. ¿Y tú? ¿Cómo estás? —Parece hecho polvo.

—Creía que había visto todas las partes íntimas de mi novia. —Se estremece—. Pero me equivocaba.

Me río y miro hacia la puerta cuando veo que viene Kate, andando como un pato.

Sorprendentemente, tiene buen aspecto, considerando las circunstancias.

—Me he escapado, porque no es hora de visitas y no os dejarán pasar.

Se acerca a Ava, que se apresura a abrazarla.

—Me alegro tanto por ti.

—Pues no te alegres —se queja Kate—. Ando como John Wayne y no precisamente por lo que estáis pensando. —La broma, que suelta como si tal cosa, nos hace reír a todos.

Sam le pone a Betty en los brazos.

—Ya, ¿cuánto tiempo tenemos que esperar hasta que..., bueno, ya sabes...? —Señala las caderas de Kate.

Su mirada es de lo más obscena.

—Sólo me queda energía para apuñalarte. —Kate le da un leve beso a Betty en la cabeza y lanza una mirada asesina a Sam, que tiene una sonrisa bobalicona en la cara.

—Pasará por lo menos un mes —le digo a mi inexperto colega, disfrutando al ver la cara de horror que pone.

Lo compadezco. El mes que siguió al nacimiento de los mellizos fue el mes más largo de mi puta vida. Le doy una palmadita en la espalda y suspiro mientras levanto la mano y hago como que me la casco.

—Conoce a tu nueva mejor amiga.

Gruñe y rodea con un brazo a Kate.

—Menos mal que quiero a esta loca. Vamos a tomar un café antes de que me quede dormido aquí mismo.

Echamos a andar hacia la pequeña cafetería que hay al fondo del pasillo, Kate caminando torpemente con ayuda de un atentísimo Sam, Ava y yo detrás. La miro y, al verla meditabunda, hablo antes de pensar.

—Bueno, si quisieras tener otro...

No tengo ni puta idea de cómo he podido decir eso. Pero ¿qué coño me pasa? ¿Quién ha puesto esas palabras en mi boca? Ya sé quién: esa cabrona llamada consideración. ¿O acaso es sentimiento de culpa? ¿Desesperación? No lo sé, pero lo que sí sé es que si de verdad, *de verdad*, quisiera tener otro hijo, encontraría la manera de hacerme a la idea. Aunque sólo fuese para que estuviera embarazada y lo recordase, para que diese a luz y se acordase de la experiencia. Ser madre de un bebé y de un niño pequeño. Vivir el primer diente y el primer día de colegio. El dolor me revuelve las tripas. Sólo ahora caigo en la cantidad de cosas que Ava se está perdiendo de la vida de nuestros hijos, y aunque nada me gustaría más que recuperase esos recuerdos, debo aceptar que es posible que eso no ocurra. Así que tal vez yo pueda proporcionarle algunos de otra forma. ¿Estoy siendo galante? ¿O es que se me ha ido la olla del todo? Concluyo, bastante deprisa, que es esto último. ¿Qué coño estoy pensando? La frente se me llena de sudor inmediatamente.

—No te preocupes —dice Ava con una risita, que a todas luces se ha dado cuenta de lo incómodo que me siento de pronto—. No quiero.

—Uf, gracias —espeto, aliviado a más no poder. No creo que haya sugerido nunca nada más estúpido. Tengo cincuenta años, joder. Se acabó lo de hacer niños.

CAPÍTULO 42

Volvemos a instalarnos en el silencio mientras esperamos a entrar en la consulta del médico de Ava, mi pie golpeando nerviosamente la moqueta hasta que Ava se ve obligada a ponerme una mano con firmeza en la rodilla para pararme.

—Lo siento —suspiro, y le cojo la mano y me la llevo a la boca, besándole el dorso.

Pero la rodilla empieza a írseme de nuevo, por culpa de la adrenalina. No la puedo detener. Ava lanza un suspiro, exasperada, y se levanta y se me sienta encima, en un último intento de controlar mis temblores. Es un plan absurdo: su peso. Mi fuerza. Empieza a moverse en mi regazo, como si vibrase.

—Joder, Jesse.

Dejo de temblar, por las buenas.

—¿Quieres dejar de decir putos tacos?

Que hable mal no me ayudará, como tampoco lo hará su insolente forma de poner los ojos en blanco.

—Ava Ward —dice alguien detrás de nosotros antes de que yo pueda disgustarla más.

Descubro al doctor Peters en la puerta de la consulta. Sonríe al ver que Ava está sentada encima de mí.

—Pasen, por favor.

Entramos y nos sentamos ante su mesa. Miro de reojo a Ava, tratando de averiguar de qué humor está una vez más. Parece completamente tranquila, satisfecha incluso.

—¿Cómo se encuentra, Ava? —pregunta el médico mientras se pone las gafas y escudriña su historia, que tiene en la mesa.

—Bien —responde ella inmediatamente, y me coge la mano y me la aprieta.

—¿Y esos dolores de cabeza?

El doctor levanta la vista por encima de las gafas y sonríe sutilmente al ver que estamos cogidos de la mano.

—Ya casi no tengo.

Empieza a tomar notas.

—¿Los movimientos físicos? La coordinación, por ejemplo.

Yo lo único que veo es la mano de Ava dando con mi polla con manos perfectamente firmes. Su coordinación es estupenda, pero me abstengo de decírselo al médico.

—Todavía cojea un poco —digo, sabiendo que Ava no lo hará—. Y aún tiene la cabeza delicada alrededor de la herida.

—Es normal.

El médico se levanta y da la vuelta a la mesa, cogiendo de paso una linternita. Acto seguido se inclina para mirarle los ojos con ella a Ava.

—¿Y las funciones sensoriales?

Arqueo las cejas, y Ava me mira tímidamente.

—Tengo sentido del tacto, la vista, el olfato, el oído y el gusto.

Sonrío a mi vez, pese a que no es muy apropiado.

—Doy fe.

Le guiño un ojo a mi mujer, permitiendo que mis músculos se relajen por primera vez desde que he entrado en la consulta.

—Bien.

El doctor Peters se desliza la linterna en el bolsillo de la americana, examina la herida de la cabeza y asiente satisfecho antes de examinarle también la pierna. Luego vuelve a su asiento.

—¿Algún avance en la memoria? —Retrepándose, da golpecitos con el bolígrafo en la palma de la otra mano.

Ava se encoge de hombros, mirándome de reojo.

—Algunas cositas.

—Por pequeñas o insignificantes que puedan parecer, todas son importantes. —Otra sonrisa—. Tiene los síntomas típicos de una amnesia postraumática, Ava. Tengo grandes esperanzas de que, con tiempo y paciencia, recupere los recuerdos. El cerebro es un órgano muy complejo, y la función que desempeñan nuestros recuerdos compromete muchas partes distintas de él. En su caso, el golpe recibido en la cabeza ha dañado su estructura cerebral y el sistema límbico, que regula las emociones y los recuerdos.

Paciencia. Eso es algo de lo que no ando muy sobrado.

—Es evidente que nos estamos centrando en que recupere los recuerdos, Ava, pero, si me permite la pregunta: ¿cómo ve el futuro?

Noto que frunzo la frente, y miro a Ava, que clava la vista en el médico, al parecer igual de confundida con la pregunta que yo.

—Lo siento, pero no le entiendo —responde.

Bien. Yo tampoco. Redirijo mi atención al otro lado de la mesa y veo que el doctor sonríe de nuevo. Todas esas sonrisitas están empezando a irritarme. ¿Qué motivo hay para que esté tan contento?

—Es habitual que a quienes sufren amnesia les cueste imaginar el futuro cuando les falta una gran parte del pasado. El pasado y el futuro están muy unidos en nuestra memoria, como las personas que forman parte de nuestra vida, así que con frecuencia a los pacientes les cuesta hacerse una idea de cómo será su futuro.

—A Ava no le cuesta hacerse una idea de cómo será su futuro —suelto, incapaz de callarme. ¿Qué es lo que insinúa?

Por primera vez el médico se muestra cauteloso conmigo. Bien. Porque debería.

—¿Ava? —pregunta, sin dejar de mirarme a mí.

—No veo el futuro —admite en voz baja, y la miro, profundamente dolido y muy preocupado. ¿Cómo?—. Lo intuyo, más que verlo —añade—. Con Jesse y los mellizos. Es difícil de explicar.

373

—Sacude la cabeza, frustrada—. Al principio estaba asustada y confundida. No sabía quién era Jesse.

Me hundo en la silla, llevándome la mano a la frente y masajeándola con suavidad.

—Pero no tardé en darme cuenta de que sí sé quién es. Todos mis sentidos lo reconocen, aunque mi estúpido cerebro no lo haga. En cuanto a mis hijos, ahora mismo tengo la sensación de que me falta un pedazo enorme de mí, y no son los recuerdos. Son ellos. Su presencia.

Cierro los ojos y trago saliva, notando que el médico me mira, y me juzga. Juro por Dios que si hace algún comentario sobre mi forma de llevar esto le doy una patada en el culo que cruza el hospital volando.

—Entiendo —responde en voz queda el doctor Peters, volviendo a sus notas—. ¿Cuándo regresan a casa los niños?

Me aclaro la garganta y recobro la compostura, dejando a un lado el cabreo que tengo.

—Están en camino.

—Bien. Cuanto antes vuelva Ava a la vida real, mejor. La rutina es fundamental.

Centra la mirada en el ordenador y empieza a teclear.

—Procure incorporar momentos de tranquilidad a esa rutina. Podemos avanzar de varias maneras. Yo recomendaría la terapia ocupacional, un terapeuta que pueda trabajar con usted para que adquiera información nueva que sustituya a algunos de los recuerdos que ha perdido. Y puede que un asistente personal digital también sea útil, para ayudarla con el día a día.

—¿Un asistente personal? —inquiero, tratando por todos los medios de no parecer ofendido.

Sé que no lo consigo cuando Ava me aprieta la mano, su forma de pedirme que no me altere. Me cuesta.

—No necesita un asistente personal. Me tiene a mí.

—Señor Ward, no me ha entendido. Me refiero a algún dispositivo; un teléfono o un iPad. Hay algunas aplicaciones muy útiles que le irían muy bien a Ava.

El médico deja el teclado y me da unos folletos que cojo despacio.

—Estoy seguro de que Ava querrá recuperar cierta independencia. —Mira a Ava, aunque yo no. Sólo me necesita a mí—. Puede que olvide cosas, cositas que pasaron el día anterior, o la hora anterior. Es habitual. —Esboza una sonrisa tranquilizadora, aunque yo estoy lejos de sentirme tranquilo.

Ha habido algunas ocasiones en las que ha olvidado cosas. Cositas. Cosas que le he dicho que han desaparecido de su cabeza y he tenido que volver a decírselas.

—Con la ayuda de un smartphone o algo por el estilo, Ava puede ponerse alertas para recordar compromisos importantes, apuntar notas, etcétera, que le ayuden con las tareas cotidianas. Estoy seguro de que no querrá depender de usted para todo, y es importante que se conozca y sea consciente de su valía. Tiene que recuperar su vida, tanto si los recuerdos vuelven como si no.

Estoy de una puta pieza.

—¿Está sugiriendo que deje que se las apañe con todo esto ella sola?

Este tío es gilipollas.

El doctor Peters sonríe. Me falta poco para borrarle esa sonrisa de la cara.

—Señor Ward, si hay algo de lo que estoy completamente seguro es de que usted no permitirá que se las apañe con todo esto ella sola. Pero debe darle espacio para que respire.

Dicho esto se levanta, y me cuesta Dios y ayuda no abalanzarme sobre la mesa y sacarlo fuera. ¿Me está lanzando una indirecta?

—Me gustaría volver a verla dentro de unas semanas, Ava. Eche un vistazo a los folletos que le he dado a su marido. Hay grupos de apoyo a su disposición, personas con las que puede hablar que están en su mismo barco. Lo comentaremos cuando vuelva a verla, cuando ya haya leído la información.

¿Grupos de apoyo? ¿Conocer a personas que la entiendan? Esto me gusta menos con cada minuto que pasa. No necesita más gente, me tiene a mí. Soy su apoyo.

Ava se pone de pie antes que yo, animándome a seguir su ejemplo.

—Gracias.

—No hay de qué.

Yo no le doy las gracias, sino que salgo en silencio, dando vueltas a un montón de cosas en la cabeza. ¿Espacio para respirar? Ése nunca ha sido mi fuerte, y es algo a lo que Ava se ha acostumbrado. Tengo mi forma de ser, y cambiar eso ha resultado ser complicado desde el momento en que Ava salió del coma. Lo he intentado, pero confiando en que fuese temporal. En que acabemos volviendo a nuestra cotidianidad. La perspectiva de tener que adaptarme y cambiar permanentemente mi forma de ser es desalentadora. Y, la verdad, dudo que sea capaz. ¿Dónde nos deja eso?

CAPÍTULO 43

Volvemos a casa en silencio. Un silencio incómodo. Cojo aire un millar de veces para preguntarle a Ava en qué está pensando, pero cambio de opinión. Quizá porque me preocupa lo que pueda decir. ¿Quiere más espacio? ¿Piensa que la estoy agobiando demasiado? ¿Me odia por mandar fuera a los niños para que pudiera concentrarme en redescubrirnos como pareja? Las preguntas se van acumulando hasta que noto que la cabeza me estalla.

—Ava...

Me interrumpe su teléfono, que ella coge en lugar de dejar que suene y dedicarme su atención. Mis manos se aferran al volante, la irritación apoderándose de mí.

—¡Hola! —De pronto parece contenta—. Sí, claro. —Se ríe, y yo frunzo el ceño, preguntándome con quién estará hablando, porque Kate está en el hospital—. Te veo allí. —Cuelga y me mira—. ¿Qué ibas a decir?

Se me ha quedado la mente en blanco.

—¿Quién era?

—Ah, Zara.

Se mete el móvil en el bolso. Zara. La que le llenó a mi mujer la cabeza de ideas estúpidas con lo de buscarse otro trabajo.

—Quiero que la conozcas. Es estupenda.

Me muerdo la lengua para no acabar discutiendo. Probablemente sea mejor que no conozca a Zara. No puedo garantizar que no vaya a aclararle unas cuantas cosas.

377

—Claro.

Cuando llegamos a casa, estoy a punto de soltarle algunas de las preguntas que se me han ido acumulando, pero Ava se me adelanta y me obliga a frenar en seco.

—¿De quién es ese coche? —pregunta mientras señala al frente, haciendo que mire yo.

El Land Rover de sus padres está aparcado delante; y la puerta de casa, abierta de par en par.

—Los niños han vuelto.

Noto en el estómago una mezcla de nerviosismo y temor cuando paro el coche. No sé cómo saldrá esto. ¿Cómo estará Ava? ¿Cómo estarán los niños?

—¿Te encuentras bien?

—Sí —dice en voz baja mientras sale del coche.

Se queda junto a la puerta unos instantes después de cerrarla. Yo me quedo sentado, preparándome para el reencuentro. Es importante que no me emocione. No quiero dar a los niños ningún motivo de preocupación. Tras respirar hondo, me bajo y doy la vuelta para unirme a Ava, que me sonríe cuando le cojo la mano.

—¿Lista?

Respira mucho más profundamente que yo.

—Lista —confirma, y deja que la lleve hasta la puerta.

Cada paso que da es comedido, cada respiración, audible. Está haciendo exactamente lo mismo que yo: preparándose. La entrada es un caos de bolsas y zapatos, la casa vibra con los sonidos que llegan de la cocina, de los mellizos. Es normal. Miro a Ava mientras vamos hacia esos sonidos y veo que sonríe, en sus ojos un nuevo motivo de felicidad. Y esa felicidad me proporciona felicidad a mí, y le aprieto la mano, y me mira.

—Si se te hace muy cuesta arriba, me lo dices —pido—. Si necesitas espacio para respirar.

—¿De ti o de los niños? —inquiere, enarcando las cejas con aire burlón.

La miro mal de broma mientras le suelto la mano y le paso el brazo por los hombros.

—El sarcasmo no te pega, señorita.

—Lo que tú digas.

Al entrar en la cocina veo que los niños están sentados en la isla mientras la madre de Ava da vueltas por la estancia y Joseph la sigue, obedeciendo órdenes. Maddie está concentrada en su iPad, y Jacob ha metido el dedo en un tarro de mantequilla de cacahuete. Es como si no se hubieran ido nunca. Nos quedamos los dos en el umbral unos instantes, en silencio, contemplando la escena. Porque es caótica, cotidiana y preciosa.

—Han vuelto los niños —comento, y Ava suelta una risita y me dedica una mirada rebosante de amor.

—Gracias por el tiempo que hemos pasado juntos. —Se estira y me da un beso en la mejilla—. Han sido algunos de los mejores momentos de mi vida.

No sé si la punzada que siento en el corazón es de dolor o de felicidad. Hemos vivido algunos momentos increíbles en nuestra vida, y ella no recuerda ninguno.

—¡Mamá! ¡Papá!

Maddie se baja del taburete como una flecha y echa a correr hacia nosotros. Veo que rodea el cuerpo de Ava y la abraza con fuerza. Jacob no tarda en unírsele.

—Muy bonito —refunfuño, alborotándoles el pelo—. A mí también me habréis echado de menos, ¿no?

Ninguno de los dos se separa de Ava, y no se lo tengo en cuenta. Además, estoy demasiado satisfecho y encantado viendo a la madre de mis hijos reaccionar con su ataque, los ojos cerrados, los brazos en la espalda de los pequeños, la cara enterrada en su coronilla. Los está oliendo, empapándose de su olor. No creo haber visto nunca nada más maravilloso. Ava me mira un instante y sonríe con suavidad, y veo cierto temor en los ojos castaños oscuros. Le guiño un ojo, mi forma de decirle sin palabras que lo está haciendo genial.

Tras soltar a Maddie, Ava me indica que me acerque, y en cuanto me tiene a su alcance, tira de mí para que me sume a ellos, y yo los abrazo a todos. Mi mujer y mis hijos. Mi mundo, a salvo entre mis brazos. Tengo que tragar saliva repetidas veces para no perder la compostura.

Los mellizos, que por lo general son alérgicos a cualquier muestra de afecto que venga de mí a menos que quieran algo, ni se mueven, sin quejarse, hasta que Ava y yo estamos listos para soltarlos. Me cuesta lo mío, pero por fin doy con la fuerza de voluntad necesaria para apartarme, dejándolos para que respiren. Aunque mi respiración aún es superficial, mi corazón aún va a mil. Abrumado. Joder, no podría estar más abrumado.

La madre y el padre de Ava se acercan cuando nos hemos separado, y Elizabeth me saluda con la cabeza mientras abraza a Ava.

—¿Cómo estás, cariño?

—El médico está muy satisfecho con mis progresos —contesta, porque no hay más que decir—. Y yo me alegro de que hayan vuelto los niños y podamos seguir con nuestra vida.

Joseph viene a estrecharme la mano, los niños cerca, pidiendo más información, a juzgar por la expresión de su cara. Qué decirles es algo que me da verdaderos quebraderos de cabeza.

—Me alegro de verte, Jesse —dice Joseph, y al apretón de manos añade una palmadita firme en la espalda.

—¿Qué tal se han portado los niños?

—Fatal —farfulla, aunque lo dice de broma—. Son desobedientes y maleducados y siempre se están quejando.

—Vamos, Joseph —se ríe Elizabeth, y me acaricia el brazo al pasar—. Vi que no teníais nada en la nevera, así que fui al supermercado. —Comienza a vaciar bolsas, a llenar la nevera—. Leche, pan.

—Gracias, mamá. —Le señalo un taburete a Ava—. Siéntate.

Se sienta a la isla mientras ayudo a Elizabeth a sacar la compra y escucho a Ava, que les cuenta a los niños todo lo que nos acaba de decir el médico. Sonríe constantemente, les dice que está contenta y que ellos también deberían estarlo.

—Y ahora que habéis regresado, podemos hacer exactamente eso —propone—: volver a la normalidad.

—¿Y la memoria? —quiere saber Jacob mientras recupera el tarro de mantequilla de cacahuete—. ¿La vas a recuperar?

—El médico es muy positivo al respecto —contesta Ava, mirándome—. Y si no la recupero, crearemos nuevos recuerdos.

Sonrío, muy a mi pesar, al notar la mano de Elizabeth en mi brazo. Miro a mi suegra y la expresión que veo en su cara me infunde ánimos.

—Gracias por quedaros con ellos —digo de corazón.

Ella me da un golpecito en el brazo antes de quitarme la bolsa de plástico vacía que sostengo en la mano.

—Anda, calla —responde, y tira la bolsa a la basura.

Pongo los ojos en blanco y me acerco a mi mujer y a mis hijos, sumándome a la animada conversación. Me sitúo detrás de Ava, le rodeo la cintura con los brazos y apoyo la barbilla en su hombro. Ella pone sus manos en las mías y ladea el cuello para poder verme.

—Papá, por favor... —suspira Maddie, y pierde el interés en la conversación y vuelve con su iPad.

Por su parte, Jacob parece absolutamente encantado con mi despliegue de afecto en público. Pues claro. Es normal que papá no suelte a mamá. Sonríe, el dedo embadurnado de mantequilla de cacahuete, su atención fija en nosotros.

Ava lanza un suspiro y se recuesta en mí.

—Tengo la sensación de que así es como deberían ser las cosas —asegura, y parece un poco triste, como si se diese cuenta de lo mucho que los ha echado de menos.

—Porque así es como deben ser. —La beso en el pelo antes de apartarme de ella—. A ver, ¿qué hago de cena?

Me dan tres opciones distintas, todas a la vez. Y sonrío, porque así somos nosotros.

CAPÍTULO 44

Tardo un segundo exacto en darme cuenta de qué es lo que no encaja cuando mi cerebro despierta a la mañana siguiente: Ava no está en la cama conmigo. Luego un segundo más en sentir pánico. ¿Dónde está? Y otro en salir de la cama y del dormitorio. Corro por el descansillo, bajo la escalera como un loco y entro derrapando en la cocina.

Veo a Maddie en la isla, desayunando.

—¡Por favor!

Su grito de horror me taladra los oídos, la cuchara deteniéndose antes de llegar a la boca. Tiene los ojos muy abiertos durante el breve instante en que los veo, pues acto seguido se da la vuelta en el taburete, hacia el otro lado.

—Papá, ¿en serio?

Por un momento estoy confuso. Luego caigo en cuál es el motivo de alarma. Reculo y me miro: estoy desnudo. «¡Mierda!»

—¿Dónde está tu madre? —pregunto, llevándome las manos a la entrepierna para tapármela.

Me muero de vergüenza, pero no me marcho corriendo. Estoy demasiado preocupado.

Maddie señala el cuarto de la plancha justo cuando Ava aparece con el cesto de la colada en las manos. Mi mujer reacciona igual que mi hija. El cesto lleno de ropa cae al suelo y después se oye un gritito.

—Hombre, Jesse, no jorobes. —Ava coge un paño de la encimera y se me acerca deprisa para taparme cuanto antes.

382

—No estabas en la cama —espeto, dejando escapar una mirada ceñuda—. Me preocupé.

Mechones de pelo color chocolate oscuro enmarcan su rostro, que me mira cansado.

—Los niños vuelven hoy al colegio. Necesitaba ponerme en marcha antes.

—Deberías haberme despertado. Acabo de tener veinte ataques al corazón entre la cocina y el dormitorio, Ava.

—Estabas cansado.

—No estoy cansado —niego mientras ella sigue ocupada en taparme mis partes con el trapito—. No vuelvas a levantarte sin avisarme, o acabarás conmigo.

—No seas tan teatrero.

Mientras se empeña en ocultar mi dignidad, su mano me roza la cara interna de la verga, y la muy capulla se despierta. Cojo aire con ganas, Ava también, mientras veo cómo se mueve la tela gracias a mi creciente erección. Mordiéndose el labio con furia, Ava sacude la cabeza. Y allá vamos, de vuelta a esa cosa llamada autocontrol.

—Me cago en la leche —farfullo—. ¿Hay algún pantalón corto en el cesto?

Volviendo a la vida, Ava corre hasta donde ha dejado tirada la colada y revuelve en ella.

—Toma.

Saca unos pantalones cortos negros y me los lanza. Me aseguro de que Maddie sigue mirando hacia otro lado y sustituyo el patético paño por el pantalón.

—Ya estoy visible, hija —anuncio.

—Esto es taaaan incómodo.

Me dejo caer en el taburete de al lado y le lanzo el paño a Ava, le da en el pecho y va a parar al suelo, pues ni siquiera levanta las manos para cogerlo. Y es que está demasiado ocupada recreándose en mi pecho. Hago un mohín y me miro el tonificado torso; después, con la vista baja, la miro a ella.

—¿Desayunamos? —inquiero, y la pregunta logra que suba la vista.

Pone los ojos en blanco y coge el cesto antes de echar una ojeada con cautela a nuestra hija:

—Compórtate —me advierte sin articular la palabra, y vuelve al cuarto de la plancha.

Me río entre dientes. ¿Que me comporte? Eso nunca.

—¿Desde cuándo llevas levantada? —quiero saber, y busco café en la isla; no hay.

—Desde las seis y media —responde Ava.

Voy a la cafetera y la preparo, no dejo que el hecho de que no esté lista me fastidie.

—Pero Maddie ya estaba aquí abajo —añade.

¿Ah, sí? Miro a mi hija enarcando las cejas y ella se encoge de hombros mientras mastica sus cereales. Por lo general no hay forma de que salga de la cama.

—Pensé que hoy me podía preparar yo el desayuno.

Esbozo una sonrisa afectuosa y le guiño un ojo.

—Buena chica.

Intenta ayudar, hacer cualquier cosa que rebaje la carga de trabajo a su madre. Estoy a punto de encender la cafetera cuando oigo un taco en el cuarto de la plancha. Suspiro y miro al techo. Señor, dame fuerza.

—Ava —advierto.

Mi día no está empezando lo que se dice bien. Ataques al corazón. Palabrotas.

—Mierda, no puede ser tan difícil —la oigo refunfuñar mientras voy hacia ella.

La encuentro con la vista clavada en la lavadora.

—No te lo voy a repetir, controla esa puñetera boca —siseo, y apoyo el hombro en la puerta mientras ella mira los botones de la parte frontal, sin hacerme el menor caso—. ¿Qué pasa?

Suspira.

—No sé cómo va la lavadora. —Se pone a darle a botones al tuntún y a girar ruedas al azar, cada vez más mosqueada—. No creo que sea tan difícil.

Me acerco a la lavadora y le quito la mano con suavidad, antes de que rompa el puñetero chisme.

—Calma —digo con tono tranquilizador—. Lo haremos juntos.

Me agacho a inspeccionar los millones de botones de la parte frontal y Ava se une a mí. Por Dios, ¿para qué servirá tanto botón? ¿Qué es eso del aclarado y el centrifugado? Me muerdo el labio, preguntándome dónde estará el manual.

—No sabes cómo va, ¿no? —dice Ava burlona.

La verdad es que no.

—No tengo ni puta idea —admito sin asomo de vergüenza, mirándola despacio—. La lavadora siempre ha sido cosa tuya.

—¡Capullo jeta! —suelta indignada, y me da un golpe en el brazo.

—Esa boca.

—Cierra el pico. Y ¿qué es cosa tuya?

Mi irritación se desvanece. Me río, la cojo y me lanzo a su cuello unos segundos preciosos mientras pego mi pelvis a la suya sinuosamente.

—¿A ti qué te parece?

Deja escapar una risita e intenta apartarme, con poco éxito. La agarro con fuerza, no estoy dispuesto a soltarla.

—Así que se te da bien una cosa y sólo una cosa, ¿no?

La levanto, la siento en la encimera y la cojo por las caderas. Su sonrisa es distraída. Preciosa. Y le brillan los ojos, teniendo en cuenta la hora que es.

—Soy todo un experto en la mayoría de las cosas que hago.

No estoy fanfarroneando, es así. Tiro de ella hasta que sus partes entran en contacto con las mías y mi polla cobra vida de nuevo. Bajo la vista y suspiro.

—Ya estamos.

—Ya estamos —repite ella.

Me levanta la cara y me besa en la boca, abrazándome los desnudos hombros. Buenos putos días. Y bienvenido a casa.

—Tengo que preparar a los niños para el colegio —musita, y me atrapa la punta de la lengua.

Justo a tiempo, escuchamos la adormilada voz de Jacob, que nos llama desde la cocina.

—Se están besuqueando en el cuarto de la plancha —lo informa Maddie con cansancio—. Por lo visto ya hemos vuelto a la normalidad.

A la normalidad. No del todo. Pero saber que a los niños les da tranquilidad ver que Ava y yo volvemos a las andadas tiene un efecto balsámico en mí. ¿Tan sencillo es para ellos? ¿Que su madre y su padre estén juntos, queriéndose, siendo como son siempre, aunque no sea así? Empezaba a sentirme culpable por haberlos mandado fuera, pero ahora estoy más seguro que nunca de que fue buena idea. Cuando traje a Ava a casa, los primeros días fueron un infierno. Las emociones, los gritos, el agotamiento. No me gustaría que viesen a su madre tan perdida y a su padre tan desesperado. El tiempo que pasamos nosotros dos solos fue muy valioso. Y era necesario. Para que Ava descubriese quién soy y lo que represento y lo aceptase. Y lo acepta. Por suerte lo acepta.

Me sacan de mis pensamientos unos golpecitos en el hombro y cojo aire y miro esos ojos que me han subyugado desde el primer día. Me entretengo unos momentos echándole hacia atrás las oscuras ondas del pelo antes de cogerla y bajarla al suelo.

—Quedas relevada de tus funciones.

Le doy una palmadita en el culo para que se ponga en marcha y la mirada traviesa que me lanza al volver la cabeza no ayuda en nada a controlar lo que está pasando dentro de mis pantalones. Le dirijo una mirada de advertencia, pero ella se limita a esbozar esa sonrisa tan suya. En cuanto se ha ido, le doy un buen golpe a la lavadora y asiento, satisfecho, al oír que el agua entra en el tambor.

—Buenos días, mamá —oigo decir a Jacob cuando Ava entra en la cocina, conmigo detrás.

Está mirando las cajas de cereales de la isla, las seis que hay. Ava debe de haber cogido todas las que había en la despensa, para cubrir todas las bases, supongo.

—¿Y lo mío? —pregunta mi hijo.

Todas las bases excepto lo de Jacob. Ava hace una mueca de disgusto y a mí se me cae el alma a los pies; por su parte, Maddie, rápida, da un puntapié en la espinilla a su hermano.

—Imbécil —dice.

Siento una punzada de dolor cuando Ava me mira, los ojos húmedos.

—No pasa nada. —Corro al armario y saco las Pop-Tarts de Jacob, que me apresuro a meter en el tostador—. ¿Lo ves? Listo.

—Lo siento, mamá.

El niño está compungido, y yo me debato entre consolarlo o ir con Ava. Ella decide por mí cuando sale a toda prisa de la cocina. Abatido, miro a los niños, que ven salir a su madre corriendo, secándose la cara con las manos. Joder. Después de alborotarles el pelo con un gesto rápido, tranquilizador, voy tras mi mujer. La encuentro en el cuarto de baño de abajo, cogiendo papel higiénico.

—Ava, nena. —Entro y cierro la puerta—. No es para tanto.

El corazón se me parte cuando se vuelve hacia mí, el labio inferior tembloroso, las lágrimas corriéndole por las mejillas.

—Ni siquiera sé qué es lo que más le gusta desayunar a mi hijo. —La voz se le quiebra y baja la cabeza—. ¿Qué clase de madre soy?

Esa frase hace que me vuelva loco antes de que pueda impedirlo y alargo la mano para quitarle el papel que se está llevando a la cara.

—Ya basta —ordeno, con más aspereza de lo que pretendía.

Me mira con cautela, los ojos muy abiertos, las lágrimas aún cayéndole por las mejillas. Me pego a ella, le agarro la cara, apoyo mi frente en la suya, y la miro cabreado.

—No dudes nunca, jamás, de tu capacidad como madre, ¿me

387

oyes? —Ella asiente—. Bien. —Mi boca se une a la suya y la beso con fuerza—. Y ahora sécate esos ojos y mueve el culo a la cocina.

—Vale.

No discute ni protesta, se sorbe la nariz para contener las emociones y recomponerse.

—¿Me das el papel?

—No.

Le paso los pulgares por las mejillas para que no se note que ha llorado.

—Andando.

Le doy media vuelta, la agarro por los hombros y la conduzco a la cocina. Le aprieto los hombros para darle confianza antes de soltarla.

Ella asiente y va al armario a coger un plato para Jacob, saca las Pop-Tarts del tostador y se las pasa por la isla.

—Gracias, mamá. —Se muerde el labio y me lanza miradas nerviosas.

—¿Qué? —pregunta Ava, mirándome también.

—Nada.

Me acerco a la nevera, saco la mantequilla de cacahuete y se la doy a Jacob, que empieza a untarse con ella las Pop-Tarts.

—Ah. —Ava se desanima al ver la operación, y hace una mueca de dolor—. Que le pone mantequilla de cacahuete al desayuno, claro.

—Qué asquito das —le espeta Maddie a su hermano al salir de la cocina—. Me voy a la ducha.

—Y yo a preparar las fiambreras. —Ava se vuelve y observa los armarios.

—Arriba a la izquierda —le recuerdo.

Termino de preparar la cafetera que había dejado a medias. Cuando acabo, me siento junto a mi hijo y abro la boca para que me dé un poco de su desayuno, sonriendo cuando me mete el último bocado que le quedaba.

—Ve a la ducha —le digo, y se marcha deprisa, dejándonos a Ava y a mí solos en la cocina.

Miro a mi mujer con aire pensativo mientras devoro el tarro de mantequilla de cacahuete. He estado tan centrado en todas las cosas importantes que tiene que recordar que no se me pasó por la cabeza que las sencillas, como qué les gusta desayunar a los niños, pudieran disgustarla. Algo tan trivial, y sin embargo tan revelador. Si primero estoy esperanzado, sintiendo el amor y los sentimientos que me demuestra mi mujer, después la realidad me golpea con fuerza con algo tan absurdo como las Pop-Tarts. Pero, como no paro de recordarme, esto es una maratón, no un esprint.

Bebo un sorbo de café. Ava está delante de la nevera abierta. Inmóvil. Observándola. Frunzo el ceño y, al dejar la taza, veo que sus hombros se estremecen ligeramente. Preocupado, me levanto y me acerco a ella, la vuelvo hacia mí para verle la cara: las lágrimas le caen por las mejillas y van a parar a la camiseta.

—Tampoco sé qué les gusta que les ponga para comer —solloza, cada palabra teñida de desesperación.

—Eh.

Bajo la cara para pegarla a la suya, mis mejillas humedeciéndose con sus lágrimas. Estamos juntos en esto, estrés, amor, desesperación... y lágrimas. Aunque ahora no sea yo quien las derrama, también son mías. No me da tiempo a abrazarla: ella se me adelanta, me echa los brazos al cuello y prácticamente se me sube encima. ¿Qué puedo hacer? No hay ninguna solución sencilla. Es sólo cuestión de tiempo y de esa puta cosa llamada paciencia.

La llevo a un taburete y la siento encima de mí, a horcajadas, su cara oculta en mi pecho, sus lágrimas mojándome la piel. Con mi cara en su pelo, profiero un suspiro, la abrazo. Le concedo el tiempo que necesita para superar esto. No es más que otra parte de este espantoso proceso. Un bache más en este camino pedregoso. Cuántos más baches, reveses y llanto quedan es algo desalentador. Pero debo ser fuerte.

El hombre con el que se casó.

—A Maddie le gustan los sándwiches con Marmite —le digo, la boca pegada al pelo—. Y a Jacob...

—Con mantequilla de cacahuete —dice, sorbiéndose la nariz y levantando a duras penas la preocupada cabeza hasta mirarme a los ojos.

Sonrío, le cojo las manos y las sostengo entre el pecho de ambos.

—Estaré contigo a lo largo de todo el camino, nena. En las subidas y en las bajadas, en lo bueno y en lo malo, estaré a tu lado. Para ayudarte, para secarte las lágrimas, para quererte. Te amo un puto huevo, señorita. —La beso en la mejilla, y me quedo ahí unos segundos, aspirando su olor—. No te rindas, ¿me oyes? Tenemos mucho por lo que luchar.

Lanza un pequeño sollozo lleno de emoción y alivio.

—Volver a enamorarme de ti ha sido fácil —musita en voz muy queda—. Pero esto. Los niños. Los quiero. No me hizo falta enamorarme, me bastó con mirarlos para saberlo. Pero ser una buena madre no es sólo quererlos incondicionalmente. Es conocerlos a fondo. Lo que les gusta, lo que no les gusta.

Cierra los ojos, la realidad es demasiado insoportable, y yo le tomo la cabeza con suavidad y la abrazo.

—Me siento más perdida ahora que nunca. La cara que ponen cuando me equivoco en algo.

—Para —insisto—. Para ahora mismo.

—Es sólo que odio decepcionarlos.

—No los decepcionas olvidando de qué mierda les gustan los sándwiches o lo que les gusta desayunar. Sólo podrías decepcionarlos si no los quisieras. Si te rindieras. ¿Es que voy a tener que llevarte arriba y echarte un polvo recordatorio? —Lo digo muy en serio, así que será mejor que no cuestione mi amenaza.

—¿Recordatorio? —Me mira, se sorbe la nariz y se ríe un poco.

—Sí, recordatorio.

Me pongo de pie y ella resbala por mis piernas hasta levantarse.

Despacio. Sus manos en mi pecho desnudo. Y también su mirada. Rebosante de deseo. Sonrío para mis adentros, porque aunque el momento sea una mierda, la he distraído y he conseguido levantarle el ánimo, y nunca me disculparé por eso. Distraerla siempre ha sido mi especialidad. Doy gracias por no haber perdido el don. Coloco una mano entre sus muslos y la dejo ahí, y Ava respira hondo.

—Jesse.

La voz se le quiebra con la pasión desenfrenada que irradian sus ojos castaños, pero no intenta escapar de mí. Subo la mano a la cadera, sonriendo, y le hago cosquillas. Suelta el aire que estaba conteniendo, aunque no mueve ni un músculo.

—Dime que no volverás a poner en duda tu capacidad como madre —exijo, y muevo un poco los dedos para hacerle ver la tortura que está a punto de sufrir si no me lo dice—. Vamos, nena.

—No volveré a ponerla en duda. —Las palabras le salen de la boca deprisa, apenas audibles.

Le hago cosquillas y ella suelta un gritito agudo.

—¿A qué ha venido eso? —Mi cara risueña se acerca a su rostro ceñudo—. Dilo otra vez. Despacito, para que pueda oírte.

—No-volveré-a-dudar-de-mí-misma.

Nada más decirlo, coge más aire y lo aguanta, a la espera, preparándose.

La abrazo unos instantes para crear expectación antes de mover mi mano de nuevo a sus muslos y entrar a matar, plantando mi boca en la suya y poniéndola contra la pared que nos queda más cerca. Esta arma, mi capacidad de devolverle la vida, de distraerla para que olvide un poco el mal momento que está pasando, es todo lo que tengo, y la usaré sin remordimiento y sin vacilar. Sentir sus tetas mullidas contra mi duro pecho, cada una de sus curvas fundiéndose en cada uno de mis marcados músculos, dispara mis ganas.

Algo que no es muy recomendable cuando los niños pueden oírnos gritar. Nada recomendable. Ello no me impide que la bese con fuerza, explorando su boca con la misma avidez con la que ella explora la mía, sus uñas clavándose en mis hombros y mi espalda, sus gemidos de placer instalándose en mi cerebro y haciendo que me vuelva loco de deseo, más que de frustración.

—Luego. —Le muerdo el labio y tiro de él hasta que se me escapa de los dientes—. Estás a mi merced, señorita.

—¿Acaso no lo estoy siempre? —Unos dedos firmes me cogen el pelo y me acercan a ella, haciendo que vuelva a besarla.

—Y no lo olvides.

Tenemos los labios y los dientes enredados, con premura y torpeza. Ella adelanta las caderas y atrapa los abultados pantalones.

—¡Papá! —A la cocina llega el grito estridente de Maddie y la erección se me baja, así, sin más—. ¡Papá!

Me rindo, sin sobresaltarme, y Ava se ríe y mi mosqueo disminuye. Tenerla para mí solo, aunque fuese traumático en algunos momentos, fue un regalo excepcional. Poder satisfacerla cuando me apetecía fue una suerte, sobre todo dadas las circunstancias. Esa conexión fue la clave. No tener que preocuparnos de que nos pillaran los niños me quitó un peso de encima. Un ligero sentimiento de culpa me asalta por ser tan egoísta.

Refunfuñando, me separo de Ava y le aparto el pelo de la pegajosa mejilla.

—No más lágrimas —advierto, y voy a la puerta de la cocina—. ¿Qué pasa? —pregunto a Maddie.

—Que no encuentro el uniforme del colegio.

—Yo tampoco —corea Jacob, que aparece en lo alto de la escalera en calzoncillos.

No tengo ni puta idea de por dónde empezar a buscar los uniformes. Y sé que Ava tampoco. Cuando se une a mí, al pie de la escalera, temo que vuelva a desmoronarse, y los mellizos también, a juzgar por su expresión cautelosa. Sin embargo, coge aire y va hacia ellos.

—Si no los encontramos, tendréis que ir desnudos.

—Puaj, qué asco. —Maddie se ríe al ver pasar a Ava, los ojos radiantes de felicidad.

—A mí no me importaría. —Jacob se encoge de hombros y me mira como diciendo: «¿Cuál es el problema?».

—Está claro que la seguridad la ha sacado de ti —dice Ava, lanzándome una mirada penetrante.

Y yo sonrío, orgulloso a más no poder de mi mujer. Y de mis hijos. De todos ellos. Somos un equipo. Podemos con todo.

CAPÍTULO 45

Ava

Esta mañana me he despertado como cada mañana a lo largo de las seis últimas semanas desde que llegaron a casa los niños: con Jesse pegado a mi espalda, sus labios recorriéndome la columna lenta e indolentemente. Es algo maravilloso, me deja la mente en blanco. Y, como siempre, me derrito con el calor de su boca, que me despierta de mis sueños. Cierro de nuevo los ojos y dejo que me lleve al paraíso, que mi cuerpo se ablande y mis sentidos tomen el control. El roce de nuestra piel al unirse hace que el calor se vuelva fuego. Notar su erección matutina contra mis muslos y mi culo hace que de desear pase a suplicar en silencio. Sentir su aliento en cada centímetro de mi piel hace que el hambre se vuelva voracidad. Echo atrás la mano, enredo mis dedos en la maraña matutina de su pelo, suspirando de satisfacción, amoldando mi cuerpo al suyo.

—Buenos días, señorita —musita mientras me mordisquea el hombro y hunde su pelvis en mi culo—. ¿Estás lista para mí?

—Siempre.

Es cierto. Mi cuerpo responde a él instintivamente. Mi deseo es constante.

Una embestida enérgica y lo siento dentro de mí, hondo y arriba, mis dedos agarrando su pelo mientras grito de placer, sus dientes mordiendo mi carne mientras gime. Estoy flotando. Estoy en el

394

séptimo cielo, segundos después de despertar, y sé que eso es lo que Jesse pretende cada mañana: que empiece el día recordando lo estupendos que somos. La verdad es que no es necesario.

Miro a este hombre y ardo por dentro. Lo escucho, con independencia de lo que diga, y me reconforta enormemente su áspera, grave voz de barítono. Siento que me toca y sé que siempre estuvimos incompletos sin el otro. Somos uno.

Nuestros cuerpos se mueven en perfecta sintonía, fluyendo con suavidad y parsimonia, como si se conocieran a la perfección. Porque se conocen a la perfección. Jamás podría cuestionar la sensación de que esto va bien cuando compartimos esta intimidad, ni siquiera cuando tengo un mal día, cuando la frustración me puede, cuando pasa un día entero sin que recupere un solo recuerdo que me anime a seguir adelante.

Esos días se han convertido en semanas. Han pasado seis semanas y no tengo nada, ningún recuerdo, ningún *flashback*, sólo las migajas de lo que reconstruí antes de que mi cerebro decidiera poner el freno en lo que respecta a mi pasado. Como si un corcho hubiese taponado el orificio, impidiendo el flujo. Y Jesse se ha percatado. Sus atentos ojos siempre me están observando, sus oídos siempre aguzados. Llevo semanas sin darle nada. Veo la decepción escrita en su rostro, por mucho que intente disimularla con amor.

Me siento presionada. Sólo noto alivio cuando hacemos el amor, cuando consigue que mi cabeza se quede completamente en blanco, o cuando voy a yoga con Zara, que todavía no sabe lo de mi accidente y el estado en que me encuentro, y es estupendo, porque ella es mi otra vía de escape. Nunca tengo la sensación de que la decepciono. Nunca tengo la sensación de que me mira como si yo debiera saber algo. Mi nueva amiga es el respiro que tanto necesito.

Sé que Jesse y yo estamos creando nuevos recuerdos, unos recuerdos maravillosos, pero todos los días me quedo mirando la pared llena de fotografías del salón y me pregunto adónde demonios habrá ido a parar todo eso.

—Para —musita, y sale bruscamente de mí y me da la vuelta.

Mi apesadumbrada mirada se clava en sus ojos verdes, esos ojos que me gritan un millar de emociones cada vez que los miro y que esta mañana reflejan la preocupación que siente Jesse.

—Seguimos siendo nosotros. Seguimos teniendo a los niños. Te sigo queriendo y tú me sigues queriendo a mí. Eso es todo lo que importa.

Y adelanta la dura pelvis y me penetra de nuevo, apoyándose en los antebrazos. Su peso me calma, me recuerda que puede que haya perdido muchos recuerdos de este hombre, pero por lo menos sigue conmigo. El incesante dolor que siento cuando se me pasa por la cabeza que podría estar sin él basta para decirme que donde estoy es donde tengo que estar. Aunque no hace falta que nada me lo recuerde, no cuando cada fibra de mi ser me lo dice.

Llevo mis manos a su espalda y las paso por esa carne firme, lo acaricio.

—Esto es todo lo que necesito —afirmo, tragando saliva cuando se retira despacio, intencionadamente despacio, sus ojos en los míos cuando me embiste otra vez con precisión y suavidad.

—Nada podrá separarnos.

Me penetra de nuevo y me besa tiernamente, y mis piernas suben a su cintura para aferrarme a él todo cuanto pueda.

—Así, nena. Agárrate bien.

El cambio de ritmo, de una lenta fricción a profundas acometidas, hace que me cueste seguir besándolo, mi lengua errática en sus movimientos, casi enloquecida.

—¿Estás a punto?

Se aparta, no necesita oír mi respuesta, sólo quiere verme la cara cuando caiga por el abismo. Clavando los puños en la cama, sube la apuesta, mezclando arremetidas con giros, pasando de la intensidad a la lentitud. Estoy absorta en él, asombrada por el placer por donde me lleva. A lugares en los que puedo olvidar. Donde no existe nada salvo él y yo y la pasión que compartimos.

El sudor de su frente brilla con la tenue luz, su rostro comienza a tensarse cuando mi placer culmina y estalla, haciéndome temblar con fuerza en el acto, la sensación de cosquilleo demasiado intensa, mi carne demasiado sensible. Y él lo sabe, porque sus movimientos cesan, y ejerce presión en el punto preciso, aumentando la sensibilidad, mientras se corre con fuerza, reprimiendo un rugido, la cara roja de la sangre que afluye a su cabeza. Mis paredes internas lo agarran con voracidad y lo dejan seco, el calor de su esencia vertiéndose dentro de mi cuerpo.

Jesse se desploma, exhausto, abrazándome, aún muy dentro de mí, donde se quedará los próximos diez minutos mientras me dormita encima, acariciándome con la nariz y besándome el húmedo cuello de vez en cuando, susurrándome ternezas al oído. Y yo lo retengo y saboreo el preciado momento cada mañana antes de levantarme y enfrentarme al día.

Respiro en su hombro mientras nos tranquilizamos, estrujándolo, acercándolo a mí todo lo posible. A mi manera, sin necesidad de usar palabras, le estoy diciendo que me alegro de seguir donde estoy. Claro que no es que tenga mucho más que hacer: de momento me es imposible trabajar.

Probé hace unas semanas, convencí a Jesse de que me dejara volver al despacho, y me dejó, aunque de mala gana. Sólo tardé diez minutos en darme cuenta de que estaba perdida: diez minutos mirando los papeles que tenía en la mesa, diez minutos con Jesse observándome desde el sofá mientras yo le exigía a mi cerebro que me dijera qué tenía que hacer, y diez intentos fallidos de introducir mi contraseña en el ordenador, antes de que me viniera abajo y me rindiera a la evidencia de que en el gimnasio no podía hacer nada de provecho.

No me gustó, no me gustó nada, y no fue sólo porque me sintiera tan inútil. Esa mujer que trabaja para nosotros no le quita los ojos de encima a Jesse, y vi claramente que mi presencia no era bienvenida. Aprieto los ojos, intento recordar su nombre. Pequeñeces, pequeñeces que aprendo se me escapan de la memoria en cuanto llegan a ella. Como los nombres. «Cherry.» Exhalo y le doy las gracias a mi cerebro por facilitarme la información que buscaba. Ojalá también pudiera devolverme mis recuerdos.

¿Sirvo para algo? Me regaño nada más cuestionar mi valía, porque sí estoy haciendo un trabajo valioso: ser la mejor madre que puedo, aunque a veces pongo en duda mi capacidad a ese respecto. Como cuando Jacob vino a casa con unos problemas de matemáticas sencillos. Simples ecuaciones que sé resolver de cuando iba al colegio, mucho antes de que perdiera la memoria. Sin embargo, no logré hacerlas. Mi cerebro se negó en redondo.

O como cuando Maddie y yo fuimos a comprar su vestido para la boda de Raya y Drew. Escogí muchos modelos, y cada uno de ellos era rechazado. Ni siquiera sabía cuál era el estilo de mi hija. Ése es un día que me gustaría olvidar, porque empeoró cuando paramos un taxi para que nos llevara a casa y yo ni siquiera recordaba la puñetera dirección. Había desaparecido, borrada de mi cabeza como si Jesse no me la hubiese repetido mil veces en las últimas semanas. Por suerte, mi hija me salvó.

Pero no pudo salvarme de la ira de su padre cuando aparecimos en el taxi. Se suponía que debía llamarlo para que fuera a recogernos, pero yo confiaba en poder librarme de la tristeza que me embargaba durante el camino de vuelta a casa. Y lo había conseguido, pero Jesse perdió los nervios. Entonces me vine abajo, llorando, mientras Maddie lanzaba su ira contra su padre. La situación es delicada. Estamos todos que nos va a dar algo, y mi puta memoria es la causa, el hecho de que mi cerebro se niegue a darme lo que necesito, lo que necesitamos todos, para seguir con nuestra vida con cierta normalidad.

Luego hay momentos como los de ahora. Momentos en que de mi cerebro desaparece la mierda que lo emponzoña. Momentos en que Jesse me ayuda a escapar. Y hay momentos con Maddie y Jacob. Momentos en que miro a esos niños preciosos e intento hacerme a la idea de que son míos. De lo afortunada que soy. Lo estupendos que son, que sean capaces de hacerme sonreír incluso en los días más sombríos. Las bromitas que hacen a costa de su padre, su forma de contar lo que saben de nuestra historia de amor. Podría pasarme horas escuchándolos.

—Basta de penas por hoy. —Su voz, ahogada en mi cuello, es aun así grave—. Hoy es la despedida de soltera de Raya.

Me sorprende que me lo recuerde, porque sé que está luchando contra su instinto, que le dice que me retenga, que no me deje ir. Y sé que le ha leído la cartilla a Kate. Si será tonto. La pobre lleva casi un año sin tomar una copa, tendrá más ganas de pasar un buen rato entre chicas y darle al alcohol que yo.

—¿Quieres decir que me dejarás libre esta noche? —lo pincho.

Aunque no debería. Tengo muchas ganas de que llegue esta noche, para pasar tiempo con Kate. Si me retira el permiso, se armará una gorda.

Tras salir de su escondrijo, enarca una ceja y sus labios dibujan una línea recta de desagrado.

—¿Me estás poniendo a prueba?

Me tenso cuando su mano baja hasta mi cadera.

—No, nunca —respondo, conteniendo deprisa la respiración.

Me pilla siempre. No tengo nada que hacer contra él, su poderosa anatomía se ríe al ver mi cuerpecillo.

—Y serás sensata, ¿verdad que sí? —Hunde ligeramente sus maliciosos dedos en mi carne y pego un bote, y acto seguido asiento con vehemencia—. Y estarás en contacto conmigo, ¿verdad que sí? —Más dedos, otro bote y otro sí—. Y antes de marcharte me dejarás que te inmovilice y me corra en esas tetas preciosas, ¿verdad que sí?

Soy incapaz de mostrarme conforme. No es que él quiera que lo haga, porque hace lo que le sale de las narices cuando le sale de las narices.

—¿Es que quieres marcarme?

—A decir verdad, es a ti a quien le gusta marcarme. —Se señala el pectoral—. Lo echo de menos.

No puedo evitar fruncir el ceño.

—¿Qué echas de menos?

—El pequeño chupetón del pecho que me ha hecho compañía estos doce últimos años. Me siento algo incompleto sin él. —Ladea la cabeza para dar a entender su deseo—. Chupa, nena. —Se vuelve y me señala el sitio donde me quiere.

Me hace gracia, aunque empiezo a acostumbrarme a algunas de las rarezas de las que me estoy enterando sobre nuestro matrimonio. Y lo cierto es que no pienso privarme de pasar unos minutos más juntos en la cama. Así que me siento en su cintura y me pego a su firme carne, chupando y observándolo para ver su cara de satisfacción. Este tío está como una cabra. Y yo también, puesto que le sigo la corriente con todas las locuras que me propone.

—¿Satisfecho? —pregunto mientras inspecciono el perfecto círculo morado.

—Mucho. —Se levanta de la cama y me arropa—. Preparo yo a los niños para el colegio.

Veo que se pone un bóxer y sale de la habitación, mis ojos clavados en su ancha espalda hasta que desaparece.

Me relajo y pienso en esta noche. Necesito un copazo. Anestesiarme para no sentir nada. Y eso es exactamente lo que pretendo hacer.

CAPÍTULO 46

Me siento en la cocina intentando no pensar en que Ava está arriba preparándose para salir. Muchas mujeres juntas y mucho alcohol. Y una de ellas dio a luz hace mes y medio y según Sam se muere de ganas de disfrutar de una noche de libertad, puesto que las seis semanas de lactancia han terminado. Me obligué a acceder, y ahora me arrepiento. Cojo el teléfono y llamo a la madre de Ava.

—¿Ocurre algo? —contesta a modo de saludo.

—No ocurre nada. —El gesto se me tuerce—. ¿Qué haces esta noche? —pregunto como si tal cosa.

Los niños me miran. Están sentados a la isla, terminando de cenar. Saben lo que pretendo. Me llevo un dedo a los labios para que me guarden el secreto.

—Yo voy a salir —responde Elizabeth—. Bridge y cócteles.

Mierda.

—Vale. Pásalo bien.

Cuelgo y tamborileo con los dedos sobre la encimera de mármol, pensando.

—Ah. —Llamo deprisa a John—. Hola, grandullón —digo.

—No.

Su respuesta brusca y contundente hace que frunza el ceño.

—¿Qué?

—Es la despedida de soltera de Raya. Y no, no me quedaré con los niños para que tú puedas agobiar a tu mujer.

Refunfuño.

—Vaya un amigo.

—Que te den. ¿Has sabido algo de Sarah?

Mi ánimo empeora más aún.

—No. ¿Por qué? ¿Debería?

—Sólo era una pregunta. Espero que se vaya a la mierda pronto, porque, la verdad, estoy harto de verle la puta cara.

Me estremezco por la parte que le toca a Sarah.

—Dile que se vaya, John.

—No puedo. Lo he intentado, joder, pero tengo a tu puto tío Carmichael en la oreja, como un puto mosquito tocapelotas, diciéndome que me porte bien con ella o me perseguirá durante toda la puta eternidad.

Sonrío un poco, pero también estoy cabreado.

—No le debes nada. El tío Carmichael no le debe nada.

—Eso díselo a un muerto —gruñe, y me cuelga.

Me sumo en mis pensamientos, volviendo un instante a mi pasado. Entonces veo que los niños me miran con recelo.

—¿Qué?

—No lo hagas, papá —aconseja Maddie—. Mamá te arrancará la cabeza y jugará al fútbol con ella.

—Te arrepentirás —advierte Jacob.

Mirando mal a mis hijos, me voy de la cocina y subo a donde Ava se está arreglando. ¿Qué se supone que debo hacer? ¿Pasarme toda la noche muerto de preocupación?

La veo en ropa interior delante del espejo. Lanzo un gruñido. ¿Qué intenta hacerme?

—Estás preciosa —digo de mala gana, y pongo el culo en la cama.

Me mira por el espejo con una sonrisilla en los labios sin pintar mientras se recoge el pelo.

—Todavía no me he vestido.

Me encojo de hombros y hago un mohín como si fuese un colegial malhumorado.

—Estás preciosa igual.

—¿Has venido a marcarme?

Miro a la puerta y oigo a los niños abajo, en la cocina. El margen de que dispongo para marcarla es limitado.

—¿Qué te parece esto?

Vuelvo a mirar a Ava y veo que sostiene en alto un vestidito negro. Me limito a sacudir la cabeza. Ni de coña.

—¿Y esto?

Me enseña algo verde, que nuevamente rechazo. Ava suspira y hace un gesto con el brazo con el que abarca el armario.

—Escoge un vestido, el que más rabia te dé.

Bien. Le está pillando el tranquillo. Sólo tardo cinco minutos en encontrar algo adecuado: un vestido de punto largo, de cuello alto y manga larga.

—Perfecto —afirmo.

—No pienso ponerme eso.

Me quita el vestido de la mano y lo cuelga donde estaba. Coge otro deprisa y vuelve al dormitorio.

—Y no te enfurruñes.

—Y eso tampoco —digo, yendo tras ella.

Se está poniendo una mierda dorada cuando llego a la habitación, en la cara una sonrisa lujuriosa.

—¿Por qué tienes que ser tan puñeteramente guapa?

Mi mujer es una diosa, y sé que todos los demás hombres del planeta pensarán lo mismo. Y con ese vestidito dorado es una diosa resplandeciente. Sus mejillas también resplandecen, y se ha ahumado los ojos, lo que hace que su mirada sea tremendamente seductora. Esos ojos dicen: llévame a la cama.

—No mires a ningún hombre a los ojos —le advierto, dejándome caer en la silla del rincón del dormitorio. Estoy de bajón. De mal humor. No lo puedo evitar.

Se acerca y se vuelve despacio, gira la cabeza y me mira. Con la barbilla aún baja, levanto la vista y recorro su espalda al aire hasta llegar a sus ojos.

—¿Me subes la cremallera?

—No —gruño, y ella esboza una sonrisa divina.

—Por favor... —Es un ronroneo que me da en la polla y consigue que ésta pase de medio tiesa a como una piedra.

—¿Por qué me haces esto?

Lo digo en serio. Basta con mirarla: esa belleza, aún en todo su esplendor, relumbra ante mí como si fuese una criatura de otro mundo. Llevo el día entero intentando razonar conmigo mismo. Me he dicho que Ava necesita soltarse el pelo y estar con sus amigas. Sin embargo, esa vena mía primaria, posesiva, ha ido aumentando hora tras hora, y ahora dudo de si no debería atarla a la cama. Me lo planteo durante un segundo, pensativo, ladeando la cabeza mientras lo sopeso. Podría hacerlo. Ella no podría impedírmelo.

—Ni lo sueñes, Ward —advierte.

Lo paso por alto. Me encanta cómo me lee el pensamiento.

—Y ¿qué harás al respecto?

—Divorciarme. —Se señala la espalda y yo me quedo boquiabierto—. Súbeme la cremallera.

—No.

—Vale. Ya me la subirá Kate cuando llegue.

Se aleja tranquilamente, pavoneándose y meneando el culo. Salgo disparado de la silla y la cojo antes de que llegue a la puerta.

—¡Jesse! —exclama cuando me la echo al hombro y la llevo a la cama.

Me doy cuenta de que ha gritado mi nombre más entre risas que enfadada. Estaba preparada para mi maniobra.

La tiro en la cama, me quito la camiseta y la agarro por las muñecas, inmovilizándola, mientras me siento a horcajadas en su estómago. Se sopla para apartarse de la cara unos mechones de pelo y me mira. Y sonríe. Sabe lo que va a pasar a continuación. Le sujeto las manos con las rodillas y me saco la polla.

—Dime que me amas —exijo, mi voz ya delatando el deseo que siento.

—Te amo —obedece de inmediato, y sonrío.

—Dime que sólo tienes ojos para mí.

Me acaricio despacio la verga, viendo cómo me mira.

—Sólo tengo ojos para ti.

Se pasa la lengua por los labios, alza la mirada.

—Joder, no puedes estar más sexy cuando te tocas.

—Esa boca.

Dejo caer una mano en la cama y empiezo a mover la otra arriba y abajo despacio, una energía eléctrica recorriéndome la piel. Me inclino y la beso con avidez en la boca. No tardo mucho en encontrar el ritmo, el cuerpo en tensión de placer.

—¡Papá! ¡Mamá! ¡Ya está aquí todo el mundo!

El grito de Maddie se oye como si fuese una sirena de niebla, seguido del sonido de sus pies en los peldaños. «¡No! ¡No, no, no!»

—¡Mierda!

Suelto la polla y profiero un sonido de fastidio cuando vuelve atrás como un resorte y me da en el bajo vientre.

—Hombre, no me jodas.

—Date prisa.

Ava se levanta de la cama mientras yo me pongo el pantalón, sentándome en el borde para disimular mi descomunal erección bajo la fina tela. Estoy sudando, y no es de preocupación. Me siento como si fuese una bomba que no ha explotado. «Me cago en la puta.»

Mi hija llega a la habitación, entusiasmada.

—También ha venido Betty. —Tuerce el gesto al verme sentado en el borde de la cama—. ¿Y tú por qué estás cabreado?

—Por nada —ladro prácticamente, y Ava suelta una risita y se pone delante de mí para que le suba la cremallera.

—Ahora mismo bajamos. —Vuelve la cabeza y arquea sus perfectas cejas—. Cuando tu padre me suba la cremallera.

Hago un mohín mientras se la subo despacio.

—No estoy contento —afirmo, asegurándome de dejar claro

mi desagrado, aunque se me note perfectamente en la cara—. Pagarás por esto más tarde.

—Ya, ya.

Sale de la habitación y me deja solo para que me tranquilice y se me baje y me ponga la camiseta. Tortura. Esto es una puta tortura.

Bajo la escalera cuando me he adecentado y al entrar en la cocina me encuentro a todos nuestros amigos. Sam lleva la sillita del coche en el brazo y Maddie le hace monerías a Betty. Drew ha ido a coger una cerveza, y las chicas están juntas en la isla, diciendo maravillas de los vestidos que lucen.

—¿Se puede saber qué coño te pasa? —pregunta Drew, y me da una cerveza mientras me siento en un taburete.

No hace falta que les conteste. Sam se ríe, y después Drew. Todas las personas que forman parte de mi vida saben por lo que estoy pasando. Me llevo el botellín a los labios y casi escupo la cerveza cuando Kate se vuelve hacia mí.

—¡Joder, Kate! —digo, secándome la boca.

El palabra de honor que lleva no es muy corto, por la rodilla, pero tiene las tetas casi en la cara. Pestañeo deprisa y desvío la mirada hacia Sam. ¿Le parece bien? Ladeo la cabeza con expresión inquisitiva, pero él se limita a sonreír, escudriñando el tremendo escote de Kate.

—Si podemos quedárnoslas, por mí encantado. —Deja la silla de Betty en la isla y se sienta en el taburete de al lado.

—¿Es excesivo? —pregunta Kate mientras se echa el pelirrojo pelo hacia delante, para que le caiga sobre el pecho.

Raya se ríe y sirve vino en tres copas. Por lo menos ella va de lo más presentable, el vestido de manga larga no es muy escotado, el negro de la prenda marca un fuerte contraste con el rubio claro de su pelo. Mi aprobación es efímera. Cuando se vuelve deja al descubierto la espalda. O la falta de espalda. La lleva toda al aire, hasta el culo. Lanzo un suspiro, preguntándome si es esa parte nada razonable que todo el mundo me dice siempre que tengo o si sólo será la edad.

—No os paséis con el vino —gruño, señalando con el botellín a Raya mientras sirve en las copas.

Sonríe al dar el primer sorbo.

—No pensarás colarte en mi despedida de soltera, ¿verdad?

Miro ceñudo a mis supuestos amigos, ninguno de los cuales me mira.

—No.

Lo haría, si tuviera a alguien que se quedara con los niños.

—Bien. —Kate brinda con las chicas—. Me he pasado seis semanas dando el pecho. Mis pezones no pueden más. Me voy a coger un buen pedo. —Mira a Sam, que pone los ojos en blanco, aunque no dice nada—. Si sigo en pie cuando llegue a casa, quiero que me tires al suelo de un bofetón. —Bebe un sorbo de vino—. Porque tendré la sensación de no haber hecho las cosas bien si no acabo en el suelo.

Toso de nuevo, mirando a mi amigo para que diga cuatro cosas. Pero, una vez más, lo único que hace es poner los ojos en blanco. Esto es ridículo. El vino, los vestidos, hablar de emborracharse. Me devano los sesos para que se me ocurra alguien, quien sea, al que pueda llamar para que venga a cuidar a los niños, pero no me viene a la cabeza nadie. Podría llevármelos. Una pequeña aventura por Londres.

Drew me da en el costado, serio.

—No les pasará nada.

Para él es fácil decirlo. ¿Es que soy el único que está preocupado?

—Alguien tiene que parar este circo.

—Aprecio demasiado mi vida.

Drew me propina una buena palmada en el hombro, haciendo que me dé con los dientes contra el botellín.

—Vamos, chicas. —Da unas palmadas para reunirlas y va con ellas a la puerta.

—No le pasará nada, papá. —Jacob aparece a mi lado, ofreciéndome el tarro de mantequilla de cacahuete.

Dedico una sonrisa forzada al cabroncete y meto el dedo en el tarro.

—Lo sé, hijo —respondo, aunque sólo sea para tranquilizarlo.

No le pasará nada. ¿Cuántas veces me he dicho eso a lo largo de los años? Hasta que pasó lo que pasó.

—Ojalá pudiera ir yo.

La afirmación de Maddie hace que deje de chuparme el dedo, mis alarmados ojos clavados en mi hija. Por Dios, ése es otro buen motivo de agobio, aunque distinto. Sólo pensarlo me deja tieso. O más tieso de lo que ya estoy. Ahora bien, no me pensaría dos veces encerrar a mi hija en un armario.

—No hasta que cumplas cincuenta —le digo, y salgo de la cocina detrás de Sam.

Me ablando al ver a Betty durmiendo apaciblemente en la sillita. Parece que fue ayer cuando mis hijos eran tan pequeños. ¿Cómo ha podido pasar así el tiempo?

Los niños suben a su habitación mientras yo voy a la puerta. Doy alcance a Ava antes de que salga de casa y la retengo. La mirada que veo en su resplandeciente cara es una señal segura de que está preparada para escuchar lo que le voy a decir. Parece aburrida. Acorralándola, la beso en la mejilla.

—No hables con desconocidos.

—No lo haré.

—Abróchate el cinturón en el coche.

—Vale. —Se pone de puntillas y me da un beso en la cara.

—No te pases con la bebida.

—Sí, señor.

—Siéntate si te notas mareada.

—Sí.

—Llámame si me necesitas.

Separándose, sonríe y me acaricia la mejilla con cariño.

—No me pasará nada.

¿Por qué no para todo el mundo de decir eso?

—Respóndeme cuando te mande un mensaje.

Ahora la estoy mosqueando, aunque me sigue la corriente.

—Lo haré.

—Buena chica. —Le doy un beso, mis brazos negándose a soltarla—. Pásatelo bien. —Suspiro y me obligo a dejarla.

La inquietud que siento siempre está ahí, pero ahora parece peor que nunca.

—Te amo.

—Lo sé.

Corretea hasta el coche de Drew.

—Las llevo y las voy a buscar —dice éste. Sabe que necesito oír eso—. Te llamo cuando vengamos para acá.

Asiento y cierro deprisa la puerta antes de sucumbir a la tentación de salir corriendo tras ella para traerla de vuelta a casa. Puede que el dolor que siento sea poco razonable y mi mal humor, excesivo, pero después de haber pasado por lo que hemos pasado no creo que me abandone nunca. Es una maldición, un peso que llevo en la chepa.

Pero no debo permitir que me aplaste.

CAPÍTULO 47

No tengo ninguna esperanza de poder dormir hasta que Ava esté en casa, así que me siento en el sofá y me pongo a zapear, inquieto y sin parar de mirarme el Rolex. La llamada que estaba esperando por fin llega, a la una de la mañana. Me lanzo a por el teléfono, y cuando lo cojo, Drew me dice que están todas borrachas, pero bien, y que ya viene a traer a Ava.

Se me quita un peso enorme de encima y por primera vez en toda la noche me relajo. Y después hago algo de lo más estúpido. Corro arriba, me desnudo, me meto en la cama y apago la lámpara. Así seguro que Ava se creerá que he estado durmiendo como un bebé mientras ella quemaba la ciudad.

Pasa casi media hora hasta que oigo que se cierra la puerta principal. Y momentos después escucho sus zapatos en el suelo de baldosas. Luego... silencio. Intento reprimir la necesidad de bajar a verla. Está en casa. Está bien. Ya no puede pasarle nada.

Entonces oigo un ruido y salgo disparado de la cama, poniéndome el pantalón corto por la escalera. Entro en la cocina y no hay nadie.

—¿Ava? —la llamo, y doy marcha atrás, aguzando el oído.

Nada. Mi ritmo cardíaco aumenta.

—¿Ava?

Mi intento de no parecer desesperado no está funcionando.

—Ava, ¿dónde coño estás?

Enfilo el pasillo a la carrera, mirando habitación tras habita-

410

ción, encontrándolas todas vacías. Hasta que llego al salón. Exhalo aliviado al verla junto a la pared de las fotos.

—¿Nena?

No se vuelve, tan sólo levanta un dedo y señala una fotografía de nosotros el día de la boda, y dibuja el contorno de mi cara.

—Antes me he acordado de una cosa.

Pronuncia mal. Pronuncia fatal. ¿Estará borracha? Como una cuba, puede. Pero ¿ha tenido un *flashback*? Después me mira, los ojos caídos de la cogorza, y me señala el desnudo pecho.

—Me robaste las píldoras.

—Ah.

Culpable. De todos los cargos.

Pero eso no pienso decírselo, y trato de dar con la forma de salir de ésta. No podía haberse acordado de otra cosa, no, tenía que ser eso.

—*Robar* es una palabra muy fea.

No hay salida.

—¿Y cuál utilizarías tú?

Sus pies desnudos recorren la moqueta.

—¿Tienes que ir al servicio?

¿O es que empieza a tambalearse?

—No cambies de tema —farfulla, y cuesta entenderla—. ¿Por qué me las robaste?

¿Otra vez con lo mismo? Pongo los ojos en blanco sin que me vea y voy a agarrarla antes de que caiga de bruces en la moqueta. La cojo en brazos para llevarla a la cama.

—Porque estaba locamente enamorado de ti y pensé que me dejarías cuando averiguaras los secretillos feos que tenía.

Le cuesta un poco hacer un gesto de burla.

—Te refieres a lo de tu club de sexo. Y a que seas alcohólico. Y a que fueses promiscuo.

—Sí, a todo eso —admito mientras subo la escalera. Y un montón de mierda más—. Bueno, ¿ya has terminado?

—Me lo he pasado genial —exclama, y echa la cabeza atrás y levanta los brazos, obligándome a mí a cogerla bien para que no se me caiga. Supongo que eso es un sí—. Y ¿sabes qué? —Me mira con cara seria.

¿Lo quiero saber?

—¿Qué?

—Me gustas mucho —musita, su cabeza cayéndoseme en el hombro.

—Pues menos mal.

—¿Por qué? ¿Porque eres mi marido?

—No, porque estoy cachondo perdido.

Suelta una carcajada, y la hago callar para que no despierte a los niños. Demasiado tarde. Cuando llegamos arriba nos reciben dos pequeños adormilados.

—Volved a la cama —les digo mientras ellos se miran, frotándose los soñolientos ojos—. Mamá está un poco borracha.

—¿Un poco? —dice Jacob.

En su cara la misma expresión de desaprobación que siento yo; sin embargo, a Maddie le resulta gracioso.

—Estoy muy borracha —declara Ava, revolviéndose para que la suelte.

La dejo en el suelo refunfuñando y le sujeto un brazo con fuerza.

—Y os quiero a los dos —añade.

—Oh, Dios mío... —Maddie hace una mueca cuando es objeto de las muestras de cariño de Ava—. Mamá, por favor.

—Sois lo mejor que me ha pasado en la vida.

Centra su atención en un alarmado Jacob.

—Eso no se lo digas a papá —observa con ironía mi hijo, que deja hacer a Ava lo que va a hacer—. Creo que es hora de que te vayas a la cama, mamá.

—Yo también lo creo. —Aprieta a Jacob contra su pecho y lo estruja, las mejillas del niño aplastadas contra su pecho—. Eres tan guapo como tu padre.

—Lo sé —dice, los ojos en blanco.

Maddie está encantada, es toda risitas.

—Vamos.

Me llevo a mi ebria mujer para que no siga dando el espectáculo e indico a los niños con la cabeza que vuelvan a la cama. Esbozan una sonrisa afectuosa cuando llevo al dormitorio a Ava, que camina con torpeza.

—Adentro.

Le bajo la cremallera del vestido y la meto en la cama. Ella empieza a dar vueltas.

—Estate quieta.

—¿Me vas a follar, Jesse Ward? Porque pienso gritar como una loca.

—Compórtate, señorita.

Me río mientras le quito el vestido dorado y lo tiro al suelo.

—Ropa interior.

Levanta los brazos en el acto, sobre las almohadas.

—Desnúdame.

—Eso ya lo hice hace años. Hasta el alma.

Se tranquiliza un instante y me mira entornando los ojos.

—Te he echado de menos esta noche.

—Bien.

Cuando está sin ropa, me quito los pantalones y me meto en la cama a su lado, pasando por alto el olor a alcohol que le sale por los poros. Me quedo quieto hasta que encuentra su lugar preferido en mi pecho y se deja caer pesadamente, profiriendo un hondo suspiro. La rodeo con mis brazos y sonrío para mí cuando su respiración se vuelve superficial.

—Y ahora te echaré de menos cuando esté dormida —masculla las palabras que quiero oír.

Se alegra de estar en casa. Conmigo.

CAPÍTULO 48

Al día siguiente, Ava tuvo una resaca terrible, y yo me reía por lo bajo. No lo pude evitar. Sin embargo, días después seguía hecha polvo. Naturalmente, llamé a su médico, no fuera a ser que se me estuviera escapando algo, y él me aseguró que no pasaba nada. Debía de estar revuelta, por lo visto. Ya lleva en cama casi una semana, aunque ayer consiguió ir a yoga. Yo tenía mis dudas, pero ella insistió. Incluso dejé que se fuera a tomar café con esa nueva amiga suya. Para que luego digan que no soy razonable.

Miro a los niños mientras desayunan y pienso que ellos también están un poco pálidos. ¿O es paranoia mía?

—¿Vosotros estáis bien? —pregunto.

Asienten los dos, sin apenas mirarme, los ojos pegados al iPad. Me acerco y les quito las tabletas, ganándome un par de gruñidos de protesta.

—A la ducha. Tenemos que ir a la boda del tío Drew.

Refunfuñan y se van arrastrando los pies.

—Buenos chicos.

Sonrío cuando ellos me lanzan una mirada asesina antes de desaparecer. Suena el teléfono de Ava, y lo cojo de la mesa auxiliar, mirando la pantalla mientras voy arriba a ver cómo está mi mujer.

—Zara —digo pensativo, y lo cojo; es hora de que me presente a esta nueva amiga—. Hola.

Oigo unos crujidos y la llamada se corta. Miro la pantalla, ceñudo, cuando llega un mensaje.

Llámame cuando puedas. Sólo quería saber cómo estás.

Me tomo la libertad de contestar por Ava.

Soy Jesse, el marido de Ava. Vamos a una boda. Mañana te llama.

Hombre, el famoso marido. He oído hablar mucho de ti ;-)

¿Me acaba de guiñar el puto ojo? Miro con recelo el teléfono, preguntándome qué le habrá contado Ava exactamente para que me mande un guiño. No lo sé, pero me apunto mentalmente que tengo que preguntárselo.

Me sorprendo al verla sentada delante del espejo, alisándose el pelo.

—Pareces más animada.

Tiro el móvil en la cama y me siento detrás de ella, la acoplo entre mis rodillas y me arrimo hasta que mi entrepierna está junto a sus riñones.

—Tu amiga de yoga te acaba de mandar un mensaje. Le he dicho que la llamarás mañana.

—¿Has leído y contestado un mensaje mío? —pregunta escandalizada.

—Sí. —No tengo remordimientos, y así se lo hago ver—. Y dime, ¿qué le has contado de mí a la tal Zara?

Ava amusga los ojos de broma mientras se pasa una brocha de maquillaje por las mejillas y añade con ello un toque de rubor a sus pómulos.

—Que eres un dios. Que eres posesivo, nada razonable y un controlador, pero porque me quieres con toda tu alma.

—Y con todo mi corazón —añado, y le dedico una sonrisa traviesa, que se desvanece cuando veo que no me la devuelve. Parece pensativa—. Oye, ¿qué pasa?

¿Está preocupada por la boda? ¿Su aparición pública ante tanta gente? No creo que sea eso. La semana pasada parecía estar bien, dejando a un lado el malestar que sentía. Un poco callada a veces, pero era de esperar. Me he acostumbrado a que se suma en sus pensamientos de cuando en cuando, he llegado a la conclusión de que intenta recordar algo. En este sentido no ha habido avances importantes. Digamos que hemos retomado nuestra vida. Y nos va bien. Todo relativamente normal, aparte de que en ocasiones se le olvide alguna cosa. Según su médico, eso también es normal.

Sin embargo, no voy a negar que aún me siento muy inseguro con muchas cosas. Pero si hay algo de lo que sí estoy seguro es de nuestro bonito y fuerte amor. Claro que el amor no siempre es bonito. A veces es trágico. La mayor parte del tiempo es trágico. Te hiere, te destroza, te asfixia, pero es la única puta cosa que puede volver a recomponerte. Es un cabrón sádico, y también la cosa más enriquecedora y reconfortante de este mundo. Y gracias a eso he sobrevivido: mi amor, nuestro amor, porque si hay algo que he aprendido es que el tiempo no se detiene por nadie. La vida continúa, tanto si uno está satisfecho con ella tal y como era o con hacia dónde va como si no. No se puede parar. Sólo hay que inclinar la balanza para sacarle el mayor partido. Cambiar de sentido e ir hacia donde uno quiere ir.

Y eso es exactamente lo que he hecho yo. Y pensaba que lo había hecho bien. Entonces ¿por qué Ava parece tan insegura de pronto?

Deja la brocha en el suelo y me mira en el espejo, mordiéndose un labio, pensando.

—¿Es la cabeza? —pregunto—. ¿Todavía te encuentras mal?

Mierda, ¿habrá habido algún avance y no me lo ha dicho porque está escandalizada? ¿Horrorizada? O, peor aún, ¿cuestionándose por qué sigue adelante con este matrimonio? Montones y montones de razones de la posible fuente de su desaliento me asaltan de golpe, y filtro el aluvión, tratando de reducirlo a algo obvio.

—Estoy embarazada.

Todo menos eso.

Se produce una especie de bloqueo entre mi cerebro y mi boca y soy incapaz de hablar. ¿Embarazada? ¿Cómo? El bloqueo desaparece de repente y me pongo a temblar en el acto como un capullo, el cuerpo frío.

—Perdona, ¿qué has dicho?

Sus ojos, vivos pero cautelosos, me escudriñan en el espejo.

—Que... estoy... embarazada.

Esta vez lo dice despacio, como si yo no hubiese pillado el bombazo la primera vez.

«Embarazada. Embarazada. Embarazada.»

—Estás embarazada —consigo decir por fin, tragando saliva—. ¿Cómo?

Se encoge de hombros con cierta timidez.

—Los antibióticos, supongo. A veces interfieren con la píldora.

—Joder —digo tan sólo, llevándome el puño a la frente.

No se me escapa la ironía de la situación. Ni a Ava tampoco, a juzgar por la ligera curvatura que se le dibuja en la boca. Cuando nos conocimos y puso mi mundo patas arriba, me pasé semanas hurtándole las pastillas con la demencial y descabellada idea de dejarla embarazada para asegurarme de poder estar con ella para siempre. El embarazo no fue accidental, al menos por mi parte. Y tampoco cambiaría una puñetera cosa; adoro a mis hijos, no podría estar sin ellos. Pero eso no significa que quiera tener más.

—Sabía que no te lo tomarías bien. —Su suave susurro se cuela en mis confusos pensamientos.

Me asombra su tranquilidad. ¿Cómo es que no le está dando algo, como a mí?

—Tengo cincuenta años, Ava.

Me levanto y empiezo a dar vueltas por la habitación.

—Soy demasiado viejo para volver a ser padre.

—No es verdad.

Mi mujer parece molesta, y cuando miro veo que, en efecto, lo está, la expresión tensa, irritada.

—Los padres cada vez son más mayores. —Se encoge de hombros—. O al menos eso es lo que me dijo la comadrona.

—¿Has ido a ver a la comadrona?

¿Sin mí?

—¿Cuándo?

—Cogí un taxi para ir al médico ayer, cuando me dejaste en yoga. Necesitaba estar segura antes de darte la noticia, porque sabía que fliparías.

¿Flipar? Alucinar se queda corto.

—Embarazada —repito, por decir algo—. No me lo puedo creer.

Ahora lo estoy procesando, por mi cabeza desfilan imágenes de Kate y Sam, de su cara de cansancio desde que llegó Betty.

Yo ya he cumplido. Mis días de pañales cagados y noches en vela han terminado.

—Ay, mi madre —farfullo mientras voy al cuarto de baño y abro la ducha, soltando toda clase de cosas sin sentido mientras me desvisto, y me meto debajo, confiando en que el agua fría me despierte de esta pesadilla.

—Te lo estás tomando bastante bien —bromea Ava cuando aparece al otro lado de la ducha, observando cómo me froto cada centímetro del cuerpo.

—Ava, tratemos de ser objetivos. —Me acerco a la mampara para que vea el puto pánico que tengo—. Cuando ese niño tenga diez años, yo tendré casi sesenta y uno.

Me estremezco. Joder, si me acabo de acostumbrar a tener cincuenta. Mentira: no me he acostumbrado; a decir verdad, mentalmente sigo teniendo cuarenta. ¿Sesenta? Un día abriré los ojos y tendré esa edad.

—Los mellizos irán a la universidad y yo estaré llevando al pequeño al colegio en un puto escúter de ésos.

Me entran ganas de llorar, y en cambio Ava tan sólo suspira, dejando que siga desvariando. Bien, porque tengo muchas cosas que decir.

—Y tendré que parar por lo menos tres veces por el camino para mear, porque mi pobre vejiga no podrá aguantar una taza de café más de diez minutos.

Retrocedo, sin aliento, en parte por el pánico y en parte por la parrafada que he soltado sin respirar. ¡Qué horror!

—Estás siendo ridículo.

Sale con paso airado y yo me quedo resollando como un caballo de carreras exhausto, solo bajo la fría agua de la ducha.

—Tengo ecografía el martes. Ven si quieres, y si no quieres, perfecto. No creas que no puedo hacer esto sola.

Y si un segundo antes estaba a punto de darme algo, salgo de mi estupor en un santiamén. ¿Que lo hará sola? ¿Sin mí? Tiemblo, la idea me duele. Después frunzo el ceño y me pregunto qué coño me pasa. Y me devano los sesos. Me planteo cuál es el verdadero problema, que no es que haya otro niño por medio. Soy yo. El problema soy yo. Esa cabrona llamada edad. Ése es el problema. Eso es lo que me ha metido en este lío. No tiene nada que ver con volver a ser padre, y sí con mi estúpido complejo.

Y puede que otro factor sea el hecho de tener a otra persona por la que preocuparme. Más inquietud. Joder, otra persona con la que obsesionarme supondrá una presión que podría acabar conmigo. El corazón se me acelera más sólo de pensarlo.

Respiro profundamente, intentando tranquilizarme. Y veo la cara de Ava hace un instante. Lo calmada y serena que parecía, incluso cuando a mí me iba a dar algo de un momento a otro.

—Joder —farfullo.

¿Puedo hacer esto? Miro a la puerta del cuarto de baño. ¿Puedo hacer esto por Ava? Por todos los santos, tengo que poder. Puedo superar todos mis problemas porque quiero que mi mujer sea feliz. Sobre todo ahora. Sobre todo después de lo que ha pasado. Necesita esto. Y quizá yo también lo necesite. Y los niños. Algo especial y nuevo en lo que centrarse.

Me paso las manos por las rasposas mejillas. «Menudo gilipollas estás hecho, Ward», me digo para mis adentros, y salgo de la ducha y cojo una toalla. Tengo que hacerle la pelota a alguien a base de bien. Me siento como un auténtico capullo.

—¿Ava? —digo tímidamente, entrando en el vestidor.

Lleva puestos los pantalones de pata ancha azul marino de Ralph Lauren y sostiene delante una camisa de seda color crema. Y me está mirando. Estoy a punto de pedirle disculpas, pero ella se me adelanta.

—Puede que nos riéramos cuando fuimos a ver a Betty, pero ¿sabes qué? Me alegro de que haya pasado esto. La verdad es que estoy entusiasmada. Puede que sea exactamente lo que necesitamos. Todos. Tú, los niños y yo. Una vida nueva hacia la que canalizar nuestra energía y en la que centrar nuestra atención. Algo que nos devuelva la ilusión. Algo que nos distraiga para que olvidemos toda la mierda que nos ha salpicado estos dos últimos meses.

Coge aire y mete los brazos por las mangas de la camisa mientras yo sigo parado en la puerta, avergonzado. Está pensando lo mismo que yo, aunque es evidente que ella ha llegado a esa conclusión mucho antes. Sabe esto desde ayer. Tenía miedo de contármelo y yo acabo de demostrarle que estaba claro por qué.

—Pero no te comas esa cabecita cincuentona, Ward.

Alarga el brazo para coger la chaqueta corta del traje, se la pone y a continuación se arregla el cuello de la camisa.

—Estaremos bien sin ti —añade.

—Joder, deja de darme puñaladas en el puto corazón. La primera ya ha hecho bastante daño.

Pero llega un momento en la vida de cada hombre en que alguien lo pone en su sitio. Y en mi caso, ninguna mujer de este mundo podría hacerlo mejor que la mía.

—Tú te lo has buscado.

Pasa por delante de mí como una exhalación, pero consigo cogerla por la muñeca, obligándola a parar. Ambos en silencio, la agarro de la cintura, la siento en una de las cómodas bajas y me introduzco a la fuerza entre sus muslos. Me mira ceñuda cuando le cojo las manos y se las pongo en mis hombros.

—Alegra esa cara.

—Tiene gracia, viniendo de ti —espeta, y me aprieta los mojados hombros, clavando en ellos los ojos; yo sonrío por dentro.

—Imagina cómo sería tu vida sin mí —le pido, y ella da un respingo—. No sería buena, ¿verdad?

—¿Adónde quieres llegar?

—Pues a que no deberías decir que estarás bien sin mí, porque no es cierto. Y yo tampoco estaré bien sin ti.

Bufa, exasperada.

—Cualquiera pensaría que te acabo de decir que te queda un mes de vida. —Su crispación es inmediata, y mi gruñido también—. Lo siento —se disculpa, los labios apretados, probablemente una estratagema para no scguir diciendo estupideces.

—No creas que por estar embarazada no te voy a dar unos buenos azotes, boba.

—No sería la primera vez —refunfuña, y acto seguido se queda boquiabierta, con los ojos como platos—. ¡Madre mía!

Echo atrás la cabeza y cierro los ojos.

—Sí, lo hice —confirmo.

No es que me entusiasme este recuerdo, por eso no ahondo en busca de más. Así es como son las cosas ahora. Como serán siempre. Retazos aquí y allá, y quizá algún día, dentro de unos cientos de años, Ava tenga la historia completa. Espero que sin algunas partes no precisamente bonitas. Como Lauren. Y el accidente. Y... Dejo ahí el hilo de mis pensamientos y rechazo el creciente sentimiento de culpa. Tengo cosas más importantes en las que pensar. Especialmente ahora.

—Si serás animal —bromea Ava, y me río. Hay que joderse, cuando ella ni se resistió—. Y ahora ¿qué?

—Ahora —contesto, inclinándome despacio y sin dejar de mirarla a los ojos mientras bajo la cabeza—. Ahora tenemos otro hijo.

Es así de sencillo. Le doy un beso en la barriga y disfruto a más no poder al verla tan radiante de felicidad. ¿Cómo podría negarle esto? Lo cierto es que no podría. Y no lo haré.

—¿Cuándo se lo decimos a los mellizos? —pregunta, la felicidad desvaneciéndose durante una décima de segundo.

Está preocupada, y no tiene por qué. Vi a Maddie con Betty el otro día y se le caía la baba con ella. Y Jacob no puede ser más pasota, seguro que le da lo mismo. Ninguno se lo tomará a mal.

—Hoy centrémonos en Drew y Raya —contesto, y la bajo y la beso con suavidad en la frente—. No les robemos protagonismo.

Sonríe, le brillan los ojos. Ese brillo que llevaba tanto tiempo ausente. Así que ¿voy a volver a ser padre? Echo atrás los desnudos hombros y me aliso el pelo en el espejo. Voy a tener que ser el padre cincuentón más atractivo del mundo.

CAPÍTULO 49

La ceremonia fue bonita, la pequeña iglesia de un pueblo a las afueras de la ciudad repleta de orquídeas blancas y con unas docenas de invitados. Kate y Ava lloraron como dos niñas. Y Raya estaba espectacular, con su vestido largo de raso. No creo haber visto nunca a Drew sonreír tanto, como si estuviese en el séptimo cielo todo el tiempo, y la pequeña Georgia tenía una sonrisa de oreja a oreja.

Al llegar por fin a la engalanada carpa del pintoresco pueblo, tras ser abordados por fotógrafos, nos dividimos en grupos. Cuando nos abrimos paso por las ondeantes gasas de la entrada, no me sorprende ver a Sam con una cerveza en la mano y Betty en la otra. Maddie sale disparada al ver que Georgia está ayudando a servir copas de ponche a los invitados, siempre dispuesta a echar una mano, y Jacob va por las mesas para averiguar dónde están nuestros nombres en las tarjetas.

Ava va al cuarto de baño, y me acerco a Sam, la vista clavada en el pequeño tesoro que sostiene en el brazo izquierdo. Si hace un instante yo tenía las manos vacías, ahora tengo a una niña. Miro a Sam alarmado.

—¿Qué haces?

—Dame un minuto. Se me olvidó sacar del coche la bolsa con las cosas de Betty. —Y se marcha antes de que yo pueda decir nada, dejándome para que me las arregle solo.

Torpe a más no poder, la acomodo con cuidado en el brazo. Con mucho cuidado. Soy un manojo de nervios. Hice esto un millón de veces con mis hijos, pero de eso hace mucho mucho tiempo. Miro su preciosa carita. Tiene el pelo de Kate, rojo y brillante, incluso ahora, pero la naricita de Sam. Está despierta, se lleva las manos a la boca. Recuerdo esas señales: tiene hambre. Y las escamas de piel que se ven entre los mechones de pelo rojo son signos de dermatitis. De eso también me acuerdo. Sonrío, llevando el dedo índice a su mejilla y acariciándole la suave piel de bebé.

Me asalta un millón de recuerdos, cosas que había olvidado recientemente con el caos de nuestra vida. Como cuando los mellizos dormitaban en mi pecho, con Ava hecha un ovillo a mi lado. O cuando hacía malabares para darles el biberón a los dos, una técnica que perfeccioné hasta convertirla en un arte. Lo deprisa que supe que Jacob tenía más paciencia que Maddie, así que me ocupaba del pañal sucio de la niña primero. La dicha que solía producirme el baño, al ver sus pequeñas extremidades golpeando los centímetros de agua. Y ese olor. Un olor del que no me cansaba nunca. Un olor a bebé puro, perfecto. Era como un sedante, podía hacer que me durmiera. Y a menudo era así.

—Eh, tío, ¿estás bien?

La pregunta de Sam me saca de mis reflexiones, dejo de tocarle la mejilla a Betty y me aclaro la garganta mientras se la devuelvo a su padre. Sam le besa la cabeza a su hija.

—Creo que el tío Jesse quiere tener niños.

Hago un gesto de burla por hacer algo, para ocultar el secreto que guardamos.

—Se acabaron los niños. —Mentira podrida—. ¿Dónde está Kate?

—Ha ido al servicio, y luego quiere buscar un sitio tranquilo donde poder dar de comer a Betty.

Se oye un aplauso atronador cuando Drew y Raya entran en la carpa, toda la atención centrada en ellos. Y cuando Drew inclina teatralmente a Raya y le da un beso de infarto, el ruido sube unos miles de decibelios.

Betty empieza a chillar, los estridentes sonidos imponiéndose a los vivan los novios.

—Mierda, es la hora de la cena y el ruido la cabrea.

Sam va en busca de Kate y yo me acerco a Drew y lo aparto de una Raya que me mira ceñuda de broma.

—Sólo te lo robaré un minuto —le aseguro con descaro mientras beso en la mejilla a mi amigo—. Enhorabuena, cabronazo.

—Que te den. —Se ríe, los azules ojos brillando de felicidad—. ¿Cómo está Ava?

«Embarazada.» Mi cerebro lo grita a los cuatro vientos, pero mi boca se niega a decirlo. No porque no quiera, de algún modo quiero, quizá para que mis amigos me tranquilicen un poco, sino porque es el día de Drew y Raya, y los protagonistas deben ser ellos.

—Bien. Pero tú preocúpate sólo de dar a tu mujer el día que merece.

Sonríe mientras mira a la deslumbrante Raya, una parte del cabello rubio platino trenzada y prendida formando una bonita cinta en la cabeza, con flores entrelazadas.

—¿No está preciosa? —pregunta Drew cuando ella se une a nosotros y se acurruca en sus brazos.

—Mucho —aseguro, y me inclino para darle un beso en la mejilla antes de volver a centrarme en Drew—. Oye, ¿te acuerdas de cuando te presentaste en mi casa todo nervioso porque le habías hecho el amor a una mujer? —Casi me tengo que agachar para esquivar los puñales que me lanza.

—¿A qué te refieres? —pregunta Raya interesada.

—A nada —contesta Drew con modestia, su sombría mirada clavada en mí.

Me conoce. Demasiado bien.

—Para que conste, la mujer a la que le hizo el amor eras tú.

—¡Eso espero! —se ríe ella—. Porque antes de mí sólo follaba con esas cadenas suyas.

Drew suspira y coge un vaso de agua de una bandeja y se lo pone en la mano a su mujer.

—Sí, era un follador antes de conocerte y ahora soy un amante. —Le da un piquito—. Me has cambiado.

—¿Quién ha cambiado a quién? —pregunta Ava cuando se une a nosotros.

Vuelve a pasar el camarero, cojo un vaso de agua de la bandeja y se lo doy.

—Raya hizo que Drew pasara de ser un follador a un amante experto. Algo parecido a lo que nos pasó a ti y a mí. —Esbozo una sonrisa alegre y pícara.

—Tú todavía follas, Ward —suelta Ava con ironía, sonriendo a Raya cuando ésta se ríe, ambas bebiendo un sorbo de a...

Un momento.

Miro a Drew a los ojos y sé que estamos pensando exactamente lo mismo.

—¿Por qué no está bebiendo tu mujer champán el día de su boda? —inquiero.

—¿Por qué no lo está bebiendo la tuya? —replica.

—Tiene sed.

—Raya también.

Noto que los labios se me curvan, y Drew también sonríe.

—Madre mía —dice Raya—. ¡Drew y yo estamos embarazados!

—¡Nosotros también! —exclamo, demasiado alto, ganándome un golpe en el brazo por parte de mi mujer.

—¡No me jodas! —exclama Drew.

—Madre mía —repite Raya.

—¿Qué? —pregunta Sam, escrutándonos a todos cuando vuelve con el grupo. Miro a Drew, a Raya y después a Ava. Y me encojo de hombros. No pienso ser yo el que abra la bocaza.

Drew lanza un suspiro, pero no puede contener la sonrisa.

—No pensábamos decirlo hasta después de la boda, pero me da que va a ser imposible. —Le pasa un brazo por los hombros a Raya—. Vamos a tener un hijo.

—¡No fastidies! —Sam se les echa encima entusiasmado, tirándole el agua a Raya por encima—. ¡Enhorabuena!

—Gracias. —Raya se sonroja un poco y señala el vaso vacío mientras se limpia el vestido—. Y felicita a Jesse y Ava también.

—¿Cómo? —Sam se vuelve y nos mira a los dos—. ¿Vosotros qué estáis celebrando?

Miro a Ava y ella me mira.

—La medicación que está tomando le jodió la píldora.

Sam guarda silencio unos segundos incómodos, nos observa. Y después se parte de risa, dándose palmadas en las rodillas y todo.

—Joder, Jesse. Saluda al karma.

La situación en la que me encuentro me convierte en el hazmerreír del grupo entero, incluida mi mujer, que me agarra la cara y me da una palmadita, sarcástica.

—Pobrecito.

—Tú cállate, que ya me he hecho a la idea.

—¿De qué te has hecho a la idea? —quiere saber Kate, que entrega a Betty a un risueño Sam.

Éste no puede contenerse, la niña vibrando en sus brazos mientras se seca los ojos.

—Raya está embarazada —le cuenta.

—¡Madre mía, chicos! —responde Kate.

—Y Ava también.

—Pero ¿qué coño dices? —Se vuelve deprisa, los azules ojos muy abiertos, el pelo rojo dándole en la cara.

—¿Lo ves? —Ava levanta una pesada mano en el aire—. Ésta es exactamente la razón por la que no quería decírselo hoy a nadie. Ahora tengo la sensación de que les he robado el protagonismo por partida doble.

Raya me quita de en medio y le pasa un brazo por la cintura a Ava para reconfortarla.

—¿Lo dices en serio? Pues yo me muero de ganas de estar embarazada contigo. Eres una profesional, y me va a hacer falta toda la ayuda posible.

Me dan ganas de plantarle un beso. No podría haber dicho nada más bonito en un momento mejor.

—Seremos el club de los niños —observa encantada Kate.

—Todavía no se lo hemos dicho a los mellizos —dice mi mujer.

Esa preocupación que no me gusta nada asoma a la cara de Ava. Todo el mundo mira a la mesa de las bebidas, donde Jacob abre los botellines de cerveza para los hombres y Georgia y Maddie siguen sirviendo ponche felices y contentas.

—¿Lo sabe Georgia? —pregunto.

—Sí —replica radiante Raya—. Está más entusiasmada que Drew.

—¡Por los niños! —susurra y silba a la vez Sam, levantando su copa mientras se inclina hacia nosotros.

—¡Por los niños! —coreamos en silencio, las cabezas unidas en nuestro pequeño círculo, entre risas.

Buena comida, buena compañía, un lugar inmejorable, una ocasión magnífica. Estamos pasando un día increíble, todos juntos, y después de que Drew y Raya abran el baile con Eric Clapton y su *Wonderful Tonight*, se anima a los invitados a que se unan a ellos en la pista. Miro a Ava, al otro lado de la mesa, su atención dividida entre la feliz pareja y Betty, que duerme en brazos de Kate. Ha estado así todo el día, distraída. Está pensando en cómo será nuestra familia con un miembro más. Y yo también.

La canción termina y empieza otra. Y el corazón me da más de un vuelco cuando Ava clava sus ojos en mí, y me pregunto si éste será un movimiento intencionado por parte de Drew. Lo busco en la pista y su cara me lo dice todo. Le doy las gracias con los ojos mientras centro la vista despacio en mi mujer, mi corazón latiendo nervioso.

Sonrío al ver que sigue observándome y hago un leve gesto de asentimiento para decirle que sí, que lo que está reconociendo es lo que es.

Me levanto, rodeo la mesa con parsimonia y le tiendo una mano a Ava mientras suena *Chasing Cars*.

—Si no tienes una oferta mejor. —Alzo una ceja con chulería, y su tímida sonrisa me ciega cuando se levanta.

—Nunca la tendré.

La llevo a la pista y le hago un gesto afirmativo a Drew para decirle que este día es perfecto mientras pego a Ava contra mi pecho, pasándole un brazo por los hombros y apoyando la otra mano en su cintura.

—Hola, mami —le susurro al tiempo que inicio un movimiento lento.

—Hola, papi.

Me invade una abrumadora sensación de satisfacción, que me dice que esto está bien. No discutiré nunca con las Parcas, y las Parcas nos quieren dar otro hijo.

—Te quiero —digo, estrechándola más, su cabeza descansando en mi pecho.

Apoyo la mía en la suya, sin parar de moverme despacio en el sitio, tardando una eternidad en dar una vuelta completa.

—Entonces ¿vendrás el martes? ¿A la ecografía?

—Intenta impedírmelo y verás. —Sonrío con la boca enterrada en su pelo—. Y ¿cuándo quieres que se lo digamos a los niños?

—No quiero que piensen que los estoy reemplazando. O que intento reemplazar los recuerdos de cuando eran pequeños con otros.

—No seas boba. Nunca pensarían eso.

Noto su pecho contra el mío, su respiración larga y profunda, y acto seguido pillo a los mellizos mirándonos. Los dos sonríen, Jacob con el brazo alrededor de los hombros de su hermana. Ava y yo los hacemos felices. Tan sólo estando juntos. Les hago un gesto, invitándolos a unirse a nosotros. Me espero que pongan peros, pero no. A decir verdad vienen bastante deprisa.

—Tenemos compañía —anuncio a Ava y la despego con suavidad de mi pecho.

Ella mira y al verlos sonríe, y abre un brazo para que se acerquen, sin separarse de mí con el otro. Maddie y Jacob se suman a nosotros y nuestro grupito sigue bailando en el sitio, la cabeza de Ava y la mía sobre los mellizos, los ojos de Ava clavados en los míos. Amor. Me sacude el cuerpo de manera imparable, encendiendo mis venas, calentándome el alma. Es la puta perfección. Y después Ava se inclina y me besa en la boca, un beso delicado, lento. Y veo que me equivocaba: *esto* sí que es la perfección. Y es el momento perfecto para darles la noticia.

—Maddie, Jacob —empiezo, levantándoles la carita de donde la tienen enterrada—. Vuestra madre y yo tenemos una cosa que deciros.

Los ojos de Ava se abren un poco, pero me aseguro de que vea la confianza que destilan los míos.

—¿Qué? —preguntan a la vez, mirando alternativamente a Ava y a mí.

—¿Qué pasa? —A Jacob se le demuda el rostro—. ¿Está mamá bien? ¿Estás bien, mamá?

—Estoy muy bien, cariño. —Lo besa en la cabeza, y él se tranquiliza en el acto—. Confía en mí, estoy bien.

—Entonces ¿qué pasa?

Cojo aire y suelto de golpe lo que tengo que decir:

—Va a haber otra personita con la que volverme loco.

Miradas ceñudas. Dos, muy ceñudas. Y Ava se echa a reír, aunque no me corrige.

—Lo que quiere decir vuestro padre es que... —toma las riendas, a todas luces convencida de que puede dar la noticia mejor que yo— voy a tener un bebé.

Contiene la respiración, esperando a ver cómo reaccionan. «Por favor, hijos, no os pongáis de morros.»

—¿Un bebé? —pregunta Jacob, mirándome con el ceño fruncido—. ¿Queréis decir un hermanito o una hermanita?

No menciono el hecho de que estoy rezando, *rezando*, para que sea un niño, porque más mujeres en mi vida supondrán mi muerte.

—Eso es.

Se quedan callados, como es lógico, rumiando el bombazo. Luego *Chasing Cars* termina y se hace el silencio, salvo por el leve murmullo que se oye alrededor. Por Dios, o dicen algo deprisa o a Ava le va a dar algo.

—Un bebé —repite Maddie.

—Un bebé. —Jacob ladea la cabeza, siempre es el que piensa de verdad las cosas.

Después se miran y sonríen. Y luego se ríen. Se ríen a carcajadas. Ava y yo nos lanzamos miradas confusas, preguntándonos en silencio si sabemos qué tiene tanta gracia. No lo sabemos, así que pregunto.

—¿Se puede saber qué es lo que os hace tanta gracia?

—Madre mía, papá, con lo mayor que eres —se ríe Maddie.

Nunca he insultado a los niños. Ni una sola vez, y me está costando Dios y ayuda no romper esa regla ahora. Ava no ayuda mucho cuando resopla con escasa elegancia, tapándose la nariz con la mano. Sin embargo, Jacob, bendito sea, viene directo a mí y me da la mano.

—Enhorabuena, papá.

Tengo que tragar saliva antes de hablar.

—Gracias, colega.

Podría abrazarlo pero va a rodear a su madre con los brazos y la estrecha con fuerza.

—Te quiero, mamá.

Joder. Pestañeo para no llorar, pero Ava no lo consigue. Le caen gruesos lagrimones mientras abraza a Maddie también, la cabeza entre la de los niños.

—Os quiero. Muchísimo.

Soy una nenaza, hay que joderse. Y me da lo mismo que me miren mientras estrecho así a mi familia. Ahora mismo tengo toda mi vida en mis manos.

Mi mujer, mis hijos.

Y una nueva vida.

CAPÍTULO 50

Mientras acompaño a Ava a su cita el martes, me surgen un montón de preguntas. ¿Deberíamos informar al doctor Peters del embarazo? ¿Son más elevados los riesgos debido al estado en que se encuentra Ava? Se le olvidan cosas todo el tiempo. Pequeñeces, pero la cuestión es que se le olvidan. ¿Tendrán que hacerle otro TAC? Y, de ser así, ¿pondrá en peligro la salud del niño? Y luego está la edad, aunque jamás se lo diría a ella, pero ya no tiene veinte años.

Me empieza a doler la cabeza.

—Para —dice Ava a mi lado, en el coche, mirándome como si supiera lo que estoy pensando.

No cabe duda de que lo sabe. Para mi mujer soy transparente. Y ahora, teniendo en cuenta la presencia de ese dique que contiene sus recuerdos, me sorprende más aún su capacidad. Me pone la mano en el muslo, y respiro hondo y le aprieto los dedos.

—¿Por qué no me cuentas cómo fue la primera ecografía con los mellizos? —sugiere, a todas luces intentando distraerme para que no me preocupe, y funciona.

La risotada que suelto llena el coche. Aquel momento. Cómo dejé de sentir las piernas cuando el médico señaló dos corazones. No sabía si reírme o llorar. Sin embargo, mi alegría se desvanece cuando recuerdo cómo acabamos en el hospital para que nos hicieran una ecografía no programada. Una ecografía para comprobar si mis hijos seguían vivos. El estómago se me revuelve, un sinfín de

433

flashbacks asaltando mi cabeza: el accidente de Ava, el robo del coche..., ver cómo le corría la sangre por la desnuda pierna. Me estremezco, y sé que Ava lo nota, porque se mueve inquieta en el asiento y ladea la cabeza, mirándome con la frente surcada de arrugas.

—¿Qué pasa, Jesse? Estás blanco como la pared.

—Nada.

Mierda, tengo que reponerme. Esbozo una sonrisa para tranquilizarla. No mencionaré que me robaron el coche ni que el conductor sacó a Ava de la carretera. Ése fue el principio de los acontecimientos que acabarían ocasionando los peores momentos de nuestra vida. No es preciso que tenga esa información. Ahora no. Quizá nunca.

—El día de la primera ecografía... —medito, centrando mi atención en la carretera—. Por aquel entonces tú no sabías que yo tenía un hermano mellizo.

—¿No lo sabía? —Parece sorprendida, y no debería extrañarme—. ¿Por qué?

Me encojo de hombros con absoluta naturalidad.

—Ahora ya sabes que tenía un pasado. Ésa era una de las partes más dolorosas, y hablar de ello no era mi prioridad. —Le dedico una sonrisa cuando me aprieta la mano—. Cuando el médico nos dijo que había dos corazones en tu barriguita, me llevé un buen susto.

Ava suelta una risita, el sonido dulce y puro, su mano pasando a su tripa y describiendo círculos.

—No contaba con tener mellizos, y cuando descubrí que íbamos a tener dos hijos, me retrotraje a una época de la que nunca hablaba.

Ahora su sonrisa es triste, como la mía, así que decido romper el ambiente sombrío, porque en último término fue un momento maravilloso. Una vez que superé el susto.

—El médico nos dijo que escuchaba perfectamente dos corazones. Tal cual. Dos. Me pilló desprevenido.

Sonrío, recordando de sobra la ingravidez de mi cuerpo en ese instante, porque se oían latidos, y eso suponía un alivio inmenso después del accidente, pero vino acompañado de una sensación de absoluta confusión.

—Seguro que el cerebro no me regía bien, porque lo único que recuerdo que pensé fue: «¿Mi hijo tiene dos corazones?». Creo que incluso lo dije.

Ava suelta una carcajada y ese sonido y su evidente regocijo me hacen reír a mí. Esto es lo único importante: las cosas buenas, los recuerdos felices. No paro de cuestionar mi decisión de ocultarle las cosas chungas, pero cuando la veo así, tan alegre y animada, esa duda se ve acallada por su cara de satisfacción.

—Entonces también pensaste que tenía bastante gracia. —Le dedico una sonrisa traviesa—. Qué bruta.

—Y me hablaste de tu hermano.

Asiento, y entramos en el aparcamiento del hospital.

—Parecía el momento adecuado. Nos dimos un baño, estuviste siglos echada encima de mí y te conté la historia de Jacob y mía. —Le guiño un ojo—. Después nos lo montamos en la bañera.

—Parece una forma estupenda de terminar un día emocionalmente estresante.

No sabe cómo.

—Cuando estoy perdido en ti, en mi mente no hay cabida para nada más. Eres el mejor de los alivios, Ava. Siempre lo has sido y siempre lo serás. —Encuentro un hueco y apago el motor, y me vuelvo para mirarla—. Mientras siempre recuerdes esto, tú y yo estaremos bien.

No pone objeciones, ni siquiera me mira disgustada. Lo que hace es pasarse a mi lado y sentárseme encima. Los oscuros ojos le brillan, reflejan auténtica felicidad. Apoyando la frente en la mía, lanza un suspiro mientras mis manos rodean su cintura.

—Lo recordaré siempre —promete, y hago una mueca de dolor, confiando en que no haya malinterpretado lo que le he dicho.

—No estaba sugiriendo que renuncies a tus recuerdos y te quedes sólo con éste.

—Lo sé. —Me pone las manos en las mejillas, su mirada clavada en la mía—. Pero tienes razón. Puede que tenga que aceptar que éstos son todos los recuerdos que voy a recuperar, y tú también, Jesse.

Lo dice con serenidad, en tono tranquilizador, y el hecho de que tenga razón me causa dolor. Ésa es la realidad.

—Tengo lo más importante: a ti y a los mellizos. Y estoy viva.

Desvío la mirada, un dolor intenso me atraviesa y me estremezco.

—Ava, no.

—Pero tengo razón. —Me obliga a mirarla—. No he pensado en otra cosa. Sé que aquí es donde debo estar. Contigo y con nuestros preciosos hijos. El amor que siento es inmenso, y me dice, por encima de todo, que estoy en casa. Puedo sacrificar algunos recuerdos por esa sensación. Y tienes que estar conmigo en esto. Seguir contándome las cosas importantes, pero sin mortificarte cuando no produzcan ningún resultado. O el estrés acabará contigo. Te necesito, ahora más que nunca.

Joder, me tiembla el labio. ¿Cómo puede estar tan entera? Asimilo todo lo que me dice, pero algunas de sus palabras hacen una profunda mella en mí. «Seguir contándome las cosas importantes.»

—Lo haré.

Tengo la voz empañada por la emoción y en la cabeza una desagradable mezcla de vergüenza y determinación. Puede que sea cobardía, pero paso por alto lo anterior y la beso con fuerza, refugiándome en el alivio que me proporciona nuestra intimidad.

—Vamos a llegar tarde.

Le mordisqueo la comisura de la boca, me separo y abro la puerta del coche.

—Vamos a ver a nuestro hijo.

El brillo de felicidad que veo en sus ojos me obliga a replantear-me el hacerle algunas confesiones. Mi deber es protegerla, y eso es exactamente lo que estoy haciendo.

Está pasando las páginas de la revista a un ritmo endiablado, lo que me dice que no las está leyendo, tan sólo las ojea. Le sirve para mantenerse entretenida mientras esperamos a que nos llamen. Para ocupar las nerviosas manos. Nada más sentarnos, se ha esfu-mado toda su apariencia de calma y eso me ha puesto muy nervio-so a mí. Poso una mano en la revista, impidiendo que pase de pági-na. Ava me mira.

—¿Qué te ocurre? —pregunto.

Deja la revista en la mesa que tenemos delante, cierra los ojos y empieza a hacer respiraciones largas, controladas.

—Ava, nena, ¿qué sucede?

—Mira a tu alrededor, Jesse —prácticamente susurra mientras echa una ojeada a la sala de espera—. Todas esas parejas.

Somos una de las seis parejas que están esperando. Cabría pensar que, dado el estado en que se encuentran estas mujeres, les darían algo más cómodo para sentarse que las sillas de plástico que hay. Con esa idea en mente, levanto a Ava del duro asiento que ocupa a mi lado y la siento encima de mí para que esté más cómoda.

—No te entiendo —admito, pasando por alto la mirada curiosa de los otros hombres de la sala de espera, que deberían seguir mi ejemplo: sus mujeres deben de tener el culo cuadrado, a la mía le falta poco.

—Son todas tan jóvenes...

«Vaya, tocado.» Podría haberme dado una patada en el estóma-go. Echo un vistazo y me doy cuenta de que está en lo cierto. Y con esa certeza me vuelve a asaltar la duda. La duda, esa cabrona capaz de meterse en la cabeza del más seguro de los hombres y comérselo vivo por dentro. Pues bien, no se lo permitiré. Saco pecho y levanto el mentón. Y lanzo una mirada feroz a los futuros padres de veintitantos y treinta y tantos años, incapaz de evitarlo. Puede que yo tenga cincuenta, pero soy más hombre que cualquiera de ellos.

—Puede que sean más jóvenes, nena, pero nosotros tenemos experiencia. —Asiento con resolución.

—Puede que tú sí —responde en voz queda, insegura.

Soy consciente de mi error de inmediato. Mierda. «Cierra la puta boca, Ward.»

—Yo no me acuerdo de nada.

Suavizo el gesto.

—No sigas por ahí —ordeno con aspereza, pues no soporto oír que también a ella la asalten las dudas de repente—. Cuando Kate se puso de parto, supiste exactamente qué hacer. Al igual que las demás cosas, todo sigue ahí, dentro de ti. —Le acaricio la punta de la nariz con un dedo—. Así que déjalo ya.

Relajándose en mi regazo, asiente y se aferra con todas sus fuerzas a la confianza que transmito. Por mi parte, me doy un rápido cachete mentalmente, diciéndome que no debo permitir que vuelva a ver mi incertidumbre. A partir de ahora, a toda máquina.

—Ava Ward.

Miramos los dos al otro lado de la sala de espera y vemos a una mujer con una bata blanca, el pelo violeta revuelto y demasiados piercings en las orejas. Su mirada es dura, aunque la sonrisa cordial.

—Arriba.

Levanto a Ava y me palpo el bolsillo cuando me suena el teléfono.

—Es del colegio.

Dudo que exista un solo padre en este mundo al que no se le pare el corazón cuando recibe una llamada del colegio de sus hijos. A mí, desde luego, se me ha parado. Lo cojo, haciendo un esfuerzo supremo para que no me tiemble la voz y el grado de estrés no me provoque un infarto.

—¿Sí?

—Señor Ward, soy la señora Chilton.

—¿Va todo bien? ¿Los niños?

—No pasa nada, señor Ward. No se preocupe.

Esas palabras son un puto bálsamo, y hago un gesto afirmativo a Ava, que me mira con cara de preocupación, diciéndole sin palabras que no se agobie.

Soy consciente de que la especialista nos está esperando y levanto un dedo para indicarle que sólo será un momento.

—¿A qué se debe entonces su llamada?

—Al parecer a Maddie le duele la cabeza.

Me quedo callado mirando el móvil, amusgando los ojos con recelo. Ava ladea la cabeza con cara de interrogación, así que me apresuro a tapar el micro del móvil para informarla:

—A Maddie le duele la cabeza.

—Pues esta mañana estaba bien.

—Estaba bien, y también estaba un poco enfadada porque no podía venir a la ecografía. —Alzo las cejas y miro a mi preciosa mujer para ver si me sigue.

—Menudo morro tiene.

En efecto.

—Señora Chilton, ¿le importaría ponerla al teléfono?

—Desde luego que no. Un segundo.

Se escucha un crepitar en la línea, y mientras espero a que mi tramposa hija se prepare para hablar con su padre, hago a Ava una señal afirmativa.

—Ve tú. Yo iré dentro de dos segundos, en cuanto meta en cintura a nuestra hija.

Ava menea la cabeza, pero sonríe afectuosa cuando entra en la consulta.

—H...o...la —saluda Maddie, como si hubiera tragado ácido y un montón de clavos oxidados.

Debo recordarle a mi hija que son pocas las cosas que se me escapan.

—Hola, cariño —respondo.

—H...hola, papi.

«¿Papi?» Vaya, está actuando mejor que cualquier actor oscarizado que conozca. Me hago a un lado y apoyo un hombro en la pared.

—¿Qué pasa, hija? —Le sigo la corriente, sonriendo—. Cuéntaselo a papi.

—Me duele la barriga.

Enarco las cejas.

—Qué raro, porque la señora Chilton me ha dicho que te dolía la cabeza.

—Las... las... dos cosas —grazna.

—Y ese dolor de cabeza y de barriga también te afecta a la voz, ¿no?

Silencio.

—¿Y bien?

—También me duele la garganta —espeta indignada, cada palabra perfectamente clara.

—Vaya, vaya, yo diría que te has metido en un lío. —Me separo de la pared y voy hacia la consulta donde me está esperando Ava—. Escúchame bien, señorita. ¿Has oído hablar de Pedro y el lobo?

—No.

—Pues búscalo en Google. Y que sepas que te he pillado, bonita. Me tengo que ir. Tu madre me está esperando.

—Quiero ver al niño —gimotea al teléfono, haciendo como que llora después—. No es justo.

—Te enseñaré imágenes —le aseguro—. Te lo prometo.

La verdad es que les agradezco a los dos que hayan aceptado la noticia sin dramas. Salvo, claro está, lo de fingir enfermedades.

—Cariño, la verdad es que ahora mismo no hay mucho que ver. Es un cacahuete. Te dejo venir a la eco de la vigésima semana, ¿vale?

—¿En serio? —La felicidad que transmite su voz me llega al alma—. ¿Me lo prometes?

Sonriendo mientras agarro el pomo de la puerta, le doy lo que quiere:

—Te lo prometo.

Entro en la consulta y veo que Ava ya está en la camilla, con la camiseta subida hasta el sujetador.

—Y ahora vuelve a clase, granujilla. —Cuelgo cuando me dice adiós y voy con Ava, situándome junto a ella—. Perdone.

—No pasa nada, señor Ward. Sólo estamos empezando.

La especialista de pelo violeta pulsa unos botones y unta con gel el abdomen de Ava.

—¿Preparados?

«Buena pregunta», pienso mientras miro el monitor en blanco, notando que Ava me aprieta la mano. Sonrío, devolviéndole el gesto.

—Preparados —respondo cuando un silbido ruidoso inunda la habitación. Ava ladea la cabeza hacia la pantalla, mi mano libre uniéndose a la que agarra la suya.

Durante un rato largo, muy largo, la mujer trabaja en silencio, moviendo el transductor por el vientre de Ava mientras hace girar ruedas y pulsa botones, su atención fija en la pantalla. No recuerdo que las otras veces se tardara tanto. ¿Es que ocurre algo? Empiezo a ponerme nervioso, ideas absurdas pasándoseme por la cabeza. ¿Y si la prueba de embarazo estaba mal? ¿Y si ha habido un error? ¿Qué hará si nos dice que, en efecto, no hay ningún niño? Ava se quedará destrozada. Este embarazo le ha hecho concebir esperanza. No me gustaría ver que se la arrebatan. Un miedo de lo más cruel se me mete en las venas mientras miro de la pantalla a la especialista, de ésta a Ava y vuelta a empezar.

—Ahí está.

Unos cuantos clics y los movimientos del transductor se detienen en el bajo vientre de Ava. Mis músculos se relajan un poco, y Ava me aprieta con más fuerza la mano. La especialista señala la pantalla, risueña. ¿O acaso ceñuda? Cuesta decirlo, viéndola de perfil.

—¿Qué? ¿Qué pasa?

El cuerpo se me tensa. «Por favor, Dios mío, dime que todo va bien.»

—¿Está bien el niño? —oigo que pregunta Ava a través de la neblina de mi pánico.

—Sí, el niño está bien. —La especialista nos mira, entre risueña y sorprendida—. Y los otros dos también.

Alguien debe de haberme dado una descarga eléctrica, porque salgo despedido hacia atrás, los pies enredándoseme en las patas de una silla que hay no muy lejos. Pongo las manos cuando la pared se acerca, salvándome por los puñeteros pelos de darme contra ella.

—¿Cómo?

Apenas consigo pronunciar la palabra, pues la preocupación me paraliza. ¿Los otros dos? ¿Qué quiere decir con «los otros dos»? Dos más uno.

—¿Tres? —La pregunta, que consta de una sola palabra, sale entrecortada y quebrada—. ¿Tr...es?

—Sí, señor Ward. Tres corazones perfectos.

«Pero ¿qué coño me está diciendo?» Me noto mareado. Tengo que sentarme. Sin embargo, en lugar de hacerlo en la silla, aterrizo en el suelo, dándome un golpe que parece despertarme de la pesadilla que estoy viviendo. Me levanto deprisa, pero tengo que agarrarme a la pared para no perder el equilibrio, las piernas como de gelatina.

—¿Tres?

—¿El niño tiene tres corazones? —pregunta Ava.

La miro en la camilla y veo una sonrisa obscena en la alegre cara.

Está claro que mi cerebro se ha quedado atrás, porque lo único en lo que puedo pensar es que se trata de la pregunta más estúpida que se ha formulado nunca. Mis ojos, fuera de las órbitas, pasan de mi mujer a la especialista, las dos con cara de guasa. ¿Qué? ¿Qué es lo que tiene tanta puñetera gracia?

—No entien...

No termino la frase, pues acabo de caer, y pongo cara de asco. Me la han jugado bien. Me están tomando el jodido pelo. De no sentir el alivio que siento, estaría hecho una puta furia. La mandíbula se me tensa y noto que mis ojos poco a poco se vuelven dos rajas que reflejan mi cabreo.

—Pues no tiene ni pizca de gracia.

Consigo reunir la fuerza necesaria para separarme de la pared en la que sigo apoyado y voy de mala manera hacia la camilla mientras Ava se parte de risa como la bruja demente que es.

—Es una puta crueldad —añado, e inmovilizo en la camilla ese cuerpo que se agita debido a la risa y la beso.

Eso la hace callar en el acto. Sí, estoy cabreado, pero también aliviado a más no poder. Más aliviado que cabreado. Me retiro y la miro ceñudo al risueño rostro. La satisfacción con la que me devuelve la mirada hace que se me pase un poco el enfado, tanto es así que pronto me sorprendo sonriendo a mi vez.

—Te crees muy graciosa, ¿no, señora Ward?

Asiente, está claro que se sigue divirtiendo, porque suelta risitas breves y estridentes mientras se esfuerza por tranquilizarse.

—No he podido resistirme —observa mientras mira a su cómplice—. Gracias.

—Sí, gracias —digo yo también pero fulminando con la mirada, de broma, a la graciosilla de la especialista, al otro lado de la camilla—. ¿Dónde puedo poner una reclamación?

La mujer pone cara larga, y Ava me da en el brazo.

—No seas malo. Sólo ha hecho lo que le he pedido.

—Señor Ward, lamento haber...

Levanto una mano para que no siga hablando y poner fin al pánico que le acaba de entrar.

—No se preocupe. Mi mujer tiene un sentido del humor retorcido.

Pellizco a Ava en la cadera, allí donde sé que tiene cosquillas, y pega un respingo y da un gritito de colegiala.

—Pagarás por esto, señorita.

—Lo sé. —Su sencilla respuesta me hace sonreír mientras me aprieta la mano—. Pero ahora te sientes mucho mejor sabiendo que sólo vas a tener un hijo, ¿a que sí?

No lo puedo negar. Lo cierto es que sí, y me mortifico unos instantes por haberla obligado a recurrir a estas tácticas en un intento de hacerme sentir mejor respecto a este embarazo imprevisto.

—Me habría acostumbrado a la idea de tener otros tres —digo como si me diera lo mismo, aunque estoy mintiendo descaradamente: la sola idea me da tiritona. ¿Otros tres?—. Pero ahí dentro sólo hay uno, ¿no? —pregunto a la bromista del pelo violeta que tengo enfrente.

—Sólo uno, señor Ward. —Vuelve a centrarse en la pantalla—. Lo siento, pero cuando su mujer mencionó lo de la primera eco con los mellizos me resultó gracioso. —Sonriendo al ver el puntito blanco, hace girar la bola en el aparato, haciendo clic aquí y allá—. El niño, en singular, parece completamente sano. Está usted de seis semanas, señora Ward.

—¿Se puede saber ya el sexo? —inquiero, aunque sé de sobra que es demasiado pronto.

—Quizá en la vigésima ecografía. Dependiendo de la posición del feto.

A un lado, la impresora arranca y empieza a escupir imágenes de mi hijo.

—No lo quieres saber, ¿no? —pregunta Ava, un tanto desilusionada—. ¿Por qué?

—Porque si es niña, voy a necesitar todo el tiempo posible para prepararme. Y comprar una coraza. Para ella y para mí.

—¡Jesse! —Me atiza en el brazo mientras profiere un grito de exasperación, y yo suelto una risita al tiempo que me inclino para abrazarla.

Sonrío, y me mira con el ceño fruncido.

—Esta mañana no te he dicho lo guapa que estás.

—Y yo no te he dicho lo guapo que estás esta mañana.

Me encojo de hombros.

—Un dios entre los hombres. —La beso con delicadeza—. Y ahora te llevaré a casa y te echaré el polvo de represalia del siglo.

Abre mucho los ojos y mira de reojo al lado, donde la especialista está cogiendo las imágenes de la impresora, bordando lo de hacerse la sueca con nuestras bromitas. Esboza una sonrisa cordial.

—Donde quiera y cuando quiera, nena.

La ayudo a limpiarse el vientre y ponerse de pie antes de coger las imágenes que nos da la señorita Pelo Violeta y acompañar a Ava a la puerta.

—Confío en que estés lista.

—Puede que más tarde.

¿Cómo dice? Me paro detrás de ella. ¿Cómo que «puede que más tarde»? No hace falta que pregunte. Ava vuelve la cabeza y me dedica una sonrisa de lo más cómplice.

—Voy a yoga y después a tomar café con Zara.

—No lo creo.

Lo suelto antes de poder evitarlo, mi declaración hostil, mi ego herido.

Ella pone los ojos en blanco y sigue caminando hacia la salida. Resulta de lo más condescendiente, y eso me sulfura más.

—No vas a yoga.

Tengo que refrenarme antes de que me dé una bofetada por tonto. A estas alturas ya debería saber que cuando le ordeno algo lo único que consigo es que esté más determinada a hacerlo, aunque sólo sea para salirse con la suya. Acabamos de compartir un momento precioso. Tenía pensado llevarla a casa y echarle ese polvo de represalia y después ir juntos a buscar a los niños al colegio. Se está cargando todos mis planes. Y, para colmo, ahora está embarazada. Más frágil si cabe. Más delicada si cabe. Lo del yoga es una idea estúpida. Además, no pienso perderla de mi puta vista.

—Ni de coña, Ava.

—Vete a la mierda, Jesse.

Empuja las puertas y sale a la luz del sol, dejándome a la entrada del hospital como si fuera idiota, agitado y echando humo.

—¡Te he dicho que no vas! —chillo.

El grito me granjea miradas de sorpresa de muchas de las personas que pasan por delante. Gruño a todas y cada una de ellas antes de salir con paso airado, murmurando y soltando tacos entre dientes.

—¡Ava!

—No pienso discutir contigo —dice, volviendo la cabeza—. Así que más te vale que lo dejes. Voy a ir y punto.

¿Y punto?

—Ésa frase es mía —espeto, infantil a más no poder.

Le doy alcance y le impido llegar a la puerta del copiloto. Me apoyo en el coche mientras ella me mira cansada.

—No creo que hacer yoga sea buena idea en tu estado.

—Lo he consultado con el médico, y, para tu información, dice que es una idea muy buena.

Mierda. Vale, pues entonces...

—No creo que debas andar por ahí tú sola.

—No estaré sola, estaré con Zara.

Mis labios dibujan una línea recta. Podría estar con cualquiera, pero no estará conmigo.

—Pues iré yo también. Me quedaré mirando mientras das la clase. Además, siempre estás diciendo que quieres que conozca a esa nueva amiga tuya.

—No.

Va a coger el tirador, pero lo tapo con las dos manos.

—Joder, Jesse, no seas tan poco razonable.

—¡Vigila esa puta boca! No me obligues a empezar la cuenta atrás. Podría hacerlo perfectamente.

—Y, dime, ¿qué piensas hacerme en medio del aparcamiento del hospital? —Se ríe, pensando que domina la situación, pero no es así.

—Ya me pusiste a prueba una vez en este mismo aparcamiento —informo—. Lo hice entonces y lo haré ahora.

—Hacer ¿qué? —pregunta, cruzando los brazos sobre esas tetas divinas.

Acerco mi cara a la suya y sonrío para mis adentros al ver cómo aguanta. No se mueve ni un centímetro y se pone en guardia.

—Te echaré al hombro, te daré un azote en ese culo precioso, te meteré los dedos en ese coño tan calentito y te pondré a cien hasta que estalles ahí arriba, delante de todas estas personas tan simpáticas.

Le dedico una sonrisa forzada, satisfecha, y ella abre mucho la boca. Un momento, ¿lo ha recordado?

—No te atreverías.

No, no lo ha recordado. Si ha abierto así la boca es porque se ha quedado sorprendida, no porque haya recordado.

No me achanta. No tengo ningún problema en recordárselo.

—Lo haría y lo hice. ¿Me estás desafiando?

Quiero que lo haga. Quiero que me desafíe dos veces. Tres.

—He quedado con Zara. —Las aletas de su naricilla se inflan peligrosamente—. No me puedes tener atada a tu lado siempre.

—Te equivocas.

Casi me río, pensé que habíamos superado estos estúpidos jueguecitos de poder.

—Te vienes a casa conmigo, y el polvo de represalia ahora será un polvo de disculpa.

Ahí tiene.

Vuelve a abrir la boca.

—Eres un orangután.

Me rasco las axilas a modo de patética confirmación.

—Eso no es ninguna novedad, señorita.

—¡Grrrr!

Da media vuelta y se aleja con paso airado, pero no llega muy lejos. Me la echo al hombro con cuidado y la llevo de vuelta al coche. Y mientras, le meto la mano por debajo de la falda y subo hasta la cara interna del muslo.

—¡Jesse!

—¿Qué, cariño?

Mis dedos salvan sus bragas y se introducen con facilidad en ella. Está empapada. Aunque está que echa chispas conmigo, no podría estar más húmeda. Sonrío satisfecho. Lo cierto es que no ha cambiado nada. Deja de resistirse, su gemido quebrado, como si intentara contenerlo, como si intentara disimular lo cachonda que está. Así sólo consigue echar más leña a mi fuego.

—No te enfrentes a mí, Ava.

Paro al llegar al coche y abro la puerta.

—Estás malgastando una energía valiosa.

Sin sacar los dedos de ella, consigo acomodarla en el asiento del copiloto y me arrodillo junto al coche.

—Relájate, nena.

Me acerco a ella y retiro los dedos despacio, viendo cómo se le ensancha el pecho y se le abren mucho los ojos. Acto seguido los vuelvo a meter, echando en ellos el peso de mi cuerpo, llegando a lo más hondo. Puede que mentalmente me esté rechazando, pero su coñito piensa de otra manera, tirando de mí hacia dentro vorazmente, los músculos del conducto masajeando mis dedos con facilidad.

—¿Te gusta, nena?

—No juegas limpio, Ward.

—¿Te-gus-ta?

Saco los dedos y los vuelvo a meter, mis sonidos de placer llenando el coche y mezclándose con los suyos.

—Contesta.j4

Echa la cabeza hacia atrás, en los ojos escrito el deseo. Sacrifico mi necesidad de obtener una respuesta verbal cuando apoya una mano en la mía entre sus muslos y empieza a moverla conmigo para alcanzar el clímax. Su espalda se arquea contra el asiento y se pone rígida, el clítoris empieza a latir bajo mi pulgar. Se corre en silencio, pero de qué manera, temblando después del orgasmo, los párpados pesados. Estoy tan embelesado mirándola que se me olvida cómo hemos llegado a este momento. Hasta que Ava habla.

—Pero me voy a yoga —afirma, sin fuerzas en el asiento.

Río entre dientes y saco los dedos de sus apretados muslos y me tomo mi tiempo lamiendo los ricos jugos mientras me mira.

—No vas.

Sonríe, en los ojos una mirada pícara. Me sorprendo tragando saliva deprisa cuando me acaricia por encima de los vaqueros, poniéndome la polla aún más tiesa. Me mira risueña cuando la tengo como una piedra y coge aire.

—Luego me untaré las tetas con mantequilla de cacahuete y tú me la quitarás a lametones.

—Te llevo y te voy a buscar —chillo prácticamente.

Apoyo mi mano en la suya antes de que la polla me atraviese los vaqueros. ¿Cómo sabía que debía jugar su triunfo? No lo sé, pero no pienso discutir. Puedo matar el tiempo en el gimnasio. La verdad es que debería dejarme ver por allí.

Me mira radiante, satisfecha, y me suelta.

—Pues date prisa. Voy a llegar tarde por tu culpa.

Se baja la falda y me empuja para que pueda cerrar la puerta. Tengo la sensación de que me la acaban de jugar. Es como si Ava hubiera vuelto a aprender que para conseguir lo que quiere tiene que pillarme en mis momentos más débiles, como chantajearme con lo de la mantequilla de cacahuete y las tetas. Me acaba de salir el tiro por la culata, y al ver que no consigue disimular la sonrisa que tiene en los labios cuando doy la vuelta al coche, lanzándole una mirada abrasadora a través del parabrisas, sé a ciencia cierta que me la ha jugado.

Sin embargo, ese atisbo minúsculo de sentido común que hay

en mí me dice que lo deje estar. Ava tiene razón. Por mucho que quiera —por mucho que tenga la sensación de que lo necesito—, no puedo tenerla atada a mi lado eternamente. Tiene que reconstruir otras partes de su vida. Es sólo que voy a tener que acostumbrarme a los ataques de nervios.

CAPÍTULO 51

Ava

Cuando Jesse aparca junto al bordillo, me desabrocha el cinturón y se vuelve para verme.

—Ten cuidado —advierte—. Te recojo en este mismo sitio dentro de un par de horas.

—Vale. Hasta luego.

Me cuesta no poner los ojos en blanco mientras me inclino para darle un besito en la mejilla. Cierro la puerta del coche y cruzo la calle a la carrera.

—¡No corras! —me grita, y me vuelvo ya en el otro lado—. No vayas a agitar al niño.

Me río. Este tío está como un cencerro. Veo a Zara más arriba, cerca de Elsie's, y la saludo con la mano mientras voy a su encuentro. Me abraza con fuerza.

—¿Se va a quedar tu marido esperando?

Me separo de ella y, al girar la cabeza, veo que Jesse sigue aparcado.

—Probablemente se esté asegurando de que entro en el edificio sin que me pase nada —bromeo, y centro mi atención en Zara cuando por fin Jesse se marcha—. Se preocupa por mí, y ahora se preocupará todavía más.

—¿Por qué?

—Venimos del hospital.

Me saco una imagen de la ecografía del bolso y se la enseño. Clava sus ojos azules en ellas. No es la reacción que esperaba, en su mirada hay cierta tristeza. Mi sonrisa de orgullo se esfuma.

—¿Zara?

Oh, mierda.

Me mira un tanto ausente.

—Lo siento.

Menea la cabeza y vuelve conmigo.

—¿Qué pasa?

Guardo la imagen deprisa, preocupada.

—Me estoy comportando como una boba. Es sólo que yo no puedo tener hijos.

—Dios mío.

Me doy de tortas, me acerco para abrazarla.

—Cuánto lo siento.

—No es culpa tuya. Y la verdad es que mía tampoco. Un rollo genético raro para el que no encuentran explicación.

Acepta mi consuelo y me abraza también.

—Mi ex me echaba la culpa, de ahí los puñetazos que me soltaba tan alegremente.

Hago un gesto de dolor.

—Menudo cabrón.

Me separo, le quito un mechón de pelo húmedo de la mejilla, y ella sonríe con tristeza.

—Estás mejor sin él, ¿no?

—Claro. En el trabajo me va genial, y he oído que quizá me asciendan. La verdad es que las cosas no podrían irme mejor.

—Qué bien.

—Oye, por cierto, luego tengo una cita —me cuenta, en los ojos un brillo que denota su entusiasmo—. Necesito un vestido. ¿Te vienes conmigo de tiendas un rato después de yoga y me ayudas a elegir?

—Claro.

No vacilo; me necesita. Llamaré a Jesse y se lo diré. No le importará.

—Enhorabuena por el niño, Ava.

Zara me da un golpecito en el hombro y me dedica una sonrisa genuina.

—Se te ve muy feliz.

—En el séptimo cielo de Jesse —digo sin pensar, y frunzo el ceño.

—Parece un muy buen sitio.

—No te imaginas cuánto.

CAPÍTULO 52

Para ser un martes a primera hora de la tarde, el gimnasio está a reventar. Voy por recepción saludando a todo el mundo. Parecen sorprendidos de verme. ¿O acaso se preguntan dónde estará Ava?

Estoy subiendo la escalera cuando llama Sam.

—Hola —contesto.

—Pastillas para dormir. ¿Dónde puedo pillarlas? —suena urgente.

Sonrío, percibiendo el cansancio en su voz.

—¿Acaso tengo pinta de ser el camello del barrio?

John me ve a mitad de la escalera y también se muestra sorprendido. Da media vuelta y sube conmigo. Me señalo el teléfono y le indico que es Sam, y John esboza una sonrisa burlona.

—No es muy buena idea sobarse cuando hay un niño rondando.

—Joder, en mi vida he estado tan cansado. Soy un muerto viviente. Y Kate es un demonio.

Me acuerdo de esos días sin especial cariño, aunque nosotros teníamos que lidiar con dos. Pero eso no se lo digo, a Sam no le haría gracia. No, hago lo que haría cualquier amigo de verdad. Después de todo, un poco de práctica y refrescar mis habilidades probablemente me venga bien, y además a Ava le gustará, estoy seguro.

—Oye, ¿crees que Kate nos dejaría a Betty esta noche para que vosotros dos podáis dormir un día en condiciones?

—Joder, tío, ¿lo harías? —Parece contento como unas castañuelas, así, sin más, con la sola promesa de descansar—. A Kate no
le importará.

—¿No deberías preguntarle primero? —inquiero.

Porque recuerdo la primera vez que dejamos nosotros a los
mellizos para salir una noche en pareja. Y por Ava sin problema,
ojo; era yo el que estaba muerto de preocupación. Llego a lo alto de
la escalera con John, a la planta de *fitness*. Señalo el despacho
de Ava y asiente, y levanta un dedo para indicarme que volverá dentro de un segundo.

—Lo que yo te diga, no le importará —me asegura Sam—. Y si
le importa, iré yo a tu casa a quedarme contigo.

Me río y entro en el despacho de Ava. Veo a Cherry sentada en
la silla de Ava y se me congela la risa. Ése no es su sitio. Esa silla sólo
es de una mujer.

—Habla con Kate y llámame.

—Estaremos ahí a las siete —replica, y cuelga.

—Ah, hola. —Cherry me dedica una sonrisa radiante y mira
detrás de mí—. ¿No ha venido Ava?

—No ha venido Ava —confirmo.

Me acerco a la mesa de mi mujer. Hay muchas cosas fuera de su
sitio. El portalápices no está donde debería, la alfombrilla del ratón
es distinta y las bandejas para los documentos están torcidas. Muy
ordenadas, pero torcidas. Ava no las tenía así, contra el rincón del
fondo. Claro que eso mi mujer no lo sabrá.

—¿Quieres beber algo?

Cherry se levanta y coge un montón de papeles del borde de la
mesa para cuadrarlos.

—Agua, gracias.

Me dejo caer en la silla ahora desocupada y escudriño la habitación mientras Cherry sale discretamente. Parece vacía. Sin vida.
Me retrepo, y apoyo el codo en el brazo y tamborileo con los dedos
en mi mejilla, pensativo. Y sonrío. Otro hijo.

—¿Por qué sonríes? —pregunta John mientras se acerca a la mesa.

En ese momento caigo en que uno de mis amigos de toda la vida no sabe nada de lo que ha pasado estos últimos días.

—Voy a ser padre —lo digo con firmeza, y me siento orgulloso de ello.

—Ya eres padre, capullo estúpido. —Se acomoda en la silla de enfrente—. Pensaba que la que había perdido la memoria era Ava.

De haberlo dicho otro, le habría partido la cara. Pero es John. Y sería él quien me partiría la cara.

—Otra vez —añado—. Voy a ser padre otra vez.

Abre mucho los ojos.

—¿Cómo?

—Ava está embarazada.

Veo que le empieza a entrar la risa y espero a que le salga y sacuda el puto gimnasio entero. Pero no se ríe. De alguna manera consigue aguantársela, aunque veo claramente que le hace mucha gracia.

—¿Lo teníais planeado?

Le lanzo un bolígrafo.

—Ésa sí que es una puta pregunta estúpida, John. No me jodas, ¿qué tío de cincuenta años en su sano juicio se metería en semejante fregado?

Encoge los enormes hombros como si tal cosa.

—Yo, si se me hubiera presentado la oportunidad.

Me cierra la boca. Y me hace recular. Nunca le he preguntado a John por su pasado, y él nunca me lo ha contado. Algo en mi interior, quizá prudencia, me decía que no lo hiciera. He pensado con frecuencia si le habría gustado tener hijos de haber encontrado a la mujer adecuada. Y me acaba de responder. Aunque no debería sorprenderme. Se lleva genial con los mellizos, desde siempre. En cierto modo, es como un segundo padre.

—¿Ha habido alguna vez una señora John? —le pregunto.

Sonríe, dejando al descubierto sus blancos dientes y el toque de oro que lo caracteriza.

—¿Cómo es que has tardado tanto en preguntar, hijo?

Me río para mis adentros.

—Puede que por las vibraciones hostiles que percibo cada vez que se me pasa por la cabeza curiosear.

—Hubo una mujer, hace tiempo.

Se encoge de hombros, como si no fuera nada. Casi seguro que no es nada.

Me inclino hacia delante en la silla, intrigado.

—¿En serio? ¿Quién?

Me mira unos instantes, a todas luces preguntándose si desembuchar o no.

—La verdad es que ya no importa. Es agua pasada. Historia.

Es evidente que ha decidido no hacerlo.

Suspiro, maquinando para ver cómo le puedo sonsacar la información.

—¿Antes de que yo te conociera?

Me fulmina con la mirada.

—Déjalo.

—¿Y si no lo hago?

—Tendrás que atenerte a las consecuencias.

—¿Que son?

—Te digo que pares, capullo cabezota —advierte.

La amenaza que percibo no es ninguna broma, pero algo me dice que en realidad quiere contármelo. Sin embargo, hago lo que me pide, aunque me esté devanando los sesos, volviendo atrás en el tiempo, hasta llegar a cuando mi tío me acogió. John ya estaba allí entonces, era el mejor amigo de mi tío. De hecho siempre ha estado... ahí. Farfullo para mis adentros, comiéndome la cabeza. La conozco, de ahí que él se muestre reservado y reacio.

Hago un barrido de todas las mujeres que solían frecuentar La Mansión mientras nos miramos durante lo que parecen años;

sus ojos sombríos, los míos curiosos. Y entonces coge aire para hablar.

—Enamorarte de la novia de tu mejor amigo no es lo que se dice ideal.

No aparta la mirada de la mía.

¿La novia de su mejor amigo? Su mejor amigo era el tío Carmichael...

Caigo de golpe y porrazo.

—¿Sarah? —espeto.

El corazón me da el segundo vuelco del día, sólo que en este caso no se trata de ninguna bromita de mal gusto. Asiente a modo de confirmación. Hay que joderse. ¿Sarah? ¿Cómo lo ha estado callando todo este tiempo?

—John, no sé qué decir.

Lo vigilaba todo, de cerca, a Sarah, a mí y al tío Carmichael, el maldito triángulo amoroso y la tragedia que vino con él. Y los años siguientes, con Sarah loca por mí, haciendo cualquier cosa para intentar ganarme. ¿Cómo lo aguantó? ¿Cómo pudo enfrentarse a ello? ¿Soportarlo?

—No digas nada y pasemos página —avisa, viendo claramente que le estoy dando vueltas al asunto.

¿Ha estado enamorado de Sarah todo este tiempo? ¿Sin que yo lo supiera? ¿Sin que me diese cuenta?

—¿Cómo se puede querer a alguien tan destructivo? —pregunto, atónito.

Me mira como si yo fuese idiota.

—Pregúntale a tu mujer.

Me quedo hecho polvo, repasando los años en busca de pistas que no supe ver. Y ahora soy consciente de que había millones. La tranquilidad que se gastaba con ella. Sus ocasionales intentos de defender sus actos. Su cabreo cuando ella perdía los papeles tantas veces. No estaba enfadado únicamente por lo que Sarah me estaba haciendo a mí, sino por lo que se estaba haciendo a ella misma.

—No se puede ayudar a quien no quiere que lo ayuden —afirma, abandonándose extrañamente a los recuerdos—. Tú querías ayuda.

—Mierda, John —digo, levantando un poco las manos.

Entonces me viene algo a la cabeza: Sarah está en su casa, lleva allí semanas.

—¿Se puede saber por qué te metes en semejante lío? Y ¿qué coño opina Elsie? Un momento, ¿qué opina Sarah? ¿Sabe lo que sientes?

—Lo que sentía. Y no, ni lo supo ni lo sabe. Ni tu tío tampoco. ¿Acaso crees que quería añadir más leña al puto fuego que teníais montado ella, él y tú? Y dejé de quererla cuando dejó de quererse. Y la razón de que esté en mi casa es que a mí me puede hacer menos daño que a ti.

—No...

—No se lo contarás a nadie.

El tono de John no puede ser más amenazador cuando se levanta de la silla:

—Es historia.

—Claro.

No hace falta que me lo diga dos veces.

—¿Qué hay de Sarah? ¿Cuánto piensa quedarse contigo?

—Hasta que se ponga bien.

Este hombre es un santo varón.

—Y ¿qué hay de Elsie?

—Tiene no sé qué mierda de terapia holística que quiere probar con Sarah. —Gira la cabeza y pone los ojos en blanco—. ¿Quién sabe? Quizá así se desenganche.

La puerta se cierra al salir él y me quedo sentado a solas, en silencio, mucho tiempo, tratando de asimilar la noticia. Lo cierto es que no puedo, por mucho que lo intente. Son tantos los años que tener en cuenta, tantas las ocasiones pasadas que analizar para dar con lo que busco. No encontraré nada. John hizo un trabajo demasiado bueno ocultando lo que sentía a Sarah y al resto del mundo. Siempre ha antepuesto a los demás. Y eso es algo que no está bien. Saco el teléfono y encuentro el número que bloqueé. Lo desbloqueo y llamo, y nada más oír la voz de Sarah, noto una sensación de hormigueo en la piel, me levanto de la silla y me pongo a dar vueltas por el despacho.

—Tienes que irte de la ciudad, Sarah —suelto sin rodeos.

—¿Jesse?

—Sí. Tienes que irte.

Se produce una pausa y después se escucha un suspiro.

—¿Cómo está Ava?

—No te he llamado para hablar de mi mujer. Te he llamado para decirte que te vayas de la ciudad.

—No puedo ir a ningún sitio, Jesse. Estoy tiesa.

Me paro al acordarme de que John me ha dicho eso mismo. No tiene ningún sitio adonde ir, ningún sitio donde quedarse. Así que se está aprovechando de John, y John nunca le dirá que no.

—Mándame tu número de cuenta —le ordeno—. Te haré una transferencia y te irás, ¿me has oído?

John ha estado esperando décadas para conocer a una mujer. Ahora la ha conocido, y me niego a que esta zorra odiosa se cargue lo que podría ser su final feliz.

—¿Me has oído?

—Te he oído —musita.

El hecho de que no lo discuta resulta exasperante. Porque es así de egoísta. Le importa un pito John. O yo. Sólo le importa ella misma.

—Lo haré ahora. Mándame el número.

Cuelgo, y en los dos pasos que tardo en regresar a la mesa de Ava para abrir la página de mi banco me llega su número de cuenta al móvil. Me río sin dar crédito, no ha perdido el tiempo. Unos cuantos clics y allá van cien mil libras. No hemos hablado de números, pero quiero darle lo suficiente para asegurarme de que no tenga que volver nunca. Me echo hacia atrás en la silla y me quedo mirando la pantalla mientras le digo adiós al dinero que mejor he empleado en mi vida.

El teléfono me vibra en la mesa y al mirar veo dos llamadas perdidas de Ava. Con el corazón en un puño, voy a llamarla cuando me percato de que tengo un mensaje en el buzón de voz.

Toco el icono correspondiente y me llevo el móvil al oído para escuchar el mensaje. «Te he llamado dos veces y no me lo coges —dice—. Sigo con Zara. Me lo he pasado genial. Hemos ido a la tienda de al lado y hemos comprado un vestido para la cita que tiene esta noche. No hemos encontrado los zapatos adecuados, pero yo tengo unos que le quedarían perfectos, así que vamos a ir a buscar a los niños y a casa. Conduce ella, así que no te asustes. Te veo allí.»

Mi reacción instintiva es llamarla y dejarle claras un par de cosas, pero consigo contenerme. Cojo aire, me relajo en la silla y cierro los ojos. Me ha llamado. Está bien y va a buscar a los niños. Debería dejar que hiciera esa clase de cosas, debo dejar que las haga, necesita hacerlas. Justo cuando me estoy obligando a guardar el teléfono entra alguien: Cherry con mi agua. No se ha dado mucha prisa que digamos.

Sonríe, toda alegre y voluntariosa, mientras viene hacia mí, claramente contoneándose a propósito. Y, si no me equivoco, se ha desabrochado un botón de la blusa desde que se fue a por el agua. Mi suspicaz mirada la sigue hasta la mesa de Ava, donde pone el culo en un lado y cruza una pierna sobre la otra.

—¿Algo más? —susurra casi.

Suspiro. Ha llegado el momento de ponerla en su sitio.

—Cherry —empiezo, y su sonrisa se vuelve más radiante, sus ojos bajando a mi torso—. Permíteme que te explique una cosa.

—Ajá —responde, y comienza a mordisquearse el labio inferior.

—Si mi mujer te pilla mirándome así, hará que te comas los taconazos.

461

Mis palabras no parecen surtir mucho efecto, sus ojos suben por mi pecho hasta llegar a mi cara.

—Y ¿qué pasará si tú me pillas mirándote así?

Su descaro me deja pasmado.

—Te acabo de pillar haciéndolo.

—¿Y?

Me inclino hacia delante, apoyando los codos en la mesa. Los ojos le brillan más con mi cercanía.

—Y creo que tienes agallas —respondo en voz baja—. Y también que eres idiota.

Se encoge de hombros.

—No se consigue lo que se quiere si uno no se lanza.

—Estás despedida.

Abre los ojos como platos.

—¿Cómo?

—He dicho que estás despedida.

Esbozo una sonrisa resplandeciente, una que la haría caer de culo si no lo hubiera hecho ya del susto.

—No puedes despedirme —escupe indignada.

Me río, retrepándome de nuevo.

—Le acabas de faltar al respeto a mi mujer, que da la casualidad de que también es tu jefa. ¿Crees que la dejaría a ella por ti? —Suelto una risita que suena cruel—. Deja que te dé un consejo de despedida.

Se baja de la mesa, el rechazo haciendo que se ruborice, pero no de ira, sino más bien de vergüenza.

—¿Cuál?

—Si tu intención era aprender a ser sexy y seductora, deberías haber pasado más tiempo admirando a mi mujer en lugar de a mí. Adiós.

Rabia. La tiene escrita en la cara.

—Pero eras el dueño de La Mansión.

La miro como si fuese una puta idiota, porque lo es.

—Largo —prácticamente gruño, justo antes de perder los estribos.

Es lo bastante lista para darse cuenta de lo cabreado que estoy y va deprisa hacia la puerta. Su regalo de despedida es una mirada furiosa y obscena cuando vuelve la cabeza antes de dar un portazo a lo bestia.

La muy imbécil.

El teléfono me suena de nuevo y lo cojo deprisa mientras me pongo de pie y voy hacia la puerta.

—Hola, nena.

Me espero que me regale los oídos por dejarle que haga sus cosas de chicas y no llamarla.

—¿Se puede saber de qué coño vas, Ward?

Me paro en mitad del despacho, devanándome los sesos para saber qué he hecho. Al final pregunto, porque no tengo ni puta idea.

—¿Qué he hecho?

—No me has devuelto las llamadas. Sólo me salta el buzón de voz.

Está hecha una furia, frenética, y yo sonrío de oreja a oreja.

—Vaya, nena, ¿estabas preocupada por mí?

Bienvenida a mi mundo, señorita.

—Un poco —responde, y no puedo evitar sentir una gran satisfacción.

—Debí de quedarme sin cobertura —alego, yo a lo mío.

Estoy pensando que probablemente no sea buena idea contarle que estaba hablando por teléfono con Sarah.

—¿Dónde estás?

—En el gimnasio.

Percibo su enfado al mencionar que estoy aquí solo, sin ella, y la tranquilizo:

—Acabo de despedir a Cherry.

—¿Cómo? ¿Por qué? Por favor, no me digas que te entró. La muy zorra.

—Bueno, ya sabes, tu marido es un dios entre los hombres. Es comprensible.

—Y tú insoportable.

—Y te quiero. ¿Dónde estás?

—En casa. Zara acaba de irse y los niños están en la cama elástica.

—Estoy saliendo de aquí.

Cuelgo y voy a buen paso hacia el coche, con la sensación de que hace años, y no horas, que no los veo.

CAPÍTULO 53

Nada más entrar, oigo a los niños antes de verlos, sus gritos de alegría llegándome desde el jardín, los muelles de la cama elástica volviéndose locos. Entro deprisa en casa para buscar a Ava y que se deshaga en los elogios que me debe. La encuentro sentada en la isla de la cocina, mirando algo. Mis pasos no la distraen, absorta en lo que quiera que tenga delante. Me doy cuenta de qué es lo que acapara de tal modo su atención: la imagen de nuestro hijo. Recorre con un dedo el borde del papel, la mirada algo ausente. Odio tener que interrumpirla.

—¡Bu! —le digo al oído, y se lleva la mano al pecho, asustada.

Se vuelve en el taburete y me lanza una mirada asesina mientras me coge de la camiseta y tira de mí.

—La próxima vez que te llame, devuélveme la llamada, Ward.

—Joder, qué sexy estás cuando te enfadas.

Su ceño fruncido se vuelve una sonrisa pícara.

—Entonces bésame.

—¿Qué se dice, nena?

No vacila.

—Por favor.

Me abalanzo sobre ella y la paso del taburete a la isla para comérmela entera. Dios, ¿querría estar en cualquier otro sitio? Pues no. Sólo quiero pegar mi boca a la suya y llegar hasta el final. Esta mujer es como el mejor de los vinos, y yo soy un experto en ese vino.

—Abre las piernas.

Las abre y me encajo en ellas y nos besamos como locos. Esto es lo que ocurre cuando pasamos demasiado tiempo separados: morimos de hambre. Y de ella no me canso.

—Jesse —jadea, en la voz un tono de advertencia, aunque su incesante lengua no se detiene—. Los niños.

Dejándome llevar por el momento, estoy a punto de decir: que les den, pero en lugar de hacer eso, y muy de mala gana, me separo de sus labios antes de que se me vaya la cosa de las manos y la tumbe en la encimera.

—¿Les has enseñado la imagen?

—No, claro que no. Quería esperarte.

—¿Lo hacemos durante la cena o ahora?

La verdad sea dicha, quiero hacerlo ahora. Estoy entusiasmado.

—Ahora.

Sonrío mientras la ayudo a bajar, me lo ha visto en la mirada.

—¿Encontraste los zapatos para tu amiga?

—Sí, son perfectos para el vestido. Estuvo esperando todo lo que pudo para conocerte, pero, si se quedaba más, llegaba tarde a su cita.

—En otra ocasión.

Procuro no dar la impresión de que me importa poco, porque sé lo mucho que esa amiga significa para ella. Al menos tengo que fingir que me interesa.

—Quizá un día cuando te lleve a yoga.

—Te va a encantar, y tú a ella.

—Eso seguro. Soy el puto señor de La Mansión.

Le guiño un ojo con descaro y echamos a andar hacia el jardín. El crujido que deja escapar la cama elástica con cada salto aumenta de volumen a medida que nos acercamos, y mi sonrisa con él, hasta que la vemos y vemos a mis hijos dando botes en ella, riendo. Y hay otra persona.

—¿Quién es ésa? —pregunto al ver a la mujer, el oscuro pelo ondeando al viento y dándole en la cara.

—Oh. —Ava parece sorprendida, pero no preocupada—. Es Zara. Fue a despedirse de los niños. Creía que ya se había ido.

Sonrío, la mujer de espaldas. Va demasiado peripuesta para jugar en una cama elástica.

—Tiene bastante energía.

—¿Por qué lleva puesto el vestido nuevo? —pregunta Ava, el desconcierto reflejado en su tono.

Miro la prenda de encaje negro y me invade una inquietud, noto un peso en los hombros del que no puedo librarme. Mis pasos se ralentizan al aproximarnos. Y mi corazón también.

Y se para por completo cuando la mujer se vuelve hacia nosotros. Es uno de esos momentos en los que creo saber lo que estoy viendo pero escapa de tal modo a mi comprensión que mi cerebro tarda un instante en reaccionar. Sin embargo, nada más ver los hundidos ojos azules, no me cabe la menor duda. Parecen tan consternados como recuerdo, y cuando me mira, rebosan odio.

—Mierda.

Se ha cambiado el color del pelo, el rubio ahora es un duro tono caoba, que no le va nada bien con su tez. Siempre ha sido blanca, pero ahora parece que no tiene sangre. Ni corazón. Ni emociones.

—Lauren.

El susto y el miedo me han paralizado. ¿Cómo es que no sabía que le habían dado el alta del psiquiátrico? ¡Nos lo tendrían que haber dicho! Necesito bajar a mis hijos de esa cama elástica, alejarlos de ella y de sus dementes garras asesinas, y sin embargo no soy capaz de dar un puto paso.

—Qué sorpresa —dice.

Va hacia la malla que rodea la cama elástica, metiendo los dedos por el entramado para sujetarse, un poco sin aliento, pero sus palabras no podrían ser más claras.

—Me alegro de verte, Jesse.

—¿Lauren? —inquiere Ava confusa—. Ésta es Zara. ¿Os conocéis?

Se suelta de mí y retrocede. No me atrevo a apartar la mirada de la mujer que estuvo a punto de mandarme a la tumba dos veces. Mis hijos están a escasos metros de ella, los botes ahora más lentos, su instinto les dice que algo va mal. Me cago en la puta, ¿cómo ha podido pasar esto? ¿La nueva amiga de Ava, con la que ha estado haciendo yoga todas estas semanas, tomando café y yendo de compras es mi ex mujer asesina? Trago saliva y me echo a temblar. Es el resultado de estar enfadado, pero, sobre todo, del puto miedo que tengo.

Debo hacer como que no pasa nada. No dar a los niños motivos de preocupación. Algo que es imposible teniendo delante a esta jodida mujer. Sé que hará cualquier cosa para destruirme.

Lauren mira a Ava, en la boca una sonrisa salvaje.

—Vaya, no me digas que con todas las cosas que te ha recordado se le ha olvidado hablarte de mí.

Sus fríos ojos vuelven a mi inmóvil cuerpo. La sangre se me hiela en las venas.

—Vaya, Jesse, tienes la fea costumbre de dejar a tu ex mujer fuera de tu lista de prioridades. Y a tu difunta hija.

Ava profiere un grito ahogado y yo me obligo a mirarla. Se ha llevado las manos a la cabeza, el rostro demudado en un gesto de angustia. Después grita. Y me doy cuenta de lo que pasa: está recordando.

—Ava, nena.

Voy con ella y la cojo cuando cae de rodillas.

—¡No! —solloza—. ¡No, no, no!

Empieza a tirarse del pelo, desquiciada e inconsolable.

—Haz que pare. No quiero saberlo.

—Dios mío, Ava.

Hago un esfuerzo para no llorar, clamando al cielo y suplicando que alguien ponga fin a esta locura. Estoy desgarrado, necesito reconfortar a mi mujer mientras es asaltada por cada detalle de nuestra historia en común de golpe y porrazo, las compuertas abriéndose e inundando su frágil cerebro.

Pero a escasos metros hay una trastornada en la cama elástica, con mis hijos. Y sé de lo que es capaz. Sé el odio que me tiene. Chillando, me separo de Ava para enfrentarme a mi rival. La sonrisa de Lauren se vuelve más amplia. Más enfermiza. Más desagradable. Los niños miran a su madre, conmocionados y confusos al ver el ataque de histeria que está sufriendo.

Abro los brazos, me trago el miedo y procuro parecer seguro y fuerte. Es preciso que me vean fuerte.

—Niños, venid con papá.

Los dos dan un paso adelante, pero antes de que puedan avanzar más, Lauren les pasa un brazo por los hombros a cada uno y los estrecha contra ella. Los pequeños se asustan, los ojos como platos ahora, pero no forcejean. Me siento muy orgulloso de que sean lo bastante listos para mantener la sangre fría.

—Están encantados con su tía Lauren, ¿a que sí, niños?

Les da un beso en la cabeza a cada uno, sin dejar de mirarme.

—Son un amor, Jesse. Un verdadero amor. ¡Y ahora viene otro en camino! Qué emocionante para ti, un nuevo miembro para tu perfecta familia. ¿Alguna vez te has preguntado cómo sería nuestra Rosie si hubiera llegado a tener esta edad? ¿Si no la hubieras matado?

El dolor que siento es atroz. Hace que me den arcadas, el estómago revolviéndoseme. Los niños guardan silencio, sin moverse, pero tienen el susto escrito en la cara. Necesito alejarlos de ella.

—Lauren —digo con voz serena y segura, dando pasos lentos, cautelosos hacia la cama elástica—. No quieres hacerles daño a mis hijos. No eres una mala persona. Piensa en lo que estás haciendo.

—Pues claro que no quiero hacerles daño.

Se echa a reír, casi histérica. No sé qué coño le habrán hecho en ese pabellón psiquiátrico todo este tiempo, pero desde luego no la han curado.

—Entonces llévame a mí contigo —propongo—. A donde quieras. Hablaremos, a ver si podemos solucionar esto.

—¿Puedes devolverme a Rosie?

—Nadie podrá devolverte a Rosie, Lauren.

Llego a la cama elástica y meto también los dedos en la malla, acercando la cara. Veo que el odio de sus ojos aumenta.

—Llévame a mí contigo. Es a mí a quien quieres hacer daño. Ellos no merecen sufrir por mis errores.

Soy dolorosamente consciente de que, de una manera o de otra, mis hijos van a sufrir. No hay forma de evitarlo. O esta lunática les hará daño —y haré lo que sea preciso para impedirlo— o me lo hará a mí, con lo cual se lo hará a ellos. No puedo salir airoso de esto, pero la última opción es el menor de los dos males. Estoy entre la espada y la pared.

—No, Jesse.

La voz de Ava llega de la nada, obligándome a mirar a la izquierda. No pierde de vista a Lauren, la mirada casi de loca, y sé que es por culpa de todos los desatinos que le acaban de destrozar la cabeza.

—Ya ha intentado matarte dos veces.

—A la tercera va la vencida, ¿no? —sonríe Lauren.

—No tendrás oportunidad. —Ava empieza a sacudir la cabeza, luego sus ojos me miran—: No pienso volver a pasar por ese infierno. No pienso pasarme semanas rezando para que despiertes. No permitiré que esta mujer vuelva a hacerte daño. Primero tendrás que matarme.

—Qué mona. —Lauren se ríe de nuevo—. Pero te olvidas de que tengo algo que los dos queréis con locura aquí mismo. —Abraza más a los niños—. No adelantes acontecimientos, Ava. —Clava su mirada fría en mí—. Por lo visto, tu marido se quiere venir conmigo.

Suelta a los niños, coge una bolsa del mullido borde de la cama elástica y mete la mano en ella.

Entreveo la culata de una pistola y el aire me entra tan deprisa en los pulmones que me tambaleo hacia atrás.

—Iré contigo.

—¡No! —grita Ava y me lanza una mirada feroz, furiosa.

No le hago caso, doy la vuelta a la cama elástica y bajo la cremallera de la entrada.

—¡Jesse!

Ava está perdiendo el control y la fulmino con la mirada, preguntándole en silencio qué otra puta alternativa tengo. Esa mujer tiene a nuestros hijos, joder. Ava está tan espantada, tan superada por lo que está sucediendo, que no piensa con claridad. Cierra la boca y dirige su atención a Jacob y Maddie. Y entonces cae en la cuenta de cuál es su deber. Veo que la leona que hay en ella aflora a la superficie, acompañada de un odio renovado hacia la mujer que ahora está bajando por la escalerilla de la cama elástica, el arma apuntándome al pecho.

—¿Papá?

La voz de Jacob se quiebra, ronca, cuando coge a su hermana y la lleva a la otra punta de la cama elástica, lo más lejos posible de Lauren.

—Papá, no.

—No pasa nada, hijo. —Me obligo a sonreír—. Todo irá bien, te lo prometo.

No hago promesas que no pueda cumplir, y estoy desoyendo la voz en mi cabeza que me dice que acabo de romper esa norma.

Lauren baja la escalera y me mira mientras se pone unos zapatos de tacón que reconozco. Son de Ava. El pelo, el vestido, los zapatos... Lo ha planeado todo: yo soy su puta cita.

—Tú conduces —dice, y me mete la mano en el bolsillo.

Cada músculo de mi cuerpo se paraliza mientras palpa en su interior. Profiero un sonido de desaprobación cuando me roza la polla flácida.

—Esto ya lo solucionaremos, estoy segura.

—¡Quítale las manos de encima! —grita Ava, la locura de sus ojos alcanzando un grado de peligrosidad completamente nuevo.

—Cierra el pico, cariño —espeta Lauren, y saca las llaves de mi Aston y me las pone contra el pecho—. Andando.

Mi laxa mano coge el llavero, mis ojos saliendo disparados hacia Ava, que ya está con los niños. Los veo a los tres juntos, abrazados, en medio de la cama elástica, la cara de mis hijos enterrada en el pecho de su madre para no ver la terrorífica escena.

—Conduzco yo. —Pronuncio las palabras todo lo claro que puedo, rezando para que Ava capte el mensaje mudo que le mando—. En *mi* coche.

—Sí, en tu coche —accede Lauren, y me hunde la pistola en las costillas, causándome dolor—. Vamos.

Me veo obligado a darme la vuelta antes de poder comprobar si la cara de Ava me dice que me ha entendido. Me temo que está demasiado absorta en lo que acaba de recordar para darse cuenta de lo que intento decirle.

Con la pistola que tengo clavada en la espalda guiándome hasta mi coche, me acomete la tentación de volverme y quitarle el arma de las manos. Soy lo bastante corpulento para poder reducirla fácilmente. Pero el arma…, un leve movimiento del dedo, por muy rápido que sea yo, y adiós muy buenas. Y Ava y los niños estarán indefensos. No pienso poner en peligro sus vidas de ninguna manera. Me cago en mi vida. Me cago en todo. Me lo tengo bien merecido. Si se lo hubiera contado a Ava, si le hubiera echado huevos y se lo hubiese contado todo, ella habría sido consciente de que Lauren existía. Quizá hubiese percibido algunas señales. Pero no, fui el cobarde que fui hace años y ahora las personas que más quiero en mi vida están en peligro. Me noto los pies pesados, el corazón me late más despacio con cada paso que doy. No tendrá necesidad de matarme. Estoy muriendo poco a poco, a medida que me alejo de mi familia.

CAPÍTULO 54

Tengo la atención dividida entre la carretera y el regazo de Lauren, donde descansa la pistola como si tal cosa, su dedo en el gatillo. No sé una puta mierda de armas. No sabría decir si está cargada, o incluso lista para disparar. Esto podría ser una pantomima, pero no estoy dispuesto a comprobarlo. Lo único que sé a ciencia cierta es que esta mujer quiere hacerme sufrir. No sé adónde vamos. Me va dando instrucciones, y ahora estamos saliendo de la ciudad.

No sé si hablar con ella o no. Intentar que se sienta cómoda. No tengo ni puta idea de cómo llevar esto.

Lo que sí doy es gracias por que Ava y los niños estén fuera de peligro. Y eso que Ava debe de estar aterrorizada: por lo que está pasando ahora y por el aluvión de recuerdos. Las manos se me tensan en el volante, el corazón me late dolorido. Podría perder el control. Acabar con todo cuanto tengo a la vista, empezando por Lauren. Pero no debo perder la calma ni la sensatez si quiero salir airoso de ésta.

Mientras el móvil no para de vibrarme en el bolsillo, hablo mentalmente con Ava, diciéndole una y otra vez que piense en lo que le he dicho al irme. Rezo para que caiga en la cuenta a pesar de la desesperación y el miedo que siente.

—En la rotonda a la derecha.

Lauren se cuela en mis pensamientos con la seca orden que me da, y sigo sus instrucciones y tomo un camino vecinal que nos ale-

473

ja más aún de la ciudad. Cada vez que la miro me dan ganas de vomitar.

—¿Te gusta? —pregunta, ahuecándose el pelo cuando me pilla mirando—. Te van las morenas, ¿no?

—Me va mi mujer y sólo mi mujer. —El veneno que transmite mi voz es feroz e irrefrenable.

Desoye la mordacidad de mi respuesta y se pasa las manos por el vestido de encaje negro.

—Lo eligió ella. —Sube una pierna y apoya el pie en el salpicadero—. Y estos zapatos son suyos. Seguro que te gusta lo que ves.

Lo que veo hace que quiera vomitar.

—Estás muy guapa, Lauren —digo con cuidado.

Sopeso para mis adentros las alternativas que tengo. Tal y como yo lo veo, hay tres: presentar batalla o salir corriendo son las obvias, aunque el arma que sostiene esa loca como si fuese una parte esencial del conjunto hace que esas opciones estén de más. Luego está la tercera alternativa, la que voy a escoger: apaciguarla. Darle una falsa sensación de seguridad.

—¿Cómo nos encontraste?

—Pues mira, estaba yo tan tranquila tomándome el café por la mañana mientras leía el periódico cuando de repente vi a Ava en él. La noticia decía que había perdido la memoria. Qué lástima. Por suerte, mencionaba también que Ava y su marido regentaban un gimnasio. Fue fácil dar con vosotros —suspira y me indica con el arma una señal mientras yo me enfurezco y me cago en los putos periodistas—. Ahí a la izquierda.

Es la zona en la que crecimos.

—¿Por qué estamos aquí?

Giro y no paso de 50 cuando enfilamos el estrecho camino que lleva al pueblo.

—Vamos a hacer un viaje en el tiempo. —Se vuelve hacia mí en su asiento—. ¿Te acuerdas del granero donde nos besamos la primera vez?

474

—Sí.

Recuerdo el granero, pero no el beso. Podría estar inventándoselo. O no. Con los años he conseguido borrar de mi vida la mayor parte de lo que recuerdo de Lauren. Limpié el cerebro y dejé sitio únicamente para las cosas que me importan. Como Rosie. Como mi hermano.

Quiero preguntarle cuándo le dieron el alta del manicomio. También quiero preguntarle qué imbécil pensó que no suponía un peligro para el mundo exterior. Pero sé que no sería buena idea sacar el tema. Además, en realidad no supone un peligro para la mayoría de la gente: su venganza es sólo contra mí y mi familia. Es inestable. No debería decir nada que la lleve al límite. Nos aseguraron que si llegaban a darle el alta, nos informarían. Y ese «si» era un condicional con mucho peso. ¿Cómo coño ha pasado esto? ¿Por qué no lo hemos sabido? Más preguntas que se suman a las que ya había me desquician mientras miro hacia delante.

En el horizonte las nubes son densas y bajas, como una cordillera imponente. Aunque, por muy gris que esté el cielo, el paisaje es precioso. Campos que se extienden a lo largo de kilómetros, un mosaico de amarillos y verdes, aunque los recuerdos de mi infancia y mi adolescencia impiden que lo aprecie debidamente.

Nos acercamos a la pequeña e idílica iglesia del pueblo donde me casé con la lunática que ahora tengo sentada al lado. Me asaltan toda clase de *flashbacks*, mis manos exangües, en la mandíbula un dolor atroz debido a la fuerza con la que aprieto los dientes para intentar ahuyentar los recuerdos. Me veo, casi una criatura, a la puerta de la iglesia, los padres de Lauren convenciéndome para que entre. Hay un mar de rostros, todos risueños. Veo al sacerdote delante, la Biblia en las manos. Me oigo pidiéndole que rece por mí, que me ayude.

No escuchó mis mudas plegarias. O eso o el Todopoderoso y él decidieron que estaba recibiendo mi merecido, que pagaría durante el resto de mi vida por ser tan imprudente con la de mi hermano.

Y así ha sido. He pagado diez veces más. ¿Cuándo va a parar? ¿Cuándo terminará el castigo?

—Qué buenos recuerdos. Podríamos haber sido muy felices.

Lauren suspira, soñando despierta, mientras pasamos por delante de la vetusta iglesia, el coche pegando botes por el sinfín de baches que salpican el viejo camino.

—Hasta que lo echaste todo a perder. En el siguiente cruce a la izquierda.

No digo nada, no vaya a meter la pata, y cojo el siguiente camino tal y como me indica. Veo el granero ante mí, la destartalada construcción apenas se mantiene en pie.

—¿Qué estamos haciendo aquí, Lauren?

—Cierra el pico, Jesse —espeta cuando paro a la puerta del desierto granero—. Me sorprende que no me hayas preguntado por mi feliz estancia por cortesía de Su Majestad la reina.

—¿Acaso importa? —Me vuelvo para mirarla, frente a mí el rostro del mal en estado puro—. Ahora estás aquí.

—Fui una buena chica. —Sonríe, como si acariciara esos recuerdos—. Los médicos sabían que en el fondo no era mala, que sólo me habían hecho mucho daño. Las valoraciones lo demostraron. Me metieron en un programa. Era una alumna de sobresaliente, el ejemplo perfecto de alguien que se había curado. Así que me dieron el alta.

Sonríe con orgullo mientras yo me esfuerzo para no fruncir el ceño. ¿Los engañó? ¿Les hizo creer que es una persona equilibrada para poder venir a rematar lo que empezó hace más de una década?

—Y entonces me convertí en Zara Cross.

—¿Te facilitaron una nueva identidad?

—Nuestro querido sistema judicial. Me sentía vulnerable, Jesse. No estoy loca, ¿sabes? Sé de puñetera sobra lo que estoy haciendo, y sé que en cuanto libre a este mundo de tu despreciable persona, volveré a ir directa a una celda acolchada donde pasaré el resto de mi vida. —Me da en el brazo con el cañón del arma—. Salvo por el pequeño detalle de que no quiero seguir viviendo. Estoy harta de esta vida.

Mis ojos pasan del arma a sus vacíos e inexpresivos ojos, de un azul desvaído, y comprendo en el acto que lo dice muy en serio.

—Lauren, las cosas no tienen por qué ser así. —Intento hacerla entrar en razón—. Puedes volver a ser feliz.

Suelta una risotada, fría y falsa.

—¿Quieres decir como tú? ¿Crees que debería sustituir a Rosie y fingir que nunca existió? No, Jesse, eso nunca. Y ¿de verdad crees que estoy dispuesta a quedarme sentada viendo cómo borras su recuerdo con unos cuantos hijos más y esa mujercita tuya? Nuestra hija merece que se haga justicia. —Me da otra vez en el brazo—. Fuera.

Cojo a ciegas el tirador y salgo del coche sin perder de vista a Lauren, que se baja por el otro lado. Ahora tengo perfectamente claro cuál es su plan. Me matará de un disparo y después se matará ella. No está dispuesta a volver al psiquiátrico.

Mientras da la vuelta al coche, camina con dificultad por el irregular terreno con los tacones de Ava y se ve obligada a agarrarse al capó para no caerse. Luego decide quitarse los zapatos, y señala el granero con la pistola. Echo a andar delante sin decir ni mu, mirando los mugrientos tablones de madera que conforman la abandonada estructura, en la que aguanta precariamente un montón de tejas rotas, la mayoría resquebrajadas.

Una vez dentro del enorme espacio vacío, bajo la vista al suelo de hormigón, donde hay paja de hace décadas, mis pasos resonando a nuestro alrededor.

—Sube la escalera.

Hay una escalera desvencijada a la que le faltan uno o dos peldaños. Dudo sinceramente que la podrida madera aguante mi peso.

—Lauren, no parece muy segura.

—Oooh —responde, clavándome el arma en los riñones—. ¿Te preocupa que me vaya a hacer daño?

Me paro a pensar un instante para ver si se me ocurre otra forma de salir de esta pesadilla. ¿Cuánto hace que no recibe una muestra de compasión o amor? ¿Cuánto hace que no siente que alguien se preocupa? Sus padres renegaron de ella. No ha tenido a nadie salvo a los profesionales que han hurgado en su cerebro. Me estremezco al pie de la escalera, asqueado sólo de pensarlo. ¿Podré hacerlo? ¿Podré hacer que piense que me importa? Se me revuelve el estómago, la cabeza me da vueltas. Las palabras que debería decir no me salen.

Una vez me quiso. Y algo en el fondo de mi ser, algo inquietante, me dice que todavía me ama. Por eso está tan jodida. Por eso se ha propuesto acabar conmigo. Si ella no puede ser feliz, yo tampoco; si ella no puede tenerme, nadie me tendrá. Existe una fina línea entre el amor y el odio, y creo que Lauren está a horcajadas sobre ella. La cuestión es: ¿podría hacer que la balanza se inclinara a mi favor? No quiero. Lo que quiero es hacerla pedazos poco a poco hasta que no sea nada salvo un montón de partes de cuerpo a mis pies. Pero haga lo que haga, consiga como consiga lo que quiero hacer, necesito regresar con mi mujer. A ser posible de una pieza. No puedo permitir que Ava pase por la agonía de pensar que ha vuelto a perderme. Yo acabo de pasar por eso no hace mucho, y decir que es un infierno es quedarse corto.

Me vuelvo despacio hacia Lauren y consigo pronunciar las palabras que mi corazón me prohíbe decir.

—Pues sí, porque la verdad es que me importas.

La miro a los ojos en busca de algo que me indique que esto podría funcionar. Es mi última esperanza.

—¿Tan difícil de creer sería? —añado.

Pasa tan deprisa que casi no me doy cuenta. Un gesto de sorpresa seguido de una mirada ceñuda.

—¿Te importo?

Está al borde de soltar una risotada, aunque percibo esperanza, esperanza genuina, y ello me anima, confirma que no me equivocaba. Tengo la sensación de que estoy a punto de vender mi alma al puto diablo, pero ya se la compraré de una manera o de otra. Quiero volver a casa.

—Siempre me has importado, Lauren. Mira cómo era mi vida antes de conocerte. Perdí a la persona a la que estaba más unida del puto mundo. Y eso me jodió la cabeza. Hice cosas de las que me arrepiento. Dije cosas que no sentía. No era nada personal. Tú sólo fuiste otra víctima en mi camino hacia la autodestrucción.

Ahora me doy cuenta de que gran parte de lo que estoy diciendo es verdad. Sólo hay una pequeña parte que no lo es. Lo de que me importa. Pero lo cierto es que sólo dejó de importarme, sólo dejé de sentirme culpable cuando ella se volvió contra Ava hace tantos años. En ese punto, Lauren pasó a estar muerta para mí.

Veo la duda reflejada en sus ojos, pero también la necesidad de creerme. Y ahora sé que lo que me ha dicho antes es cierto: no está loca. Está deshecha. Creo que necesita cerrar el círculo y creo que piensa que la única manera de lograrlo es acabando conmigo y luego con ella misma. Puedo hacer que vea las cosas de manera distinta. Tengo que conseguir que las vea de manera distinta. Doy un paso hacia ella, con tiento, y baja un poco el arma.

—¿Por qué has hecho esto? —pregunto, señalando su cuerpo—. El vestido. El pelo. ¿Por qué, Lauren?

Sólo hay una explicación: quiere ser Ava. Quiere ser mía.

El labio le tiembla.

—Me duele lo mucho que la quieres. Me destrozó oír cómo me decía en clase de yoga y después, cuando fuimos a tomar café, que sientes devoción por ella. ¿Por qué no pudiste ser así conmigo? ¿Por qué no pudiste quererme con esa pasión? —Al final se le quiebra la voz—. Cuando estuve enferma, como lo ha estado Ava, ¿por qué no hiciste lo que fuera necesario para que me pusiese bien? —Las lágrimas le corren a mares por las mejillas—. Harías cualquier cosa por esa mujer. ¿Qué tiene de especial?

Ya está.

—Te ayudaré, Lauren, lo prometo. Te ayudaré.

Y lo digo en serio, y me sorprende. No sé cómo podría ayudarla, pero la verdad es que, si con ello logro volver con mi familia, estoy dispuesto a hacer lo que sea.

—¿Me querrás como la quieres a ella?

Las palabras que desea oír no saldrán. No puedo pronunciarlas. La ayudaré, pero no puedo quererla como ella desea.

—Te...

Sonríe, esta vez no con malicia, sino con tristeza.

—No puedes, lo sé.

Señala la escalera.

Respiro hondo, me pellizco el caballete de la nariz.

—Lauren...

—Ya has hablado bastante. Ahora sube.

Cierro los ojos al darme la vuelta, miro al cielo mientras empiezo a subir por la inestable escalera hasta el pajar.

—No hagas esto, Lauren, te lo suplico.

Es lo único que puedo hacer ya: suplicar.

No contesta. Lo que escucho es el clic del seguro. En el granero no hay nada, no hay ningún sitio donde protegerse si le da por apretar el gatillo. Vuelvo la cabeza al llegar arriba y la veo unos peldaños más abajo. No muy lejos, pero lo suficiente para que siga llevando la voz cantante, lo suficiente para que pueda disparar antes de que yo consiga llegar hasta ella, si decidiera presentar batalla. Estoy bien jodido.

Traga saliva mientras señala una enorme abertura en la madera que da al campo. He oído que, cuando uno se enfrenta a la muerte, le pasan cosas muy curiosas por la cabeza, y ahora mismo lo que pasa por la mía es lo bonitas que son las vistas, lo exuberante y verde que es el paisaje, que esto podría ser lo último que vea.

Me acerco y separo los pies, de espaldas a Lauren. Me tranquilizo, pero la determinación sigue ahí. Donde estoy soy un blanco fácil a más no poder. Soy hombre muerto. Está claro que Lauren no fallaría el tiro. Si cargo contra ella, no dudará en disparar. Con torpeza. Puede que me dé, pero las probabilidades de que dé en el blanco estando bajo presión se reducen.

Me vuelvo, cada músculo de mi cuerpo preparándose. Ella ladea la cabeza, y debe de ver la determinación reflejada en mis ojos, porque agarra con más firmeza el arma.

—No cometas ninguna estupidez —advierte.

—Entonces dispara de una puta vez, Lauren —la pincho.

¿Por qué lo está alargando? Cabría pensar que su cerebro enfermo disfruta con la idea de matarme. ¿O es que está reuniendo la fuerza que necesita para matar al hombre al que ama? No me da tiempo a sacar ninguna conclusión al respecto. Oigo un ruido abajo, madera que se parte.

Miro por la abertura en el suelo por la que baja la escalera. Más madera que se parte, el sonido resonando en el granero y rebotando en las paredes. Veo asomar algo por la abertura y tardo dos segundos en identificar qué es. No me cabe la menor duda: la cabeza negra, calva, brillante. El corazón me da un vuelco cuando Lauren gira el arma hacia él.

—¡John! —grito, consiguiendo que Lauren se vuelva en mi dirección.

Levanto las manos y retrocedo hasta que me veo obligado a parar o caer por el boquete, desde una altura de quince metros, al suelo de hormigón.

—Me cago en la puta —dice John cuando logra llegar a salvo a lo alto de la escalera.

Se quita despacio las gafas de sol, las aletas de la nariz abiertas, el ancho pecho subiendo y bajando.

—Baja la puta pistola, Lauren —ordena.

Casi todo el mundo tendría en cuenta la amenaza que destila la atronadora voz, pero Lauren no es casi todo el mundo. Da unos pasos a la derecha, situándose a medio camino entre nosotros dos, apuntándonos alternativamente con el arma. La cabeza me da vueltas, enloquecida, el pánico en aumento. ¿Habrá caído Ava? ¿Ha entendido lo que le estaba diciendo? De ser así, ¿por qué coño no ha llamado a la policía? No a John, ¡a la policía!

—Deberías irte, John —aconseja Lauren—. Esto es entre Jesse y yo.

—No pienso irme a ninguna parte.

Está decidido, y sé que lo dice en serio.

—Bueno, entonces puedes quedarte a mirar.

Antes de que me dé cuenta, el arma me apunta, el cuerpo de Lauren moviéndose como a cámara lenta. Y no pierde el tiempo: aprieta el gatillo. El más estridente de los sonidos rasga el aire y mi cuerpo pega una sacudida mientras John se abalanza sobre Lauren. La vista se me nubla, pero consigo ver que Lauren vuelve la pistola hacia ella y apunta a la sien. John lanza un rugido, y Lauren cae. Escucho un nuevo disparo mientras ambos ruedan por el polvoriento suelo. Los gritos de Lauren es lo único que me dice que ha errado.

Entumecido, paralizado, me miro el torso y busco la mancha roja oscura que me estará empapando la camiseta: no hay nada. Entonces noto algo. Dolor, joder, dolor. Emito un sonido de disgusto y me llevo la mano a la parte superior del brazo; ahora sí veo la sangre, extendiéndose deprisa por la manga. Las punzadas de dolor sólo consiguen captar mi atención un microsegundo, pues un gruñido de John hace que me percate de que Lauren ha logrado ponerse en pie y sigue teniendo el arma en la mano. Retrocede, pugnando por respirar, los frenéticos ojos moviéndose a ambos lados. Parece desorientada, inestable, mientras va hacia atrás, la abertura del suelo cada vez más cerca, la madera carcomida por los bordes. Veo lo que está a punto de pasar, y por más que lo intento, no soy capaz de entender por qué grito para advertirla.

—Lauren, ¡no!

Demasiado tarde. El suelo cruje y ella pierde el equilibrio. Grita, un grito que hiela la sangre, un grito que me perseguirá mientras viva. Un grito que me dice que no quiere morir. Me abalanzo instintivamente hacia ella cuando agita los brazos y cae hacia atrás, el arma disparándose de nuevo antes de que el suelo ceda por completo. Me estremezco y no miro cuando la cabeza golpea el borde de un trozo de madera rota dentada al atravesar el suelo, el impacto silenciándola. Sé que está muerta antes de que dé contra el hormigón, pero aun así hago una mueca de dolor y profiero un sollozo de impotencia, quebrado cuando el cuerpo golpea el suelo y el estrépito llena el aire, el sonido angustioso de los huesos al romperse.

La respiración se me corta, la sangre se me hiela mientras lucho por hacer que el aire me llegue a los pulmones, el dolor nuevamente presente. El brazo me empieza a arder, cuelga del hombro como si fuese de plomo. Obligándome a mirar de nuevo la abertura del suelo, me acerco con cuidado al borde para asomarme. No sé por qué. Tengo sentimientos contradictorios: alivio, tristeza, cabreo. El destrozado cuerpo de Lauren yace en una posición extraña, los ojos sin vida observándome. Emito un sonido de rechazo y me aparto del borde. Un gemido grave y rebosante de dolor que me taladra la confundida cabeza.

Sin embargo, no soy yo quien ha gemido.

Giro sobre mis talones y veo a John boca arriba, un charco de oscura sangre extendiéndose alrededor de su corpachón. Tiene una mano ensangrentada en el abdomen. El susto me paraliza, el pánico vuelve a apoderarse de mí. Soy una masa de músculos inútiles. Mi cerebro ha dejado de pensar, tengo la cabeza vacía, sumida en el caos.

—Ayúdame, cabronazo estúpido. —Sus palabras son un grito ahogado de dolor, los ojos giran en sus órbitas.

Su petición de ayuda, un hilo de voz, me arranca de mi apatía y salgo disparado hasta caer de rodillas a su lado. Su respiración es superficial, la negra piel palideciendo. Me llevo las manos al pelo y me tiro de él, aterrorizado.

—¡Joder! —exclamo.

Por fin recupero el sentido común y saco el teléfono. Marco el número de emergencias y pido una ambulancia, soltando de un tirón, sin pensar, el sitio en el que estamos.

—John. —Le agarro con fuerza la cara—. John, no cierres los ojos, amigo. Vamos, no cierres los ojos.

—Que te den —espeta, intentando fijar la mirada en mí—. Veo a diez como tú, capullo.

—Y verás a mil si no tienes los ojos abiertos, grandullón, y cada uno de ellos te dará una patada en tu negro culo.

La voz se me quiebra, mi esperanza desvaneciéndose con cada segundo que pasa, sus ojos cerrándose cada vez más tiempo. Un nudo del tamaño de un planeta pequeño se me instala en la garganta.

—John.

Lo agarro por los hombros y lo zarandeo, y él abre los ojos con esfuerzo. El blanco, por lo general nítido y brillante, está enrojecido.

—¿Qué coño has hecho, John?

Pierdo el control de las emociones y mis lágrimas caen en su rostro.

—¿Se puede saber qué coño has hecho?

Sonríe. Está cansado, se abandona en mis brazos.

—Le... le... —empieza, y coge aire—. Le dije... le dije a Carmichael... —Hace una mueca de dolor al aspirar—. Me cago en la puta. —Respira, esforzándose por mantener los ojos abiertos—. Le dije que siempre cuidaría de... ti.

Su confesión hace que se me parta el corazón.

—John —digo, la voz ahogada, viéndolo a duras penas, pues tengo los ojos arrasados.

—Es hora... es hora de que vueles solo, hijo.

Sus ojos se cierran y yo lanzo un sollozo entrecortado, lo zarandeo con más fuerza, no quiero que me deje.

—John, capullo, abre los putos ojos.

Pero no los abre.

Porque ya se ha ido.

—¡No!

Le suelto los hombros y caigo hacia atrás, llorando como no he llorado nunca, un dolor incesante recorriéndome el destrozado cuerpo.

—John —musito, apretando los ojos, incapaz de verlo así, sin vida, como de trapo.

El hombre que lo sacrificó todo por mí. El amor, la felicidad, la libertad. Ha estado a mi lado siempre, en lo bueno y en lo malo, y ahora se ha ido. Se ha ido por mi culpa. Es el último sacrificio, el sacrificio supremo: dar su vida por mí.

Lloro más y más. Mi ángel de la guarda. Ha estado conmigo en lo bueno y en lo malo, su lealtad ha sido inquebrantable. Me ha dado una patada en el culo y ha tirado de mí cuando estaba bajo. Y ahora dentro de mí, en ese lugar especial de mi alma al que pertenece John, hay un espacio vacío.

Es mi puto héroe.

Y se ha ido.

CAPÍTULO 55

Sirenas. Luces. Gritos. El caos que reina en medio del bonito paisaje rural es desagradable. Alguien me habla, pero no escucho lo que
me dice. El pesar y el sentimiento de culpa no dejan sitio para nada
más.

—¿Cómo es que le dieron el alta? —pregunto al agente de policía que está intentando hablar conmigo mientras una paramédica
me mira la herida que tengo en el brazo—. Todo esto ha pasado
porque a un listillo gilipollas lo engañó una loca. —Sacudo el brazo
para zafarme de las manos de la paramédica.

—Señor Ward, no sé por qué le dieron el alta del hospital a su
ex mujer.

—¿Hospital? —Lo miro incrédulo—. No, a un hospital se va
cuando se está enfermo o herido, no cuando se es una jodida psicópata despiadada que planea una jodida venganza. —Noto las manos de nuevo en el brazo—. ¡Quíteme las putas manos de encima! —escupo, obligando a la mujer a retirarse, aunque permanece
alerta.

—Señor Ward, por favor, cálmese.

—¿Que me calme?

No podría calmarme aunque quisiera. La ira me consume. Me
noto peligroso.

—Han amenazado a mi mujer y a mis hijos, he estado más de
una hora a punta de pistola. —Señalo el granero con el brazo—.
Acaban de asesinar a mi puto mejor amigo.

Me tambaleo hacia atrás con la fuerza de mi furia, y siento que pierdo todo el control.

—Será mejor que me deje en paz —advierto—. Déjeme en paz hasta que pueda darme alguna puta respuesta.

Voy hasta la pared del granero y me dejo caer contra la madera, resbalando por ella hasta tener el culo cerca de las polvorientas piedrecillas antes de apoyarlo. Ya sentado, me esfuerzo por contenerme. Si Lauren no estuviera muerta, la mataría yo con mis propias manos. Y no sería una muerte rápida, sino larga y dolorosa. Debería haber actuado antes. Debería haber hecho caso a mi instinto e intervenir antes de que llegara John.

Alzo la vista al oír a alguien que grita que le dejen paso. Luego sacan del granero una bolsa con un cuerpo. El tamaño, y la facilidad con que se mueven las dos mujeres que agarran cada extremo de la camilla, me dice que ésa es la bolsa de Lauren. Después sale otra, ésta transportada por dos hombres. Empieza a temblarme el labio inferior y entierro la cara en las manos. No puedo mirar. Es demasiado definitivo.

—¡Jesse!

Alzo la vista y veo a Ava saliendo de un coche, el rostro demudado. Me ahogo sin que tenga nada en la garganta, me llevo los puños a las sienes y me aprieto la cabeza. Quiero ir con ella, acortar el tiempo que le llevará acercarse a donde estoy, pero mi cuerpo se niega a reaccionar. Así que sigo sentado mirando a Ava, que corre hacia mí por el pedregal. Veo que repara en las bolsas de los cadáveres, que baja el ritmo. Y cuando por fin llega hasta mí, se detiene y mira al descompuesto ser que tiene delante. Hago un esfuerzo para mantener la cabeza alta, pero ahora que tengo a Ava tan cerca, ahora que puedo verla, cada detalle perfecto de su cara, a mi cuerpo le llega un soplo de vida y consigue ponerse de pie. Se muerde el labio, los ojos húmedos. No tengo nada que ofrecerle, tan sólo la dolorosa noticia.

—La hija de puta ha matado a John.

Ava coge aire con fuerza y las lágrimas caen de inmediato.

—No —musita mirando la camilla—. Intenté detenerlo. —La voz se le quiebra—. Dios mío, Jesse. —Se ahoga al hablar—. Cuánto lo siento. —Se lleva las manos a la cara como si se estuviera escondiendo, avergonzada de sí misma.

Se las aparto.

—No te disculpes —advierto, a riesgo de volver a perder los estribos—. Ni se te ocurra disculparte, Ava.

—La aplicación. Los GPS de los coches. Entendí lo que intentabas decirme. Y entonces apareció John y se lo conté. Me cogió el teléfono, no pude impedírselo. Llamé a la policía desde casa.

El impacto de su cuerpo contra el mío cuando se echa en mis brazos está a punto de hacerme caer.

—Lo siento mucho —solloza, y sacudo la cabeza pegado a ella, sujetándola con toda la fuerza que me permite el dolorido hombro—. Creí que no volvería a verte. Creí que éste era el final del camino.

La estrecho aún más. Me importa una mierda el dolor. No es nada comparado con la agonía que anida en mi corazón.

—Nuestro camino no tiene final, nena. —Cierro los ojos y hundo mi cara en su suave cuello, en busca del consuelo que sé que puedo encontrar—. No tiene final.

—Lo he recordado.

Llora con fuerza entre palabra y palabra. No se molesta en intentar reprimir sus emociones. Y me alegro, porque yo, desde luego, no soy capaz. Mis lágrimas caen imparables, empapándome las mejillas y su cuello.

—Lo he recordado todo.

—Lo sé.

Me duele en el alma que la avalancha de recuerdos la desencadenara un momento tan sombrío y angustioso de nuestra historia. Me duele a más no poder. Hay un millón de momentos maravillosos, clave, en nuestra vida en común. ¿Por qué ha tenido que ser Lauren?

—Siento mucho que haya sido de esta manera.

Se separa de mí y sacude ligeramente la cabeza.

—No ha sido ella la que los ha desencadenado.

Me coge la cara y me acaricia tiernamente las húmedas mejillas.

—Ha sido el terror en estado puro que vi en tus ojos. Lo había visto antes.

Las emociones me ahogan, y bajo la vista hasta que Ava me obliga a levantar la cabeza.

—John ha muerto —digo, y casi ni la veo, todo se vuelve borroso.

Con el labio temblándole, me rodea con sus brazos y me estrecha con la fuerza y el amor que tanto necesito.

—Nunca habría permitido que nada te hiciera daño —afirma, la voz empañada—. Ese tío era un puto guerrero, y además un cabezota.

Ni siquiera soy capaz de reñirla por lo mal que habla.

—Ha muerto porque sabía lo mucho que te necesito. Lo mucho que los niños te necesitan.

Me agarra la mano y se la lleva a la barriga. No estoy seguro de quién llora más ahora, si ella o yo. Me seco la cara con furia, me sorbo la nariz para espantar la tristeza.

—También es mi héroe —musita.

Mueve la mano a la parte superior de mi brazo y me lo acaricia, frunce el ceño cuando doy un grito ahogado.

—¿Qué es esto?

—Un rasguño.

La aparto, no quiero que se preocupe, pero ella apenas se da cuenta. La ensangrentada manga corta de mi camiseta está subida y deja al descubierto un bonito orificio en el brazo.

—¡Dios mío!

—No pasa nada.

La separo de nuevo, y una vez más ella gana y me da un manotazo.

—Ava, joder, que no pasa nada. Para.

—¿Te lo han mirado?

—No estoy de humor para que me hurguen y me manoseen.

Resopla y señala a la paramédica, que no anda muy lejos.

—Ahora, Ward, o vas a saber lo que es bueno.

Su expresión es feroz mientras se restriega el húmedo rostro, y yo me encojo en el sitio, sin rechistar. No digo nada, ni me muevo, así que Ava me coge de la mano y prácticamente me lleva a la ambulancia.

—No me obligues a hacerte daño, Ward.

Con los ojos muy abiertos, permito que me meta en la ambulancia y me eche en la camilla. No se anda con tonterías. Y a pesar del dolor paralizante, la rabia y el sentimiento de culpa que experimento, consigo hallar cierta gratitud.

Mi mujer ha vuelto. Toda ella ha vuelto, y con puta energía.

CAPÍTULO 56

Ocho meses después

Nada puede prepararte para la pérdida de alguien a quien quieres con toda el alma. Ni tampoco para asumir el dolor y la pena que acompañan esa pérdida. Perder a John ha hecho que en mi vida haya un enorme vacío, aunque mi corazón está repleto de recuerdos felices. Nunca estuvo lejos, siempre a mi lado para levantarme cuando me caía. Dedicó su vida a mí. A velar por mí, a cumplir la promesa que me hizo. John era un buen hombre, y por mucho que ahora intente ver las cosas con perspectiva, no merecía morir. No había llegado su hora. Lauren, sin embargo, tenía que morir. Quizá esto parezca sádico, y quizá lo sea. Pero he estado preguntándome cuán agotador y dañino debió de ser vivir con tantos demonios, y lo cierto es que no he sido capaz de encontrar la respuesta. Por mi parte, he estado en sitios bastante oscuros, y me han entrado ganas de rendirme. Pero en mi viaje de autodestrucción la víctima fui yo y sólo yo. Nunca me propuse herir a nadie. Nunca quise vengarme de nadie. Lo único que de verdad quería era paz interior.

Sentado en los escalones del jardín, veo que Ava se las arregla como puede con el barrigón para recoger la casa. Y pienso, por primera vez en mi vida, que ahora tengo esa paz. Es un manto que me envuelve, caliente y seguro. Lo cierto es que desafía a la razón: más traumas y estrés han venido a añadirse a la mierda en la que ya estábamos metidos, y sin embargo me siento casi tranquilo.

En un principio, cuando nos alejamos de aquel granero, me pregunté cómo superaríamos lo que había pasado. La euforia de que Ava recuperase sus recuerdos se vio empañada por la pérdida de John. Me embargó la preocupación por los mellizos, por lo que habían visto, por lo que habían oído. Sólo cuando hicimos terapia de familia, aceptando la sugerencia del agente de policía de contacto, me di cuenta de que mis niños ya no eran tan niños. No a juzgar por su sensatez y la objetividad con que asumieron lo sucedido. Los había subestimado en todos los sentidos. Había intentado tenerlos entre algodones y protegerlos del mundo, pero no lo había logrado. Mi pasado volvió a darme alcance, pero aquel día los mellizos me miraron a los ojos y me dijeron que se sentían orgullosos de mí. No avergonzados, como yo me temía. Estaban *orgullosos* de mí.

Me desmoroné, ni siquiera traté de evitarlo. Soy humano, soy padre, marido. Mi familia es mi mayor debilidad y mi mayor fuerza al mismo tiempo. Vivo y respiro por ellos, y esto es algo que nunca cambiará. Hasta el día en que me muera, ellos serán siempre lo más importante de mi vida.

Vuelvo la cabeza cuando oigo hablar a Maddie, la veo entrar en casa con el teléfono pegado a la oreja. Está hablando con un chico. Mi instinto me dice que vaya tras ella y le confisque el puto teléfono, pero me quedo prudentemente donde estoy, a salvo de la ira de mi mujer. Maddie tiene doce años. La cosa no será muy seria, digo yo. Refunfuño a sus espaldas y meneo la cabeza, centrando mi atención de nuevo en el jardín antes de que cambie de idea y vaya a darle una patada en el culo.

A lo lejos, Jacob lanza pelotas de tenis al otro lado de la red, practicando el servicio.

¿Y yo? Tengo una cerveza en la mano y escucho los terapéuticos sonidos de mi mujer y mis hijos dando vueltas por nuestra casa. Esto es el paraíso. El séptimo cielo de Ava. Aquí es donde debo estar y, una vez más, las Parcas me han traído aquí. Sin embargo, esta vez quiero discutir con ellas. Preguntarles por qué no puedo tener también a John. Pero sería perder tiempo y energía. Y John diría algo como: «No seas una puta nenaza, cabronazo estúpido».

Sonrío, tragándome la inexorable tristeza. A John le cabrearía que me sumiera en ella demasiado tiempo. Que le den por el culo a John. Incluso suelto una risotada por tener el valor de pensarlo. Jamás le habría dicho eso si lo hubiera tenido delante. Pero ojalá pudiera hacerlo. Ojalá pudiera cagarme en él a la cara, y encajaría encantado el tremendo puñetazo en la mandíbula que me soltaría.

—¿Qué tiene tanta gracia? —Ava riega los arriates con la manguera, mirándome con una sonrisa curiosa.

—Sólo estaba pensando.

Me pongo de pie y voy hacia ella, mis ojos mirando de arriba abajo sin cesar su bonita figura. Dios santo, parece a punto de estallar. Salimos de cuentas hace casi dos semanas, y nada indica que el niño vaya a hacer su aparición. Le doy alcance, pego el pecho a su espalda y le rodeo la barriga con los brazos. Mis manos se unen en el centro del abultado vientre con facilidad, aunque le tomo el pelo.

—Por poco.

Sonrío en su cuello y ella me da un golpe con el culo en la entrepierna.

—No hagas tonterías.

Estar cerca de esta mujer siempre hace que se me levante, pero el contacto me la pone dura como una piedra. Es algo que nunca cambiará.

—A ver, señor Ward, es que tengo algo en la espalda.

Suelta una risita y sigue regando las flores.

—Quizá pueda sacarte a ese niño con un polvo —reflexiono—. Has hecho que se sienta demasiado cómodo ahí dentro.

—Hemos tenido sexo dos veces al día todos los días durante las últimas dos semanas. Ni siquiera tu pene dándole de lleno hace que quiera salir de su escondite.

Suelta la manguera mientras me río, se da la vuelta en mis brazos, la barriga ahora estrujada entre ambos. La miro con cariño. Sí, desde luego está abultada, pero esto no es nada en comparación con el embarazo de los mellizos. Apoyo las manos encima de la tripa y la acaricio y la palpo, el corazón llenándoseme de felicidad, cuando el niño da una patada contra mi mano derecha.

—Está celebrando una fiestecita ahí dentro. Está claro que el muchachote ha heredado el talento para el baile de su padre.

Ava pone sus manos en las mías y palpamos juntos.

—No paras de decir que es niño, y todavía no sabemos el sexo de Cacahuete Junior.

—Es un niño —le aseguro.

Tiene que serlo. He conseguido conservar el pelo hasta ahora, y una niña podría hacer que eso cambiara.

—No podéis superarnos en número a Jacob y a mí.

—Pero a Maddie y a mí sí, ¿no?

—Vosotras tenéis bastantes huevos entre las dos para que haya diez chicos más y aun así tengáis más huevos.

Muevo las manos y le cojo las suyas, me las llevo a la boca y beso cada nudillo, uno por uno. Ava me mira radiante, su sonrisa tan rebosante de felicidad que noto que el calor me sube a la cara.

—Es un niño —afirmo.

—Lo que tú digas, mi señor.

Se da la vuelta y mis manos rodean de nuevo su barriga, donde se quedan mientras ella empieza a andar por la hierba. La sigo, la barbilla encima de su cabeza.

—Vamos a dar un garbeo.

—Vale —replico.

Dejo que me conduzca al fondo del jardín, donde enfilamos el camino de grava que discurre entre los arriates y llega hasta el balancín escondido en el extremo. El aire es fresco, pero no frío, y sin embargo el sol podría estar resplandeciendo en el cielo. Estoy calentito, satisfecho, tranquilo y sereno. Y todo ello lo está absorbiendo mi mujer.

Una bella paz la ha rodeado durante todo este embarazo. La he admirado a diario mientras contemplaba a Ava, ya fuese en casa o en el gimnasio. Ha vuelto al trabajo, y me he asegurado de permitir que obre a sus anchas, aunque yo nunca estoy muy lejos, tan sólo lo bastante para que no se sienta agobiada, pero lo suficientemente cerca para saciar mi necesidad de estar siempre en contacto con ella, aunque ese contacto sea sólo mirarla.

Este embarazo ha sido una experiencia completamente distinta para mí. No la he estresado, no la he puesto nerviosa ni la he sacado de quicio con mi preocupación neurótica. Y ella no me la ha jugado ni ha utilizado esa preocupación para provocarme. No ha fingido que se ponía de parto para hacer que me diera algo. Probablemente porque sabe que esta vez no me dará algo. Al fin y al cabo, ahora soy todo un profesional. Lo tengo todo controlado.

Mientras caminamos, noto que cada vez se apoya más en mí, el cuerpo acusando el cansancio.

—¿Descansamos un poco?

Profiere un pesado suspiro. Está ya hasta las mismísimas narices, pero como le he dicho una y otra vez, a esto no se le puede meter prisa. El niño vendrá cuando esté listo. La ayudo a acomodarse en la colchoneta del balancín y después me siento a su lado; clavo los pies en el suelo para coger impulso y los levanto. Nos mecemos con suavidad, y Ava apoya la cabeza en mi hombro.

—Kate se pasará luego a traernos un *vindaloo*.

—¿Otro? —Me pongo cómodo y me relajo—. Este niño va a salir esperando comerse un curry en lugar de tu teta.

Ava suelta una risita y hace una mueca de dolor en el acto, llevándose la mano a la barriga y acariciándosela.

—¿Estás bien? —pregunto tranquilamente, apoyando mi mano en la suya.

—Sólo ha sido un pinchazo.

Levanta la cabeza de mi hombro y me mira. Sonríe, los ojos resplandecientes.

Sé lo que está pasando por esa cabecita maravillosa, pero le sigo la corriente.

—¿De qué te ríes?

—Hace doce años te habrías cagado en los calzoncillos si hubiese sentido un pinchazo.

Me encojo de hombros, adoptando un aire de despreocupación.

—Ahora somos expertos. Después de los mellizos, esto es coser y cantar, ¿no?

Una risotada me da en plena cara.

—¿Coser y cantar? Habla por ti, Jesse. No eres tú el que va a tener que empujar...

—Una sandía en llamas por el chichi. —He oído la fina analogía varios cientos de veces—. Lo sé.

Me vuelvo hacia ella y hago un mohín de broma mientras le pongo las manos en las tetas y le paso los pulgares por los pezones hasta que se endurecen.

—Esta noche me vas a dejar que te meta mi necesitada polla en ese coñito rico tuyo y lo ensanche para ir preparándolo.

Sonríe con entusiasmo. Y con deseo. Y lujuria. Ésa es una de las pocas cosas que no han sido distintas esta vez. El incesante deseo que siente por mí. Gracias a Dios, porque sería una pérdida trágica.

—Eres tan generoso...

—Por ti, lo que haga falta, nena.

Me inclino sobre su barriga y descanso los labios en ella. Noto en mi interior los destellos de magia de siempre, el corazón latiéndome como un loco.

—¿Tu necesitada polla?

—Necesitada, sí. Tan sólo un minuto después de dejar ese sitio especial tuyo tan calentito y tan agradable mi polla se siente sola. —No es ninguna mentira—. ¿Es que vas a ponerlo en duda?

—No se me ocurriría —contesta, y me sonríe mientras mis manos sienten el delicioso peso de sus increíbles tetas.

—Además, tengo que aprovecharme todo lo que pueda, porque vas a estar fuera de servicio un tiempo.

—Pobrecito.

Un susurro al otro lado de los setos hace que me aparte deprisa, escudriñando la zona. Miro a Ava y enarco una ceja, y ella señala a la izquierda con la cabeza.

—Os estoy viendo —digo.

Me pongo cómodo y muevo el balancín de nuevo cuando me doy cuenta de que se ha parado. Por el seto asoman dos cabezas risueñas.

—Ninguno de los dos podría ser un ninja sigiloso.

—Íbamos a salir de golpe y daros un susto —afirma Jacob apareciendo entre las ramas mientras se quita unas hojas del pelo—. Estamos hartos de esperar a Cacahuete Junior. —Le tiende la mano a Maddie para ayudarla cuando se le enreda la blusa.

—Ah, que *vosotros* estáis hartos. —Ava se ríe—. Probad a llevar esto encima nueve meses.

—No seas dramática —digo, y doy unas palmaditas en el balancín para que Maddie se siente—. No ha sido tan grande todo el tiempo.

Maddie suelta una risita, se sienta en el balancín y se acurruca contra mí; Jacob se sienta al lado de Ava.

—Papá, por favor, ¿es que quieres que mamá te mate?

—Primero tendría que cogerme, y eso es algo que no va a pasar estando como está.

Rodeo con los brazos a mis dos chicas y miro a Jacob, que tiene la cabeza en la barriga de Ava y aguza el oído.

Ava mete los dedos en la rubia cabellera y se la acaricia mientras él escucha. Nos quedamos un rato meciéndonos, los cuatro en silencio y relajados, las piernas colgando libremente, la cabeza apoyada en el hombro del de al lado. Podría quedarme así toda la noche, pero empieza a hacer frío, y Sam no tardará en venir con sus chicas, y Drew con las suyas. Sonrío. Raya dio a luz a una niña,

Imogen, hace tan sólo una semana, a su debido tiempo. Cuántas niñas; según la teoría de la probabilidad, Ava ha de tener un niño ahí dentro. Rezo para que así sea.

—Vamos, que empieza a hacer frío.

Risueño, señalo los pezones de Ava, y ella pone los ojos en blanco.

—Además, no creo que tarden mucho.

Jacob es el primero en dejar el balancín y ayuda a ponerse en pie a una Ava que resopla.

—Gracias, cariño.

Le pasa un brazo por los hombros y echan a andar juntos hacia la casa. Mi hijo. Mi fantástico, cariñoso y considerado hijo. Está más alto que Maddie, le saca unos cuantos centímetros. Le falta poco para alcanzar a Ava.

Noto que me levantan la manga de la camiseta y con el rabillo del ojo veo que Maddie me está mirando la cicatriz. Aunque de un tiempo a esta parte no se pone triste cuando satisface su necesidad de verla al menos una vez al día. Últimamente sonríe.

—¿Viste pasar la vida por delante, papá?

Me río y me agacho para echármela al hombro. Después sigo a Jacob y Ava. El dulce sonido de la risa de mi hija me llena los oídos.

—Sí, y ¿sabes lo que pensé?

—¿Qué pensaste? —pregunta, botando en mi hombro al ritmo de mis pasos.

—Pensé en cuánto echaría de menos lo descarada que eres.

—No es verdad. —Se ríe y me pega en la espalda—. Oye, papá, ¿puedo ir al cine el viernes con Robbie?

Robbie. Así que ése es el chico del momento.

—Claro.

La deposito en el suelo cuando llegamos a la casa, y la dejo atrás y sigo a Ava y a Jacob.

—¿Qué vamos a ver? —pregunto, volviendo la cabeza.

—Me parto contigo.

Su exasperación me hace reír. Abro la nevera y saco un tarro de Sun-Pat, pero dejo de reírme cuando me lo quitan de las manos.

—¡Eh!

Ava se ríe y va como puede hacia un taburete, metiendo los dedos en mi tarro de mantequilla de cacahuete mientras se acomoda.

—Lo tuyo es mío —declara, y se lleva a la boca un dedo que tiene pinta de estar para comérselo y lo deja limpio.

Escucho las risas de los niños mientras miro enfurruñado a mi mujer, preguntándome por qué, con todas las cosas que se le podían antojar, tiene que antojársele mi mantequilla de cacahuete. Compartir mi vicio no es ninguna broma. Acabo de hacerme a la idea de que Jacob le meta mano a mi pasión.

—Dame un poco —ordeno, y cruzo la cocina deprisa y me siento a su lado, abriendo la boca. Puede que incluso se me esté cayendo la baba.

Tararea mientras coge un buen pegote y me lo ofrece. Esta parte del proceso de compartir no me importa nada. La boca se me hace agua cuando voy a comerme el dedo, pero ella se lo lleva rápidamente a su boca y lo lame a toda velocidad con una sonrisa de satisfacción y una mirada chispeante. Me echo atrás, indignado con su jueguecito, aunque al parecer a los niños les parece divertidísimo.

A la cabeza sólo me viene una palabra.

—Tres —gruño prácticamente, consiguiendo que Ava sonría más.

—Ay, madre. —Jacob suspira mientras saca una botella de zumo de la nevera—. Mamá, ¿es que no aprendes nunca?

—Con la mantequilla de cacahuete no se juega —añade Maddie, que se acoda en la encimera y se prepara para ver el espectáculo—. Vas a pagar por ello, y últimamente no es que tengas la vejiga muy fuerte.

Me río para mis adentros cuando Ava la mira indignada, con el dedo metido en la boca.

—Tú no te metas, caradura.

Maddie se encoge de hombros y apoya la barbilla en las manos.

—He salido a ti, pregúntale a papá.

No se equivoca.

—Dos —continúo, volviendo a centrarme en mi mujer, las cejas arqueadas.

—A mi vejiga no le pasa nada.

Ava come otro buen montón del delicioso manjar, el gesto altivo.

—Y si le pasa, es culpa vuestra.

Señala a uno y otro niño con la cabeza.

—Uno.

Empiezo a tamborilear con los dedos, con toda la tranquilidad del mundo, dando la impresión de que estoy harto de la bromita. Pero no estoy harto, nada más lejos de la realidad. Estos momentos, los momentos sencillos en familia, son algunos de mis preferidos.

—Es mío —musita Ava, y mete el dedo en el tarro de nuevo y lo sostiene en alto a modo de demostración antes de chuparlo a fondo—. Coge el tuyo, Ward.

—Cero, nena.

Salgo disparado del taburete, mis dedos directos a los sitios en los que Ava tiene cosquillas.

—¡No!

Deja el tarro deprisa para cogerme los brazos.

—Tú te lo has buscado —comenta Maddie, que se va y nos deja a lo nuestro—. No te hagas pis.

—¿De quién es la mantequilla de cacahuete? —le pregunto al oído, sujetándola suave, pero firmemente—. Dilo, nena, y paro.

—¡Ni de coña! —se ríe Ava, e intenta zafarse de mis manos con escaso éxito—. Ayyyyy...

El tormento de mis dedos cesa. Ése no ha sido el sonido que suelo escuchar cuando le hago cosquillas. La suelto de inmediato y la miro de arriba abajo.

—¿Un pinchazo?

Jacob se planta a mi lado en el acto y Maddie no tarda mucho más. Ava se queda quieta mientras nosotros contenemos la respiración, esperando a que nos diga qué pasa, sus ojos fijos en el bombo mientras se levanta del taburete.

—Sí, creo que... ¡JODEEEER! —Dobla el cuerpo y pega un grito, y nosotros nos tapamos las orejas o nos dolerán los oídos—. Lo siento, niños —añade, y empieza a resollar.

—¡Me cago en la leche! —Maddie se pone a dar vueltas por la cocina, presa del pánico—. ¡Viene Cacahuete Junior!

—¡Mierda! —exclama Jacob.

Estoy que echo humo. ¿Pero qué manera de hablar es ésa?

—¡Que todo el mundo controle esa boca! —grito, y cojo del codo a Ava.

—¡Es que viene el bebé! —chilla Maddie, que sigue dando vueltas por la cocina, aterrorizada—. Llama a una ambulancia. Al médico. ¡A alguien!

—¡Ya viene! —Jacob se tapa la cara con las manos—. Es porque le has hecho cosquillas.

Joder, necesito que todo el puto mundo se tranquilice. Respiro hondo.

—No os preocupéis, hijos —digo con calma—. Papá lo tiene todo controlado. —¿Se lo estoy diciendo a ellos o me lo digo a mí mismo?—. Maddie, coge la bolsa de tu madre. Jacob, ve por mi móvil, voy a llamar al hospital y decirles que vamos para allá.

Nos estremecemos cuando Ava deja escapar otro grito desgarrador que nos hiela la sangre, y se me agarra con las dos manos, las uñas clavándoseme en los antebrazos.

—Me cago en la puta, Ava —suelto mientras le quito una por una las garras de mi carne—. Lo siento, niños.

—¿Te duele, Ward? —jadea, y se dobla en dos y empieza a sudar.

—Sólo un poco —le quito importancia, cosa que no debería

haber hecho, ya que me hunde las uñas otra vez con una mirada malvada.

—Bien.

Joder, se está volviendo una psicópata. Veo que los niños salen volando de la cocina para cumplir las órdenes que les he dado y yo me centro en Ava.

—¿Quieres sentarte?

—¡No!

—¿Prefieres estar de pie?

—¡No!

—Vale.

Pongo los ojos en blanco y cojo el móvil cuando Jacob me lo lanza.

—¿Estás bien, mamá?

—Sí, cariño. —Le busca la cabeza a tientas y le da unas palmaditas cariñosas, tranquilizadoras—. Te quiero.

Reculo y sacudo la cabeza, alucinado. Así que sólo está siendo una zorra psicópata conmigo. Llamo al hospital mientras sostengo a Ava, que gime y no para de soltarme barbaridades y de disculparse con los niños.

—Hola, mi mujer está de parto. Ava Ward.

Veo que Ava se pone roja como un tomate.

—Llegaremos dentro de una media hora.

Las aletas de la nariz se le empiezan a inflar.

—Sí, estupendo. Adiós.

Cuelgo y le doy el teléfono a Jacob.

—Llama a la abuela y dile que mueva el culo y venga aquí a toda leche.

—¿Nosotros no podemos ir? —pregunta enfadado.

—Confía en mí, hijo. No querrás estar cerca de tu madre mientras expulsa a Cacahuete Junior.

—Preferiría tenerlo a él que a ti —escupe Ava, y chilla y vuelve a agarrarme los brazos.

—Tampoco creo que esto sea necesario, ¿no? —Sueno condescendiente, pero aparte de echarle un polvo de represalia, que ahora mismo sería incuestionable, no tengo más remedio que seguirle la corriente—. Fue *tu* cuerpo el que rechazó la píldora. —Ésta no me la como yo ni de coña.

—¿En serio, papá? —Maddie me golpea en el brazo—. ¿Piensas decirle eso cuando esté pariendo?

Así que todo el mundo en contra de papá. ¿Es que nadie se ha dado cuenta de que soy el único que conserva la calma?

—Jacob, llama a la abuela —ordeno, esta vez menos tranquilo.

Las contracciones de Ava se suceden deprisa, y no muy espaciadas. Le aparto el pelo de la empapada cara e indico a Maddie que se lo recoja con la goma que lleva en la muñeca mientras Jacob llama a Elizabeth.

—Abuela, soy Jacob. —Bailotea en el sitio y observa a su madre—. Mamá está de parto. Papá dice que muevas el culo y te vengas.

Oigo los gritos de alegría de mi suegra.

—Dile que se dé prisa —pido.

—¡Date prisa, abuela! —chilla, y cuelga y me mete el teléfono en el bolsillo.

—Te quiero —dice Ava a Maddie cuando le recoge el pelo, y le toca la cara, en la que está escrito el susto—. Eres guapa, lista y descarada, y te quiero.

—Yo también te quiero, mamá.

Si no estuviese de parto, pensaría que está borracha. ¿Qué mosca le ha picado? Es una pregunta estúpida. Sé cuál es la respuesta: tiene que ver con lo de sustituirlos.

—Venga, señorita —digo, interrumpiendo el momento—. Vamos al coche.

Por toda respuesta suelta un grito épico, el cuerpo inmóvil, rígido, una reacción natural para detener el dolor.

—Me cago en la grandísima puta. —Jadeo, jadeo, jadeo—. Lo siento, niños. —Me agarra de la pechera de la camiseta y tira de mí con una fuerza que sería la envidia de Wonder Woman, y una mirada de loca—. Este niño va a salir ahora, Ward. —Otro chillido atraviesa el aire justo después de decirlo.

Y entonces yo entro en pánico.

—¿Cómo?

No. No, no, no.

—Ava, sólo tenemos que llegar hasta el coche y estarás en el hospital en un abrir y cerrar de ojos.

Se dobla, gime. No tengo más remedio que cogerla en brazos y llevarla al salón para que esté más cómoda.

—No hay tiempo —asegura mientras la tiendo en el sofá—. ¡En el sofá no! Me lo cargaré.

—Hombre, no me jodas. —Me sale del alma—. Lo siento, niños. —La tumbo en la moqueta y le pongo un cojín debajo de la cabeza—. Nena, tengo que llevarte al hospital.

Menea la cabeza.

—Ya viene.

—Jacob, Maddie, sujetadle la mano a mamá —ordeno, mandándolos detrás de ella.

Cuando ya han ocupado sus respectivas posiciones, le meto las manos por debajo de la falda a Ava y le bajo las bragas: están empapadas.

—Voy a ver cómo andan las cosas por ahí abajo —le digo, más para tranquilizarla a ella que a mí— y te llevo al hospital.

La ayudo a flexionar las rodillas, asegurándome de que no se le vea nada como buenamente puedo, ya que los niños están mirando.

—Tengo que empujar —jadea.

—No tienes que empujar —le aseguro mientras echo un vistazo entre sus piernas.

Aún no toca hacer eso.

—¡Me cago en la leche! —grito al ver la coronilla de una cabeza asomando por la vagina—. ¡Mierda, Ava!

—¡Te acabo de decir que tengo que empujar, joder!

—¿Papá?

La voz vacilante de Jacob hace que levante la cabeza, que siento hueca, y me encuentro con dos pares de ojos sumamente preocupados. Esto no formaba parte del plan. Están aterrorizados.

Necesito tomar el control.

—Maddie, ve por toallas y una manopla fría. Jacob, quiero que cojas el edredón de tu cama y que abras la puerta de la calle.

Me saco el teléfono del bolsillo cuando ellos salen disparados como obedientes balas.

—Ava, nena, no empujes todavía, ¿vale?

Asiente, respirando brusca, entrecortadamente, y llamo a la ambulancia.

—Necesito una ambulancia. Mi mujer está de parto y no va a aguantar hasta el hospital.

—¿Cómo se llama su mujer, señor?

—Ava. Ava Ward.

—¿Dirección?

La suelto del tirón cuando los niños entran en el salón a la vez, cargados con lo que les he pedido.

—La cabeza está coronando —le digo a la operadora, tratando de reprimir el apremio que siento y permanecer tranquilo por Ava, que resuella, inflando las mejillas, los ojos apretados.

—Muy bien, señor Ward. Lo primero y más importante: no se asuste.

Me río. Si me hubiera dicho eso cuando Ava rompió aguas con los mellizos, le habría arrancado la cabeza verbalmente.

—No estoy asustado —le aseguro con toda la calma del mundo—, pero voy a necesitar que alguien me guíe. —Echo otro vistazo debajo de la falda de Ava—. Este tío tiene prisa.

Me cago en la puta, ha tardado en hacer su aparición y ahora ha decidido que tiene turbohélices en los pies. Veo que Jacob ahueca cojines y Maddie extiende el edredón.

—Le he enviado una ambulancia y he llamado a la comadrona.

—Gracias.

Será mejor que se den prisa.

—Vale. Ahora dígame, señor Ward, ¿quién está con usted? —pregunta la operadora.

—Mi hijo y mi hija.

—¿Cuántos años tienen?

—Doce. Son mellizos.

Ava abre los ojos de golpe, mueve la cabeza furiosamente de un lado a otro. Suda a mares.

—Espere un momento, que la ponga cómoda.

—Por supuesto.

Dejo el teléfono y deslizo los brazos por debajo de Ava para levantarla del suelo.

—Mete el edredón debajo —pido a Maddie—. Y pon los cojines ahí.

Los dos actúan con eficiencia y calma, y sé a ciencia cierta que se debe a que me ven sereno. Sólo necesito seguir así. Pero, joder, esto no formaba parte de mi plan cuando acompañé mentalmente a Ava por el parto docenas de veces.

—Chicos, necesito que me ayudéis —les digo mientras tiendo a Ava en el mullido edredón—. ¿Podréis?

Ambos asienten, mirándonos alternativamente a Ava y a mí.

—¿Está bien, papá? —pregunta Jacob, el susto reflejado en su voz y en su cara.

—Claro —le aseguro, mientras le aparto el pelo a Ava de la húmeda cara y le doy un beso en la frente—. ¿Verdad, nena?

Gime, pero también intenta asentir, los movimientos de la cabeza descontrolados y erráticos. Sonrío, le cojo la mano y se la aprieto.

—¿Estás lista?

Echando aire por los fruncidos labios, me estruja la mano.

—No me dejes.

—No te dejaremos ninguno.

506

Mira hacia los niños, cada uno a un lado de su cabeza, y esboza una sonrisa forzada.

—Esto no es nada comparado con cuando os tuve a vosotros —les asegura.

Me río al ver que se les salen los ojos de las órbitas y se miran entre sí.

—Maddie, ponle a mamá la manopla mojada en la frente —ordeno, y me sitúo de nuevo a los pies de Ava—. Jacob, tú dale la mano. Te la va a apretar muy fuerte, hijo, así que pon a trabajar esos músculos.

—No quiero hacerle daño —se queja Ava, la espalda arqueándose violentamente con la siguiente contracción.

Jacob le coge deprisa la mano con las dos suyas, y caminando de rodillas se acerca más a su cabeza.

—No pasa nada, mamá. Aprieta todo lo que quieras.

El puto corazón se me derrite cuando cojo el teléfono, lo pongo en altavoz y lo dejo en el suelo a mi lado.

—Muy bien. Estamos listos.

—Perfecto, señor Ward. ¿Cuánto tiempo transcurre entre contracción y contracción?

—Un minuto, quizá dos.

Animo a Ava a que flexione más las rodillas y abra más las piernas, luego cojo una toalla y la extiendo sobre los muslos.

—En la siguiente contracción, quiero que Ava empuje y usted le presione la vagina.

Abro los ojos como platos y miro a los niños, que, como me temía, están muertos de miedo. Yo no estoy muerto de miedo, pero sí tengo una confusión de narices.

—¿Quiere que le empuje la cabeza hacia dentro? —Seguro que no.

Ava grita en cuanto formulo la pregunta, poniéndose roja.

—¡Ni se te ocurra empujarla hacia dentro, Jesse! ¡Quiero que salga! ¡Ahora!

Me cago en la puta, qué presión.

—Vale, nena. Cálmate.

—Señor Ward. —La operadora no se ríe, pero poco le falta—. Quiero que presione la parte superior de la vagina de Ava. —Esa palabra de nuevo, y ambos niños hacen una mueca de asco—. El ángulo ayudará a que la cabeza del niño salga con más facilidad.

Abro y cierro los ojos deprisa, intentando concentrarme en la parte de mi mujer que más me gusta, en esa parte que ahora no se parece en nada a lo que recuerdo.

—Vale. —Respiro y alargo la mano—. La presión ¿cómo?

—Firme, señor Ward.

—¡Ya viene! —Ava empieza a jadear, hinchando las mejillas—. ¡Ahora!

—¡Muy bien, empuja, nena!

Y yo hago lo que me han dicho, aplicando la presión que me parece apropiada.

—¡Vamos, mamá! —corean los mellizos—. ¡Tú puedes!

Ava refunfuña, gime, llora. Todo me resulta de lo más familiar, pero no por ello más fácil de oír.

—¡Jesse! —pronuncia mi nombre, un aullido largo, estridente, la cabeza hacia atrás, la espalda arqueada—. Joder, ¡cómo duele!

Me estremezco, la vista fija entre sus piernas. Una cabeza embadurnada de sangre y viscosidades sale lenta, pero decidida; la mano que tengo libre debajo, la palma hacia arriba.

—Vamos, Ava —la animo—. Ya está saliendo.

Se desploma exhalando entrecortadamente, y la cabeza del niño retrocede despacio. Me seco el sudor de la frente con el brazo.

—La cabeza ha salido un poco, pero ha vuelto a entrar —le cuento a la operadora.

—Es perfectamente normal, señor Ward. Esperaremos a que llegue la siguiente contracción y animaremos a Ava a que empuje con todas sus fuerzas.

—Tienes que empujar con todas tus fuerzas, nena, ¿lo has oído?

—¡No estoy sorda, joder! —espeta entre respiraciones rápidas, bruscas, lanzándome puñales.

Me acobardo, pero los niños sueltan unas risitas, Jacob sacudiendo deprisa su pobre mano.

—Lo siento, cariño —se disculpa Ava, y busca su cabeza torpemente y le da unas palmaditas en el pelo—. ¿Te he hecho daño?

—Claro que no. —El niño levanta los brazos y saca una inexistente bola—. Estoy hecho de acero.

Maddie se ríe.

—¿En qué mundo?

—Concéntrate —le ordena Jacob, y vuelve a coger la mano de su madre.

—Oh, no. —Ava me mira despavorida—. ¡Aquí viene otra!

Me tranquilizo y me acerco.

—Esta vez empuja con ganas, ¿vale? Todo lo que puedas.

—Lo estoy intentando. —Están a punto de saltársele las lágrimas, tiene los ojos arrasados.

—Vamos —la animo, la mano volviendo a donde debe estar—. Sacaste a dos niños, uno detrás de otro. Esto es pan comido.

—Que te den, Ward. Éste debe de ser tan grande como Jacob y Maddie juntos. Me voy a partir en dos. ¡Ay, ay, ay! —Aprieta los dientes, aprieta los puños y levanta la cabeza—. ¡Argggggggg!

—¡Eso es! —exclamo, y veo que la cabeza corona y va ensanchando poco a poco la abertura—. Vamos, nena, ya casi está. —La agonía de sus gritos me llega al alma—. Un poco más. ¡Sí, sí! ¡Eso es, Ava!

Pasa la parte más ancha de la cabeza y se libera de las paredes de Ava, y a la vista queda un perfecto, pequeño perfil. No puedo hablar de la emoción, mi mano acariciando la parte superior de la mojada cabecita. Joder, hasta lleno de baba es precioso.

—La cabeza está fuera —informo a la operadora mientras cojo otra toalla.

—Muy bien. —Está sumamente tranquila—. Que empuje una

509

vez más con la próxima contracción, señor Ward. Cuando el niño esté fuera, póngaselo a Ava en el pecho y envuélvalo en una toalla. Asegúrese de que no se le enreda el cordón.

—Vale.

Me preparo y miro a Ava, que ahora llora y le toca el pelo a Maddie mientras ésta le pasa la manopla por la frente.

—Ava —la llamo, y la cabeza le cae sin fuerzas—. Un empujón más, nena.

Asiente al tiempo que traga saliva y cierra los ojos.

—Sólo uno más, mamá.

Maddie le aparta unos mechones de pelo de la cara y Jacob sacude una vez más la mano, preparándose para lo que se le viene encima, y me lanza una mirada que dice: «Madre mía». Cuando Ava empieza de nuevo con las respiraciones semicontroladas, sé que se acerca el último empujón, el definitivo. Clavando los ojos en mí, aprieta los dientes y asiente, la cara roja como un tomate. Esta vez no profiere sonido alguno, tan sólo me mira con los ojos muy abiertos mientras acomete la recta final.

El niño sale tan deprisa que casi ni me doy cuenta, los ojos pendientes de mi preciosa mujer, a la que ayudan mis preciosos hijos.

—Oh, joder.

Su cuerpecillo mojado, resbaladizo, cae en mis manazas, y acto seguido mi hijo se echa a llorar. Un puto sonido celestial. El pequeño es la puta perfección, y yo estoy hecho un puto cromo, los ojos llenos de lágrimas. Lo paso con cuidado a una mano, vigilando el cordón, y le levanto la camiseta a Ava para depositar al recién nacido en su pecho y cubrir a ambos con una toalla.

Cuento con que los mellizos hagan una mueca de asco y miren hacia otro lado, pero están completamente hipnotizados, las boquitas abiertas.

—Ya está aquí —digo con voz ronca, consciente de que la operadora está esperando que la ponga al corriente de todo—. Ya está aquí, y es perfecto.

—Enhorabuena, señor Ward.

—Gracias.

La emoción me embarga mientras veo a Ava con nuestro hijo en el pecho, la boca en su cabecita, los ojos cerrados.

—Yo no he hecho gran cosa. —La operadora suelta una risita—. Ha sido usted un alumno perfecto. Por cierto, acaban de confirmarme que los paramédicos y la comadrona llegarán dentro de unos minutos. Permaneceré con ustedes hasta entonces.

Asiento, me sorbo la nariz, me la limpio con el dorso de la mano y me sitúo junto a Ava para unirme a mi familia. Mi mujer tiene la cara enrojecida, el pelo una maraña mojada, pero está preciosa. Sonrío y le cojo la manita a mi hijo, asombrándome al ver sus diminutos dedos.

—Es perfecto —musito, el amor floreciendo en el acto en mi interior.

—No paras de hablar en masculino. —Ava le mira la cabeza—. ¿Lo has comprobado?

Frunzo el ceño. No, la verdad es que no. Estaba tan embelesado que no le he mirado los genitales.

—Espera.

Cojo la toalla que los cubre, la levanto y le subo un poco las piernas al pequeño para echar una ojeada.

—¿Qué es, papá? —Jacob se sitúa a mi lado, al igual que Maddie—. ¿Niño o niña?

Sonrío y miro sus impacientes caras antes de ladear la cabeza para que lo vean por sí mismos. Ambos bajan la cabeza para inspeccionar la zona.

—¿Y bien? —pregunta Ava con urgencia—. Decídmelo.

Maddie tose.

—Está clarísimo que es un niño. —Mira a Ava y sonríe—. Y tiene el pene más grande que el de Jacob.

Suelto una carcajada y le revuelvo el pelo a mi hijo cuando mira indignado a su hermana.

—Piérdete, Maddie.

Subo un poco y me tumbo con Ava, mi cuerpo junto al suyo, que le saca unos cuantos centímetros. Le beso la cabecita a mi hijo, cogiendo aire al hacerlo. Madre mía, cómo echaba de menos ese olor.

—Lo has hecho muy bien.

Vuelvo la boca hacia mi mujer y la beso en la sudorosa frente, aprovechando la oportunidad para aspirar también su olor.

—Tan tan bien —añado.

Ella suspira profundamente, cierra los ojos y se acurruca contra mí.

—Eres mi superestrella.

—Eso sí que no me lo habían llamado nunca —digo, sin darle mucha importancia—. ¿Qué ha sido de lo de «dios»?

Escucho una risita cansada mientras me arrimo a ella y acaricio con el lateral de un dedo la pequeña mejilla del niño.

—El capullín es guapo —musito—. Está claro que ha salido a su padre.

—Anda, que no tienes tú ego ni nada.

—Y ¿cómo lo vamos a llamar? —pregunta Maddie, que ya está embobada, su atención centrada única y exclusivamente en el niño.

Me abstengo de decir el nombre que me gustaría ponerle, como llevo haciendo algún tiempo. No estoy seguro de que sea buena idea, ni de lo que pensará Ava.

—No lo sé. —Me encojo de hombros—. ¿Vosotros qué pensáis, hijos? ¿De qué tiene cara de llamarse?

Los dos se acercan a él y lo contemplan con la cabeza ladeada.

—No tiene cara de llamarse de ninguna manera. —Jacob adelanta una mano y le toca la punta de la nariz—. Qué pequeño es.

—Creo que tiene cara de llamarse Joseph —decide Maddie—. Tiene la misma cantidad de pelo que el abuelo.

Sonrío cuando Ava resopla.

—¿Tú qué opinas, mami?

Ava coge aire y baja la barbilla al pecho para mirar el apacible bulto. Se para a pensar un rato y después mira a los mellizos.

—Maddie, Jacob, éste es vuestro hermano pequeño. —Me mira y esboza una leve sonrisa—. El pequeño John.

Me cago en la leche. El corazón me estalla.

—¿De veras? —pregunto, luchando contra el nudo que se me está formando en la garganta.

Ava se encoge de hombros, como si no fuese nada, cuando lo cierto es que es todo.

—A mí me parece que tiene cara de llamarse John. —Lo mira de nuevo y asiente con determinación—. Sí, tiene cara de John, sin duda. Y con un poco de suerte será tan leal, valiente y cariñoso como el original.

Joder, me va a dar algo. Entierro la cara en el cuello de Ava y dejo que los ojos, que ya me escocían, liberen sus lágrimas. Tengo las emociones desenfrenadas, una gran mezcla de felicidad abrumadora y profunda tristeza.

Me aseguraré de que el pequeño John sea todas esas cosas. Aunque sea lo último que haga, que mi hijo sea todo lo que fue su tío John. Noto la mano de Ava en mi pelo, consolándome. Me he estado conteniendo durante mucho tiempo, y ahora lo estoy soltando todo.

Pero entonces el pequeño John decide que le toca llorar a él, poniendo punto final a lo que pretendía ser mi desahogo. Levanto la cabeza, el rostro húmedo, y veo que se mete el puño en la boca.

—Alguien tiene hambre. —Miro a los niños y ladeo la cabeza—. Mamá está a punto de sacarse las tetitas.

—Iré a ver si ha llegado la ambulancia —dice Jacob.

Y sale del salón a la velocidad del rayo, dejando una estela de humo. Me echo a reír. Acaba de ver a su madre dar a luz; no es que haya visto los detalles, pero aun así ha sido una experiencia fuerte. ¿Y ahora le asustan un par de tetas?

—¿Me puedo quedar? —pregunta Maddie vacilante; siente curiosidad, está absolutamente hechizada con su nuevo hermano.

—Claro, cariño. —Ava le coge la mano—. Pero primero, ¿podrías traerme un poco de agua?

—¿Fría?

—Perfecto.

Maddie se marcha, deseosa de echar una mano. Es un gran comienzo para la nueva dinámica familiar.

—¿Vamos a ello? —inquiero.

La ayudo a acercar al niño al pecho y el pequeño se engancha al pezón de Ava como si fuese una ventosa, se le hunden las mejillas y da largas chupadas.

—Joder, está claro que le van los pechos.

—Para —pide Ava.

Se ríe y me da de broma en la mano antes de volver a apoyar la cabeza. Si hay algo más bonito que esto, yo aún no lo he visto.

—Eres un tío con suerte, pequeño John —musito, acercando mi cara a la suya; tiene los ojos mínimamente abiertos, pero clavados en mí—. Estoy dispuesto a compartir por ahora —le digo, y lo beso en la frente mientras Ava suelta una risita—. Pero te lo advierto, sólo es un préstamo. Las quiero de vuelta, ¿entendido? —Acaricio la suave cabecita de mi nuevo hijo y le sonrío.

Trago el nudo que tengo en la garganta y miro a esos ojos que me mantienen con vida. Y la que me devuelve la mirada, una mirada tierna y llena de lágrimas, es la belleza de mi vida entera.

EPÍLOGO

Dieciocho meses después
Ava

El sol calienta, el cielo está despejado. Nuestra casa huele a bizcochos horneados y patatas asadas, todo ello mezclándose con el olor a carbón de la barbacoa que se cuela desde el jardín. Huele a hogar, nuestro hogar, y los sonidos también son los propios de nuestro hogar: la música de Maddie atronando por la escalera, Jacob lanzando una pelota de tenis a la red, el pequeño John pegando gritos en el jardín. Sonrío y, al mirar por la ventana de la cocina mientras me doy crema en las manos, veo a Jesse persiguiéndolo a gatas. Y digo *persiguiéndolo*. Emite toda clase de sonidos amenazadores mientras va detrás de nuestro pequeño, que avanza torpemente por la hierba. Está empezando a andar. Empezando, literalmente. Y ya me estaba preocupando, porque los mellizos andaban a los doce meses, pero el pequeño John... pues no. Claro que cuando se tiene a cuatro personas para que te lleven a donde te plazca, ¿por qué demonios vas a molestarte en usar los pies?

Tras quitarme el delantal y soltarme la coleta, salgo al jardín para sumarme a la diversión, ahora que toda la comida está preparada.

Cuando llego a la puerta de atrás y los veo rodando por la hierba, no soy capaz de interrumpir sus gamberros juegos. Además, no voy vestida para practicar lucha libre. De manera que me quedo en

515

la puerta, el hombro contra el marco, y hago algo de lo que no me cansaré nunca: mirarlos. A Jesse y al pequeño John. Veo cómo se ríen, ruedan, chillan. Mi marido está boca arriba y ahora mismo sostiene en el aire a nuestro hijo, moviéndolo de lado a lado como si fuera un caza lanzándose en picado. Y hace los ruiditos oportunos. El pequeño John piensa que es para partirse, y yo también. Todo el miedo que Jesse trató de ocultar durante las primeras etapas de mi embarazo fue un esfuerzo inútil. Entendía su pánico. Cincuenta son muchos años para ser padre. Pero, la verdad sea dicha, le ha dado vida. Después de todo lo que pasó: John, Lauren, mi accidente, el pequeño John fue una auténtica bendición.

Cojo aire y me siento en los escalones sin decir nada, para que no se den cuenta de que los miro. Jesse se da la vuelta y pone al pequeño John de pie, su paso es inseguro y retrocede deprisa.

—¿A que no coges a papi? —pregunta, revolviéndole el pelo rubio al pequeño, un pelo abundante y precioso, como el de su hermano y como el de su padre.

—Papá, nooooo.

John se dobla por la cintura y apoya las manitas en las rodillas, como si estuviera regañando a Jesse. Me aguanto la risa y sonrío como una idiota cuando el pequeño sale disparado con los brazos extendidos, y Jesse camina hacia atrás de rodillas, manteniendo la distancia.

—Papá malo. —Se pone borde, su preciosa carita torciendo el gesto con desagrado—. ¡Aquí, aquí, aquí! —grita—. Aquí, papá.

—Puedes ir más deprisa —le dice Jesse y se pone de pie—. Corre con papi.

—Pequeño John corre. —Sale andando como un pato, cada vez más rápido—. Pequeño John corre, corre, corre.

—¡Muy bien!

Jesse va hacia atrás despacio, aunque el pequeño ahora va prácticamente corriendo con esas piernas regordetas. Me quedo sin aliento al ver que tropieza, y sus manos suben en un movimiento instintivo para salvarlo antes de que caiga al suelo. Pero John no necesita esas manos:

—Ups, allá va. —Jesse se ríe y coge al niño en un movimiento rápido.

Y una vez más mi hijo vuela por el aire como si fuera un jet. Jesse siempre está a su lado. Siempre está a nuestro lado.

Aplaudo, entre risas, captando la atención de ambos. No sé muy bien cuáles de esos ojos verdes brillan más.

—Buena carrera, pequeño John —le digo, y le tiendo las manos para que venga.

—Mamá.

Se zafa de Jesse y se baja al suelo. Por favor, esa carita risueña está para comérsela. Por el camino abre los brazos mientras Jesse lo sigue de cerca para cogerlo cuando se caiga, porque se caerá.

A unos dos pasos de Jesse se produce el inevitable tropezón. Y una vez más quien lo salva es papi, que lo pone en mis brazos.

—Mira quién está aquí —digo, y lo cojo y le doy un beso en la mejilla, algo que le hace reír, un sonido divino.

Jesse se sienta a mi lado en el escalón, su atención ahora centrada en mí. Cuando sus ojos y los míos se cruzan, me dedica esa sonrisa pícara tan suya.

—Me gusta tu vestido.

—Cómo no te va a gustar, si lo elegiste tú.

Pongo los ojos en blanco y me inclino para ofrecerle mis labios. No tengo ocasión de prepararme para su ataque, ya que se me echa encima deprisa, plantándome un besazo.

—Mmm, qué bien hueles —lo alabo, mientras noto que el pequeño me tira de la parte de arriba de mi vestido negro cruzado.

Ese aroma a agua de colonia fresca que noto en mi marido sigue siendo el mejor tranquilizante, mi cuerpo derritiéndose al percibirlo, el aliento siempre oliéndole a menta fresca.

Apartándose mínimamente, Jesse me roza la nariz con la suya, en círculos.

—Alguien quiere entrar ahí —comenta, y señala al pequeño, que se pelea con la tela negra de mi vestido—. Cabroncete glotón.

—Alguien tiene que acostumbrarse a la idea de que las tetas de mamá no están a su disposición.

Cojo las manos de John y me las quito de encima, y el niño gimotea y empieza a darme en el pecho a modo de protesta.

—Lo sé, hijo. —suspira Jesse, y le pellizca con suavidad la gordezuela mejilla—. ¿Verdad que nos provoca?

Me río y me acomodo al pequeño John en el regazo, mirando hacia el jardín. A él no le hace gracia y forcejea para volverse. Lanzo un gemido. Esto del destete es agotador, pero ahora que estoy montando mi propia empresa de interiorismo es imprescindible. Además, ya es demasiado grande para tenerlo colgando de la teta.

—Mami te traerá un biberón.

—Teta, teta, teta.

Jesse se parte, riendo a mi lado sin poderse controlar mientras yo me zafo de nuestro incansable hijo.

—Dale lo que quiere y listo.

Jesse le pone la mano en la cabeza y le revuelve el pelo con cariño.

Me niego a bajarme del burro, y parte de mí se pregunta si mi intrigante marido no estará tramando algo, porque por lo general es así. Y esta vez intuyo que ha caído en la cuenta de que con su hijo pegado a mi pecho no podré trabajar a tiempo completo. Bueno, pues lo lleva claro. Se pasó semanas enfurruñado cuando le conté lo del negocio que pensaba montar, incluso despotricó contra mí. Pero no consiguió nada. Me mantuve firme, y al final se ablandó. Está aprendiendo.

—Jesse —me quejo, pidiendo el apoyo que necesito.

Por el amor de Dios, lo tendré colgado del pecho cuando tenga cincuenta años, y pienso operarme bastante antes, en cuanto estos globos recuperen su forma habitual, básicamente cuando vuelvan a ser orejas de spaniel.

—Perdona. —Mi obstinado marido resopla para recobrar la compostura.

—Y ya puestos, ¿cómo es que esto te parece tan gracioso? —gruño mientras le paso al pequeño John—. Pensaba que querías recuperarlas para ti.

Sienta al niño en sus rodillas y le dedica una sonrisa afectuosa.

—Pero sus necesidades son mayores que las mías, ¿no, amiguito?

Estoy pasmada. Ni en un millón de años hubiera esperado oír estas palabras en boca de mi marido.

—Has cambiado —farfullo, sintiéndome completamente desairada mientras él distrae al pequeño haciéndole pedorretas en la barriga; sus risas son estridentes, pero al mismo tiempo me llegan al alma, las manos del pequeño John tirando de las ondas rubio ceniza de Jesse—. Ya que pasas así de mis tetas, no te importará que les devuelva su gloria pasando por el quirófano.

Soy consciente de que acabo de darle al oso con un puto palo enorme. Pero... ¿qué coño, si tan poco le importan mis niñas? O mejor dicho, sus niñas.

Los juguetones movimientos de Jesse se detienen, su cara asfixiada por la redonda barriguita del pequeño John. Sonrío para mis adentros, esperando el rapapolvo que está a punto de caerme. Poco a poco se vuelve hacia mí, amusgando los ojos verdes, los engranajes de su cerebro echando humo de la velocidad a la que giran.

—Retira eso ahora mismo.

Hago un mohín, toda inocente, y cabeceo. Estoy de humor para que me eche un polvo de represalia.

—Me voy a poner tetas.

—Por encima de mi cadáver, señorita.

Suspiro y me levanto.

—Vete haciendo a la idea, Ward. He tenido a tres hijos campando a sus anchas por estas tetas, por no mencionarte a ti, y están hechas polvo.

Me vuelvo para entrar en casa, Jesse pisándome los talones con el pequeño John bajo el brazo, riendo. Sin embargo, papi no se ríe.

—Ava.

—Mamá.

Voy a la nevera y saco el biberón para el niño. Después me giro con una sonrisa traviesa mientras lo agito.

—A ver, ¿de quién son las tetas?

—Mías —gruñe Jesse, las aletas de la nariz infladas—. Yo sólo se las presté.

—Mías —corea el pequeño, mientras pide su leche abriendo y cerrando las manos.

Sonrío aún más cuando le doy el biberón al niño, Jesse mirándome todo el tiempo, disgustado. El pequeño se mete el biberón en la boca y se calla.

—Pues yo creo que son mías —afirmo altanera, y salgo de la cocina sabiendo exactamente lo que hago.

«Tíos», pienso, y voy a abrir la puerta cuando llaman.

La panda entera entra en casa. Drew y Raya van directos al salón para dejar en el sofá a una durmiente Imogen, mientras Georgia va arriba a buscar a Maddie. Sam y Kate se pelean camino de la cocina para decidir a quién le toca cambiarle el pañal a Betty, y mi madre y mi padre, seguidos de cerca por los padres de Jesse, van directos a la cocina a coger las riendas.

Sigo al grupo y veo a Jacob en la puerta de la cocina.

—Vaya pinta llevas —suspiro, y señalo las manchas de hierba de las rodillas mientras él da vueltas a la raqueta de tenis que sostiene en la mano.

—¿Han venido el tío Sam y Drew?

Intento sacudirle la porquería y él me aparta las manos. Luego se saca una pelota de tenis del bolsillo del pantalón corto.

—Vamos a jugar dobles y papá y yo vamos a ganar.

Me río.

—Pues claro, cariño. Papá siempre gana. —Lo agarro por los hombros y lo empujo hacia la cocina—. Ve a saludar a todo el mundo antes de volver al jardín.

—¿Mamá...?

Se para antes de que entremos en la cocina y me mira. Con esa frentecita fruncida, réplica de la de su padre. Es aterrador ver lo mucho que se parecen nuestros hijos a Jesse. Son como dobles en miniatura. Resulta sumamente satisfactorio y al mismo tiempo muy preocupante que hayan heredado el tremendo atractivo de su padre. ¿Cuántos ataques de cuántas chicas tendré que rechazar a lo largo de los próximos años? Lo que me recuerda que Jacob tiene una invitada, una chica que le gusta. Jesse y yo accedimos a que trajeran a un amigo cada uno a la barbacoa que celebramos esta tarde en memoria de John. Ninguno de los dos esperábamos que invitaran a alguien del sexo opuesto.

—¿Qué pasa, cariño? —Yo sé lo que pasa.

—Cuando llegue Clarita, no me avergüences, ¿quieres?

Finjo estar escandalizada, me llevo una mano al pecho.

—¿Yo?

—Sí, tú. Y, por favor, controla a papá.

Me río.

—Por tu padre no tienes que preocuparte. Estará pendiente de Maddie y su invitado.

—De todas formas, relájate, ¿vale?

—Me relajaré, sí —le aseguro—. Pero que no se te olvide.

—¿El qué?

Le sonrío y lo beso en el pelo.

—Sólo necesitas a una mujer en tu vida. ¿Adivinas a quién?

—A mi madre. —Suspira y pone los ojos en blanco, un gesto experto que sé que ha aprendido de mí.

—Buen chico.

Lo dejo para que vaya a saludar al grupo y yo me dirijo a la puerta principal; están llamando.

Abro y veo a Elsie con un enorme ramo de flores delante de ella. Asoma la cabeza por encima, el pelo rosa fundiéndose con el vistoso arreglo.

—John siempre me compraba ramos enormes, llenos de color. Decía que, cuanto más vivos, más le recordaban a mí.

Sonrío, y me embarga cierta tristeza.

—Qué bonitas. —Cojo las flores y le doy un fuerte abrazo—. Estás guapísima. Gracias por venir.

—No te pongas ñoña conmigo o lloraré, y eso a John no le gustaría. —Me aparta suave pero firmemente, y levanta la barbilla—. ¿Dónde están esas monadas de niños?

Me río y echo a andar delante, conduciéndola a la cocina.

—Ha llegado Elsie —anuncio, y sonrío al ver que todos corren a darle la bienvenida.

Me acerco a la nevera y saco una jarra de Pimm's.

—¿Qué le pasa al enanito gruñón? —pregunta Kate mientras me ayuda con las copas.

En efecto, la frente de Jesse está surcada de arrugas, señal de su enfado, su mirada ceñuda dirigida a mí. Le dedico una sonrisa dulce mientras sirvo dos copas, una para Kate y una para mí.

—Puede que haya dejado caer la bomba de las tetas.

—Ya, eso lo explicaría. —Suelta una risita y bebe un poco cuando Raya se suma a nosotras con Elsie.

—Explicaría ¿qué? —pregunta Raya, al tiempo que coge una copa y me la tiende para que se la llene.

—Mi marido está enfadado por lo de las tetas.

Raya lloriquea un poco entre dientes.

—Por Dios, yo las tengo hechas mierda. —Se las mira y tuerce el gesto en señal de desaprobación.

—Ay, vosotras las jovencitas —se ríe Elsie—. Lo que tenéis que hacer es envejecer con elegancia.

Resoplo.

—Claro, eso puedes decirlo tú, con ese tipín tuyo.

Sigo haciendo yoga con ella, aunque no tan a menudo, y estoy segura de que con sesenta y tantos años no tendré su cuerpo.

—¿Qué pasa? —quiere saber Jesse, que parece que desconfía, porque desconfía, lo sé de sobra, al acercarse con el pequeño John tranquilo, aún engullendo la leche en sus brazos.

—Nada —respondo, y cojo la jarra de Pimm's y relleno las copas de las chicas.

—Oye —le dice Kate a Sam—, si Ava se opera las tetas, yo también.

—Ava no se va a operar las tetas porque a sus tetas no les pasa nada —afirma Jesse, fulminando a Kate con la mirada.

—Es un cirujano experto, Jesse —arguyo, consciente de que estoy perdiendo el tiempo—. Estaré en buenas manos.

—Yo soy el único experto en lo que respecta a las tetas de mi mujer, y las únicas manos buenas en las que estarán serán las mías. Y punto.

Drew sonríe mientras abre su botellín de cerveza.

—Creo que últimamente el experto es el pequeño John, ¿no? —Suelta una risita con la cerveza pegada a la boca mientras le pido en silencio que se deje de bromas, así sólo conseguirá cabrear más al gorila.

Justo entonces el pequeño John coge el biberón vacío y le da con él a Jesse en la cabeza, como si estuviera de acuerdo. Todo el mundo hace una mueca de dolor, salvo Jesse: está demasiado ocupado lanzándome miradas asesinas.

Elsie suelta una risita y coge al pequeño.

—Venid, niños —dice cuando Maddie y Georgia entran bailoteando en la cocina—. Maddie, ve por Betty, y Georgia, coge a Imogen. Vamos a jugar.

Elsie se los lleva al jardín y yo sonrío: dentro de un minuto los tendrá a todos haciendo yoga para niños.

—Por cierto, ¿cuándo sale vuestro vuelo? —pregunta Raya cuando los hombres se apartan de nosotras y se reúnen alrededor de la isla.

—Mañana. —Y ello me recuerda que tengo un montón de cosas que hacer antes de ir al aeropuerto, ni siquiera he terminado de hacer la maleta.

—No me puedo creer que no nos hayáis invitado. —Kate finge que está dolida, una expresión que me resulta fácil pasar por alto: lo entiende.

—Sólo vamos Jesse, los niños y yo. —Nada hará que me sienta culpable: son nuestras primeras vacaciones después de más de dos años—. Y me muero de ganas de tenerlos para mí sola.

Miro a Jesse y lo pillo observándome. Joder, es guapo a rabiar incluso cuando está cabreado. Mi marido. El hombre que me ha dado tres hijos preciosos. Los contemplo cada día y doy gracias a Dios por haber encontrado a ese enigma que era Jesse Ward. Doy gracias por haber entrado en su elegante club de sexo y quedarme sin respiración tan sólo con oír su voz. Y después lo vi, y él me vio a mí. En ese preciso instante, cuando estaba delante de él pugnando por encontrar el aliento y él me miró con ese ceño fruncido tan suyo, supe que el juego había terminado. Para los dos. Así de sencillo.

El camino fue accidentado; los secretos, sombríos; su forma de ser, un reto. Y lo más cruel es que tuve que descubrir todos sus secretos no una, sino dos veces. Sin embargo, cada instante de dolor y sufrimiento valió la pena. Ya no es un enigma para mí, hace mucho que no lo es. Es mi marido, el hombre más entregado, cariñoso e increíble que una mujer podría esperar. Salvo por el pequeño detalle de que el resto de las mujeres pueden seguir esperando, porque éste, este hombre, es mío. Esbozo la sonrisa que sólo él es capaz de arrancarme. Una sonrisa rebosante de un amor perfecto. Porque es mío.

Siempre estaré con este hombre.

«Te amo», dibujo las palabras con la boca cuando me observa desde el otro lado de la cocina mirándome exactamente igual que la primera vez que me vio. Con deseo. Con respeto. Como me ha mirado todos y cada uno de los días que llevamos juntos. O bueno, casi todos y cada uno de los días. El accidente, la pérdida temporal de la memoria, fue un problema pasajero en el horizonte de mi felicidad. Sin embargo, en su momento tuve la sensación de que era el fin de mi mundo. Tendría que haber sabido que nuestro amor prevalecería. Y ahora sé, lo sé a ciencia cierta, que nadie podrá con nosotros.

Esboza esa sonrisa que hace que sienta fuego por dentro y me lanza un beso antes de volver a centrarse en las chicas.

—Entonces ¿qué pasa con las tetas? —pregunta Sam, y entrechoca su botellín con el mío, captando mi atención.

—Sam. —Drew le da en el bíceps—. ¿Se puede saber para qué preguntas?

—Por saber. —Sonríe, su mirada siempre risueña nunca le falla.

—Por saber lo que tardaría yo en darte un guantazo, ¿no? —replico, aunque no lo digo en serio, y él lo sabe—. No hay más tetas que las que hay. —Ya se puede ir quitando esa estúpida idea de la cabeza—. Y las que hay son perfectas. —Brindo con ellos—. Por el capullo de John.

—Por el capullo de John.

Se ríen, y a mí me arrancan una sonrisa mientras voy hacia el jardín. Me paro en la puerta trasera a mirar.

—Es como una puta guardería —farfullo, y parezco exasperado al ver a todos esos niños, aunque en realidad no lo estoy. Elsie los tiene a todos boca arriba, con las piernas en el aire.

—Voy a dar unas bolas en la cancha con Jacob. —Drew le quita la raqueta de la mano a mi hijo y va trotando a la pista y Jacob corre detrás, gritando que le devuelva su raqueta mágica.

—Creo que será mejor que vaya a enseñarles cómo se hace. —Sam pone los ojos en blanco como si eso le incomodara—. ¿Vienes?

—No, estoy esperando a que lleguen los invitados que faltan.

Nada más decirlo suena el timbre y entro en casa deprisa para que Ava no me gane terreno. La alcanzo en la entrada. Ella va delante, pero tras cogerle veloz, arteramente la muñeca y dar un tirón rápido, me sitúo en cabeza. Sabía que yo estaría al acecho, esperando para abalanzarme sobre ella.

—Jesse, no disgustes a Maddie —me advierte Ava, que sabe cómo me las gasto.

Esbozo mi mejor sonrisa y se la dedico a mi mujer antes de abrir la puerta. Sin embargo, la sonrisa se me borra de la cara al ver a una niña. Uy, no tengo preparado un discurso para la amiga de Jacob. Al menos no uno que no la haga llorar.

—Hola, señor Ward. —Clarita me lanza una sonrisa con personalidad.

—Hola.

Abro más la puerta para que entre. Le voy a pasar el testigo a mi mujer. Sonriendo a Ava, señalo con la cabeza la espalda de Clarita cuando se le acerca. A ver cómo recibe a esta nueva mujer en la vida de su querido hijo.

—Toda tuya —le digo.

Le cuesta no fruncir el ceño.

—Hola, Clarita. Jacob está en la cancha de tenis. ¿Quieres tomar algo antes de ir allí?

—No, gracias. Y muchas gracias por invitarme, es muy amable por su parte.

¿Soy yo o Ava se está derritiendo? Sí, no cabe duda de que se está derritiendo. ¿Qué ha sido de la leona?

—De nada, cielo. Estás en tu casa. Sírvete tú misma; comida, bebida, lo que quieras.

«¿Por qué no le preguntas si se quiere quedar a dormir también?»

Refunfuño al cerrar la puerta y salgo al jardín.

—Papá. —El pequeño John me ve y se separa del grupo, a todas luces harto del yoga.

—Hola, hombrecito. —Lo cojo en brazos y dejo que me tire de las mejillas.

—¡Maddie! —oigo decir a Ava detrás—. Tu invitado ha llegado.

Giro sobre mis talones deprisa, y el pequeño se echa a reír sin poder controlarse, está claro que piensa que su papi está jugando, pero no es así. Mierda, ¿por qué no me he quedado en la puerta? La mirada cómplice de Ava me dice que sabe que me estoy dando bofetadas mentalmente. Quería pasar unos momentos a solas con ese soplagaitas que al parecer tiene loca a mi hija. Y nada más pensarlo, veo al soplagaitas, al lado de Ava. Los ojos se me salen de las órbitas. Que me jodan, ¿cuántos años tiene? Presa del pánico, miro a Ava en busca de apoyo, pero lo único que obtengo es un cabeceo. Hay que joderse, si debe de medir más de metro ochenta.

Cuando Maddie pasa por delante de mí, me lanza una mirada que me dice que no abra la puta boca. Pues lo lleva claro. Me quedo mirando y veo que le da un beso en la mejilla al chico. Por Dios, que alguien me contenga.

—Nuestra hija tiene casi catorce años, Jesse —me dice Ava en voz baja cuando se une a mí—. No te pases.

—¿Por qué todo el mundo se empeña en decir que casi tiene catorce años? Eso no significa que los tenga, y aunque fuera así, sigue siendo ilegal.

—¿Es ilegal tener una cita? —Ava se ríe.

—Todo es ilegal —confirmo.

—Se está haciendo mayor, Jesse. Ve haciéndote a la idea. Ya le he dado la charla, y es una niña sensata.

Me echo a temblar de forma incontrolada mientras miro horrorizado a mi mujer.

—¿La charla? —Por favor, Dios mío, dime que Ava no va a decir lo que creo que va a decir.

—Pues claro. Tuvimos esa conversación hará por lo menos un año.

El pequeño John vibra de tal modo en mis brazos que Ava debe de pensar que se me va a caer, porque me lo coge.

—Tienes que calmarte —me advierte.

«¡Y una mierda!»

—Si tú le has dado la charla a Maddie, lo suyo es que yo vaya a hablar con... ¿cómo se llama?

—Lonny.

—¿Lonny? —repito—. ¿Se puede saber qué puto nombre es ése? Seguro que sus padres también son idiotas. —Apuro lo que me queda de cerveza mientras estudio al cabroncete—. ¿Cuántos años tiene?

—Catorce.

—Hombre, no fastidies. —Me río—. Seguro que miente. Tiene veinte por lo menos.

—Por el amor de Dios. —Ava me da en el brazo—. No seas tan dramático.

Con el rabillo del ojo, veo que Ava cruza el jardín.

¿Dramático? No creo que lo esté siendo. Lonny y yo tenemos que hablar.

Enderezando la espalda, me acerco a Maddie y Lonny, y me doy perfecta cuenta de la mirada de advertencia que me lanza mi hijita. Y también de preocupación, porque sabe que no pienso tener en cuenta esa advertencia.

—Hola —saludo, la voz grave y áspera, justo como pretendo: masculina.

Lonny me sonríe.

—Señor Ward, encantado de conocerlo.

Reculo, no lo puedo evitar. ¿Lo tiene alguien agarrado por las pelotas? Esa voz chillona no se corresponde con su estatura. Puede que el cagarro este sí que tenga catorce años. Miro la mano que me tiende, enarcando las cejas. Veamos si su apretón es más masculino.

Se la estrecho con fuerza y me decepciona en el acto comprobar que el renacuajo hace una mueca de dolor. Sonrío para mis adentros.

—Vamos a dar un paseo, Lonny.

—No, papá. —Maddie se me planta delante, como si su cuerpecillo pudiera detenerme, ni un puto buldócer me detendría.

—Sólo quiero charlar con él —la tranquilizo, a sabiendas de que estoy perdiendo el tiempo—. Tú quieres hablar, ¿no, Lonny?

—S...Sí, señor.

Parece que tiene miedo, y debería tenerlo. «Ten mucho miedo, Lonny.»

—¿Lo ves?

Hago un gesto con el brazo para que vaya delante, cegándolo con la sonrisa que por lo general reservo para mis hijos. Una sonrisa que se me borra en cuanto Ava me pone en brazos al pequeño John. Qué astuta es. No puedo ir como una apisonadora con el pequeño cogido. Y el pequeño no me ayuda en mi intento de tener un aire amenazador cuando me agarra las mejillas, en las que crece una barba de tres días, y me las estruja. Lonny se ríe. Yo no.

—Vamos —le digo, señalando el camino que lleva al balancín, el rincón del jardín más apartado.

Metiéndose las manos en los bolsillos de los vaqueros, echa a andar y yo lo sigo, sin perderlo de vista en ningún momento.

—Una casa muy bonita, Jesse. —Me sonríe, y yo alzo las cejas—. Señor Ward —se corrige, muy prudentemente.

El muy pelota. Así que me va a estar regalando el oído todo el tiempo... Amusgo los ojos mientras caminamos y él no tarda en bajar la mirada, se lleva una mano al pelo y se la pasa por él con nerviosismo. No lo admitiré nunca en voz alta, pero el cabroncete es guapo. Entiendo que a mi hija le guste.

—Háblame de tus notas.

Puede que tenga planta y, aparentemente, sea encantador, pero eso no le servirá de nada si es un vago. Mi hija es brillante, necesita a alguien que también lo sea.

—¿Las notas? —repite un tanto vacilante.

Yo asiento, aunque ello no hace que conteste en el acto, y las mejillas se le ponen un poco rojas. Lo que pensaba: es un negado.

—Soy el primero en algunas asignaturas, señor Ward.

Vaya. ¿No tendré delante a un mentiroso compulsivo?

—¿Qué asignaturas?

Sonríe incómodo.

—En todas.

Vaya.

—Pero mi preferida es matemáticas. Y ciencias. Me gustaría ser médico. —Suspira—. Pero la matrícula de la universidad es cara. —Hincha las mejillas, y concluyo en el acto que seguro que sus padres andan mal de dinero—. Quién sabe, puede que me den la beca que quiero ganar. Sería guay ir a Oxford.

¿Oxford?

Este chico sueña a lo grande, y mientras lo observo, caminando a mi lado arrastrando los pies, no puedo evitar pensar en mi hermano. Él también era ambicioso, también tenía sueños y estaba resuelto a cumplirlos. El repentino pensamiento me hace estremecer.

—Siéntate —le digo.

Le señalo el balancín y yo me acomodo con el pequeño encima. No hace falta que lo mueva: las largas piernas de Lonny se encargan de hacerlo por mí.

—¿Cómo conociste a Maddie? —pregunto, probablemente con demasiada brusquedad.

—Jacob y yo somos amigos.

Ya veo. Ganándose a la hermana a través de su amigo. Así que le van los enredos...

—Tu madre te habrá dicho que besar no es legal hasta los treinta, ¿no?

Levanta la cabeza y me mira alarmado.

—¿En serio?

—En serio, sí.

El pobre chaval parece aterrorizado. Bien. Coloco al pequeño John de pie en mis rodillas cuando empieza a ponerse nervioso y a chillarle a Lonny.

—Y seguro que tu padre te habrá hablado de los pájaros y las abejas, ¿no?

Me pilla completamente desprevenido la expresión de tristeza que asoma a su cara, la mirada bajando a los inquietos pies. Mierda, ¿qué coño he dicho?

—No tengo padre, señor.

—Pues claro que lo tienes. —Me río—. Todo el mundo tiene un padre.

—El mío abandonó a mi madre cuando yo tenía dieciocho meses. No he vuelto a verlo desde entonces.

Se encoge de hombros, como si no fuera para tanto, y yo me quiero morir de la vergüenza. Directamente. Soy un gilipollas.

—Intenté ir a verlo el año pasado, pero no quiso saber nada. Así que estamos mi madre y yo solos.

Me entran ganas de darme un puñetazo en mi estúpida cara, y estoy bastante seguro de que Ava lo haría si supiera la metedura de pata que me acabo de marcar. Miro al pequeño John, que bailotea en mi regazo, farfullando cosas sin sentido mientras da palmadas y chilla a Lonny. Dieciocho meses. La edad que tiene el pequeño John. Una ira inesperada me sube por el cuerpo y hace que me hierva la sangre. ¿Abandonó a este chico? Entonces ¿quién ha ejercido de guía en su vida? ¿Quién lo ha llevado a los entrenamientos de fútbol y a su primer partido?

—No te hace falta un hombre así en tu vida —le digo, abrumado por el respeto que me inspira el chaval ahora—. Lo estás haciendo estupendamente sin él.

El chico sueña con ir a Oxford, y algo dentro de mí, algo que curiosamente me llena de orgullo, me dice que lo conseguirá.

—Soñar a lo grande y trabajar duro —dice Lonny en voz baja, mirando a lo lejos mientras yo lo observo asombrado con su ac-

531

titud—. Luchar por lo que se quiere. —Me mira y sonríe—. Ir a por todas.

—No podría estar más de acuerdo —musito, y me planteo si su filosofía también incluirá a mi hija.

Me pregunto dónde están mi actitud peleona, mis ganas de asustar a este chaval. Han desaparecido.

—Qué mono es.

Lonny le coge la mano al pequeño John y deja que éste le tire de ella y los dos se ríen.

—Cómo no va a serlo, si es mío.

Le guiño un ojo a Lonny cuando me mira de soslayo. Se acabó el interrogatorio.

—Ve con Maddie.

—La verdad es que no me importaría jugar un partido de tenis con Jacob.

Frunce el ceño y mira hacia la casa, donde sin duda Maddie le estará calentando la cabeza a su madre, quejándose de mi costumbre de avasallar al personal. No tiene de qué preocuparse: yo diría que ha sido el chaval el que me ha avasallado.

Lonny me mira, pero no sonríe:

—Pero no creo que a Maddie le haga mucha gracia.

Me río y me levanto, dejando al pequeño John en el suelo para que pueda volver andando, e indico a Lonny con la cabeza que me siga.

—Te voy a dar un consejo sobre las mujeres de mi vida, más concretamente sobre Maddie.

Veo que se muere de ganas de que se lo dé mientras enfilamos el camino despacio, el pequeño caminando torpemente a mi lado, yo inclinándome un poco para poder darle la mano sin que fuerce sus pequeños músculos.

—Mi hija es cabezota.

Lonny resopla y asiente.

—A mí me lo va a decir.

—No te achantes. Es como su madre: rebelde y difícil porque sí. Te tendrá dando vueltas si se lo permites. —Algo me dice que Lonny ya está mareado—. Mantente firme. No te dejes comer terreno. —Le doy una palmadita en el hombro y asiento.

—Sí, señor. —Me mira radiante y va hacia la cancha de tenis a ver a su amigo—. Gracias, señor Ward.

Sonrío y me agacho para atarle a mi hijo los cordones de las pequeñas Converse.

—Lonny —lo llamo, y se detiene y vuelve la cabeza.

—¿Sí, señor Ward?

—Puedes llamarme Jesse.

Otra sonrisa radiante, pero esta vez no dice nada. Sale corriendo y desaparece, y el pequeño John y yo continuamos hacia la casa. Nada más vernos, Maddie viene corriendo, los oscuros ojos buscando desesperadamente a Lonny.

—¿Dónde está? Ay, madre, ¿lo has matado y lo has enterrado bajo el cobertizo? ¡Mamá!

—Tranquilita, señorita. —Continúo andando, sus ojos, muy abiertos, clavados en mí—. Está en la cancha de tenis, con tu hermano.

—¿En la cancha de tenis?

Se lo veo: está indignada. Pone la misma cara que su madre cuando resopla y va para allá. Me río, aplaudiendo mentalmente a Lonny. Mi hija se va a llevar una sorpresita desagradable.

—Por cierto, Maddie.

Se vuelve, los ojos encendidos.

—¿Qué?

—Es un buen chico. No seas bruja, porque puede que se harte de tus borderías y te deje.

Se queda boquiabierta, escandalizada, y sonrío y echo a andar con John.

—¿Quién eres y qué has hecho con mi padre? —me dice.

No contesto, y sonrío a Ava cuando sale a mi encuentro, la curiosidad escrita en la cara. Meneo la cabeza y le paso un brazo por el cuello.

—Qué ganas tengo de que llegue mañana —le digo, estrechándola contra mí y dándole un beso en la sien.

—Y yo.

Sus manos desaparecen por debajo de mi camiseta y se deslizan por mi piel, deteniéndose en el corazón, que late desbocado, loco de felicidad.

Ahora late por cuatro personas.

Al día siguiente...

El familiar olor a mar me sube por la nariz cuando estoy en la playa, en pantalón corto. El Mediterráneo es un manto infinito de agua resplandeciente bajo el abrasador sol. Es la primera vez que el pequeño John está en el Paraíso, y además hipnotizado por la arena sobre la que caminan sus piececitos desnudos, no para de mover los dedos.

—Mira, papá —dice una y otra vez, dando grititos ahogados, dramáticos mientras señala la gigantesca extensión de agua azul que tiene delante y la arena blanca que pisa—. Jo —dice hechizado por el mar—. Jo, papá.

El puto corazón se me hincha a más no poder mientras le agarro la mano y Jacob lo coge de la otra, nuestros pies cada vez más cerca del agua. Maddie bailotea en ella no muy lejos.

—¡Mira, pequeño John! —Sacude los pies en el agua y él se ríe, el sonido celestial—. ¿Vienes a jugar al agua? —Se pone de rodillas y le tiende las manos.

—No, Addie.

Sacude la cabecita, se vuelve hacia Jacob y levanta los brazos para que su hermano lo coja. Me siento en la arena mientras Jacob lo levanta y se lo acomoda en la cadera, aunque los ojos del pequeño no se apartan del agua.

—Jo —repite, señalando más allá de Maddie—. ¡Una barca!

—Sí, una barca —coreo, aplaudiéndolo y haciendo que se mueva nervioso en brazos de Jacob.

—¡Viene mamá!

Maddie se levanta de un salto y empieza a sacudirse la arena mojada del cuerpo como una loca—. Corre, papá. —Me da las manos para que me ponga en pie.

—¿Estáis listos, chicos? —pregunto mientras me quito mis Wayfarer para verla mejor—. Me cago en la puta —digo en voz baja.

Ava desciende por la escalera de la villa, el biquini blanco le va perfecto a su piel morena, el pelo recogido en una trenza. Y en la mano lleva una cala, una única cala. Sonrío, y me meto la mano en el bolsillo cuando se acerca.

—Señora Ward, estás guapísima.

—Tú también.

Me ofrece la muñeca, enarcando las cejas, y sonrío mientras me saco las esposas del bolsillo.

—Espósame, Ward.

Hago lo que me pide y le afianzo una esposa antes de ponerme yo la otra. No sé cómo ha sabido que las tenía. Claro que para esta mujer siempre he sido transparente. Me inclino hacia delante y la beso en la boca. Los niños no dicen nada. Hasta el pequeño John está callado, probablemente mirando el agua en lugar de ver cómo se esposan su madre y su padre.

—¿Lista? —le pregunto.

—Siempre —contesta, y nos volvemos hacia los niños.

Me río entre dientes al ver al espigado Jacob en bañador y con un libro en las manos.

—¿Qué es eso? —inquiero risueño.

—Una Biblia. Tiene que parecer que sé lo que hago. Esto es importante. —Se aclara la garganta y mira las páginas, cogiendo aire para hablar—. Es...

—¡Espera! —grita Maddie, que sale detrás del pequeño John

porque el enano acaba de decidir que ahora sí que le gustaría probar el agua—. ¡John, no! —Lo coge en brazos y vuelve a su sitio—. Lo siento. Puedes seguir.

Miro a Ava frunciendo el entrecejo y se ríe.

—Continúa —pido, y le doy la mano a mi mujer.

—¿Tú, Jesse Ward, aceptas como legítima esposa a Ava Ward? —pregunta Jacob con cierta afectación en la voz—. Para quererla, honrarla y respetarla toda la vida...

—Creía que no íbamos a hacerlo en plan formal —lo corta Maddie, mirando ceñuda a Jacob.

Éste se inclina hacia su hermana, enfadado.

—Te estás cargando su día especial.

—¿En serio? A ver, que ya han tenido dos. ¿Quién se casa tres veces?

Pone los ojos en blanco y empieza a mover al pequeño John cuando éste comienza a chillar, impaciente, con ganas de ir con su nuevo mejor amigo, el Mediterráneo.

—Tu madre y yo —espeto con una cara que la desafía a poner alguna objeción—. ¿Vas a discutir conmigo? Y antes de que contestes, piensa bien quién te pagará la boda cuando encuentres a tu alma gemela.

Cierra la boca, sobresaltada, y probablemente sorprendida, y Ava levanta una ceja con interés.

—Continúa, Jacob —le digo antes de que a alguien le dé por preguntar qué ha sido del antiguo Jesse Ward.

Volviéndome a Ava, respiro el aire salado y le guiño un ojo.

—Papá, ¿aceptas a mamá como legítima esposa? —suelta Jacob con cansancio.

—Sí, acepto.

—Mamá, ¿aceptas a papá como legítimo esposo?

—Sí, acepto.

Ava me sonríe y me tira de la mano cuando mis ojos bajan a sus tetas, aplastadas contra el biquini blanco.

—Levanta esos ojos, Ward.

—Lo siento.

Le dedico mi sonrisa pícara, y acto seguido le devuelvo la pelota y le tiro de la mano cuando su mirada descansa como si tal cosa en mi tonificado pecho.

—Eh.

—Yo no lo siento.

Suelta una risita y se me sube encima, atrapándome entre sus muslos mientras me pasa por el cuello el brazo que tiene libre y posa su preciosa boca en mi boca.

—No me digas nunca que no admire lo que es mío.

Me muerde el labio, se aparta mínimamente y apoya su frente en la mía.

—Te amo, Jesse Ward.

—Lo sé.

Tras besarnos de nuevo, me vuelvo y echo a correr al agua con ella a cuestas.

—¡Yo os declaro marido y mujer! —nos grita Jacob, y apenas lo oímos con las risas y el salpicar del agua—. ¡Eh, esperadme!

Cuando el agua me llega por la cintura, me sumerjo y empezamos a dar vueltas, el cuerpo y las extremidades enredándose, el momento nostálgico. Salvo que esta vez no somos nosotros dos solos. No somos únicamente Jesse y Ava. No somos únicamente marido y mujer.

Somos mamá y papá.

Sólo cuando no puedo aguantar más sin respirar, subo a la superficie y cojo aire con ganas. Ava no tarda en volver a subírseme encima, respirando pesadamente contra mi cara.

—Joder, qué frío. —Tirita entre mis brazos mientras Jacob viene hacia nosotros, salpicándonos.

—Esa boca —advierto, y la beso antes de quitarme la esposa de la muñeca y apartarla de mí.

Jacob me ataca por detrás, subiéndoseme a los hombros.

—¡Al agua, patos! —Y lo agarro por los tobillos y lo lanzo al aire, y en ese preciso instante me asalta Maddie—. Aficionados —musito, y la cojo por debajo de los brazos y la tiro lejos.

Ella grita y yo me río, y al mirar a la orilla veo al pequeño John de pie, fuera del alcance de las olas.

—Papá —me llama, algo enfadado por perderse la diversión—. Papá, jo.

Me aparto el pelo de la cara mientras avanzo por el agua.

—Ven a tocar el mar —lo animo, riendo cuando su cabecita empieza a moverse furiosamente, sacudiendo los rubios rizos—. ¿Quieres que papá vaya por ti?

—¡Papá! —exclama, y comienza a patear la arena y a abrir y cerrar las manos.

Llego hasta él y lo cojo en brazos, el pañal bañador completamente seco.

—En la piscina de casa siempre nadas —le digo, y le beso el pelo y vuelvo al agua, los demás zambulléndose y salpicándose—. Eh, tranquilos, chicos.

Dejan de jugar los tres y empiezan a animar al pequeño John, dando palmadas y cantando entusiasmados cuando el niño comienza a moverse en mis brazos. En cuanto su pie toca el agua, profiere un grito de asombro, y decido que es ahora o nunca, así que me sumerjo deprisa hasta que el agua nos llega por el cuello.

—Oh, fría, papá.

Se me coloca delante, se aferra a mi cuello y va volviendo la cabeza para ver al resto, a todas luces muerto de ganas de unirse a ellos. Nado hasta donde están mientras Jacob se le sube a Ava a la espalda, y nada más verme cerca, Maddie imita a su hermano conmigo, haciendo monerías al pequeño John, que se me agarra como un monito, de forma extraordinariamente parecida a como lo hace su madre. Con Maddie detrás y el pequeño John delante, nado hacia Ava hasta que el niño queda estrujado entre su pecho y el mío, los mellizos en nuestra espalda. La felicidad que veo en los ojos de mi mujer es inmensa, y sé que ella también ve la mía. Este momento, este preciado momento, es algo por lo que cualquier hombre debería vivir.

Y así es en mi caso. Vivo por ellos. Mi corazón late para que siga vivo por ellos.

—Bésame —le digo a Ava por encima de la cabeza del pequeño, y alargo el brazo que me queda libre y le rodeo el cuello, con el otro sosteniendo contra mi pecho el cuerpecillo de mi hijo—. Y cierra los ojos.

Sonríe y cierra los ojos, al igual que yo, y nuestra boca se funde. Un beso que me sabe a amor. Y en las risas de los mellizos no oigo sino amor. En la piel del pequeño John contra mi pecho siento amor. Y en el Paraíso no huelo sino amor.

El único sentido que no tengo en este momento perfecto es la vista. Para ver a mi preciosa familia alrededor. Pero no me hace falta. Los siento. Con cada fibra de mi ser, los siento.

Su presencia, su rostro, su amor, todo ello grabado en lo más profundo de mi alma. Lo que hace que sea la persona que soy.

Mi mujer. Mis hijos. Su amor.

Es pura dicha, señoritas. Satisfacción plena. Un amor completo, absoluto, capaz de mover la tierra, de sacudir el universo.

Que nadie me diga que hay algo más perfecto que esto.

Porque no lo creería.

Y punto.

AGRADECIMIENTOS

Como siempre, me gustaría expresar mi amor y mi agradecimiento a todos y cada uno de los miembros del equipo JEM, pero os doy las gracias especialmente a vosotros, mis lectores. Hoy sigue maravillándome la respuesta que ha recibido mi frenético, neurótico y desquiciado señor de La Mansión. Gracias por querer a Jesse tanto como yo. Escribir su historia me ha cambiado completamente la vida. JEM xxx